W9-COX-673

ЧЕРНАЯ МЕТКА

БЕСТСЕЛЛЕР

ПЕТР КАТЕРИНИЧЕВ

БЕГЛЫЙ ОГОНЬ

РОМАН

Москва
ЦЕНТРПОЛИГРАФ
1999

УДК 882
ББК 84(2Рос-Рус)6-4
К29

Охраняется Законом РФ об авторском праве.
Воспроизведение всей книги или любой ее части
воспрещается без письменного разрешения издателя.
Любые попытки нарушения закона
будут преследоваться в судебном порядке.

Серия «Черная метка» выпускается
с 1997 года

*Разработка серийного оформления
художника И.А. Озерова*

К29 Катериничев П.В.
     Беглый огонь: Роман. — «Черная метка».— М.:
     ЗАО Издательство Центрполиграф, 1999. — 569 с.

     ISBN 5-227-00314-9

Начиная поиск убийц своего фронтового друга, бывший сотрудник
разведки Олег Дронов оказывается под перекрестным огнем двух
коварных, могущественных и безжалостных сил — спецслужб и местных
криминальных авторитетов, развернувших невиданную по жестокости
борьбу за контроль над ничем, на первый взгляд, не примечательным
подмосковным городком. События разворачиваются столь кровавые, что
Дронов уверен: за всем этим стоят огромные деньги. Ему удается узнать,
кто и за что готов заплатить. Но Дронов успел засветиться, и теперь
главное — выйти из схватки живым...

УДК 882
ББК 84(2Рос-Рус)6-4

© П.В. Катериничев, 1999
© Художественное оформление серии
   ЗАО «Издательство Центрполиграф»,
   1999

ISBN 5-227-00314-9

БЕГЛЫЙ ОГОНЬ

РОМАН

№5248

FOREVER YOUNG ADS
52 S. MILWAUKEE AVE.
WHEELING, IL 60090

Часть первая

ТИХИЙ ОМУТ

Глава 1

Мелодия была навязчива, как вожатый перед дружинным сбором, и бодра, как пионерский костер. Она крутилась в голове снова и снова, будто заезженная пластинка. «Никого не пощадила эта осень...» Вот привязалась! «Вот и листья разлетаются, как гости, после бала, после бала, после бала...» Бред. А если попробовать перебить?.. Чем? Когда-то их тренер, Викторыч, нажравшись, всегда напевал такую: «Возьмем винтовки новые, на штык флажки, и с песнею в стрелковые пойдем кружки...» Глаза устали, девушка на миг прикрыла веки и словно наяву увидела не только своды подвала, бывшего школьным тиром, но и почувствовала характерный запах отстрелянных мелкашных гильз... Викторыч к вечеру обычно напивался в стельку, и они просто-напросто затаскивали его на сальный мат, накрывали грубым, пахнущим ружейным маслом одеялом, и он засыпал. Потом замыкали оружие, сами звонили дежурному, ставили «горку» на охрану (дежурный хорошо знал их голоса) и закрывали подвал; Викторыча будил утром кто-нибудь из ребят; сначала тот крупной рысью вылетал в туалет, потом трясущимися руками открывал принесенную бутылку пива, медленно выпивал... Викторыч был, понятно, алкоголик... Но стрелком он был редким.

Девушка облизала губы, приникла к окуляру оптического прицела. Особнячок — словно на ладони. И хозяин ведет себя душевно и непринужденно, как и подобает солидному человеку в кругу близких друзей. В самом узком кругу.

Хозяин высок, ладно скроен; ему за шестьдесят, но ни обвислого живота, ни обрюзгших брылей на лице; все движения его выдают человека здорового и прекрасно тренированного. Он одет в пошитую под старину чуйку, отороченную черным соболем, — будто важный московский барин времен драматурга Островского; балагурит, неспешно дымит сделанной на заказ папиросой с золотым ободком, время от времени влегкую опрокидывает рюмку «Померанцевой», аппетитно хрустит малосольным огурчиком, подхваченным на вилочку из хрустальной миски, а то и грибком белым, и снова мило общается с гостями. Хозяин расслаблен и благодушен: ни дать ни взять Кирила Петрович Троекуров среди мелкопоместных соседей-приживалов. Гостей покамест потчуют чаем; на треноге булькает огромный казан, распространяющий исключительное благоухание, — хозяин самолично колдует над ушицей. Спервоначалу отваривается пяток домашних курей, потом — рыбная сволочь в марлечке, для навару, и только потом в уху опускают куски нежной, исходящей слезой стерлядки...

Огромный ротвейлер-переросток поднимает массивную башку и напряженно нюхает воздух. Встает, начинает метаться по лужайке, неловко опрокидывает белый столик. Видно, как хозяин кричит на пса, тот затихает, но ненадолго: поднимает кверху морду и воет — этот протяжный, надрывный вой слышен далеко вокруг. Нет, учуять снайпера псина не может — ветер с другой стороны, а вот учуять близкую смерть... Собакам это дано. Как и людям. Вот только люди часто не желают замечать очевидного, того, чего замечать им не хочется...

«Никого не пощадила эта осень...» Ну вот, опять! Девушка бросила взгляд на часы. Еще не время. Глупость, конечно, несусветная: заказчик, видите ли, желает присутствовать при моменте, так сказать... Причем не алиби хочет себе обеспечить — просто получить за свои деньги максимально полное удовольствие. Ну что ж... У богатых свои причуды. Особенно если они оч-ч-чень богатые. Заказать «похоронку» такой персоне, как хозяин этого особнячка, может только такой. Она не знала, кто заказчик, да и знать не желала. Все они...

По правде сказать, ей было легко. Девушка рассматривала сквозь прицельную рамку этих лоснящихся особей и никак не ассоциировала их с людьми. Просто — ее потенциальные клиенты. Или заказчики. А скорее всего и то и другое. Некие существа среднего рода, совершенно ошалевшие от безнаказанного хапанья и от свалившихся на них огромных денег... Забывшие все и всяческие законы, запреты и заповеди. Тешащие себя иллюзией собственного могущества, пока... Пока не придет их время. Время смерти.

Поэтому стрелять было всегда легко. Вот только потом... Потом этот спокойный крепкий седовласый мужчина будет приходить в ее сны... Вернее... В сны станет приходить похожий на него маленький мальчик... Почему-то все они, клиенты, приходят в ее сны детьми. Маленькими, беспомощными, заплаканными... Она металась по постели, но не могла уйти от их взглядов... И она знала: они пропадут в этом жестоком мире... Совсем пропадут.

Просыпалась она в слезах. Ее сына убили, когда он еще не родился.

Почему?! Почему ей никогда не нравились ровесники? С ними было бы все проще, спокойнее, яснее... И сейчас... Да что теперь?.. Все просто: ее ровесники всегда были ей скучны до обморока! И примитивны, как инфузории. Они не знали стихов, не пели романсов, никто из них не смог бы одним движением бровей привести в трепет ватагу обкуренных, обколотых придурков... Никто не имел спокойной внутренней силы и не был способен выразить ее одним взглядом, жестом... Так, чтобы самых отвязанных отморозков начинало колотить, как при кумаре; так, чтобы они цепенели ледяными статуями... И у нее самой кружилась голова от этого взгляда, и желание владеть именно этим мужчиной делалось нестерпимым и непреклонным, как сама жизнь... И она владела им, а он ею... Всегда, когда он хотел. Везде, где хотел он. Он был ее мужчина.

Три года... Три года она была его рабой, его радостью, его счастьем... Он был ее мужчина. Его больше нет. Как и ее ребенка... «Никого не пощадила эта осень...»

...Девушка бросила взгляд на часы. До контрольного времени было семь минут. С секундами. Этот вальяжный барин не знает, что истекают последние мгновения его жизни. И не узнает никогда. Он ничего не успеет почувствовать, даже того, что его уже не стало.

Гости прибывали. Вот еще одна пара; он — лысеющий живчик с прядью некогда густых и кучерявых волос, зачесанных на лысину аккуратным пробором, она — молодящаяся тетка лет сорока пяти, длинная, сухая, с лицом, похожим на выглаженный утюгом пергамент: пластика и макияж превратили ее лицо в нечто кукольнообразное, но складки у губ остались, выдавая характер записной стервы. Сладкая парочка, нечего сказать... Цели... Ее будущие цели... Прошедшие все круги предательства, чтобы стать тем, чем они стали.

До выстрела — четыре минуты. Если будет команда-подтверждение. То, что она будет, девушка не сомневалась. И хозяин-барин умрет. Без боли. Это профессионально...

...Ее били жестоко. В грудь, в живот, каждым ударом выбивая так недавно зародившуюся в ней жизнь. А ее мужчину... Его застрелил снайпер, прямо в центре Москвы, белым днем. Ошалелые охраннички просто затолкали убитого в машину и умчались...

А тогда она этого не знала. Как и те, кто ее истязал. Чего они хотели? Какую-то информацию? Ну да, они все повторяли: «Ты должна знать, где он хранит документы!»

А она не знала. Никогда ничем он с ней не делился — берег. Но не уберег. Ни ее, ни ребенка, ни себя.

Ее били в живот. Она терпела нестерпимое и ждала... Ждала, что ее мужчина придет и спасет ее... Он не мог не прийти, если бы был жив... Она тогда верила, что он жив.

Удар сложенными пальцами был словно ножевой; она почувствовала, как что-то оторвалось и умерло в ней. Ей казалось, сама она тоже умерла. И не видела, не слышала, не чувствовала потом уже ничего, кроме пульсирующей черным боли.

После пыток ее должны были убить. Но не убили. Бросили в каком-то подвале подыхать. Она и умерла бы, если бы не случай: жилец-пенсионер по какой-то столярной надобности спустился в этот бесхозный подвал, обнаружил избитую до беспамятства женщину и безымянно отзвонил в «Скорую помощь».

Ее спасли. Когда открыла глаза, первое, что она произнесла, было: «Он жив?»

Медсестра отвела взгляд. Поняла, о ком спрашивала чудом оставшаяся в живых совсем еще молодая женщина.

Ей сказали все потом. Это был мальчик. Маленький, беспомощный комочек, убитый в ней. Пока он был жив, она разговаривала с ним, советовалась, слушала его молчаливые жалобы и чувствовала его любовь и к себе, и к своему отцу — сильному, умному, нежному.

Она не говорила своему мужчине о ребенке. Большинство мужчин начинают любить своих детей, только когда те подрастут и станут опорой тщеславию отцов. Сморщенный орущий комочек не вызывает в них ни сочувствия, ни интереса.

Но она молчала как раз потому, что ее мужчина был мудр. Она знала, он начнет любить его сразу, пока малыш еще в ней, и — боялась. Боялась: что-то случится, ребенок не выживет, и ее мужчина будет убит горем. Она хотела быть уверена. И хранила свою тайну вдвоем с малышом. Месяц, два, три... Ему было почти четыре, когда его убили в ней.

Ей было все равно, чем занимался ее мужчина, в какие жестокие игры он играл. Она его любила. Как любила его неродившегося сына. У нее отняли все сразу...

...Девушка взглянула на часы. Минута. Тотчас прозвучал короткий зуммер миниатюрного передатчика: приказ-подтверждение. Ей осталось сделать только одно дело: убить.

Людей на площадке перед особняком прибыло. Она рассматривала каждого сквозь оптику прицела, словно стараясь запомнить навсегда. Все они ее цели. Не сегодняшние, так завтрашние. И все-таки любопытно, кто из этих вальяжных господ заказчик? Этот, с козлиной профессорской бородкой? Этот, с холеным породистым лицом аристократа-эмигранта? Этот, подвижный как ртуть живчик, похожий на приставучего балаганного клоуна и кривляющийся, словно кукла-марионетка?.. «Никого не пощадила эта осень...» Все верно. В этой жизни никто никого не щадит.

Пора. Девушка поймала в перекрестье прицела «благородный профиль» хозяина особняка. Он склонился над казаном, зачерпнул янтарной юшки, понес к смешно вытянувшимся губам — на пробу...

«Интересно, а когда целуется, он так же вытягивает губы?» — промелькнуло в голове девушки, а палец словно сам собою спустил курок.

Мужчина ничком рухнул вперед, переворачивая казан на дымящиеся угли.

Глава 2

В кабинете за овальным столом расположились трое. Первый, сравнительно молодой человек, одетый строго и очень дорого, сидел раскованно, покуривая тонкую длинную сигару; второй, массивный, крупный, с отвисшей бульдожьей челюстью и огромным бритым черепом, походил бы на легионера-переростка, если бы не искрящийся бриллиант на мизинце левой руки: даже неискушенному человеку было ясно, что стоил он целое состояние. Но это вряд ли производило хоть какое-то впечатление на молодого человека: он-то знал, что настоящие деньги — вовсе не в побрякушках и даже не в пачках зеленой бумаги с портретом толстощекого Франклина; обычная цифирь на мерцающем экране компьютера — так выражалось в наш «просвещенный век» могущество.

Третий человек был худощав и сухопар; щеки на скуластом лице чуть ввалились, словно у страдающего аскезой народника-террориста; костюм сидел мешковато, поредевшие изрядно волосы были аккуратно расчесаны прядями на пробор. Звали этого человека Геннадий Валентинович Филин. Но сходства с упомянутой птицей не было никакого: глаза глубоко сидели в глазницах и были поставлены так близко, что становилось непонятно, каким образом там помещался тонкий, с заметной горбинкой нос.

С беглого взгляда он мог показаться совершенно посторонним в этой компании преуспевающих новых, на первом из которых словно было начертано «деньги», на втором — «сила». Но...

Человек этот сидел во главе стола; его тонкие пальцы были сцеплены замком, и как только он поднял глаза, каждый, увидевший этот взгляд, мог бы прочесть в нем единственное слово: «власть».

Взгляд этот обжигал, проникал в самую душу, пронизывал ее насквозь, погружая все естество собеседника в леденящий мрак смертельного страха. Вернее даже это был не страх — тупое оцепенение, полное ужаса, когда смерть твоя в чужой власти и скорая ее неотвратимость не зависит от того, будешь ты этой власти подчиняться или противиться.

Собравшиеся молчали. Было похоже, что они ждут чего-то, но и напряженное ожидание каждый из них выражал по-разному: молодой добродушно покуривал, и только сжатые чуть сильнее, чем нужно, губы выдавали его скрытое волнение; крупный методично тискал короткими пальцами невесть как оказавшуюся в его руках проволоку, создавая замысловато-бессмысленные фигурки... Один сухопарый сидел спокойно и невозмутимо, будто мумия, уперев немигающий взгляд в стену и время от времени бросая его на визави: ни чувств, ни эмоций, ни-че-го. Вот только двое все же старались не встречаться с ним взглядом. Очень старались.

Зуммер аппарата спецсвязи прозвучал мелодично и тихо. Хозяин кабинета снял трубку после второго гудка:

— Вас слушают.

11

Ему сказали всего несколько слов. Он мягко опустил трубку на рычаг, произнес:

— Финита. Господина Груздева больше нет.

Казалось, этим сообщением он ничего не изменил: моложавый продолжал покуривать, стараясь, как и прежде, выпускать ровные струйки дыма; крупный — все так же уродовал проволоку. Но... Какие-то невидимые мышцы расслабились в их телах, и фигуры, не меняя поз, стали выглядеть совершенно по-другому, словно некто просто-напросто взял да и убрал топор гильотины, невидимо висевший до этого над каждым.

Несколько мгновений прошло в полном молчании; хозяин кабинета наслаждался, смаковал это молчание и — ждал.

— Это... достоверно? — Первым не выдержал молодой.

— Абсолютно. Мой человек присутствовал при акции. Николай Степанович Груздев мертв, как дохлая вобла.

— Его... взорвали? — попытался все же уточнить молодой.

— Нет. Снайпер.

— При той системе охраны, что была у Груздева...

— Этот снайпер — виртуоз.

Хозяин кабинета помедлил, хохотнул — и это было единственным выражением переполнявших его эмоций.

— Думаю, завтра о безвременной кончине Груздева будет объявлено официально. Не хотите ли присутствовать на церемонии прощания с телом?

Оба, и молодой, и крупный, криво усмехнулись.

— Значит, нет. А мне, грешному, придется. Не каждый день провожаем в последний путь таких титанов.

В комнате снова повисло молчание. На этот раз его прервал крупный:

— Босс... — неуверенно начал он.

— Да?

— Может быть, все-таки прибрать этого... виртуоза? От греха.

— А смысл?

— Снайпер, он же не полено... Возьмет да и сбрехнет где... Ну, насчет Груздева... А фээсбэшники, им только дай, начнут рыть, своих не узнаешь...

— С каких это пор ты стал бояться властей, Кротов?

— Я никого никогда не боялся.

— Совсем никого? — приподнял брови сухопарый.

— Кротов прав. Проявить осмотрительность необходимо, — поддержал компаньона молодой. — После устранения такой персоны, как Груздев, киллер становится для нас как бочка пороха. И было бы совсем глупо сидеть и смотреть, пока...

— Всему свое время, — отрезал сухопарый, метнув на сидевших перед ним ледяной взгляд. — И каждому свой час. — Он выдержал паузу, добавил: — Это верно так же, как и то, что каждый должен заниматься своим делом. Своим, вы поняли?

— Да, босс.

— Валерий Эммануилович, — обратился Филин к молодому, — когда вы планируете начинать операцию в Покровске?

— Как только все уляжется...

— *Что* — уляжется? Через неделю с небольшим начнется такая свистопляска, что мало не покажется никому! — Филин осекся, словно сболтнул лишнее. Произнес чуть ниже тоном: — Купить группу предприятий стоимостью никак не меньше восьмисот миллионов долларов за тридцать — сорок — это что, плохой бизнес?

— Я этого не говорил.

— Теперь вам не помешает никто и ничто. В Москве — поддержка на всех уровнях: патриоты-товаропроизводители отбирают отечественные заводы у немцев и жидов. Во всех губернских структурах вам есть на кого опереться. Груздев мертв. Чего еще вам не хватает? Или вас что-то смущает?

Несмотря на выволочку, молодой человек, казалось, остался совершенно спокоен:

— Только спешка. Большие деньги спешки не переносят.

— У нас есть от силы месяц. — Филин замолчал на мгновение, словно решая, говорить ли дальше. — Через неделю, максимум полторы, рубль полетит к такой едрене матери, что... Мы должны успеть в Покровске, пока московские верхи будут делить вновь открывшиеся вакансии в Белом доме, пока силовики будут вибрировать и трястись в усилениях, а граждане метаться по магазинам, сметая все и вся... Через полгода во власти будет уже так плотно, что не проскользнет лезвие ножа! — Филин перевел дыхание, замолчал, спросил тихо, почти шепотом: — Или вы не готовы к работе, Валерий Эммануилович? — И уставился на молодого ледяным немигающим взглядом.

— Я готов.

— Кротов будет с вами активно взаимодействовать... Не так ли? — Теперь хозяин смотрел на крупного.

— Да нет базара.

— Вот и славно. Я хочу, чтобы завтра вы уже были на месте. Вместе со своими людьми.

— Да, босс.

— До свидания. Информируйте меня по основному каналу связи.

Двое встали и без суеты покинули кабинет. Сухопарый посидел секунд тридцать, нажал кнопку на столе:

— Панкратов, зайди.

Мужчина лет шестидесяти появился из дверцы, скрытой декоративным стеллажом в дальнем конце кабинета.

— Как тебе наши вьюноши?

— Бодры, — пожал покатыми плечами Панкратов. — Но молодой, похоже, что-то подозревает.

— Да бес с ним! Пусть побегает, расшевелит этот дремлющий муравейник, и тогда...

— Как будем его убирать?

— Реши сам.

— Понял. А вот с Кротом я бы повременил.

— Почему?

— Братву без присмотра оставлять нельзя, пока не сформируется новый лидер.

— Боишься, распояшутся?

— Просто по глупости и недомыслию могут создать проблемы по основной операции. А маленькая проблема, если ее не решать, может превратиться в большую беду.

— Возможно, ты прав. — Филин задумался, добавил: — С Кротовым тоже разберись сам, на месте. По ходу пьесы. — Он снова замолчал, потеребил подбородок. Спросил, но вовсе не о частностях, а о самом деле: — Справишься, Степан Ильич?

— Обязательно. Если не будет неожиданностей.

— Обойдись без них, ладно? Оч-ч-чень тебя прошу, — сузил глаза сухопарый.

— Это да... Только, как известно, накладки всегда бывают... И из всех возможных неприятностей случается именно та, ущерб от которой больше.

Сухопарый закаменел лицом и — смягчился, губы его растянулись в улыбке.

— Не набивай себе цену, Ильич. Я ее знаю хорошо. Но помни: Москва ждать не любит.

— И по чужим бедам не плачет...

— Это точно. Нам нужно успеть на Москве, очень нужно. Полгода — срок только для кретинов. Времени у нас после Покровска будет три недели. От силы — месяц. Если нет, мы с тобой... Ну да ты и сам знаешь, Ильич.

— Знаю. Мертвые молчат.

Глава 3

Мэр Покровска Юрий Евгеньевич Клюев вышел из дому в прекрасном расположении духа. Машина, мощная «вольво», ожидала у подъезда. Чуть поодаль плелся Витек, здоровенный битюг, представительская охрана, потому как для другой не было у Клюева в Покровске никакой надобности. Как пелось в песенке времен перестройки с ускорением: «У нас все схвачено, за все заплачено...»

Витек усадил босса, прикрыл дверцу, но не по-лакейски, а скорее как любимый и любящий затек, обошел авто, приоткрыл водительскую, готовясь сесть за руль. Откуда вынырнули эти два подпитых, он так и не сообразил, — бомжи не бомжи, но люди, крепко принимающие и зарплаты не видевшие уже месяцев пять, никак не меньше.

— Во как живут слуги народные, — просипел один и икнул. — Такая тачка никак не меньше ста лимонов потянет, а, Колян?

Колян, здоровенный бугай, стриженный под братка, но притом одетый в какую-то брезентуху, пахнущую соляром, никак не походил на делового, так, хулиган десятилетней давности, отупевший от водки, каракатицы-жены и полной безнадеги, попер вдруг рогом:

— Хозяева жизни, мля... Эдик, а может, этому гладкому по рогам надавать?

Витек задержался с дверцей, глянул вопросительно на босса.

В намерения Клюева совершенно не входила стычка с пьяным «электоратом»; пусть все областные массмедиа крошки клюют у него с руки или кормятся из губернаторской кормушки, а все же найдется в их стае запаршивевшая овца, способная сварганить матерьялец и в столицу его сунуть охочим до сенсаций энтэвэшникам... В столицах, особливо в администрации президентской, свои пасьянсы по столам ныне кладут: вдруг впору кому придется такая петрушка? И губернатор выдернет на коврик, поведет бровью, скажет, как в старые добрые: «Клади-ка, дорогой мэр Клюев, заявленьице на стол по состоянию здоровья, раз такие пироги...» Вместо партбилета, значит.

— Поехали! — бросил мэр Витьку. Сейчас он из машины свяжется с генералом, выдаст золотопогонному звиздюлин — наряд прикандыбает шустро, скрутит этих пролетариев-гегемонов, накостыляет со зла по первое число и законопатят соколиков суток на сорок пять: три по пятнадцать. Так и будет!

Витек пожал плечами, настроился занырнуть в машину, да не тут-то было: крупный Колян, подогретый мнимым «бегством» противника и сивушными парами, шустро для его комплекции ринулся вперед, ногой заблокировал дверцу... Витек, с выражением тупого удивления на круглом детском лице, подал было огромное тело из авто, разобраться, да и запнулся, как на палку налетел: разошедшийся увалень-гегемон хлестнул коротким апперкотом в подбородок, и «водила-телохранила» рухнул подкошенно, кулем.

Юрий Евгеньевич на секунду потерял дар речи. Беспомощно оглянулся на дверь подъезда. Как же! Ментовский сержант, что просиживал штаны попугаем-консьержкой, «отлучился»; тут на мэра нежданно-негаданно накатила самая натуральная злобность: забурели, холопы, от спокойной жизни! Ну ничего, будет вам, как только...

— Вытряхивайся, толстопузый, покалякай с рабочим классом, — отвлек его от размышлений хриплый голос здоровяка. Всклокоченная голова «рабочего класса» просунулась в окно, наполнив салон перегаром какой-то на редкость сволочной сивухи и селедки.

Вот тут «отец города» растерялся по-настоящему. Некстати вспомнился и анекдот про чуть оперившихся отморозков, стопорнувших подрезавший их «мерседес» и накативших на вынырнувшего из салона мужичка в кепке:

«Ты кто, блин, такой борзый?»

«Я — мэр Лужков!»

«Вот у себя в Лужках и быкуй, а это Мос-ква-а-а!»

И все же Юрий Евгеньевич сумел справиться с собой, спросил строго:

— Что вам нужно?

— Ну ты даешь, толстопятый! — искренне удивился Колян, запросто распахнул дверцу и ввалился на заднее сиденье, устроившись рядом с мэром. — Если слуга не идет к народу, то народ идет к слуге, — гыгыкнул здоровяк. Добавил: — Что нужно, говоришь? Да потолковать!

У Клюева мелькнула было надежда, что этот дебил Витек все же оклемается вскорости, а потому есть смысл поддержать беседу...

— И не думай, — осклабился пролетарий: видно, Клюев непроизвольно дернул взглядом в сторону отключившегося охоронца. — Твоего папконоса я при-

FOREVER YOUNG ADS
52 S. MILWAUKEE AVE.
WHEELING, IL 60090

ласкал основательно, без дураков... Пусть отдыхает... А надо — добавим! Десантура веников не вяжет! — гордо закончил он, икнул, осведомился: — У тебя водка имеется, лишенец?

Растерянность Юрия Евгеньевича вдруг превратилась почти в панику, а в голову лезло допотопное ругательство: это ж хунвейбины какие-то! Сюрреализм происходящего подчеркивался тем, что за слегка тонированным стеклом авто все оставалось мирно и буднично: и двор элитного дома, и блестящие под утренним солнцем стекла в окнах верхних этажей... Казалось, сейчас кто-то выйдет из подъезда, и вся эта странная, похожая на затянувшийся дурной сон ситуация разом прекратится...

Но ситуация если и изменилась, то только в самую неприятную сторону: на водительское сиденье влез мелкий, обозрел убранство салона, выдохнул:

— Клевая тачка, а, Колян? Покатаемся?

Колян пожал плечами, чувствительно ткнул Юрия Евгеньевича в бок и снова икнул:

— Ты чего уши макаронами свернул, конь педальный? Водяра у тебя имеется в этой колымаге?

— Послушайте, ребята... — быстро заговорил Клюев. — Я — мэр Покровска...

— Да иди ты! — искренне удивился Колян, проблеял тоненько: — Мэ-э-эр... Слышь, Эдя, ты с мэрами когда-нибудь квасил? — спросил он напарника.

— Я понимаю, у вас головы трещат после вчерашнего... — Клюев ловко слазил во внутренний карман, вынул бумажник, оттуда — сотенную, подал Коляну: — На опохмелку этого должно хватить.

— Ну, мля... — протянул озадаченный Колян. Взял бумажку, посмотрел на свет. — Настоящая... — Поднял на «отца города» не замутненный излишним интеллектом взгляд, спросил: — Так ты, значится, и есть Клюв?

Мэра передернуло. Он знал, что в городе его часто так и кличут, Клювом, добавляя немудреное присловье: «Курочка по зернышку клюет, а весь двор засирает».

Вспышка ярости накатила сама собой; за свои сорок три года Клюев прошел все же немаленький путь «от сперматозоида до маршала», ну, пусть не до маршала, но чин у него — генеральский! И если уж говорить здраво, в последнее время положение его было таково, что, стоило ему только мигнуть, любой человечек, создававший ему проблемы, исчезал навсегда не только из его жизни, но и из жизни вообще. Позволить сейчас, чтобы какая-то задрюченная шпана...

Глаза сузились в жестком прищуре, уголки губ опустились.

— Вот что, ре-бя-та. Выметайтесь отсюда мигом. У вас есть минута. Или у вас появятся такие трудности...

Работяга Колян отстранился озадаченно:

— Во как запел, слуга народный? Грозишся? Да место твое у параши, ты уразумел, Плюев? — Колян осклабился, изо рта его стекла густая слюна — прямо на отутюженную брючину городского «головы».

Юрий Евгеньевич отпрянул, схватился за ручку дверцы, рванул, и — голова от короткого, резкого удара поплыла куда-то в непроглядную темень...

Малорослый напарник Коляна спокойно спросил:

— Ну что?

— Угомонился, — констатировал тот.

— Поехали?

— Ага.

— А что с этим делать? — Малорослый кивнул на продолжающего «отдыхать» Витька.

— Эдичка, да как обычно, — пожал плечами Колян.

Напарник понятливо кивнул, наклонился к лежачему. Движение его маленьких рук было скорым и непринужденным: голова Витька вывернулась куда-то вбок и назад, в шейных позвонках что-то явственно хрустнуло, и водила затих навсегда. Эдичка заботливо отодвинул его от авто, прикрыл труп своей замусоленной штормовкой, сел за руль, хлопнул дверцей, запустил стартер. Ловко развернул машину, вышел, открыл багажник. Вдвоем с Коляном они забросили туда труп незадачливого Витька, вернулись в салон.

— Ну что, с ветерком? — осведомился Эдик.

— Валяй. Эту тачку вертухаи не стопорят.

— Поехали! — Колян вынул из внутреннего кармана потертого пиджачишка дорогой мобильник, набрал несколько цифр, произнес:

— Товар упакован.

...Юрий Евгеньевич очнулся минут через тридцать. Недоуменно огляделся, повернулся неловко, охнул, почувствовав острую боль в селезенке. Рядом с ним сидел тот самый Колян, невозмутимо покуривая дорогую сигарету с золотым ободком. Машина неслась по шоссе, вокруг стеной стоял бор, все посты ГАИ давно миновали... В таком случае...

На душе у Юрия Евгеньевича стало слезливо и мерзко. Но терять лицо было нельзя — эти ребята вовсе не шпана, а это означало, что...

Клюев закаменел лицом, проговорил тихо:

— Похоже, у меня неприятности...

— Ты даже не представляешь себе, какие, — спокойно подтвердил Колян.

И тут Юрию Евгеньевичу стало по-настоящему страшно. В голове не осталось ни единой мысли, только одно слово зудело в мозгу назойливо и монотонно, будто навозная муха в душной комнате: «Влетел».

Глава 4

Вахтанг Шарикошвили облысел к двадцати пяти. К пятидесяти он обзавелся массивным животом, густыми усами и добродушными манерами преуспевающего бизнесмена из грузинских князей, радушного меценатствующего хлебосола и балагура. Таким его и знала покровская интеллигенция и творческая богема: Вахтанг Шалвович любил устроить в загородном особнячке увеселения с участием всяческих местных знаменитостей, которых за глаза называл обидным русским словом «хлебалово», но притом собирал с регулярностью на сходки, на которых сии высокообразованные и жутко высокомерные особи предавались дармовой выпивке, обжорству и всяким непотребствам вроде группового и неразборчивополого совокупления. Вахтангу Шалвовичу доставляло несказанное удовлетворение видеть всякий раз подтверждение собственным умозаключениям: людишки — существа жадные, недалекие и сластолюбивые, а людишки с образованием — еще и непомерно склочные и сволочные; приятно было раз за разом видеть, как бархатистый лоск умных слов и незнакомых ему понятий слетает с этой своры луковой шелухой, как превращаются они в одночасье в тех, кем являются в действительности: похотливых и грязных животных. У «хозяина» эти интеллектуалы заняли бы как раз то место, какое им положено по *его* понятиям: у параши.

Сам же Вахтанг Шалвович был человеком авторитетным: занимал должность «смотрящего» по Покровску и в среде других крутых и уважаемых людей был известен под погонялом Шарик. То, что было в кликухе что-то собачье, никогда не приходило на ум ни самому Вахтангу Шалвовичу, ни его коллегам: погоняла прилипали ко всем в возрасте молодом, по первым ходкам, и нередко были, как у первоклассников, производными от фамилий: Фадей, Жук, Роман-маленький. Простота или даже уменьшительная ласкательность кликух никого не обманывала, да и, по правде сказать, произносились они теперь реденько, в запале базара. Именовать друг друга господа привыкли по имени-отчеству.

По-русски Вахтанг Шалвович говорил абсолютно чисто, на исторической родине, где-то под Тбилисо, побывал впервые уже в позднем отрочестве и грузинский акцент «включал», только когда произносил тосты или желал понравиться дамам: Бог знает почему, но настоящий грузинский акцент весьма волнует хорошеньких женщин, особенно блондинок; а когда комплимент, приправленный этим самым акцентом, звучит из уст хорошо одетого благообразного джентльмена с благородной серебристой сединой на висках, а не от газетно-хрестоматийного «лица кавказской национальности», устоять перед ним решительно невозможно.

Вахтанг Шалвович умел и любил ухаживать за женщинами, но, к сожалению, женщин, за которыми стоило ухаживать, становилось все меньше.

В это утро Вахтанг Шалвович проснулся в самом распрекрасном расположении духа. Он был не стар, богат, у него была добрая преданная жена, его дочь училась в Англии, а что до дел... Дела были поставлены, отлажены хорошо и здраво, и никаких неожиданностей, кроме приятных, Шарикошвили в ближайшем и дальнем будущем не ждал.

Вахтанг Шалвович вынул из коробки толстую сигару, аккуратно обрезал кончик, прикурил, чиркнув длинной спичкой, выпустил невесомую струйку ароматного голубоватого дыма. Оглядел комнату и остался доволен, очень доволен. Он любил роскошь. И мог себе ее позволить.

Вчера он выпил несколько больше, чем нужно. Не беда. Вахтанг Шалвович знал, что нужно, чтобы избавиться от всех последствий похмелья. И конечно, это не баня. Он поднял трубку телефона и тихо сказал несколько слов по-грузински. Потом прикрыл глаза и выпустил струйку дыма. Ожидание было слегка волнующим и приятным.

Дверь открылась неслышно. Вахтанг Шалвович лежал, не открывая глаз. Послышалось перешептывание, смех... Потом с него легонько стянули одеяло, он почувствовал запах шампуня, легких духов, мокрые волосы защекотали низ живота... И вот два язычка и две пары губ прилежно начали ласкать его восставшую плоть...

Мужчина открыл глаза. Две девочки, лет тринадцати — четырнадцати, увлеченно занимались делом, он видел их шеи и затылки в мокрых завитках волос. Одна, почувствовав его взгляд, подняла глаза, спросила, облизав губы:

— Мы правильно все делаем?

Вахтанг кивнул. Девочки стали стараться с новой энергией. Мужчина почувствовал легкую испарину, с трудом удержал семя, похлопал одну из малолеток по щеке; она встала, аккуратно, двумя пальчиками, намазала мужскую гордость Вахтанга Шалвовича специальным гелем, забралась на постель и опустилась на его «прибор». Он прикрыл глаза, подождал, привыкая к ритму и чувствуя язычок другой у самого корня... Одним движением сбросил девчонку, притиснул грудью к кровати в вошел в нее сзади. Пацанка вскрикнула, зацеплялась ноготками за простыни, но он только оскалился, двигаясь часто и жестко... Девочка вскрикивала от боли, и это еще больше возбуждало мужчину... Он крепко сдавил ее тело и почувствовал, как всего его потрясла судорога наслаждения... Отшвырнув девчонку, он упал на спину и прикрыл глаза, ощущая, как нежные пальчики и язычок второй подружки продлевают удовольствие...

Потом его прикрыли одеялом, дверь так же неслышно закрылась, и все стихло. Он лежал опустошенный и удовлетворенный, чувствуя, как приятная полудрема, полная грез, окутывает сознание...

Никаким грешником себя Вахтанг Шалвович не считал. Вернее, в чем угодно, но только не в этом... Малолеток ему доставляли не с курсов кройки и шитья, математических олимпиад или конкурсов юных скрипачек — юные путанки в немереном количестве тусовались рядом со знаменитой городской дискотекой под простонародным названием «Подсолнух»: помимо зала для «скачек», там еще был выстроен круглый зал, похожий на шапито; новый русский владелец по фамилии Файнберг для красы покрыл зал модной ныне черепицей, но почему-то буро-желтого цвета; с его легкой руки развлекательный комплекс, включавший кинотеатр с тремя залами, ныне используемыми как магазины мебели, несколько баров, ресторан и тот самый диско-клуб, и получил нежное имя «Подсолнух». А тусовавшихся при нем девиц стали именовать сначала «подсолнушки», а потом — короче и точнее: «лушки». Ну а то, что комплекс на самом деле курирует калединская братва из стольного града Москвы в его, Шарика, лице, знать никому было и не нужно. А те, кто знали, благоразумно помалкивали, имея свой профит и не желая лишних приключений на мягкое место.

Признаться, Вахтанг Шалвович откровенными шалавами брезговал; подсолнуховые шмаровозы отбирали ему кисок самых что ни на есть начинающих, с пылу с жару, прямо от интернатских парт; девчушек проверяли на возможные заболевания и наставляли на «путь истины»: ни к «Подсолнуху», ни к иным злачным местам Покровска на пушечный выстрел не приближаться и вести себя паиньками, дожидаясь звонка. Заработанные же деньги тем или иным путем подкидывались их родителям, а если те навовсе озверели от пьянки, то опекунам из тетушек, бабушек, золовок — как правило, даже в самой забубенной семье находилась такая старая дева, для которой возиться с девчонкой было необременительно... Как результат — девушки подкармливались, одевались и, самое главное, избавлялись от опасности стать «подсаженными шлюшками»; посещение же особняка Вахтанга Шалвовича воспринимали кто — как не очень обременительную работу, кто — как не лишенное интереса развлечение; Шарикошвили же было приятно считать, что он не использует пацанок, а заботится о них. Самое смешное, в этом была своя правда: по крайней мере, за здоровьем лолиток следили очень даже тщательно.

Впрочем, Вахтанг Шалвович за громадьем планов и важностью дел не особенно задавался вопросом, куда деваются наскучившие или не заинтересовавшие его малолетки. А они, как водится, часто переходили с рук на руки к браткам рангом пожиже, потом — еще пожиже, пока не становились самыми обычными потаскухами при «котах»: одутловатыми, обтруханными и обколотыми... И если бы Вахтангу Шалвовичу сказали, что так оно и бывало, он скорее всего философично отнес бы это на счет незадавшейся генной программы от родителей-выпивох: в навозе можно вырастить розу, но сделать ее из навоза никак нельзя. Да и... Да и рынок наркотиков по Покровску контролировал он же, Шарик.

...Вахтанг Шалвович придремывал в сладкой истоме. Всего-то ничего нужно — подремать после хорошенького секса; и сон, порою уже неверный и муторный в его возрасте, бывало, не приносил отдыха, а такая вот истомная дремота, пусть и очень краткая, приносила такой покой, отдых и облегчение, словно он проспал здоровым юношеским сном часов двадцать.

Чувство опасности было неожиданным и острым, как игла. Надпочечники выбросили в одно мгновение в кровь столько адреналина, словно лежащий на кровати кавказец рванул стометровку. Только что он видел чистую горную речку и женщину, набирающую кувшин, и вдруг словно грозовая туча разом закрыла полнеба, и испепеляющая молния блеснула ярко и остро, как жало стилета...

Вахтанг даже не заметил, как в руке его оказался пистолет и как сам он застыл за портьерой у двери, стараясь слиться со стеной. Сердце билось, как мышка в руке конкистадора. Мужчина вполвздоха перевел дыхание. Там, за затворенной дверью, ничего не происходило. Тогда — почему? Или это сердце? И интимные развлечения после хорошего «принятия» накануне уже не по возрасту? Мелькнула мысль — где-то Вахтанг Шалвович читал, — что завзятые сердечники вот так вот боятся неизвестно чего: несбалансированные гормоны будоражат кровь, а та отравляет напрасным страхом мозг...

Он почувствовал, как капельки пота ручейками бегут по спине, по лбу, заливая глаза, как тяжелая рукоять миниатюрного крупнокалиберного пистолета скользко мокнет во вспотевшей ладони... Черт, это может быть и болезнь, но... Вахтанг облизал губы и ринулся к телефону на столе, сдернул трубку... Гудка не было.

На двери едва заметно двинулась вниз ручка. Одним движением он передернул затвор, сдвинул «флажок» предохранителя и, ни о чем уже не думая и ничего не просчитывая, поднял ствол и выстрелил в дверь.

Ствол дернулся раз, другой, тяжелые пули буравили дерево, вышибая щепу. Вахтанг замер, прислушался. Ничего. Ни стука, ни падения тела, словно за дверью и не было никого. Но страх был реальнее всего видимого и слышимого; что-то учуяв, Вахтанг успел обернуться к растворенному окну и стал заваливаться набок. Не успел. Пуля, выпущенная из бесшумного снайперского ствола, ударила над левой грудью, опрокинув комнату и окрасив мир желто-черным.

Первое, что увидел Вахтанг Шалвович, открыв глаза, был его собственный, очень дорогой персидский ковер. Прямо перед лицом застыли два черных ботинка.

Шарикошвили поднял лицо, встретил взгляд стальных глаз: суженные зрачки были похожи на затаившихся в амбразурах стрелков.

— Ну что, Шарик, вот и свиделись? — разлепил толстые губы Кротов.

Вахтангу Шалвовичу было совсем неинтересно думать о том, как могли люди этого выбившегося в авторитеты отморозка снять его охрану, как они вообще могли проникнуть в особняк или даже приблизиться к нему на расстояние полета пули... Боковым зрением он разглядел мирно сидящего в кресле мужчину с высокими залысинами, усатого, похожего на борца былых времен, этакого Ивана Поддубного на пенсионе... Боль мешала быстро стемешить все расклады, но один плюс один он складывать не разучился. И пусть он не знал, на чьей кухне заварилась похлебка, но будущая судьба этого урода с «гайкой» на пальце ему представилась достаточно ясной... Как и его собственная.

И все же... Надежда умирает последней... Вахтанг разлепил губы.

— Нам нужно поговорить... — прохрипел он, слыша, как воздух с сипением выходит из пробитого легкого.

— Уже не нужно, — осклабился Крот. — Клюв в руках моих мальчиков кололся, как сухое полено!

Вахтанг Шалвович облизал пересохшие губы, выдохнул с натугой, стараясь зацепиться за жизнь последним, что оставалось, — страхом.

— Резо не простит... Кострома, Роман-маленький, Жид, Колун, Афиногенчик... — начал перечислять он имена авторитетов.

— Лишь бы Бог простил, — перебил его из кресла «Поддубный». Добавил, мельком взглянув на часы: — Кончал бы ты его, Кротов, болезного. Делишек у твоих ребяток на сегодня — немерено...

Кротов болезненно усмехнулся, одним движением перевернул раненого на спину, словно жука:

— Что, Шарик, не забыл Краслаг? Вот и я не забыл...

Удар тяжелого, обитого железом ботинка в пах был страшен: Вахтангу показалось, что его просто разорвали пополам...

— Это тебе не девчушкам вставлять... — ухмыльнулся Крот. Посмотрел в мутные, полубезумные от боли глаза противника и решил не тянуть больше, опасаясь, что тот провалится в спасительное беспамятство. — Я тебе говорил, что по полу размажу? Вот и не обижайся — Крот слово держит.

Последнее, что увидел в своей жизни Вахтанг Шалвович Шарикошвили, была ребристая, подкованная медными гвоздиками подошва... Она с хрустом впечаталась в лицо, дробя кости...

— Будет, Кротов, будет... — Стоявший лицом к окну Панкратов повернулся. Голова лежащего превратилась в кровавое месиво, мозги забрызгали весь ковер, а Крот продолжал бить с методичной, непреходящей ненавистью. — Силушку побереги.

— Если б ты знал, Ильич, сколько он мне крови выпил... Каких корешей извел...

— Чему быть, того уж не воротишь, — философично бросил Степан Ильич. — А силу, ее поберечь стоит. Братва готова?

— А то...

— Вот и славно. Пора проехаться по городку Покровску. По-хорошему так, с музычкой.

— С похоронной, — ухмыльнулся Крот, сплюнул на труп и целеустремленно заспешил к выходу.

Степан Ильич проводил взглядом его массивную фигуру. Верно говорят: сила есть — ума не надо. Хотя без ума люди тоже живут. Но в их профессии — недолго. Очень недолго. Оно и к лучшему.

Панкратов еще раз окинул взглядом помещение, сморщился, вспомнив другое расхожее изречение: «Все к лучшему в этом лучшем из миров». Хм... Если этот мир — лучший, что же происходит тогда в худшем? Спокойнее не знать совсем. Меньше знаешь — легче спишь.

Глава 5

Разглядев Крота в подъехавшем серебристом «бентли», Гвоздь радостно отмахнул братве: начали!

Пацаны попрыгали в джипы, Крот двинулся на «бентли». Кавалькада получилась — загляденье.

— Круто! — выдохнул водила, коренастый крепыш Сека.

— А то... — отозвался Гвоздь, не выдержал, от избытка чувств выкрикнул: — Й-а-а-а!

— Ты чё? — удивился сидящий рядом Кадет. Он когда-то начинал карьеру в Рязанском воздушно-десантном, пока не влетел за драку с поножовщиной, но сохранил кое-какие армейские заморочки, потому и звался Кадетом. — Детство в заднице булькает?

— Веселуха. Опух я болванчиком, как мерин, в вагоне торчать! — Покосился на сидящего в джипе молодого человека явно не братанского вида, а самого что ни на есть гэбэшного, закончил, пародируя киношный акцент Владимира Ильича: — Конспигация, конспигация и еще газ конспигация! Агхиважно!

Молодой человек в лице не изменился, и Гвоздю в который уже раз стало не по себе. Эти ребята Шерифа — так они промеж себя окрестили крупного с залысинами, усатого неторопливого мужика — были мутными, как молочные бутылки, и скользкими, как ящерицы. И у него, Гвоздя, не было сомнений, что при случае их нужно класть рядком вместе с Шерифом — от греха.

Крот, расслабленно прикрывший веки на заднем сиденье неимоверно дорогого бронированного «бентли», был того же мнения. Не нравился ему этот порученец Филина. Как и сам Филин. Как и блондинчик-банкир, этот розовощекий козелок с замашками пидора и видом отличника-стукача. Ну да нужда заставит не только хлеб с маслом кушать, но и с чертом в чехарду играть.

Москва стала слишком тесной для Крота. Целенаправленная разборочная стрельба прошлого года в столице и самом ближнем Подмосковье поставила его перед небогатым выбором: идти под Резо или Романа-маленького. Первое было плохо, второе — очень плохо. Набравший авторитет спортсмен с волей, склонностью к лидерству и манерами отморозка не нужен никому из московских крестных. А потому шишкастая, коротко стриженная голова Крота, казалось, годная лишь для того, чтобы вышибать ею двери и крошить чужие челюсти, на самом деле напряженно кумекала последние полгода над вопросом: как выжить? Понимая, что при отсутствии нужных связей любому из крутых паханчиков он с пацанами может понадобиться только как пушечное мясо, да и то ненадолго, Крот порой впадал в тоскливую депрессию, подсаживался на иглу, дурковал по-глупому — чем еще объяснить покупку такой авторитетной «гайки» или такого авто?

Не, для пацанов это было в самый раз, круто, но для людей серьезных — детский сад, ребячество; как говорится, битый фраер спекся, пора выносить.

Тут-то на него и вышел Степан Ильич Панкратов, пару раз поболтали о том о сем... Потом, по принципу — куй железо не отходя от кассы, Ильич притащил его в особняк к Филину, и тот — карты «рубашкой» вниз: так, мол, и так, у нас свои дела в Покровске, заводишки нас интересуют, много не обещаем, но долю малую дадим; а на хозяйстве по городу — свой человек нужен, с авторитетом, но без глупых заморочек, вроде «закона» или «понятий»... Складно так у него выходило, но...

Чуял Крот за всеми этими словесами какую-то муть, потом стал прикидывать: Покровск — городишко аховый, ясно, не Москва и не Питер, но много там чего хорошего, вроде автозаправок, кабаков, рынков... И без заводишков — бабки немереные... И не поучаствовать в предложенном «блицкриге» — это как себе в суп плюнуть! Подмять под себя губернский городок — дело не маленькое; впрочем, и на Москве он ничего бросать не собирался, оставит положенцев, пока суд да дело... А там... Будут бабки, будет и песня!

Чутью своему он верил; потому, как только дельце провернется, Панкратова с его серыми волками — в расход, и вся недолга. Силу все уважают. И допустить, чтобы у тебя за спиной маячила какая-то шестерка, пусть и козырная, — бездарно и опасно. На этом столько пацанов головы потеряли, что и не перечесть. Кротов свою терять не собирался.

Панкратов организовал все так, как привык в своей конторе, а уж на какую контору он гнул поясницу до пенсиона, один черт ведает. Действительно, загрузил боевую братву вместе с джипами в закрытые вагоны, похожие на железнодорожные автозаки, закрыл вглухую, запечатал; вот в таком виде, как Ленин со товарищи из Неметчины, они и прибыли в Покровск. Признаться, Крот изрядно понервничал: мочкануть их из «калашей» в этаком положении было легче, чем два пальца обмочить. И если бы кто из недругов эту комбинацию просек, покрошили бы всех.

Ну да, видно, серые «дети Ильича» язык за зубами держать умели справно. Все прошло как по маслу. А человечек Крота, Шланг, сумел втихую в Покровске подсуетиться: промутил хорошенько среди ничейных здешних отморозков, подписал их под Крота. Впрочем, подписал — не совсем верно: пацаны ждали от Крота *действия* — во все времена бойцы любят присоединяться к сильным. Чтобы навсегда. Забыв, что навсегда ничего не бывает. Кроме смерти.

Для самого Крота «моментом истины» в общении с Филиным и Панкратовым было устранение Груздева; понятно без дураков, теперь эти ребята выставили головы и пути назад у них нет. А после мочилова в особняке нет пути назад и для Крота.

Вот только... Эти волки Шерифа — опаснее гремучих змей, это точно. Охрану вокруг дачи Вахтанга сняли так, что никто даже не дернулся; Крот с ребятишками въехал в ворота, как Сталин в Кремль, только что не с салютом. И все одно он, Крот, их кончит. И Шерифа-Ильича-Панкратова первым.

Умный он сильно, этот Панкратов. Ну и пусть думает. Пока он думать будет да вариации просчитывать, заточкой его и приласкать. Нужно только правильный момент выждать. Главное в этой жизни — выгадать время и попасть в самую тютельку. Или — в яблочко. Остро отточенным клинком.

...Кортеж закатил в город на газах. Гаишник на въезде даже не дернулся: кому охота с трехлинейкой на танк переть? Но что отзвонится немедля куда следует и кому следует, это как пить дать. И что изменится? Как там базлал Панкратов? Любой тревожный звонок, будь то в дежурную часть или кому-то из здешних авторитетов, прозвучавший за пяток минут до начала действия, может только деморализовать противника. Тем паче основной «оппонент», Шарик, лежал сейчас в луже собственной крови.

У рынка тормознулись лихо. Защелкали дверцы джипов, братва ломанулась в административное здание рынка — двухэтажный домик. Охранник на входе только привстал и — упал с простреленной башкой: вряд ли он собирался оказывать какое ни на есть сопротивление, но Панкратов настаивал на «показательном выступлении». Да и сам Крот знал: ничто так не ломает противника, как демонстрация силы. И демонстрация не пустяшная, мнимая, дескать, вот сколько у нас стволов и бойцов, демонстрация действенная: стволы стреляют, бойцы мочат. Без сантиментов.

Двери на втором этаже вылетели с грохотом; какие-то тетки прыснули по углам; двоих вылетевших невесть откуда охранников срезали длинной автоматной очередью и полоскали пулями в лоскуты, пока оба не превратились в подобие рваного тряпья.

Маленький лысый человечек в кабинете был белым как полотно. Хозяин рынка Семен Иванович Хорев, в простонародье — Хорек. Крота он узнал. Пытался сказать что-то, да не удавалось: открывал по-рыбьи рот, но не произносил ни звука.

Крот застыл напротив на дорогом китайском ковре. Хорев побагровел, выговорил с трудом:

— Крот, я...

— В команде знатоков объявляется замена... — улыбнулся уголком рта Кротов и спустил курок. «Штурмовая» пуля из крупнокалиберной «беретты», попав в переносицу, снесла мужичку полчерепа.

Кротов развернулся, собираясь покинуть место побоища, заметил в углу съежившийся комочек: секретарша покойного. Поднял было ствол, заметил, как побелело и без того бледное лицо девушки... Кинул Кадету:

— Подбери куклу. Вечером поиграем.

Тот кивнул, легко подхватил девчонку под мышку и двинулся прочь вслед за боссом. В семь минут рынок поставили буквально на уши. Местные отморозки, подкрепленные бойцами Крота, мигом прошлись по злачным точкам, оставляя за собой трупы и раненых. Слух о том, что Шарик пребывает уже в «мирах иных», облетел всех и вся, и оставшиеся «середняки» и национальные общины, платившие Шарику, сворачивались и спешили упасть на дно, в глубокую захоронку, до выяснения.

Кавалькада машин — пришлых джипов и местных отморозочьих «девяток» — выехала с рыночной площади и веером рассыпалась по городу. Еще в десять минут были разгромлены три бара, в коих любила тусоваться «пехота», компьютерный центр, подсобка элитного магазина «Элект» — место сбора теневых если и не «отцов», то «зятьков» города.

...Степан Ильич Панкратов остановил секундомер. Надо полагать, милицейские, омоновские, фээсбэшные начальнички уже оклемались. Сейчас самое время залечь на дно, чтобы не попасть под горячую карающую руку силовых подразделений. Через сутки и это уляжется, тогда можно будет выполнять третью часть плана. Он поднял к губам рацию и произнес только одно короткое слово: «Отбой».

Через двадцать минут после начала акции автомобили выехали из города и растворились в лесах Клеверецкого района.

Глава 6

Губернатор Илья Иванович Купчеев сидел в кабинете и рассеянно взирал на открывающуюся за окном панораму левого берега Вежи. На улице стояла жара. Свежая зелень изумрудно переливалась под солнцем,

Вежа неспешно несла стальные воды. Несколько рыбачков застыли статуями с удилищами, сторожко поджидая добычу — меленького серебристого сенца, а если повезет, то и подлещика. В болотных сапогах или обрезанных по пояс гидрокостюмах они заходили в студеную холодную воду по самое «не балуйся» и стояли так часами. Ни тебе простатита, ни тебе геморроя. Оба недуга Илью Ивановича периодически доставали. Сегодня к вышеназванным добавлялось еще и легкое похмелье.

Да какое там легкое! Пройдя когда-то по комсомольско-партийной лесенке от инструктора райкома комсомола до второго секретаря обкома партии, Илья Иванович прошел соответственно и полагающийся «естественный отбор» на стойкость к алкоголю. И ежели не спился пока вовсе, так это — гены.

Просыпался он не рывком и не сразу. Сначала чувствовал, как ноет поджелудочная, потом — тянущие боли в сердце, следом — вот этот самый геморрой, особливо если хряпнул накануне как следует... И это жизнь?..

А какой вопрос без стаканчика решить можно? Да никакой. Ни тогда, ни теперь. Разве что-то поменялось, если копнуть по существу? Партхозноменклатура, ПХН, в народе именуемая «паханы», переварила дерьмокрадов не поперхнувшись, как щука — пескариков. Криминальные авторитеты — крутые мужики, не подарок, но с ними ко взаимному уважению обсудить вопрос-другой куда легче, чем с писклявыми пидорами-демократами «перестроечной волны», сильно жадными, не очень умными и до удивления сволочными.

Хе... Жизнь... Раньше съезды, теперь — сходняки... Купчеев снова весело хмыкнул, забыв о недугах, представив на миг лозунг: «Решения XXIV сходняка — в жизнь!» Такие вот настали *реалии*, как выражался Мишка Меченый, ходить ему конем!

Сердечко снова начало покалывать. Илья Иванович тяжело вздохнул. Вытер платком широкое лицо, нажал кнопку селектора:

— Люда, чайку.

— Одну минуту, Илья Иванович.

Люда действительно запорхнула через минуту, выкатывая перед собой столик с подносом. Выставила большой фарфоровый чайник, стакан в старом, сталинских времен, серебряном подстаканнике, вазочку с вареньем, сахарницу с аккуратно наколотым щипчиками кусковым сахаром и блюдце. Илья Иванович любил в одиночестве прихлебывать чаек по-простецки, вприкуску. По молодости он тушевался этой своей привычки, а ныне чего?

Тем более наружности Илья Иванович был самой что ни на есть русаковской. Редкие седые волосы, зачесанные назад, сами собой распадались посередине прямым пробором, широкое лицо с носом-пуговкой, массивная фигура. Если чего и недоставало ему, так это бороды-оклада, как у деда и прадеда; у здешних так завсегда было: волосы с годами на лысину не разменивались, но редели, а борода шла густая, лопатой или окладом, и холили ее купцы, лелеяли, накладывая на широкую грудь поверх гильдейной цепи.

Людмила мельком глянула на патрона: не нужно ли чего еще? Она была не похожа на нынешних обязательно-хрестоматийных секретарш: длинноногих пустоглазых куколок, выполняющих при патронах функции многостаночниц. Ей было слегка за тридцать, она была крепка телом и скора умом и порой относилась к своему вельможному начальнику с заботливостью сестры; никакого «интима» с секретаршей губернатор себе не позволял; он был счастливо женат вторым браком и семьей дорожил. Впрочем, кто не безгрешен, для радости были у Купчеева и статисточки, поселенные поодаль от любопытствующих глаз в дачном домике в бору, — будучи вельможей старой школы, никаких шашней на работе ни себе, ни подчиненным не позволял. Слишком много видывал в иные времена карьер, погубленных под секретарской юбчонкой.

Новые были не такие: наглее, нахрапистей, злей и аппаратных правил, в том числе и матримониальных, не блюли; ну да что ему, Илье Ивановичу, до этих новых? Опытом он ведал одно: или впишутся в систему, или система их спишет. Третьего не дано.

— Газеты? — спросила Людмила.

— Через десять минут.

Секретарша удалилась, тихонько прикрыв за собой дверь.

Телефон на столе запиликал призывно. Илья Иванович поднял трубку. Молча выслушал, лицо его поморщилось брезгливо, но ответил он ровным, обыденным голосом:

— Спасибо, что проинформировали, Сергей Сергеевич.

Полковник Сергей Сергеевич Сутеев был доброхотом-стукачом Купчеева в системе УВД, благодарить его, собственно, было не за что, но Илья Иванович прочел когда-то еще гэбэшное руководство по вербовке и правилам обращения с агентами и старался этим правилам следовать: агент должен чувствовать, что он не просто дорог куратору, а крайне важен и нужен. А от «спасибо» его губернаторского авторитета не убудет.

Илья Иванович снял трубку — сейчас он вставит милицейскому генералу Серебрякову по первое число: когда это было, чтобы в городе стреляли? Не девяносто то второй! Да и Игнатьич нехай почешется: где какой непорядок, а губернатор — в курсе! Потом построить начальников УФСБ и РУБОПа: пусть тоже чувствуют хозяйскую руку.

Телефон отозвался после первого гудка.

— Что у тебя там за бардак, Валерий Игнатьевич? — спросил он, не повышая голоса. — Бандиты опять распоясались? У нас не столицы, нам шуму не нужно. Контролируешь? Вот и славно, что контролируешь. Жду на докладе в два часа.

Илья Иванович положил трубку, налил чаю в стакан — тот был горяч и крепок. Бросил под язык кусочек сахара, отхлебнул. Бандиты... Пацанва из дурных, которые хотят все и сразу. А так не бывает. Ты поусердствуй, послужи, хребет поломай... Не желаешь? Ну тогда по пословице: бандит должен сидеть в тюрьме. И никаких соплей.

Дверь открылась, вошла Людмила с газетами, разложила их на столе:

— Еще чайку, Илья Иванович? Погорячее?

— Давай кипяточку, Люда. Уже сердечко не то, чтобы по два чайника «купца» выдувать. Вторяком разбавим.

— Сию секунду.

Илья Иванович чувствовал, как приятная испарина выступает на лбу. Вот так вот, по-дедовски, и никакого похмелья. Вынул из шкафа бутылку коньяку, плеснул на донышко стакана, выпил одним глотком, кровушку разогнать. И вслед — опять чайку, погорячее.

Людмила вошла с поющим еще чайником, долила заварной крутым кипятком и тут же налила густо-янтарного цвета чай в стакан. Купчеев поблагодарил кивком: ему был приятен заведенный им порядок; в любом порядке должна чувствоваться надежность и солидность, ибо только неизменность, стабильность власти может заставить людей эту власть уважать. А власть, как и все в этой жизни, стоит на мелочах. Их нельзя ни забывать, ни упускать.

После третьего стакана пот прошиб уже основательно, Илья Иванович удалился в апартаменты, помещающиеся сразу за кабинетом, умылся, поменял сорочку. Уф, словно заново родился. Можно и к делам.

Телефон на столе в кабинете звонил долго и требовательно. Прямой. Илья Иванович неспешно подошел, снял трубку.

— Только что поступило сообщение: убит Вахтанг Шарикошвили, — напряженным голосом доложил другой стукач-доброхот, уже из РУБОПа.

— Вот, значитца, как...

Илья Иванович задумался. Вахтанг Шалвович числился в городе преуспевающим бизнесменом, но основной род его занятий тайной ни для кого не был. Если завалили смотрящего, жди неприятностей. Тут есть над чем подумать. На два часа назначено Серебрякову, может быть, стоит вызвать и начальничков УФСБ с РУБОПом? Так сказать, загодя прокачать ситуацию?

— Когда? — спросил он.

— С час назад.

— Причины?

— Выясняем. Пока считается — разборка.

— Давно не было.

— Очень давно.

— Что Титов? — поинтересовался губернатор позицией начальника РУБОПа.

— Ему звонил Серебряков. В городе неспокойно. Вводим планы «Невод», «Зачистка» и «Перехват».

— Да? И жить станет веселее?

— Порядок обеспечим, Илья Иванович.

— А вот это правильно.

Купчеев подумал минутку, нажал кнопку селектора:

— Людмила, всех силовиков ко мне на два часа. И мэра тоже.

— Да, Илья Иванович.

Купчеев откинулся в кресле. Вот тебе и тихий денек... Некоторые пеликаны, занесенные в начальственные кресла кто ветром перестройки, кто — ураганом «демократизации», сдуру пыжились от гордыни и считали, что крупный чиновник не должен вникать в дела, находящиеся «ниже его компетенции», в так называемую мелочевку... Чушь! Власть держится на мелочах! Вернее, во власти мелочей не бывает! Наше мирное и законопослушное население может полгода не получать зарплат и вздыбиться разом из-за того, что какой-то дебил мент разбил нос какой-то шлюшке! И — понеслось дерьмо по трубам! Телевизионщики, как вороны на падаль, слетятся! А то у любого спецушного начальнички хватит мозгов сварганить такую операцию самому, да зацепиться на Москве за кого следует, да подставить-подсидеть «отца-губернатора» на полную катушку, подвести под царев гнев, вогнать в немилость! Учены!

Илья Иванович предпочитал в мелочи вникать, потому и был который год «на коне». Пусть не на самом белом, да конек тот стоял на грешной земле всеми четырьмя, как орловский тяжеловоз. И еще, Бог даст, простоит.

За размышлениями Илья Иванович небрежно просматривал газеты. Телефон заголосил снова, Купчеев нервно снял трубку:

— Да?

— Убит водитель Клюева, — проговорил в трубку «контакт» из УФСБ.

— Что? Какой водитель Клюев?

— Извините, я неточно выразился. В лесополосе нами найден труп шофера мэра города. Его автомобиль исчез. Сам мэр тоже пропал.

— Что значит пропал?

— Его нигде не могут найти.

— Вот как? Ищут?

— Так точно. Планом оперативно-розыскных мероприятий предусмотрено... — затараторил, как хорошо обученный попугай, «контакт», не заметив сарказма в губернаторском вопросе.

Тот оборвал резко:

— Когда?!

— Извините, не понял?

— Когда пропал Клюев?

— Это не выяснено. Из дому он вышел в четверть седьмого. Жена полагала...

— Мне начхать, что полагала или полагает его жена! *Когда* обнаружен труп водителя?

— Савостьянова?

— Майор, ты что, тупой? Я не спрашивал, *как* его зовут, я спрашивал *когда* был обнаружен его труп?!

— Секундочку, я уточню... Секундочку!

Кретин!

— В десять сорок пять. В лесополосе за тридцать пятым километром шоссе. Это уже в Лугачинском районе.

— Кто обнаружил?

— Какой-то мужик, он не представился. Просто позвонил в дежурку, так, мол, и так.

— Случайный прохожий? — иронически поинтересовался Купчеев.

— Возможно.

— Тогда почему этот лесник-грибник позвонил дежурному УФСБ, а не по 02, как все нормальные граждане?

Собеседник на секунду замолчал в замешательстве, наконец выдавил:

— Не могу знать.

Купчеев хотел выругаться, но сдержался. Перевел дух, спросил:

— Это все?

— Так точно, — по-военному отозвался «контакт». Помолчал, потом добавил: — Генерал Семенов до выяснения всех обстоятельств засекретил полученные данные... Я же информирую вас потому...

— Быть тебе полковником, майор! — снова резко оборвал его Купчеев. — Спасибо.

— Всегда рад быть полезным.

— Держи меня в курсе.

— Есть!

«Ага... Есть! На харе шерсть! Ах, Семенов! Мудрило грешное! Кэгэбист драный! Вспомнил славные семидесятые? Решил в игры поиграться? Я тебе поиграюсь!»

Купчеев со злостью двинул ящиком стола, вытянул пачку сигарет, чиркнул спичкой. Постепенно он почти отучил себя курить, первую сигарету вытягивал после обеда, но сегодня... Нечего сказать: мирный теплый денек! Теплый и мирный!

Итак, Семенов. Этакий застегнутый на все пуговицы цивильного костюма служака. Безукоризненный пробор в волосах, на носу — затемненные окуляры в тонкой золотой оправе. Андропов нашелся! Борец с коррупцией и злоупотреблениями! Чистые руки, холодные уши, горячая похлебка!

Как бы не так... На его, Купчеева, место метит! Федерального он, видишь ли, подчинения, а потому на доклад к губернатору бегать не обязан! Оперативные разработки у него, вишь ты! «До полного выяснения обстоятельств!»

Пальцы Ильи Ивановича нервно перебирали газетные листы, разложенные в строго определенном порядке. Мелькнула знакомая фотография, Илья Иванович подвинул к себе газетный лист, и лицо его начало на глазах сереть...

«Николай Степанович Груздев... Преступная рука оборвала жизнь крупного государственного деятеля, выдающегося хозяйственника... Специально сформированная Генеральной прокуратурой следственно-оперативная группа... На контроле у президента... В который раз нам приходится задавать самим себе недоуменный вопрос: до каких пор организованная преступность...»

Илья Иванович Купчеев не заметил, как сигарета истлела до фильтра и стала обжигать пальцы... Потянулся к стакану, глотнул остывшего чая... Вот, значит, как...

Мысли в голове вырывались из лихорадочной круговерти, укладывались на предназначенные им «полочки»... Вахтанг Шарикошвили... Стрельба в Торговом центре... Труп шофера мэра, валяющийся словно новенький целковый на людной улице... Доброхот-лесник-грибник, нашедший труп и отзвонивший не куда-нибудь, а в УФСБ... Мэр Клюев, покинувший семейное гнездышко ранним утречком и пропавший вместе с автомобилем...

Зуммер селектора прервал размышления.

— Да! — рявкнул Купчеев.

— Илья Иванович, сегодня прием согласно распорядку? — тихо, испуганно прошелестела Людмила.

— Какому распорядку?

— У вас на столе — копия... — еще тише проговорила секретарша. — Поскольку вы не внесли изменений... Отменить?

— Кто там у нас?

— Банкир.

— Что за... — Купчеев наморщил лоб.

Людмила зачастила, словно увидев его лицо воочию:

— КРОНЭКС-банк, член правления господин Савчук Валерий Эммануилович.

— Эммануилович, говоришь...

— Валерий Эммануилович.

Мысли в голове Купчеева неслись пришпоренными лошадьми.

Вот, значитца, какие пирожки с плюшками. Ну-ну... Он разлепил спекшиеся губы:

— Ему назначено на двенадцать?

— На двенадцать пятнадцать.

Купчеев глянул на часы. Было ровно четверть первого.

— Извинись. Скажи: приму через пятнадцать минут.

— Да, Илья Иванович.

Ровно в двенадцать тридцать Илья Иванович Купчеев сидел за пустым, просторным, как теннисный корт, столом. Он успел сделать несколько звонков по спецсвязи в Москву: ни душевного покоя, ни уверенности они ему не прибавили. Тем не менее лицо его было спокойно, глаза, прикрытые набрякшими веками под жесткими кустиками седеющих бровей, смотрели жестко и зорко, руки покоились на крышке стола нерушимо, будто на дворе — не конец девяностых, а середина пятидесятых, а сам он — Великий Кормчий социалистического Китая товарищ Мао Цзэдун. И впереди у него много смертей, но чужих.

Когда-то, еще будучи студентом, Илья Иванович учился с китайскими товарищами. И главное умение, которое он перенял у дальневосточных друзей, было умение сохранить лицо. При любых обстоятельствах.

Глава 7

Молодой человек в дорогом, превосходно сшитом костюме сидел в кресле напротив губернаторского стола. Чувствовал себя он достаточно свободно, да, именно свободно, а не вольготно. Вся его поза словно говорила: «Мы же деловые люди, господин Купчеев, а деловые люди всегда сумеют договориться. Особенно если речь идет о деньгах, представленных в цифрах с семью-восемью нулями после единички».

Губернатор молчал. Глаза, полуприкрытые веками, буравили гостя. Тот понял, что «ходить» придется первым, в деловых разговорах, в отличие от шахмат, это далеко не преимущество. Впрочем, молодой человек знал о своих козырях и о том, что губернатор уже проинформирован обо всем случившемся за последние несколько часов в «подведомственном» ему городе. Единственное, о чем не подозревал Валерий Эммануилович, — так это о том, что вместо фирменного банковского значка в петличке его пиджака людьми Панкратова установлен замаскированный сверхчувствительный микрофон и сам Степан Ильич удобно расположился с двумя операторами в уютном микроавтобусе в трехстах метрах от здания администрации и готовился прослушать и записать беседу банкира с губернатором.

Предстоящий разговор забавлял Валерия Эммануиловича. Хотя настроился он на него достаточно серьезно: в бизнесе мелочей не бывает. То, что покажется тебе теперь мелочью, впоследствии может обернуться проблемой, снять которую твои компаньоны смогут только твоей жизнью. Вернее — смертью. Савчук поежился зябко, вспомнив безличный и холодный взгляд Филина...

Да наплевать на Филина! Пусть он гениальный разработчик и теперешнюю ситуацию смоделировал так, что комар носа не подточит, сейчас начнут говорить деньги! А с этим Валерий Эммануилович Савчук справлялся всегда с присущим ему блеском! Если это признают господа Кодарковский, Обновленский и Ботанин, то какому-то Филину придется это признать! Даже если он и ночная птица! А уж этому монументу за столом, словно ожившему герою кинокартины семидесятых типа «Секретарь парткома», он намотает кишки на палку! Но... Легко и изящно! Вот именно, легко и изящно! С присущим ему блеском!

Валерий Эммануилович чуть откинулся на стуле, улыбнулся мальчишески открытой улыбкой, произнес, играя обертонами хорошо поставленного голоса:

— Уважаемый Илья Иванович! Чтобы напрасно не отнимать вашего дорогого времени, приступлю сразу к теме нашего рандеву. Смею надеяться, вы уже изучили те бумаги, что мы послали к вам две недели назад, и у вас появились какие-то соображения по изложенным вопросам. Совет директоров КРОНЭКС-банка уполномочил меня обсудить с вами все интересующие вас вопросы... Мне представляется также, что мы могли бы сегодня же снять все возникшие или могущие возникнуть в будущем недомолвки и недоумения, чтобы разрешить нашу проблему к полному согласию сторон.

Валерию Эммануиловичу понравился произнесенный им спич: просто и изящно.

Но Илья Иванович Купчеев никак не прореагировал на сказанное. Он продолжал монументально возвышаться за столом, буравя зрачками посетителя. Единственное, что мелькнуло в его голове: а этот недоумок сам-то понял, что сказал?

Банкир, не дождавшись ответа, вытащил из кармана золотой портсигар от Картье, осведомился вежливо:

— Разрешите?

Губернатор промычал нечто невразумительное; Валерий Эммануилович счел возможным считать это согласием, чиркнул кремнем такой же баснословно дорогой зажигалки, выпустил идеально ровную струйку дыма.

— Итак, поговорим по существу вопроса? — Банкир выделил голосом словосочетание «по существу» и выразительно посмотрел на этого дремучего чинушу. Он был доволен складывающимся разговором. По крайней мере, инициатива была за ним. Сейчас этот медведь и мужлан заерзает, забеспокоится, начнет торговаться за каждую тысячу баксов и заглотнет тем временем крючок целиком. А с крючка КРОНЭКС-банка еще никто не слезал. Живым. Да и...

Молодой человек выпустил очередную дымную струйку, затянулся. Теперь он был намерен держать паузу. Сколько бы это ни продлилось. Кажется, у Станиславского он читал: главное качество, отличающее великого актера от посредственности, — это умение держать паузу. Себя Валерий Эммануилович считал блестящим актером. И не только он один так считал. Если спросить у банкира Кодарковского, каким образом...

— Ты это... — нарушил тишину хриплый голос губернатора.

— Что, простите?..

— Ты, Савчук, из этих?.. Из жидков будешь?..

— Простите?

— Ты чего, глухой, прости Господи?.. Из еврейчиков будешь, спрашиваю?

— В смысле...

— Да в прямом!

— Я — русский. Но родом с Украины. Из Одессы.

— Вот то-то. В Одессе в той у вас все еврейчики и есть. Так?

— Ну почему же все?

— А пес вас знает! И среди банкиров, что ни нос, то в полтора аршина... А пейсы чего не носишь? Не модно, знать, ныне?

Пусть на секунду, но Валерий Эммануилович растерялся: он что, полный дебил, этот губернатор? Речь идет даже не о деньгах, а о Деньгах! Савчук не без труда подавил готовое вспыхнуть раздражение, улыбнулся достаточно непринужденно:

— Если вы, Илья Иванович, насчет отчества интересуетесь...

— Я насчет отечества интересуюсь! — грубо оборвал его губернатор. — Наобещаешь тут, напакостишь там, а потом — в свой Израиль подашься, к раввинам грехи замаливать, так? Гражданство-то, поди, оформил уже на случай? Чтобы, как крыса, сбегти с земли русской, когда припечет?

Валерий Эммануилович вынул платочек, промокнул пот со лба... Этот губернатор не просто дебил, он махровый дебил! Кретин в квадрате, вот кто он! Каких дегенератов плодит еще земля русская, Боже ж мой! И с этим мастодонтом нужно вести разговор о сорока миллионах долларов? А на самом деле речь идет о полутора миллиардах?! Куда все катится?!

Стоп! Не время для эмоций! Он справился с лицом, глянул на этого краснорожего ублюдка, по какой-то непонятной прихоти судьбы занимающего такой ключевой пост, собрался, проговорил, чуть понизив голос:

— Вы правы, Илья Иванович. Я уважаю ваши убеждения и, если хотите, разделяю их. И относительно мирового еврейства — в том числе. Но... — Молодой человек слегка развел руками: — Вы же понимаете, в их руках сосредоточены крупнейшие мировые финансовые центры...

— А ты что, Эммануилович, себя чукчей числишь? Или этим, камчадалом? Папашка, поди, тех самых, голубых кровей, даром что Савчук? А мамашка — вообще Гогельбрюхер какая-нибудь?

Банкир заметил, что тон собеседника чуть сменился с напористо-агрессивного на насмешливо-снисходительный. Это Савчук счел хорошим предзнаменованием. Как учит сайентология, любую фразу, сказанную собеседнику, лучше всего начинать со слов «вы правы».

— Вы правы, Илья Иванович, но признайтесь, у вас имя тоже... Не того...

— Да ты что, банкир, сдурел совсем за барышами?! — громыхнул Купчеев. — Да я в аккурат на Илью Пророка, третьего августа народился! Как меня родители мои православные могли наречь? Марком, что ли? Или Фемистоклом?!

— Вы правы, Илья Иванович! Вот и у меня — та же ситуация! Мой покойный дедушка весьма увлекался философией немецкого мыслителя Канта, открывшего, как известно, шестое доказательство бытия Божия и тем самым дополнившего самого Фому Аквинского, отца схоластики... Так вот: в честь прославленного немца этот мой дедушка, Алексей Миронович, и нарек моего папу таким странным по тем временам именем! А родителей, как известно, не выбирают! И мой отец, Эммануил Алексеевич, был членом ВКП(б) с сорок девятого года, а тогда, как известно, иудеев не сильно жаловали...

— Ну будет, будет, — совсем уже смягчился «грозный» губернатор. — Вы, хохлы, тоже не сахаром помазаны, только и норовите нашего брата русака объегорить...

— Да полноте, Илья Иванович... Мы же деловые люди...

— И коньячок делу не помеха, а? — хитро, по-крестьянски, прищурился Купчеев.

Валерий Эммануилович внутренне ликовал: вот что значит мастерство! Все будет так, как он задумал! Торг. Этот Купчеев, конечно, дремучий мужик, но хитрый. Хотя... Как формулировал Ларошфуко, хитрость — признак недалекого ума. Дебют он, Валерий Савчук, выиграл вчистую. Осталось сделать следующий шаг. И — поставить мат.

— Людмила, приготовь-ка нам с гостем чайку, эдак по-русски, с коньячком, буженинкой, севрюжкой... — услышал Валерий Эммануилович распоряжение губернатора. Прикрыл глаза, вдохнул глубоко, задержал дыхание, стараясь сосредоточиться. Именно так древнекитайский целитель Цзу Джи рекомендовал восстанавливать тонкую энергию «цы» после напряженного интеллектуального поединка. Который ему еще предстояло завершить победой. Полной победой.

Если бы Валерий Эммануилович видел брошенный на него губернатором вскользь взгляд, он ощутил бы только одно чувство: страх. Страх, одинаково поражающий все зверье, будь оно ползучее, рогатое или двуногое. Страх нерассуждающий, слепой, смертельный. Ибо смотрел Купчеев на подсадного банкира профессионально-оценивающе, с прищуром, будто убойщик на готового к закланию бычка, будто стрелок на дичь — сквозь вороненую прорезь прицела.

Глава 8

Панкратов дослушал разговор Савчука с губернатором, выключил запись. Из автомобиля он видел, как банкир, самодовольный, сияющий, будто новенький гривенник, вышел из дома администрации, медленно двинулся к машине.

Телохранитель, здоровенный качок по имени Костик, по негласной классификации Панкратова — «амбал-вредитель», вроде того, что был у мэра, предупредительно встретил шефа с мобильником в руке. Сейчас Савчук будет докладываться Филину. Но Панкратов ошибся.

— Владлен Ефимович? — произнес Савчук в трубку.

Этот полудурок звонит самому Обновленскому по прямому? Холодная испарина обильно оросила лоб Панкратова. Он был рад, что выключил запись. Если он пропустил контакт банкирчика с олигархом, Филин не просто по голове не погладит... Он ее и оторвать запросто может.

Или Савчук не такой уж олух? Раз решил играть свою игру? И вся его беседа с губернатором лишь прикрытие, и предназначена для его, Панкратова, ушей, и о прослушке он знает априори? Хм... Если хватило ума с Обновленским связаться, то такое не мудрено. Или это олигарх играет свою игру? Теплее. Поживем — увидим, а на нет — и суда нет.

Степан Ильич продолжал напряженно слушать.

— Я обговорил предварительные условия КРОНЭКС-банка с Купчеевым. Хитрит. Да, те, что я вам передал. Думаю, ваше предложение придется ему по душе. Только, если вам интересно мое мнение... Этот губернатор весьма ограниченный человек, к тому же — махровый антисемит... Да... В КРОНЭКС-банке все еще полагают, что... Хорошо, Владлен Ефимович. До свидания.

Довольный собой и жизнью Савчук опустился в прохладу кондиционированного салона, и автомобиль помчался прочь из города.

В машине Панкратова прозвучал зуммер спецсвязи.

— Первый слушает, — отозвался он.

— Докладывает Второй. Блондинчика обставили.

— Давно?

— После встречи с губернатором.

— Насколько плотно?

— Да внаглую: не понять, представительская охрана или — наоборот. Две машины. Возможно, есть еще несколько — это их город.

Панкратов задумался: да, это могли быть и люди губернатора, не так он прост, вернее, совсем не прост... А мог и милейший Владлен Ефимович Обновленский подстраховаться: слишком большие ставки на кону. Нет, все же Блондинчик каков! Вышел на контакт с олигархом настолько втихую, что...

— Второй, вы не спалились?

— Пока нет. Ведь мы не предпринимали активных действий.

— Сможете сопровождать объект?

— Так точно.

— А не засветиться перед чужой наружкой?

— Если мы их срисовали, то и они нас прояснят непременно. Но какое-то время — сможем.

— Постарайтесь это время продлить.

— Есть.

— Конец связи.

— Конец связи.

Панкратов задумался. Поднял трубку с тяжелого ящика, кодировавшего переговоры:

— Панкратов вызывает Филина.

— Слушаю, Степан Ильич.

— Контакт с губернатором у Блондинчика прошел.

— Да? И как твое мнение?

— Честно или откровенно?

— Лучше — как на духу.

— Геннадий Валентинович, где вы разыскали этого долбаного урода?

— Савчука?

— Я по наивности полагал, природа подобных дураков больше не производит.

— Природа и не на такое способна, — хмыкнул Филин. Добавил: — А вообще ты прав, Степан Ильич, пришлось попотеть. Я его полтора года обкатывал, пока в правление КРОНЭКСа ввел. Встреча прошла на «ять»?

— Купчеев переиграл нашего дитятю на все сто. Во-первых, залепил молодому человеку голимую чернуху...

— Степан Ильич, а без жаргона...

— Никак не получится — в этом суть явления. Выставил себя «черной сотней», «памятником», баркашевцем и ярилопоклонником в одном лице! Заставил оправдываться на предмет чистоты кровей... Мои слухачи обтекали от хохота, а наш банкирчик сожрал все без соли, кетчупа и пыли — за чистую монету.

— Тебя что-то беспокоит?

— Не слишком ли?.. Я совсем не уверен, поверил ли Купчеев. Мужчина он очень серьезный.

— А никто его за пацана и не держит. Но пока — плевать, поверил не поверил! Главное — забеспокоился!

— Это так.

— Вот и славно. А мы усилим беспокойство. У вас все готово?

— Да... — Панкратов помедлил немного, но все же решился: как знать, может быть, никакого разговора с Обновленским у Савчука и не было и все, что он слышал, просто «проверка на вшивость» Филиным его, Панкратова? С этой совы станется... — У нас возникла проблема.

— Слушаю.

— Банкирчик только что переговорил по прямому с Обновленским.

— Вот как! А ты говоришь — дурак... Ласковый телок двух мамок сосет. Ты прозевал контакт?

— Виноват. Недоработка, — произнес Панкратов.

— Ну? Что ты замолчал? Что-то еще?

— Да. Банкирчика плотно и демонстративно обставили после контакта с губернатором.

— Кто?

— Возможно, люди самого Купчеева, возможно, господин Обновленский решил перестраховаться... Мог и любой из местных спецов из ФСБ или РУБОПа: на кого кто здесь работает, мы пока не знаем...

— Но по ходу пьесы узнаем...

— Да. Тогда уже не скроешь.

— Что предлагаешь?

— Может быть, стоит поиграться с господином Обновленским?

— Используя втемную Савчука?

— Да.

Филин не ответил. Молчание продолжалось секунд тридцать. Наконец в трубке прозвучало:

— Нет. Перемудрим. Обновленский не та фигура, с которой можно будет долго играть втемную. Да и местные бароны — тоже не подарок. Сейчас главное — завершить «Тихий омут» по схеме. Чьи бы это люди ни были, больше огня — больше и дыма. А за дымовой завесой куличи выпекать — одно удовольствие. — Филин замолчал, добавил: — Подтверждаю штатный вариант.

— Есть.

Панкратов дал отбой, связался с группой наблюдения:
— Первый вызывает Второго.
— Второй слушает Первого.
— Штатный вариант.
— Есть штатный вариант. Когда?
— Сейчас.

«Мерседес» с банкиром вели жестко, в три машины. Когда Илья Иванович Купчеев позвонил Дмитрию Олеговичу Алентову, в недавнем прошлом не самому крутому, но и не последнему оперативнику Покровского управления ФСК, а ныне — пенсионеру и директору частной охранной фирмы, работающей исключительно на интересы губернатора, то выразился просто:

— Сядь ему на хвост и не слезай! Внаглую! Пусть этот байстрюк долбаный палево на своей заднице почувствует! Проводи так до Москвы, а твои ребята пусть раскладку мне на него приготовят: с кем из одного корытца лакает, а с кем — в один горшок ходит! Понял?!

Дмитрий Алентов понял. Поэтому сейчас они шли на «БМВ» в пятидесяти метрах от банкирского «мерса». Увязавшемуся позади «жигуленку», по странному совпадению не отстававшему от заморского чуда автотехники, Алентов, за громадьем планов и масштабностью задач, не уделил должного внимания. Ему было чем заняться: его «БМВ» и два джипа попеременно шугали и прессовали банкирский «мерседес», который размеренно пылил по шоссе, похожий на иноходца в окружении паленых волков.

— Ну-ка, прибавь! — приказал Алентов водителю, и «БМВ» начал тихонечко, но неотвратимо нагонять «мерседес», в то время как один из джипов перестроился назад, а другой — рванул вперед. Хотя «охота на банкира», вернее, его травля была и показательной, ненастоящей, все «загонщики» увлеклись не на шутку: азарт есть азарт.

— Может, прижать чуток? — оскалился водитель. — К обочине?

— Нет. Подойди вплотную, светом поиграй...

— Да у «мерсова» водилы, поди, итак нервы не железные.

— А мне нужно, чтобы его шеф кипятком писал, понял? Прибавь!

— Щас...

До «мерса» оставалось метров десять. Что произошло дальше, Алентов не успел ни понять, ни уразуметь: шедший впереди автомобиль подняло в воздух, чуть накренило и — будто упругий огненный шар расцвел, разбух, корежа металл, раздирая его в клочья...

Алентов метнул безумный взгляд водителю, тот вдавил педаль тормоза, машину развернуло и поволокло в метавшуюся впереди огненную плазму. Грохнул второй взрыв — рванул бензобак «БМВ», и останки автомобилей сверглись под откос, не оставляя ничего живого в месиве из огня, земли и покореженного металла.

«Жигуленок» мирно прижался к обочине метрах в тридцати от места катастрофы. Водитель, малорослый, средних лет мужичок вместе с пассажиром не поленились выйти и поспешить к невысокому откосу, с которого свалились объятые пламенем «мерседес» и «бээмвэшка». Мчавшиеся по шоссе с двух сторон вереницы машин тоже останавливались одна за другой, водители подходили посмотреть на то, что осталось от двух шикарных автомобилей и пятерых мужчин.

Но люди из «жигуленка», похоже, особым любопытством не страдали. Убедившись, что в живых никого не осталось, спокойно удалились к своему автомобилю, разместились в салоне; «жигуленок» лихо развернулся и пошел обратно, в сторону города, на самой благонамеренной скорости. Пассажир поднес к губам рацию и коротко произнес:

— Второй — Первому. Ваш товар упакован полностью.

Глава 9

Слава Богу, нам не дано знать, прожили ли мы большую половину жизни, но как часто все мы уверены, что уже прожили лучшую ее часть!

Лето — не самое благоприятное время для умствований, рефлексии и прочей перетряски скопившегося душевного хлама; летом обычно тянет на приключения; беспутные и бездумные дни летят хороводом, длинные, как детство, и теплые, как слезы... И только когда разом упадет хрупкая изморозь, когда полетят прозрачные сети паутинок над нежно-зеленой стрельчатой озимью, когда бабье лето засветится бледно-голубым далеким небом сквозь вытянувшиеся деревца, когда холодные нити дождей заструятся с оловянного казенного неба, когда еще вчера блиставшие золотом листья разом превратятся в линялые бесцветные тряпки — станет понятно, что лето кончилось и его не будет уже никогда, по крайней мере, такого... И все, что пряталось в тайниках и дальних закоулках души, вдруг проступает самой что ни на есть явью, и мы снова и снова переживаем несбывшееся и мечтаем о том, чего никогда не случится, но оттого это «будущее грез» не становится менее манящим или желанным...

Есть люди, которым на роду написано быть богатыми. Богатство для них так же естественно, как воздух. Есть люди-устрицы: на мир они смотрят из рябой скорлупки собственных представлений, водрузив на нос очки в невероятное количество диоптрий, а потому ту муть, что произрастает вокруг и гнездится в их собственных душах, принимают за жизнь. Да и то до поры, пока какой-нибудь шустрый хищник не скушает их под белое винцо... Хотя... Такими можно и поперхнуться.

Впрочем, недавно я совершил открытие. Небольшое, но, как всегда, гениальное. Спроси любого, что он доброго сделал за день? Мало кто ответит внятно. Чаще вздыхают: летят годы... Двадцать лет упорхнуло, как не было... А если прикинуть на калькуляторе, оказывается, двадцать лет — это всего лишь семь тысяч триста пять дней. С копейками. Лермонтов не прожил и десяти тысяч дней. Пушкин — тринадцать с половиной тысяч. Могут возразить: не все Пушкины, нужно и просто пожить... Ну да, а потом — просто помереть. Жизнь не в жизнь, так, словно приснилось что-то не очень приятное... Так что ежели в днях — получается совсем немного. Но... На калькуляторах люди считают не дни, а деньги. В этом и состоит вся трагедия мира.

Ну а зачем я, Олег Дронов, появился тридцать с изрядным гаком лет тому назад на белый свет и болтаюсь по странам и весям, как сапог в проруби, — сие «тайна великая есть». В смысле — покрытая мраком. По крайней мере, для меня самого. Как одни люди магнитом притягивают к себе деньги, я притягиваю к себе неприятности. Даже в таком тихом, как омут, и неторопливом, как сахарский верблюд, губернском городке, как Покровск.

Кой леший толканул меня под руку, под ногу и под все другие места выползти из съемной квартирки на Божий свет именно сегодня, повернуть именно на улицу Константиновых и зависнуть в подвальчике с сомнительной репутацией и скромным названием «Встреча», я не знаю. Видно, почудилось бородатому озорнику, что зачах я плесенью в крайние две недели и ежели не встряхнуть меня как следует, то порасту паутиной, прикинусь ветошью и стану как многие: жующе-жвачным и тихо-склочным.

И не мудрено. На съемной квартирке я засиделся. К тому же меня еженощно мучили кошмары: я искал квартиру. Лестницы, переходы, темные улицы, а я слонялся и слонялся между ними, без цели и без смысла. И просыпался измочаленным настолько, что впору было взвыть. По утрам, вместо того чтобы, как и положено физкультурнику, проделывать комплекс пользительных для органона упражнений или топать трусцой от инфаркта, я таращился зачумленно в окно и мозги первую минуту после пробуждения посещала лишь одна паническая мысль: «Иде я нахожуся?!»

Да еще и пейзажик за окном... Крашенная рыжей краской крыша макаронного цеха, кое-как местами залатанная на скорую руку уже прихваченной ржавчиной жестью. В губернском Покровске это предприятие, как и все прочие, было прежде чистой «оборонкой»: производимые им макаронные изделия класса «спагетти совьетико» употребить можно было только солдату-первогодку срочной службы, да и то лишь по приказу. Причем лучше в сухом виде: невзирая на то, что макаронины трещали под крепкими солдатскими зубами, как выламываемые из забора жерди, отваренные, они напоминали черноморскую медузу бальзаковского возраста, и даже угроза дисбата не помогала протолкнуть эту трясущуюся скользкую массу в глотку... А теперь на радость всем цех выпекает булочки и плюшки, пончики и пирожки, стараясь превратить жизнь сограждан в чистый если и не мед, то сахар. Над рыжею крышей вьется горячий ванильно-сладкий дымок, превращая стоящие поодаль девятиэтажки в подобие средневековых башен, а сам этот провинциальный расейский град — в жаркий пустынный мираж.

В этом сладком мираже я и припухаю собственной персоной третью неделю: очень умный и почти ученый. А также — скромный, русский, беспартийный. Вся биография, особливо первая ее часть, если писать лаконично и разборчиво, уместится на четвертушке школьной промокашки. «Жил я славно в первой трети двадцать лет на белом свете по учению...» Даже и не двадцать, а все тридцать с небольшим. А вот далее чистая допрежь, аки шкалик «Столичной», объективка: не был, не привлекался, не состоял, не участвовал — мутнеет: и был, и участвовал, и привлекался. Судьбоносные перемещения в российской политической и экономической элитах накрыли меня, как цунами эсминец «Стремительный»; из передряг, в которых очень богатые бодались с очень-очень богатыми, выскочил, прикинувшись прогулочным яликом на Патриарших прудах.

Определившись с бодуном и «привязавшись к местности», на время успокаивался; и тут голову посещала следующая по порядку, но не по значению, мысль: «Как я здесь оказался?» При этой второй мысли мне становилось горько и грустно; выходил, брал пару пузырей чего покрепче и зависал в ближайшей к дому забегаловке с каким-нибудь алканом: поболтать за жизнь. Ибо «воспоминания и размышления» здорового оптимизма с собой не превносили и меня, как индивида, к этой самой жизни особенно не привязывали. Три недели я вел себя размеренно, несуетливо и бездумно, как тупой механический «полароид»: жил настоящим, не желая ни вспоминать прошлое, ни надеяться на будущее.

Но этот день начался необычно. Вместо того чтобы свернуть в безымянную забегаловку направо, где меня уже уважали, я пошел налево, движимый вполне здоровой мыслью: снять затянувшуюся алкогольную интоксикацию литром молока. Ну и происками того самого лешего, видно командированного из чащоб и буреломов как раз по мою душу.

Промчавшиеся мимо милицейские авто с мигалками и следом — зарешеченная машина ОМОНа не произвели на меня, как на добропорядочного индивида, особого впечатления. Хотя именно в эти часы один столичный райотдел на уши становится, чтобы меня разыскать! Припухший и небритый, я выглядел вполне здешним. И паспорт, правда сложенный вдвое, покоился в заднем кармане джинсов. Но предъявлять его никому не хотелось. Впрочем, чего бояться человеку в родной стране, в тихой провинции, если он не лицо кавказской национальности? Нильских крокодилов? Так нет в Покровске никаких крокодилов. Потому что их дворники разгоняют. Но, как выяснилось, насчет полного разгона упомянутых рептилий я поторопился.

В ближайшем гастрономе уперся в очередь. За прилавком громоздилось несуетливое создание лет сорока с изрядным гаком, на монументальном корпусе коего неловко прилепилась маленькая головка, украшенная перманентом, сквозь который просвечивала лоснящаяся от жира кожа. Смотрела мадам на посетителей бессмысленным коровьим взглядом, неспешно колыхала безразмерными телесами и выдыхала отработанный кислород со свистом компрессора — стояла последняя августовская жара.

Нет, я был не прав, назвать эту мадам крокодилом — оскорбить рептилию: на самом деле аллигаторы быстры и агрессивны. Дама же тратила на каждого из очереди никак не менее десяти минут, словно решила в один присест здесь же, за прилавком, передремать всю оставшуюся жизнь. Чем я не понравился тугой телом и духом продавщице, не ведаю. Но чувство антипатии у нас возникло скорое и взаимное. Если бывает любовь с первого взгляда, у нее при моем появлении перед прилавком с первого же взгляда возникла идиосинкразия. Хотя я вовсе не виноват в ее несложившейся личной жизни.

Только я открыл было рот с целью справиться о пакете молока, дама плавно отплыла в недра подсобки. Ее не было десять минут... пятнадцать... двадцать... Нет, она появлялась, шествовала вдоль прилавков, как громадный белоснежный лайнер вдоль берегов с маявшимися от собственной никчемности дикими аборигенами, и пропадала снова. А «берега» те, состоящие из страдавших от духоты и невнимания людей, раскалились почище сковородки. Очередь гудела. Мадам появилась снова. На недовольные замечания граждан, страждущих молокопродуктов, значимо огрызнулась:

— Товар я принимаю.

Очередь закипела. Понятно: дама была энергетическим вампиром — лучше дурная агрессивная энергия, чем никакой. И теперь вот купалась в волнах негативных эмоций, как упырь в крови. Ну а меня замкнуло. Я никогда не стою в очередях, мне в них физически плохо. И если теперь я уперся в прилавок, то только потому, что идти мне было просто-напросто некуда, не к кому и незачем. Когда тебе очень уж слегка за тридцать, а тебя никто нигде не ждет, это плохо.

— Чего вам? — нарисовалась отогретая в эмоциональном накале возмущенных покупателей рептилия над прилавком.

— Пакет молока.

— И все?

— И все.

— Три семьдесят.

— Мне «Лианозовского».

— Его только привезли. Еще цены нет.

— Если вчера оно стоило шесть десять, то сегодня столько же.

— Это товаровед решает.

Спорить я не захотел. Бросил на прилавок четыре рублевые монетки:

— Давайте что есть.

— Находите без сдачи. У меня сдачи нет.

— Округляйте.

— Как же! Одному округлишь, другому...

— В свою пользу округляйте.

— А потом ты жаловаться пойдешь, да? Оно мне надо?.. Деньги разменяй, тогда получишь.

Я закрыл глаза и глубоко вздохнул два раза. Пульс был как при забеге стометровки. «Вампирша» качала из меня энергию, словно земснаряд — песочек. Пора спасаться бегством. Я развернулся и поспешил прочь от прилавка.

— Копейки свои забери! Ротшильд нашелся!

Она что-то добавила, но я дальше не слушал. Выскочил как ошпаренный из магазина. Сказать, что на свежий воздух, — это вряд ли. Солнце постепенно накаляло асфальт.

Мысль о том, что нет в мире совершенства, не грела, а где-то в глубине груди затаилась острая, как стилет, холодная тоска. Ну да... Сейчас все покупатели, получив продукт, разойдутся по домам, пожалуются домашним на хамство в магазине, на непомерные цены, на задержанную зарплату или пенсию... Погладят по голове внука или внучку, приложат руку к лобику — здоровы ли — и успокоятся: да, нет в мире совершенства; глупости и хамства в этой жизни еще хватает, но не это главное, главное — дети и внуки здоровы, без хлеба не сидим, ну и слава Богу. Бывало хуже. Перемелется, мука будет.

Мне же рассуждать даже мысленно ни о чем не хотелось. Я повернул налево и довольно бессмысленно зашагал по занавешенной листвой деревьев улочке, пока не набрел на ту самую надпись: «Встреча». Название показалось обещающим, и я нырнул в полумрак заведения. Не получилось с молоком, с коньяком получится. Пусть не отменного качества, но получится.

Заведение было небольшим, замызганным, но отсутствие дневного света полностью компенсировало этот недостаток. Здесь было пустынно, прохладно и пахло скисшим вином. У стены за бокалом полынного вермута томилась совсем молоденькая девчушка да полусонный бармен уныло пялился на бесконечную перестрелку в третьесортном боевике по видику.

Я подошел к стойке. Как ни странно, выбор напитков был вполне приличный, как и цены. Бывавшая здесь публика не терзалась категориями чистоты и блеска, но напитки предпочитала не просто крепкие, но престижные. Мне приглянулся джин.

— Хозяин, мужик с волынкой у тебя «свой»?

Бармен оторвался от видика, бросил на меня беглый взгляд: видимо, я не вписывался в категорию завсегдатаев, потому как он, снова вперившись в экран, ответил:

— А то...

— С можжевеловой ягодкой?

— С ней, — выдавил он сквозь зубы, демонстрируя пренебрежительное раздражение. И уставился на меня тупым взглядом телка на первом выгоне: дескать, алканок, забрел ты сюда случаем, разуй глаза, рассмотри-ка цены. Ущучил? Ну и пыли себе клячей за портвешком, не отвлекай.

Впечатления я не производил никакого. Особенно «уважаемого». Изрядно ношенные джинсы, кроссовки, тенниска под легкой курточкой. Телосложение крепкое, но не бычье, никаких «голд», «гаек» и прочих «украшений для настоящих мужчин». Единственное, что роднило меня с крутыми мира сего, — небритая физиономия. Но без сопутствующего небритости лоска, будь то костюмчик от Босса или хотя бы камуфляж-комби от Минобороны, такой вид способен навести лишь на размышления о безвременных денежных затруднениях, равно как и моральных метаниях поросшего щетиной субъекта. И то правда: если с первым пока более менее сносно, то второе... «Я пью один, со мною друга нет...» И уже не будет. Никогда.

Устав меня рассматривать и прикинув, что по каким-то своим причинам уходить я не собираюсь и намерен опохмеляться всенепременно здесь джин-тоником, бармен выдавил:

— Плеснуть, что ли, грамм сто?

— Не-а. Чистый бокал, тоник, лед и шкалик джину, — произнес я и выложил на стойку денюжку.

— Может, поесть чего сготовить? — смягчился разом работник прилавка, рассмотрев бумажку.

— Может.

— Эскалопчики жарим отменные, свининка парная. С картошечкой. Как раз Настя только заступила, плиту разогревает.

— С эскалопчиками повременим, а бокал пусть будет чистый, ладно?

— Да Боже ж мой! Тогда орешков?

— Валяй.

Через минуту я уже сидел за дальним столиком. Бармен проявил уважение соответственно количеству оставленных ему щедрых чаевых: включил музычку.

Я открутил ненашенскому напитку «голову», налил джина в бокал со льдом, с удовольствием втянул аромат можжевеловой ягоды, плеснул чисто символически тоника и сделал большой глоток. Еще один. Еще... «Я пью один, со мною друга нет...»

Хриплый, грустный голос из динамиков негромко напевал стихи:

Бродяга скромный и печальный
Слонялся городом нечаянным
И в перекрестье улиц шумных
Он был удачей для стрелка:
Ведь не бывает пуль случайных,
Для одинокого отчаянья
Нет ничего опасней умных,
Округлых сказок дурака.

Бродяга шел не озираясь,
Слепой судьбы не опасаясь,
Ни перед кем ни в чем не каясь —
У всех свой крест и свой насест.
Он заблудился в стылых лицах,
В глазах безжизненных, как блицы,
И наплевал на здешний принцип:
Кто не работает — не ест.

Но почему такой голодный
Вид у довольных и дородных?
И слепо бьется пес безродный
Среди чужих, спешащих ног...
И почему-то так тоскливы
Слезливых глаз собачьих сливы...
На что со скорбью молчаливой
Смотрел отвергнутый Ван-Гог?

День обветшалый на исходе.
Ласкает ветер непогодье.
Восьмая пуля на излете
За сердце тронула огнем.
И в перекрестье улиц шумных,
Жующе-склочных и бездумных,
Он видел море в бликах лунных
И маленький беленый дом...

Бродяга скромный и печальный[1].

Алкоголь ласково коснулся мозга, я прикрыл глаза, и передо мной, будто в калейдоскопе, закрутились картинки прошлого, дальнего и не очень... Стоит только закрыть глаза...

Глава 10

Стоит только закрыть глаза, и я вижу, как по песку, удаляясь, идет девушка. На ней легкое платьице, ветер играет волосами... И цвет волос переменчив... Солнечные лучи словно перебирают пряди, делая их то светло-русыми, то золотистыми, то каштановыми... Девушка босиком, и я слышу шуршание песка под ее ступнями... Фигурка ее почти невесома в лучах, волны прибоя подбегают к ногам и ласкаются белыми курчавыми щенками...

Лека выросла. В ее новом, совсем взрослом мире места мне не нашлось. И она исчезла, растворилась на просторах великих американских равнин, будто мираж... Но теперь это не вызвало у меня ничего, кроме усталой грусти: невозможно любить мираж. Или... Или мы все, живущие на этой земле, любим лишь созданные нашим воображением миражи, фантомы?..

Мы встретились в таком просторе
в таком безмолвии небес,
что было чудом из чудес
пересеченье траекторий...

Как бы ни было жалко, но... Двум редким птицам не усидеть в одной клетке, даже если она величиной с мир...

---

[1] Песня Петра Катериничева «Бродяга».

> Мы с удивленьем вдруг открыли,
> что птица птице не под стать:
> стремительные наши крылья
> в полете могут нам мешать...[1]

Кассета крутится, мелодия сменяет мелодию... Закрываю глаза...

...Я бегу по пустыне. Под ногами камни, красные, раскаленные испепеляющим солнцем. И еще — они отливают золотом. Чистым червонным золотом. А солнце неправдоподобно быстро поднимается в зенит, и вот уже все пространство вокруг сияет.

Эльдорадо... Золотая долина, устеленная тысячами стреляных латунных гильз... Золотая долина, превращающая плоть солдат удачи, этих старателей смерти, в чистое червонное золото, в чей-то яркий, порочный и недолговечный, как век мотылька, успех, в чью-то мирскую славу, в чье-то бесчестие...

Мир вокруг становится нестерпимо-белым, и весь его жар концентрируется на единственной чужеродной точке: на мне. Я падаю, раскаленная масса летит мне навстречу, и я успеваю понять, что, как только коснусь ее — мгновенно обращусь в пар, в пустоту, в ничто... Тяжкое удушье сковывает мозг, и сил избежать падения уже нет...

— Вам нехорошо?

— Что?

Раскрываю слипшиеся веки. Ну да, я заснул, уронив голову на руки. Заснул в забегаловке, убаюканный хриплым баритоном неведомого певца.

Рядом с моим столиком стоит та самая девушка, что скромно наливалась красным вином в укромном уголке. Ее огромные серые глаза смотрят на меня встревоженно, а я — улыбаюсь. Как славно, что о тебе хоть кто-то тревожится, как славно, что эта девочка еще не разучилась тревожиться хоть за кого-то, кроме самой себя.

— Вам нехорошо? Вы стонали.

— Я уснул.

---

[1] Из песни Александра Дольского.

— Извините. — Девушка как-то сникла разом. — Я не хотела вас потревожить. Извините. — Она тихо повернулась и пошла туда, в сводчатые сумерки подвальчика, за свой пустынный столик, к зеленой бутылке, в которой еще оставалось вино.

Я же плеснул себе джина, тоником разбавил совсем уж символически, выпил. «Я пью один, со мною друга нет...»

> Если радость на всех одна,
> На всех и беда одна.
> Море встает за волной волна
> И за спиной спина.
> Здесь, у самой кромки бортов,
> Друга прикроет друг,
> Друг всегда уступить готов
> Место в шлюпке и круг[1].

Путь к причалу... А где он теперь, этот причал? Снова закрываю глаза. И темные своды питейного подвала исчезают, вместо них — блеклое, распухшее от жары небо и серо-коричневые камни под ногами. Вокруг — горы...

...Я бегу вверх по тропе. На плечах — раненый Дима Крузенштерн. У него перебиты, посечены осколками обе ноги. Ступни замотаны на скорую руку, но кровь сочится: бинты местами совсем побурели. Схожу с тропы и аккуратно опускаю раненого на землю. Достаю пластмассовую аптечку, из нее — шприц-стручок, укалываю в бедро прямо через штанину. Дима открывает глаза:

— Хорошо гуляем. Горы, свежий воздух...

А взгляд — мутный от боли.

— Потерпи, Круз...

Дима пытается улыбнуться потрескавшимися губами:

— Буду.

А через два часа я снова укладываю его между камней. Димино лицо серо от боли и пыли. Разрезаю бурые бинты. Вместо ступней — распухшее, в черных сгустках крошево. Плескаю на грязную рану оставшейся

---

[1] Песня из кинофильма «Путь к причалу».

водкой из фляги, присыпаю антибиотиком из облатки, прикладываю марлю, затягиваю.

— Дрон, что там?.. — спрашивает очнувшийся Дима.

— Осколок, сволочь... — вру я, глядя в землю. — Потерпи, сейчас.

Открываю аптечку. Пусто. Обезболивающие кончились. Набираю шприц из ампулы с надписью «вода для инъекций». Укалываю в бедро:

— Ну вот, скоро полегче станет.

Димыч пытается улыбнуться сквозь намертво закушенную губу:

— Уже легче.

Подхватываю Круза на плечи, в глазах мутно от жары и усталости. Нужно бежать. Вперед и вверх. Только вперед и вверх. Иначе ничего не будет. Ни жары, ни усталости. Ничего.

— Держись, Димыч.

Зрачки у Круза расширены, он произносит едва слышно:

— Буду.

Я поднимаюсь вверх по тропе. Только вперед и вверх...

...Открываю на мгновение глаза, опрокидываю в себя стаканчик джина и снова укладываю голову на руки. В мире воспоминаний ничего радостного, но в окружающем меня — хуже. В нем — вообще ничего.

«Я пью один, со мною друга нет...»

Меня наконец настигает видение, не отпускающее мою усталую память уже месяц, возвращающееся с монотонным постоянством работающего поршня и перемалывающее потихоньку волю к жизни...

...Дима, прихрамывая, идет к автомобилю. Улыбается беззаботно выглядывающим с балкона жене и дочкам, машет им рукой... Отворяет дверцу. Садится. Водитель запускает стартер. И тут... Автомобиль разбухает, начиненный огнем, и разваливается в пламени разрыва. Звука я почему-то никогда не слышу. Вижу лишь белые от ужаса глаза Тамары, закрывающей ладошками глаза Димкиным дочуркам... Нет, я не видел этого взрыва. Просто так я себе его представил.

Диму Крузенштерна убили больше месяца назад.

Я тогда сидел безвылазно в дальней деревеньке под Москвой и страдал от тупости и ничегонеделания... Дима там меня спрятал, как раньше спрятал в Штатах. Задача была проста, как апельсин: пересидеть какое-то время, пока московские мои приключения не забудутся «могучей кучкой» новых царевых шутов да окольничих, пока не изгладится из оперативной памяти узкого круга ограниченных лиц моя скромная, как статуя вождя в горкомовском скверике, фигура... Мы оказались завязаны в очень скверную историю, связанную с вечной жестокой борьбой за русский престол. Который не терпит обязательств ни перед кем. Мы победили. Кто-то — проиграл. Этот «некто» потребовал компенсаций. Ему нужны были головы. Скромный утешительный приз проигравшему Большую Гонку за власть и золото. Вернее, один из ее этапов.

Финт удался: меня забыли. Тем более за очередным накатившим на страну громадьем судьбоносных планов сие было не мудрено. Благо велика Россия и делить ее не переделить.

После моего возвращения из Штатов мы и увиделись лишь однажды. По настоянию Круза дома я появляться не стал: снял в деревеньке в дальнем Подмосковье недорого дачу, вернее, обычный деревенский дом. Развлечения я нашел себе соответственные: читал любимых Пушкина, Бунина, Гоголя и Хемингуэя и бегал кроссы по пересеченной местности, забираясь в совсем дальние чащобы, где можно было вдоволь пострелять. Был у меня старенький, надежный «макар»; патронов я запас гору и тренировался в стрельбе навскидку часами — с глушителем и без такового. Наверное, это был спорт. Под девизом: «Мы мирные люди, но наш бронепоезд...» За три с лишним месяца я добился результатов, которые одобрил бы любой понимающий человек.

Туда, в эту деревеньку, и приехал однажды в конце лета Круз. Инкогнито — без охраны. Посидели в лесочке за костерком. Выпили водочки, поговорили. Если бы знать...

Вечер был прохладным.

— Чего такой смурной, Дрон? Красота-то вокруг какая!

— Угу, — вяло согласился я. — Речка течет, лес шумит. Согласно расценкам. Анекдот помнишь?

— Ну?

— Приезжает порученец от нового русского на Средиземноморское побережье. Снимает весь отель целиком на месяц. Идут с управляющим осматривать пляжик. «Знаете, босс любит, чтобы песочек был белый, меленький, песчинка к песчинке, по миллиметру каждая». — «Вы понимаете, здесь особый микроклимат, природный биоценоз...» Порученец открывает чемодан, достает пачку баксов, передает управляющему. Тот: «Сделаем». Порученец дальше: «А чтобы вон там гладкие валуны беспорядочно эдак громоздились, лучше — из фаросского гранита, с красным таким отливом. Идея вам понятна?» — И передает следующую пачку денег. «Дизайнер постарается». — «Да, и что-то шумливо у вас. Волна прибоя должна биться о берег с ритмом семь-восемь наплывов в минуту. И ветер, пожалуйста, умеренно охлажденный, типа «бриз». — «Да как же мы...» Порученец передает еще несколько пачек. «Сделаем». — «Ну вот. Да, и еще... Боссу нравится, чтобы вон там вот, у горизонта, три чаечки парили, лениво так, сонно...» Администратор, уже без споров, принимает очередную пачку баксов.

Через неделю новый русский приезжает в отель, выходит прогуляться на пляж, устраивается в шезлонге, перебирает пальцами сыпучий песок, любуется на грубовато-дикое нагромождение гранитных валунов чуть вдалеке, слушает размеренный шелест волн, подставляя лицо прохладному бризу... А там, у горизонта, парят три чайки... Новый русский щурится блаженно, вздыхает, произносит: «Да-а-а... Такую красоту за деньги не купишь».

Дима Крузенштерн улыбнулся невесело, спросил:

— И к чему ты?.. Сейчас мы сидим вполне как «старые русские». Ни охраны, ни омаров.

— Да брось, Дим. Тебе не надоело жить «за забором»? Охрана, закрытые заведения, закрытые встречи... Чтобы нам вот так вот запросто за шашлычком с водочкой посидеть, проводишь целую операцию по «скрытному проникновению на объект». Да и я тут... Как шпион-подпольщик. Это в родном-то Подмосковье. «А в Подмосковье ловятся лещи, водятся грибы, ягоды, цветы...» Дим, это и есть теперь «новое русское счастье» — жить в родной стране «за колючкой»?

Круз внимательно посмотрел на меня, сказал серьезно:

— Что делать, Олег. Мы играем на деньги. Это очень большие деньги. Очень. Да и... Если бы только деньги... Ты ведь и сам понимаешь.

Глава 11

— Понимаю. Тем более — сколько мне здесь сидеть?

— Тебя необходимо поберечь.

— Куда уж больше. Шизею.

— Что так?

— От безделья.

— Может, тебя на курорт отправить?

— Не-а.

— Дронов... А если бы я попросил тебя пошизеть еще маленько, а? Ты как?

— Можно. А зачем?

— «Отмыться».

— Во-первых, черного кобеля... ну, дальше ты знаешь. А в-десятых, был бы «заляпан», уже давно бы отпели.

— У нас на тебя виды. Нужно, чтобы был чистеньким, как ангелочек.

— Да я в Штатах уже «отмылся» до костей! Даже хотел было на работу пристроиться.

— По специальности?

— В супермаркет. Сторожем.

— Сильно ты там нужен...

— Вот и я так подумал. Круз, я ничего не делаю.

— Тебя ведь не это на самом деле беспокоит.

— Не-а. Не это.

— Во-о-от. Жениться тебе надо.

— Ага.

— Домом обзавестись.

— Большим. С бассейном.

— Ну, на бассейн у тебя не хватит, а вообще-то со временем...

— Сильно ты умный.

— А то... Банкир должен быть психологом.

— Или — психиатром.

— Или так.

— Пока ты будешь психологические изыски строить, я как раз и стану натуральным психом. Так чего еще мне нужно поиметь со временем?

— Дрон, не заводись.

— Со временем... Над временем невластен никто, даже банк. А оно убегает. Как вода сквозь пальцы.

— Олег... Я же сказал: мы имеем на тебя виды.

— Хм... Звучит заманчиво. Как предложение руки и сердца.

— Ты хоть как-то за прессой следишь?

— Символически. Эпизодически. В дачный сезон это неактуально. Совсем.

— А что актуально?

— Две недели подряд, пока дождички полоскали, — народ по грибочки подавался. А сейчас — не знаю. Загадка русской души.

Мы расплескали еще грамм по пятьдесят, выпили.

— Круз, историю хочешь? — спросил я.

— Мировую?

— Да нет, из жизни.

— Валяй.

— Еду я как-то в электричке...

— Куда это ты ездил?

— На садовый участок.

— Решил обзавестись недвижимостью?

— Не-а. Помогал семье Васнецовых крестьянствовать. По-соседски.

— Сложно мне это представить... Что помогаю?

— Что помогаю?

— Что с соседями общаешься.

— Это они со мной.

— А-а-а...

— У них девица на выданье.

— Велика ли девица?

— Сорока пяти еще нет.

— Ну... Тогда...

— А дочке ейной — все восемнадцать.

— Так тебя за кого садоводы сватают — за маму или за дочку?

— Пока не разобрался. Да и они, видно, еще не решили.

— Когда решат, сообщишь?

— Дима Иваныч, прекрати сбивать с сути вопроса. Я тебе историю рассказываю.

— Вот, значит, как.

— Ну.

— Весь внимание.

— Проезжаем какой-то городишко районный. Задками, понятное дело. Чтобы тебе легче представить — что-то вроде Наро-Фоминска, но пооободраннее.

— Считай, что представил.

— Знаешь, сталкеровский такой сюжет. Пути. Брошенные цистерны. Свалка неизвестно чего. Какие-то шалаши из дерьма и жести — бомжатник. Пестрые ленты по ветру — кто их развесил, зачем, неведомо. Торцевые красные кирпичные стены каких-то жилищ. Край огорода — на нем ничего не может расти; посередине — лужа солярки. Слепой домик врос в землю по самые окна, ставня отодрана с мясом, но со двора дымок вьется, живут там. Смотрю на все это и произношу непроизвольно вслух: «Странный город».

Девчушка там играла на соседней лавке, маленькая совсем, лет шести. С куклой. Расслышала мое замечание, глянула за окно, махнула рукой совсем по-женски, как ее мама или бабушка сделала бы с приговором: «Чего от них ждать», и произнесла: «А, поломанный он». Ты понял, Круз?

— Чего ж тут не понять...

— По-ло-ман-ный! Словно жестокие дети порезвились. Как с игрушкой. С чужой игрушкой! А нам теперь можно или починить, или выбросить! Поломанный город. Поломанная страна.

— Дронов... Может, тебе действительно...

— Может. Это я на «измену подсел». В хорошем смысле этого слова. Пройдет. Вместе с жизнью. Знаешь, зачем я тебе это рассказал?

— Воспитываешь.

— Ну. А то вы, банкиры, далеки от народа, как декабристы в декабре. Кстати, выросло поколение, которое не знает ни кто такие декабристы, ни кто такие октябристы. Октябрят с пионерами тоже не знает[1].

— Узнают, кому нужно.

— Понимаешь, Круз... Я растерялся. Столько времени в Штатах просидел, чувствовал себя как на Луне. Думаю, прикандыбаю домой, полегче станет. Фигушки. Здесь я — как на Марсе. Ни хрена не понимаю. Что-то с головой.

— У тебя?

— Да окосел я сидеть уже в этой тмутаракани и изображать, что такой же, как все! И так уже, как рыба камбала, слился с местностью, вывернул глазенки на один бок и тупо лупаю ими в верхние слои: я не я и хата не моя. Как известно, камбалу акула хватает не глядя, да и смысла глядеть нет: ее действительно нельзя заметить, но... Когда грозная акулья тень движется по дну, камбала боится, трусит смертельно, и эти самые флюиды страха, будто волны, расходятся вокруг; их каким-то восьмым чувством улавливает хищница и хватает застывшую от ужаса рыбешку с хрустом и смаком. Поперек хребта.

Одним махом я накатил лафитник водки, разжевал кусочек ветчины, выдохнул:

---

[1] Д е к а б р и с т ы — офицеры-заговорщики, устроившие 14 декабря 1825 года попытку захвата власти и выведшие подчиненные им войска на Сенатскую площадь в Санкт-Петербурге. О к т я б р и с т ы, или «Союз 19 октября», — партия крупной российской буржуазии, образованная после Высочайшего Манифеста Николая II. О к т я б р я т а — детская организация «внучат Ильича»; в нее входили школьники с первого по третий класс. П и о н е р ы — детская организация, созданная наподобие скаутской, но основанная на коммунистической идеологии.

— Бояться мне здесь некого и незачем. Но от такой насыщенной жизни и помереть недолго, а?

— Дрон, прекрати! — возмутился Круз. — Работой мы тебя пока не загружаем намеренно, нам осенью понадобится твоя голова, максимально свежая. Но раз ты так исстрадался... Хорошо. Придумаю я тебе трудотерапию. Разберись покамест с Покровском. И тебе занятие, и нам не без пользы: есть у нас там свой пиковый интерес.

— Покровск?

— Да.

— Что там? Опытный завод? Объединение «Ураган»? «Точприбор»?

— Ну вот, а говоришь, буквы забыл, газет не читаешь.

— Завод электрооборудования тоже?

— Этот группа Раковского уже к клешням прибрала, плетью обуха не перешибить.

— А попытаться?

— Верным путем идет ход ваших мыслей, товарищ!

— А то... — пожимаю плечами.

— Компьютер у тебя с собой?

— Обязательно. Ржавеет в груде тряпья.

— Через пару дней подошлю тебе материал. На лазерных дисках.

— Иваныч, раз такое дело, мне бы самому по городку побродить, местную прессу почитать, на рынке потолкаться...

— Там есть кому толкаться. Ты у нас думный боярин. Вот и думай.

— Круз, я не боярин, я пролетарий умственного труда. Мне доставляет удовольствие сам процесс. К тому же... Никакие «ноги» и никакой чужой подбор не заменят такой штуки, как интуиция. Может, я за какое объявление на заборе зацеплюсь и...

— Раскроешь антинародный план «First Boston Group» по превращению Покровска в Клинтоноград?

— Может, и не так круто, но...

— А что там у нас с карасиками?

Карасиков я самолично натаскал из пруда на хлебный мякиш ранним утречком, а по приезде Димы, после отведывания столичных изысков и поедания обязательного шашлыка, рыбку мы закопали в остывающие угли.

— Должно быть, готово.

— Ну и славно. А под карасиков «Померанцевой», ага?

— Расчехляй.

Дима Крузенштерн уехал рано утром. Вяло помахав ему ручкой, я завалился дрыхнуть дальше.

Через два дня никто ни от Димы, ни из «Континенталя» не приехал. Прошло еще три дня. И в передачке про распоясавшийся криминал дикторша, равнодушно глядя красивыми коровьими глазами в камеру, сообщила, что преступность в очередной раз обнаглела и скоро примут меры...

Диму Крузенштерна взорвали в машине у подъезда дома, на глазах Тамары и детей.

«Я пью один, со мною друга нет...» Когда уходит близкий человек, чувство потери возместить нельзя ничем. И вспоминаешь, что мы так и не поговорили о самом важном в этом мире. Зато мы умели об этом помолчать. «Если радость на всех одна, на всех и беда одна...»

В Москву я сорвался в ту же ночь, электричкой.

Часть вторая

ДЫМ ОТЕЧЕСТВА

Глава 12

Киевский вокзал встретил обычной здесь, несмотря на время суток, суетой и бдительной милицией. Документы у меня спросил первый же патруль. Благо паспорт у меня был при себе, я и предъявил его рьяно, но спокойно. Сержант долго сличал фото на документе с «подлинником» и, видимо, остался недоволен последним. Хорошо хоть, «макаров», не значившийся ни в одном реестре, я оставил завернутым в масляную тряпочку под гнилой дощечкой на веранде. Статью бы, пожалуй, не навесили, а вот на пару суток приземлили бы точно.

— Откуда следуете? — спросил сержант.

— С дачи.

Еще раз оглядев мою небритую физиономию, сержант козырнул и удалился вместе с напарником.

Встреча с блюстителями меня отрезвила, хотя я и не пил накануне: куда я двинул в ночь, зачем? Тем более место происшествия «остыло», да и я не опер, чтобы собирать в полиэтиленовые пакетики важнецкие улики. Надо думать, вся служба безопасности «Континенталя» кинута на такую суровую «заказнуху»...

Но тем и отличается моя дурная бестолковка от прочих умных, что, когда нужно действовать, я действую. А думаю по ходу. Или не думаю вообще. Как там в популярной передачке? «Бывают дни, когда ты тупой и безмозглый... Когда все против тебя, а ты за мир!»

Именно в такие дни логическое мышление, которое в простонародье по какому-то недоразумению называется умом, у меня отключается вовсе. И я начинаю интуичить.

Единственное, что я сделал после встречи с неприветливой милицией, — так это обозрел свою физиономию в зеркале витрины. Служивый был прав: такого субъекта нужно задерживать и лучше потом уже не отпускать — глаза дикие, блестят, словно индивид кушал коноплю расписными хохломскими ложками, да еще и пересыпал героином, аки сахарной пудрой!

И я принял мудрое, по-мужски логичное решение: поехать домой и переодеться. А с раннего ранья навестить по всей форме руководство «Континенталя», подключиться к команде, поработать извилинами, вычислить не только киллера, но и заказчика и примерно наказать обоих. Ибо, как нас учит Федор Михайлович, наказание должно следовать за преступлением с неотвратимостью падающей гильотины, иначе... Иначе мы получаем то, что имеем.

То, что для банка найти и киллера, и заказчика не просто жизненно необходимо, но дело чести, я почему-то не сомневался. Да и один в Москве — не воин, если, конечно, он не мэр Лужков или не Георгий Победоносец.

Случайный мотор доставил меня к Юго-Западу; квартал до дому я не доехал: привычка. Подошел к родному небоскребу, в коем не бывал черт-те сколько времени, и потому в хату не поспешил: если когда-то и после недолгого моего отсутствия ее успели выставить ленивые лохи, то после длительного, в свете новых реалий, ее могли навестить люди вполне квалифицированные и поставить на меня если не капкан, так силки. Поймать Додо? Как писал классик, Птица-Говорун была умна и сообразительна, но всех Говорунов истребили. Ну что ж... Когда ты числишься без вести живым, да еще и в единственном экземпляре, это обязывает.

Перед входом в подъезд пришлось помаячить: бдительные жильцы от бомжей, вроде меня, обзавелись шифровой защелкой. Чуть-чуть повозившись, я и вскрыл оную с помощью перочинного ножа и ежовой матери.

Лифт по поздне-раннему времени не работал, и я потащился на искомый седьмой этаж на своих двоих. Ступал мягко, ибо кроссовки всегда предпочитаю модным ныне «лягушиным лапкам» — ботинкам с широкими носами, сильно модельным, а потому негнущимся в принципе. На этаже было тихо. Массивная бронированная дверь отделяла меня от родимого обиталища, в коем я не был столько, что и домом его назвать сложно.

Всякие прибамбасы для предотвращения проникновения в квартирку нежелательного уголовного и прочего элемента ставил в свое время лично Дима Крузенштерн, но я помню и наставление другого моего друга, Саши Регента: на всякий замок найдется свой взломщик. Поэтому вынул из кармашка миниатюрный приборчик и просканировал поверхность бронированного чуда техники — береженого Бог бережет. Нет, никакого заряда мне к двери, похоже, не приспособили. Осталось выяснить малую малость: не ожидает ли меня в тиши жилища «мой черный человек»? Уютно расположившийся в дареном кресле-качалке и ожидающий «на номере» редкую птичку по прозванию Додо?

Мнительный я стал, прямо как Сидор Лютый! Вопрос «что делать?» мучит меня ничуть не меньше, чем всю страну в последние полтора столетия!

Позвонить в дверь и открывшему в четвертом часу ночи громиле радостно объявить голосом почтальона Печкина: «Вам телеграмма от вашего мальчика»? Глупо. Но не глупее, чем в нерешительности топтаться перед дверью собственного жилья. Предчувствие? Или усталость? Да пошли они все! Вынимаю ключ и вставляю в замок. Мне стало безразлично, есть ли кто за дверью. Вернее... Присутствие живого существа, будь то человек или кошка, нельзя не почувствовать. Мое восьмое чувство молчит, как рыба об лед. Откуда тогда такое беспокойство?..

Отмыкаю замок, отворяю дверь: тихо. И мирно. Самое противное, что еще и чисто. Как в морге. Кто тут мог прибраться в мое отсутствие? Нет, как и положено, я оставил ключи соседям Сенкевичам: кошки у меня нет, маргариток с фиалками на подоконниках — тоже, но... Так принято: ежели труба протечет или еще что. Но с какой стати им у меня прибираться?

Впрочем, мог заходить и Дима Крузенштерн. У него ключ был. И все же, поднося руку к выключателю, невольно затаил дыхание и зажмурился. Зачем, спрашивается? Если уж рванет, то ощутить я это не успею. Как говаривал кто-то из древних, смерти бояться глупо: пока ты жив, ее нет, а когда она приходит, нет уже тебя. Ну что ж, бодрит... Этот древний умник не жил в судьбоносное время в судьбообразующей стране, а то не так запел бы!

Свет зажегся, ничего не рвануло, и не сказать, что я испытал большое разочарование. Как правило, в шпионских фильмах герой, проверяя «чистоту» помещения, внимательно осматривает сдвинутые или не так лежащие вещи, слои пыли, ну и тому подобную дребедень. На самом деле человек, вовлеченный в тайную войну, либо изначально допускает, просчитывает возможность контроля и действует соответственно, либо такой возможности не допускает. Потому что профи обысков не оставляют никаких следов, равно как профи убийств — никаких шансов выжить. Надеюсь, последний случай пока не мой.

В квартире действительно чисто. В самом общечеловеческом понимании этого слова. Натертый паркет блестит — ни пылинки, — естественно, там, где его не покрывают персидские ковры: подарок Крузенштерна ко дню Рыжего Джокера. Но возможность контроля я допускаю.

Прохожу в кухню. С опаской отворяю холодильник. Ну да, было чего бояться! Набор продуктов под девизом «Брежнев на охоте». Такому позавидовал бы сам автор Продовольственной программы СССР. А чего я, собственно, дергаюсь? Возможно, Дима переменил решение и, вместо того чтобы подвозить материалы о Покровске в глухую деревню, затеял, наоборот, вытащить меня в Москву и, чтобы покинутая с год назад квартирка не пугала запустелостью, велел прибраться и наполнить холодильник продуктами. Материалы о Покровске... Что за материалы? Нужно будет запросить все в «Континентале» завтра. А пока... Раз ничего лучшего не предстоит, устроим поздний ужин. Или — ранний завтрак. И то и другое — с крабовым салатом, «Оливье», грибочками с лучком. Все яства приготовлены заботливой женской рукой. И пропустим рюмку-другую «Посольской». Для куражу. Одно жалко: что сия рукодельница, умница и, надо полагать, красавица не дождалась индивида, для которого приготовила столь отменный ночной стол.

Но отчего беспокойство?! Черт! Хватит дергаться! Если бы меня решили убрать, то сделали бы это безо всяких фокусов и выкрутасов! Или... Или меня все-таки ведут? Никакой слежки от Киевского я не заметил, но то, что ее не было, — не факт. Тогда... ждали у дома? И ждут сейчас? Контролируют квартирку с помощью аудиовидеоаппаратуры, которую не может прищучить мой простенький сканер? Возможно. Не могу я отмести свое вроде бы «беспричинное» беспокойство как блажь, не могу, и все! Ну что ж, тогда буду вести себя адекватно. Так сказать, до выяснения. Наливаю в пузатую рюмку ледяной водки, опрокидываю единым духом, маринованный грибочек на вилочку и — следом. Хорошо? Хорошо. А-де-кват-но.

Какая к шутам адекватность?! У меня, крутого умного мужика, убили друга, а я сижу и закусываю «Посольскую» водочку крабовым салатом, притом отменно приготовленным! А что я должен делать? Нестись к мэрии с плакатом и протестовать против распоясавшейся преступности? Изыскивать домашний телефон месяц назад вступившего в должность нового президента «Континенталя» Лаврентия Игнатьевича Шекало (ну и фамильица! То, что в школе Шакалом кликали — двадцать слонов против одного таракана!) и призвать его самолично рыть носом землю? Лазить с фонариком и лупой на месте совершения? Прикидывать ихний хрен к собственному носу?

Да! Я просто не верю в гибель Димы Крузенштерна. Не верю, и все! Первое, о чем я подумал, когда узнал о взрыве: сложная это штука, борьба за власть! Особенно если это власть над капиталами с таким количеством нулей после единички, что сама единичка становится несущественной и мнимой. Даже если обозначает человека, личность. Что человечек без нулей? Ничто. Может быть, Иваныч решил, что так вернее исчезнуть с игрового поля на время, провести нужные приготовления «под ковром», раз уж борьба вступила в силовую фазу? И я веду себя так, словно боюсь выдать эту догадку, если сейчас за мной ведется скрытое наблюдение. А на душе скребут кошки, да что кошки — львы!

А почему, собственно, я неадекватен? Если судить по здравому размышлению, для большинства людей, в том числе считающих себя «элитой», собственный прыщик на носу куда болезненней десятков «раненых и убитых» где-то далеко, пусть даже парни эти сложили головы за их собственные деньги. Если *они* рассмотрят мое поведение в этом ключе, то... Ну да, погиб некий Крузенштерн, с которым этот Дронов приятельствовал когда-то, но наверняка завидовал нынешнему куда более высокому и прочному материальному положению... Известие о гибели давнего товарища немного взволновало, но не более того, вернее, взволновало только в следующей связи: а не грозит ли что-то ему лично? Вот парень и примчал в первопрестольную. Логично? Вполне.

Ну а раз так, то и моя завтрашняя, вернее, уже сегодняшняя активность по выяснению «обстоятельств трагедии» будет выглядеть вполне достоверно. Тогда почему бы мне и не подъедать умело приготовленный крабовый салат?

Наполняю третью рюмку, махаю залпом. Зажевываю кусочком хлебца, собрав по тарелке майонез. Водка не действует абсолютно. На сердце муторно до глухой, сосущей тоски. В чем я себя обманываю?.. Нет, надо баиньки. Утро вечера мудренее. Закуриваю сигарету, встаю, бросаю посуду в мойку. Надо бы помыть, ибо если я исчезну на такое же неопределенное время, что и в первый раз, то плесенью зарастет не то что кухня, весь подъезд! Но меня греет надежда, что посуду помоет та же, что и салаты приготовила мастерски. Одним движением тушу сигарету в пепельнице. Пора почивать. Только от предвкушения — как славно сейчас растянусь на крахмальной простыне — сводит скулы, хочется зевать, а сознание само собою заволакивают сладкие предсонные грезы.

Вхожу в спальню, щелкаю выключателем. И — замираю на месте. Понимая лишь одно: поспать мне сегодня не удастся.

На постели лежит девушка. Она мертва. Из одежды на ней — только чулок, лишь один. Другой обмотан вокруг шеи и стянут так, чтобы пережать сонные артерии. Подхожу, прикасаюсь к руке. Теперь никаких сомнений. И убили ее не больше двух-трех часов назад. Летом определить точное время смерти невозможно. А это значит... Это значит, что алиби у меня нет. Ехал я в пустой электричке или кувыркался с нимфеткой в постельке — сие на усмотрение господ присяжных. А что они решат, «кивалы»? Догадываюсь.

Вглядываюсь в застывшие черты лица. Она была очень молода. И — хороша собой. Но в то, что покойная страдала нарциссизмом, разделась у меня в спальне, выпила в одиночестве полбутылки, занялась мастурбацией и удушила самое себя в порыве безудержного экстаза, я не поверю. И никто не поверит.

Осматриваюсь. Ее одежда разбросана в беспорядке по комнате; у кровати — бокал и полупустая бутылка шампанского. Что еще? Ну да, незадолго до смерти девушка занималась сексом, вот только по собственной инициативе или была изнасилована? И еще один, главный вопрос: откуда она вообще взялась в моей квартире? И кто был ее партнер? Или — партнерша? А вообще-то это не мои вопросы, а следователя.

Словно в ответ на эту, последнюю, мысль, во дворе засветился проблесковый маячок оперативной машины. Менты, они, как дети, не могут без шику! А то, что коляска подкатила по мою безгрешную душу, я уже не сомневался. Как не собирался и излагать им свою версию событий; боюсь, сценарий задержания, ареста и последующего «раскола» сексуального маньяка Дронова уже кем-то прописан.

Пора делать ноги. Из квартиры я успел захватить только капроновый шнур и альпинистский карабин. Вышел в коридор, закрыл дверь — нечего облегчать служивым задачу, пусть помучаются, пока снимут это крепостное сооружение! Побежал по лестнице наверх, перепрыгивая через ступеньки. Кроссовки-мокасины на натуральной каучуковой подошве ступали бесшумно. И еще не оставляло чувство опасности. Таящейся там, наверху.

Так и есть. Два здоровенных битюга, бездарно изображавшие бомжей, примостились на площадке крайнего, шестнадцатого этажа. Хм... Чтобы нажрать такую ряху, как у любого из этих, честный трудящийся бомж должен выжирать в день по два мусорных контейнера со всем содержимым, включая картон, стеклотару и целлулоид! То, что они должны были страховать крышу именно от меня, — никаких сомнений, но мое бесшумное появление оказалось для них неожиданным. «Бомжики» встали, один пробурчал нечто нечленораздельное, видно не вполне выйдя из образа, сделал шаг вниз, ко мне. Дожидаться, пока этот шкаф сграбастает меня, как кучу рухляди, не было ни желания, ни времени. Отмахнул правой с зажатым в ней шнуром, отвлекая внимание, а левую, со стиснутым в кулаке карабином, апперкотом воткнул здоровяку в причинное место. Мне показалось, по локоть. Внутри гиганта что-то не то булькнуло, не то треснуло, и он мешком свалился на ступеньки. Скорее всего после болевого шока он выживет, а вот «злыднем писюкастым» ему уже не стать. Как и отцом семейства.

Второй с неожиданным для его комплекции проворством махнул ногой, целя мне в голову, — ушел на чистой интуиции, уклоном; ветерок от удара пошевелил волосы. Противник поднялся еще на ступеньку; глаза смотрели зло и беспощадно. Он собирался играть только наверняка, а у меня... У меня совсем не было времени; надо думать, служивые уже подтянулись к квартирке и гужуются перед чудом крепостного искусства, по недоразумению названным дверью.

— Никуда ты не уйдешь, дурик... — просипел «бомж». — Ща менты тебя скрутят, и — в пресс-хату... Обидно? Удовольствие получили другие, а ответишь ты!

Вступать с ним в дискуссию в мои планы не входило. Никак. Было бы побольше времени, да зайди я в спальню пораньше, да догадайся, что «пастухи» сидят сиднями на крайнем этаже, ужо я бы потолковал с ними на сухую...

Придется подставляться.

Делаю шаг вверх по лесенке. Соблазн достать меня ногой у «бомжа» слишком велик, тем более пользуется он собственными нижними конечностями мастерски.

Удар я, естественно, не увидел. Угадал. Но и угадав, уйти от него полностью не смог; единственное, что успел, — это захлестнуть шнуром ступню противника. Спиной влетел в стену, хотя и вскользь, а больно, но шнур не выпустил. Как там в считалке? «Ловись, рыбка, большая и маленькая...» Мне досталась большая: Противник не выдержал рывка, вторая нога оторвалась от пола, и он спиной приземлился на бетонную площадку. Успел сгруппироваться, купировать удар, готов был встать... Вот этой возможности я ему уже не предоставил: успокоил коротким ударом ноги в висок. Возможно, что и навсегда.

Замер, прислушался. Легонечко отворил дверцу на крышу. Пробежал к торцевой стене. Закрепил шнур и карабин на нем. Огляделся. Тишина и покой. Видно, те, кто задумал операцию, не ожидали от меня такой скорой прыти. Жалеть об этом я не собираюсь, перешагиваю низенький парапет, и по шнуру — вниз.

В чем-то я погорячился. Со скоростью приземления с шестнадцатого этажа, с неправильно закрепленным карабином или со всем этим вместе... Чуть пригнувшись, бегу через занавешенные деревцами дворы, дую на сожженную до мяса ладонь, а в голове плавает одна только фраза, вздорная, но оптимистическая, и вполне в духе суровой действительности: «Сухая кожа — здоровый малыш».

Глава 13

Остаток ночи я провел в «ракушке». Невзирая на борьбу мэра с «этим позорным явлением», «ракушек» в московских дворах убавилось ненамного, наоборот: растет благосостояние наших граждан. И это радует.

Выбравшись из мини-гаража, нашел в зарослях одного из дворов распивочно-доминошную лавочку и устроился за сигаретой. Жаль, что без кофе, но лучше, чем ничего.

Так, что мы имеем по утренней поре? «Ищут пожарные, ищет милиция...» Ищут новоявленного сексуального маньяка по фамилии Дронов. Бывшего аналитика неведомой службы, бывшего бойца в «горячих точках», бывшего сотрудника банка «Континенталь», в результате сомнительных афер оторвавшего просторную квартиру на престижном Юго-Западе. Маргинала-неудачника, свихнувшегося на почве отсутствия войны, привыкшего к насилию... пригласившего к себе красивую девушку. Девушка была сим злыднем очарована. Маньяки, они «шарман» плести умеют! Наготовила изысканных кушаний, но маргинал-параноик еды не дождался, потащил ее в спальню, завалил бедную девочку на постель и придушил во время коитуса. Получил, так сказать, полное и незабываемое удовольствие. Потом преспокойно уселся на кухне, в одиночестве выпил три рюмки водки, закусил деликатесами, смакуя полученное удовольствие. Милицию вызвал, понятно, кто-то из случайных прохожих или соседей; что-то ему показалось там в ветвях — крик, свет, да это и не важно. Вызвавший по понятным причинам пожелал остаться неизвестным.

Насильник Дронов при появлении милиции ушел через крышу, попутно завалив двух мирно спящих бомжей: убивец, он убивец и есть! И сейчас представляет скорую и непосредственную угрозу для тихо себе работающих в офисах и иных злачных местах гражданочек.

Дабы любимый город продолжал спать спокойно, в районе проведено усиление.

Вот такие у нас вводные на раннее утречко. Что еще? Судя по ощущениям, температура воды в Москве-реке градуса двадцать два, воздуха — двадцать пять. Денек обещает быть жарким.

Это — их версия. А моя? То, что меня подставляют по профилю, понятно еноту. Вопросы «кто?» и «почему?» пока не прояснены, но ответ на них слегка брезжит, как свет в конце туннеля.

И я вспоминаю об Игорьке Крутове. Когда-то мы были друзьями не разлей вода, несколько лет назад, когда я попал в передрягу с Организацией, Крутов оказал мне быструю и очень эффективную помощь, освобождая жену и детей того же Димы Крузенштерна. С тех пор мы не виделись. Единственное, что я знаю точно, — будучи начальником в РУБОПе, он получил-таки вожделенные генеральские погоны. И это не карьеризм: плох тот полковник, который не мечтает стать генералом. Ну а подполковник, с отсутствием тех же устремлений, мне вообще малопонятен. Сам, по правде говоря, стал бы генералом, да думаю, такие погоны плечи жмут пожестче, чем наручники — запястья.

Итак, нужно встретиться с Крутовым. Но это второе. А первое — слинять из злачного района. Благо пока еще час волка: оставшиеся летом в Москве законопослушные и работящие граждане спешат на службу посредством метро, и в этой ситуации милиции фильтровать поток затруднительно. Особенно районной. Труба зовет! Пора выбираться из этого милого распивочного уголка за помощью к компетентным органам по прозванию РУБОП.

Кусты раздвинулись, и прямо передо мной оказалось двое барыг-алканов. Эти, в отличие от ночных, — самые настоящие. Но помня, что белая фата — отнюдь не гарантия девственности, бегло изучаю нарисовавшихся мужичков. Ибо был в моей не столь давней южной ссылке случай, когда бомж-санитар оказался очень скверным дядькой.

— Распиваем? — гаркнул я начальственно.

— Ты чего? — Мужики шуганулись от меня с натуральным похмельным испугом — такой наиграть невозможно.

— Да я это... — произношу совсем другим тоном. Вздыхаю, тряско вытягиваю сигарету из пачки. Жаль, что «Лаки страйк», а не «Прима», ну да алкоголизм клиентов не разбирает: вчера мог гулевать по-крупному, а сегодня, выгнанный дражайшей половиной, трястись в неопохмеленно-потрясенном состоянии на зачуханной лавочке. Жизнь — штука переменчивая, и алканы знают это лучше других.

Мужички, рассмотрев меня как следует, успокоились.

— Водяру с портвешом, видать, вчера мешал? — сочувственно осведомился один.

— Сначала — да. А потом... — Сокрушенно опускаю голову, давая понять, что не помню ни-че-го. Добавляю с известной каждому нашему интонацией «а вот вчера были о-о-очень большие»: — Салат крабовый хавал ложкой... — и снова вздыхаю.

Мужики переглянулись. В сумке у них позванивало.

— Стакан тебе надо накатить, — авторитетно произнес первый. Заметив, как я алчно заблестел глазами, добавил: — У тебя это... Хоть чего-то осталось? А то мы не профсоюз — бесплатные путевки раздавать...

— Ну... — Вытряхиваю из кармана рублей восемь мелочи.

— Вот это дело! — повеселел один. — А фиг ли маешься, здесь на стаканюгу грязного — вполне!

— Витек, не приставай к человеку! До ларька, до него еще доплыть надо. Вишь, не в себе он! Сам такой же был час назад. Лучше плесни!

Витек пожал плечами: дескать, и то верно, вынул из истертой сумки бутылек мутного портвейна с темно-синей этикеткой, опалил спичкой пластмассовую пробку, снял, долил пластиковый стаканчик доверху:

— Причащайся.

Стаканчик я умахнул единым духом, с сожалением проводил взглядом. Витек поразмыслил, налил второй:

— Валяй. Чтоб сразу отлегло.

Я «завалял». И, прямо скажем, отлегло.

— Тебя как звать-то? — спросил тот, что постарше.

— Олег.

— Меня — Мишка. А его — Витек. Ну чё, крякнули? — посмотрел Мишаня на Витька и потянулся бутылкой к подставленному стакану.

Пока мужички выпивали, я молча курил. Уходить не спешил по старой прибаутке: двое расхристанных алканов берут в оборот зачуханного очкарика: «Мужик, на троих сообразим?» — «Да я не...» — «Давай трояк». Тот дает. Мужики берут пол-литра, утягивают очкарика в скверик, наливают в замызганный стакан: «Пей!» «Да я не...» — пытается сопротивляться интеллигент. «Пей, кому сказано, не задерживай!» Тот, давясь, пьет. Один алкан достает из кармана обгрызенное яблоко: «Закусывай». — «Да я...» — «Закусывай, тебе сказано!» Очкарик с грехом пополам жует фрукт. Мужики тем временем выпивают степенно. Интеллигент робко спрашивает: «Ну, я пойду?» В ответ ему: «Куда?! А позвиздить?!»

Вот потому и не тороплюсь: разговорить давешних «бомжей» у меня времени недостало, да и условия были совсем неподходящие, а с этими мужичками самое время «позвиздить». О чем будет «звиздеж» — догадаться несложно.

Мужикам подошло.

— Ты сам-то местный, Олег?

— Ну, — неопределенно киваю. — У бабенки одной, Ленки Прохоровой, присоседился.

— Это какая Ленка? Та, что с косой прошлый год ходила?

— Не, она стриженая. Щас блондинкой покрасилась. На рынке шмотками торгует. Да должны вы ее знать!

— Да видать видывали, а всех не упомнишь... — философически изрек Мишаня, прописав меня как «своего». — Ты во сколько вчерась к своей заявился-то?

— Я чего, на часы смотрел?

— Это да... Выгнала?

— Ну. Пятый день запой, собака, крутит.

— Это бывает, — поддакнул Витек. — А ночевал где?

— Да здесь и ночевал. На лавке.

— Менты-то здеся не шустрили?

— Покамест нет. А с чего?

— Да сволочь одну ищут. Девку у себя дома задушил.

— Ну?! — делаю круглые глаза.

— Угу. Насмерть. В восемнадцатом доме.

— Крутой дом.

— Ну. Там всякие богатеи живут и прочая шушера. Уже совсем с жиру озверели, падлы. Ну, понравилась девка, так трахай, душить зачем?

— Погодь, Мишаня, бабы у подъезда судачили, девка та — малолетка, да на наркоту подсаженная. Ее хахаль трахнул и придушил чулком.

На наркоту... Ну что ж, все организовано достоверно. Особенно в здешнем районе, славящемся рынком наркотиков. Итак, в моей безвременно оставленной квартирке служивые наверняка обнаружили и это зелье, а убитая девчонка — малолетка и начинающая наркоманка; для завершенности отрицательного образа я оказался еще и наркобарыгой. Слава Богу, не в Сингапуре живем[1], но ежели меня словят, служивые пропишут мне «до суда и следствия» так, что мало не покажется! Поэтому попадаться нельзя — с целью сохранения здоровья и способности к плотским утехам и деторождению. Как-никак я еще не женат, нельзя сказать, что собираюсь, но, как говаривал кто-то из древних, ничто человеческое мне не чуждо, и из этого «не чуждого» общение с прекрасной половиной человечества составляет лучшую часть моей неупорядоченной жизни.

— Может, это негритос был? Они как раз этим и промышляют. А за наркоту девка не то что негру, кому угодно даст.

— Не, бабы базарили, местный. Нашенский. Какой-то бывший вояка.

— У этих крыша протекает по полной программе...

— Ну используй девку по назначению, но губить-то зачем?! — не унимается Витек. — Яйца бы таким отрывал!

---

[1] Законодательство Сингапура отличается в отношении наркоторговцев исключительной строгостью.

— Под корень! — искренне соглашаюсь я.

— А менты чего? Им ханыг каких ловить для плана, вроде нас, это как здрасьте! А этого теперь — ищи-свищи!

— Не, — авторитетно возразил Мишаня, — словят. Если маньяк, то словят. У них с этим строго.

— Может, и так. — Витек глянул на остатки вина в бутылке: — Ну чё, еще за одной слетаю? Ссыпай, что ли, свою мелочь...

Я высыпал рублевичи в подставленную ладонь:

— Не, я больше не буду.

— Чего?

— Хватит.

— Как знаешь.

— Опохмеляться — это искусство. Неправильный опохмел ведет к запою, — философически заметил Мишаня. — С бабой замиряться пойдешь?

— Ну, — кивнул я. — На рынок.

— Вот это правильно. Если не дура, сама же и нальет еще.

— Не, Ленка не дура.

— И отдери ее хорошенько. В смысле — оттрахай. Чтоб визжала! Бабы за это все простят! Силенки-то есть?

— Покамест не жаловался. У меня после пьянок стояк крутой!

— Это да... А мы с Витьком — по винцу. А, Витек?

— Ну. А фигли делать в такую жару?

Встаю с лавочки, собираясь отвалить. Но умиротворенную летнюю тишину нарушает урчание мотора — средних размеров джип вламывается в тихий распивочный уголок как мамонт. Из джипа вываливается детина, роста невеликого, но накачан так, что кажется надутым мощным машинным насосом. В майке и коротких штанах, на могучей шее — «голда».

— Досиделись до уродов, — упавшим голосом произнес Витек.

— А чего им до нас? — спрашиваю я.

— Ща морды бить будут. Для куражу. Видать, «папы» ихние велели. На район менты после убийства усиление опустили, им — убыток. Вот со зла на нас и оторвутся... Ноги надо делать...

Но что-то мешало моим сотрапезникам «делать ноги». Во-первых, от этих спортсменов с пропитой печенью не так просто и убежать. Ну а во-вторых... Униформа. Стриженые маленькие головы на коротких шеях, массивные цепи, поросячье выражение глаз... Все это внушает мирным гражданам такое чувство, какое нашим родителям — расхлябанно-развинченная походочка шпаны пятидесятых, на глаза — косая челка, золотая фикса во рту и, как пелось в песнях, «в кармане финский нож». Признаться, те шпанюги рядом с нынешними мордоворотами — просто тихие и незлобивые романтики... Так что Мишаня с Витьком смекнули правильно: не бегать — побить побьют, но не до смерти. И все же и тот и другой напружинились, готовыеломануться через кусты — наудачу. Логика логикой, а ноги зудят: срываться!

Тем временем из джипа выпрыгнул второй, повыше и пожилистей. Словно угадав намерения алканов, прикрикнул:

— И не вздумайте бегать! Кости перекрошу колесами к ежовой матери! — Глянул на накачанного напарника: — Развелось всякой твари, а, Бутуз?

— Как грязи!

— А ну-ка, подошли сюда! Живо! На полусогнутых!

Вот чего не люблю у нынешней стриженой молодежи, так это напористого хамства! Пацанчикам по двадцать два от силы, оба мужичка им в папашки годятся, силу на них мерить — как-то западло, и слова другого не подберу! Есть в этих новых корешках то самое подло-отмороженное: сила и здоровье всегда победят немощь и разложение! Вот эта «премилая» философия и погубила Третий рейх; поддатые мужички вовсе не арийской наружности, разозлимшись, размотали к едрене фене белокуро-конопатых бестий по пням и кочкам!

Ну, да это философия. А теперешний расклад мне просто противен.

— Да мы тут просто бутылочку распить... — тихо, стараясь сохранить хоть остатки самоуважения, заобъяснял Витек.

— А ну, пасть закрой! — Короткий крепыш сгреб Витька за ворот давно не стиранной рубахи так, что она треснула, ткнул костяшками в нос... Раздался противный хруст, Витек осел, крепыш отпустил его, давая упасть на землю и намереваясь всласть помесить ногами... Мишаня не выдержал: ломанулся-таки через кусты. Но никто за ним и не погнался, развлекуха у парней уже была. Жилистый направлялся прямо ко мне:

— А ты чего, болезный, бороденку запустил? Побриться некогда, алкотня зассанная?

Он шел мягонько, пружиня тренированными ногами в дорогих кроссовках; видимо, бить меня руками он брезговал, решил оттянуться «на дальних подступах», но всласть. Добавил, куражась:

— Ща я тебе яйца посчитаю, чтобы таких вот выблядков больше не плодил!

Ну, это... На святое замахнулся...

Одним прыжком я оказался в метре от него и воткнул кулак правой точно под сердце — такой удар по эффективности превосходит удар в солнечное сплетение, тем более пресс спортсменчику я мог и не пробить.

Челюсть у отморозка слегка отвисла, но вдохнуть он никак не мог; парень вытаращил на меня лупатые глазки, полные удивления и боли. А я тем временем поддел незащищенный подбородок крюком снизу, чуть отпрыгнул, подхватив крутого за цепь, и левой же, четырежды, как на тренировке, пробил по чисто выбритой, пахнущей дорогим одеколоном физиономии, превращая ее в нечто однородное. Отпустил цепь, добавил правым снизу, и жилистый упал к ногам, как матрас. В чувство он придет минут через сорок, но не вполне: личико к тому времени заплывет по типу «Москва — Пекин: дружба навек!».

На весь мордобой ушло не более четырех секунд. Коротышка-здоровячок успел лишь единожды пнуть под ребра бедолагу — Витька, скосил масенькие глазки и увидел вовсе не то, что ожидал: вместо пахнущего дрянным портвешком небритого субъекта у лавки валялся «друган, братан и корефан».

— Ах ты, бляха... — Бутуз решил, что я — спивающийся тренер-каратист, и потому вынул из недр широченных коротких штанин складной нож, щелкнул кнопочкой: — Придется тебя, пидор, расписывать, как Айвазовский «Цусиму»!

Ну надо же! А ведь Бутуз этот — парниша из хорошей семьи, может, даже интеллигентной! Слово «Айвазовский» выговаривает складно, а вот про «Цусиму» — наврал! Вывод: образование индивида осталось незавершенным. Сейчас я его заверщу, чтобы мальчик с пальчик ведал, что больно — не только когда ты бьешь, куда больнее, когда бьют тебя.

А Бутуз тем временем сделал шустрый и вполне профессиональный выпад: от ножа я едва ушел! М-да, парнишка не одно токмо железо по жизни качал; да и глазки стали злыми, будто налились враз тяжелой влагой.

Ну что ж, на войне как на войне. А войны у меня за плечами столько, что этому пацанчику и не снилось...

Снова выпад, длинный, пластичный... Но выпендриваться и ловить шуструю ручонку во всякие там хитрые захваты я не стал. Физически здоровячок меня превосходит: сцепись мы, помнет, как медведь зайку! Потому я просто отбил его руку хлестким щелчком. Снова выпад, снова отбив. Занервничал? Вот и славно!

Бутуз понял свое преимущество в физической мощи и ринулся на меня, как танк на пехоту, стремясь прижать к лавочке и деревянному столу, но притом передвигаясь мягко и пластично. Ну а мне было уже не до пластики: прыжком запрыгнул ему за правую руку и хлестко пробил по «бороде». Задел. Голова у парня поплыла, он замахал перед собой лезвием плавными круговыми движениями, стараясь не подпустить меня ближе. А мне ближе и не нужно: делаю шаг и пинаю его стопой в голень. Бутуз неловко взмахнул обеими руками и грохнулся на спину. Нож у него вылетел куда-то в сторону, но здоровяк не растерялся: раскорячился, чуть крутнулся на спине. Наверное, это боевая «лёжка» неведомого мне стиля. Сейчас каждый забор изобилует названиями мудреных школ, но в них учат всему, кроме драки. А закон драки гласит: побеждай!

Потому я не впадаю в ответную стойку, не пытаюсь достать крепыша, оказавшегося таким прытким, — недаром у него «голда» на полпальца толще, чем у сотоварища! Одним движением хватаю стоящую здесь неизвестно зачем металлическую урну и впечатываю в грудь лежачему. Послышался противный хруст, и мой противник наконец-то по-настоящему расслабился: ручонки четвертьметровой толщины обмякли, голова бессильно откинулась на землю. Судя по моим куцым знаниям анатомии, я переломал ему грудину — это больно.

А может, оно и к лучшему? Для него же? С такой травмой к приобретенной профессии вернуться сложно; а может, возвратится крепыш в семью да будет себе помаленьку изучать жизнь и творчество упомянутого живописца? Да еще и диссер накропает?

Не, я — неутомимый оптимист!

Обозреваю «картину битвы» и ощущаю запоздалое раскаяние. Может, стоило без этих фокусов «сделать ноги»? Мужички получили бы слегка по шеям, им не привыкать, а я бы был уже далекохонько от родного района, где меня по-прежнему «ищут пожарные, ищет милиция...». Теперь к служивым прибавятся вольноопределяющиеся из неведомых мне бригад от неизвестных мне авторитетов: давненько не бывал я в первопрестольной!

Ну и что дальше? А то... Не пешком же мне в центр топать. И на метро — небезопасно: час рабоче-служащего закончился, вполне могу в ситечко залететь, как неразумная рыба плотва. Так что тачку придется угонять. Благо и ключ в замке.

Усаживаюсь — уютно. Запускаю движок.

— Ну ты и крут... — подал голос из кустов Мишаня, выбрался, подобрал стонущего Витька. — Пошли мы... Ты извиняй, если что не так.

Уже скрываясь в кустах, обернулся, спросил с тяжким вздохом, потупясь:

— Ты бы обозвался, что ли, залётный... А то эти оклемаются, с нас спрос будет...

Вот это вряд ли. Для навороченных молодцов все «овцы» — на одно лицо. Что их и губит. Ну да подводить мужиков мне в любом случае не хочется: сами они закладывать не побегут, ну а если спрос действительно будет, что ж... Пусть ответят.

— Скажете, был Додо.

— Кто?

— Дрон.

— Это чего, погоняло такое?

— Это птица. Редкая.

— Навроде Феникса, что ли? — проявил осведомленность Мишаня.

— Навроде. Но круче.

Глава 14

По правде сказать, какой из себя был тот самый хрестоматийный дронт с острова Маврикий, я представляю смутно. Говорят, мирная была птичка. Возможно, с веткой в клюве. Миротворец. В переводе на американский — «Peacemaker»[1].

В размышлениях об умной науке орнитологии на заемном авто достиг центра дорогой столицы. За время моего отсутствия она стала еще дороже.

День, надо сказать, завязался жаркий. Две разборки с пристрастием за одно утро, да еще и термометр в тени показывает не менее тридцати. Когда такой накал, нужно быть сдержаннее. Или как говаривал грузчик дядя Гриша после третьего стакана собутыльникам: «Ребята, давайте быть культурнее».

Покидаю чужую машину тихо, как птенчик. И направляюсь в ближайшую аптеку. Потому как с разбитыми напрочь костяшками одной руки и сожженной ладонью другой чувствую себя не вполне комфортно: не в смысле боли, такую боль легко игнорировать, но когда клешни кровоточат и мысли — саднят. Как муд-

---

[1] «Peacemaker» («Миротворец») — название самой популярной в США модели револьвера С. Кольта.

ро обобщили наши предки: на хромых ногах и душа спотыкается.

С перебинтованными лапами я стал выглядеть как работяга-моряк, неловко притравивший трос. Вот за что люблю Москву, так это за то, что здесь никому ни до кого нет дела. «Лягушка, у тебя что, проблемы?» — «У меня? Проблемы? Да мне звиздец!»

Подхожу к автомату, втыкаю в щель кредитную карту, набираю номер. Трубку поднимают после третьего гудка:

— Крутов.

Хотя голос и положение генерала к шуткам не располагают, удержаться не могу:

— Здесь продается славянский шкаф?

— Шкаф? — не узнал меня Игорь.

Меняю «шифр»:

— А что, братец, невесты в вашем городе есть?

— Кому и кобыла невеста! Дронов!

— Он самый.

— Давне-е-енько не слыхивал твоего начальственного баритона.

— Повода не было.

— Теперь появился?

— Ага. Телефон «чистый»?

— Этот — как стеклышко. Так что за повод?

— Женщина.

— Я не удивлен.

— Убита в моей квартире три-четыре часа тому назад. Перед этим — изнасилована.

— Вот как...

— Тебя не информировали?

— Дрон, я занимаюсь организованной преступностью, а это...

— Подходит под проделки «писюкастого злыдня».

— Кого?

— Сексуального маньяка.

— И кто он?

— Боюсь, по мнению твоих коллег, я. Больше некому.

— Хорош...

— Кто?

Молчание длилось с полминуты.

— Дрон... Ее убил ты?

— Нет.

— Честно?

— Как на духу.

— Так. Идем дальше. Но — при личной встрече. Сможешь подъехать в управу?

— Да.

— Документы с собой? Я закажу тебе пропуск.

— Лучше обойтись без него.

— Чего так?

— Следить не хочу.

— Ты же понимаешь, Додо, если тебя с вахты сопроводит сам начальник управления...

— Генерал Крутов, — продолжил я почтительным тоном. — Понимаю, «смежники» будут озадачены.

— Еще как.

— Игорь, не выдумывай велосипед. Пошли какого-нибудь доверенного вьюношу встретить индивида на контакте и провести в вашенские апартаменты черным ходом. Ведь должен же быть у вас черный ход?

— А как же... И не один. И выходов столько же. Олег... Может, лучше вообще не в управе? На свежем, так сказать, воздухе? Тем более ветер, судя по всему, крепчает...

— Хорошо, что не маразм. Нет. Не лучше.

— Хозяин барин. Ты в центре?

— Да.

— Делаем так: садишься в кафешке «Тополя», что на Сретенке, и ждешь. Мой человечек тебя подберет.

— Сколько ждать?

— Сколько нужно. Контрольное время — тринадцать ноль-ноль.

— Понял.

— Дрон...

— Да?

— Расслабься. Судя по говору, ты напряжен, как солдат-первогодок перед присягой. На которую ни одна шалава к нему не приехала.

— Ценю твой генеральский юмор.

— Еще бы. Будь.

— Буду.

До контрольного срока почти час, времени — вагон; но Крутов мудр, «маячить» в кафешке невозможно, потому через десять минут я уже сижу в вышеозначенных «Тополях» — обычной полускверовой забегаловке — и разминаюсь самым буржуйским, по понятиям семидесятых, занятием: потягиванием через соломинку коктейля под маловразумительным названием и весьма сомнительного качества. Заодно разглядываю проходящих. Не с целью выявления «мышки-наружки» — из чистого любопытства, граничащего с любознательностью.

Естественно, привлекают девушки. И то, как они одеты. Или скорее раздеты. Впрочем, как сформулировал кто-то умный, основополагающий принцип моды как раз в том и состоит, чтобы носить одежду, вызывающую у лиц противоположного пола желание поскорее с вас ее снять. Москвички в этом преуспели. Еще больше они преуспели в этом на море... Вздыхаю: жаль, что сейчас я так далек от моря, очень жаль, что я не Казанова, и втройне жаль, что душа моя отягощена бездной комплексов так давно отлетевшей юности, начиная от впитанной подкоркой песни «а я боюсь услышать «нет» и заканчивая философичным из Макарыча: «Он был старше ее, она была хороша...» Все это, вместе взятое, и мешает мне броситься вслед очередной нимфе в воздушном одеянии. Нет, мешает еще одно: очень боюсь, прелестное создание откроет красиво очерченный рот и отрыгнет такое выражение, что... Короче, чтобы не было разочарований, лучше не очаровываться. По крайней мере, в ближайшие сорок минут.

Через столик от меня расположились две девчушки. Пепси они уже не выбирают, пьют что покрепче. Вот предыдущее поколение молодых: пепси было внове, а кока еще не вошла в обиход; уже не было комсомола, а водка и кухонно-философские разговоры «обо всем» стали неактуальны; царствовали Виктор Цой, Арбат, Шевчук...

Краем уха ловлю щебет девчонок... М-да... По сравнению с теперешними молодыми те кажутся просто романтиками.

Каждое поколение, каждый век лепит своих кумиров, отдавая дань неофициальному культу. В тридцатые — Чкалов и Отто Юльевич Шмидт, в шестидесятые — Гагарин, Окуджава, Визбор, Вознесенский, Стругацкие, в семидесятые — восьмидесятые — Высоцкий, Макаревич, Пугачева, Цой, «Наутилус», Шевчук... Но вот настали девяностые, набрали скорость, век летит к закату, к закату движется тысячелетие... И — что? Не считать же всерьез культовыми мальчиками «нанайцев» вкупе с интернациональными Иванушками, а культовыми девочками «лицеисток»... Или — считать?

Похоже, мы все вернулись в предысторию, в эпоху «шаманидов», и единственной культовой фигурой, «героем нашего времени», является могучий напряженный фаллос, на который, как на кассовый чек, нанизаны долларовые бумажки самого значимого достоинства. Если, конечно, единичку с нуликами, даже прорисованную на хорошей бумаге, вообще можно считать достоинством.

— Вы крутите головой, как вентилятор!

Сначала я заметил ноги под коротеньким легким платьицем, поднял глаза на девушку: веснушки на носу, смеющиеся зеленые глаза, густые выгоревшие волосы уложены в «ренессансный» каскад. Красиво, добротно, хорошо!

— Меня предупредили, что вы легкомысленный, но не сказали насколько. Пригласите присесть?

— Приглашаю. — Энергичный жест рукой и кивок, больше похожий на движение только что разнузданного коняки, должны подтвердить мое недоуменное удивление.

Девушка присела, представилась:

— Настя Сударенкова. Лейтенант. — А в ее глазах плескалось столько солнца, что...

— Ну, тогда я, как водится, генерал. От инфантерии.

— Вас никак не примешь за пехотинца...

Ну надо же! Милая барышня не только представилась по званию, но еще и знает значение слова «инфантерия»! Поторопился я с эпитафией юному поколению!

— Олег Владимирович, не рассматривайте мои ноги так откровенно!

— Вас это отвлекает от несения службы, лейтенант Настя? — невинно поднимаю я брови. И уже догадываюсь, чьи это генеральские шутки! Сосредоточиваю взгляд на девичьих лодыжках, шепчу заговорщически: — Исключительно для конспирации... Шампанское вы пьете, лейтенант?

— Для конспирации?

— Для нее.

— Не в это время дня.

— Что для вас принести? Сок манго?

— Чтобы жизнь сразу — сахаром?

— Намек понял. Тогда грейпфрутовый?

— Лучше — лимонный. Но не сейчас. Сейчас нежно возьмите меня под руку и идем к машине: темно-синий «фолькс». Крутов нас ждет.

Девушка обаятельно улыбалась, слова произносила тихо и задушевно, словно завлекала меня в постель величиной с Сахару. И это правильно: случайные «уши», вроде девчонок-малолеток, реагируют не на смысл слов, а на тон, каким они сказаны, и если слова «боковым слухом» часто не улавливаются вовсе, то тон — всегда. И что они решат? Что к куцему мужичку подкатила шикарная телка «по договоренке», видать, от мужа гуляет, повлекла его в свою тачку, судя по прикиду, «разгонную», и отвалила с шиком.

То, что ход их мыслей я смоделировал правильно, доказывали теперь уже прямые, оценивающие взгляды подружек, направленные нам в спины: надо же, альфонс не альфонс, а за ним такая краля подкатила! Видно, в штанах что-то особенное! Знали бы эти милые крошки, что перед ними сейчас сам «маньяк-душитель», поперхнулись бы своим мороженым!

Девушка села за руль, с шиком отъехала и повела машину по бесконечной анфиладе московских переулков так лихо, что я сразу произвел ее из Насти в Анастасию. На таких «американских горках» любой хвост отвалится сам собой. Подумалось: умеет Крутов подбирать кадры... Но мысль сию я тут же отбросил, как отдающую завистью. Зачем мне это?

То, что Анастасия порулила не в управу, я догадался; ну что ж, Крутов генерал, ему виднее.

Вышли мы в Замоскворечье. Проскочили хитрой чередой проходных, через реконструируемые дома, пока не впилились в обитую допотопным дерматином дверцу заброшенного, прошлого века, купеческого домины за литой, проломанной во многих местах оградой. На стук открыл сторож, бегло оглядел нас, пропустил, прикрывая дверь; двигал он ее слишком тяжело, чтобы не закралась мысль: под дерматином, содранном с натуральной двери пятидесятых, укрывалось литое пуленепробиваемое сооружение.

По запущенной лестничке поднялись на второй этаж. Девушка пропустила меня через «приемную», открыла дверь в кабинет. Доложила:

— Доставила.

— Хорошо. Хвосты?

— Чисто.

— Были или сбросила?

— Не было.

— Подожди внизу.

— Есть.

Как только дверь за девушкой закрылась, Крутов встал из-за стола, подошел ко мне, мы крепко пожали руки.

Игорь указал жестом на два старых, годов шестидесятых, кресла у журнального столика в углу. Расселись.

Крутов погрузнел, заматерел. Плечи у него и раньше были немаленькие, теперь — казались вовсе огромными; белоснежная сорочка от Босса, галстук и костюм от Версаче, туфли от Армани — все это сидело на Игоре так, словно он носил сие великолепие не то что сызмальства, но родился в нем. Легкие отклонения от принятого «протокольного» стиля только подчеркивали респектабельность: вещь для человека, а не человек для вещи. Перехватив мой взгляд, насмешливо бросил:

— Хорош?

— Как икона.

— Клиент пошел солидный. Нужно соответствовать.

— Понимаю.

— Коньячку? Для разговора?

— Соточку.

Крутов выудил из-под кресла початую бутылку любимого им великовозрастного коньяка «Армения», разлил по двум простым советским «слезным» стаканам.

— Закусить?

— Чтобы коньяк испортить?

— Это верно. За встречу.

Мы стукнулись донышками, неспешно выцедили янтарную жидкость. Закурили.

— Убитая девчонка у тебя в квартире — ведь не причина, а следствие, так? — Крутов испытующе смотрел на меня желтыми тигриными глазами. Вот взгляд у него не изменился, это точно.

— Так.

Игорь затянулся, выдохнул:

— Рассказывай.

Глава 15

— Рассказывать? Лучше я буду спрашивать.

— Это как знаешь. Мне нужно знать только одно: нынешняя подстава связана с твоим прошлым?

— А что у нас не связано с прошлым?

Крутов поморщился:

— Олег, давай без философий и по существу. Уж очень люди тобой всегда занимаются конкретные.

— Да и мы не абстрактные, нет?

— Я точно нет, а с тебя — станется. Где ты был в последнее время?

— Сначала в Штатах. Потом в Подмосковье.

— Безвылазно?

— Да.

— Чего тогда сорвался?

Я прикурил очередную сигарету от бычка, спросил:

— Игорь, теракт в отношении вице-президента «Континенталя» — это твой профиль?

Крутов кивнул:

— Да. Значит, все так, как я и предполагал: подстава связана с убийством Крузенштерна.

— У тебя есть досье на нового президента банка?

— Господина Шекало?

— Да.

— Очень скромное.

— Чист как стекло?

— Хуже. Как ангелочек с крылышками. — Игорь поднял глаза к потолку. — Шекало Лаврентий Игнатьевич. Имечко же ему родители дали...

— Да и фамилия красивая.

— Ну. Тридцать пять лет, московский финансово-экономический, руководство приватизацией и прочими радостями где-то в провинции.

— Не Покровск?

— Нет. Тверь, Вятка, Самара? Сейчас не упомню. Уточню. Да и подвизался он там недолго. Переезд в Москву. Среднее местечко сначала в госналогслужбе, потом в Минфине, потом где-то при президентской администрации.

— Обрастал связями?

— Почему нет? Потом — переход в «Континенталь», по неизвестным мне рекомендациям, вхождение в совет директоров, наконец, как апофеоз, президентство. «Континенталь» ведь банк не из последних.

— И из очень непростых.

— Это я догадался, — хмыкнул Крутов.

— Ты приглядывался к делу об убийстве Круза?

— Нет.

— Не любопытен? Или дело того не стоит? Или опасаешься нарушить профессиональную этику по отношению к отделению милиции, на чьей территории произошел теракт?

— Олег, не ерничай. К тому же это не теракт. Такой вид преступлений давно характеризуется как заказнуха.

— Какой ты умный, Блин Клинтон...

— Дело сразу забрал ГУБОП.

— Ты же знал Круза.

— Дрон, в ГУБОПе работают профессионалы.

— Верю.

Крутов поморщился: разговор у нас явно не клеился.

— Олег... И ты, и я знаем, что «Континенталь» не простая контора. И разработку проводит как через спецов ГУБОПа, так и самостоятельно. — Глянул на меня, добавил: — Ты прав: если, конечно, это не инициатива господина Шекало.

— Или тех, кто поставил этого клоуна.

— Или так. — Игорь посмотрел на меня внимательно: — Ты уже влез в это дело?

Пожимаю плечами:

— Я влез в «это дело» тридцать с лишним лет назад. Когда родился.

— Опять философствуешь?..

— Эту «игрушку» можно или починить, или выбросить.

— Ты о чем?

— О стране. Но ведь для нас она не игрушка, а, Крутов?

— Дрон... Не гони.

— Виноват. Это я о своем, о женском.

— Вот о твоем, о женском, давай и поговорим.

— Слушаю.

— Ты знал девушку, что оказалась задушенной у тебя в постели?

— Нет.

— Ты уверен?

— Абсолютно. У тебя есть сомнения?

— У меня — нет. У тех, кто занялся этим делом...

— И кто?

— Местный райотдел.

— По типу «маньяк»?

— По нему. Дронов, ты никогда не задумывался, что идеально вписываешься...

— Задумывался. По всем имеющимся объективкам: солдат удачи, маргинал, темная лошадка...

— Подбираешь несовершеннолетних девочек в подъездах...

— Ты имеешь в виду?..

— Да. Сашу Лисовскую. Потом поселяешь у себя, потом устраиваешь в интернат...

— Надо же, быстро раскопали.

— И подшили. В нужном кому-то ракурсе. Кстати, где она теперь?

— Саша?

— Да.

— Полагаю, на море. Сейчас лето, а это очень дорогой интернат.

— Так вот: убитая, Макарова Наташа, училась в том же интернате, что и Саша Лисовская. В старшем классе.

— И формально...

— Не формально, а предположительно... Да. Ты вполне мог с ней познакомиться и пригласить к себе. А учитывая твой «моральный облик»...

— Но я же...

— Дрон, ты дрался из-за Лисовской с парнями из пеньковской группировки?

— Это была не совсем драка.

— Тем не менее один из вьюношей, он ныне припухает в Бутырках, святым духом был за часы найден и дал премиленькие такие показания: девочку, Лисовскую, *продали* тебе пеньковские — для утех. Но вы не сошлись в цене, что и вызвало конфликт с мордобоем.

— Сволочь!

— Работа у него такая.

— Игорь, я с Сашей Лисовской не спал.

— Верю. Но кто еще поверит?

— Ее можно спросить.

— Этого делать никто не станет. Дрон, кому-то нужно набрать на тебя «лыка в строку». Грязную компру. И пока набирают. Успешно. Мне продолжить?

— Валяй.

— Эта девушка, Наташа Макарова, открыла квартиру своим ключом.

— Ей могла дать Саша...

— Мог кто угодно. А мог и ты. Дальше?

— Ага.

— Пришла с полными судками готовых кушаний, загодя заказанных по телефону аж в «Праге». Кем бы ты думал?

— Мной?

— Да. Пришла, прибралась в квартире, все приготовила... Ее пальчики везде.

— Погоди, Игорь! Но ведь кто-то был с ней?

— Нет. Она девственница. Девочку раздели, или она сама разделась, и придушили. Впечатляет?

— Не особенно.

— Никаких других отпечатков, кроме твоих и ее. Причем ты, как особо циничный субъект, с аппетитом откушал водочки с крабовым салатом после убийства... Маньяк? Маньяк. — Игорь помолчал, спросил: — Ну, что скажешь?

— Ничего. Лучше коньячку еще хряпну.

— Хозяин барин.

Я плеснул себе коньяку, вопросительно посмотрел на Игоря, тот покачал головой. На нет и суда нет. Хотя пьянство в одиночку, пусть и в компании, признак начинающегося алкоголизма. Впрочем, одному не только пить плохо, но и жить. Одиночество чем-то сродни смерти.

— Чего мрачный? — спросил Игорь.

— А есть повод веселиться?

— Мы живы. А с остальным — разберемся.

— Как я понял, ты таки подписался, Крутов.

Игорек сидел в кресле неподвижно, как огромное каменное изваяние.

— Да, я подписался, — произнес он одними губами. — Очень не люблю, когда душат девчонок. Достану и исполнителей, и заказчика.

— По закону?

— По понятиям.

Крутов плеснул себе коньяку на донышко, выпил глотком:

— Дрон, почему ты хотел встретиться в управе?

— Я хочу поговорить с Тамарой.

— Вдовой Крузенштерна?

— Женой.

— С женой?

— Я не уверен, что он убит.

Игорь помрачнел:

— Олег, погоди... Я понимаю, Круз был твоим другом... Я читал ориентировку. Все ясно как день. Никаких разночтений. Шанса спастись у него не было.

— Я не поверю, пока не переговорю с Тамарой.

— Ты полагаешь...

— Да. Полагаю. Дима вполне мог сам организовать собственное «убийство». Особенно если была вероятность настоящего при новом руководстве «Континенталя».

— Так.

— Возможно, что так.

— Ты настаиваешь на встрече с Томой?

— Да.

— И как ты это себе представляешь? Она с детьми сейчас не просто под колпаком, она под тройным колпаком!

— Ты генерал, тебе виднее.

— Я не могу ни к себе ее вызвать, ни к ней тебя отвезти.

— Думай. В ГУБОП на допрос как свидетеля ее вызвать могут?

— Могут. Если она и приедет, то с кучей охраны и с бандой адвокатов от заботливого Шекало.

— Отсечь?

— Чтобы достоверно — маловероятно.

— В туалет она может захотеть?

— В туалет?

— Ну. Расплакаться, потом пойти умыться. Следователь, что ведет дело, по положению генерал?

— Нет.

— Тогда пусть беседует с ней в генеральском кабинете.

— Это ты к тому, что...

— В генеральском кабинете должен быть туалет. И душ. Нет?

— Да.

— Вот там я и буду ее ждать.

— Хм... Гладко было на бумаге...

— А вот дальше думай ты.

— Угу. — Крутов уже о чем-то напряженно размышлял. — Положим, в здание ГУБОПа я тебя проведу...

— Не сомневаюсь.

— И с кем надо договорюсь...

— Надеюсь.

— Тебе нужно имидж сменить. Ты сейчас в «горячем» розыске, а бдительного сержанта не может просчитать никто.

— Нужно — сменим. Может, мне «сексуальным меньшинством» нарядиться?

— Может.

Крутов оглядел меня оценивающе. Встал. Открыл дверь:

— Настя?

Настя Сударенкова объявилась в довольно мрачной комнате-кабинете во всем блеске и великолепии. Блеск был куда большим, чем на московской улочке: единственной конкуренткой красавице лейтенанту здесь была потускневшая кустодиевская купчиха на стареньком календаре, второй век занятая бесконечным чаепитием. Женщина, конечно, в соку, но я небольшой любитель полненьких. Может, еще время не пришло понять всю прелесть домашних купеческих див?

— Посмотри на этого господина и подумай, что можно с ним сделать.

— Думаю, многое, — усмехнулась девушка. — Шампанское он мне уже предлагал.

— Я в смысле имиджа.

— Изменить до неузнаваемости?

— Скорее до невозможности идентифицировать.

Крутов подошел к столу, открыл папочку, извлек оттуда листок. На листке был я, собственной персоной. Молод и отчаянно хорош собой. Черно-белая фотоксерокопия под достойной красной шапкой: «Внимание! Розыск!»

— Надо же, успели! — удивился я.

— Люди готовились загодя, — скривил губы Крутов.

— Ну что? Делаем из меня красавца блондина? Чтобы два метра ростом, косая сажень в плечах и бакенбарды. Кавалергард, а?

— Если только карликовый, — хмыкнул Крутов.

— Ну не такой уж и карликовый... — «обиделся» я.

Девушка глянула на фото, пробежала глазами текст, подняла на меня завораживающие зеленые глаза:

— Ну надо же! Никогда не имела дело с маньяком.

— В этой жизни все когда-то впервые.

Глава 16

Через три четверти часа на меня из зеркала смотрел седовласый господин. Краску Настя наносила аккуратно, и седина смотрелась натурально. Остается надеяться, что контрабандный краситель сработан не на Малой Арнаутской и после первого же дождя не даст «радикальный зеленый цвет». Волосы мне девушка зачесала назад, уложила феном; небритость превратилась в короткую бородку. Мокасины пришлось сменить на литые итальянские ботинки, в коих, по мнению создателей, индивид должен чувствовать себя твердо стоящим на земле.

Облаченный в собственные джинсы и в светлый пиджачок фирмы «от Крутова», выглядел я теперь достаточно импозантно. Вошел Игорь, сличил индивида с фото на розыскном листе, хмыкнул:

— Хорош.

— Крут?

— Как поросячий хвост.

Лейтенант Настя, не обращая внимания на наш треп, прищурилась, оглядывая «произведение». Вообще-то она молодец. Ибо основной принцип маскировки таков: менять надо не внешность, а имидж. Сейчас я был не бывшим разведчиком-аналитиком и хрестоматийным маргиналом с навыками массированного рукопашного боя и хорошей оперативной подготовкой, а респектабельным ученым, сумевшим неплохо устроиться в этой новой реальности, называемой на три буквы: СНГ.

А девушка произнесла:

— Глаза.

— Наглые? Это у меня с детства.

— Да нет...

Я прищурился, пытаясь изобразить китайца:

— А так?

Девушка прыснула:

— Лучше не бывает. — Посерьезнела: — Я имею в виду цвет.

— Хм... Хорошо бы небесно-голубой, а?

— Вы умеете носить контактные линзы?

— Не пробовал.

— Анастасия, не мудри, — вмешался Крутов. — Надень на него «хамелеоны».

Очки нашлись: в стиле семидесятых, умеренно затемненные, они выглядели как мой вполне давний атрибут, носимый «ученым-экономистом» по близорукости.

— Доволен? — спросил Крутов.

— Угу. Только одно замечание. Ученый? В пиджачишке за штуку?

— Почему нет? — отреагировала Настя. — Сейчас многие работают экспертами-советниками у важных персон. Приобрели и состояния, и респектабельность.

— Во-во, — поддакнул Крутов. — Лившиц. Вылитый.

— А может, меня, раз такая пьянка, в рыжий цвет перекрасить?

— Граждане не поймут.

Ну что тут возразишь? Генерал. И мыслит по-генеральски.

Крутов прошел в кабинет, сделал несколько телефонных звонков. Вернулся:

— Через три часа будьте у управы.

— В шестнадцать? — уточнил я.

— Да. Раньше не получится. Мне сейчас нужно уехать. Сударенкова останется с тобой.

— И чем нам заняться?

— Чем хотите. Только по проспектам не маячьте.

— У тебя тут компьютер имеется?

— Обязательно. И кудесник-программист при нем.

— Интернет?

— Да.

— Красиво жить не запретишь. И на какие шиши?

— Дронов, ты что, налоговая полиция?

— Просто жаба давит. Отхватили ничейный особняк в центре родной столицы, напичкали аппаратурой и прикидываетесь шлангами. Преступность почему не искоренена?

— Дронов, если такой зануда, подавайся в нардепы и промывай мозги коллегам. Мне своих начальников хватает.

— У генералов есть начальники?

— Больше, чем я мог представить, когда был вольным полканом.

— Нет в мире совершенства.

— Никакого.

— Разве только коньяк.

— Коньяк хороший.

— И — девушки.

— Дрон!

— Все. Уже замолчал.

— Ты меня загрузил за утро по самое «не хочу». Займись лучше своим прямым делом.

— Ви, мон женераль. Каким?

— Думай.

Хорошо сказано: «Думай». По-генеральски. Некоторые наивно полагают, что разница, скажем, между полковником и генералом всего в одно звание. Фигушки. Как говорил покойный Скалозуб, дистанция огромного размера. На всю длину лампас. Генерал — это нечто почти фольклорное. «Он был титулярный советник, она — генеральская дочь...» Или: «Что я голым скакал, что я песни орал, а отец, говорил, у меня — генерал!» И жена генерала — это не просто женщина, а генеральша!

— Над чем задумались, Олег Владимирович?

— Комплексую, Настасья.

— Чего?

— Вот уже и седой вашими стараниями, и пенсне надел, аки «интеллигент собачий», а люди — в генералах. Почему такая несправедливость?

— Игорь Петрович очень умный.

— Да? А я, выходит, очень глупый?

— Олег Владимирович, хотите по секрету?

— По женскому? Весь внимание.

— Игорь Петрович на самом деле вас очень ценит. Чрезвычайно.

— Еще бы! Не ценить такого молодца! Умный, красивый, в меру упитанный и в очках!

— Я не вполне точно выразилась. Игорь Петрович считает вас не просто умным, а... Как он когда-то выразился, вы из тех редких птиц, без которых людям не выжить.

Признаться, я несколько растерялся от такой ее откровенности. Приятно, конечно, тем более что умереть от скромности мне точно не грозит, но... Культивировать собственную значимость — это загнать себя в угол. А история нас учит: у Грозного появляется Малюта, у Сталина — Лаврентий, у Горбачева — Раиса Максимовна.

— Милая барышня, он шутил.

— Крутов?

— Ну. Когда мы были молодыми и чушь прекрасную несли...

— Что?

— Пардон. Это из песни. Так вот: мы с Игорем Петровичем занимались в драмкружке. При Театре юного зрителя. Причем Крутов играл в постановке шелудивого розыскного волка, а я, как водится, горнего орла. С тех пор он и сохранил по отношению ко мне некоторый комплекс неполноценности.

— Комплекс чего у Крутова? — подняла девушка брови.

— Ее. К тому же в английском языке звук «th» ему никогда не давался... Тут и корова закомплексует!

— Дронов!

— Да?

— Вы все же ужасный балабол!

— Это я от застенчивости. Такая красавица, да еще и лейтенант! Я представил вас в мундире на нагое тело и...

— Олег Владимирович!

— Да?

— Крутов прав: займитесь своим прямым делом.

— Каким?

— Думайте. А я приготовлю вам кофе.

— Нам, Настя.

— Хорошо. Нам.

Хм... И почему даже хорошенькие девушки уверены, что думать — мое основное занятие? А помечтать? Ну да... Мечтать не вредно. Как и думать. Но иногда поздно. Надеюсь, мне пока не поздно.

Думай. Над чем? Все дело в том, что... Обозрев свою жизнь за крайние пяток лет, могу лишь искренне вопросить: ну и что? Рисковал, подставлялся, упирался, и — что? Богатые — богатеют, бедные — гундят, молодые колют иглы в вены с таким остервенением, как будто это обещает им Царствие Небесное... А чем нас радует пресса? Очередные угольщики бессменно и безнадежно голодают, общежитие будущих инженеров-оборонщиков повально торчит на игле, в общежитии будущих педагогов-воспитателей сифилюга бродит шальной волной, как призрак коммунизма по Европе... Похоже, даже молодым окружающий мир опротивел до самой последней степени.

Ну а то, что происходит во власти и вокруг нее, я если и понимаю, то даже опасаюсь формулировать. Без того тошно.

Так что все промелькнувшее «житие мое» укладывается в простенькую русскую поговорку: «Бодался теленок с дубом». А может, и хорошо, что я не дуб? Наверное. Жаль только, что не экскаватор. С вертикальным взлетом. А то бы мы посмотрели, кто кого перебодал бы!

Впрочем, сослагательное наклонение применительно к собственной жизни употребляют только придурки. Этак любую жизнь можно превратить в сплошное несчастье, стоит только начать вспоминать, что ты в ней упустил. Лучше — думать о том хорошем, что действительно было. Это и есть праздник, который всегда с тобой.

Думай. Над чем? Кто и почему меня подставляет? Ответов пока — воз и маленькая тележка. Видимо, приезд Димы Круза ко мне не остался незамеченным. Как и его интерес к Покровску. Вопрос: это его интерес, интерес банка «Континенталь», интерес господина Шекало лично или тех, кто стоит за ним? Чьи интересы пересеклись или оказались задеты в неведомом мне Покровске? Какая роль отведена мне? Если просто меня хотели бы убрать, то застрелили бы безо всяких фокусов с подставой убитой девчонки. Зачем они это делают? Кто — «они»?

Как там в студенческом эпосе неизвестного мне автора?

«Эйк лежал в ванне и ловил глюки. Глюки ему не нравились, в них было мало секса. Последний глюк был особенно противный. Эйк посмотрел на стрелки кумметра. Кумметр показывал двадцать мовсесянов. Эйк открыл газету «Суровая правда» и начал интуичить. Проинтуичив пару парсеков, он снова посмотрел на стрелки кумметра: кумметр показывал двадцать мовсесянов. «Дрюм-дрюм-ту-ту!» — грязно выругался Эйк и заколебался».

Дрюм-дрюм-ту-ту. Ни один из поставленных вопросов не решить без детальной проработки и ознакомления с ситуацией. Ни один из вопросов не решить, не выяснив, жив ли Дима Крузенштерн. Круг.

Круг — самая одинокая фигура. Состоящая из бесконечного множества бесконечно малых прямых, замкнутых в бесконечности. Круг, или, как его обозвали бы математики, окружность — символ сознания и мироздания, как и вечности. Ибо бесконечно малые прямые — это точки, стремящиеся к исчезновению. Вот такая вот странность: он есть и его нет. Мираж, ставший колесом. Колесом истории, фортуны, мироздания. Кругом бытия.

М-да... «Эйк лежал в ванне и ловил глюки. Глюки ему не нравились... А в это время из звездолета вышел робот по кличке Железный Чувак».

— Кофе готов. — Настя появилась с подносом и поставила его на столик. Присела в соседнее кресло.

Нет, зачем красивые девушки с замечательными веснушками на милом, чуть вздернутом носике становятся лейтенантами, мне не понять. Красота сама по себе столь редка, что место ей в музее. Вернее, на подиуме: терпеть не могу краеведческих музеев, где под запыленным стеклом бережно хранится, скажем, носовой платок, в который сморкался проездом сам Николай Гаврилович Чернышевский! Ничего в такой экспозиции нет, кроме провинциального чванства: дескать, не в одних столицах творится история! С последним я согласен, но... В музеи порой идут люди работать «старичками» и «старушками». От возраста это никак не зависит. Зато живут долго, как черепахи!

А женская красота... Она преходяща, недолговечна, уязвима, трогательна и неуловима, как музыка, как дуновение ветра, как легкая дымка летним теплым днем... А мужики... Ее-то они как раз чаще всего и не замечают. И делятся на коллекционеров и эстетов. Коллекционеры вылавливают бабочек да накалывают на булавки; эстеты рассуждают и думают о символах, а не о людях.

— Олег, кофе остынет.

— Не успеет.

Отхлебываю, пододвигаю к себе телефон:

— Защищен?

— Да. Технари «чистят» здесь все два раза в день.

— Как Маленький Принц — вулканы?

— Вулканы?

— Ну да. Маленький Принц чистил вулканы. Чтобы они не разорвали его планету. Впрочем, мы все этим занимаемся. И ты, и Крутов, и я, грешный.

— Где-то я слышала...

— Это Экзюпери.

— Ну да. У меня и книжка есть. Я даже пыталась ее прочесть. Но дошла только до слоненка в удаве. И мне стало страшно. И жалко слоненка. Вот я и не стала читать дальше.

Я рассмеялся:

— Аналогично. Я начинал Экзюпери и в десять лет, и в двенадцать. И тоже закрывал на слоненке. Прочел только в двадцать два, когда, так сказать, окреп физически и морально. Впрочем... Я до сих пор боюсь змейку, которая ужалила Принца. И еще мне жалко Лисенка. Странно... Слова «жалить» и «жалость» похожи.

— Вы о чем, Олег?

— Теперь уже сам не знаю.

Глава 17

И что теперь? Чтобы хоть как-то прояснить ситуацию, нужно звонить в «Континенталь». Впрочем, в свете новых веяний и назначения господина Лаврентия Шекало это может быть чревато. Хотя чего бояться в этой жизни, кроме мух? А мухи — это маленькие птицы! Только умнее.

Ну да! А кто умнее мух и прочей летучей твари? Конечно Николай Николаевич Кулдаков! Я познакомился с ним в позднем отрочестве, через Круза: они вместе занимались то ли в радиомодельном, то ли в электротехническом кружке. Вообще-то, несмотря на убойную фамилию, он был классическим маменькиным сыном: рыхловатый, веснушчатый и шибко умный. Да и прозвище у него было вовсе не Кулдак, а Ника. Даже не прозвище — уменьшительное от Николай с легкой руки матушки пристало к нему пожизненно, хотя Ника уже после двадцати до красноты злился, когда его именовали именно так. Но что поделать, Ника, он Ника и есть.

Как-то он пришел к Димке в гости, попаять что-то там жутко умное и коротковолновое, уходил вечером, и угораздило его нарваться на нашенских мальчуганов, Кишку и Злыдня. Ника легкую такую проверку на вшивость профукал полностью, и быть бы его холеным щекам битыми, да Димара вовремя вышел на балкон втихарика от предков выкурить заныканный бычок — выскочил, вопрос разъяснил.

У меня, по правде сказать, душа к Нике Кулдакову не сильно лежала, но впоследствии я философически отнес сие к отроческому максимализму, когда трусость является наименее простительным недостатком, а крепкие кулаки — наиболее предпочтительным достоинством. Дима меня убедил: не все рождены бойцами, и при заячьей душе мозги могут быть золотыми и даже бриллиантовыми. Он — учен, ему — виднее. В тот же «Континенталь» Ника Кулдаков был пристроен по Диминой настоятельной рекомендации, быстро выдвинулся и занял пост начальника технического отдела, ставшего вскоре именоваться пышно: компьютерный центр. Вот его-то номер я и набрал. Подвиги Рембо от него я требовать не стану, а вот кое-какую информацию — пожалуй.

— Вас слушают, — раздается в трубке женский голос, похожий на скрип ножа по стеклу.

— Мне нужен Николай Николаевич.

— Извините?

— Кулдаков. Директор компьютерного центра.

— Кулдаков у нас давно не работает. Уже год.

— Да? И где он работает?

— Я не знаю. Может быть, мы сможем вам помочь? Вы по какому вопросу?

— По личному. У меня кобель неповязанный, у него — сучка породы «грэм магиструм». Каурой масти.

— Это банк.

— Очень приятно.

Вешаю трубку, не дожидаясь коротких гудков отбоя, — меня это всегда нервирует. Набираю домашний Ники. Трубку берут после восьмого гудка.

— Вас внимательно слушают, — вещает вежливый голос.

— Вероника Матвеевна, это Дронов.

— Кто? Дронов? Разве вы не уехали?

— Я уже приехал.

— И где вы были?

— В Штатах.

— О, мой Ника ездил в Штаты, по работе, и мог бы возглавить здешнее представительство довольно крупной фирмы, название я теперь запамятовала, и что же? Эта его ненормальная...

Ненормальной мама Кулдакова называла любую женщину, имевшую счастье связать себя с ее сыном.

— Эмма?

— Эмма? Нет, Эмма ушла к Конецкому. Вы же помните, Олег, что это была за девица! Но не успела эта непутевая Эмма отстать от бедного мальчика, так что вы думаете? Его тут же окрутила некая Наталия, весьма молодая и весьма эксцентричная особа. И где бы, вы думали, они сошлись? На фирме! Служебный роман с секретаршей, вы можете себе это представить? Ника ее и называет на странный манер: Натали. И эта потаскуха, я вам скажу, совершенно запустила Николеньку! Вы же знаете, с его желудком есть все эти гамбургеры... Она ничего не желает готовить! Я была у них, и — что же? Вместо нормальной еды Нике приходится кушать эту отраву, эту копченую осетрину из пакетиков! Там же консерванты! Я вам скажу: чтобы хорошо жить, нужно хорошо кушать, а хорошо кушать можно только приготовленное... Но разве эта мерзавка хочет что-то слушать? Разве она может заботиться о моем сыне? Вы можете себе представить, Олег, Ника поправился, нет, скорее погрузнел, и полнота его какая-то нездоровая! Когда он жил дома...

— Вероника Матвеевна, я могу ему позвонить?

— Нике?

— Да.

— Конечно. А вы помните Голембиовских?

— Голембиовских?

— Ну да, они ведь были наши соседи по даче. Вы же бывали с Димой у нас на даче?

— Пару раз.

— Ну, тогда вы не можете не помнить Голембиовских!

— Возможно... Но смутно.

— Ну как же, Стасик Голембиовский был красавец мужчина, он даже немножко ухаживал за мной, но Кулдаков, я имею в виду Николая Карповича, никогда не ревновал меня к Стасику, к Стасику вообще невозможно было никого ревновать, он был такой обходительный, но ревновать к нему женщину не имело смысла, вы меня понимаете? Так вот, его отец, Вацлав, он был тогда уже очень старый, вернее, выглядел таким, а что вы хотите, двадцать лет сталинских лагерей? Его взяли туда прямо изо Львова, в тридцать девятом, но, несмотря на это, он всегда выглядел как настоящий пан и очень любил, когда его так и называли: пан Вацлав. Он хотел на старости лет съездить на родину, в Краков, но вы же помните, сначала этот Валенса с «Солидарностью», потом Ярузельский с военным режимом... Кошмар, что творилось! Вы помните?

— Вероника Матвеевна, я...

— Да, вы правы, речь не о них. Но у Вацлава, кроме Станислава, имелась еще и дочь, Оленька, когда вы были детьми, она была еще совсем малюткой, крохой, но посмотрели бы вы на нее теперь! Преподает в консерватории, вращается в приличном обществе и не замужем. Нет, и у нее есть свои недостатки, но у кого их нет? Ольга, по крайней мере, может держать себя в обществе, играет на фортепиано и умеет готовить, представьте себе! А эта Натали? Разве она пара Нике? В конце концов, он не стриженый новый русский, он человек интеллигентной профессии... А в такой профессии карьера мужа часто зависит от такта жены, от умения создать ему условия... Ему нужна достойная партия, и Ольга мне представляется как раз такой. Но Ника ничего не желает слушать, ничего! Может быть, вы его убедите, Олег? Вы женаты?

— Нет, но я...

— Это поветрие среди современной молодежи. Просто поветрие. И называется «гражданский брак». Как будто мы с отцом Ники жили в церковном! Отец Ники, если вы помните, был заместителем председателя райисполкома, и позволить себе венчаться тогда — это означало погубить карьеру! А сейчас? Все стоят со свечками, и это похоже на выездное заседание парткома в церкви! Вы не находите?

— Вероника Матвеевна, я по делу, мне нужно спешить...

— В этом беда всех в наше сумасшедшее время. Вы думаете, Ника проявляет хоть какую-то внимательность ко мне после появления этой Натали? Да я не видела его целую вечность! Нет, он знает, что я не одобряю его выбор, но разве это повод, чтобы забывать мать?

— Вероника Матвеевна, вы не могли бы дать мне его новый телефон...

— Телефон?

— Да. Номер телефона.

— Они с Натали живут где-то на Сретенке, но я там не бываю. И никогда туда не звоню. — Я представил, как Вероника Матвеевна обиженно поджала губы. — Эта девица, она... А впрочем...

— Вероника Матвеевна, он, по-видимому, сейчас на работе...

— Да, да... В свое время мы тоже работали, но разве мы забывали своих родителей? Вы по-прежнему работаете в банке?

— Нет.

— Ника тоже уволился. Я просто счастлива, что мой Ника оттуда ушел! Вы же знаете уже эту ужасную историю с Крузенштерном?

— Да.

— Да-да, я помню, вы же дружили... Ни для кого теперь нет ничего святого. Человеческая жизнь ничего не стоит! И они еще ругают прошлое застоем! Когда Николай Карпович Кулдаков был председателем райисполкома, ничего подобного произойти не могло! Наше поколение было ответственным. А сейчас? Взорвать автомобиль посреди бела дня! Это кошмар! У меня даже случился приступ! Я вам скажу, пока банком руководили Иноземцев, Гридин и Крузенштерн, это было солидное заведение для состоятельных людей! А что теперь? Этот Шекало... Его никто не знает в Москве, но вы же представляете себе этих провинциальных выскочек, выдвиженцев... Их и в прежние годы хватало, но раньше они подчинялись хоть каким-то правилам, а теперь... Я даже говорить не хочу ни о чем!

— Вероника Матвеевна, а где Николай работает теперь?

— Он директор. Предприятие называется «Контекст», и я вам скажу, это весьма респектабельное предприятие с совместным капиталом. Если бы еще Ника не связался с этой мерзавкой Натали! Вы же знаете Нику, он красивый и благородный мальчик из хорошей семьи, и любая вертихвостка готова затащить его в постель и женить на себе! Притом совершенно наплевав на его здоровье, забывая, что мальчику нужна прежде всего забота! Вы же знаете, как теперь это делается у нынешних девиц...

— По-моему, так делалось во все времена.

— Ну уж нет! В наше время...

— Вероника Матвеевна, Николай сейчас, я думаю, на работе.

— Ах да. Вам нужен номер телефона. Записывайте. — Она продиктовала номер. — Только сразу должна вас предупредить: это телефон секретарши, этой длинноногой пигалицы... Что до меня, то я Нике вообще не звоню, под ее влиянием он стал совсем груб, да и... Сначала слышишь ее визгливый голосок, потом... А однажды Ника меня натурально отчитал! Дескать, не нужно ему звонить, он уже вырос из коротких штанишек и обходится без слюнявчиков! Разве можно так говорить с матерью?

Кажется, Вероника Матвеевна загрустила, ушла в себя, потеряв запал и инициативу в разговоре; я поспешил воспользоваться этим, чтобы вежливо окончить бесконечное:

— Спасибо, Вероника Матвеевна. Я ему дозвонюсь.

— Да-да, Олег... — отозвалась Вероника Матвеевна, продолжая горевать о своем. Вздохнула: — И напомните ему, пожалуйста, что в понедельник день рождения Гоши!

— Обязательно напомню. До свидания.

Кладу трубку и долго тупо взираю на телефонный аппарат.

— Еще кофе? — сочувственно спрашивает Настя.

— Угу. И какао с чаем. И можно без хлеба. Анастасия, у вас в каком компьютере база данных?

— Во всех.

— Тогда заводим генеральский.

Через минуту я уже высветил фирму «Контекст». С дежурной характеристикой. Впрочем, мне совершенно по барабану, кто держит в «Контексте» «крышу» и с кем проводит свободное от контекстуальных занятий времечко ее соучредитель, гражданин Нидерландов Леопольд Ленц. В нынешних фирмах антураж и содержание нередко не просто не совпадают, но противоречат друг другу. Если я что и почерпнул, так это информацию к размышлению. Торговля компьютерами и программами. Таких по Москве — тысячи.

Набираю номер.

— Фирма «Контекст».

— Это Наташа?

— Да-а.

— Будьте любезны, Николая Николаевича.

— Кто его спрашивает?

— Дронов.

— Минуточку.

Голос у «этой мерзавки Натали», так раскормившей Николя копченой осетриной, оказался вполне мелодичным, с легкой характерной хрипотцой и спокойной игривостью светской стервы, знающей себе цену; но и увидеть ее мне тоже любопытно. До встречи с этой милой барышней Ника предпочитал дам-с не моложе сорока пяти — всеведущая материнская забота сыграла с ним эту шутку.

— Олег? — Голос Ники в трубке звучал испуганно-озабоченно. Или мне показалось?

— Он самый, собственной персоной. Почему так неуверенно?

— Ты откуда звонишь?

— Из центра.

— Из какого центра?

— Тайного масонского клуба «Зеленые панталоны». Имени и под руководством Юстаса Алексовича Штирлица.

— Шутишь...

— Хочу скрасить тебе жизнь.

— Ты вроде был за границей...

— А теперь внутри ее.

— Ты... Ты знаешь про Крузенштерна?..

— Да.

— Жуткая история...

Тон Ники, варьирующий от тихого в стиле «умирающий лебедь» до очень тихого: «простуженный удав», говорил о том, что Кулдаков напуган. И может быть, даже не чем-то конкретным, а вообще по жизни. А телефон, по коему мы вели пока не ставшую задушевной беседу, скорее всего «грязный» по определению. Тем более чем занимается фирма «Контекст», судя по вялой аналитической раскладке в генеральском компьютере, — тайна, покрытая даже не мраком, а бесконечной рябью помех по оч-ч-чень мутной водице. В ней, как известно, хорошо ловить всякую рыбку, но можно и заиграться. Это для индейца Амазонии аллигатор является закуской; нормальный же гражданин, встретившись с этим противоречивым пресмыкающимся, уходит на корм собственной персоной.

Но антимонии разводить мне было совершенно некогда.

— Ник, мне нужно с тобой увидеться, — проговорил я самым нейтральным тоном, на который был способен.

— По поводу убийства?

— Да.

— Но... Какой в этом смысл?

— Я хочу кое-что выяснить. Ты ведь успел поработать под началом Шекало Лаврентия Игнатьевича?

— Совсем недолго, и...

— Тогда я спрошу так: с самим Димой ты давно общался?

— Нет. Не очень. Не знаю даже...

— Когда именно?

— Недели две назад. Или три.

— Он не был чем-то взволнован? Испуган? Озабочен? Может быть, упоминал какие-то проекты? Города? Снежногорск, например, или Покровск?

— При чем здесь Покровск! — сорвался Ника. — Крузенштерна взорвали, убили, понимаешь, а ты звонишь мне и начинаешь задавать странные вопросы... Олег, ты давно не был в Москве, ты многого не знаешь... И это не телефонный разговор.

— Вот и давай встретимся. И поговорим тет-а-тет в любом назначенном тобою месте.

Снова пауза. На этот раз — длинная.

— Понимаешь, Олег... — начал по-интеллигентски Ника, голос его стал похож на сипение премудрого пескаря перед поимкой. Потом Ника исчез, объявился Николай Николаевич Кулдаков, директор процветающей фирмы с многообещающим названием и неясными перспективами... Вот этот второй и произнес: — Это невозможно. Да и вообще это не наше дело, есть милиция, прокуратура, ФСБ, наконец!

— Ты что, Ника?! Димку убили! Или ты думаешь, что я буду сидеть и ждать, пока прокуратура будет доказательства причастности собирать?! Для суда присяжных? Да, меня не было в Москве больше года, я плаваю здесь, как карась из Патриарших — в Амазонке, ну так просвети меня, тупого, что здесь к чему и что почем! Назначай место встречи, гнида, палец мамин, или я приеду сам и расхреначу тебе всю рожу!

Дальше была пауза. Пусть не минутная, но... Неплохой, хотя и боязливый парень Николка боролся с начальником и обеспеченным господином Николаем Николаевичем Кулдаковым. Да, Дима Крузенштерн некогда очень помог Нике и с работой, и с перспективами, и с квартирой; да, Олег Дронов некогда отмазал Нику от разборки с ревнивым мужем зарвавшейся гулящей бабенки, который был в те поры инструктором московского горкома и коему для того, чтобы стереть в мелкий порошок сластолюбца Николку Кулдакова, усилий нужно было приложить не больше, чем улитке для переползания по влажному листу... Да, все это было, но в этой ли жизни? И какое отношение сие имеет к преуспевающему Николаю Николаевичу, к сорока с лишним годкам познавшему наконец любовь и ласку «мерзавки» моложе сорока пяти, разъезжающему на скромном «саабе» и нездорово полнеющему от кушаемой не в меру осетрины? Да и... Нет больше Димы

Крузенштерна, а смерть списывает моральные обязательства куда надежнее, чем материальные... А Олег Дронов... Кто он, собственно, такой? Непонятного залета птица, готовая черной тенью зависнуть над покойной и обеспеченной жизнью директора и фирмача Кулдакова...

— Нет, Олег Владимирович. Не вижу ни смысла, ни необходимости, — подвел черту под хлипкими сомнениями трусоватого паренька Ники преуспевающий Николай Николаевич. Даже для верности меня «Владимировичем» обозначил, скотина! Дескать, как в песне: «Улетели деревянные лошадки, пароходики бумажные уплыли...»

Врезать бы ему сейчас, суке! Но я сдержался даже от матерщины: что толку, если душа — калека? Ладно, отец буржуй — дите невинно. В данном конкретном случае то, что сын у Вероники Матвеевны вместо мужика вырос трусливым и жалким обормотом, не столько ее вина, сколько беда.

— На нет и суда нет, — выдохнул я. — И кстати... Матушка твоя просила передать, что в понедельник день рождения Гоши.

— Гоши?

— Ну да. Жоры, Геры, Юры, Георгия... Уж как вы его величаете в узком семейном кругу...

— Гоша — мамин попугай.

— Пожелай ему от меня счастья в личной жизни, — произнес я и повесил трубку.

Глава 18

— Разговор не задался? — осторожно спросила умная лейтенант Настя, войдя в кабинет, лишь мельком взглянув на меня.

— Да разговор — леший с ним! Человек жизнь свою на осетрине проел. До костей.

— Ну и леший с ним, с таким человеком, — в тон ответила Настя, глядя на меня распахнутыми зелеными глазами.

— Леший с ним не поведется. Разве только домовой. Да и то — расстрига. Как нам разыскать в ваших «банках» родной «Континенталь»?

— Секундочку.

Девушка побегала «мышкой» по «коврику», вышла на «панель», нашла бегунком искомую строчку и нажала «ввод». Эротичность ее действий меня просто завораживала.

Приник к экрану. Пролистал несколько страниц файла. Поднял недоуменно глаза:

— Что это Крутов здесь намудрил? Это даже не объективка на банк, это речевка для октябрят моего детства!

— Информация достоверная. Все телефоны и фамилии...

— Анастасия, не фармазонь и не мети пургу! — ввернул я ей тест на профпригодность. — Меня интересует реальная информация, а не слабительные для оберемененных властью! — Надо же, чуть не сказал «беременных» — это было бы почти неприлично!

— *Реальную* информацию Игорь Петрович в компьютере не держит. «Оберемененным властью» она показалась бы слишком.

— А над любым генералом есть другой генерал.

— Не считая чиновников. Хотя их-то как раз считать приходится. И не по головам, а по членам.

— А где держит? — прервал я умную девочку. — В сейфе?

— В голове.

— Резонно, — согласился я. Ибо стараюсь поступать так же, хотя не генерал и проверка и «выемка» от бравых парняг из управы собственной безопасности мне не грозит. Да у меня и дома-то нет. Дом предполагает блестящий никелем и кафелем сортир, малиновый борщ, постель с крахмальным бельем и слоников на комоде. Или нэцкэ. Или дизайн от Гильфердинга. Это кому что по средствам.

А может, я — бродяга по жизни? Давным-давно, в незапамятно-юношеские времена один приятель обозвал меня «бездорожником». В хорошем смысле этого слова. Да еще и в стихотворной строке: «Бездорожник упрямый, бездомник...» Пятнадцать лет минуло. Это много. А вот пять тысяч четыреста пятьдесят восемь дней, их составляющих, — всего ничего. Как разменные деньги. Тем более редко кто мыслит категориями тысяч даже в деньгах: в основном от зарплаты до зарплаты. А золотые песчинки дней просыпаются как мелочь сквозь пальцы. В никуда.

Время... Чтобы поспеть за меняющимся временем, нужно быть хоть на чуть-чуть впереди него.

Что изменилось за пятнадцать лет, кроме мира вокруг? Ну да, дефиницию «бездорожник» теперь лучше заменить «внедорожник». А это слово переводится на чистопородный англо-американский благородно: «Landrover». Массивный, маститый джип из самых-самых, с широкими протекторами, табуном коней под капотом и никелевым блеском над желтыми тигриными зрачками противотуманных глаз...

— Над чем так напряженно задумались, Олег Владимирович? — склонилась ко мне Настя.

— Жалею.

— О чем?

— Ни о чем. Себя.

— А нужно?

— Конечно нет.

— Знаете... Я думаю, вы давно были бы генералом. Если бы захотели.

— Я тоже так думаю. Вам нравятся «лендроверы», лейтенант Настя?

— Не особенно. Вернее, машины нравятся. А вот сидящие в них люди — не очень. В таких машинах должны ездить археологи, геологи, короче — ученые. А не бандиты.

Хм... Прямо не в бровь, а ниже. Профессионалов используют. Все и вся. Спекулируя на разном: от чувства долга и чести до семейно-денежных проблем. А вот интересно, кто и с какой целью намерен на этот раз использовать внедорожник под названием «Дронов»? И с какой целью?

Вопросы к оперативной разработке. Жаль, что не ответы.

— Хотите еще кофе? — спрашивает девушка.

— Лучше шампанского. На брудершафт.

— Я за рулем.

— А за знакомство?

— К тому же здесь нет шампанского.

— Дольем коньяк минеральной. Митьки́ бы одобрили.

— Кто такие «митьки»?

— Это вопрос не одного часа. Читайте Довлатова. Так что? Я не вижу иного способа перейти на «ты».

— Лучше не стоит. Вы — мой патрон.

— Патрон?

— Ну да. Крутов приказал вас охранять.

— Что?! — Вот такой подлянки от Крутова я не ожидал: она даже не генеральская — маршальская!

— Охранять. Или вы считаете, что я не способна?

— До сих пор полагал, что охранять — прерогатива мужчины.

— Это ошибочно. К тому же в этом вы — непрофессионал.

— Да? И почему, лейтенант Настя, ты сделала такой вывод?

— У вас руки разбиты. Значит, вы дрались. Так?

— Не без этого.

— Профи не дерутся. Профи противника отключают или устраняют.

Смотрю в глубокие зеленые глаза очаровательной девушки, и мне становится не по себе. Нет, я понимаю, что специальная подготовка может сделать из любого человека со способностями боевую машину пехоты с вертикальным взлетом... Я понимаю, что в войне нет места сантиментам, а в тайной войне женщины порой успешнее многих мужчин. Но эмоционально принять этого не могу. Эмансипация кажется мне для мира не менее губительной, чем алкоголь: женщина должна быть нежной, мужчина должен хотеть ее защитить, а не наоборот; иначе мужики перестают быть мужиками, быстро деградируют: кто — в нюнь, кто — в самцов, а мир превращается в ухоженный бардак.

— И тебе приходилось «отключать» и «устранять», лейтенант Настя?

— Я не стану отвечать. Олег Владимирович... Знаете, как называются ваши вопросы? «Скрытая половая дискриминация».

— Половая — чего?

— Дискриминация.

— Поня-а-ал, — глубокомысленно произнес я, сделав ударение на последний слог.

В Штатах эта самая «дискриминация по половому признаку» именуется даже специальным термином «sexism». Усомниться в возможностях милой девушки отслужить в морском спецназе и завалить в рукопашке десяток супостатов — сексизм. Поднести даме тяжеленную сумку — сексизм; заплатить за нее в кафе — тоже. Вот и бродят неприкаянные мужики сами по себе, боясь оскорбить «слабый» пол вниманием, и, поразмыслив, покупают гуттаперчево-силиконовых кукол с сертификатом соответствия на все завлекательные места: все «как в жизни», токмо без излишних бабских затей и мужеских обязательств.

Тамошние тетки тоже получили все, за что боролись: прокладки, исключающие протекание даже в тропический ливень, вибраторы, настроенные на суперменскую частоту фрикций, подгузники, оберегающие кожу малышей, и — заботу государства, выплачивающего пособия на деток при разводе, дабы свободная личность женщины могла свободно их не воспитывать, а развивать свои таланты, умения и навыки в согласии с природой. Кучеряво задумано!

Закуриваю сигарету и вздыхаю: ну и гундосый я стал! Может, Крутов решил позаботиться обо мне в такой вот изысканной форме? Зная склонность индивида к немотивированным поступкам? А у девушки, помимо классной фигурки, замечательных глаз, веснушек, умения рукопашного боя и простейших навыков конспирации, еще и легальный ствол и крутая ментовская ксива: последние две вещицы могут особенно надежно охранить в московских джунглях от многих неприятностей! Если, конечно, мое противостояние неизвестно с кем не перейдет из латентной фазы в скоротечную. Чего, собственно, и добиваюсь.

— Выходит, Анастасия, ты мой ангел-хранитель?

— Выходит, так. И не надо иронизировать и комплексовать, Олег Владимирович, я действительно классный специалист.

Это кто из нас комплексует? Хм... Наверное, оба.

— Верю. Тогда тем более необходимо выпить на брудершафт! Анастасия, ты просто обязана перейти со мною на «ты» — в целях полной скрытности и особой секретности патронажных отношений объекта и субъекта! Убедил?

Девушка пожала плечами.

Я тем временем плеснул в стаканчики коньяк.

— Только символически, — предостерегла меня Настя.

— Да я иначе и не пил никогда!

Долил коньяк модной патриаршей минерально-ключевой с пузырями:

— Голь на выдумки хитра. Не «Клико», но свой аромат имеет! За знакомство?

— За него. — Настя слегка смочила губы.

— А целоваться?!

— Что, прямо сейчас?

— А когда? Традиция!

Осторожно дотрагиваюсь губами до мягких, влажных губ девушки, помня золотое наставление эмансипэ Америки: поцелуй в губы — дело куда более интимное, чем половой акт! И любой средний американец, неосторожно покусившийся на самостийную тетку таким вот образом, рискует получить — нет, не по зубам! — повестку в суд с иском, в зависимости от благосостояния клиента! Это не страна, это сборище сутяг и стряпчих в юбках и без оных!

Уф, пронесло. Зубы на месте, и девушка довольна. Щеки ее слегка порозовели.

— Это и есть «традиционный дружеский поцелуй»?

— Угу.

Телефонный звонок прервал идиллию. Девушка сняла трубку, выслушала кивая, как примерная ученица, передала мне, шепнув:

— Крутов сердит.

— У аппарата, — рявкнул я как можно более начальственно.

— Трупы в проходном дворе — твоя работа?

— Какие трупы? — спросил я, а сам вспомнил тихих и незлобивых мужичков-собутыльников. Неужели их достали-таки калединские отморозки? Или это двое битюгов-террористов, карауливших меня на верхотуре собственного дома? Но каким образом их сумели упаковать и доставить в распивочный дворик?

Да и не оставлял я покойников, по голове настучал, да и только.

— Какие? — взъярился Крутов. — Калединские стриженые в «голдах», вот какие! Мужичок-моховичок объяснения в районке уже дал: дескать, так и так, был такой-то и такой-то, помесил братанков играючи, потом представился: валите, дескать, все на серого! На Дрона, дескать, птицу редкую! Навроде Феникса. И физию твою описал один в один, и ухмылялся притом старлею-следаку нагло и с ухмылочкой. Знаешь почему?

— Не-а.

— Решил, что ты — наш. Из славного отряда теневых борцов с оргпреступностью, не связанных буквой закона. «Белый орел», мля!

— Да этот слух по Москве уже года три как отгулял, — озадаченно протянул я.

— Да? А свежие трупы из морга подвезли, для убедительности? Старлей позвонил нашим ребятам в управу, прояснить. Назвал Дрона. Спросил прямым текстом: бумагу составлять или как?

— Ну и что ребята посоветовали?

— То. Знаешь поговорку? «Больше бумаги — чище жопа».

— Погоди, Игорь, я...

— Что — я? Что ты у меня целкой-институткой прикидываешься?! Я просил рассказать обо всем существенном, ты же...

— Игорь, стопорнись. Свара у меня с бритыми была, но...

— Почему ты там вообще завис?

— Обстановку прояснял.

— Без тебя некому?

— Тогда — нет.

— И чем тебе бритые помешали?

— Скорее я им.

— Слушай, гордый, ты мог, как все люди, ноги сделать, а не шеи им сворачивать?

— Да не сворачивал я никакие шеи! А потом, эти ребята в особые разговоры не входили, сразу стали ручонками да ножонками махаться, причем вполне квалифицированно. А я от спорта уже столько лет далек, что едва сладил.

— Как ты их оставил?

— Сиротами. В отключке.

— Дальше.

— Ну и авто, понятно, воспользовался.

— Мудак. Где бросил?

— В центре.

— Так.

Крутов замолк, что-то обдумывая.

— Игорь...

— Ну?

— Ты не уточнил насчет трупов.

— Что именно?

— Способ убийства.

— Шеи им свернули. Одному и другому. Играючи.

— Значит, кто-то «зачистил» за мной.

— Да? Не много ли чести?!

— Вот и я думаю...

— Только все без толку. Феникс хренов. Алконост. Гамаюн певчий. Клест кривоклювый, блин!

— Генерал, ты чего разошелся?

— Того. Знаешь, где тебе место, Додо?

— Ну?

— В клетке. Причем в самой что ни на есть лефортовской одиночке, чтобы без дураков.

— Без дураков, Игорь свет Петрович, никогда не обходится. Любимая игра на Руси — в подкидного или в переводного.

— Да? И кто же дурак?

— Пока я. А там — на кого карта ляжет. Под кого зайдут.

— Олежек, ты хоть сориентировался, кто тебя подставляет и зачем?

— Не-а.

— Но забот тебе прибавилось.

— Я думаю...

— Думай не думай... Калединская братва на тебя уже ножики навострила.

— У них что, авторитета умного нет, чтобы подставу учуять?

— Есть. Только... Знаешь, в родной стране так уж повелось: есть человек, есть проблема, ну а нет, так и нет. Так что поостерегись: оказия представится, чикнут тебя, без злобы, на всякий случай. Не любят уважаемые непоняток.

— Ну да... Прямо не жизнь, а кино. Про Жеглова с Шараповым.

— Вот-вот. Они тебя не больно зарежут. — Крутов помолчал, добавил: — Шутка.

— Что зарежут?

— Нет. Что не больно.

— Генерал, ты мою просьбу оформил?

— Насчет вдовы?

— Жены.

— Обязательно. Только... Я вот что подумал...

— Погоди, Крутов. Думать — моя епархия. Сначала встреча, потом — Чапай думать будет. В потемках по черным кошкам палить — себе дороже. Лады?

— Лады. У вас сорок минут. А сейчас дай-ка мне лейтенанта.

Я передал трубку Насте. Лицо у нее посерьезнело, слушала она молча, только кивала. Нажала отбой, подняла на меня свои колдовские глаза, потемневшие, словно море перед штормом.

— А вы, Олег, оказывается, шалун, — произнесла она без тени шутки. Потом деловито отомкнула шкаф, вынула мягкий бронежилет, произнесла: — Облачайтесь.

— Да я в бронике, как свинья в попоне.

— Давайте не будем обсуждать приказы Крутова. Вы могли бы стать генералом, а он им стал.

— Анастасия, а как же...

— Олег, давайте без куража. Сейчас не до этого. — Попросила: — Отвернитесь.

«Снегопад, снегопад, если женщина просит...» Тупо гляжу в окно. Да какой к бесам снегопад! Как там у модных «Иванушек-Инкорпорейтед»? «Тополиный пух, тополиный пух...» В мое время пели по-другому: «Тополя, тополя, все в пуху, у-у-у, потерял я любовь, не найду, у-у-у...»

Мир меняется? Или все те же «ля-ля-тополя»? Бог знает. Без стакана этот вопрос же не решить, а его мне как раз нельзя. Нужна трезвая голова. И разумная.

— Готовы? — спрашивает Настя.

Оборачиваюсь. Девушка перевоплотилась за пару минут полностью. Вместо соблазнительного полупрозрачного платьица — свободные вельветовые джинсы, кроссовки; поверх футболки — бронежилет скрытого ношения, перепоясанный сбруей на две кобуры: прямо не девушка, а революционный матрос Железняк. Не удивлюсь, если над каждой из изящных лодыжек закреплено по «дерринджеру». «Возьмем винтовки новые, на штык — флажки...»

Девушка надела штормовку, под которой и скрылся внушительный арсенал.

— Почему вы не надели жилет, Олег?

Пожимаю плечами:

— Бессмысленно.

— Да?

— Не в Колумбии живем. У нас, когда хотят убить, стреляют в голову.

— Не всегда.

— Но главное не это. Если бы те ребята, что «зарядили» меня «втемную», хотели разбить мне башку, она бы давно разлетелась как гнилой орех. Пока им это не нужно. Им нужно, чтобы я думал. И — действовал.

— Да? И как же вы собираетесь действовать? По их сценарию?

— Пока. Вопросы «что делать» и «кто виноват» оставим на потом.

— А что будет потом?

— Суп с котом. Или ничего не будет.

— Олег, ну раз вы понимаете, что вас запустили живцом, зайчиком для борзых...

— Милая барышня, запомните простую истину: чтобы увлечь погоню в пропасть, нужно бежать впереди.

Глава 19

Коридоры следственного управления ГУБОПа ни пышностью, ни строгостью не поражали. Стены дежурного цвета, ряды дверей. И, как в любом заведении подобного рода, неуют: словно здесь взялись делать ремонт, да так и не доделали.

По лестницам сновали умеренно озабоченные казенные дядьки самой разной расцветки и наружности; казенные тетки занимались чаем и бесчисленными бумажками. Следственное управление — оно и в Африке состоит из бумажек, цифири, сейфов и кипятильников. Включенные мониторы компьютеров в редких кабинетах выглядят как телевизоры в красных уголках больниц: светят, но не греют.

Лейтенант Настя скрылась в недрах пропускной и объявилась уже не только с пропуском, но и с принадлежащим мне документом типа «папир». На который «вахтер» взглянул лишь мельком, вперившись взглядом в прелестную девушку в звании лейтенанта.

Искомый кабинет находился на третьем этаже. Здесь все было по чину: предбанник с секретаршей и компьютером, двойная дверь, одна — обитая хорошим дерматином под кожу, с отливающими тусклой нездешней медью шляпками гвоздей, вторая — из ценной породы дерева.

Стол в кабинете тоже был старорежимный, с приставной длинной тумбой. За столом восседал Крутов, озабоченно склонив седую коротко стриженную голову и вперив в нас пристальный внимательный взгляд.

— Без приключений? — только и спросил он.

— Без них, — ответила Настя.

Крутов кивнул, провел меня в дальний конец кабинета, усадил.

— А где же дверь в искомое помещение?

— Обойдешься. Задашь все необходимые вопросы. Следователь будет деликатно курить.

— А адвокат?

— Дронов, ты совсем зачах в той Америке. Какой адвокат, если служивым нужно создать видимость работы и предъявить вдове ничего не значащие фото?

— Так решила Тамара?

— Так решат в «Континентале». И правильно решат. Тамара же согласилась приехать именно для того, чтобы помочь найти убийц мужа. Никакого адвоката с ней не будет. Охрана останется за дверями. Вернее, один охранник. Ты продумал вопросы?

Хм... А чего их продумывать? Серьезно меня волнует только один: жив Дима или нет?

— Да.

— Хорошо. У нас еще минут семь. — Крутов посмотрел на часы, потом — на Настю: — Посидишь в предбанничке за секретаршу. И со всем вниманием на телохранилу. Судя по всему, парень квалифицированный, из бывшей «девятки», ну да береженых Бог бережет. К тому же это наша территория, а не банка «Континенталь». Пошли.

Крутов и Настя вышли. А я остался один в массивном начальническом кабинете, стараясь прикинуться мебелью. И мне это удалось: появившийся через минуту высокий и худой как жердь следователь прошел за стол, не сразу меня заметив, а увидев, кивнул:

— Воскобойников Олег Иванович.

У меня чуть было не выскочило: Дронов, но я вовремя поостерегся. Лишь почти церемонно поклонился в ответ.

Если Воскобойникову что и не нравилось, виду он не показал: отношения рабочие с Крутовым у него, видно, сложились давно и неформально, да и не принято в конторах совать нос в чужие оперативные разработки.

Раз дал согласие побыть «манекеном прикрытия», то и отыгрывай до конца.

Дверь открыла Настя с видом заправской секретарши, пропуская вперед худенькую, одетую во все черное женщину.

Тамару я не сразу узнал: ее роскошные волосы были коротко острижены, и — они были седыми.

Не замечая меня, Тома подошла к столу, присела за приставную тумбу и уставила на следователя огромные темно-карие глазищи.

— У вас ко мне вопросы? — спросила она тихо и покорно.

Олег Иванович вдруг как-то замялся, закашлялся даже, проговорил что-то вроде: «Да у меня, собственно...» — и послал мне скорый и злой взгляд.

Тамара обернулась, какое-то время всматривалась, надела большие квадратные очки... Ее бездонно-карие глаза, укрупненные линзами, смотрели теперь на меня, она меня узнала, уголки губ поползли куда-то вниз, как у ребенка, потерявшего родителей и встретившего вдруг кого-то из их друзей, на глаза набежали слезы, с ее губ не слетело ни звука, но я успел прочесть по ним:

«Олег... Диму убили...»

Потом она тем же автоматическим движением сняла очки, спрятала лицо в ладонях и заплакала, горько и беззвучно.

Воскобойников глянул на меня выразительно, взялся за графин, наплескал воды, но Тома даже не взглянула на стакан. Я подошел, обнял ее за плечи, чуть помедлил, произнес:

— Диму *действительно* убили?

Тамара мигом подняла глаза, и я увидел в них вдруг ту безумную надежду, какая случается с людьми во сне, когда они видят близких живыми и веселыми и чувствуют невероятное облегчение, что никакой смерти на самом деле не было, а был дурной сон... Пусть это продолжалось мгновение, но я успел обозвать себя последним подонком и сволочью...

Тамара все поняла; глаза ее наполнились слезами, но она сумела повторить твердо:

— Диму убили, Олег.

По-видимому, лицо мое тоже изменилось; последняя надежда, которая не умирает никогда, угасла; я не чувствовал больше ничего, кроме тупой усталости, кроме дикого, кромешного оцепенения...

Тамара оказалась сильнее: она успела пережить; или — женщины вообще сильнее мужчин? Перетерпела слезы, спросила:

— Спрашивай, Олег. Спрашивай все, что тебе нужно. Я отвечу. — Она замкнулась на мгновение, но снова сумела справиться с собой, произнесла: — Я знаю, зачем тебе... Я отвечу.

Тут пришлось собраться мне.

— Тебя охраняют или контролируют?

— «Континенталь»?

— Да.

— Я не знаю.

— У него были трения с Шекало?

— Не знаю, Олег. Дима никогда не говорил о своих делах. Он нас с девочками берег.

— У него не осталось никаких записок? Или — в компьютере...

— Ребята из Диминого отдела забрали все.

Я помолчал. Дима — молодец. Его жене действительно ничто не угрожает как раз потому, что она не знает ничего. «Он нас берег». И все же я должен был задать этот вопрос, и я его задал:

— *Ты* чувствуешь себя в безопасности?

— Да, — тихо произнесла Тамара. И добавила едва слышно: — Я никому не нужна.

Я поцеловал ее в щеку, прошептал:

— Нужна. Вашим девочкам, друзьям, всем.

— Ага, — отрешенно кивнула она. — Я пойду. Мне пора. — Тихо сказала «до свидания» безучастному следователю, привстала и снова упала на стул, будто без сил. Заговорила едва слышно, но скоро, словно боясь, что не хватит сил: — Была пятница. Дима обещал вернуться пораньше, часа в четыре, и провести остаток дня с нами. Тем более мне всю неделю жутко нездоровилось, меня мучили кошмары ночами, словно что-то зеленовато-коричневое надвигалось и надвигалось, и окутывало щупальцами, и стягивало грудь, и мешало дышать... Он обещал прийти пораньше. За завтраком был весел, рассказывал что-то, смешил девчонок. А я... я сидела как в воду опущенная, но переборола себя. Дима и так был обеспокоен моим состоянием, настаивал на докторе, но я отказывалась, говорила, объясняла все это затянувшимися женскими недомоганиями, которых на самом деле не было. У нас должен был быть ребенок, но теперь не будет никогда, у меня случился выкидыш, мальчик погиб, это наверняка был бы мальчик, Дима так хотел сына... Он и не узнал, что я была беременна второй месяц, я не хотела ему говорить раньше времени, пока сама не была уверена...

Девочек отвозили в школу чуть позже; Дима поцеловал нас, как всегда; не знаю, что на меня нашло, я вдруг стала говорить, что плохо себя чувствую, что, может быть, он не поедет сегодня в банк... Он чмокнул меня в нос, сказал, что приедет даже раньше, чем обещал, проведет только одну встречу и отменить ее у него нет никакой возможности...

Он гладил меня по голове и смотрел встревоженно, мне еще стало стыдно, зачем я допекаю его своими никчемными страхами, он ведь жутко уставал последнее время, особенно несколько дней...

И я сдалась. Отпустила его. Господи, ну зачем я это сделала, зачем? Нужно было орать, биться в истерике, лишь бы он никуда не ехал! Никогда себе этого не прощу!

Он вышел. Гриша Ларин, ты его знаешь, подал машину. Мы с девочками выскочили на балкон, помахать ему. Он улыбнулся, отсалютовал нам рукой, сел, захлопнул за собой дверцу. Гриша запустил стартер. Машина тронулась, проехала всего ничего, метр или два, и — превратилась в факел! Я стояла оцепенев от ужаса, инстинктивно прижав девчонок лицами к себе... Взрыва я даже не услышала... По-моему, я кричала, а может, и не кричала... Почувствовала вдруг дикую боль внизу живота, осела на ступеньки и услышала только, как Маринка, младшая, спросила меня испуганно: «Мама, а где папа?»

Дальше я не помню ничего. Совсем. Потом кто-то мне сказал, что это была бомба с дистанционным управлением.

Тамара замолчала, словно силы разом покинули ее. Она посидела так с полминуты, молча легонько пожала мне руку, встала и направилась к двери. У самой двери обернулась:

— Ты найдешь *их*, Олег?

— Да.

Тома кивнула, вышла, неслышно притворив за собой дверь.

Какое-то время я сидел без движения. Автоматически нащупал на столе чужие сигареты, закурил, не чувствуя ни вкуса, ни крепости. Перед глазами расцветал взрыв, словно сатанинский цветок, оставивший вдовой очень хорошую женщину и сиротами двух девочек. Бомба с дистанционным управлением. А ведь заказчик — не просто сволочь, он редкая сволочь, он позаботился (или потребовал?), чтобы автомобиль взорвался там же, на лужайке перед домом, на глазах близких, и не только жены, но и маленьких деток.

Я прикурил новую сигарету от бычка. В голове крутилась сказанная Тамарой фраза: «Я никому не нужна». Эта фраза будет крутиться в ее голове снова и снова, и она будет ночами беззвучно выть в подушку, одиноко и обреченно... Сто ночей, двести, тысячу? И в снах ее Дима будет живой и веселый, любимый и любящий, и еще не раз и не два ее глаза станут зажигаться безумством надежды, отказываясь верить тому, что видели воочию. Ибо надежда не умирает никогда. Она лишь угасает и постепенно становится призрачной, как едва уловимый ветерок...

Истлевшая сигарета обожгла пальцы, одним движением я затушил окурок. Поднял глаза: рядом со мной на приставной тумбе сидел следак Воскобойников, держа в руках наполненный почти до краев стакан.

— Друг? — спросил он.

— Да.

— Выпей. Тебе нужно.

— Водка?

— Она.

Стакан я прикончил в три глотка, закурил новую сигарету и остался безучастно сидеть на стуле. Как вошел Крутов, не услышал.

— Поговорили? — спросил Игорь.

Я кивнул.

— Выяснил, что хотел?

Я попытался сосредоточиться: что-то нужно спросить у Крутова. Ну да.

— Игорь, ты мог бы узнать, с кем должен был встречаться Крузенштерн в день гибели?

— Уже пытались. Выяснить не удалось.

— Угу, — безучастно отреагировал я.

Крутов пристально посмотрел на меня, сказал:

— Вот что, воин. Тебе отлежаться надо. Сейчас лейтенант отвезет тебя на тихую квартиру, и там...

— Игорь, я...

— Не перебивай. Водки там валом. Напьешься и отоспишься. Я скоро появлюсь. Вот тогда и решим, что делать дальше. Согласен?

Я был согласен.

Настя прикоснулась к моему плечу:

— Пойдемте, Олег Владимирович?

Как я проходил по коридорам, через пропускной, как усаживался в автомобиль, я помнил скупо. Голова — то ли от водки, то ли вообще по жизни — плыла; я смутно регистрировал частицей сознания улицы, по которым двигалась машина, — мы катили от центра. А в голове продолжала настойчиво биться одна фраза: «Диму убили, Олег». И еще я видел тот самый расцветающий сатанинский цветок взрыва.

Настя вела автомобиль спокойно и уверенно, и я позволил себе расслабиться, отметив только, что мы выехали за Москву. Откуда появился встречный «КрАЗ», не заметил ни я, ни Настя. Он выехал вдруг, а шедший чуть позади и на обгоне джип неожиданно прибавил и закрыл для нас левую полосу. Коробочка была почти классической, но размышлять об этом было некогда. Девушка вцепилась в руль, не зная, что предпринять. «КрАЗ» летел навстречу, как бронепоезд «Лошадь Ильича» в светлое прошлое; подумать, во что превратится «фолькс» от такого вот лобового столкновения, не осталось ни времени, ни настроения: одной рукой я ухватил руль и резко вывернул его вправо. Автомобиль слетел с шоссе и закувыркался в невысокий откос. Настя ударилась носом о руль и потеряла сознание, заливая кровью стекло. Я основательно приложился лбом и на какие-то секунды отключился. Машина замерла колесами вверх.

Очнувшись, услышал осторожные шаги по щебенке. Девушка лежала, привалившись ко мне; на виске ее пульсировала жилка, я облегченно выдохнул: жива. Удар в основание носа столь болезненен, что Настя потеряла сознание от шока.

Шаги приближались. Одним движением вынул из-под куртки девушки двенадцатизарядный «ПММ»; пистолет был на боевом взводе, мне осталось лишь сбросить флажок предохранителя, что я и сделал. Те, что приближались, шли молча. Замерев и прикинувшись беспомощной ветошью, я ждал.

— Странно, что у них бензобак не рванул, — произнес один.

— Дебил, бензобаки легко взрываются только в киношках: там каскадеры стараются.

— Боря велел замочить этого шустрика, — снова подал голос первый. — Польем бензином и запалим?

— Погоди. Загляну: может, он вместе с девкой уже того... Да и на девку указаний не было — пусть живет. Да и что велено: все сделать по уму, технически, чтобы комар носа не подточил.

— Ну а я про что? Полыхнет, и — гори оно огнем! Тебе чего, горючего жалко? У нас в багажнике еще две канистры, запас.

— Дебил. Девка откуда? Из РУБОПа. Факт? Факт. Свои, если она сгорит начисто, землю рыть будут? Будут. А если мы на месте ДТП пионерский костер учиним, они что, в несчастный случай поверят? Фигу.

— Да им нас сроду не сыскать!

— Сыскать не сыскать... Велено все сделать путем,
мы и сделаем. — Башмаки терли щебенку уже у самой
машины. — Ты покуда все ж крышечку у бензобака-то
отвинти: одно дело — кострище от нашей канистры, и
совсем другое — свой бензобак. Это всякий мог забыть
прикрутить, вот она и полыхнула...

— Да нет здесь никакой крышечки...

Я замер. «Велено сделать все путем». Ве-ле-но. Тепло. Самое лучшее в нынешней ситуации — стереть
напарника, что поглупее, а этого рассудительного
хорошенько прокачать на предмет: «Кем велено?»
Тут даже не нужно засовывать ему в задницу раскаленный прут: перспективы оказаться в руках бравых
рядовых из РУБОПа после того, как мужичок едва
не угробил красавицу лейтенанта, будет вполне довольно, чтобы направить его воображение в правиль-
ное русло. И ответ на свой вопрос я бы непременно
получил. Вот только... Как бы тепло не превратилось
в горячо: сколько пареньков осталось в джипе — неведомо.

Пряча ствол под полой стильного крутовского
пиджака, направил его в сторону двери и, прикрыв
веки, состроил на лице гримаску типа «дебил в отключке».

И вовремя. Квадратная рожа рассудительного нарисовалась прямо напротив: мужик не поленился встать на
четвереньки и заглянуть в салон.

— Ну чё там? — спросил его напарник.

— В отрубе. Но живой. А вот девка, кажись, приложилась насмерть. Все стекло в кровище.

— Может, к боссу этого живчика отволокем?

Квадратномордый задумался на минуту:

— Приказа не было.

— Да прекрати, Гусь, мести пургу. Нужно будет боссу его на кладбище переправить, переправим, не по-
ленимся. А так, глядишь, нам еще и премия выйдет.

— Молодой ты, Куня, вот и прыткий. План перевы-
полнить захотел? Считай, что уже: девка, похоже, Богу
душу отдала. А вообще... Ты прав: кончить никогда не
поздно.

Глава 20

Рассудительный дернул дверцу так, что авто качнулось; может, он этаким образом бибику и на колеса поставит? Силушкой его родители не обидели, а вот умишком... Я сгруппировался, готовый оттолкнуться ногами и вывалиться наружу; пулю в лобешник этому квадратномордому философу я не закатал только потому, что изнутри мне дверцу не открыть, а пока буду выбираться через покрошенное переднее, его напарник откажется от перевыполнения плана-конспекта и успокоит меня навсегда: пулей, ножом, колом — вот это мне будет уже без разницы.

— Не, не идет, сука. Дай-ка мне палку, что ли...

«Палкой» оказался маленький ломик-фомка; рассудительный легко поддел дверцу, она распахнулась; одной рукой он захватил меня за шиворот, дернул на себя; я помог, оттолкнувшись ногами, обхватил здоровяка правой за могучую выю, а левую с зажатым в ней стволом воткнул чуть не по локоть в рыхлый живот и нажал на спуск.

Выстрел гавкнул глухо и утробно, глаза рассудительного расширились от удивления и боли — пуля пробила печень, и мужик завалился на бок; его правая рука продолжала смертной хваткой держать отворот моего пиджака: не иначе борец-разрядник. Был.

— Гусь, что там у тебя опять...

Куню выстрел не встревожил хотя бы потому, что он совсем не был похожим на выстрел; подумаешь, после скрежета открываемой ломиком дверцы просто какой-то хлопок, похожий на звук лопнувшей покрышки; Куня вышел из-за машины, сонное, круглое личико его мигом преобразилось, едва он напоролся на мой взгляд; боевик поднял зажатый в руке короткий дробовик... Я выстрелил трижды: две пули попали в грудь, бросив парня назад, третья угодила в голову, прекратив мучения.

Рывком одолел расстояние до дороги, сунул ствол в джип — никого. Огляделся — тихо. Но задерживаться все одно не стоило: хоть эта дорога и не самая проезжая в Подмосковье, дружественная нам милиция объявится рано или поздно. Объясняться с ними в подобной ситуации, да еще под наведенными на тебя стволами «АКСУ», — дело муторное.

Вернулся к машине, вытянул из салона девушку, она застонала, открыла глаза, глянула на меня мельком, спросила:

— Мы разбились?

— Чуть-чуть.

Видимо, почувствовала вкус крови на губах, поднесла руку к лицу, испуганно посмотрела на руку:

— Что со мной?

— Нос расквасила.

Я подхватил ее на руки и, поднявшись к дороге, загрузил в джип. Вернулся, захватил страшный Кунин дробовик, вынул из кармана пяток патронов, потом обыскал Гуся: при нем оказался китайский «ТТ» б/у — весьма ненадежная машинка, ставшая на просторах страны простонапросто одноразовой: на третьем выстреле пистолет, как правило, заклинивает. Зато изыскал шесть сотен баксов и полторы штуки рублями: лучше, чем ничего. Вернулся в машину.

Девушка только-только закончила осмотр себя в шоферском зеркальце; кровь она кое-как стерла платочком.

— Я стала очень страшная?

— Нос цел, веснушки — на месте, чего еще?

На самом деле Настина верхняя губа вспухла и рассечена, ну да это действительно ничего серьезного. Девушка осторожно приподняла ее — рот тоже был в крови.

— Зубы шатаются, — пожаловалась она. У нее получилось, как у ребенка: «Фубы фатаются».

— Прирастут.

Вот это я знаю точно: когда-то давненько, по юношеской ретивости, я очень славно получил по зубам, передний вообще держался на честном слове шулера; я выправил его пальцем. Мог бы и выдернуть, да зачем? Постепенно он перестал шататься и действительно прирос, только потемнел: нерв не выдержал таких экспериментов и приказал долго жить.

Настя кивнула, спросила только:

— Нас атаковали?

Ё-мое, откуда у нее такая комбатская фразеология?

— Скорее — наехали.

— «КрАЗом»?

— И им тоже. Мы и кувыркнулись в кювет. Потом из джипа вышли два милых мальчика.

— Ты их застрелил?

— Нет. Их застрелила ты.

— Я?

— Ну да. Как сотрудник РУБОПа, имеющий и оружие, и право на его ношение и применение.

— А иначе было нельзя?

Хм... Иначе... Конечно можно. Если бы я лет пятнадцать прослужил бойцом грушного или особистского спецназа, эти крутоголовые лежали бы у меня живехонькими и здоровехонькими, аки младенцы, в пеленках из подручных пут и посасывали бы пустышки из умело изготовленных из промасленной ветоши кляпов. Но — рожденный думать, вязать не может. Потому что слаб телом и хил духом. Да и очко — оно не железное!

— Я же не профессионал. Потому шмаляю по всему, что движется и угрожает. Особенно если под рукой шпалер.

Девушка насупилась:

— Я же не виновата, что так приложилась!

А кто ее обвиняет-то?! Живы — и слава Богу!

Я запрыгнул за руль, хлопнул дверцей, кивнул на лежащий кверху колесами остов «фольксвагена»:

— Машина твоя, лейтенант Настя?

— Нет. Казенная.

— Тогда легче. Будем считать, что РУБОП произвел натуральный обмен. Махнул не глядя. Не без выгоды для себя.

Повернул ключ зажигания, послушал ровное урчание мощного мотора:

— Машина — зверь.

— И далеко едем?

— До ближайшего поста ГАИ. Метров за сто я стопорнусь и сойду. Дорулишь сама?

— Да.

— Ну а дальше подымай кипеж и — как положено: опись, протокол, сдал-принял, отпечатки пальцев. Как любит говорить наш дорогой шеф Крутов, больше бумаги — чище попа. Да, не забудь со стволов пальчики срисовать: моих там нет, я их аккуратненько стибрил. Вполне возможно, что пистоли грязнее грязи. Ага?

— Не ага. Крутову я врать не буду.

— А ему и не надо. Я с ним свяжусь позже.

— Олег, Игорь Петрович приказал...

— Отставить. Картина битвы изменилась. Теперь командовать парадом буду я.

— Но...

— Я же сказал: отставить. Я старше тебя по званию, лейтенант Настя.

— Да? — Похоже, это оказалось для девушки новостью. — И какое у вас звание?

— Боюсь, что уже никакого. Меня разжаловали.

— За что?

— Не «за что», а «почему».

— Ну и почему?

— За ненадобностью, — пожал я плечами.

Ну да, с тех пор, как капитан-лейтенантом неведомого мне флота я вышел в боевой запас родной конторы, и контору, и страну так перетряхнули, что, боюсь, даже табельные сведения обо мне закатились за самый дальний сейф, а скорее вообще спалились в огне охвативших страну пожаров. Вот такой вот парадокс: когда Отечество в огне, дым его для тех, кто успел слинять, куда как слаще!

А люди, оставшиеся в боевом запасе, оказались предоставленными сами себе; вот только запас такой хоть и не тянет карман, но очень беспокоит имущих власть своей непредсказуемостью и умением применять полученные навыки. И хотя у меня всего лишь один навык, по нашим временам не очень-то и котируемый, — думать, кто-то же вспомнил о нем?! И — впилил легкомысленного лоха в чужую разборку. Или, говоря поученому, ввел индивида втемную в непонятную оперативную разработку с неясными целями, зато с полным разнообразием средств.

Стоп! Что-то здесь не вяжется. Давай-ка по пунктам.

Девчонка, убитая в квартире, — чистая подстава. Зачем? Убрать Дронова, который может начать свое расследование устранения Димы Круза? Нет. Проще застрелить. Или они не хотят ненужной огласки? Глупость. Какая на хрен огласка может быть от ординарного убийства маргинала, пусть и бывшего работника непонятной конторы? Их, бывших, сейчас пруд пруди, и стреляют их так же: пачками. Значит...

Значит, меня решили поставить в определенные условия и заставить действовать. В соответствии с умениями, навыками и тяжким комплексом неуравновешенной психики маргинала.

Я и начал действовать. Привлек Крутова. Сунулся в ГУБОП. Где меня и срисовали влегкую вместе с милым лейтенантом Настей и едва не угробили. То, что хотели угробить, — это без дураков: просчитать траекторию падения машины в кювет и будущие увечья пассажиров не может никто.

Выводы.

Первое. Меня, так или иначе, хотят нейтрализовать, но «естественным» путем: посадка в каталажку по обвинению в маньячестве со всеми вытекающими или автомобильная катастрофа — не суть важно. В средствах не стесняются, вспомогательные или случайные убийства их не пугают, будь то удушение чулком малолетки на моей постели или устранение лейтенанта могущественного РУБОПа. Что отсюда вытекает? Что враг жесток, коварен и беспринципен? Любой враг жесток, коварен и беспринципен, потому он и враг, а не спарринг-партнер на ринге.

Но тут важно одно: никакие криминалы так не работают. Это почерк спецов. Хотя... Времечко такое, что и спецы могут пастись на службе у бандитов, и наоборот. Так что единственный бесспорный вывод из ситуации: завязаны большие, вернее — громадные деньги, раз уж неведомые фигуранты не боятся возможных разборок с органами правопорядка, причем не с РОВД, а с РУБОПом. Хм... А кто сейчас кого боится? Не успевают: или уже вне зоны досягаемости, где-нибудь при деньгах и власти, или — в местах оченно отдаленных. За бугром, а скорее — под бугром. Времечко очень стремительное.

Спиноза доморощенный... То, что денюжки аховые, ты знал априори, еще из разговора с Крузом.

Второе. А кто сказал, что против меня работает *одна* банда? структура? спецслужба? — не важно. Скажем, у одних, сильно умных и образованных, трепетное желание разыграть меня втемную, этаким лишним джокером из рукава, раз уж с убийством Круза так удачно «фишка легла» и индивид с несбалансированной психикой стал на тропу войны. Игроком может быть и сам господин Шекало, и «Континенталь», и любой и каждый из его конкурентов-олигархов; ну а разработать и провести красивую операцию для службы безопасности любого из китов российского сырьевого или финансового рынка — как два пальца обмочить: их службы по квалификации сотрудников, опыту и технической оснащенности вряд ли уступают службам безопасности некоторых весьма даже развитых стран, а по численности — столичному Управлению ФСБ. Итак, одни мечтают сыграть меня втемную, другие, с не меньшими возможностями, — сшибить с доски в «ящик», причем не в почтовый. И — до свиданьица, фраер, в твоем доме соберутся гости и будет играть музыка, но ты ее не услышишь!

Третье. Возможно, тот, кто все это затеял, планировал именно мое устранение, никакой игры в кошки-мышки нет, но есть тот самый элемент «маниакальной глупости»: этому теневику *не интересен* простой вариант, такой, как банальное убийство; ему хочется оттянуться по полной: это когда банкира взрывают на глазах жены и детей; это когда Дронова бросают в каталажку за убийство несовершеннолетней, связанное с сексуальным насилием, и бакланы оттягиваются на упомянутом Дронове от всей души и по понятиям; это когда он гибнет в дорожно-транспортном, но не один, а в компании милой девушки-лейтенанта с усыпанным веснушками носиком и глубокими зелеными глазами. При этом, третьем варианте деньги могут быть делом десятым или вообще ни при чем: теневик есть неясная пока фигура из нашего с Димой не вполне безмятежного прошлого, появившаяся, как тень отца Гамлета, с решительным желанием мстить и получить от этого максимальное удовольствие.

Вздыхаю: невзирая на весомые умственные построения, картина битвы мне неясна совершенно и инициативой владеет противник. И вместо того чтобы подумать, как поломать чужую игру, я реагирую на ситуацию; свою же не могу навязать хотя бы потому, что не знаю, на чьем поле играю и в какие кегли. Но и это не главное... Больше всего мне хочется сейчас забрести в лес, в самую чащу, выпить литр горячительного и всласть повыть по поводу жестокости и несправедливости... Чего? Мира, людей, ситуации? Не знаю. Перед глазами по-прежнему оранжевый всполох взрыва; в голове, как эхо в пустой комнате, слова Томы: «Я никому не нужна».

Суки! Я их достану! Мозги набекрень выверну, но достану! Один в поле не воин? Чушь! То, чего не понять теоретикам, хорошо понимают воины: «Наши мертвые нас не оставят в беде, наши павшие — как часовые...» Тамара не одна. И я не один.

Мы выехали на шоссе. Я повернулся к Насте:

— Все. Дальше — сама.

— Олег...

— Да?

— Ты... Ты не пропадешь?

— Не пропаду, — пообещал я, спрыгнул с подножки, махнул рукой.

Автомобиль ушел. А я остался на дороге один. Не считая проносящихся время от времени мимо дорогих игрушек на колесах. А что мне до них? «Какое мне дело до вас до всех, а вам — до меня...» Плохо. Дела нет никому и ни до кого. Кроме друзей. Но их почему-то становится все меньше. Как на войне. Или... Или мы все — и я, и Крутов, и Крузенштерн — так и не выздоровели от нее? И время никого ни от чего не лечит?

И человек уже не может выздороветь от войны, которой его отравили в юности?

Как бы там ни было, прав был хемингуэевский Старик: каждый раз счет начинается сызнова. И всегда нужно доказывать, чего ты стоишь, и стоишь ли ты чего-то вообще.

Я брел через лес. От дороги к дороге. Только теперь к железной. Мной овладела какая-то странная апатия, состояние полусна, когда бредешь, словно сквозь толщу воды, и мир вокруг зыбок, тягуч и тяжел, и тебе нужно пробрести сквозь него куда-то в свет, отбиться от волков, уже готовых окрасить желтые клыки твоей кровью, и — выйти, выдюжить, выжить. Вот только... Как у Высоцкого? «Укажите мне край, где светло от лампад...»

Вместо этого — темень. От злости, от зависти, от лицемерия, отражающего тьму, как зеркала свет... И потому мы бредем и бредем, задыхаясь от удушливого равнодушия «ближних» и плутая в пустоте полной и никчемной свободы. Никому не нужные и никого и ничто не жалеющие. А потому — жалкие.

Впрочем, понятие «свободы» для России так же чуждо, как и слово «эволюция». У нас другое и называется по-другому: воля. Своя ли, царская, или просто — вольница вольная... Свобода, как выразился старик Маркс, есть осознанная необходимость. А воля — это отсутствие любой необходимости.

Блуждания по лесу, как и бредятина в мозгах, утомили меня основательно. Когда минут через сорок я выбрался к небольшой станции, взгляд мой искал только одно место. А кто ищет, тот всегда найдет. Особенно в нашей великой и некогда неделимой. Под любым подходящим, желательно адекватным, названием: «Голубой Дунай», «Зеленый остров», «Встреча», не говоря уже о пельменных, блинных, чебуречных и прочих рюмочных. Блинов или чебуреков там вполне может и не быть, а вот основной продукт королевства... Причем это не нефть.

Спиртному нужно поставить памятник, монумент, увековечивающий его значение в истории человечества в целом и в России — в частности. Это предохранитель от взрывов и революций, это прокладка, исключающая всякое несанкционированное протекание мозгов, это зелье, делающее собеседника психоаналитиком и позволяющее махом решать не только свои проблемы, но вопросы мира и войны во всех отдельно взятых регионах и целом свете, это амортизатор, смягчающий жесткость и жестокость жизни, делающий углы мягкими, женщин соблазнительными и доступными, людей значимыми и беспомощными. Это безжалостный зверь, подкрадывающийся на мягких бархатных лапках, уводящий в феерию самовозвеличивания и самолюбования, превращающий жалость к себе в сладкий непереносимый недуг... Беспощадный зверь, разящий нищетой и немощью всякого, кто посмел подумать, что сильнее его.

Он мне и нужен теперь. Ибо зверь, засевший во мне, куда страшнее: он сожрет меня изнутри, сожжет, испепелит душу ненавистью... А пожар смертной тоски на Руси испокон заливают водкой.

Глава 21

Пристанционная забегаловка называлась без претензий: «Закусочная». Страждущим остограммиться водочку разливали по старинке: в чистые пузатые лафитнички. Естественно, с недоливом, зато — в традициях. Ибо водочку положено кушать из прозрачной посуды; мнущийся пластмассовый стаканчик, такой же «одноразовый», как проститутка с Курского вокзала, даже процесс опохмелки превращает в сущее мучение.

У прилавка оказался лишь трясущийся старик в латаных брюках и мышиного цвета пиджачке, похожем на форменный школьный тридцати-сорокалетней давности. Аккуратно, двумя ладонями, он подхватил лафитничек под донышко, пошептал что-то губами, будто заговор творил над клятым зельем, чтобы не пошло обратно и «прижилось», чуть ссутулился, выдохнул, решился, махом влил водку в рот, проглотил, замер, боясь пошевелиться, облегченно выдохнул, зажевал чемто и, отяжелевший, опустился на ближний стул у грязного стола. Глаза его подернуло слезливой поволокой, и алкан закемарил тихо, привычно превратившись в то, чем стал: вешалку для школьной униформы своего фэзэушно-голубятнического детства.

Тетка за прилавком разом угадала во мне птицу нездешнюю и залетную. Оглядела мельком мою профессорскую наружность, отметила и помятость дорогого пиджака, и грязные пятна, спросила:

— С женой, что ли, полаялся?

— Вроде того.

— Тогда тебе соточкой не обойтись после вчерашнего.

— И это правда.

— Я тебе хрущевский налью; только ты здесь не зависай, махнул, и — айда домой. Через пятнадцать минут и электричка московская.

Она подвинула мне полный стакан. Его я маханул в три глотка, запил соком.

— Лихо ты его. Ну что? Двинешь? Жена-то еще нальет?

— Вряд ли.

— Это беда. Я тут двадцать пять годков наливаю, насмотрелась. Вот кабы бабы не были дурами, мужик бы что? Принял сотку и домой заспешил, там бы принял еще, да под борщик или картошечку с селедочкою... И все обиды бы прошли, улеглись... Я вот со своим тридцать лет скоро живу, всякое бывало, а чтобы он где на стороне глаза налил да домой на рогах — такого не было. Потому как знает: дома в холодильнике всегда есть, да закусочка, да щи суточные. И выпьет ежели с товарищами, ко мне своими ногами идет. Вот как оно правильно.

— Вам бы передачи на радио вести, — сказал я безо всякой иронии.

— А то... Потому как все беды на этой земле от несуразицы, а несуразица — от разлада промеж мужиками и бабами, а разлад тот — от непонимания. И вянут тетки на старости в одинокой бабьей тоске, а мужички, те вообще делаются горькими, вроде Семеныча. — Она кивнула на дремлющего алканчика. — А ведь я его еще парнем помню, сама еще девкой-недолеткой была, так на него заглядывалась. И все у нас на поселке заглядывались. Гулевал он тогдась весело, беззаботно. А ныне — что?

Женщина глянула на меня внимательно, произнесла:

— Чтой-то не берет тебя водка. Видать, наврал ты мне: не по бабе ты тоскуешь, а по жизни. — Она задумалась, снова оглядела сработанный лейтенантом Настей прикид под названием «имидж». — Будто живешь ты другие жизни, да не свои, а до своей все никак не доберешься. Ты вот чего, парень. Советовать тут на жизнь не насоветуешь, а коли уж так тебя крутануло... Ну, возьми пузырь, спрячься от людей, оттоскуй свое да за дело берись. Я вижу — ты умеешь. Не из тех ты, которые только языками молоть горазды. Ну что, давать бутылку-то?

— Две.

— Хозяин барин. Тогда дай-кось я тебе и закусить соображу. Видать, на стол тебе собрать некому. Да ты не сомневайся в продуктах-то, у меня тут никто и не кушает, для себя да для девчат, что на станции торгуют, готовлю. Котлетки домашние, огурчики малосольные свои, сальца с прожилкой кус отрежу. Лады?

— Давайте.

Она управилась скоро. За пару минут. Я положил на прилавок две купюры, решительно отказавшись от сдачи, принял увесистый сверток, упакованный в полиэтилен, поблагодарил.

— Это тебе спасибо, — ответила женщина. — Хоть деньги у тебя и шальные, сам ты на шалого-фартового никак не тянешь. Трудяга, видать. А ктой-то тебя с твоей жизни сталкивает да в свои возы запрягает. Плюнь на них. Сам живи. А как наладится, меня вспомни. Тетя Клава меня зовут. Меня здесь, на станции, да и на поселке все знают.

— Вспомню, тетя Клава.

Я вышел на перрон. Электричка, о которой упоминала тетя Клава, помахала мне зеленым хвостом. Да и что мне искать в Москве? Пулю?

Прошел полупустой товарняк, отгрохотав на стыках. Как там называют блатные? Порожняк. По-рож-няк. Или права тетя Клава? И я вместо своей живу чьи-то чужие жизни... Хм... Но в одном она не права точно: что водка на меня не действует. Тело стало расслабленно-послушным и захотелось вдруг в края, где я никогда не был, но где есть солнце, море, красивые девушки, теплый вечерний бриз и все, что нужно для счастья. Если бы знать, что для него нужно!

Я медленно двигался вдоль перрона, пока не обошел малюсенький вокзальчик и не оказался снова на той же привокзальной площадке, обрамленной упомянутой кафешкой с одной стороны, чахлым рахитичным сквериком и подобием рынка — с другой.

Всякая торговля давно закончилась. Последняя палаточница несуетливо паковала в полосатые сумки немудреное барахло. Жажда общения после выпитого оказалась стойкой.

— А курточки моего размера не найдется? — спросил я продавщицу.

— Чего? — Тетя подняла осоловевшие глазки. Видно, она перегорела сегодня на работе и, чтобы окончательно не спалиться, залила пожар в груди тем же, чем и я.

— Куртку хочу. Кожаную.

Она глянула на меня мельком, оценивая:

— На тебя-то?

— Ну.

— Неходовой у тебя размер. В плечах пятьдесят шесть или пятьдесят восемь, а брюха — нету. Щас моднявее наоборот: у кого плечи пятьдесят шестой, пузо — весь шестидесятый.

— Значит, нету?

Тетка прищурилась, почмокала сальными губами, оценивая на этот раз прикид и индивида в нем.

— А тебе зачем? Кожанки щас даже пацаны не носют: мода прошла. Да и клифт на тебе знатный. Чего-то ты мутишь, парень, а?

— А что носят?

— Тебе помолодежнее?

151

— Ну.

— Ветровки. Тока не китайские, те — дерьмо. Надо пакистанскую, джутовую. — Она снова прищурилась: — А чё, тебе пойдет. Суперменистый выйдешь мужчинка. Просто настоящий полковник. Погодишь чуток? Я здесь недалеко, слетаю к Настьке Головановой, у нее один такой вот большой неходовой должен заваляться. Погодишь?

— Я не спешу.

— Ну так я мигом.

Тетка замкнула палаточку вместе с сумками и проворно заспешила в сторону группки панельных двухэтажек, стоявших чуть поодаль. Я опустился на бордюр и закурил.

Неожиданно словно увидел себя со стороны: неприкаянный, уже немолодой субъект, крашенный в седого лоха, в пиджачке с чужого плеча, сидит на какой-то раздолбайской станции и курит. Не желая ни о чем думать, не желая ничего просчитывать, и вообще ничего не желая.

Скрип тормозов даже насторожиться не заставил. Лениво поднял голову и увидел колеса ношеной иномарки.

— Мужик, ты чего здесь расселся? — спросил, не выходя из кабины, мальчонка с идиотской стрижкой, круглым лицом и в майке. Цепь на его шее была совсем еще тощей, видно, недавно дослужился до смотрящего здешних палестин, вот и не терпится ему, как покойному великому вождю Ким Ир Сену, руководить на месте. Хм, вот что интересно! А ведь цепями крутые украшали себя во все времена! Будь это герцогская цепь властителей Вероны, королевская — повелителя бриттов, или идиотская — как у совсем уж запоздавших в развитии представителей бритоголовой молодежи, безнадежно отставшей от времени аж на целую пятилетку.

— Ты чё, седой, оглох в натуре? Фуй ли расселся?

Не, я не прав. Москва есть Москва, на то она и столица, а в провинции чем еще занять себя новому поколению, если денег даже на пепси не хватает? И при выборе, что купить, презерватив или пиво, покупают завсегда пиво?.. И все же — противно. У интеллектуалов, живущих в столице, теплится надежда на нечто цельное и здоровое, что тихонечко так зреет и набирает силу в некоей хрестоматийно-тихой провинции, чтобы потом расправиться во всю мочь и явить миру... Бред все это и ничего кроме бреда. Сказать, что будут разочарованы, — ничего не сказать. Если после Мишкиного правления страна и стояла на краю пропасти, то с тех пор она сделала большой шаг вперед.

— Вставай, я тебе сказал! А то я выйду, подмогну.

И чего этому самцу гориллы не жилось там, в пампасах?

— Ну выйди, — согласился я.

Парень оказался здоровяком. Он обошел автомобиль и направился ко мне, окончательно рассмотрев, что «борзый» — просто какой-то задрот из ученой конторы, такого на правило поставить сам Бог велел.

— В свертке чего? — Парняга пнул ногой пакет.

Я медленно и не очень ловко поднялся. Ни спорить, ни препираться мне не хотелось: не знаю как кто, а я искренне считал свой лимит неприятностей за крайние сутки исчерпанным, а план, если таковой существует в неких заоблачных верхах, перевыполненным самыми стахановскими темпами. Но видно, там решили бросить меня по совокупности еще и на борьбу с провинциальным хамством.

Парень оказался настоящим гигантом, как в кино. Я едва доставал ему до груди. Его толстые губы расплылись в искренней ленивой ухмылке.

— Ладно, мужик. Бить не буду. Доставай деньги и проваливай на все четыре. Только двигайся пошустрее, ага?

Ну положеньице! Осталось только крикнуть: «Милиция, грабят!» А здоровяк, по-видимому желая поощрить активное ведение диалога субъектом в клифте, сиречь мною, легонечко пнул меня дланью — я крепко впечатался в стенку металлической палатки.

— Доставай «лопатник» и «котлы» снимай, — пощеголял он витиеватой терминологией.

А меня как пробило после ласкания спиной металлической ларьковой стенки: тетку-продавщицу ширпотребного хлама я все-таки не дождусь, потому как нет у нее никакой страшно моднявой джутовой ветровки неходового пятьдесят последнего размера, и это первое. Самец гориллы, что ухмылялся сейчас мне в лицо и изводил себя беседой со мною же, пришел с ее подачи: тетка, будучи профессионалкой, оценила-таки пиджачок за штуку и послала брата-свата «пощипать лоха». Вернее, ежели быть точным в избранной старорежимной терминологии, «взять на гоп-стоп». Это второе. Ну а третье, четвертое и все остальные цифры — так это то, что парень абсолютно прав: слоняться в позднее надвечерие по забытому Богом, людьми и паханами полустанку в Подмосковье может только дешевый лох, фраер, отожравшийся на легких деньгах какого-нибудь шоу-промоушена и волею алкоголя и судьбы занесенный в места столь глухие на забаву и разграбление. Ну да Бог не фраер: для кого судьба, а для кого и Фортуна. Блин, для того, чтобы это все просчитать скоро и до момента события, вовсе не надо обладать мозгами аналитика! И чего это меня так завернуло? Я же не «Шпион, который вернулся с «холода»!¹

— Ты чё вылупился, мутный? Плохо расслышал? Так я щас тебя не так приложу, чтобы с ушей штукатурка просыпалась!

Больше я ничего не просчитывал. Удар мой был скор и резок: выставленными костяшками правой в воображаемую точку между верхней губой и переносьем. Голова громилы дернулась, и он неловко рухнул назад, на родную «ауди», как обожравшийся мамонт, из-под которого циклопической битой выбили разом все четыре ноги, а потом сполз ничком и ткнулся хоботом в бордюр.

---

¹ Название известного романа Ле Карре. «Холод» — в недавнее время на профессиональном сленге — территория противника, на которой работает разведчик-нелегал. Как у моряков поднимался тост «за тех, кто в море», у археологов и геологов «за тех, кто в поле», так же и у профессионалов разведки — «за тех, кто на «холоде».

Это страшный удар. Когда-то я отработал его до совершенства, но в боевой практике не применял ни разу. Склонился над поверженным голиафом: было бы совсем скверно, если бы я свалил его насмерть. Но нет: у парня просто глубокий болевой шок, а это, слава Богу, не смертельно.

Пора двигать с этого гостеприимного полустанка. Пока какой ретивый служитель порядка не надумал выйти из зданьица вокзала с ревизией и направить на меня табельный «макаров». Короче, делать ноги — от греха и в темпе вальса.

Я скоро выдвинулся на перрон, когда к нему медленно подходил проходящий пассажирский. Электровоз шел неторопливо, могучий, как динозавр, и волок за собою послушные вагоны. Собственно, на этом хилом вокзальчике он останавливаться не собирался, да, видно, где-то там в далеких степях забастовали шахтеры-монтеры, вот он и полз перебежками, по воле отупевших от перемен диспетчеров и прочих стихий.

На площадке одного из вагонов застыла, как на выданье, краснощекая деваха лет двадцати восьми с изрядным гаком.

— А что, красавица, возьмешь пассажира? — затравил я со всей возможною удалью в голосе.

— А ты чё, соколик, отстал, что ли?

— Да нет, мне недалеко.

— Нет тут посадки.

— Да к такой румяной я на крыльях взлечу!

— А не опалишь крылья те?

— Военно-воздушные силы в огне не горят!

— И далеко поедешь?

— Да пока не надоем!

Де́вица-красавица бросила на меня оценивающий взгляд:

— Залетай, овод.

Через минуту состав тронулся, лязгнув на стыках. Еще через две проводница, озадаченная шуршащей купюрой, препроводила меня в купе, где уже припухали за бутылочкой двое командированных.

— Господа полковники, к вам пополнение, — радостно объявила им дивчина.

Те подняли головы настороженно. Один спросил, недоверчиво оглядывая все тот же пиджак:

— Офицер?

— Военно-воздушные силы военно-морского флота, — отрапортовал я с белозубой улыбкой новобранца. — Капитан-лейтенант запаса.

Второй поглядел внимательно:

— Ты это, запасной, водку пьешь?

— Обязательно, — строевым голосом ответствовал я, выгружая из шуршащего пакета «блондинок».

Двое переглянулись. Откуда-то появился чистый стакан, его наполнили, пододвинули ближе ко мне тарелку с домашней снедью.

— Саша. За знакомство, — произнес немудреный тост первый. Его товарищ солидарно кивнул. Мы сдвинули стаканы.

Что там говаривал товарищ Пушкин Александр Сергеевич о русском бунте, безжалостном и беспощадном? Пьянки у нас такие же. Переходящие от слез к драке, от драки к лобызаниям, от лобызаний к сомнениям в конечном торжестве справедливости и размышлениям о переустройстве страны и мира...

Пил я неделю. Под дикую, бессмысленную круговерть колес непонятных мне поездов, с ночевками на третьих полках или вовсе в сквериках незнакомых мне городов и весей... Похоже, я дважды пересек границу какой-то из стран ближнего зарубежья, вызвав подозрение таможенника полным отсутствием багажа и рассеяв его длинным монологом о смысле жизни вообще и таможенной службы в частности и о конечности всего сущего. Служитель пограничного культа решил, что я возвращаюсь с поминок.

Потом я умудрился снова подраться, на этот раз не помню, с кем и по какому поводу. Накопившаяся отрицательная энергия, видимо, привлекала ко мне придурков всех мастей, как нектар — пчелок; потом снова ехал в купе и плацкарте, вагоне-ресторане и проводницком закутке, заглатывая очередную дозу пойла и рассуждая о вечном и бренном с очередными попутчиками.

По-видимому, я нуждался в тепле, в доме, в человеческом участии, а у меня не было ни первого, ни второго, ни третьего. Нет, я мог бы вернуться в Москву и сдаться под деятельную опеку генерала Крутова, но... Я не мог этого сделать. Потому что не мог.

Неведомая сила влекла меня, болтала взад-вперед по матушке-России, пока я не согрелся, пока не понял, что я не на «холоде», пока не осознал, что выживу сам. Вместе со страной. И никакие политики никогда не смогут ее порушить, потому что не знают заветного слова... А я им не скажу.

И пусть дым Отечества горчил гарью пепелищ, пугал запустелостью оставленных городов, отравлял невозвратимостью потерь, это был мой дом, и другого у меня и еще у миллионов людей никогда не будет, и нам здесь жить, и мы не просто выживем, но еще и поживем. Потому что это так.

Очнувшись после долгого забытья, заметил, что поезд стоит. Привстал на полке, огляделся: куда привлек меня на сей раз переменчивый, как жребий, «автопилот»?

Вокзал прошлого века, в хорошем таком стиле «поздний сталинский ампир». Поверху «ампира» на века впечатан Герб СССР, чуть выше — барельеф «святой троицы»: Маркс — Энгельс — Ленин. Поднял глаза, в похмельном упорстве желая увидать над всем этим великолепием знамя цвета критических дней и терзаясь лишь одной смутной мыслью: неужели очередной переворот я проспал?

Но нет: цвет кетчупа на знамени отсутствовал. Не было и самого знамени. Вместо него аршинными буквами над фасадом было выложено: ПОКРОВСК.

Глава 22

Первое, что я сделал, — это проверил наличие отсутствия. Я был в собственных джинсах, но вместо стильного пиджака на плечи была натянута ношеная коричневая кожанка: видно, махнул-таки не глядя. Вместе с окулярами типа «хамелеон», так дополняющими образ ученого-теоретика.

Глянул в собственное отражение в оконном стекле: изрядно всклокоченный субъект, на вид — почечник и печеночник, с потрескавшимися губами от неумеренного потребления горячительного неадекватного качества. Язык даже высовывать не стал; как говорит печальный опыт, сейчас цвет его средний: между зеленым и желтым. Печально.

На привокзальную площадь славного миллионного Покровска вышел налегке. Слава Богу, собственный паспорт я обнаружил в заднем кармане джинсов сложенным вчетверо. Что же касается денег, реквизированных у двух покойников как моральный ущерб за наезд (ё-мое, в какой жизни это было!), остался червонец двумя пятачками. Тщательно осмотрел карманы благоприобретенной куртки и нашел великолепный, германской выделки пружинный нож, щелкнул кнопочкой — отливающее благородной синевой лезвие с не менее благородным скорпионом на нем послушно вылетело из рукоятки и зафиксировалось. Сталь отличная, фирма — известнейшая... Память услужливо подсунула картинку: в тамбуре СВ я братался с каким-то рослым Мишаней и в знак побратимства и махнул не глядя роскошный клифт на курточку. Впрочем, не турецкую: итальянская выделка, из среднего бутика.

Вот только на червонец не разгуляешься. Осторожно прощупал карманы джинсов: активная память молчала, как рыба об лед, а в подсознании брезжило-таки нечто... На свет Божий я извлек пластиковый прямоугольничек и вздохнул облегченно: теперь не пропадем! Это была рублевая кредитка, STB-CARD, по которой в любом банкомате славного Покровска я и получу вожделенные рубли, имеющие хождение, как известно, на пространстве одной шестой суши. Хотя банкомат в здешних палестинах я вряд ли обнаружу, но вот отоварить карту в центральном отделении сбербанка наверняка смогу. Плохо только одно: в таком прикиде и с таким фейсом меня в эту самую контору не пустят, а если и пустят — то могут не выпустить. Значит, найдем применение двум пятачкам: модельную укладку на них не сделать, а вот постричься в вокзальной парикмахерской под делового 007 смогу точно.

Через десять минут вышел из парикмахерской сияющий, как стриженый птенец, лишенный разом седины, солидности и последних денег. Ну а девственности меня лишила в свое время одна медсестричка в самом субтильном возрасте, воспользовавшись беспомощным состоянием больного, вырвавшего три дня тому как гланды.

Ветерок со свистом проносился над полысевшей почти под нолик головой, а мысли в ней после недельного запоя по поездам роились самые фривольные: надо же, вспомнилась вот медсестричка, сделавшая меня на всю жизнь неравнодушным к сестренкам в белых халатах!

Я двигался по направлению к центру Покровска по славной улице имени Двадцати шести бакинских комиссаров. Какое отношение имели сии комиссары к Покровску, мне виделось смутно, а вот мой личный автопилот, он же — тяжкий жребий, сработал однозначно и логично, как буек револьвера. Ибо... Ибо выход из безвыходной ситуации, как правило, там же, где и вход.

И гибель Димы Крузенштерна, и мои личные неприятности каким-то боком завязаны на этот тихий, как отварная рыба, губернский миллионник. А значит, нужно «привязаться к местности» и узнать, что здесь почем.

— Милая барышня, не подскажете, где здесь банк? — скроив на помятом фейсе обаятельный жизнеутверждающий оскал, спросил я проходящую мимо девушку последней молодости.

Мадемуазель шарахнулась от меня так, будто, раскрой она мне эту коммерческую тайну, банк Покровска будет немедля ограблен, а сама она — изнасилована. Зря размечталась, между прочим!

На нет — и суда нет. Отрицательная реакция — тоже реакция. Но я загрустил и даже начал комплексовать:

переходить улицу строго на зеленый сигнал светофора, обходить подозрительную, стриженую, как и я, молодежь по другой стороне улицы, а с блюстителями порядка просто опасался встречаться взглядом. Менты — они как дети: отвел взгляд — в чем-то виноват, не отвел — вдвойне виноват! Позвольте, стриженый, ваши документики! Более остального я опасался, что вести о моих псевдоманьячествах в столице и городе-герое дошли через всероссийский розыск до здешних тишайших мест. Это не значит, что все покровские служивые разом бросили местную текучку и сломя сапоги бросились на поиски супостата; но истина, не знающая исключений, гласит: от дотошного мента не застрахован даже экскаватор.

Вышло, что опасался я совершенно напрасно: тетенька из привокзальной цирюльни постригла меня по последнему писку здешней летней моды: короткий «бокс» или «полубокс», похоже, носило все активное мужское население города, невзирая на возраст, исключая, понятное дело, его отцов, коих я еще не лицезрел, кадровых фээсбэшников, продолжавших с маниакальным упрямством зачесывать волосы по андроповской моде на пробор, и сексуальных меньшинств, не к ночи будут помянуты.

Банк я нашел сам. Ибо все банки в любых городах похожи друг на друга, как памятники вождю или счастливые семьи. Респектабельные, одетые по фасаду в затемненное либо зеркальное стекло, сверкающие монументальной позолотой дверных ручек, они словно бы говорят обывателю: деньги у нас есть, но мы их вам не дадим. Потому как созданы не для того, чтобы купюры разбазаривать, а затем, чтобы хранить. Так-то.

Мельком взглянув на внушительный фасад и золоченое табло у входа, спортивной походкой приезжего делового человека ломанулся на тонированную дверь. Американский опыт мне вещал, что где-то там, в невидимых простому глазу недрах, запрятаны хитрые фотоэлементы, которые и распахнут гостеприимно упомянутые двери перед солидным клиентом, олицетворяя лозунг: «Все во имя человека, все для блага человека!»

Блин! Говенный американский опыт в российской провинции можно засунуть в... Короче, отложить до лучших времен. До наступления на моей исторической и биологической родине стадии загнивания империализма в виде государственно-монополистического капитализма, чтоб им, буржуя́м, пусто было!

Вместо доверчиво распахнутой двери я стриженой головой уперся в широкую грудь ментовского сержанта, одетого, несмотря на жару, в увесистый броник и снабженного «АКСУ». Дурашка, ведь, слава Богу, не в Голливуде живем! Банк у нас грабят, как учат гордые ичкеры, не отходя от кассы другого банка — с помощью совершенно доподлинных авизо, *потом* превращающихся в фальшивые!

— Что вам? — просвечивая меня рентгеном строгого взгляда, вопросил сержант.

— Денег хочу.

Шутка его не тронула. Глаза глядели из-под прищуренных век, как стволы «дегтярей» из амбразуры дота: ни пяди советской земли немецким захватчикам! Поэтому поспешил пояснить:

— Хочу снять деньги по кредитной карточке.

Для убедительности я продемонстрировал и саму карточку.

— Вы — юридическое лицо? — строго осведомился сержант.

— Нет. Физическое, — дружелюбно ответил я и подумал: причем не раз набитое за тридцать с лишним годков!

— Физические лица обслуживаются на Лебедева, сорок.

— А это где?

— Вы на машине?

— Нет. Я турист.

— Восемь остановок двенадцатым троллейбусом.

— Спасибо.

Вот так вот, по-доброму осветив все вопросы, двухметровый рейнджер, закованный в броню, исчез за светонепроницаемой дверью, продолжая охранять тайну вкладов и организации. Я же спускался с парадного крыльца, удрученно мечтая о том времени, когда физические лица будут приниматься за этими шпионскими стеклами так же учтиво, как и юридические особи...

Феномен всех банков состоит в том, что отдать им на сохранение деньги куда проще, чем получить их обратно. Особенно по кредитке, пока еще редкой в родном Отечестве, как Птица-Говорун. Или — уже редкой: ведь, как писал классик, всех Говорунов истребили.

Процедура изъема денег, вложенных лично Димой Крузенштерном на мою кредитку в крупнейшем банке Москвы, заняла почти четыре часа. Я выписал довольно крупную сумму и всерьез опасался, что таковой в банке не окажется: наличные рубли были в дефиците, о чем я узнал по надписи на окошечке обмена валюты.

Хорошо еще, что я загодя, в троллейбусе, догадался достать паспорт из джинсового кармана и кое-как расправить, дабы придать индивиду на фото хотя бы коекакое сходство с оригиналом. Кроме того, я, наверное, разучился расписываться. В банке я оставил не менее тридцати своих автографов, пока вышло нечто, похожее на подпись. Но и это не помогло: хорошо одетый сорокалетний клерк уныло появлялся в окошечке, уходил что-то запрашивать, появлялся снова, исписывал кучу бумаг, исчезал, появлялся... У меня даже возникло подозрение, что дядька просто-напросто валяет ваньку: никуда он не ходит и никого ни о чем не запрашивает, а просто курит втихаря на черной лестнице, тянет время, ожидая конца рабочего дня, чтобы объявиться снова в окошечке за пять минут до «звонка» и, радостно потирая руки и гримасничая, произнести детскую дразнилку: «Обманули дурака на четыре кулака!»

Охранники в цивильном поглядывали на меня уже с явным неодобрением и излишней строгостью; да я и сам уже начал сомневаться: уж не подделал ли вице-президент «Континенталя» эту кредитку из той же детской шалости?

Мысли о гибели Димы Крузенштерна настигали меня смертной тоской, но я гасил, блокировал их на подлете: мучить себя ими, когда дело еще предстоит, значит свалиться в идиотскую истерику и завалить задание. Димино задание. Оно было для него важным, и я его выполню. Второе я поставил себе сам: найти убийц Круза. И исполнителей, и заказчиков. Причины «приказа на ликвидацию» меня интересовали лишь в той степени, в какой это помогло бы мне вычислить этих людей.

Казалось бы, какое мне дело до всех этих дрязг? Свою бы шкуру спасти или хотя бы отмыть. Восседая в мягком кресле в презентабельном зале банка, я не забывал о том, что меня разыскивают по обвинению по меньшей мере в трех убийствах, и виной тому — непонятные и ненужные мне разборки банкиров, которые и банкуют: тасуют неизвестную мне колоду. Дела до их денег мне точно никакого, так с чего бы упираться? Куда как проще сдаться под могучую «крышу» генерала Крутова и опосля всех прояснений, пусть не сразу, пусть через год или два, зажить мирной сапой переводчиком с иностранного или, на худой конец, консультантом аналитического еженедельника «Копай глубже».

Но я так не поступлю. Да, мне плевать на банкирские разборки, мне плевать на многое теперь, но... Дима был моим другом, и я найду его убийц. Когда-то один поэт сказал о другом: «невольник чести». Нет ничего праведней такой неволи, ибо только она есть и истинная воля, и истинная ценность, и высшая целесообразность. В Евангелии сказано просто: «Кто душу свою положит за други своя, тот спасет ее».

Деньги мне выдали-таки до закрытия. Чему я был несказанно рад. Кое-как распихал пачки крупных купюр по карманам куртки. В глазах клерка прочел тихую собачью тоску: то ли он, как шестеренка банковского механизма, искренне переживал, что, невзирая на все проволочки, с деньгами пришлось-таки расстаться... То ли оттого, что сидеть ему на этом стуле еще лет пятнадцать — двадцать до пенсии и упорного геморроя, считая чужие деньги, делая богаче то клиентов, то банкиров, и тихо так окочуриться потом, став никому не нужной отработанной деталькой, которую заменить окажется легче легкого. А кто говорил, что мир проклятого капитализма — это варенье с сахаром и без хлеба? Волчьи законы? Скорее — человечьи. Как у Омара Хайяма?

> Я мир сравнил бы с шахматной доской:
> То день, то ночь. А пешки — мы с тобой.
> Подвигают, притиснут — и побили,
> И в темный ящик сунут на покой.

Ну а мне в ящик пока рановато, и я решил легализоваться в славном Покровске по всем правилам. Вышел на главную улицу города — проспект Калинина — и начал последовательно обходить магазин за магазином, скупая все, что нужно лицу свободной профессии для творческой командировки в не самой дальней российской глубинке. Я решил стать модным московским художником-неформалом, достаточно покупаемым, чтобы сорить деньгами и вести свободный образ жизни, и достаточно неформальным, чтобы местные трудяги кисти и холста не заподозрили неладное, ибо если во мне и умер художник, то абсурдист, и девушку с веслом я могу изобразить только пунктирно: весло отдельно, мухи отдельно, а что до девушки... Да и девушка ли она?

А неформал-нонконформист тем и отличается от маститого раба сурика и ёрика, что может рисовать чем придется, на чем придется либо создавать в глубине творческой личности озарение под названием «Композиция номер пять». Или даже «пять с половиной». В том и пуля. И в славный городок Покровск я прибыл напитаться глубокими культурными традициями. Чем не легенда? Красиво, добротно, хорошо. Понятно, до первого шухера.

Тем самым за пару часов я обзавелся не только парой размашистых творческих пиджаков, широкими штанами, из каждой штанины которых собирался доставать что-нибудь молоткастое и серпастое, типа штопора и абсента, набором карандашей, мелков и темперы, вместительным иноземным саквояжем, куда и забросил все барахло, и наплечной сумкой. Затем завернул в блестящее красивыми фигурными фонарями и пахнущее свежим ремонтом агентство недвижимости и за пару минут довольно дорого сторговал квартирку со всеми удобствами и мебелью и чудным видом на макаронный цех. Уже кое-как устроившись, зашел в рекомендованный мне самый фешенебельный салон Покровска, где превратил бородку в продуманную творческую небритость, ибо в запущенном виде она сильно диссонировала с остриженной под «бокс» головой. Для завершенности художественного образа хотел было приобрести парусиновые туфли и трубку, но во-первых, я не знаю, что такое парусина, а в-седьмых, и без трубки будет перебор. Как гласит народная мудрость: ты, чудак, выпендривайся, да знай меру. Не то могут и накостылять.

Нет, была и чисто киношная мысль: покрутиться по рынкам, потереть с братанками и выцыганить себе какой-никакой шпалер для уверенности в завтрашнем дне, но мысль эту отбросил как вздорную. Во-первых, терпеть не могу любой секонд-хэнд, а поношенное оружие в особенности: и не только потому, что ствол может оказаться грязнее грязи; «ТТ» б/у напоминает мне порой собаку бультерьера, взятого трехлеткой непонятно из какого питомника и потому непонятно в какой момент этот друг неизвестного человека запросто вцепится в твою глотку. Во-вторых, оружие есть продолжение тебя самого, и подбирать его нужно тщательно и здраво, если, конечно, позволяют условия. Ну и в-третьих, если ты на «холоде» и тебе понадобилась пушка, значит, ты или псих и тебя пора эвакуировать, или твои дела плохи настолько, что использовать эту пушку ты можешь только с единственной разумной целью: застрелиться.

Привязавшись к местности, я начал интуичить. День, два, три, неделю... Штудировал местную прессу и балдел от передовиц типа «Пора зеленой жатвы»: «С энтузиазмом приступили работники агрофирмы «Заветы Ильича» к зеленой жатве. Накосить по двести килограммов сена на неудобьях — такие обязательства взял на себя каждый труженик. Мы разговорились с бригадиром полеводов, Настасьей Степановной Печкиной...»

Вот тогда и посетила меня впервые мысль: «Иде я нахожуся?!» В славном городе Покровске за последнее время сборная по волейболу вышла в отборочных соревнованиях третьей лиги группы «В» во второй круг; народный ансамбль ложкарей в зональном смотре занял почетное четвертое место; выставка пожарной техники прошла в минувший выходной на центральной площади города; турпутевки на Кипр подешевели; новая партия тряпья секонд-хэнд из Германии успешно продается во дворце имени 50-летия Великого Октября по самым бросовым ценам: в продаже все, даже трусы.

А новостные программы ЦТ обещают то потоп, то пожар, то конец света. Причем на фоне сотрясающей страну инфляции и долларового кризиса. Да и чего стоит загадочная улыбка Джоконды рядом с ухмылкой толстощекого Франклина на зеленой купюре?.. Поменяв лысого Вовочку на вальяжного Бенджамина, страна таращит гляделки на его скрытный лик — все же самый непостижимый политик Америки времен войны за независимость, добывавший деньги и оружие в Европах в обмен на большое личное обаяние и объегоривший вчистую британскую Интеллидженс сервис! Потому что играл на деньги. А уж чем кропил колоду — Бог весть...

Что еще? Ну да... Прокладки становятся все шире, бабам нашим живется все суше, мужикам — слаще от «сникерсов», а что до братьев меньших, то кот Борис все никак не обожрется сухого корма, в коем, помимо витаминов, столько стимулирующих добавок, что он временами даже шалит!

Вот провинция и защищается от этого бреда лениво и привычно: ансамблем ложкарей, шахматным турниром памяти дважды героя соцтруда Кукуева и прочим жизненным кипятком. Ну а особо зажиточные завсегда смогут махануть на тот же Кипр по сниженным ценам.

Все это мило и славно. Вот только к моим баранам никак не относится. Все предприятия покровской оборонки или стоят мертво, или работают вполнакала, без огонька, аки лампочка Ильича имени Ленина в период разрухи. Что здесь делить, кому и с кем? Что хотел сообщить мне Дима?

Все заводы при ближайшем рассмотрении оказались чистой фикцией: завести их не смог бы и сам Генри Форд!

Правда проста как Божий день и горька.

За дюжину лет произошло разрушение того *главного*, что и составляет национальное или, как говорили раньше, общенародное богатство, что отстроила когда-то страна «всем миром» ценой немыслимых, невосполнимых потерь, — индустрии. Как известно, промышленный капитал, по Марксу, состоит из постоянного и переменного. Постоянный — это собственно средства производства: станки, оборудование, помещения, склады. А переменный — это особый товар: «рабочая сила». Вот эта вот составная часть промышленного капитала за десять лет перестройки, ускорения и демократизации утрачена почти безвозвратно. Квалифицированные рабочие, обреченные «политикой реформ» на голод, обнищание, алкоголизацию и вымирание, ушли; молодых на завод палкой не загонишь хотя бы потому, что за труд не платят ничего.

Вывод: произошло и происходит предательское разорение и разрушение великой индустриальной страны, последовательное и целенаправленное, и ни спецслужбы, ни армия остановить этот процесс не в силах. Остановить его может только финансовый капитал. Пока же против российского капитала ополчились все капиталы мира; ну а те олигархические кланы, что действуют в стране, вольно или вынужденно действуют по сценарию, жесткому, как указка диктатора, и губительному, как бездна: на разрушение России.

Мысли бежали внутри моего стриженого черепа по кругу, как дрессированные лошадки; раздражение копилось подспудно — ответов я не находил. Нет, умом я понимал, что, как только события покатятся явью, их нельзя будет не заметить. И только тогда я смогу увидеть хоть какие-то реальные концы. А пока шатался по шалманам и престижным кабакам, общаясь с пьющим населением разного толка и ранга, но и это не прибавляло работы извилинам: тихий омут — он тихий омут и есть. Городок поделен, расписан, добропорядочен и умеренно склочен. Живи — не хочу. Вот многие и не хотят. Так, поживают. И не в стране даже — на некоей территории, поименованной когда-то Россией. Где все стало ненадежным, необязательным, призрачным, где понятие чести оказалось похороненным вместе с Пушкиным в школьных хрестоматиях и относится к веку давнему, минувшему, но уж никак не к нам. А жаль.

Ведь земная жизнь коротка и конечна.

Глава 23

...Оглядываюсь по сторонам. Все тот же унылый полутемный подвальчик, в который я забрался по дурости и недомыслию да прихоти неведомого мне уличного лешего. Людей прибавилось, динамик продолжает хрипеть нечто невнятное, но невеселое:

> Когда город становится тесным,
> Словно душит,
> Мы меняем время и место,
> Раня души.
> Горло сушит отчаянным криком,
> Берег жуток
> На исходе малиново-липком
> Прежних суток!
>
> Не до сутолок больше ваших,
> Не до склочек.
> Вы же снова считайте падших
> Ангелочков.
> Влет расстрелянных собирайте
> Той же ночью
> И на промысел выпускайте
> Лучших гончих!
>
> Ну а я же отсюда скоро
> Улетаю.
> За моря, за леса, за горы
> С птичьей стаей.
> Рассмешить никого не чаял
> Шут печальный,
> И ушел, как корвет случайный,
> В берег дальний.

Вместе с тайной надежда тает,
Будто льдинка,
И октябрь по стеклу витает
Паутинкой.
Снег ложится по крышам пресно
И послушно.
И смыкается город тесно
Новой стужей[1].

— Я вижу, и вам здесь смутно...

Поднимаю голову. У моего столика — пожилой мужчина. Стильный некогда пиджак болтается на широченных плечах, скрывая тощий торс. Запястья худые, загорелые, кисти рук — массивные и сильные. Редкие волосы гладко зачесаны назад, открывая череп, такой же костистый и угловатый, как и весь этот странный человек. Глаза скрыты за бликующими линзами окуляров. Ему явно за шестьдесят, но вот сколько в действительности — шестьдесят один или семьдесят семь?

— Я похож в этом городишке на Диогена с лампой: ищу человека.

Хм... Если он на кого и похож, так это на старика разбойника на пенсионе. В этих нехилых ручонках легко можно представить себе и фомку, и кистенек, но уж никак не греческую лампу.

— Успешно? — спрашиваю.

— Что? — переспросил он, занятый своими мыслями.

— Поиски.

— Тщетны. Может быть, это вообще занятие глупое? Но я надеюсь. Пока надеюсь. К сожалению, мир этот полон полуфабрикатов, которые так и не потрудились стать людьми! А в вас... — Он прищурился, стараясь сфокусировать взгляд. — По-моему, вас тоже воротит от окружающего.

— Отнюдь.

— Я, по-видимому, не вполне точно выразился... Просто вы не приемлете цинизм происходящего. Что-то выдает в вас романтика.

---

[1] Песня П. Катериничева.

— Наверное, стрижка.

Он обозрел мою светлую голову, произнес: «О!» — и забулькал смехом. Снял очки, и стало очевидно: ему далеко за семьдесят. Отер слезы:

— Вот видите. Вы даже не представляете себе, как давно я не слышал хорошей шутки. Все или мусолят вычитанные в «СПИД-Инфо» анекдоты, или ржут над тем, над чем мне даже улыбнуться совестно. Помните, у Довлатова...

— «Человек, меняя язык и родину, теряет способность шутить»?

— Вот именно! Вы понимаете? Похоже, мы все уже потеряли эту способность и смотрим на окружающее или со страхом, или с осуждением. А в анекдотах о новых русских куда больше зависти, чем хохмы.

— Разве?

А вот интересно, как этот старичок с внешностью медвежатника и речью отставного гимназического учителя русской словесности вообще забрел в сей премилый кабачок? Я-то, понятно, по глупости. А вот сего патриарха в приступах немотивированной дурости заподозрить сложно.

Но дедушка помутнел взглядом, уставившись на мою бутылку. Его стаканчик был пуст.

— Угощайтесь, — произнес я.

— Почему нет? — возвел вверх брови профессор, ловко плеснул себе джина, отхлебнул, почмокал с видом знатока. — Неплохо. Раньше здесь водилось недурное шотландское виски, но потом — перевелось. Здешним завсегдатаям, по правде, все равно, что пить. Лишь бы этикетка поавторитетнее да бутылка подороже. — Старик задумался, закончил: — Как часто люди похожи на такие вот «паленые» бутылки. Этикетки сияют, все в медалях, а внутри — перебродившая сивуха, не способная вызвать ничего, кроме головной боли.

Старик замолчал, уставившись в ведомую ему точку на столе, произнес, чуть опустив голову, что, по-видимому, должно было означать поклон:

— Юрий Владиславович Гриневский. Профессор филологии. — Губы его чуть скривились в иронической усмешке. — В этом городке меня еще называют Бедный Юрик. Похож?

Я пожал плечами.

Он снова налил джину, выпил, опустил очки на стол. Глаза у него оказались темными, почти черными, и совсем не старческими. Профессор уставил взгляд в дальнюю стену заведения, произнес, следуя куда-то за лишь ему ведомыми мыслями:

— А другие похожи на бабочек...

— Что?

— Люди. На бабочек. Но не живых, а коллекционных. Красивы, элегантны и мертвы. И знаете, что еще пришло в голову? Что можно сказать о людях, коллекционирующих высохшие трупики несчастных насекомых? Это что, властолюбие в сочетании с трусостью, доведенные до абсолюта? Не знаете? Вот и я не ведаю.

Профессор почмокал влажными губами.

— Вам плеснуть еще? — вежливо осведомился я.

— Спасибо, нет. Может быть, лучше я угощу вас, э...?

— Олег, — поспешил я поправить собственную неловкость.

— Олег. Славное имя. По некоторым исследованиям, от скандинавского Халег, «святой». И хотя Рюриковичи ввели в свою родословную легендарного Олега Вещего, никакими источниками его существование не подтверждено.

Глаза филологического старца уставились на меня серьезно и требовательно, словно я теперь же должен был развеять его сомнения: а не мираж ли я? По правде сказать, и сам не знаю. Если жизнь в этом сонном городишке так похожа на знойное колеблющееся марево, которое может разнести первый же порыв ветра, то моя собственная... Стоп. Похоже, я успел выпить лишнего.

— Я не столь легендарен.

— Но вы нездешний?

— Это как сказать... — философически замечаю я.

— Так как насчет коньяку? Я намерен вас угостить. За знакомство.

Почему не унимается изрядно набравшийся рефлексирующий старец, мне неведомо. Но лучше держать с ним ухо востро: никогда нельзя ручаться за девственное прошлое и безмятежное настоящее вот таких вот тихих профессоров на пенсионе: шмальнет — не промахнется.

— По-моему, как раз коньяк здесь не лучшего качества, — осторожно замечаю я.

— Пустое. Мне принесут славный.

— Вы завсегдатай?

— Я — патриарх. И все бывающие здесь стриженые недоумки — мои ученики. Вернее, подсобнички моих учеников.

— Филологов?

— Понимаю ваше недоумение. Я очень похож на ученого?

— Частично.

— Я занимался китайской филологией. Сравнительным анализом поэтических текстов Танской и Сунской эпох. Вам это о чем-нибудь говорит?

— Эпоха Тан — золотой век китайской поэзии, Сун — всего лишь серебряный.

— Немного по-варварски, но неплохо. Так вот, интересуясь поэзией, живописью и каллиграфией, естественно, большое внимание я уделял в свое время и китайским боевым искусствам, не вполне обоснованно называемым и у нас, и на Западе кун-фу. А родился я на самом краю империи, в Хабаровском крае, и китайцев в детстве видел куда больше, чем славян. — Старик задумался, произнес: — Все это длинно и неинтересно. Просто... Такая вот странная закономерность: из всей высокой науки, что пытался я вложить в умы и сердца лучших моих учеников, они пренебрегли всем, кроме грубого унифицированного рукопашного боя. Того, что я знал еще будучи шестнадцатилетним подростком. Но я знал и другое: разрешение на применение смертоносного искусства можно почувствовать в себе только после овладения всей суммой духовной культуры... Кому нужна культура духа?.. А сегодня я хочу напиться.

— Почему?

— Слишком много трупов. Слишком много. «Боевые гремят колесницы, кони ржут и ступают несмело, людям трудно за ними тащиться и нести свои луки и стрелы...»[1] Слишком много трупов. А будет — больше.

Мне показалось, что старик профессор бредит. Понятно: то, что твои подопечные вместо филологов стали бандитами, — сюрприз неприятный, но вполне прогнозируемый. Каждый в этой жизни выбирает свою дорогу. И как говаривал мудрый О. Генри, дело не в дорогах, которые мы выбираем, а в том, что внутри нас заставляет выбирать дорогу. Я и рад был бы сказать эти слова профессору, да видно, он знал их и без меня и они его не утешали. Или уже не утешали: семидесятилетний может взглянуть на прожитую жизнь без розовой дымки; плохо ли, хорошо ли это, но времени на исправление любой из ошибок уже не дано; может быть, именно это и делает взгляд некоторых стариков таким беспомощным, а суждения — столь беспощадными?.. Или — наоборот? Бог знает.

Профессор поднял на меня глаза:

— Вы знаете, молодой человек, в чем состоит искусство жить?

— Угу, — криво усмехнулся я.

— Ну и?..

— Важно оказаться в то самое время в том самом месте, где только тебя и не хватает.

— Разумно. Но куда важнее другое: никогда не сравнивать желаемое и действительное. Трагедия — в сравнении. Нужно или жить действительным, или наслаждаться желаемым. Человек — несчастное существо. Всю жизнь он проводит в трудах, стремясь достигнуть того, чего хочет, а когда оглянется, то видит, что не только не пришел к цели, но растерял и то, что имел.

— «...Мы, оглядываясь, видим лишь руины...» — процитировал я Бродского.

— «Взгляд, конечно, очень варварский. Но верный», — закончил фразу профессор. — Итак, коньяку?

— Пожалуй, — согласился я.

Он неопределенно махнул кистью в пространстве, и бармен мигом метнулся к нам, выудив откуда-то из-под

---

[1] Из стихотворения Ду Фу «Песнь о боевых колесницах».

прилавка пузатенькую невзрачную бутылку. Принес он и безукоризненно чистые коньячные «капли».

Старик открыл бутылку, чуть подержал в руках:

— Урожай тридцать четвертого года. Пожалуй, букет коньяков тридцать второго и сорок девятого изысканней, но столь терпкий солнечный аромат — только у этого. Оцените...

Опытной рукой профессор разлил по «каплям» ровно столько, сколько нужно.

Оценим. Хотя бы то, что, во-первых, в паршивой забегаловке имеются такие напитки, во-вторых, Бедный Юрик достаточно обеспеченный человек, потому как для местных работяг стоимость этакого роскошества — целое состояние, и в-третьих, что китайская филология в целом и поэзия эпох Тан и Сун в частности пользуется в этом сомнительном шалмане для стриженой бандитствующей молодежи непререкаемым авторитетом. Настолько серьезным, что заставляет бармена на легкое шевеление пальцев срываться из-за насиженной стойки и нестись к столику опрометью, аки мальчонке-половому в трактире Тестова к подгулявшему купчине Мамонтову... Видать, не все так просто в королевстве Датском.

Беру бокал и грею его руками, любуясь светом, прихотливо играющим в напитке цвета темного янтаря. Ибо выражение «хлопнуть коньячку» вовсе не из того же ряда, что «выкушать водочки»: «хлопают», «пропускают» и «дергают» только пятизвездочные «мерзавчики»-бренди невнятного розлива; прочими коньяками положено наслаждаться.

Поднимаю бокал, чувствуя тонкий, едва уловимый теплый аромат, подношу ближе и, прикрыв глаза, с удовольствием вдыхаю особый, терпкий букет давнего урожая. Делаю маленький глоточек, ощущая во рту тепло полуденного солнца далекой Франции, и представляю почему-то «Красные виноградники» Ван-Гога.

— Каково? — не спрашивает, утверждает профессор, глядя на меня так, словно самолично снимал гроздья, сминал их прессом и хранил драгоценный напиток в драгоценных бочках все эти шестьдесят с лишним лет.

— Не кисляк, — откликнулся я.

Гриневский снова забулькал смехом, оценив шутку. А я ждал. Может быть, кто-то из понятливых местных заинтересовался-таки моим целенаправленным двухнедельным ничегонеделанием и выслал в лице старика ученого зубра-профи прояснить объект?

Ничего подобного. Профессор, улакав свой бокал антикварного пойла, погрустнел глазами, оплыл расслабленно на стол всем могучим, состоявшим из костей и сухожилий телом:

— А вы знаете, сударь, что одиночество в чем-то сродни смерти? — вопросил он риторически. — Люди старятся и умирают из-за недостатка эмоций, сильных чувств, ощущений, способных сделать их кратковременное прозябание на этой земле хоть чуточку насыщенней... Блаженны верующие... Не важно во что: во всеобщее равенство или в его величество Доллар... Алчность к власти или богатству заставляет таких рисковать отчаянно, и они живут, многие — недолго, но так азартно!

В Поднебесной всегда ценился не результат, а процесс. Может быть, я прошел не тот путь? И мои ученики оказались куда смышленей, выбрав себе из всего многообразия культуры Востока лишь то, что приведет их к преуспеванию? Ведь помимо чисто материальных выгод они имеют главное: жизнь насыщенную, напитанную эмоциями! Эмоциональный голод превращает людей в калек и сводит в могилу быстрее яда. Как только теряется цель и смысл существования, люди оказываются в тупике; попытки разбудить эмоции наркотиками, алкоголем, сексом похожи на жалкие костыли для безногих, которым уже не нужны...

Да. Только две страсти вечны и всемогущи под небом, только две способны продлевать жизнь: власть и война. Ведь если не хватает своей крови, жизнь продлевают, проливая чужую.

Гриневский помолчал, поднял на меня совершенно тусклые, старческие, слезящиеся глаза:

— Игра «в солдатики» на просторах великой прежде страны... А еще говорят, «человек — венец мироз-

дания»... Или хотя бы — самый преуспевающий вид
животных... Как бы не так! Людей на земле — всего
пять миллиардов, а крыс — двадцать! А вообще-то люди
и крысы очень похожи: есть у них и крысиные короли, и воины, и рабы... Хм... А помните Нильса с ду-
дочкой? М-да... Чтобы завести людей в погибель, нужно идти впереди и петь сладкую песнь о близком кай-
фе... Не забыв приготовить для себя лодочку.

Бедный Юрик неожиданно воинственно поднял на-
чавшую было клониться долу тяжелую головушку и строго спросил:

— А кто считал тараканов? Сколько их? Двадцать
миллиардов? Сто? — Не получив никакого ответа, снова сник и академично закончил: — Вот и думай, чья
цивилизация древнее...

Потом тяжко зевнул и опустил голову на руки, от-
ключившись окончательно. Игрой это не было: Бедно-
му Юрику, по-видимому, не хватало самой малости для
полной отключки, но он продолжал упорно «искать человека», пока не нашел; ибо каждому интеллектуалу
приятно нажраться до стелек в культурном обществе,
предварительно успев выразить презрение и к миру, и
к самому себе.

Початая бутылка архидорогого напитка осталась си-
ротой стоять на столике. Не долго подумав, я плеснул в
бокал, сделал глоток и расслабился. Но допить его мне
уже было не суждено.

Глава 24

Ввалившаяся ватага стриженых, как огурчики, волчат
была молчалива и озлоблена сверх всякой меры. Мельком
оглядев контингент заведения и бросив бармену короткое
и емкое: «Водки!» — они разместились за двумя разом
составленными столами. Суетился-командовал один, здоровенный громила с блиноподобным лицом и маленькими свинячьими глазками, но старшим в команде был,
несомненно, другой: мосластый, среднего роста, со взглядом злобным и тупым, как морда бультерьера.

Ребятки выпили по первой молча, а потом уже стали «тереть» громко и витиевато; из долетавших до меня обрывков я уяснил одно: сегодня прямо с утреца в Покровске началась какая-то кровавая и наглая катавасия между кем-то и кем-то, и «правильные пацаны при делах» решали сейчас самый животрепещущий со времен классика вопрос: что делать? «Рвать когти» или «мочить козлов»? Притом глаза их по-волчьи рыскали по сводчатому подвальчику, а мозги под стрижеными низенькими лбами напрягались, попутно желая расклепать еще одну задачку: на ком бы оттянуться за сегодняшнее? Видимо, рвать откуда-то «когти», причем по-шустрому, им уже пришлось с раннего ранья, и парнишам очень хотелось восстановить уверенность в собственной крутизне. А это лучше всего делать, всей кодлой унижая слабого.

Я полагал, что пристебутся ко мне: за последние несколько недель, похоже, успела сложиться такая вот не радующая и несколько навязчивая традиция; возможно, так бы оно и вышло, если бы взгляд верзилы с блином вместо физиономии не упал на девчушку, все еще сидевшую за своим пойлом в закутке-уголочке.

— Гляди-ка, Мозель, Катька Катаева! — расслюнявив губы, фамильярно ткнул он в бок вожака. Осклабился, спросил девчонку громко: — Ты чё здесь припухаешь, Катаева?

Не знаю, сидели ли они десять лет за одной партой и делили ли карандаши, но поглупевший вид блиноподобного явственно вещал: если это не любовь, то влечение. Ярое и неудовлетворенное в свое время.

Сам «пельмень» ринулся к девчушке, кореша его продолжали базарить; я расслышал слова «Клюв», «банкир», «Крот», «Шарик», «менты», «ОМОН». И все это перемежалось матом и существительными «мочилово» и «беспредел».

М-да, что-то существенное я проспал в это утро. Клювом в тишайшем Покровске величали мэра, Шариком — теневого папу города, ну и термин «банкир» показался мне смутно знакомым... Я призадумался было: а не пойти ли покорешиться с дружбанами? А чего —

стрижка позволяла. Но как выяснилось, одной стрижки для настоящей дружбы мало.

— Брезгуешь, тарань гнутая?! — заверещал вдруг на весь подвальчик неестественно высокий голос «пельменя». — Да я тебя щас прям на стойке оттрахаю, вобла!

Вожак, которого назвали Мозелем, злобно глянул в сторону дебила здоровяка, прикрикнул:

— Прекращай дуру гнать, Геша, не до баб!

— Да ты постой, Мозель, ты знаешь, под кого она стелилась в последнее время? С Антончиком махалась, лярва! А он ссучился и под Крота пошел! Сегодня вместе с Кротовыми отморозками нормальных пацанов на «барахле» мочил! Я эту суку оторванную со школы знаю, тварь еще та! Чего здесь сидит? За нами приглядывать поставлена, вот чего!

Одним движением верзила ухватил девчонку за волосы; она запустила было ногти ему в предплечье, но получила жесткий шлепок по физиономии. Рывком Геша сорвал ее со стула и потащил к пацанам, радостно скалясь:

— Ща мы ей «дураков» во все дыры заправим да пощекочем как следует, а? А назавтра Кривому сдадим: пусть «зверей» обслуживает!

«А будет у тебя это «завтра» при такой-то прыти?» — промелькнуло у меня, но развить глубокую философскую мысль о бренном и сущем я так и не успел. Верзила будто запнулся, замер, обернулся, наткнулся на мой взгляд. Свинячьи его глазки, затуманенные предвкушением близкого удовольствия, были тупы, как полированные пуговицы. Возбужденный куражом и азартом, он одним движением толкнул девчонку так, что она упала и проехала несколько метров по грязному полу.

— Ты чего уставился, пидор рваный?! — двинул он ко мне.

Вот так и осуществляются мечты... Или поддерживаются традиции. Разогретый куражом и азартом, верзила пер на меня как танк. Одним движением башмака сорок последнего размера он выбил стул вместе со спящим на нем Бедным Юриком куда-то в угол, рукой-клешней отбросил в сторону стол. Между нами осталось метра полтора мертвого пространства.

Геша тихо лыбился, верно оценив хлипкость моей фактуры по сравнению с горой сплошного мяса, которую он собой представлял. Растягивал удовольствие. Наверное, я казался ему мухой, которую он готов был прихлопнуть. Так чего спешить?

А я — просто ждал, когда он начнет движение. Не люблю, когда девчонок хлещут по лицу. Очень не люблю.

Его пудовый кулак крюком прочертил воздух. Я легко нырнул под руку, и зажатая в моем кулаке каленая вилка вошла здоровяку в подмышку. Как известно, вилка в руках профессионала оружие ломовое, а в руках любителя — смертельное. Только поэтому громила остался жив. Звериный рык огласил своды подвала, но разом замер: я оказался на мгновение у верзилы за спиной и локтем, словно тараном, врезал ему в почку. Парень поперхнулся от боли, рухнул на четвереньки и стал похож на массивный стол.

Нужно было уходить. Но семеро молодцов уже вскочили из-за стола, перевернув его вместе с напитками, а я вспомнил старинную поговорку: один в поле не воин. По-видимому, у пословицы этой было и продолжение: не воин, а... кто? Но этого «кого-то» сократили еще во времена оные. По цензурным соображениям.

Повернуться к семерым ковбоям удачи спиной было нельзя, а сзади уже поднималась громадная туша чуть оклемавшегося и обезумевшего от боли Геши. Совсем некстати вспомнилась фраза Абдуллы из бессмертного фильма: «Когда я зажгу нефть, тебе будет хорошо...» Хотел бы я оказаться сейчас на месте товарища Сухова... Но плохо ли, хорошо ли, а каждый из нас всегда на своем месте. А если он занимает чужое, жизнь это исправляет жестко и без излишних сантиментов. Нередко — ножом или пулей.

— Это что же, драка? — услышал я позади озадаченный голос разбуженного падением профессора. Скосил глаза: ученый встал как раз в аккурат между мною и Гешей.

— С дороги, старый пидор! — взревел амбал и ринулся на меня, рассчитывая одним движением смести с пути вредного сухопарого старикашку и свести со мной последние счеты. Дальнейшее напоминало кино. Причем индийское. Чем иначе объяснить, что стотридцатикилограммовый мастодонт легко воспарил над твердью, пролетел метра четыре и всей массой обрушился на беззащитную подвальную стену, сложенную лет сто назад из ядреного красного кирпича... Что там сползло после такого удара на пол, я уточнять не стал.

А в волчарах я ошибся. Они давно выросли из щенячьего возраста и стали зверьми. Обступили меня и Бедного Юрика полукольцом, прижимая к стене, в руках блеснули ножи. Вожак, Мозель, уже выхватил пистолет, и теперь трупный зрачок ствола «беретты» был направлен мне в голову. Парень лихорадочно жал спуск, забыв в запале сдвинуть «флажок» предохранителя. Ошибку он заметил, палец шевельнулся... Тонкие бесцветные губы зазмеились в улыбке, а немигающий взгляд стал похож на взгляд гюрзы, готовящейся сделать мгновенный смертельный выпад. Времени у меня не осталось. Совсем.

Голову поволокло забытой уже одурью; не знаю, что тому причиной или виной... Никогда раньше я не чувствовал дома такой жестокой отрешенности, обычной при спецоперациях на «холоде»: я ощутил вдруг, что сейчас меня окружают не шпанистые пацаны моего детства, а враги, жестокие, профессионально подготовленные... Готовые меня убить. И я готов был убить их.

Это ощущение пронзило меня с головы до ног мгновенно, будто молния, и больше я ни о чем уже не думал. Просто бил. На уничтожение.

Одним рывком я одолел расстояние до вожака, успел нырнуть ему под руку и ударить всем корпусом. Грянул выстрел, пуля влепилась в сводчатый потолок и с рикошетным визгом умчалась куда-то. Моя ладонь, сложенная в «копье», пробила стрелку горло и разрубила шейные позвонки; он умер, не успев захлебнуться собственным хрипом.

Удар ножа откуда-то сверху пришелся в плечо, вскользь, а я уже дотянулся до оружия и покатился по полу к стене; замер, ударившись о кирпич, зафиксировал оружие и — нажал на спусковой крючок; я жал снова и снова, плавно перемещая ствол, различая в вороненой рамке прицела безликое месиво, от которого отпадали фигуры, которые для меня вовсе не были людьми.

Я считал — не хотел, чтобы патроны закончились раньше, чем упадет последний враг.

Подвал наполнился удушьем пороховой гари; от выстрелов и визга рикошетов сводило скулы; тишина наступила мгновенно и показалась оглушающей.

Я сидел в грязном подвале у стены; побелевшие от напряжения пальцы сжимали ребристую рукоять пистолета; в трех-четырех метрах от меня громоздились трупы. Смотреть на них я не хотел. Просто сидел в оцепенении, уставясь на откинутую в крайнее положение затворную планку.

Одним движением отщелкнул обойму, машинально провел руками по телу в поисках запасной, словно был в комбинезоне. Но вместо знакомой джутовой брезентухи комби ощутил под ладонями мягкую замшу куртки; потом до моего сознания дошло, что это не *война*, что я дома, в России, и убитые...

Жесткий, словно слепленный из наждака ком застрял в горле; скулы свело до боли, а изо рта вырвался сиплый хрип... Мне казалось, я готов был выть, реветь от полной бессмысленности, безнадеги, никчемности происшедшего, от трагической обреченности всего, что испытал я в крайний месяц в родной стране, словно она и страной-то перестала быть, а превратилась в кровавый полигон для испытаний некоего сверхмощного оружия, название которому *ненависть*.

Глаза мои были сухи. Я знал, что снова разучился плакать. До той поры, пока не кончится *эта* война.

Дыхание перехватило; я силился вдохнуть, и не мог. Удушливый запах отработанных пороховых газов жег легкие; я закашлялся, сотрясаясь всем телом; желудок сводило снова и снова, на глазах выступили слезы боли, шершавый наждачный комок выходил из меня, царапая горло... Или это и есть теперь «дым Отечества»?

— Мама! Ма-ма! — Девчонка, лежавшая ничком, сорвалась с места и рванулась к двери. Она неслась неловко: спина ее оставалась напряженной, словно одеревеневшие мышцы могли защитить ее от пущенной вслед пули... Она стремглав взлетела по ступенькам и выскочила из смрадного подвала туда, в свет, к людям...

— А вы, батенька, солдат... — услышал я. — Воин.

Надо мной склонился Бедный Юрик; взгляд его был внимателен и абсолютно трезв.

— Занятно. Весьма занятно, — резюмировал он. Потом осторожно покосился на пистолет: — Вам *это* больше не нужно?

Я продолжал сидеть отрешенно и неподвижно, словно каменный болванчик у ограбленного кургана былого владыки.

Старик осторожно вынул пистолет из моей руки и уверенным шагом направился к стене, у которой валялся в беспамятстве верзила по имени Геша. Полюбовался лежачим, констатировал: «Дышит», обтер рукоять пистолета салфеткой, наклонился и аккуратно вложил его парню в правую руку, заботливо подвинув указательный палец на спусковой крючок. Провел рукой по куртке увальня, извлек поношенный китайский «ТТ», проделал весь путь обратно и опустил этот пистолет в безжизненную ладонь вожака.

Потом застыл на мгновение, взгляд его потускнел, будто непрошеные слезы навернулись на блеклые стариковские роговицы, повернулся ко мне, произнес тихо:

— Знаете, Олег... Вся трагедия моей жизни состоит в том, что я так и не сумел донести до своих воспитанников очень простую истину: жизнь — коротка, искусство — вечно.

Профессор вздохнул, плечи его ссутулились, обмякли; он будто разом превратился в древнего старца; медленно, шаркая ногами по полу, добрел до стойки, отыскал два бокала, посмотрел на свет, чистые ли, плеснул в каждый по более чем щедрой порции водки, вернулся ко мне, протянул:

— Хлебните. Это горько, а потому — лечит.

Стакан я выпростал в три глотка, не почувствовав ни вкуса, ни горечи. Просто на голову словно надели толстый ватный колпак: окружающее словно сгладилось. Вот только... запах пороховой гари. И — крови.

Бармен показался из-за прилавка: во время стрельбы он лежал ничком. Теперь в лице его не было ни кровинки.

Бедный Юрик оборотился к нему вполкорпуса, вопросил задушевно:

— Испугался, чадушко?

— Я... я...

— Вижу. Испугался. На пол-то сразу залег.

— Ну. Как чутье подсказало...

— А вот это правильно. Потому и не видел ничего. Так?

Бармен шевелил бескровными вялыми губами.

— Так? — Голос у старика оказался неожиданно густым и строгим.

— Именно так, Юрий Владиславович, — тихим дискантом скороговоркой выпалил бармен.

— Вот то-то. Чутью надо верить. — Неожиданно повернулся ко мне, произнес: — А ведь я в тебе не ошибся. Романтик ты, а сердце воина. — Помолчал, добавил: — Редкая птица.

Услышав свой псевдоним, я было напрягся, да успокоился. «Редкая птица» — устойчивое выражение с римских еще времен, а профессора в отсутствии образования упрекнуть сложно.

Старик улыбнулся, обнажив безукоризненные искусственные зубы.

— Будь ты волком, и его бы порешил, — он кивнул на бармена, — и меня, и девицу. Знать, не волк ты по сути своей... — процитировал он Мандельштама. Задумался, произнес тихо, будто про себя, но так, чтобы и я услышал: — А если не волк, то кто? И почто объявился в нашем тихом омуте? За каким таким рожном-интересом?

Ответить на его вопрос я не успел. Да и не собирался. Вниз влетели бравые парни в пятнистой униформе и в масках.

— Всем на пол! Руки за голову!

Хм... А тут всех-то осталось...

Ну а дальше — как в песне: «супротив милиции он ничего не смог...» Бравые парни защелкнули на наших запястьях наручники и забросили, как бревна, в омоновский автозак, где, помимо нас, уже томились болезные со скрученными за спиной руками. И похожи были на словленных живодерами бездомных псов. Я кое-как поворотил голову к профессору-каратисту, спросил:

— А что, старче, видать, неспокойствие в городе сегодня началось великое, а? Может, растолкуете, что к чему, как ученый ученому? Неладно что-то в королевстве Датском...

Бедный Юрик вздохнул тяжко:

— Как говаривали наши праотцы, от многия знания — многия печали, и кто умножает познание, умножает скорбь... Старик Конфуций сформулировал куда как точнее: «Утром познав истину, вечером можете умереть».

Часть третья

ЗАБАВЫ ПРОФЕССИОНАЛОВ

Глава 25

Губернатору Покровска Илье Ивановичу Купчееву было не по себе. Муторная тоска сосала сердце, и он не мог понять причины.

А вот повод был ясен абсолютно: сообщение о происшествии с банкиром, этим Валерием Эммануиловичем Савчуком, которого спалили в собственной машине, как общипанного куренка в гриле! Да и какой он к ляху банкир, так, разменная подставная пешка, мальчонка на побегушках, но у кого?

Купчеев только-только успел разыграть с пацанчиком красивый дебют, как того не стало. Некие люди спланировали великолепную операцию, подставив его, губернатора, под непонятную разборку. Он приказал вести «мерседес», с него и спрос. Когда и от кого придет, как это теперь называют, предъява?

На секунду он удивился, что мыслит странными категориями. Потом хмыкнул: это же категории времени: разборка, базар, предъява... Суть от того не меняется: одни хотят жить лучше других и подминают под себя все, что можно и что нельзя. Которое уже давно «зя!».

Илья Иванович Купчеев просчитывал свои шансы. Шансы были скверные. Совсем. Со смертью Груздева он потерял выходы на нужных людей в столице; здешних силовиков хоть и контролировал, но не мог предположить, какой приказ каждой из контор вот этого самого «федерального подчинения» спустят завтра сверху... Да и сами силовики хоть и делали легкие реверансы в его сторону, но вели свою, не слишком умную, но надежную игру. Убийство Шарикошвили, похищение мэра Клюева, взрыв машины с банкиром и его людьми... Слишком много для одного дня. Слишком много.

Да и лето выдалось жарким. Этот «киндер-сюрприз» уже успел наворочать дел, и, судя по всему, еще не вечер. Купчеев не понимал, что происходит, но ждал худшего.

Губернатор неожиданно почувствовал себя жалким, больным, беспомощным... Словно он вдруг голым оказался в чистом поле и на него несутся гончие... Кажется, это из Достоевского. При чем тут Достоевский?

Илья Иванович прикрыл глаза. И увидел дом своего деда в деревне Афанасово, и будто почувствовал на голове теплые добрые руки бабушки Вероники Платоновны... Вспомнил, как когда-то семилетним ребенком свалился в деревне с высоченной яблони, исцарапавшись в кровь. И как плакал, уткнувшись головой в ее подол, и как гладила она его по голове, и боль уходила...

И еще Илья Иванович вспомнил своего пращура Игнатия Терентьевича Купчеева. Его портрет по сию пору украшал один из залов местного краеведческого музея: старик со слезящимися уже глазами, редкими белыми волосьями, аккуратно расчесанными на пробор, с густой седой бородой; портрет был парадный и выписывался со всеми регалиями: шитый серебром кафтан со стоячим воротником, бывший для городского головы из купеческого или мещанского сословия тем же, чем мундир для дворян, служащих по военным или статским должностям; в разрез шитого «по разряду» воротника выпущены четыре золотые шейные медали на аннинской, александровской, владимирской и андреевской лентах; на груди — знак ордена Святой Анны. Игнатий Терентьевич Купчеев был в свое время пожалован государем всеми возможными для его положения наградами. Если приравнивать к дворянским, так это будет как кавалер двух Георгиев, никак не меньше.

Если бы кто увидел в этот вечерний час Илью Ивановича Купчеева, то поразился бы перемене, произошедшей с его лицом. Оно словно закаменело, губы сузились, глаза смотрели прямо в пустоту, но казалось, видели там то, чего никто другой не заметил бы, — взгляд их был острым и зорким.

К дьяволу шансы! Это его земля, его город, его страна! И никому, никому он не позволит здесь командовать и властвовать! Блицкриги хороши на бумаге, на штабных картах; и кто бы ни был тот стратег, что решил прибрать Покровск и все, что в нем, в свои закрома, он не учел одного: когда бушуют ветра, валит одинокие деревца на холмах, а лес поволнуется верхушками, стряхнет со стволов засохшие ветви да и затихнет в величавом живом покое, дом родной для здешних и погибель безвестная для пришлых, сгинувших бессчетно в непролазных чащобах и крутоярах.

Илья Иванович откинулся в кресле. Вчера жизнь была еще ясной и понятной... А в выходной даже выкроил время, посмотрел «Жестокий романс», в который раз смотрел, а душу трогает... И еще одно вдруг заметилось, то, чего не замечал раньше: вот те Паратов, Выживатов — миллионщики, а прогуливаются спокойненько, с обывателями раскланиваются, ни тебе охраны из стриженых или, наоборот, по тогдашней моде, бородатых битюков, ни тебе рэкетиров отмороженных, ни тебе убивцев наемных... И в голову никому не приходило укокошить миллионщика, чтобы «проблему решить».

И ведь не глупее были люди, а милосерднее, совестливее, добрее, вот что!

Как шутники шутили во времена КПСС? «В тысяча девятьсот семнадцатом году Россия стояла на краю пропасти. С тех пор она сделала большой шаг вперед». А в наши девяностые — так и совсем немаленький.

Господи Боже, догадаемся ли когда, что потеряли? Надоумишь ли когда людей Твоих?

Илья Иванович посидел с закрытыми глазами, помассировал веки. Впереди у него была бессонная ночь. И он это знал.

Глава 26

Кротов хотел расслабиться. И не мог. Потому что не мог решить главный вопрос: что делать с Панкратовым и его людьми?

Нет, то, что надо мочить, — это без вопросов. Тогда он, Крот, очень нужен будет Филину, тому придется общаться именно с ним, он станет, как выражается главный Папа страны, «гарантом стабильности» в отдельно взятом Покровске.

То, что базлал перед безвременной кончиной Шарик, — не так глупо и безопасно. Все, кого он перечислил: и Резо, и Роман, и Жид, и тем более Анварчик, выставят предъяву по поводу мочилова в городе и изменившихся раскладов. И для Шерифа проще всего принять нового московского Смотрящего, а авторитетам выложить голову его, Крота, на блюдечке. С голубой каемочкой. В прямом смысле: братва любит красивые жесты «доброй воли».

Два особняка в лесу расположены рядом, за одним забором. Крот со своими людьми — в большом доме, Ильич с тремя «серыми волками» — в деревянном, дачного типа домике. Может, запалить его к едрене фене? Припереть поленцами двери, поставить братков с пушками у окон и запустить «петуха»! Или — без хитростей: прополоскать этот блочно-щитовой курятник из «калашей»? Это только в американских боевиках всякие там сигалы и ван-даммы под шквальным автоматным огнем ползают змеями, переругиваются с телками, отпускают шуточки и между делом успевают перестрелять нападавших: кино — оно кино и есть. А в жизни — тяжелые пули «калашниковых» превратят Ильича с помощничками в груду рваного тряпья... И — проблема исчезнет. Сила будет у него, Крота; силу уважают. А по понятиям — столкуются.

Да! Мочить Шерифа нужно сегодня, как стемнеет! Мочить без дураков и сантиментов! Мо-о-очить!

Кротов поднял трубку внутреннего телефона:

— Кадет, зайди.

Здоровяк Колян по кличке Кадет появился через пару минут.

— Присаживайся. Потолкуем.

Тот пожал плечами, присел.

— Где этот мэр сейчас, которого вы с Эдичкой потрошили?

— В ямке, — пожал плечами Кадет. — Где ж ему еще быть?

— В лесу?

— Ну. Хорошую ямку нашли. Глубокую. В низинке. За год черви дочиста сгложут.

— Погоди, Кадет. Ты его ведь колонул с Эдиком?

— А то...

— Так чего Шериф со своими серыми приперся?

— А я знаю? Его поймешь, того Панкратова, как же.

— Скользок?

— Да не то чтобы скользок, Крот, а закрыт. Как в танке. И за хобот не ухватишь. Волчара тот еще, опытный.

— Боишься его?

— Да когда я кого боялся?

— Ты мне не вкручивай!

— Да ты чего, Крот, в натуре... На вшивость решил меня проверить? На правило поставить на старости годков?

— Думаю я себе, Кадет. Сильно думаю. Не сдал бы нас этот Шериф московским...

— Ментам, что ли?

— Братве.

— А что ему за корысть?

— Ладно, ничего.

Кадет только плечами пожал: ничего так ничего.

— Да, Колян, а что ж вы с мэром так неаккуратно?

— В смысле?

— Перемяли вы его с Эдичкой, раз подох он.

— Крот, я ж тебе говорю, а ты сбиваешь! Как Ильич своих серых прислал, так они его наркотой и накачали. По самую маковку. С ним двое его до-о-олго возились.

— А вы?

— А чего мы? Мы свое дело сладили. А что у Ильича за дела, не нашего ума. Ты с ним перебазарить можешь, я — нет. Уговор ведь такой.

— Ага. Уговор-приговор. Что пацаны? Расслабились?

— Помалеху.

— Лады. Иди, можешь тоже малеху. Но посматривай.

— А то.

Кадет встал, недоуменно пожал плечами — дескать, чего звал на пустой базар? — и скрылся за дверью.

А Кротов остался думать. Мочить Панкратова с его людьми — без вопросов. Кадет, Эдичка, Хлыст... Эти надежны. Да и остальные, будь что, не подведут. Вопрос: когда?

Своим людям Крот расслабляться по-крупному запретил, мотивировав просто: еще не вечер. Но снять напряженное ожидание неведомо чего нужно, потому браткам было разрешено принять по стакану водяры и развлечься с прихваченными с рынка четырьмя девками. Не фонтан, четверо на полторы дюжины пацанов, но лучше, чем ничего. Часикам к десяти — одиннадцати парни будут бодры, как голодные псы, и лишний напряг снимут, вот тогда и мочкануть Панкратова со товарищи. Да и ночи по этой поре темные, безлунные. Самое то.

В том, что бойцы выполнят любой его приказ, Кротов после сегодняшнего не сомневался. Он дал этим псам почувствовать сладкий вкус настоящей крови и сладкий запах настоящей власти; любой, кто это попробовал, отравлен навсегда.

Крот прислушался: братки гомонили, визжала какая-то девка... Неожиданно он почувствовал резкое возбуждение: нервное перенапряжение дня давало себя знать. Нет, лишний напряг — большая помеха делу; его нужно снять, и немедля. И не спиртным.

Он глотнул из толстостенного стакана бренди, снова взял трубку:

— Кадет...

— Ну?

— Девку, что у этого Хорька прихватили, ты прихранил?

— Ну. А пацаны и не выступали: четырех на круг пустили, так даже веселее.

— Где она сейчас?

— В каморке под лестницей заперта. Думаю, дозрела: ихние утехи ей ой как слыхать!

— Раз дозрела — приводи.

— Бу сделано, — отозвался Колян. — Выпивки занести?

Кротов мельком глянул на початую бутылку бренди:

— Не надо.

— Лады.

Кротов подошел к зеркалу. Лицо его выглядело свирепым: перебитый когда-то нос, тяжелые надбровные дуги, короткая стрижка... При весе и мышечной массе борца-тяжеловеса он производил на женщин странное впечатление: что-то среднее между паникой и восхищением. Сейчас он хотел произвести именно такое.

Не торопясь он разделся донага, чувствуя все возрастающее возбуждение. Уселся в удобное кресло, слегка прикрыл себя полотенцем, отхлебнул бренди. Сам себе сейчас он представлялся античным героем, богом, способным повелевать и назначенным решать вопросы жизней и судеб.

Кротов услышал крики и всхлипы девок на первом этаже, скривился: дебилы... Прикрыл глаза, поглаживая пальцем горбик на переносице... От пришедших воспоминаний пересохло в горле и сердце застучало так, что, казалось, готово было вырваться из груди и улететь туда, в бездонную синеву летнего вечера...

...Это было в школе. Он был тогда долговязым семиклассником, а в тот день, привычно сачкуя физкультуру, курил за пристройкой; потом вернулся в раздевалку — пошуровать по карманам одноклассников. Нет, мелочь он тряс со многих и так, шарить по карманам было для него вроде хобби. Как только вошел, понял: поспели до него. Одна девчонка-малолетка стояла на васере, вторая, где-то в глубине раздевалки, шустрила по брюкам и пиджакам.

— Попались, воровочки, — смачно проговорил он, перегородив собою дверь. Все причитания — «мы нечаянно-случайно» — отмел ухмылкой. Произнес строго: — Сейчас пойдем к завучу, потом милицию вызовем. В колонию вас надо отправлять, поняли?

На глазах девчонок показались слезы, они затараторили, почему-то шепотом, наперебой: «Мы больше не будем», «Простите, пожалуйста»...

Крот усмехнулся:

— Или в колонию, или ремня хорошего... — Повернулся к двери, замкнул на шпингалет, одним движением вытянул из брюк ремешок и рявкнул: — А ну, снимайте трусы! Живо!

Перепуганные девочки покорно спустили трусы, стали, как он велел, наклонившись, задрали юбчонки. Парень стегал их по попкам, чувствуя невероятное возбуждение, свободной рукой поглаживая себя через брюки, пока все его тело не сотрясла судорога удовольствия...

Он опустил руку с ремнем. Одна из девчонок, красная как маков цвет, натягивая трусики, попросила тихо, опустив глаза, смаргивая слезинки:

— Пожалуйста, не говорите никому... Мы больше не будем... Честное пионерское.

Что-то почудилось Кротову в ее голосе...

— Под салютом? — хрипло переспросил он. Девочка подняла глаза, он увидел ее взгляд, выдавил сквозь зубы: — А я еще не закончил ваше перевоспитание. — Помедлил, добавил: — Завтра после школы будете ждать возле старой котельной. Поняли?! И попробуйте не прийти!

Отомкнул дверь раздевалки, девчонки стремглав унеслись по коридору. Но он знал: назавтра они придут. И они пришли...

...Эти походы в заброшенную котельную с Сашей и Таей — так звали подружек — продолжались все лето. Они сами начали придумывать игры: в рабовладельца и рабынь; в «доктора», когда одна из девочек была «врачом», другая «медсестрой», а раздеваться должен был он; в «злого немца» и «пионерок», которые отказывались снимать галстуки и вынуждены были под предлогом обыска и в наказание за ослушание снимать все остальное... Повторяли и первую игру — в строгого «дядю» и попавшихся на воровстве девочек... Только теперь имитацией порки дело не ограничивалось...

Идиллия закончилась через три месяца, в начале нового учебного года: старый пердун-военрук выследил их в котельной и поймал «с поличным».

История стала известна всей школе; вот тогда-то объявился пьяный отчим одной из пацанок, оказавшейся, кстати, в свои одиннадцать лет не целкой, и в порыве «благородного отеческого негодования», а на самом деле — из ревности, избил Кротова так, что переломанный нос заживал потом полгода...

Девчонок перевели в другие школы; сам Кротов, закончив восьмой с грехом пополам, ушел в ПТУ, а через год — подсел, и надолго: стопарил в запущенном скверике близ железной дороги девок-пэтэушниц из соседнего швейного, угрожая перочинным ножом, отбирал побрякушки — редко у кого золотые — и насиловал... Кому рассказать — и грабил-то он только для того, чтобы больше завести себя, потому как иначе общаться с девками ему было пресно и скучно.

Словили его быстро. И пошел бы Крот на семерик по авторитетной статье «разбой», да довесок из сто семнадцатой[1] подкосил всю будущую карьеру: с его здоровьем и энергией он на любой из зон выбился бы «в люди», если бы не проклятый «прицепчик»... Вот и приходится теперь упираться рогом, вместо того чтобы быть в заслуженном авторитете! Ничего... Сейчас он расслабится, а потом решит с Шерифом.

Дверь приоткрылась, Кадет втолкнул девчонку в комнату и исчез. Он знал причуды Крота.

Девчушка стояла потерянно, сжавшись в комочек. После света коридора приглушенный свет в комнате казался ей мраком; она слышала, как парни жестоко насиловали незадачливых товарок, и ожидала, похоже, чего-то худшего: зачем тогда ее не вывели вместе со всеми, а оставили, что называется, на закуску?

---

[1] В старом УК РФ — статья за изнасилование.

— Выйди в центр комнаты, — тихо, хриплым шепотом, приказал Кротов. Он знал — она услышит. Не может не услышать.

Девушка вздрогнула, заметила в кресле обнаженного мужчину, прошла в комнату и застыла на ковре, прямо в центре затейливого узора.

Она была в коротком летнем платьице, сверху — черный пиджак, на ногах — гольфы.

— Сними трусы, — велел мужчина.

Девушка и не думала кричать или противиться: сейчас она была похожа на кролика перед удавом. Автоматически запустила руки под платье и стянула белые трусики до колен.

Кротов удовлетворенно облизал губы. Эти его бойцы — тупы, как инфузории. Они не умеют получать удовольствие от секса — только трахать. А настоящее удовольствие состоит в том, чтобы превратить ее стыдливость, ее страх, ее трепет в возбуждение, в желание, ярче которого нет...

Он поднял с пола загодя приготовленный стек: кожаный, гибкий, с мягкой, конского волоса, кисточкой на конце и тяжелой круглой рукоятью. Приказал:

— Сними совсем и подними подол.

Кротов встал с кресла; полотенце, прикрывавшее ему низ живота, упало; он шел к девушке, голый, громадный, поигрывая стеком. Она тем временем вышагнула из трусиков, разогнулась и — замерла в испуге и удивлении: до этого она видела лишь его силуэт и не подозревала, что мужчина совершенно голый. И сейчас не отводила взгляда от его набухшего естества.

Он подошел к ней, махнул стеком: тот со свистом рассек воздух.

— Подними подол, я сказал!

Девушка задрала края платьица.

— Умничка... Умничка... — Кротов стал обходить ее, любуясь фигуркой, легонько шлепая стеком по ягодицам, бедрам, животу... — Снимай все, кроме туфель.

Девушка раздевалась, а Кротов ходил вокруг, наблюдая и играя стеком. Снимая платье через голову, она запуталась, застыла так, он прикоснулся мягкой кисточкой к ее груди и водил кругами, пока соски не набухли и не затвердели...

Наконец она справилась с платьем, замерла перед ним нагая, глядя в пол. Он подвел стек ей под подбородок, приподнял голову, стремясь заглянуть в глаза, но она избегала его взгляда.

— Ты ведь шлюшка? Этого, Хорька?

— Я... Нет... Нет... — прошептала она, едва разлепляя спекшиеся губы.

— Шлюшка... Все вы шлюшки...

Неожиданно он махнул стеком; переплетенная кожа врезалась в тело, девушка вскрикнула.

— Наклонись!

— Пожалуйста... Я... — зашептала она быстро.

— Наклониться! Руками к стене! Ноги расставить!

Он с маху хлестнул ее раз, другой... Она напряглась, ожидая следующего удара, но вместо этого почувствовала, как мягкая кисточка щекочет ей губы и промежность...

Кротов застыл, наблюдая, как ее губы раскрываются, будто бутон цветка... Тихонечко водил кистью... Еще...

Удар был резок, девушка вскрикнула, «цветок» закрылся разом, но как только кисточка вновь прикоснулась к коже девушки, «бутон» расцвел, распахнулся вновь, сделавшись влажным...

Кротов подошел к ней вплотную, чтобы она почувствовала его горячее тепло, перехватил стек, хлестнул по спине и через мгновение вошел в нее... Девушка вскрикнула от боли и — застонала от наслаждения...

— А он, оказывается, баловник-затейник, этот Кротов, — произнес Степан Ильич Панкратов, снимая наушники. — А с виду — примитив, тесак тесаком.

Прикурил сигарету, посмотрел на стоящего у стола Кадета, спросил:

— С братвой сам совладаешь?

— Обязательно.

Панкратов потер переносье, словно что-то в последний раз прикидывая и взвешивая. Произнес едва слышно, словно про себя:

— Вышел ежик из тумана, вынул ножик из кармана...

— Не расслышал, Степан Ильич? — вежливо переспросил Кадет.

— А чего тут уши зря напрягать? Кончай этого.

Девушка кричала от нестерпимой боли, а Кротов сжимал ее талию, будто тисками... Мышцы его могучего тела напряглись все разом, он запрокинул голову и вот — словно взорвалось все, весь мир, а из горла мужчины вырвался хриплый рык...

Удар стилета был точен. Трехгранный каленый клинок вошел легко, словно в масло. Конвульсии оргазма и предсмертной судороги слились воедино; Кадет выдернул клинок, бесшумно отошел чуть в сторону, произнес едва слышно:

— «И кровь нейдет из треугольной ранки...»[1]

Могучее тело рухнуло навзничь, на спину. Глаза остекленело и безразлично уставились в потолок, а губы все еще продолжала кривить гримаса небывалого наслаждения и небывалой боли.

Девушка обессиленно уткнулась в стенку, сползла по ней. Заметила ноги в ботинках, обернулась, увидела стоящего над телом Кадета. Она подобралась, неловко прикрываясь руками, переводя полубезумный взгляд с Кадета на лежащего недвижно Кротова.

— Что с ним? — с ужасом спросила она.

— Сердце, — безразлично пожал плечами Кадет. — Французы называют это «сладкая смерть».

Глава 27

Кадет появился через час.

— С Кротовым произошел несчастный случай, — бесстрастно доложил он.

— Да? — чуть приподнял брови Панкратов.

---

[1] Из «Каменного гостя» А.С. Пушкина.

— Инфаркт. Во время оргазма.

— Что братва?

— Не загоревала. Общий настрой: «настоящий мужик». Требуют отпеть по понятиям.

— Отпоем, раз требуют. Тебя признали?

— На словах — да. А дело покажет.

— Что сейчас?

— Отдыхают. С ними Эдичка. При нем не забалуешься.

— Кто-то из пехоты решил стать командармом?

— Хлыст хочет. Но хотеть и мочь — две большие разницы.

— Не философствуй. Дело говори.

— Братва его не признает.

— Почему?

— Он один из них. Кому охота равного признать главным?

— Разумно. Только... Когда берут власть, в банде или в стране, ни у кого соизволения не спрашивают.

— Это так.

— Теперь же отзвонись авторитетам. В столицу. Забей стрелку, но почтительно, с целью побазарить по-мирному. Если они будут настаивать — пойдешь под их Смотрящего. Потому как тебе пока в такие верхи не по чину. Короче, и носом не хлюпай, и авторитет прояви. Какой-никакой у тебя есть. Действуй. По-умному.

— Я справлюсь.

— Вот и славно. Гнездо мы шевельнули, неделю нам пока не нужно здесь никаких разборок, а там — видно будет.

— Угу.

— У меня все. Да, а что с той девчонкой?

— Я вколол ей сонников и уложил спать.

— В особняке?

— Во флигеле.

— Братва ее на куски не порвет?

— Не должны. Беспредел. А вот трахнуть ее теперь хочет каждый.

— Раз хотят — пусть трахнут. Только не до смерти.

— Я прослежу. Могу идти?

— Давай, Колян.

Когда за новоиспеченным авторитетом закрылась дверь, Панкратов откинулся на спинку кресла, прикрыл веки, помассировал пальцами. Подвести Коляна Кадета, Каледина Николая Петровича, прошедшего школу спецназа, Приднестровье и Таджикистан, к Кротову загодя, еще два с половиной года тому, было хорошей идеей. Хорошие идеи рождают правильные действия, правильные действия приводят к успеху. К победе.

Ну а что до губернатора... Степан Ильич Панкратов не привык выражать свои чувства, а то бы радостно повизгивал, потирая руки. Как славно работается, когда окружают тебя дилетанты, вдруг получившие возможность отдавать приказы, и полупрофи, мнящие себя крутыми профессионалами. Как сработано! С шиком!

Сейчас поздний вечер. Как ему доложили, губернатор все еще сидит в резиденции и домой не торопится; можно надеяться, за предстоящую ночь беспокойство губернатора перейдет из тревожного в очень тревожное. Вряд ли этот господин-товарищ опустится до паники, не та школа: десятилетия начальственных кресел отучают от подобной ерунды. Но то, что ему в нынешнем кресле теперешним времечком станет неуютно, как голой институтке на экзамене, факт. Особенно после того, что случится через несколько дней... Да и сегодня: сам отдал приказ, сам и получил гору трупов. Днем к нему съехался весь силовой бомонд Покровска: начальники УВД, РУБОПа и УФСБ. Недооценивать их нельзя: наверняка в каждой из контор найдется парочка светлых голов, десяток опытных волкодавов и столько же умных оперов — на всех. Но прокумекать ситуацию в целом — это шалишь. Во-первых, для того, чтобы получить картинку, нужно иметь другие вводные. А что у них на руках на самом-то деле? Слезы... Во-вторых, на все, на любую мало-мальски толковую разработку, необходимо время, а этого времени Панкратов им предоставлять не собирался. А главное — у каждого из силовиков своих дел с маковкой; понятно, если создать спецгруппу, да придать ей толкового аналитика, да чтобы мыслил не шаблонами, по-губернски, а с размахом, стратегически... Такого здесь нет. Так что возьмутся силовики каждый за свое, повторно зачистят город и все злачное в нем, а потом — все пойдет как пойдет.

Несладко сейчас Купчееву. Как там в песне поется? «Ах, ну что тут говорить, что тут спрашивать, и стою я перед вами, словно голенький...»

Ничего. Ночку поворочается, дозреет до кондиции, получит пару втыков из стольного града Москвы, и — клиент готов к употреблению. Вот тогда ему и будет сделано предложение. Которое, как учил дон Корлеоне, он не сможет отклонить.

Искусство не в этом: отклонить на самом деле можно любое предложение. Важно, чтобы Купчеев не просто не смог его не принять; важно, чтобы он *захотел* его принять, чтобы за грядущую бессонную ночь *сам* просчитал варианты и пришел к тому решению, к которому его подтолкнула «случайная цепь событий» и «стечение злых обстоятельств». Ибо человек не доверяет никому и ничему, кроме своего мнения, кроме своего опыта, кроме своего здравого смысла. А потому чужое начальственное решение люди принимают вынужденно, свое — как откровение. И дело процветает.

Степан Ильич плеснул в широкий стакан «Хенесси», сделал глоток, другой. Раньше он любил водку, теперь привык к коньяку. Ласковое тепло расслабляло, снимало усталость. Самое время после многотрудного дня вздремнуть. Сначала отзвониться Филину. Сам тот звонить не станет до определенного часа: построение, оно построение и есть. Ну что ж... Операция «Тихий омут» проведена блестяще. Даже более чем: эта губернская частная контора своими шалостями на дороге придала всей задумке естественность и завершенность.

Панкратов сделал еще глоток, но полного расслабления не наступало. Что-то тревожило его, и он знал, что. Вот именно: все прошло слишком гладко. Вернее, гладенько. Как по писаному. Без сучка и задоринки. Операцию — хоть в учебники вписывай. Так не бывает.

Стоп. Хватит себя накручивать! Он знал, что с ним: депрессия достижения. Он достиг цели, пусть и промежуточной, и теперь мозг «отрабатывает»: гоняет кругами варианты, ища просчеты и ошибки. Чтобы этого не происходило, нужно уснуть. Попросту уснуть. Но сначала — глянуть милицейскую синхронную оперативку за день. Рассмотреть наиболее общую картинку такой, какой ее увидела противная сторона.

Так. Что у нас имеется? Рапорты. Еще рапорты. Обыски. Задержания. Все как положено: служивые отрабатывали «широкие варианты»: «Невод», «Перехват», «Капкан». Бывает, конечно, что и в такие сети попадает рыбка, но... Обычно при любых громких делах такие вот мероприятия проводятся исключительно для отмазки одних людей в погонах перед другими, теми, у кого звезд на этих погонах больше и просветов меньше.

Панкратов просматривал страницу за страницей. Ничего существенного. Ничего. Ничего. Ничего.

Стоп!

Он быстро выудил лист со списком задержанных омоновской чисткой и препровожденных в клетку Октябрьского РОВД. Что-то его здесь смутило... Или насторожило.

Абросимов... Бакланов... Гершин... Гришин... Дронов. ДРОНОВ Олег Владимирович. Возраст — совпадает... Но этого не может быть! Почему же не может?

Черт! А как все славно складывалось. Ну да, слишком славно. И все же проверить...

Он набрал номер. Трубку сняли после первого гудка.

— Фадеев слушает.

— Слушай, Фадеев, слушай. Есть работка. Прямо сейчас.

— Да, Степан Ильич.

— Надевай мундир, заготовь нужную мотивировку и дуй что есть духу в Октябрьский РОВД. Там, в клетке, народу — как сельдей в бочке. Мне нужна фотография задержанного Дронова Олега Владимировича. Немедля!

— Сделаю, Степан Ильич.

— Погоди, не спеши. Чтобы не возникло никаких подозрений, пусть по всем РОВД просеют всех задержанных через мелкое сито: фото, пальчики, все, что положено.

— Есть.

— Сколько времени вертухаи этой бодягой будут заниматься, мне не важно. Но фото Дронова доставь мне через полчаса. Понял? «Полароид» хоть в одной конторе имеется?

— Изыщем, Степан Ильич.

— Изыщи. Жду через полчаса.

— Через полчаса физически не успею.

— Через сколько успеешь физически? Безо всяких ефрейторских зазоров, точно?

— Пятьдесят минут.

— Жду. Делай.

— Есть.

Посидел, сунул в рот сигарету, пожевал фильтр. Снял трубку внутреннего телефона:

— Вольфа ко мне.

Дверь распахнулась через минуту. Невзрачный худощавый субъект в приличном ношеном костюме, белобрысый, белобровый, со стылыми серыми глазами, замер перед столом.

— Вот что, Вольф. Через сорок пять минут сюда подвезут фото субъекта. Дронов Олег Владимирович. Если это действительно тот человек, о котором я думаю, через час ты будешь сидеть в клетке Октябрьского РОВД. Нарвешься, подсядешь, прилипнешь к этому Дронову.

— Завязать отношения?

— Пока не надо. Это весьма подготовленный субъект. Вычислит тебя в два звонка. Присмотрись. Дополнительные вводные получишь там. Да, у тебя есть сорок две минуты, так что продумай, как залегендироваться. С полной достоверностью. — Панкратов помолчал, добавил тихо: — Черт его знает, куда теперь вывезет эта кривая. Выполнять.

— Есть.

Когда Вольф прикрыл за собой дверь, Панкратов откинулся в кресле, прикрыл глаза и почувствовал, как бьется сердце. Вот, значит, как оно выходит... Ну что ж... Пободаемся.

Хотя... На душе у него было вовсе не так спокойно. Надежда на то, что это однофамилец-одноименец «редкой птицы», слишком призрачна, чтобы быть правдой. Особенно при сложившихся обстоятельствах.

Минуты тянулись медленно и вязко, как сентябрьская паутина. Но Панкратов умел расслабляться: закрыв глаза, он отключился от окружающего полностью, притом органы чувств, ответственные за «безопасность», бодрствовали сторожко; при любой опасности этот немолодой мужчина, казалось погруженный в глубокий сон, отреагировал бы столь стремительно, что у нападавших не было бы шанса на жизнь. Ни единого.

Нежно пропищал зуммер внутреннего телефона.

— К нам автомобиль. «Волга-3110», номерной знак...

— Пропустить, — отозвался Панкратов.

— Есть.

Ворота бесшумно разошлись; слышен был лишь стрекот электромоторов. Автомобиль остановился во дворе. Один из людей Панкратова открыл дверцу и проводил гостя в полковничьей милицейской форме до самых дверей кабинета шефа.

Панкратов привстал из-за стола, пожал протянутую руку, но не сказал ни слова. Гость положил на стол конверт. Степан Ильич передал ему другой, который сразу же исчез из рук посетителя, будто по волшебству.

— Могу быть еще чем-то полезным, Степан Ильич? — осведомился полковник.

Панкратов усмехнулся про себя: если в этой папке то, что он думает, полезность или бесполезность тех или иных людей, завязанных в деле, будет определяться и мериться по другим критериям, нежели не только в мирное время, но и во время «игр в войнушку», маневров, какие имели место быть сегодня в милом губернском городке Покровске по его, Панкратова, инициативе. Да и жизнь людей станет стоить совсем другие деньги. Или — не стоить ничего вовсе.

— Конечно сможете, Сергей Михайлович. Я обращусь к вам.

— Могу быть свободным?

— Да.

Полковник кивнул и вышел. Через минуту Панкратов услышал урчание мотора: автомобиль выехал за ворота.

Молча посидел несколько секунд, словно собираясь с мыслями, затем решительно вскрыл конверт. Выложил на стол фото.

Он.

Дронов Олег Владимирович.

Дрон.

Птица Додо.

Осунувшийся, изрядно небритый, с разбитыми губами; под глазами залегли черные круги... Но — он.

Ну что ж... Как говаривал пятнистый генсек, настало время новых реалий. Ну а если вспомнить закон Мэрфи... «Если вам кажется, что все причины возможных неприятностей устранены, значит, вы чего-то не заметили». И другое: «Из всех неприятностей случается именно та, ущерб от которой больше».

Панкратов аккуратно сложил фото в конверт, оставив лишь одно, анфас; конверт спрятал во внутренний карман пиджака. Подошел к аппарату спецсвязи, набрал известный ему кодовый номер, дождался щелчка, произнес в пустоту:

— Осложнение уровня «А», — и положил трубку.

Это означало отмену всех действующих систем связи, паролей, шифров. Вводился в действие резервный вариант.

Вызвал звонком охранника, явившегося незамедлительно. Приказал:

— Автомобиль. Вертолет. Готовность — пять минут.

— Есть.

Снял трубку внутреннего телефона, бросил кому-то коротко:

— За старшего остается Хосе.

— Есть, — ответили ему.

Перевел тумблер, связался с боксом, в котором ожидал Вольф:

— Подойдите.

Невзрачный ханурик появился через двадцать секунд. Панкратов положил перед ним фото:

— Объект.

Тот смотрел на фотографию секунд десять, произнес:

— Я запомнил.

Панкратов убрал фотографию туда же, куда и конверт.

— Выполняйте задание.

— Есть.

Через восемь минут вертолет взлетел со скрытого лесного пятачка и понесся низко над лесом в сторону Москвы.

Глава 28

— Итак? — Выцветшие глаза Филина под белесыми ресницами уставились Панкратову в переносье. Тот стоял перед столом босса и чувствовал себя неуютно. — Слушаю, — произнес Филин, едва разлепив тонкие губы. — Почему ты остановил операцию?

— Я не остановил. Просто перевел на другой уровень.

— Не играйся словами, Ильич, — поморщился сухопарый. — По существу.

— В Покровске объявился некий Дронов.

— Да? — насмешливо приподнял брови босс. — И что? Из-за «некоего Дронова» ты объявил «всеобщую мобилизацию»?

— Я неверно выразился. Я его вспомнил. И еще — вспомнил, что три недели назад он проходил по ориентировке Юго-Западного административного округа столицы как подозреваемый в нескольких убийствах.

— Ильич, ты что, заработался? — сорвался Филин. От его усталого благодушия не осталось и следа: только холодная ярость. — Сворачиваешь уже начавшуюся операцию, летишь в Москву, и только затем, чтобы сообщить, что в Покровске объявился какой-то киллер?!

Панкратов едва сдержался, чтобы не вспылить в ответ, но, глянув на босса, понял: тот вряд ли спал хотя бы пару часов в последние сутки и был на изрядном взводе от смеси коньяка и кофе.

— Он вовсе не киллер. Разрешите по порядку?

Филин чуть обмяк:

— Валяй. Надеюсь, у тебя были веские основания лететь сюда. И заваривать всю эту кутерьму. Только коротко и самую суть.

— Дронов не киллер. Он аналитик. Очень серьезного уровня.

— Вот как? И что?

— Когда-то он возглавлял аналитический отдел «Континенталя», но, по-моему, это было для него лишь ширмой. «Крышей». Чем он занимался на самом деле, мы достоверно не знаем. — Панкратов помолчал, добавил: — Этот Дронов всегда был птицей свободного полета...

— Аналитик-ас?

— И не только аналитик. У него прекрасное оперативное чутье, да и подготовка имеется, вполне профессиональная.

— И где же он ее получил?

— Это также достоверно неизвестно. Но... Школа у профессионалов всегда одна.

— А что известно достоверно?

— Только то, что на его счету несколько блестящих операций, приведших к определенной расстановке политических сил в стране. На самом высоком уровне.

— Этот Дронов... Он настолько влиятелен?

Панкратов пожал плечами:

— Я сужу по результату.

— Разумно. А при чем тут убийства?

— Дронову инкриминируется по крайней мере три убийства... Которых он, судя по всему, не совершал.

— Можешь ручаться?

— Другой тип человека.

— Хм... — скривил губы Филин. — Помнишь, как в бессмертном фильме? «Каждый человек способен на многое, но не каждый знает, на что он способен!»

— Дело не в этом. У меня было немного времени перед нашей с вами встречей. Я просмотрел имеющийся в нашем распоряжении материал по Дронову.

— И?..

— Его *вывели* на Покровск. Грамотно, профессионально. Я бы сказал, красиво.

— Вот как... Его играют втемную?

— Похоже.

— Кто?

— Не установлено. Именно поэтому я и опустил «шторки». До выяснения.

Филин чиркнул кремнем зажигалки, выпустил клуб дыма, прищурился:

— Мотивировки?

— Некоторое время назад был убит некий Крузенштерн, вице-президент «Континенталя». Дронов был его другом.

— Не понял.

— Каким-то образом Дронов связал Покровск с этим убийством и решил его размотать.

— Зачем?

— Он хочет найти заказчиков и исполнителей. Отомстить за убийство друга.

— Месть? — Лицо Филина скривилось в болезненно-брезгливой гримаске. — Мы что, мексиканский сериал играем?

Панкратов пожал плечами:

— Дронов — странный человек. Какой-то доисторический. Даже его оперативный псевдоним — Птица Додо.

— Кто?

— Дронт. Вымерший маврикийский голубь. — На этот раз скривился Панкратов. — Миротворец.

— Месть — это по меньшей мере непрофессионально, а по большей...

— Тем не менее скорее всего это так. При всем своем мастерстве Дронов действовал порой как мушкетер у Дюма. Кроме этой мотивировки, кураторы, что ведут Дронова втемную, применили эмоциональный прессинг: его подставили под обвинение в нескольких убийствах и буквально вытолкнули из Москвы.

— В Покровск.

— Да.

— Хорошо. Вопрос первый: этот Дронов действительно опасен?

— Судя по результатам его активности в нескольких неординарных ситуациях прежних лет — чрезвычайно.

— Тогда вопрос второй: Дронов может догадаться, что его используют втемную?

— Вполне.

— И третий. Он может под прикрытием «месть» или «работа на дядю втемную» сыграть свою игру?

— Свою?

— Выполнять чье-то задание вполне осознанно, запустив «месть» как дезу для профи, вроде нас?

— Почему нет?

— Я жду конкретный и однозначный ответ.

На этот раз Панкратов молчал почти полминуты:

— Да. Может.

— Прелестно, — скривился Филин, откинулся на спинку кресла, оскалился, словно у него вдруг нестерпимо заломило зубы: — Прелестно. — Хмыкнул, ни к кому не обращаясь: — А счастье было так возможно... — Собрался, придвинулся к столу: — Итак, что мы имеем? Непонятного цвета фигуранта, то ли сбрендившего маргинала с навыками аналитика, оперативной работы и умением стрелять, то ли холодного и расчетливого профессионала, играющего непонятную нам игру. — Филин выдержал паузу, резюмировал: — Давай конкретику.

Панкратов выложил на стол фотографии:

— Дронов Олег Владимирович. Во плоти. В клетке Октябрьского РОВД Покровска.

— И что он там делает?

— Как все: сидит.

— За что?

— Попал под зачистку.

— М-да... А что еще мы имеем конкретного? Кроме домыслов? — Филин зорко взглянул на Панкратова, завершил: — Страх. Самое призрачное из всех чувств, но и самое неотвязное и угнетающее. Как это формулируют психоаналитики? Эмоция, превращающаяся в доминанту и блокирующая подсознание. И тем — блокирующая осознанные активные действия. Не так?

— Мне кажется... — начал было Панкратов, но сухопарый снова его прервал:

— Вот-вот. Когда профессионалу начинает что-то казаться или мерещиться... Подумай сам... — Филин скосил взгляд на фото. — Почему наличие в Покровске этого небритого, явно нетрезвого и порядком избитого субъекта заставило тебя, *тебя*, старого паленого волка, немедленно стопорнуть важнейшую операцию, «заморозить» боевиков, перейти на запасные каналы связи и мчаться в Москву быстрее лани шизокрылой? Ильич, ты что, постарел? Полагаю, даже если бы сам Япончик сейчас чудом оказался в Покровском домзаке, это не вызвало бы у тебя столь бурной реакции и ты сумел бы со всем разобраться на месте. Не так?

— Так, но...

— Это же пацан! Сколько ему? Тридцать с небольшим? Да когда он еще описывал первые пеленки, ты уже проводил блестящие спецоперации в Египте, Конго и Родезии! Сколько ты «негативов» переправил к их африканской едрене бабушке, а?

— Россия — не Конго, Филин.

— Ну да, ну да... Ни умом не понять, ни аршином не измерить... Разве что матом покрыть: сначала вдоль, потом поперек.

— Мне не до шуток.

Филин поморщился:

— Прекрати, Ильич. Мне тоже совсем не весело. Так ты испуган?

— Нет. Хуже. Я обеспокоен.

— Что предлагаешь?

— Я уже отправил к Дронову своего сотрудника: пусть потрется.

— И?..

— Хорошо бы прояснить, кто стоит за этой птичкой.

— Хм... Говоришь, этот Дронов может доставить нам массу неприятностей?

— Да. Он и те, что стоят за ним.

— А кто может стоять за ним? Сейчас идет бой супертяжеловесов: «Интеррос» с ОНЭКСИМом и группой союзных банков, частный предприниматель Борис Абрамович со товарищи, «Газпром», мэр Москвы с коалицией... Ну а если сократить «производные», останутся только две фигуры. Вернее, три. Третья — теневая, всегда, вечно теневая, сейчас выйдет под свет софитов. Но останется в тени. Тебе интересно, на чьей стороне играем мы?

Панкратов закаменел лицом, ответил:

— Для меня это излишняя информация.

— Верно. Так ты предлагаешь подержать Дронова на поводке?

— Это единственный способ нащупать тех, кто за ним. Нам не нужны осложнения по Покровску. Вы полагаете, нам их не смогут устроить?

— Смогут. — Филин закрыл глаза, устало помассировал веки. — Но не успеют.

— События начнутся так скоро?

— Завтра.

— Значит, ликвидация?

— Да. Убери его. Постарайся чисто. Твой человечек, тот, что приставлен к Дронову, тяжел на руку?

Панкратов кивнул.

— Лучше, если он сотрет этого супермена сегодня. Нет человека — нет проблемы.

— Лучше ночью?

— Да.

— Есть.

Филин остался один. Сидел за столом неподвижно, прикрыв веки, словно даже неяркий свет зеленой лампы мешал ему. Взял фото Дронова, подержал на весу, разглядывая карточку. Встал, подошел к сейфу, открыл. Выложил на стол несколько десятков фотографий известных политиков, министров, губернаторов, парламентариев, банкиров. Разложил ведомый только ему пасьянс. Полюбовался работой. Бросил на стол фото Дронова. Снова раскидал карточки, в другом порядке. Посмотрел на новый расклад. Усмехнулся. Открыл выдвижной ящик стола, достал оттуда фотопортреты премьера, президента, четверых ведущих российских политиков; отдельно — фотографии двоих могущественных олигархов, имена которых связывались с группами крупнейших банковских холдингов и наиболее скандальных правительственных фигурантов. Перемешал «карты». Разложил снова. Долго рассматривал собственное «произведение», благоговейно, чуть склонив голову набок, словно это была картина работы старого мастера. Улыбка скривила губы Филина, одним движением он перевернул нескольких улыбающихся политиков лицом вниз, к столу...

Вот так. Они думают, что сейчас они на коне, в зените карьеры, блеска, богатства, славы. Но всем отмерен свой срок. Всем.

Встал, закурил, походил какое-то время по комнате, вернулся к столу. Задумчиво потер подбородок, чуть поколебавшись, перевернул еще одно фото лицом вниз. Посмотрел на разложенный пасьянс, как на вполне законченное произведение.

Фото Дронова лежало в стороне от этого властно-олигархического Олимпа и казалось на гладкой черной поверхности стола совершенно лишним. Губы Филина в который раз за вечер искривились в змеистой усмешке; одним щелчком пальца он отправил фотографию Дронова в ящик стола и задвинул его. Аккуратно сложил остальные, будто колоду карт, и небрежно бросил на полку сейфа.

Вернулся к креслу, сел, расслабился. Завтра в этой стране поменяется все. Даже время. А граждане... Да какие к черту граждане — просто обезумевшие от страха овцы! — будут метаться в поисках пропитания, движимые кто — страхом голода и войны, кто — алчностью, кто — завистью, кто — отчаянием... Ну что ж... Такая у овец доля: быть пищей волков.

Глава 29

Все же в той подпольной забегаловке я здорово набрался! После детального шмона орлы-омоновцы передали нас с рук на руки дежурным вертухаям изолятора временного содержания, те распихали нас с

Бедным Юриком по разным клеткам; философствовать стало не с кем, да и незачем; я завалился на нары и заснул.

Мне снилось небо. Оно было очень высоким и блеклым, как выцветшие глаза старца. Солнце повисло где-то посередине и нещадно жгло лицо и руки. Я же старался с помощью ножа и саперной лопатки вгрызться как можно глубже в неподатливый каменистый склон. Отступать было некуда — позади почти отвесный обрыв. Радовало лишь одно: духи не могли обойти нас.

Солнце слепило. Я рассматривал склон сквозь вороненую прорезь прицела пулемета Калашникова и не видел ничего. Коричневые камни, коричневая пыль. Фигурки врагов копошились где-то далеко внизу, достать их я не мог, и это вызывало во мне бессильную ярость. Единственное, что ее сглаживало, — так это то, что они все же подойдут ближе. Не смогут не подойти. И тогда я уйду не один. Сумею прихватить с собой пару-тройку духов. А если повезет, то больше.

Коричневые фигурки задвигались по коричневому склону. Нервы у них оказались послабее: родные «калаши» в их руках затявкали короткими неприцельными очередями. Бодрили они себя так, что ли? Я жалел, что у нас не осталось ни одной снайперской винтовки. Только пулемет и четыре автомата. На четверых. Шестеро ребят остались лежать там внизу, на склоне, сраженные тяжелыми пулями.

Мы шли выставлять засаду, когда горы вдруг ожили огнем. Огрызаясь короткими очередями, мы ринулись вперед и вверх, используя редкие камни как укрытия. Сереге Мазуру перебило позвоночник. Он выпростал два шприца обезболивающего и остался со снайперской винтовкой лежать под прикрытием небольшой плотной насыпи. Только повернулся к нам и сказал: «Выберетесь — маме напишите, что сразу. Пулей в голову». Глаза его были белыми от боли и ярости. Его винтовка заработала, прикрывая наш отход огнем.

Мы сумели оторваться. Духи не спешили. Они знали про обрыв. Серега сдерживал их, пока мог. Пока сквозь густые пулеметные очереди мы не услышали короткий рявк гранатомета.

Мы достигли насыпи на окраине обрыва и закрепились. Коля Михайлов сумел связаться с базой и вызвать вертушки. Теперь нужно было продержаться хотя бы полчаса. Или час.

Мы шли на караван; вместо этого напоролись сами. Вернее, даже не напоролись: ожидали именно нас, выбрав и место, и время, зная маршрут передвижения группы. А его знали, кроме убитого первым выстрелом Вали Хроменкова, только командир спецподразделения и здешний штабной особист, с которым координировалась операция по уничтожению каравана. Выжить было необходимо хотя бы для того, чтобы выявить предателя — и тем спасти ребят. Через три дня на караваны должны были выйти другие группы.

Духи окружали широким полукольцом. Они были профессионалы войны. Сейчас они обложат нас, как волков, и откроют перекрестный беглый огонь. Тогда придется несладко. Вернее, совсем плохо. Мы знали, что полчаса реального боя — это очень много. Но ничего другого, кроме как драться и ждать, нам не оставалось. Мы были готовы драться. Столько, сколько нужно.

Коричневые фигурки приближались, примеривались к расстоянию; автоматные пули выбивали каменные фонтанчики все ближе от нашего хлипкого укрытия. Андрей Кленов посмотрел на меня: пора.

Я поймал в прорезь прицела небольшой камень, взял упреждение, замер. Я ждал, когда пройдет очередь справа, дух вынырнет из-за камня под прикрытием огня, чтобы перебежать к другому, чуть ближе. Сейчас для меня не существовало ничего, кроме расплывающегося каменного силуэта в прорези прицела. Я взял упреждение в две фигуры и замер, став частью оружия. Пули засвистели над головой, я вжал приклад в плечо и плавно повел спусковой крючок. Душман выскочил прямо под очередь; его разрубило пополам, он упал навзничь и замер.

Я об этом уже не думал. Началась работа. Хорошему пулеметчику необходимо уметь три вещи: отражать непосредственную угрозу, то есть успеть поразить того противника, что уже пристрелялся и может сделать прицельный, точный выстрел. Быстро снимать тех, кто зазевался и подставился. И наконец, постоянно видеть *все* поле боя, чтобы оценить степень реальности и непосредственности угрозы с той или иной стороны.

Я вертелся как бешеный, огрызаясь короткими очередями, стараясь не «заморгаться». Мечта была всего одна: чтобы вместо рожка в пулемет была заправлена длинная, нескончаемая лента и я мог бы поливать огнем все пространство перед собой. Такая вот несуразная мечта.

Автоматы друзей работали рядом. Огонь духов становился все плотнее: их было больше, и воевать они умели. Прицельная очередь сразила Магомета Исаева, чеченца из Гудермеса. Нас осталось трое: я, Андрей Кленов и Дима Круз. Духи приближались: бой этот обещал закончиться скорее, чем...

Вертолеты пришли слишком поздно: духов и нас разделяло не более двадцати пяти метров. Пара вертушек зашла со стороны солнца. Они шли низко над землей, духи, да и мы, заметили их только тогда, когда сработали пусковые ракеты. Вертолеты сделали разворот и пошли снова, вспахивая пологий склон из крупнокалиберных пулеметов. Укрыться на нем было негде. С диким воем моджахеды выскочили из укрытий и помчались в нашу сторону; за нами был каменный навес — единственный шанс на спасение. Мы встретили их кинжальным огнем из автоматов, расходуя последний боезапас. А потом и на нас, и на них обрушился шквальный огонь с вертолетов: снова заработали ракетные установки и пулеметы, превращая все живое под собой в огонь, металл и крошево камня.

Мы тогда выжили чудом. Вертушки, отстрелявшись и повисев для порядка, не нашли никого, кто подавал бы хоть какие признаки жизни. Оглушенные и контуженные, мы казались мертвецами. Спуститься вертолетчики не решились. Ушли. В правилах той игры огонь на уничтожение был предусмотрен, если сохранялась вероятность плена для группы спецподразделения, а эвакуация была связана с риском потери и вертолетов, и экипажей. Такая опасность была: около десятка духов осталось в живых и, оклемавшись и зализывая раны, стало отходить вниз по склону.

Мы обнаружили, что Дима серьезно ранен. В ноги. Нового боя с духами нам было не выдержать; путь был только один: вниз, в пропасть. А потом вверх по покатому склону. Нас там никто не стал бы искать. Выжить в тех горах было невозможно. Кочевники это знали. Это знали и мы. Но мы хотели выжить. И другого пути у нас не было.

Мы спустились. Потом пошли вперед и вверх. Нужно было идти в хорошем темпе по крайней мере сутки. После этого никакая погоня не была бы возможна.

Мы шли трое суток. Попеременно несли Диму. У него начиналась гангрена. Единственным врагом в этой безжизненной каменной пустыне для нас было жгучее солнце, от которого слезились и слепли глаза. Силы были на исходе. Духи нас не преследовали: это были их горы, и они знали, что джинны этих гор беспощадны.

Мы спаслись чудом. Чужая вертушка возвращалась с оперативно-агентурного задания. Это было совершенно против правил, но нас подобрали. Офицер-контрразведчик, приказавший это сделать, получил потом строжайшее взыскание. Но... Война многое сделала против правил: по правилам было не выжить.

Я смотрел этот сон и был спокоен: я знал, чем все закончится. Нас доставят на базу, потом Диму погрузят в броник и повезут в госпиталь. Но все стало происходить иначе: вертолет приземлился на хорошей бетонированной площадке близ красивого дома, увитого виноградом. Дима вышел из вертолета и, прихрамывая, двинулся к ожидавшему его автомобилю. Он что-то говорил, глядя на меня, но я не слышал ни слова за шумом винтов. Тогда он попытался повторить еще раз, делая мне знаки руками, как при сурдопереводе. Потом весело улыбнулся, махнул рукой и пошел к машине. Страх охватил меня; я кричал, чтобы он не садился в салон, что это засада, но теперь не слышал он. Шел, улыбался и махал мне рукой.

Я попытался встать, чтобы выбраться и бежать к нему, но почувствовал, что связан. Бешено закрутились лопасти, и вертолет беззвучно пошел вверх; я снова выглянул из дверцы: вокруг было лишь голубое небо, и жгучее солнце слепило глаза так, что наворачивались слезы. Дима был внизу. Он усаживался в машину; я рванулся что было сил и — уткнулся в серую, полуоблупившуюся стену.

В камере пахло скверно. Я несколько раз попытался глубоко вздохнуть, чтобы унять сердцебиение, и тут услышал смешок:

— Перед смертью не надышишься.

Надо мной навис здоровенный молодняк с бычьей шеей и подбитым глазом. Я еще не вполне отошел; мне хотелось прикрыть веки, постараться расслабиться и вспомнить: ведь было во сне что-то значимое, так нужное для меня теперь. Если этого не сделать сейчас, то смутное ощущение может ускользнуть от меня безвозвратно.

Но подумать мне не дали: вместо этого бычок ухватил меня могучей дланью за отворот куртки и рывком сбросил с нар:

— Лохам место у параши.

Набившаяся под завязку камера затихла. Парниша, по здешним понятиям, был обычным бакланом, но если я сейчас не отвечу ему «со всей геволюционной суговостью», то у параши и пропишусь, и не исправить этого потом ничем. Хотя здесь я задерживаться и не собирался, но, как говорят, от тюрьмы да от сумы...

Приложился я не сильно, но чувствительно. Парниша лыбился в тридцать два здоровых зуба:

— Чё вылупился, доходяга?

А я размышлял о вечном. Что выросло, то выросло — это я о поколении. Страна — это не только институты государства, это еще гордость ее великим прошлым и надежда на блестящее будущее. У этого недоросля не было ничего, кроме серо-пьяного настоящего.

— Ну? Чё глазенками-то лупаешь? Думаешь, макушку обрил, так уже и крутой? Или — понравился? Так я тебе прям щас за щеку заправлю — тяжело вам, игривым, без сладкого, а?

На лице дебила было написано полное довольство собой. Его глупость граничила с безумием. Тишина в камере сделалась мертвой: это была еще не тюрьма, а потому многие, попавшие сюда «под сурдинку», со страхом ожидали развязки.

Традиция наездов на меня продолжала соблюдаться свято. Звезды, что ли, так легли? И еще, меня ожидал неприятный сюрприз: у парниши-грубияна оказались тут дружбанки. Трое. Скаля зубы от предстоящего развлечения, они неровным кольцом расположились у меня за спиной. Скверно.

Голову поволокло знакомой азартной одурью. Чтобы победить наверняка, мне нужно было только одно: знать, что передо мной враг. Долгое время в родной стране я не ощущал ни страха, ни ожесточения. Но те, кто развязал эту нескончаемую войну, не просчитались: ожесточение разъедает нас, как ржа. Только страх хуже — он губит наверняка и сразу.

Я бросил правую вниз, он попался на финт, руки его пошли вниз инстинктивно, а я пробил правой же — кулаком в шею. Без изысков, но надежно. Прыжком повернулся на месте; мне было недосуг смотреть, как этот увалень осядет на цементный пол и будет корчиться там, задыхаясь. Один из его дружбанков уже летел на меня с невесть откуда взявшейся заточкой. Дернул рукой, имитируя удар, и разом отмахнул на уровне лица, стараясь задеть глаза. Я успел чуть отклониться корпусом — остро отточенное лезвие пронеслось в миллиметре. Я рисковал, но теперь и противник был открыт: он был моего роста, но худой, как гнилая жердина. И такой же хлипкий. Я «перекинул» его с руки на руку, с удара на удар: левой в печень, правой — в селезенку и, уже не дожидаясь нового нападения, с шипением оскорбленной гюрзы ринулся на третьего.

Третий оказался деморализован быстрым падением двоих; он вяло пытался подставить руки и локти под мои удары, но я продолжал молотить его, пока он не обмяк и не свалился туда же, на холодный пол.

Четвертый исчез, дематериализовался, испарился между спинами зевак и «болельщиков» в переполненной камере; я же, возвращаясь на нары, от души врезал приставшему было на колени дебилу импровизатору мыском в подбородок, он кувыркнулся назад и затих в отключке минут на двадцать. По всем понятиям, мне бы надлежало его опетушить, но сексуальной ориентации я не менял и делать это на четвертом десятке не собирался.

Добраться до нар мне было не суждено. Загрохотала дверь; камера замерла, все покосились на меня: учинять разборки в КПЗ — дело гнилое, отхреначат образцово-показательно, чтобы никому неповадно. Но показавшийся вертухай даже не обратил внимания на лежащих: камера притирается, да и денек для него выдался сегодня, видать, нелегким. Окинул всех единым взглядом, процедил:

— Натаскали полудурков, мля... — Вынул список, выкрикнул пять фамилий, среди которых была и моя, добавил: — На выход.

— С вещами, начальник? — задухарился было какой-то здешний завсегдатай, но охранник посмотрел на него таким тяжелым взглядом, что дядька разом заткнулся.

Потом всех нас провели в коридор, выстроили у стены. Появился фотограф с «полароидом», щелкнул каждого по нескольку раз, и — нас отправили в камеру, выкликнув следующую пятерку.

— Теперь пятнадцати суток не миновать, — тяжко вздохнул давешний бывалый дядька.

— Чего? — осведомился другой.

— Видал, какой техникой мусарня обзавелась? В вытрезвиловке такой завели, щелкают, потом карточки нам же и продают. Отрабатывать денюжки кто-то должен? Вот нас и пошлют. Хуже всего, если на муку рыбную: сожрать там нечего, а от той муки отхаркиваться потом месяц будешь...

Он бубнил себе еще что-то под нос, но тихо и по привычке, а я направился к своим нарам: несмотря на то, что людей было битком, место никто не занял.

Хорошее дело — авторитет. Я отвернулся к стене — мне было о чем подумать.

Из негромкого гула в камере я выловил подтверждение тому, о чем базарили в подвальчике покойные ныне отморозки: в городе началась непонятная разборка. Были убиты или пропали Вахтанг Шарикошвили, теневой папа города, мэр Клюев, несколько авторитетов рангом пожиже — во время наезда неких пришлых на рынок. Кто-то решил ставить городок под свой контроль.

Все это было бы совсем далеко от моих «баранов», если бы не банкир: его взорвали в собственном автомобиле после встречи со здешним губернатором. Какой банк он представлял — неизвестно, о чем говорил с властью — тоже.

Но то, что события пошли, — факт. Как и мечталось. Вот только я не сынтуичил их начала, прозевал: убаюкал меня неторопливо-сонный здешний ритм. А потому и припухаю сейчас в домзаке, и перспективы мои выйти отсюда куда как призрачны: паспорт у них, пусть день-два уйдет на запрос в Москву, и — нате вам, песня: «Как славные солдаты споймали супостата...» Насильника, убивца и буку. В лучшем случае этапируют в Москву; в худшем — поместят в местную пресс-хату, дабы рапортовать в верха не только об успешном задержании, но и о стопроцентном расколе «писюкастого злыдня». Есть еще и третий вариант, тоже не лучший: кто-то решит, что мавр уже сделал свое дело (узнать бы — какое?!) и потому — может уходить. Вперед ногами. Скверно. Самое противное, что ни к заказчикам, ни к исполнителям убийства Димы я не приблизился ни на шаг.

Думать было уже не о чем. В голове крутились только два навязчивых ощущения. Первое — ребяческое: а здорово я все-таки этих диплодоков, возомнивших себя плотоядными, разложил! Секунд за тридцать и безо всяких изысков!

Ну а второе ощущение было песней: «Сижу на нарах, как король на именинах, и пачку «Севера» желаю получить...» Ну да, курить хотелось зверски. Чего-нибудь крепкого, вроде былого «Северка» или «Прибоя», чтобы затянуться сразу всласть и ощутить, что дым Отечества горчит не только гарью пепелищ.

Белобрысого худощавого паренька, который умудрился забуянить и разбить стекло прямо в райотделе, скрутили, насовали слегонца и забросили во вторую клетку. В два часа ночи за ним пришел сержант. Молча вывел в туалет. Передал пачку сигарет и чирок со спичками. Вольф вынул крайнюю сигарету, прочел на ней только одно слово: «Ночью». Вместо подписи стоял крест. Он чиркнул спичкой, покурил, пока не истлела надпись. Тот же сержант проводил его уже в первую камеру.

В свете тусклой зарешеченной лампочки высоко под потолком Вольф быстро окинул помещение взглядом. Его подопечный спал на крайних нарах ближе к стене. Рядом с ним ничком дрыхнул здоровый мужик. Можно было бы решить дело и сразу, но лучше повременить полчасика, осмотреться. Если бы этот соня был так прост, Панкратов не разводил бы весь сыр-бор. Вольф нашел на полу переполненной камеры место ближе к нарам, с пьяным куражом распихал двоих, улегся и замер. Теперь он походил на застывшего без движения ядовитого паука. Те имитировали мнимую смерть как раз затем, чтобы убивать наверняка.

Глава 30

Теперь мне снился огонь. Зарево застилало землю до горизонта. Дым стелился низко и закрывал собою все: небо, облака, солнце. Да и осталось ли в этом мире солнце? Здесь не было ничего, кроме огня. Порывы ветра несли огонь дальше, и он мчался, сметая на своем пути все и вся, оставляя после себя черную землю, обессиленную, безжизненную и бесплодную.

Раскаленный дым проникал в легкие, душил, жег наждаком горло. Я попытался потянуться туда, вверх, к свету, чтобы вздохнуть, и — очнулся.

Лицо было мокрым от пота, сердце стучало часто-часто, словно билась в руке пойманная рыбка; и тут я ощутил опасность. Близкую.

Кто-то медленно, осторожно, беззвучно приближался ко мне. Так беззвучно, как приближается змея, стелясь между камнями, перетекая возвышения и впадины и оставаясь для жертвы невидимой и неотвратимой.

Я не слышал приближения противника, но я его чувствовал. Лежал, по-прежнему отвернувшись к стене, расслабленно, но лошадиная доза адреналина уже разносилась потоком крови по мышцам, делая тело стремительным и резким. Он был рядом. Пора.

Оттолкнувшись от стены, я подал корпус назад с разворотом и резко выбросил локоть. Раздался противный хруст. Я уже перескочил через лежащего рядом затаившегося мужичка и ринулся к упавшему на пол жилистому белобрысому субъекту. Поздно. Страх сыграл со мной шутку: удар оказался настолько силен и точен, что раздробленные кости переносицы вошли белобрысому в мозг. Зрачки глаз уже ни на что не реагировали. Я склонился над противником; рука его сделала слабое, скорее инстинктивное движение, стремясь коснуться моего бедра, я ударом ладони припечатал ее к полу. По телу жилистого пробежала скорая судорога, и он затих навсегда. Ладонь разжалась; в руке новопреставленного оказалась раскрытая и разогнутая булавка, с виду — обычная английская булавка, какие продают в любой галантерее по пятаку за десяток.

Но нужна она была вовсе не для того, чтобы поддерживать обвисшие штаны. Внимательно осмотрел изделие: в жале иголочки имелось микронное отверстие, из которого, при попадании «в среду», выделяется смертоносный яд. Вполне подходящей «средой» для погружения иглы является человеческое тело. Тонкая, однако, работа. И этот парниша вовсе не кустарь-одиночка, а профи. Странно, но никаких чувств по поводу его устранения я не испытал: на войне как на войне. Жаль только, что поединок был так скор и фатален: разговорить бы его...

Этот раунд остался за мной, и я совсем не был уверен, что не проиграю следующий. Пока инициатива на стороне противника, которого я не знаю и даже предположительно не могу очертить его контуры. Как в старом анекдоте: в какой руке монетка? Загадывающий начинает раскрывать и закрывать одну ладонь со словами: «Пошла подсказка». Подсказка в моей нынешней ситуации состоит в том, что против работают отнюдь не дилетанты. И вся подлючесть ситуации читается единым духом, как надпись на заборе: они меня уже нашли, я их — нет. Бывает хуже, но реже.

Занятый философичными рассуждениями, я не забыл детально обшмонать мертвяка. Парниша «приземлился» в «Кресты» чистым и стерильным, аки птенец птеродактиля из спиртовки Петербургской кунсткамеры. Ничегошеньки. Ни микрофона в пуговице, ни кинжала в подошве. Мужчинка шел на совершенно конкретное задание с самыми сугубыми и точными намерениями. К утру врачи, обнаружившие мой остывающий костяк, честно и в полном соответствии с клятвой товарища Гиппократа констатировали бы смерть от острой коронарной недостаточности.

Ничего. Кроме недавно начатой пачки импортных сигарет и чирочка со спичками. Вряд ли вертухаи по доброте душевной оставили ему при шмоне курево: на крутого братского авторитета он не похож. А это означает... А это означает, что пачку ему передали недавно. И не пустенькую, а с инструкциями. Которые он и пустил в трубу посредством дыма. Отсюда противный и нелицеприятный вывод: двери домзака для тех, кто твердо решил меня устранить, открываются так же легко, как дверцы пляжных кабинок. И попытку они повторят. Скоро.

Последнее соображение наполняет мою смятенную душу терпкой тоской. На чистом автопилоте вытягиваю из пачки сигарету, присаживаюсь на нары и чиркаю спичкой. Затягиваюсь глубоко и сладко; правы были киники: в каждой неприятности можно найти что-то хорошее. Например, пачку сигарет. Как там у классика? «Если есть в кармане пачка сигарет, значит, все не так уж плохо на сегодняшний день...» Вот только билета на самолет нет. Ни с серебристым крылом, ни с зеленым. А вот «One Way Ticket» — билет в один конец, мне могут выписать скоро и без сантиментов. Выкуриваю сигарету до фильтра. Теперь самое бы время позаботиться о свежести моего дыхания. Пережевать кусок медной проволоки, благо она без сахара.

Многие в камере не спали. Но и признаков жизни не подавали. Сопели себе тихо в две ноздри. Грохнуть человечка здесь проще простого, вот только вопрос: поверит ли опер, что тот сам упал с лампочки? Мне — нет. Тем более недоброжелателей у меня здесь по крайней мере трое.

Тем не менее приличия должны быть соблюдены. Так меня воспитали. Потому укладываю покойника в позу мирно спящего лотоса, прикрываю его же курточкой, усаживаюсь на нары и вытягиваю очередную сигаретку.

— Табак дело? — спрашивает шепотом спавший до этого на почетных нарах у окошка мужичок, мостясь рядышком, как проезжающий на вокзальной лавочке: сегодня здесь, завтра — там, поболтаем и разойдемся.

Подаю ему пачку:

— Угощайтесь.

Он вытягивает аккуратно сигаретку, прикуривает от бычка, экономя мои спички. Кивает на прикрытый курточкой труп:

— Там, где крести — козыри, наши не пляшут.

Перевести это с тюремного языка я бегло не могу, но смысл улавливаю. Как и то, что в камере установилась мертвая тишина; бродяги замерли, всем своим видом показывая: «Ничего не вижу, ничего не слышу, ничего никому не скажу». Судя по всему, подсевший ко мне мужчина, худощавый, спокойный, с темным скуластым обветренным лицом, авторитет здесь немаленький. В разрезе глаз — что-то восточное, как у многих русаков. Рот тонкий и жесткий.

Молчу. И не потому, что держу паузу: не время и не место. Просто молчание — золото, а когда находишься в чужом месте и в непонятном времени, это — червонное золото.

— Почто разборку затеяли, служивые?

— Я не служивый.

— Не вкручивай. Я вас на взгляд отличаю.

Пожимаю плечами.

— А этот — просто как с картинки о беспорочной службе, — произнес он, кивнув на труп. Усмехнулся: — Недолгой.

Молчу.

— Что ты, парень, не поделил и с кем?

— Знал бы прикуп, жил бы в Сочи.

— Свисти. Волка в тебе я сразу срисовал. Когда ты бакланов метил. Ну да такова их бакланская доля. Но волк ты странный: мог бы их по-серьезному наказать, и право имел, а не стал. Почему бы, а?

— Я добрый.

Усмешка растянула губы мужчины.

— Угу. А как своего, — он кивнул на белобрысого, — так мочканул одним разом и даже в лице не поменялся.

— Он мне не свой.

— Я сказал, ты понял. Из одной колоды и одной масти вы козыри: крести. Вот только, видать, по разным рукам вас ктой-то при сдаче разбросал. Да и покропил колоду ту мастерово, загодя.

Мужчина затянулся крепко напоследок, затушил бычок:

— Ладно, крутить вокруг да около мне незачем. Да и времени маловато. Мы с тобой не корефаны и не кенты, а так, попутчики. В одну сторону нас тянет сейчас: к выходу. Вот по этому делу и базар.

Теперь замолчал он. Я курил и ждал. Тишина была почти абсолютной.

— Ладушки. Поясню. Вы, служивые, больные на голову. Потому и говорю: я не убийца и не насильник. И выйти надо постараться чисто. Без стрельбы и трупов.

— Постараемся или выйдем?

— От тебя тоже зависит. И тебе здесь задерживаться никакого резона нет.

Молчу.

— Подробности хочешь? Ну, смотри... Козырь я, слыхал?

— Я нездешний.

— Может, оно и хорошо. Если совсем коротко... Работали мы в городе тихо-мирно, а тут такое началось... С Шариком я работал. Про Шарика тоже не слышал?

— Слышал.

— Вот. А я — припозднился со слухом. Горлохваты и сгребли меня «под сурдинку» теплого, и мыслю я себе так: коли не выйду да на Москве братве не доложусь, много еще крови будет. Война будет. Крот, что наехал, дурной человечек совсем, его бы списывать давно пора, да не поспели. Знаешь, есть такие среди людей и у нас, и у вас: на вилку нанизывают куда больше, чем в горловину пропихнуть могут. А уж сожрать — тем более. Так вот, Крот из таких. Жесток, а характера маловато. Но и я не пальцем деланный: сам он такую бодягу не стемешил бы, уж очень все здорово да складно случилось. А раз так... Боюсь, грешный, пришлют на меня такого вот тихого парю. Он кивнул на труп белобрысого. — Не со зла пришьют ведь, для порядку.

Он помолчал немного, подытожил:

— Уж кому ты дорогу перешел и что вы там, казенные люди, делите, мне знать не надо, ни к чему. Своего — по маковку. А вот что путь у нас с тобой сегодня один — это точнехонько. Подумаешь или сразу согласишься?

Вытягиваю себе сигаретку, передаю пачку Козырю.

Ценю его щепетильность: думать мне не о чем и выбирать тоже не из чего. Если попытку меня устранить не повторят этой же ночью, то утром — обязательно. А двух проколов в одной операции у профи не бывает.

Поэтому я не продумываю никакие варианты, просто курю. И мечтаю о будущем. Если оно будет. Тушу бычок, протягиваю руку:

— Олег.

Козырь усмехнулся, протянул свою:

— Федор. — Чуть подождал, не удержался: — А замараться не боишься? Как там в вашенском служилом фольклоре: и волк тамбовский мне товарищ.

— Тогда этот волк — я.

Козырь сделал неуловимое движение рукой. С верхних нар мухой слетел мужичок, беззвучно придвинулся к нам.

— Костя, чифирку нам с человеком сообрази, — велел Козырь.

Тот кивнул. Извлек откуда-то кружку, набрал воды из бачка, из матраса вытянул клок грязной ваты, ловко свернул жгут, чиркнул спичкой... Вода вскипела за минуту, мужичок высыпал туда щедрую пригоршню чаю, еще, подошел, поставил на нары рядом с Козырем. Вопросительно посмотрел на сигареты, я кивнул, он взял одну, прикурил от еще дымящегося фитилька, ушел в угол, сел на корточки и затих. Только вспыхивающий время от времени огонек говорил о том, что он не спит.

Козырь протянул мне кружку:

— Хлебнешь?

Я отрицательно покачал головой.

— Как знаешь. А мне нужно. — Козырь медленно отпил бурой горячей жидкости, еще, неожиданно поднял на меня взгляд: — Был на войне?

— Был.

— Афган?

— Не только.

— Ты знаешь, зачем убивал?

— Да.

— Ну?

— Чтобы выжить.

— А сейчас?

— Что — сейчас?

— Сам воюешь или по приказу?

— Сам.

— Рисковый?

— Жизнь такая.

— Лады. В душу лезть не буду. Вышли — и разбежались.

— Идет.

— И вот еще что... Как с нервами у тебя?

— Сейчас лучше.

— Вот и славно. Выйти надо чисто. Без мокрого. — Он помолчал, закончил: — Если что не так спросил, не обессудь. Навидался я вояк в отставке. Самые опасные волки — из них.

— Время не лечит от войны, которой отравили в юности.

Глава 31

План побега никакими экзотическими излишествами не блистал. Основой его была кондовая простота. В кино их американский пахан задумывает хитромудрую операцию для ликвидации оппонента из другой группировки с привлечением спутниковой телескопии. У нас же в легком случае — выстрел из «ТТ» в подъезде, в сложном — пара стволов «АКМ». Автомат Калашникова — он и микробы убивает!

Так и с побегом. К четырем утра люди совеют. И борются со сном и чувством долга. Чаще всего с помощью самого распространенного на Руси стимулятора и транквилизатора: родной сорокаградусной. Заменяющей нам и отдых на Лазурном берегу, и психоаналитика с психотерапевтом, и семейного доктора. Те, кто может — дежурный следак, опер, — кемарят на стульях в кабинетах, охрана — на местах несения службы. Да и стереотип: в кэпэзухах, а по-нонешнему, ивээсах, зависает, как правило, мелкая шпана и сопутствующий элемент; никому там аршинные сроки не светят, и сидят они кто спокойно, кто беспокойно, но усидчиво. Мелкая шушера покорно ожидает своих пятнадцати суток или пинка под зад, братки, весело, — вмешательства адвокатов, как правило «из бывших», способных по-горячему перетереть с давешними сослуживцами и закончить дело ко всеобщему удовольствию.

В том и шайба: планировать в нынешнее судьбоносное времечко, да еще во время усиления, побег из ИВС способен был только полный дебил. Ибо в случае неудачи вполне может схлопотать пулю, хроническое опущение почек и ушиб всех нутряных органов. А то и все эти три удовольствия в разной последовательности.

На такие действия может толкнуть только полное отчаяние. Столь окаянных в клетках не зависало. Диких же отморозков, как правило, еще до «приземления» ОМОН отрабатывал в таком разрезе, что даже мысль о побеге или качании прав вызывала у них скрежет в остатках зубов и боль во всех остальных членах. Самые же пассионарные из оных до задержания не доживали.

Так что сегодняшний случай, когда криминальный авторитет и маргинал с богатым боевым прошлым весьма были настроены из домзака свинтить, не дожидаясь безвременной кончины, был в своем роде уникальным.

Без пяти четыре я был уже проинструктирован и бодр. «В отрыв» должны были идти мы вдвоем с Козырем. Еще двое, Костик и худосочный зек-доходяга, — на обеспечении.

Козырь рассудил правильно: ведь передал дежурный вертухай белесому сигареты-инструкцию... Да в камеру его завел... Потому сообщение о том, что кто-то кончается, будет для него достоверным. Вполне. И не станет он вызывать никакую «скорую», постарается сначала прикинуть хвост к носу сам.

Роли были расписаны; Костик упал перед дверью камеры на пол, засучил ногами; кулаки, нещадно разбиваясь в кровь, забились о цементный пол, с губ поползла пена.

— Начальник! — визгливым голосом закричал худосочный зек по команде Козыря: — Медика давай! Кончается паря! На-чаль-ник!

Бояться, что кто-то из обитателей камеры по подлости, глупости или недоумию сыпанет все мероприятие, не приходилось: за закрытыми снаружи дверьми закон был жесток и на расправу скор.

Звякнуло окошечко, вертухай внимательно посмотрел в глазок. Костя на полу «доживал последние минуты»: лицо посинело, пена медленно ползла изо рта, руки-ноги зашлись в последней, предсмертной судороге... Заскрежетал ключ: отпирает. В камере, рассчитанной на шестерых, томилось два десятка подозреваемых, и все же... Охранник не боялся по причинам очевидным: никто не посмеет. Зря не боялся.

Как только он показался в проеме отворенной двери, Козырь одним рывком вдернул его внутрь камеры, а я отработанным ударом в основание черепа отключил минут на тридцать.

Козырь наклонился, втянул ноздрями воздух:

— Так и есть. Вмазанный. Остальные тоже не святые, водчоночкой уже причастились. — Быстро глянул на меня: — Взялись!

В десять секунд мы разоблачили охранника, Козырь переоделся, забрал ключи; я сложил руки за спиной и вышел, он — следом. Звякнул замок.

В коридоре с рядами дверей стояла мертвенная тишина; забранные решетками лампы дневного света делали происходящее похожим на сон. Я шел впереди; Козырь вышагивал в знакомом ему за «бездарно прожитые годы» ритме тюремного конвоира, позвякивая ключами.

Коридор мы прошли чисто. Усиленный наряд лениво припухал в дежурке; Козырь повернулся ко мне:

— Проскакиваем?

Я только пожал плечами. Мимо приоткрытой двери прошли в хорошем темпе; дежурного на месте тоже не оказалось: имеет право человек расслабиться после трудового дня и нелегкой ночи? Миновав «строгий» турникет, мы оказались на крыльце.

После тяжелой духоты камеры прохладный ночной воздух пьянил; было одно желание: заорать во все горло и нестись стремглав туда, в спасительную темноту.

Может быть, мы бы так и сделали, ясно, без криков, но к воротам подрулила серая «Волга»; какой-то начальственный боров из управления, по непонятной причине не отдыхающий в люле, а шастающий в домзак в самый неурочный час, успел выпростать вельможную ногу на асфальт, а дальше я подумать не успел. Ударом ноги своротил упитанному комполка челюсть, открыл дверцу, ввалился в салон и взял водилу на удушающий. Он подергался секунд двадцать и — обмяк.

Вот теперь рвать когти нужно было шустрее некуда. Аккуратно опустил шофера на руки Козыря, тот оттащил его вслед за полканом от авто, запрыгнул на переднее, спросил запоздало:

— Ты его не пришил часом?

— Водилу?

— Ну.

— Десять минут легкого кайфа еще никому не вредили, — ответил я и дал по газам. Уходить с этого супостатного места нужно было немедля.

Машина мчалась в ночь. Скорость я превышал злонамеренно до неприличия, ибо был уверен: если какая-нибудь случайная патрулька и вырулит на нас в это неурочное времечко, то вряд ли станет стопорить: номера и бибику начальника знают куда лучше, чем слова Гимна России. Благо их там немного.

— В какие веси доставить? — осведомился я у пассажира. За время трехнедельного целевого ничегонеделания в Покровске я успел изучить город достаточно подробно: сначала по карте, потом проехав вживую по всем автобусным и троллейбусным маршрутам, а отдельные места исходив пешком. Не с оперативными целями: город был хорош, чуть моложе Москвы и куда меньше затронут урбанизацией.

Козырь сидел мрачнее тучи.

— Что-то не так, уважаемый?

— Нет. Просто страх переживаю.

— По поводу?

— Как ты никого не грохнул там — ума не приложу.

— Практика. Фирма веников не вяжет, — выстреливаю я скороговоркой расхожие фразы.

— А что вяжет фирма? Венки на могилку?

Признаться, с той поры, как авто под моим мудрым руководством помчалось по ночным улицам и мы с «временным попутчиком» оказались в состоянии неконтролируемой свободы, я тоже пребывал во взвинченно-напряженном ожидании: что дальше? То, что оба мы далеки от идеала законопослушания, коню понятно; но вот чем завершится наша упорная скоростная ездка? «Хинди-руссо пхай-пхай», что в переводе с иноземного означало когда-то «дружба навек»? Или все же, выражаясь по-ученому, конфронтацией с непредсказуемым исходом? Нервозность моего подельника была куда большей, чем моя. Дело в том, что в каталажке он находился, условно говоря, на *своей* территории, где правил воровской закон и имелись какие-никакие, а кенты, выполнявшие приказы авторитета безоговорочно и скоро. А вот в «ночном казенном такси» — на неизведанной земле, кою испанские конкистадоры именовали красиво и завлекательно: терра инкогнита. Рядом с боевиком-маргиналом несуществующей армии, который, однако, успел за короткую ночь доказать свою распорядительность делом.

Козырь тем временем перестал угрюмо таращиться в ветровое стекло, одним движением распахнул бардачок; не успел я заподозрить его в нехороших намерениях, как он уже извлек оттуда початую плоскую бутылочку «Ахтамара», отвинтил пробку, брезгливо ополоснул горлышко тем же коньяком и приложился любовно и крепко, как гипсовый пионер к горну. Оторвался, перевел дыхание, спросил:

— Будешь?

— Не-а. За рулем.

— А-а-а... — понимающе протянул авторитет и вдруг довольно глупо хихикнул. Потом откинулся на спинку кресла и захохотал уже во весь голос, смаргивая слезы.

Пожалуй, Жванецкий был прав: спиртное в малых дозах полезно в любых количествах. Я примерился, припарковал машину к обочине, взял фляжку и приложился не менее основательно. Козырь был сейчас не опасен: когда человек смеется, ему не до смерти.

Впрочем, ребяческая смешливость его быстро испарилась. Пошарив в том же бардачке, Козырь обнаружил и сигареты. Закурили. Расслабухи от коньяка особой не наступило, но внутреннее напряжение ослабло у обоих.

— А что, парень, угодил ты сегодня под самую авторитетную статью: нападение на сотрудников. Причем без всякого бакланского довеска, вроде хулиганки. —

Козырь помолчал, добавил со смешком, но глаза его оставались серьезными: — При таком начале и послужной список может быть блестящим.

— Я не служу. И не собираюсь, — довольно невежливо отклонил я его «щедрое» предложение. Ибо, как гласит эпос: «Коготок увяз — всей птичке пропасть». Да и недосуг мне мелочевкой заниматься.

— Все мы служим. Но часто не желаем в этом признаваться даже самим себе.

Я ничего не ответил, лишь скосил глаза на попутчика: с чего это его на философинку потянуло? Выпили-то с гулькин нос.

— Ладно, как гуляли — веселились, подсчитали — прослезились. Спасибо этому дому. — Козырь открыл дверцу, повернулся ко мне, взгляд его был абсолютно трезв и строг. — Я выйду, а ты езжай.

Хм... Осторожный дядька. Сфурычить, что под шоферским сиденьем вполне может оказаться «ПМ», а то и «бизон», — большого ума не надо. А вот решить, что я вполне могу закатать ему пару маслин в затылок, — для такого умозаключения нужны годы «веселой» жизни в самом «избранном» окружении. Где человек человеку, как водится, волк, товарищ и братан. Каждому свое.

В ответ я только кивнул.

Козырь уже вылез из машины, вновь просунул голову в салон:

— Да... А тебе, подельник, я вот что посоветую: уезжай ты отсюда. Наши менты шибко не любят, когда им вывески портят.

— Скажи, где любят, поеду туда.

— А ты шутник.

— Так ведь жизнь веселая.

— Читал я про солдатиков удачи как-то. Сама статья грошовая, а вот девиз ваш запомнился: «В понятие полноты жизни входит все. Даже смерть». Так?

— Сейчас даже генералы не верят каждой печатной строчке.

— Не пойму я таких, как ты, парень. Чего тебе нужно? — Козырь помолчал, отрубил: — Лады. Разбежались.

Он захлопнул дверь, я — дал по газам. Козырь шагнул в сторону от освещенного одиноким фонарем пространства и растворился в ночи.

Автомобиль несся в ночь. Чего мне нужно? Того же, чего и всем: остаться в живых. И — победить.

Глава 32

По тормозам я дал, когда понял, что совершаю глупость. Задумался о вечном и бренном: пусть на минуту, но мне вдруг стало почти до слез жалко себя, глупого и неприкаянного, несущегося в отбитой у важного начальника служебной «волжанке» по незнакомому городу, грозящему мне облавой, пулей и другими «радостями»... А тут еще фонари на трассе «слепые», и звезды сияют над спящим чутко городом по-южному крупные...

Мужчина? А вы, собственно, кто? Мои одногодки стали кто — банкиром, кто — политиком, кто — бизнесменом. И спят сейчас, спокойно или не очень, в своих или чужих постелях, а я несусь черте-те куда незнамо зачем: великовозрастный бомж без документов, разыскиваемый, кроме милиции разных городов и весей, еще и неведомой мне конторой.

Как там, почти по Пушкину? И надо же было родиться именно в этом веке? Вместо того, чтобы нежиться в постельке с королевой Неаполитанской, вести светскую жизнь в Париже, беседовать с одногодкой Бонапартом об обширных творческих планах похода на Россию, а по вечерам писать пространные донесения в Особенную канцелярию при Генеральном штабе[1], я пытаюсь жить здесь и сейчас по безусловному пушкинскому императиву: «Береги честь смолоду»... Глупо? Безусловно. Но это — принцип. Как пели мы когда-то?

> Пусть век солдата быстротечен,
> Пусть век солдата быстротечен,
> Но вечен Рим, но вечен Рим!

---

[1] Так называлась при императоре Александре I русская военная разведка.

Тогда, может быть, не так глупо? Ведь безусловные императивы существуют для того, чтобы человек познал свое место в этом мире и не утратил достоинства. Именно так. Я дал по тормозам и понял, что автопилот привел меня к любимому макаронному цеху, за которым громоздился шестнадцатиэтажный панельный скребонеб, в коем я снимал квартирку. Намерения мои были просты и сиюминутны, желания — пусты и тенденциозны. Когда у тебя нет ни куска хлеба, ни куска картона под названием «паспорт», ни даже доброго имени, выручить могут деньги. А деньги как раз и хранились на гардеробе времен отца всех народов, завернутые в легкомысленную местную газетенку «Купидон».

Нет, умом я понимал, что жадность сгубила не одного фраера, но сердцу — не прикажешь. Когда в жизни нет ничего светлого, кроме будущего, деньги греют. И не только самого обладателя, но и окружающих, потому как расстаюсь я с дензнаками легко и непринужденно, влегкую давая себя облапошивать ресторанным метрам, официанткам, бабушкам-старушкам на рынках, цыганкам, липовым нищим и прочему народцу, мотивируя для себя глупую дурость мудрым: может, для них оно сейчас нужнее?

Загнав машину в соседний проходной, вышел и побрел в ночь. К двери квартиры приблизился с некоторой опаской. Вставил ключ в замок. Медленно повернул. И меня преследовало оч-ч-чень нехорошее чувство: страх. Больше всего я боялся, что обнаружу на продавленной софе нагую красотку без признаков жизни с очередным чулком вокруг шеи... Я сжал челюсти: губить девчонок ради *подставы* даже такого залетного субъекта, как я, — не просто сволочизм. Это скотство, возведенное в ранг гордыни. Я отказываю таким людям в высоком звании профессионалов: бандит профи быть не может, он оборотень, позорящий память всех бойцов на всех войнах, известных и тайных, что не щадили себя, защищая людей.

Света я зажигать не стал. Аккуратно прикрыл дверь, прошел в комнату, забросил руку на шкаф... Денег не было. Кое-как приволок табурет, встал, осматривая верхнюю крышку, провел ладонью. Пыли — пуд, денег — шиш.

На секунду замер, чувствуя, как холодные струйки стекают по спине. Нет, пустое: никого чужого здесь сейчас не было, подсознание среагировало бы чутко. Никого *живых*. Страх, ледяной ужас снова охватил меня с головы до пят; я метнулся к постели, рывком сорвал покрывало. Никого. Кошкой прыгнул на пол, на четвереньки: под диванчиком — тоже пусто.

Так и сидел, грязный, пыльный, ощущая противное сердцебиение и липкий пот на спине и под мышками, а внутренний голос издевательски вещал: «А ты еще в холодильнике посмотри, в холодильнике... Расчлененка — самое верное дело...»

Вот так люди и двигаются по фазе. «До свиданья, крыша, до свида-а-анья-а-а...» И не мудрено после всех напрягов. А если по уму? Ну да, все просто. Деньги могли взять: во-первых, не совладавшая с соблазном и алчностью тетка-хозяйка; во-вторых, случайная личность, у которой имелись ключи от квартиры (сын, брат, сват, внучатый племянник или племянница, соседка, ее муж и т. п.); в-третьих, обычный квартирный воришка. Тогда кому-то из них крупно повезло, сумма была очень немаленькая, а заявлять в милицию о краже я почему-то не хочу.

Есть и четвертый вариант, противный до омерзения. Деньги стырил неизвестный мне фигурант неведомой службы, но не той, что порешила меня мочить грубо и без затей; эта — со своим пиковым интересом: создать индивиду преодолимые трудности и побудить к действиям. Желательно глупым: дабы он заметался, как гамадрил в прериях, и *другие* охотнички не видели в оптику прицела ничего, кроме мельтешащей красной задницы шустрого примата, в которого не так-то просто и попасть. А сами в это времечко будут валить штабелями буйволов, гну и прочих козлорогих нособрюхов с бивнями, рогами и хвостами, на радость то ли великому вождю Мамбо, то ли колонизатору-спонсору, организовавшему туземную царскую охоту во всем блеске злата и трепетанье павлиньих хвостов на опахалах. Недурственная версийка?

Ну, тогда мне нужно лететь из временного обиталища со скоростью пули: легавые потеряли след, и охотничек готов свистнуть борзую «на седло»: «Ко мне, Валдай! Зверь, зверь, ату!» Это в кино. А в жизни — просто отзвонить по мобильнику «от встревоженных соседей» и вызвать машину с мигалкой: вполне достаточно, чтобы сократить отрыв и заставить меня нестись во все лопатки с непродуманной энергией невесть куда, увлекая на себя обширную погоню.

И тут на меня накатила шальная вселенская злость на этих, вторых игрочков: приморили, гады, приморили! Оставили, мля, без копейки, дескать, голодный — злее будет. А положенный морскому офицеру паек? Даже в концлагере выдавали полноценное трехразовое питание: понедельник-среда-понедельник; недовольные митинговали у крематория...

Короче, я бодро шагнул на кухню, запалил свет, поставил чайник на плиту и мужественно открыл холодильник. Никакой расчлененки, скудный набор продуктов на месте. Только тут я почувствовал, как проголодался. Прошлым утречком в премилом подвальчике я только пил, как конь; закуску заменила беседа с умным и ученым профессором, а в каталажке принять по-человечески такую разносторонне одаренную персону, как я, не удосужились. Да и аппетита не было. Зато теперь есть.

А потому я наколол на вилку круг «Одесской», подставил под пламя газовой горелки и, в приступе здорового социалистического жлобства, со злорадством наблюдал, как жир с треском капает на горелку: тетушке-хозяюшке будет забота плиту отмывать, ну да деньги ей заплачены вперед за три месяца, а жилец съедет раньше, — пусть отрабатывает.

Извлек из холодильника непочатую бутылку «Посольской», с хрустом распечатал и щедрой рукой плеснул в стакан сто пятьдесят с довеском; как говаривали в отлетевшей студенческой юности: да отсохнет рука у себе недолившего! Хряпнул упомянутую емкость исключительно для полноты пищеварения и принялся за колбаску. Хрящал, уминал, старательно работая челюстями, желая набрать калорий впрок и прогоняя от себя верную, но малоприятную мысль: впрок нельзя ни наесться, ни напиться. Да и жить впрок не получается. Или живешь, или мечешься загнанным зайцем. И не важно, кто тебя гонит: бандиты, спецура или скачущие по пятам, как озверевшие мустанги, цены.

Блин! Хоро-о-ошая водка! Эко меня повело! Был бы собутыльник, обязательно погундели бы «за жизнь», приняли бы по второй, а там, глядишь, и бежать никуда не захотелось бы...

Заварил чай, за такой любого спортсмена снял бы с трассы «по статье» самый либеральный антидопинговый комитет. Ну а мне на это кивать нечего: если что и снимет меня с «трассы», так только пуля. Сам я с дистанции не сойду.

Ну вот и все. Спасибо этому дому, а мы пойдем на север. И там переждем опасность. А когда все подохнут — мы вернемся.

Нет. Я решительно выпил мало водки. Появилась какая-то игривая и неуместная дурашливость, раз начал думать фразами шакала из «Маугли». Добавим. Пока есть что. Двести пятьдесят для кита — не доза, для блохи — не море. Для меня — в самый раз. Вот так. Гэкнуть напоследок, и — вперед. С песней: «В поход на чужую страну собирался король...»

Аккуратно прикрыл за собой дверь и посеменил вниз по лесенке. Выглянул из подъезда: тишина и благость. И снова, как и час назад в авто, на меня накатила глупая жалость: словно сейчас я был не я, а далекая, безличная звезда, с удивлением взирающая на неприкаянного субъекта мужеска пола, устремленного даже не в ночь, в никуда.

Так и есть, права звездочка. Идти мне некуда. И слезливо-пакостное настроение, то ли от перебора «огненной воды», то ли от зависти к темным ночным окнам мирно спящих семей, расплескалось в глубине груди щемящей тоской... Вместо того чтобы брести проходным к покинутой «Волге», я присел на затененную кустами скамеечку, откинулся на ней в полной расслабухе, изучая взглядом мириадозвездное близкое небо. К чему все наши метания, если мир так совершенен и единственно лишнее и вредное существо в нем — человек?.. Или он нужен как раз затем, чтобы мир *осознал,* насколько он совершенен?

Я вовсе не собирался останавливать «поток сознания». Имеет воин право на легкую расслабуху? Ведь совсем немного нужно: просто посидеть и посмотреть на звезды, чтобы почувствовать себя бессмертным.

Выудил из сумки пачку, подхватил губами сигарету, чиркнул спичкой и — замер: через двор двигались четыре тени. В форменках. Трое блюстителей из «линейки», «безлошадные», видимо выставленные в усиление прямо из милицейской школы, и прикомандированный к ним стажер направились прямо ко мне. Надо полагать, решили выяснить: кто в пятом часу утра неприкаянно покуривает на лавчонке?

Автоматов при них не было. Молодняк. Выметают из городка отбросы, вроде бомжей и другого антиобщественного элемента. Лавров борцов с бандитизмом им сегодня, увы, не досталось, а крутость показать хочется. А чего? Ребятишки молодые, здоровенные, работой дорожат, при дубинках, по странному недоразумению прозванных резиновыми, при «кандалах», способных превращаться в хороший кастет... И пистолетик хоть у одного, да имеется. Я не настолько туп и самоуверен, чтобы решить махаться с молодежью вместо утрешней зарядки и на таких невыносимо невыгодных условиях. К тому же правило номер один для любой реальной, но необязательной схватки, вроде уличного мордобоя, гласит: если можешь убежать — беги. В простонародье сей немудреный метод называют еще «тридцать третий прием каратэ»: ноги мои ноги, несите мою...

— Гражданин... — услышал я ленивый оклик старшего юнца. Блюстители шага не прибавили, напротив: двигались с уверенною ленцой наделенных властью суперов.

Пора. С лавки я сорвался как выпущенная из рогатки гайка. С треском проскочил кусты и ринулся через проходные, благо блочные «новостройки» конца семидесятых — это один большой «сквозняк». Проскочил двор с уродами из железобетона, когда-то изображавшими Гулливера, коней, машинки, — вот ведь пришла же какому-то подлому и влиятельному дизайнеру мысль украсить этими каменными убожествами дворы по всей Стране Советов — от Прибалтики до Курил! Ну, Прибалтика, положим, отвертелась, а вот матушка-Россия покорно разместила бетонных долбанов на всей территории вверенных ЖЭКам строений, пугая детей и их родителей. Как пелось, «ускакали деревянные лошадки...».

Но размышлять об изысках архитектурных излишеств нет ни времени, ни резона. Несусь, как ломом пуганный сайгак, но кованые ботинки молодежи из «линейки» не отстают. Нет, сначала я оторвался, но через пару секунд рядовые прочухались и решили проявить свойственную молодым дерзость и неугасший задор. А чего ж не проявить, коли от вас убегает не метровый верзила, громыхая и постреливая при отходе короткими очередями и одиночными выстрелами, а небрито-нетрезвый субъект, явно не чающий от встречи с борцами за правопорядок ничего хорошего по причине алкогольного опьянения... Да и развлекуха опять же: побег можно приравнять к оказанию сопротивления, тогда почему бы не пройтись дубьем по ребрам гражданина, который, вместо того чтобы мирно дрыхнуть в люле перед трудовым днем, на звезды таращится!

Прикомандированный к служивым стажер оказался самым прытким. Разрядник, ходить ему конем! Воздух со свистом вылетал из неиспорченных курением легких, спортсмен меня настигал хорошо выверенным аллюром, словно не в догонялки игрались, а олимпийскую медь оспаривали где-нибудь под Лос-Анджелесом; у меня даже появилась опаска, что парень, догнав меня, рванет дальше, в светлое будущее, и будет там первым! Таких карьеристов на тернистом жизненном пути должен хоть кто-то остановить? Ну а если не я, то кто? Тем более в спецназовском простонародье прием называется просто: «рубить хвост по частям».

Учуяв дыхание преследователя в аккурат за моей спиной и слегка изменив траекторию бега, резко нырнул вниз и сгруппировался. Пока я катился колбаской, незадачливый настигайло споткнулся об меня нижними грабками и изобразил полет шмеля, а скорее — крокодила, ибо летел низехонько-низехонько. Зато с хорошей скоростью. Тормозом ему послужил ободранный Бармалей с отбитыми конечностями; притом бандит мерзко лыбился широко разявленным ртом с остатками арматуры, а поперек лба у него было начертано робко подрастающим поколением весьма неприличное слово. Стажер ткнулся в бетон всей мощью тренированного тела и сполз к основанию памятника развитому дебилизму. А что он хотел? Забыл песенку? «Наша служба и опасна, и трудна...» Вот теперь пусть и хлебает полной ложкой. Ибо жевать ему уже нечем.

Но позлорадствовать над поверженным всласть мне не довелось. Кадровые менты, похоже, осерчали. Двое продолжали цокать коваными ботинками по асфальту, а третий извлек уже из кобуры табельный «ПМ». И хотя я резонно сомневался, что этот пасынок Ворошилова сумеет попасть в мою мятущуюся персону с тридцати шагов, пуля, как известно, — дура. Просвистит и — ага.

А в мои планы это никак не входило. Честно говоря, у меня вообще никаких планов не было. Было лишь желание, страстное, как поцелуй квартеронки, — не заполучить кусок свинца промеж лопаток.

Ногам передались сильные чувства хозяина. Секунду спустя я вывернул за угол крайнего дома. Дальше было широкое шоссе: пересечь и — в пампасы частной застройки. Надеюсь, среди особняков старых русских найдется сараюха, где я мог бы отлежаться до света!

Тем не менее я пробежал еще метров сто вдоль длиннющего дома, прежде чем ринуться через шоссе: лампы над дорогой горели скудно — экономия, а в том месте, куда я устремился, вообще была полная темень.

Выстрел в коробочке спящих домов грохнул так, будто гигантским куском фанеры хлобыстнули о железо. Пора: я рванул на дорогу, и тут...

Откуда вывернуло это несущееся на приличной скорости пучеглазое чудище, неведомо: свет фар ослепил, меня поддало бампером, и я не видел уже ничего, только несущееся на меня полотно шоссе. Мелькнувшая мысль была простой до глупости: представление закончено, свет погас.

Часть четвертая

ЧУЖИЕ РАЗБОРКИ

Глава 33

Пробуждение мое было хрен знает на что похоже. Вернее, ни на что не похоже. Когда я открыл глаза, то обнаружил, что смотрю лишь одним. Второй был плотно укутан слоем марли. Как и все лицо. Свободными оставались лишь губы. Провел языком: зубы тоже на месте. А вот лицо... Попытался поморщиться — откровенно засаднило.

И это открытие было не единственным. За окном резвилось утро. И не какое-нибудь раннее: солнце таращилось сквозь полуприкрытые вертикальные жалюзи вполне осмысленно — часиков эдак на десять. Это означало, что провел я в отключке часов пять, никак не меньше.

Попробовал шевельнуть пальцами ног и рук — слушались. Но во всем теле ощущалась какая-то вялость, словно некто, пытаясь сделать мою беспутную жизнь похожей на самый сладкий сахар, впилил мне внутримышечно инъекцию добротной патоки, литра полтора, никак не меньше. В голове клубилось то же сладкое ощущение вселенского счастья, а также равенства, братства, мира, труда и мая.

Сама комната была не просто прибранная — почти роскошная. Просторная, по-европейски обставленная, светлая. И в то же время было в ней что-то от непостоянства, как номер пятизвездочной гостиницы: офорты на стенах, исключительная чистота и комфорт, но живи ты в такой комнате хоть десяток лет, домом называть не станешь.

Попробовал потянуться: получилось. Кроме легкой ушибной боли — ничего. Значит, ни переломов, ни разрывов связок. Легко отделался. В том, что меня сбила машина, сомнений не было. Но вот *чья* это машина?

Мои дальнейшие мыслительные изыски потекли в самую унылую сторону. Возможно, неизвестные преследователи все же настигли меня? Для специально обученного водилы пнуть объект бампером как раз настолько, насколько нужно, — искусство хотя и мудреное, но выполнимое. С поправкой на случай. А что это означает? А это означает, что меня таки «приземлили» не до смерти с одной-единственной целью: вдумчиво выпотрошить героя с помощью новейших модификаций аминала, скополамина и иных достижений небытовой химии. После такого вот неспешного потрошения от самих мозгов в большинстве случаев остается остов: клиента можно смело записывать в небуйное отделение местной психушки. Если, понятно, я еще не в ней.

То, что произошло потом, доказывало: нет, не в ней. Просто я уже умер, и за какие-то неведомые мне заслуги перед исламом поощрен: меня поместили именно в тамошний рай. Сдвоенная филенчатая дверь распахнулась и появились — фурии или гурии, как они там называются, я запамятовал, — но точно нимфы. Две девчонки, лет не больше семнадцати, одетые... Нет, слово «одетые» здесь было не вполне уместно, скорее раздетые, но с тем шармом, какой и отличает свободных нимфеток от путан по найму: белое кружевное белье, гольфы и роскошные банты в волосах. Лукаво переглядываясь, лаская друг дружку, они освободились от трусиков и сорочек и начали заниматься любовью: нежно, раскованно и бесстыдно.

М-да... Выходит, это был не рай, скорее его противоположность: некие мстительные восточные дэйвы, джинны, шайтаны ночи и прочие мракобесы решили поиздеваться над презренным гяуром и для затравки прокрутить нечто вроде кино, дабы осознал, чего лишится, а затем уж приняться за грешника всерьез со всем потусторонним демоническим старанием.

А девчонки уже постанывали, выгибаясь, лаская друг дружку искренне и изощренно. Зрелище было опьяняющим до безрассудства. Одна, упруго прогнувшись, стояла ко мне спиной, демонстрируя все потаенные прелести, и, притянув подругу за бедра, ласкала ее язычком. А эта, вторая, время от времени бросала на меня невидящий взгляд, закусывала губу и снова уносилась далеко-далеко на волнах страсти и наслаждения. Похоже, мое неравнодушное внимание их здорово заводило.

И когда я готов был уже взвыть, девчонки оторвались друг от дружки, одна легко сбросила одеяло, шутовски округлила глаза, увидев то, что под ним, и принялась «играть мелодию страсти на флейте любви»: именно так называли подобный музыкальный ноктюрн китайские мастера в древних трактатах. Девушка оказалась в избранном жанре искусства просто Ванессой Мэй: уже через минуту я забыл, кто я, где нахожусь и зачем... Пока горячая волна не накрыла всего меня, не потащила за собой, не взорвалась тысячами пронизанных солнцем брызг... Истома и усталость жаркого солнечного дня опустились на тело лаской невидимого прибоя...

Девочки снова занялись собой, оставив меня на время. Они выгибались и постанывали; и вот уже новая горячая волна накатила бешено и властно, я притянул к себе одну из девушек, она вскрикнула, почувствовав меня, другая закусила губу и запустила ногти ей в спину, глядя мне в глаза взглядом ревнивой пантеры... Словно срывающиеся порывы шквального штормового ветра захватили нас троих, и мы метались и безумствовали в этой круговерти бешеной, дикой стихии, и буря длилась бесконечно, срывая с наших губ стоны, словно пену с гребней волн...

...Я лежал на спине, обессиленный, слыша только шепот прибоя... Воздушный поток подхватил меня и нес высоко-высоко, над зеленеющими полями Уэльса, над красными виноградниками Ван-Гога, над мерцающим Парижем Дега... Я летел, окутанный прозрачным серебристым туманом, и невесомые, пахнущие фиалками теплые струи укачивали, баюкали и ласкали...

Я открыл глаза. Девчонки уже встали. Одна быстро наклонилась ко мне, поцеловала в губы, прошептала:

— Ты был изумителен...

Подруги направились к двери. Вторая обернулась, произнесла негромко:

— Мы еще забежим, если ты не против, а?

Все чувства, какие обуревали меня, я смог выразить только взглядом и странным междометием.

— Он не против, — засмеялась первая. — Не скучай, Железная Маска. — Девушка сдула с ладошки поцелуй, и обе они исчезли за прикрытыми дверями, словно мираж, оставив после себя свежий аромат осенних цветов и только что сорванных антоновских яблок.

А я остался лежать и смотреть в потолок. На губах продолжала блуждать бессмысленная улыбка, которую принято называть идиотской. Чувства мои были, как пишут в романах, «сметены лавиной страсти»: даже если сейчас придет палач и объявит, что пора на эшафот, после этой встречи с девчонками я уверен, что жизнь пролетела не зря. Хотя... Кто сказал, что пролетела? Я не желаю, чтобы гримаска даже легкого разочарования омрачила их лица по возвращении, а потому готов свернуть палачу шею раньше, чем он занесет топор! Да и вообще на этом свете слишком много дел, стран и людей, чтобы...

Стоп. Как писали классики, Остапа несло. Пора определиться, где я нахожусь и как здесь очутился. И лучший способ выяснить это — узнать у очаровательных нимфеток.

Я оглянулся в поисках хоть какой-нибудь одежды, но ее не оказалось. Тогда, завернувшись в простыню, подобно патрицию или Махатме Ганди, подошел к двери в гостиную и одним движением распахнул ее. Я был готов увидеть все, что угодно: дюжину морских пехотинцев или стриженых мордоворотов в черном, кордебалет «Гранд-опера», даже — начальника покинутого мною домзака, взирающего на бежавшего лишенца с

244

лукавым ленинским прищуром и задорной бериевской искринкой в усталых стеклах пенсне.

Никого. Никогошеньки. Девчонки исчезли, как испарились. Беглой трусцой я проскакал по квартире, открывая все двери и дверцы. Они оказались незаперты, все, кроме входной. Массивный замок, сама дверь — двойная. По-видимому, девчонки удалились, пока я блаженствовал и предавался неге: нечего сказать, деловой подход.

Увидев небольшую деревянную лесенку, поднялся и оказался в просторной мансарде: квартира оказалась двухуровневая, на крайнем этаже сталинки, по-моему, где-то в центре города. Мансарда была стилизована под парижскую студию: решетчатые деревянные жалюзи едва пропускали свет, пол был застелен ковром, в углу — самый настоящий, выложенный синими гжельскими изразцами камин. Не поленился выглянуть в оконце, благо жалюзи были заперты изнутри: ну да, свинтить из этого гостеприимного дома я мог в пару секунд, по крыше, вот только... Думаю, мой наряд и закутанное в бинты лицо были бы слишком вызывающими даже при той легенде, которую я себе придумал по въезде в Покровск: художников-абсурдистов общество терпит только в костюмах от Кардена или Босса и с толстым портмоне в кармане; но стоит появиться в губернии в наряде Адама любому служаке кисти и холста, будь то абсурдист, портретист или даже матерый соцреалист-декоратор, по истечении короткого времени он приобретет временную прописку в психушке. Ну а учитывая мои несложившиеся отношения с милицией и кем-то еще, меня пропишут много дальше, зато на постоянку. К чему так спешить? И бегать от своего счастья?

Узрел я и телефон. Снял трубку: работает. С грустью прослушал длинный, как хвост анаконды, гудок и положил на место. Некому мне звонить в этом городе. Да и в столице гость я пока нежданный и небезопасный. «Здесь под небом чужим я — как гость нежеланный...» И с каких пор родная страна стала для меня столь чужой? Бог весть.

Набрать по межгороду прямой Крутова... И что я ему сообщу доброго и вечного? Да и кто знает, сколько «грязи» осело на этом номере... Озираю мансарду, по потолок наполненную скромным обаянием буржуазии. Нет, это никакое не пристанище теневого местечкового олигарха и не каталажка. Можно было бы решить, что роскошный бордель, но... Во-первых, мне трудно поверить, что беспамятный автопилот привел меня в такое сладкое место, а во-вторых... Занимавшиеся со мной любовью девчонки были совершенно искренни: для искусных профессионалок такая роскошь непозволительна. Но как там ни крути, а квартирка хитрая.

Опыт вещал, что во всякой парижской студии, пусть и расположенной в мансарде сталинки губернского Покровска, должен иметься бар. Его я и обнаружил; пусть налицо было смешение стилей — бар располагался в тяжеленном, красного дерева немецком буфете с дверцами литого стекла, — обращать внимание на это было бы пошлым снобизмом: содержимое поражало воображение разнообразием и качеством имеющегося спиртного. Э-эх! «Пить так пить!» — сказал котенок, когда его несли топить. Щедрой рукой плеснул себе в широкий стакан древнющего кальвадоса: щедрый яблочный аромат юга Франции наполнил немаленькую мансарду... И почему я не художник? Медленно осушив бокал, плеснул еще и спустился на первый этаж квартиры.

Большая, изысканно обставленная гостиная, несколько дверей в спальни, подобные моей, две роскошные ванные комнаты: хрустальные светильники, мраморная плитка, полы с подогревом. В одной из последних я задержался, рассматривая свое отражение: ну да, Железная Маска. Лицо плотно закутано бинтом, как у человека-невидимки; мелькнула шальная мысль: а может статься, меня захватила-таки хитрая служба (из неупоминаемых в прессе), произвела над моим лицом пластический эквилибр, и, стоит снять бинты, как на меня из зеркала вытаращится так любимое в народе личико Егорушки Гайдара? Или — Толи Чубайса? Этакий циничный приговор: переделать клиента в одного из «великих вождей» и «любимых руководителей» и — запустить в пивнуху, так сказать, с народом пообщаться.

«Такие люди, и без охраны!» В целях изучения общественного мнения и прочих социологических изысков: сколько протянет в вольном плавании?

Приглядываюсь: вроде волосы на темечке растут по-прежнему густо, притом не рыжие: уф, хоть на том спасибо.

Нет, что ни говори, а события последних нескольких часов подействовали на меня неадекватно: сначала — инцидент в подвальчике, потом — узилище, сразу затем — бег по пересеченной местности наперегонки с милицейской молодежью, и, как полный апофигей, наезд авто, беспамятство, и вместо аптечки первой помощи — восхитительный секс с раскованными нимфетками! Есть от чего выбиться из колеи! Да и была ли колея?..

И тут первая, по пробуждении, здравая мысль шарахнула, как кирпич по каске пехотинца: а кто тебе сказал, милый, что ты провел во сне и неге времечко от рассвета до заката? Может быть, прошли сутки? Пятеро? Месяц?

С замиранием, будто действительно Гриффитс из романа старика Уэллса, я начал разматывать умело наложенную повязку. От приставания марли к коже предохранял бактерицидный слой. Наклонившись, оторвал повязку от лица.

Зрелище было не для слабонервных, но меня удовлетворило вполне. Лицо саднило, кровоподтеки были свежими; то, что оно теперь из себя представляло, было вовсе не результатом хирургической пластики: в простонародье этот недуг именовался просто: «асфальтова болезнь». Как известно, трудное детство, высокие подоконники и несбалансированная психика — вот три источника «асфальтовой болезни» в субтильном возрасте, особенно при испитии в студенческом запале крепленых вин скверного качества, зато в немереном количестве. А опыт грустно нашептывал: хотя асфальтова немочь никогда не переходит в хроническую стадию, процесс избавления от острой формы и последствий соприкосновения долог: я смогу появиться, не привлекая внимания тихих добропорядочных граждан, а также правоохранительных органов, через пару-тройку недель. Это при условии режима и неусугубления.

За раздумьями я заметил, что губы сами собой выдувают какую-то знакомую мелодию. Ну да: «Закаляйся, если хочешь быть здоров, постарайся позабыть про докторов, водой холодной обливайся...» Терпеть не могу холодной воды в больших количествах, а вот под душ тянет с непостижимой силой.

Роскошное сооружение из мрамора и позолоты, называемое здесь ванной, стояло несколько в стороне от небольшой кабинки душа — туда я и устремился. Обильно полил себя шампунем, запустил воду и блаженно закрыл глаза, вернее, один: другой от соприкосновения с твердью заплыл так, словно в веко мне вцепилось недавно полдюжины темпераментных кавказских пчел. Все мысли, и тревожные, и фривольные, унеслись напрочь; в бестолковке болталась, повторяясь, только чудом уцелевшая в памяти от школьных времен строчка из поэта Маяковского, посвященная отмыванию металлурга от процесса производства и потому читавшаяся на грампластинке народным артистом особенно сладострастно, с придыханием: «...и течет по желобу промежду лопаток...»

Из ощущения блаженного ступора меня вывел приятный, знакомый, струящийся откуда-то извне запах: аромат свежеперемолотых кофейных зерен и только что сваренного кофе. Моему зажмуренному взору представилась тяжелая, безукоризненно белая чашка, полная густого напитка, ломоть горячего белого хлеба с хрусткой корочкой, намазанного свежайшим маслом; рядом — чашечка красной икры со льда, белая мякоть брынзы, зеленоватый, пряно пахнущий рокфор... И тут вдруг я понял, что запахи — не плод моего разыгравшегося голодного воображения, они — наяву. Как бы подтверждая эту догадку, обонятельные рецепторы прислали еще одну информацию: где-то недалече поджаривался бекон с яйцами.

Мысль была одна: девочки вернулись с покупками, напитками и закусками. Это решало все проблемы: голода, одиночества и самоопределения во времени и пространстве.

Я наскоро вытерся, художественно задрапировался в простыню, мельком глянул в зеркало — по-патрициански просто и слегка царственно. Но при обозрении гордого анфаса не удержался от сокрушенного: где былая красота, где румянец яркий?.. Задекорироваться в марлю мне без посторонней помощи все равно не удастся, и хотя мужчину украшают шрамы, а вовсе не синяки и кровоподтеки, за неимением гербовой... Зато в остальном-то я совершенен, как статуя Октавиана Августа!

Бодро толканул дверь ногой и двинул на кухню, влекомый смешанным ароматом еврозавтрака. Вошел. Жизнеутверждающий оскал на побитом лице борца за идею застыл, как лещ в морозилке, превратившись в американскую циничную гримаску, означающую у янки улыбку: на меня смотрел зрачок маленького вороненого пистолета совершенно слоновьего калибра, в шпионском и прочем заинтересованном простонародье именуемого «спенсер». И зажат он был бестрепетной рукой железной леди. Сомнений в том, что порция свинца продырявит мне грудь при первом же неудачном движении, у меня не возникло. Шутки кончились.

Глава 34

— Вон туда, Рембо, за столик, к окошечку, — холодно-невозмутимым тоном, с капризной насмешливостью штатной стервы, произнесла дама с пистолетом. Спорить и препираться я не захотел.

Место было выбрано по уму: столик мраморный, тяжеленький, скорее всего и к полу вмертвую привернутый; расстояньице между столешницей и подоконником, куда я втиснул задницу, узенькое донельзя — ни вскочить, ни дернуться безнаказанно из этого угла нельзя.

Дама смотрела на мои манипуляции с усаживанием с нехорошим прищуром. Как только умостился, присела в торец стола, напротив, домашнюю «трехдюймовку» аккуратно положила рядом. Кажущаяся игрушкой немецкая штучка была вполне уместна и горазда сработать на совесть на таком расстоянии и при таком раскладе. Дама ничем не рисковала: стол длинный, ручонками не дотянуться. Такая вот беда: остался ты, Дронов, несвязанным повязанным волком. Грезы о девочках рассеялись, аки дым: такова жизнь, за все хорошее надо платить.

Впрочем, и сидевшая напротив дама отнюдь не выглядела дебелой затурканной домохозяйкой: ноги, затянутые в джинсы, были самой наипрестижнейшей длины; правильные черты лица, короткая стрижка, ухоженные руки, все «в цвет», стильно; если это и есть «мадам», то весьма еще импозантная и сексапильная; хотя годочков ей и немного, тридцатник с небольшим, вполне могла оказаться и замужем за крупным здешним бизнесменом или круторогим администратором. Но оставила квартирку — муженьку ли в его нелегких промыслах помогать, приручая нужных людишек, или — напротив, вольный приработок от мужа, опять же втихаря. А может быть, и — чистое хобби, как у вышедшего в осадок гарнизонного старшины, — ни дня без «строевой»! Многообразным могло оказаться назначение квартирки, вот только я сюда тоже не набивался в гости! Ну а дама с пистолетом держалась с холодной отчужденностью; может, трудное детство и суровая юность сделали ее такой букой? Или — подрабатывала в собственном бордельеро страшилой-вышибалой: садистские наклонности ныне у крутых в лютой моде! Как бы там ни было, верилось без дураков: эта способна шлепнуть меня без затей, причем не по зову сердца, а исключительно по велению разума.

— Кофейку бы, — протянул я искренне.

— Обойдешься, — отрезала металлическая леди и спросила совсем уж неразумно: — Ты кто?

«Конь в пальто!» — каков вопрос, таков и ответ. Похоже, в этом милом домике одни — привозят гостей в состоянии полного беспамятства, другие — пестуют и лечат, третьи — оказывают сексуальные услуги со всем старанием и усердием, к полному собственному удовольствию, четвертые — грубят и пужают пистолями. Возможно, есть и пятые, и шестые; чем занимаются эти при таком вот бригадном подряде, даже подумать противно.

— Умный, красивый, в меру упитанный мужчина в полном расцвете сил, — продекламировал я оловянным пионерским голосом крылатую фразу из Карлсона. Звучать в переводе с общечеловеческого на интонационный должно было так: «А вот чихать я хотел, стерва, на тебя, на твою пушку, на твои вопросы и на твой внутренний мир по совокупности!» Следующий вопрос, если верить классике, должен был звучать так: «А когда бывает этот самый расцвет сил?»

— Ну уж и краси-ивый, — не удержавшись, хмыкнула дама.

Ее правда. Кто я с таким лицом? Незадачливый хроник, свалившийся с поезда под колеса броневика.

— Ты действительно хочешь кофе? — спросила мадам серьезно.

Я пригляделся: а не такая уж она и стерва.

— Угу. И гренку с беконом.

— Получишь. Как только завоюешь доверие. Не кормить же тебя под пистолетом.

— Золотые слова.

— Так кто ты такой?

— Олег.

— И все?

— Моей маме было достаточно.

— Вот что, Олег. Разговор в таком тоне у нас не пойдет.

— Да? — Я почувствовал прилив злости и уставился мадаме в красивые карие глаза единственным черным зрачком. Она опустила взгляд, произнесла нервически, неожиданно перейдя на «вы»:

— И прекратите *так* на меня смотреть.

А никто *так* на нее и не смотрел. Старинная игра в «гляделки» хороша только в романах или играх с полудурками, принявшими книжку «Аквариум» за Катехизис. Профи убивают безо всякой тренажерной терапии накануне. Женщина профи не была. Но шанс, что она может шмальнуть из миниатюрной шпокалки, — вполне реален: она знала, что именно я плескаюсь в душе, и ожидала на кухне именно меня. Без особых признаков беспокойства или раздражения. А потом усадила меня в положение «стойка раком» со всей вдумчивостью. Так чего я злюсь? А того. Ее поведение не подходит ни под какие шаблоны: то — суровая сука со стволом наперевес и счетно-вычислительным устройством вместо сердца, то — слегка мандражная сочувственная бабеха... «Ты действительно хочешь кофе?» Ага, и какао с чаем! Мля! Может, именно так и работают серьезные профессионалы, рядом с которыми я просто целка на выданье? Похоже на то, мать их перемать, очень похоже!

Извечный русский вопрос «что делать?» тоскливой занозой завис в извилинах. Ответ на него был еще народнее и непосредственнее: «Будет хлеб, будет и песня».

И тут, как в том анекдоте, Зоркий Сокол заметил... Ну да: у мадам все было на месте: и глаза, и стервозность, и бабья деликатность, вот только... предохранитель. Кто-то, видать, впопыхах демонстрировал ей сей убойный ствол, забыв уточнить, что предохранителей у «спенсера» *два,* и сколько бы барышня ни жала «собачку» с лучшими намерениями, страшенного выстрела, способного прокрутить в супостате дырку размером с кабанье рыло, не получится. А *сама* она не разобралась.

— Вот что, девушка. Ты допрежь времен волну не гони и не требухти попусту, — услышал я, как со стороны, свой авторитетно-глухой баритон, полный неповторимого очарования от обилия великорусских идиом. — Кофейку мне налей, без нервов, тогда и посудачим ладком, — добавил я веско, а закончил уж совсем матеро: — Убивать я тебя пока не буду, но и ты воздержись. До выяснения.

Мой крагкий монолог произвел нужное впечатление: пусть на минуту, но дама растерялась. Потом покраснела разом, схватила шпокалку, провизжала нервно, дергая стволом:

— А ну, заткнись!

Ща! Мне порядком поднадоела вся эта комедия в стиле «Мата Хари и юнец», я рывком двинул из-за столешницы, оставив на табуретке зацепившуюся невесть за что патрицианскую тогу.

— Ой! — вскрикнула барышня, разявив руки, словно действительно была старорежимной гимназисткой и обнаженных мужчин видела только в цветаевском музее изящных искусств в мраморном варианте. Я мигом прыгнул к ней, одним движением выдернул из побелевшей руки, палец которой давил с силой спусковой крючок, страшный «громобой», скомандовал:

— И не стой женой Лота, красавица, дай морскому офицеру накинуть на чресла что-нибудь подобающее!

Железная леди выбилась из имиджа вовсе, довольно глупо хихикнула и упорхнула куда-то в комнаты, так и не сообразив, что не ухлопала меня только по мановению конструкторской иноземной мысли, предусмотревшей такой вот случай «на дурака». А я стоял злой и раздосадованный сверх всякой меры: несмотря на то, что жизнь моя всегда была далека от идеала законопослушания и тихого счетоводства, в таком, полностью *идиотском* положении я оказался впервые! И стоял сейчас посреди неведомой мне кухни в чужом доме, голый, как бритый кактус, и красивый, как усушенный Микеланджеловый Геракл, с поцарапанной об асфальт мордой и тупорылым шедевром ненашенской оружейной промышленности в мозолистой руке! Ну переплет, бляха-муха! Для завершенности художественного образа не хватает только серпа в другой руке, тарахтенья трактора «Кировец» под окнами и парада по телику, посвященного безвременной девяностой годовщине Великой Октябрьской! Бред сивого водолаза в горах Кордильерах! И с чего я еще брякнул насчет морского офицера? Нет, с кальвадосом надо завязывать!

Дама появилась неожиданно. Оглядев мою монументальную фигуру в стиле «Железный Феликс в загуле», подала мне новехонький полосатый халат, закрыла лицо руками и начала хохотать. Сначала я заопасался было, что хохот неминуемо примет форму истерики — ничуть: дама смеялась искренне, от души, стряхивая с ресниц набежавшие слезинки. И тушь у нее не потекла: хоть и немного было той туши, самую чуточку, а Франция, сработанная в городе Париже, — не чета ей же доморощенной.

Я же тем временем набросил халат, проверил пистолет, поставил на боевой взвод и опустил в карман халата: происхождение столь редкого, дорогого и высококлассного оружия мне предстояло еще выяснить. Затем налил себе в чашку — как и мечталось, толстенную, белоснежную, — еще не остывшего кофе, присел за стол и не без удовольствия сделал глоток.

Пожалуй, я уже оттаял мозгами, оценил комизм ситуации, но непосредственно и без задней мысли разделить веселье дамы, ставшей такой милой, не мог: лицо после душа и снятия повязки саднило немилосердно, да и еще одна, помимо убойного мушкета, деталь беспокоила, как кнопка в заднице: как-то очень легко фемина сия перешла от суровой напряженности и испуганной внутренней растерянности к залихватскому и разудалому смеху.

А дама тем временем закончила одинокую веселуху и резюмировала:

— Я больше всего опасалась, что вы — бандит.

— Да? А теперь?

— Теперь не опасаюсь.

— Почему?

— Не выговаривают бандиты слово «чресла» и не оперируют сюжетами из мифологии Ветхого Завета.

Ну да. Разумно. Ответ принят. Но вопросов у меня накопилось. Вот только как их: по порядку или по значению? Впрочем, пора и позавтракать. Убьем сразу двух зайцев: и голод утолим, который не тетка, и даму займем привычным занятием, для пущей расслабухи: сдается мне, она все же хозяйка здешних апартаментов.

— Ну, раз все так славно завершилось... Чем кормить будете, барышня?

«Барышня» усмехнулась, но уже невесело, блуждающая улыбка, как у президента Франклина на стодолларовой купюре, заиграла на губах, скрывая, надо полагать, натуру художественную, тонкую и ранимую. Но и решительную притом, порой — опрометчиво.

— Меня зовут Ольга, — произнесла она, закончив немудреную сервировку.

— Ну вот и познакомились. Осталось только подружиться.

— Вы действительно морской офицер?

— В какой-то мере, в далеком прошлом, в другой жизни.

— В отставке?

— В запасе.

Некоторое время я уплетал яичницу с беконом, поджаренную мастерски: с яйцами всмятку, с золотистой корочкой...

— Почему вы назвали меня Рембо? — спросил я быстро, безо всяких «артподготовок» и подобной тому канители, наливая в чашку свежеприготовленный кофе из носика никелерованного кофейника.

— Вы так неслись от милиции...

— Стоп, милая барышня. Давайте по порядку.

— А что тут по порядку? Я наподдала вам своим «БМВ» так, что... Но грохот выстрела я ведь слышала...

— Вы сбили меня на машине?

— Да, — сокрушенно вздохнула Ольга.

— Дальше?

— Что — дальше? Погрузила в авто и увезла.

М-да... Это не покаяние в содеянном, это бородатый анекдот про француженку и отечественного мужичка, валяющегося в пьяном непотребстве на тротуаре: «Мужчина в луже! Чей мужчина? *Ничей* мужчина? Такси!» С какой стати ей меня подбирать?

— Вы решили, что я труп?

— Во-первых, я дико перепугалась. Выбежала из машины, наклонилась к вам, вы были без сознания. Но... Если честно, я сразу не поняла, живы вы или нет. Ну, я и...

Врет. Я, конечно, не борец сумо, но и не песчинка из пустынь знойных Эмиратов, чтобы хрупкая дама могла в минуту этак спроворить: упаковать меня в салон «бээмвухи», да еще под аккомпанемент догоняющих милицейских сапог. Возможно, хладнокровия ей бы хватило, а вот силушки...

— А чего вы просто не уехали?

— Как это — просто уехать? А если бы вы скончались потом?

Ольга смотрит на меня красивыми карими глазами, вернее, как поется в старинной песне, «эти глаза напротив чайного цве-е-э-эта» — роскошный эпитет, когда одним словом все: и цвет, и глубина, и влажность, и бархатистость... Ольга смотрит мне в глаза и, похоже, ничуть не лукавит. Ладно, пусть будет так: она храбра, честна и совестлива. Примем как аксиому. А как же с физподготовочкой? Одной ей мое бренное беспамятное тело никак не унести. Нет, в салоне роскошного авто она парилась не одна, но по каким-то своим причинам не хочет говорить о спутнике или спутниках...

— Хорошо. Пусть так. Но выстрел-то вы слышали?

— Да.

— Почему бы тогда не дождаться служителей порядка? Вы были бы неподсудны: я выскочил на проезжую часть неожиданно, вы вывернули из тихонькой улочки...

— Я превысила скорость.

— Не аргумент.

— Да?

— Ладно, аргумент. Но насквозь невесомый. — Я помолчал, вытягивая кофей до гущи. — Колитесь, милая Оля, кто такой важный был с вами в авто, что вы не решились рисковать его репутацией? Или — все проще? Труп в багажнике? И лишним трупом больше, меньше — уже без разницы? — брякнул я смачно, вспомнив какую-то древнюю французскую комедийку, где такая же вот милая и славная девица разъезжала через границы, города и веси с холодным телом в багаже.

Дама сразу неуловимо напряглась: ага, попал! Вот только с чем? С вельможным сановником или с трупом?

— Я закурю? — спросила она.

— Вы — хозяйка.

— Зато у вас — пистолет.

— Кстати, где вы достали такой уникум?

— «Уникум»?

— Редкая вещь. И дорогая.

— Подарили.

— Дяденька-попутчик?

— Не смотрите на меня так, Олег, все равно имени его я вам не скажу, не скажу, и все, хоть вы меня на куски режьте!

А вот это, милая, врешь: когда на куски режут, люди и не такое выкладывают... И сенегальским шпионом станешь, и сингапурским диверсантом, лишь бы распрощаться с невыносимой тяжестью затянувшегося мучительного бытия. С легкостью.

Глава 35

Дама — да какая к лешим дама! — нормальная девка слегка за тридцать или, наоборот, около того, с благоприобретенными, но, слава Богу, так и не приросшими насовсем манерами то ли стервы, то ли дамы из общества, — собрала лоб морщинками, что-то для себя решая. Торопить ее я не стал: пусть помучается.

— Олег, почему вы убегали от милиции? — спросила она наконец.

— Грех попутал.

— Велик ли грех?

— Муму терзал, а теща не велела...

— Какого «муму»?

— Дуркую я, уважаемая. Шучу.

— А-а-а...

— Но я не бандит. «И зверье, как братьев наших меньших, никогда не бил по голове...» — продекламировал я из Сергея Александровича с чувством, пытаясь взять девушку на слезу.

— Вы не хотите говорить?

— Вам это не нужно. Меньше знаешь — легче спишь.

— Пусть так. Но тогда мы квиты?

— В чем?

— Вы правы, я была в машине не одна. Но вам также не нужно знать, с кем. Уговор?

Хоп! Простенькая, как консервная банка, ловушечка сработала. По правде сказать, мне было до одинокого фонаря, кто именно вельможно катал с дамой по ночным покровским улицам из пригорода и был ли этот мажор за рулем во время незадачливого наезда... Пусть себе развлекаются! Но вот что дама не стерва, а вполне сочувственная деваха, это без балды: именно она спроворила кавалера закинуть меня в салон и доставить сюда.

— Уговор дороже денег... — весомо подтвердил я, прокачивая ситуацию дальше. — Я сильно побился?

— Ага. Мы отвезли вас сначала к доктору, потом сюда.

— Чем-то прокололи?

— Ну да. Успокаивающее. Пришлось немного зашить кожу у виска: клоком висела.

От таких жутких подробностей по спине пробежал легкий морозец.

— Надеюсь, айболит одноразовой отверткой орудовал? — вопросил я обеспокоенно.

— Не волнуйтесь. Он вам даже экспресс-анализ крови сделал. На все хвори разом.

— Ну надо же, куда шагнула наука с техникой! И как результат?

— Здоров.

— И это радует.

Дама пожала плечами: дескать, порядок такой. Закурила, окуталась облачком дыма:

— Что еще? Обработали раны, перевязали, привезли сюда, искупали в ванне.

— Вместе с инкогнито из машины?

— Нет. Мне девочки помогли.

— А-а-а... — протянул я глубокомысленно.

Смотрю на Ольгу с искренним интересом усталого странника. Судя по только что полученной информации, она все же «мадам», но в очень специфическом борделе. Который и борделем назвать язык не поворачивается. Дело поставлено: даже неведомый эскулап, отправляя меня сюда «на отлежку», не поленился взять эспресс-анализ. Благоприобретенная профпривычка борьбы с профзаболеваниями контингента, елки-моталки. Хорошо, хоть этот айболит мне аборт не сделал!

— Да, что касается вашей одежды, она пришла в полную негодность. Но я вам что-нибудь подходящее подберу.

Ольга замолчала, прихлебывая кофе. Пауза несколько затянулась. А я — думал. Славная женщина. Добрая и совестливая притом. Даже если принять во внимание, что мотив моего спасения был в некоторой степени шкурным — не засветить ясновельможного пана, скорее всего занимающего в Покровске немалое положение. Тем не менее... Меня могли просто оставить на шоссе: тогда мое сегодняшнее пробуждение не было бы столь идиллическим. Это первое. Второе. У Ольги и ее тайного спутника было сто пятнадцать способов и возможностей избавиться от меня, уже отъехав от опасного для них близостью милиции «места встречи». Третье: я действительно им не нужен. Это не спецслужба и не хитрая разработка. Милая барышня подобрала меня по совестливости, порядочности и человеколюбию, хотя на душе у нее скребли две-три серые кошки — об этом говорит сегодняшний инцидент с пистолетом. И не робкого десятка дама, но вот с оружием обращаться не умеет.

Пауза действительно затянулась. Ольга сидит тихонько, лицо ее поскучнело до деловитости, и мысли милой барышни угадать несложно: ну вот, мы с вами квиты, господин из ниоткуда; слава Богу, не в Америке живем, и иск за моральный ущерб предъявлять вы не станете; к тому же компенсация была сладкой: игры с двумя русалками отличались изысканностью, раскованностью и шармом. А потому допивайте, мил друг, кофеек и катитесь колобочком по вашим грешным делам: к жене, к теще, к милиции, к черту на рога, к лешему за пазуху, лишь бы — на все четыре стороны.

— Вы какой стиль одежды предпочитаете? Классику? — Ольга привстала, явно с целью удалиться для пополнения моего гардероба.

Я представил на мгновение себя этаким Джеймсом Бондом: в костюме с иголочки и мордашкой неудачливого алкана, и стало горько от накатившего сарказма: живу я не так, не там и не с теми! Но мысли эти промелькнули скоро, как трассирующие пули, хвала Дионису, лишенные той убойности. Самой грустной была последняя: с битой об асфальт харей меня обязательно остановит если не первый, то третий страж законности. Впрочем, в полосатом халате с чужого плеча и тяжеле-хоньким убойно-карликовым пистолем в кармане оно-го я буду смотреться куда более вызывающе в пролетар-ском городе Покровске.

— А у меня есть возможность выбирать?

— Ну да, — передернула плечиками Ольга.

— Тогда, может быть, вернемся к спортивному сти-лю? Что с моими джинсами?

— Они-то как раз целы. И выстираны. А вот куртка, рубашка... Впрочем, никакой проблемы: и то и другое я вам быстро подберу.

Мы прошли через гостиную в одну из спален, боль-ше и роскошнее той, в которую поместили меня. Не-сколько высоких, красного дерева шкафов-купе стояли в ряд. Ольга раздвинула створки:

— Выбирайте.

Нет, что-то здесь пляшет совсем не в тему. Зачем в борделе, даже элитном, такой набор дорогой мужской одежды? Причем вовсе не сексуальной, наоборот, рес-пектабельной и — одного размера: примерно пятьдесят шесть — пятьдесят восемь. В талии мне великовато, а вот в плечах — в самый раз.

Придется вернуться к первой версии: Ольга — жена или любовница известного и состоятельного человека, имеющая гнездышко для игр. Возможно, совместных с мужем и еще какими-то парами: чего в нашей жизни не бывает теперь? Даже пироги с мороженым научились выпекать, а все остальное... Ну да, жена... Или — вдо-ва? Несть числа вариантам в таком случае.

Заметив мое сомнение и приняв его, видимо, за про-явление свойственной мне деликатности, Ольга добави-ла с усмешкой:

— Чем богаты.

— А хозяин против не будет?

— Нет.

Держу соответственную случаю паузу и делаю лицо скорбным и торжественным, аки лик вождя масаев при инагурации в должность ввиду безвременной кончины предыдущего экзарха племени, съеденного теперешним

260

претендентом без соли и специев, по-простому, по-африкански. Я настолько увлекся притворным сочувствием, что на языке уже вертелась неслабая истина: все там будем. Но произнести афоризм неизвестного автора так и не довелось: даме почему-то стал неприятен мой похоронный вид.

— Да нет, вы не так поняли, Олег, — поспешила пояснить Ольга. — Шмотки брата, Сереги, он сейчас за бугром, и в ближайшее время я его не ожидаю. Да и шмоток здесь столько, что...

— Квартира тоже его? — бросаю бесхитростный вопросец.

— Ага, — кивает Ольга — Но записана, естественно, на меня.

Хм... Почему это «естественно»? Совсем даже неестественно. Видно, братан или честный лесоруб частного предпринимательства и как раз сейчас осваивает джунгли проклятого капитализма где-нибудь на Канарах или Мальдивах, или почетный сиделец местного серого дома, законодательного собрания или иного злачного местечка.

Дама тем временем улыбается:

— Ах да, я забыла сказать... Я — Фролова. Сергей Фролов и есть мой брат.

Ну Сергей Фролов, ну и что? Ведь не Березовский же, не Гусинский и даже не Смоленский. Фроловых по России — у-йо-о-о... Воз и маленькая тележка. Да и по Покровску, поди, навалом. Но извилины мои закрутились все же со свистом, как диски в игровом автомате, и выдали нужную комбинацию. Ага, выпало три семерки. Никак не меньше.

— Фирма «Пионер»? Фролов С.А.? — выдал наконец я.

— Да. — Ольга выглядела вроде даже обиженной: верно, процесс напряженной умственной деятельности отражался на моем поцарапанном челе мучительными проблесками бессознательного.

Фирма «Пионер», как и явствовало из названия, была на покровском бизнес-фронте первопроходцем: бензин-керосин и другие фрукты. Сеть автозаправок, автостоянок и прочих примусов. Что характерно, никакой «крыши» над головой Фролов С.А., старший братан Ольги, не имел: держался своими силами. Ходили слухи, что за его широкой осанистой спиной маячит то ли «Газпром» с «Империалом», то ли обладминистрация с губернатором, но по-серьезному на не такого уж юного «Пионера» — кстати, ровесника перестройки, никто не наезжал, а местечковые наезды люди Фролова гасили своими силами. Ходил, правда, слушок, что на заре реформ были и крупные подкаты: в лице зампреда областного правительства, тогда еще исполкома, подкрепленные вооруженной оппозицией некоего коронованного московского авторитета. Итог был плачевен: губерния, тогда область, осталась без любимого руководителя по причине инфаркта миокарда, а столичного авторитета пристрелил безымянный снайпер. Безо всяких последствий для Фролова С.А.

Возможно, просто так совпало, в Москве любили пострелять в те года и много кто с кем делил «великую и неделимую», но Фролова с той поры не трогали. Ни местные бандюки, ни смотрящие от столиц.

Ну что ж... Понятна и независимая смелость дамы, и подарочный «спенсер», и роскошь в квартирке. Одно неясно: нимфы по утренней зорьке — сон или явь? И не являются ли они такой же принадлежностью господина Фролова, как и респектабельная одежка, без счету висящая в безразмерных купе?

Одно мне ясно как день: брата такой сестренки я явно не обездолю, ежели позаимствую во временное пользование куртец покруче. А можно и свитерок.

Ольга оказалась ко всему еще и весьма тактичной дамой.

— Вам еще кофе сварить? — спросила она и удалилась на кухню, одарив меня очаровательной улыбкой. — Жду вас при полном параде. Да и замотали вы меня вопросами, хорошо бы коньячку, а? Вы, случаем, не трезвенник? — Ольга сделала мне «о'ревуар» и удалилась.

А мне вдруг стало стыдно. Во-первых, крутил любовь с чужими девчонками в чужой спальне и на чужой постели. Во-вторых, забрался в чужой бар в чужой мансарде и лакал чужой кальвадос. В-третьих... Эх, перечисляй не перечисляй, а стыдно. Утешало лишь одно: ничего своего у меня все равно нет. Я безымянен и легок, как первый снег.

Мелодично пропел дверной звонок. Я к тому времени успел разоблачиться, натянуть родные джинсы, хозяйский новехонький свитер, распечатанный из фирменного целлулоидного пакета, и уже примерялся к куртке: поношенной, без затей. Во мне взыграло пролетарское чувство справедливости: не чужое беру, реквизированное у трудового народа экспроприирую. Причем с согласия родственников эксплуататора. И брачная ночь проведена, и девственность не нарушена. Раньше эта процедура называлась непонятным иноземным словом «коитус». Теперь — простым и понятным: консенсус.

Звонок продолжал исторгать из чрева мелодию незабвенных «битлов». Песню о вчерашнем дне. Потом я услышал, как открыли дверь, и сразу следом — неясная возня, вскрик, звук падения. Ни дня без приключений! Или прибыл Серега Фролов и сейчас будет вступаться за честь сестренки в честном кулачно-огнестрельном бою? Вряд ли. У-е-е! Я ведь так и не узнал, замужем ли дама! А потому, как истинный джентльмен, выудил из кармана халата «спенсер», сдвинул оба предохранителя и скрылся в стенном шкафу, громадном, как столыпинский вагон: не заплутать бы в потемках! Эх, пропадай моя телега! Задвинул дверцу.

Вовремя. Секунду спустя в комнату опрометью влетел шустрый крутоголовый вьюноша лет двадцати пяти, обозрел содержимое спаленки волчьим взглядом и ринулся дальше. Судя по легкому хлопанью дверей, он уже рысцой скакал по остальным помещениям, проводя поверхностный досмотр.

Я услышал звук пощечины, затем — голос:

— Ну что, Леля, хаза у тебя приемлемая. Здесь и зависнем покуда. Тишина, покой, нега... Девки твои подойдут сегодня? Нет? Ну да ничего, нам пока тебя хватит, да и потолковать нужно серьезно и вдумчиво, а?

Клевер! Что застыл, как бронзовый Вовик? Помоги даме разоблачиться!

Снова шлепок.

— Ты, стерва, не дергайся уже. Будешь вести себя чинно, еще и удовольствие получишь, станешь стервозничать и целку из себя строить — не взыщи. Что стал, Клевер! Стягивай с нее штанцы и все остальное! С дамами лучше толковать, когда на них надето с гулькин нос, — и гонору меньше, и сговориться легче! Ну вот, она уже не брыкается... А голенькая — просто чудо как хороша!

Еще шлепок пощечины.

— Ну-ка, ротик раскрыла! Тебе сразу за щечку заправить или сначала трахнуть? Клевер, ты мог подумать, что будешь сеструхе Фрола когда-нибудь заправлять? Во дела...

Я успел покинуть гостеприимный шкаф-купе, переместиться к чуть приоткрытой двери и замер. Налетчиков в гостиной трое, и действуют они внагляк, хотя по-своему и грамотно: безо всяких реверансов и подходов кто-то влепил девушке в глаз, да так крепко, что сейчас он почти заплыл свежим багровым бланшем; губы — тоже разбиты. Не давая опомниться, раздели донага, усадили в кресло и начали паясничать, дожимая жертву. Конечно, это не уличные ханыги; что-то им от приютившей меня хозяйки надо, факт. Я давно вышел бы из «тени», но предварительно желаю убедиться в двух вещах: есть ли кто в коридоре, на кухне или в других помещениях безразмерной квартирки и — личная это инициатива «псов свободного рынка» или их кто-то сюда направил, страхует на улице и ждет не дождется результатов собеседования. То, что даму ломают так жестко и качественно не из-за ее побрякушек и уж тем более не ради сексуальных забав — понятно и слону. «Черный передел» в криминальном сообществе Покровска, начавшийся вчера стрельбой из всех видов автоматического оружия, затянул сестренку богатого братца, как трясина — Золушкину туфельку.

— Что тебе нужно, Таджик? — услышал я всхлипывающий голос Ольги.

Очень хочется выдернуться и потолковать с пареньками, но до выяснения — нельзя. Ребятки не наркоши и не отморозки, безальтернативно плоскогубцами и другими острыми предметами орудовать не станут; да и нет нужды при таком вот наезде действительно применять упомянутые железки: гораздо эффективнее полязгать ими же перед лицом жертвы, обстоятельно разъяснить, что и с каким старанием станут немудреным инструментом выдирать без наркоза, а то — затянуть приготовления пытошных причиндалов под аккомпанемент незначащих междометий и тихого, но нездорового садистского азарта, еще лучше — в тишине, не мешая работе воображения «клиента»: оно само дорисует все страсти-мордасти в лучшем виде. После такого «пси-фактора» люди с комплексами, а людей без комплексов нет, есть специально подготовленные профессионалы, способные *противостоять,* ну да это тоже своего рода «комплекс супермена», с таким другая тактика и стратегия, — так вот, люди колются, как сухие орехи, с треском.

И все же мне беспокойно за приютившую меня хозяйку: правила правилами, а в нынешнее постсудьбоносное звериное время и корова петухом поет, а уж «правильные» бандюки превращаются в нелюдь сплошь и рядом. Потому настороженно слежу за вожаком, названным Таджиком, отметив только, что нет в нем ничего таджикского, скорее всего погоняло прилипло после службы в столь отдаленных и милых местах, или же — беженец оттуда, лишенец, ходить ему конем! Пистоль держу наготове.

Выразительный звук пощечины, Таджик задушевно склонился над Оленькой, жестоко лаская грудь, так, что девка губу закусила от боли.

— Называй меня Валерием Николаевичем, ущучила, подстилка?

Он замолчал, продолжая тискать даму; два его подельника с глупо ухмыляющимися физиями разгуливали по гостиной, то бросая взгляды на голую молодку, то рассматривая богатое убранство комнаты с интересом мелких гостиничных воров.

А Ольга — дама таки с характером. Сцепила зубы, вытерпела «ласки» грубого кавалера, спросила снова, стараясь сохранить самообладание:

— Что вам нужно?

Голос чуть надтреснутый, но девка держится, хоть это хорошо. Видно, братан Фрол — крутой малый, и родная сестренка от него недалеко ушла: гены.

Нет, ребята явно не собирались тешиться сексом или затягивать представление ради удовольствия. Валерий свет Николаевич обхватил мордашку плененной разлапистой пятерней, повернул к себе, уставился в глаза «дзержинским» взглядом, произнес без обиняков:

— Деньги. Нам нужны деньги Фрола.

Глава 36

— Но ведь его деньги... — начала было Ольга.

— Нишкни, сука! Молчи и слушай пока. Нам не нужны бабки в банках, не достать. Но у Фрола — заначка, дядька он зело хозяйственный, чтобы не прихранить на черный день налика. Так вот, Олюня, черный день настал. Хочешь дальше тихо жить-поживать на роскошной хазе и мальчиков потрахивать — колись скоренько и до нитки. Нет — так все одно колонешься, только уродкой ты никому не нужна... И не мудри сильно: да, Фрол крут и может достать даже из камеры германской тюрьмы, куда его укатали... А может и не достать. Уж кому завтра жить, а кому червей кормить — про то один сатана ведает. Так что не упирайся крепко, ты же у нас не партизанка, а стервочка, к удовольствиям и холе привыкшая, а то пощекочем утюжком избранные места, кому ты, карга пожженная, нужна станешь?

Ольгино лицо потемнело от страха. Глаза заметались, мазнула она взглядом и по едва приоткрытой двери комнаты, в которой я затаился.

Женщину можно было понять: если она и надеялась на мою помощь, то рассчитывать вряд ли могла: в свете новых реалий эпизод в кухоньке теперь наверняка казался ей моим героическим настоящим; отобрать мушкет у бабенки пусть с характером, но совсем не умеющей с оружием обращаться, не одно и то же, что сцепиться с тремя бульдогами пусть невеликой выучки, зато без комплексов на предмет пострелять. Но и выдавать меня девушка-красавица не спешила: как ни кинь, я был ее единственным шансом. Не надо большого ума смекнуть, что, во-первых, ее никто не собирается оставлять в живых, а во-вторых, что от пыток тоже не убережется: жадные ребятки недоверчивы. Даже если и выдаст она им валютный схрон братца, в котором баксы килограммами, решат — мало, будут истязать, чтобы получить еще... Чтобы получить все.

То, что парни не засланные особисты, а либо подельники, либо, наоборот, супротивники упомянутого Фрола, — факт. Скорее подельники: открыла же она им железную дверюгу безо всяких вывертов и опасок... А они, коварные, сразу в пятак! Мораль: с кем поведешься, от тех и огребешь!

Ладно, хватит мучить гостеприимную хозяйку неопределенкой: пора играть свою партитуру, тем более что стенки сталинки достаточно толсты, а окна из металлопластика — герметичны. Соседи что-то услышат, ну да не беда: примут за выхлоп пылесоса. Недостоверно? Да и фиг с ней, с достоверностью! Пора, пока этот неласковый мастодонт, садюга гребаный, даме груди не оттоптал ручищами; не люблю я нелюбезного обращения со слабым полом, хоть на куски меня режь, но не люблю! Пора.

Но, как назло, стоило только принять судьбоносное решение, ситуация поменялась, пусть не в корне, но ощутимо: дверной звонок неутомимо запел мелодию «битлов» о прекрасном вчерашнем дне. Боевики замерли, один на цырлах покандыбал в прихожую: изучать в глазок ситуацию. Оставшиеся двое тоже поменяли диспозицию: Клевер передвинулся за кресло с обнаженной мадемуазель, треско распечатал скотч и залепил бедняжке рот, заодно прикрутив голову к креслу. Таджик извлек из недр пиджака снабженную глушителем «беретту» и тоже передвинулся к двери.

М-да... Была бы у меня такая «дура» на стволе, я бы и медлить не стал: положил бы обоих штабелем в хорошем темпе, тишком разобрался бы и с вышедшим в прихожку и, глядишь, запустил бы в комнатуху незваного гостя: может, он лучше татарина? Мечты, мечты, где ваша сладость...

А дверь в коридоре меж тем отперли, в комнату вошел некто скорый и повелительный:

— Вы чего, мать вашу так, еще не разобрались с малюткой?

— Гимлер, мы только начали...

— Заткнись, Таджик! — Вошедший застыл посреди комнаты — весь кожаный, скрипучий, то ли комиссар из чрезвычайки, то ли эсэсовец из зондеркоманды, да и разница между ними, видать, небольшая вовсе. Ольга метнула в сторону комнаты совсем уж умоляющий взгляд: видно, знала об этом малом предостаточно, чтобы сохранить хладнокровие, да и погоняло он получил явно не от фамилии, а за заслуги.

Вместе с Гимлером ввалилась еще пара молодцов, что диспозицию, сиречь мои шансы на успех, сократило на порядок. Видать, недосуг ждать станичникам, пока их побратимы с кого-то шкурку снимать станут; да и при денежной дележке среди пиратов нынешнего реформированного общества лучше быть рядом с кучей: а то, того гляди, кинут, и будешь всю жизнь, как дурак, на джипе ездить да на запчасти работать!

Судя по всему, Гимлер исповедовал принцип: куй железо, не отходя от кассы. Видимо, «беспомощное положение потерпевшей» возбудило его сразу и бесповоротно; громила извлек из недр черных дорогущих брюк готовый к бою «агрегат», облачил в черного же цвета импортную резину, подошел к креслу, одним рывком, больно, сорвал с губ скотч, произнес:

— Ну что, кисуля, будем сочетать приятное с полезным? Пошепчи-ка мне на ушко, где заныкалось Фролово наследие, а? Что замерла, падла, а ну — ноги шире плеч, живо! — И одним движением впечатал даму в спинку кресла. Она вскрикнула, что возбудило крутого ухажера еще шибче, он наотмашь ударил по губам женщины, прорычал: — Ну! Начала исповедоваться, быстро! Или я тебе вместо елды щас ножку стула закатаю! Ну!

— В ванной... За зеркалом...

Упускать такой момент было безумно и расточительно: все пятеро подручных, оборотясь ко мне кто вполоборота, кто — спинами и затылками, соучаствовали в изнасиловании «вприглядку»: пример Гимлера был весьма заразителен, и каждый урод уже грезил о своей доле «ласк» от милой дамы, сразу после потрошения тайника.

Выскакивать чертом из табакерки было глупо. Я просто толкнул дверь ногой, она бесшумно отворилась... Грохот первого выстрела разорвал тишину, прерываемую до того возней и выкриками Гимлера. Пистолет дернулся в моих руках трижды, трое братков еще продолжали оседать на пол, а я уже ринулся врукопашку; двое прыснули при звуках пальбы по углам и достать их пока не было возможности, а трахарь-агрессор Гимлер, в мгновение ока потерявший всякую потенцию, уже валил кресло с девкой набок, скрываясь за ним, как за броней, и елозил под полой куртки, пытаясь выдернуть так некстати зацепившийся за что-то ствол.

Сейчас главным было кончить этого авторитета-вредителя: судя по всему, он наводил на подельников страх не меньший, чем крупнокалиберная пушка; я прыжком одолел расстояние до кресла, перепрыгнул. Гимлер с диким визгом резаной свиньи устремился на меня с пола, оставив затею с оружием; его «рука-копье» летела мне в горловину, но не долетела: уйдя прыжком с линии атаки, я качественно воткнул ему чуть ниже уха грубый, как дубовый сучок, средний палец правой руки. Хруст был почти не слышен, но мысли о сексе ушли из головы злыдня напрочь вместе с жизнью.

А о нереactiveости брызнувших на две стороны подручных — это я соврал. Парняги оказались пуганые и тертые и в сложившихся реалиях прикидываться ветошью не собирались. Один, пошустрее да потрусливее, мышью юркнул в коридор и, надо полагать, несся опрометью к входной двери. Другой, тот самый Таджик, успел-таки выхватить свой затаренный модный шпалер и пукнул пулей: словно обозленная оса она вжикнула у черепа, поправив прическу, и с клекотом поцеловала деревянную раму неведомого шедевра на стенке. Второго вжика я не дожидался: прянул наземь и покатился бочонком, выставив «спенсер», чудо штатовской инженерной мысли и убойной мощи, на вытянутых руках, дважды выстрелил, давя «на характер» противника, а уже третью пулю выслал качественно: между носом и глазом.

И — рывком в переднюю. Последний герой облома завозился-таки с дверью; он сумел справиться с замком, когда услышал позади мои совсем не крадущиеся шаги. Обернулся, ощерился; в руках его оказался остро отточенный длинный нож. Безумством храбрых, которым поют конечно же песни, но чаще — поминальные, этот, последний, не страдал. И потому лезть на рожон не собирался. Не увидев в моих руках ничего огнестрельного, занял оборонительную позицию; тыл ему надежно прикрывала массивная бронированная дверь, ростом и сложением малого родители не обидели, да и нрава он, видать, был лютого... А что бежал... Так когда пули визжат, а ты при «пере», и только, бегство и есть самый разумный способ разрешения конфликта в свою пользу. Сейчас, когда ситуация переменилась... И крыса, зажатая в угол, тигром на людей кидается, ну а уж волк-оборотень, кровушки на своем веку пустивший немерено, и подавно.

И точно: парень, почувствовав уравновешенность шансов, внутренне повеселел и самую чуточку расслабился, совсем легонькую чуточку, чтобы и мышцы поэластичнее работали, и реакция оставалась резвой. Оскал его стал совсем звериным, а глаза — холодными и стылыми. Тусклое лезвие в его руке не бликовало, и сама рука не была по-глупому жесткой: умел он обращаться с холодным оружием на все сто, и запорхает сталь в его руке, аки бабочка-капустница, но — в нужный момент, раньше времени этого своего умения он обнаруживать не желал.

А мне стало неуютно. Это только полный дилетант решит, что нож безопаснее пистолета. В том-то и шайба, что пуля — дура, а клинок... Поспешил я, пошел на поводу эмоций; с трофейной «береттокой», да еще и с глушаком на стволе, я бы уделал индивида, как Создатель — черепаху. А сейчас... Лезть на рожон, какой станет для меня вертелом, глупо, возвращаться за пистолем... не проканает: молодчик уже почти догадался о моей безыскусности в обращении с холодным оружием, и только решительный отстрел соратников помешал ему в первую же секунду броситься на меня быком и «забодать» к чертовой бабушке.

Впрочем, мои мыслительные изыски времени заняли с гулькин нос — в реальном бою время течет по-другому. Я засек момент, когда противник решил атаковать: что-то неуловимо поменялось в лице; пританцовывая, он пошел на меня, напряженно высчитывая, когда расстояние сократится до прыжка и выпада ножом. Мои глаза в это время изучили прихожую, размером с малогабаритную квартиру, в подробностях; ничего лучшего, как пустить в ход тяжкую напольную вазу, я не нашел.

Как только противник приблизился на расстояние атаки, схватил произведение китайского гончарного искусства и метнул в бандита. Он только шире осклабился; вернее, откровенно уже улыбался: решил, что я — фраерок, забредший к хозяйке полакомиться «козочками», при шпалере, как все нынешние, как при галстуке, и с испугу перемолотил всю банду. Что со стволом не мудрено. Видно, в окрыленном его мозгу уже замерцала наиприятнейшая картинка: сейчас он завалит меня безо всяких фокусов, потом дожмет девочку и станет единоличным обладателем сокровищ в самой нетленной зелени.

И он недалек от истины. Рядом с ним я — фраер. К тому же сызмальства боюсь злых хулиганов, особенно с ножами. Но не настолько, чтобы позволить себя прирезать.

Парень вышел на выпад. Отмахнул рукой с ножом, я отклонился назад, он неестественно быстро перехватил оружие в другую руку, и нож уже летел мне в брюхо откуда-то снизу и слева, уйти снова я не успевал; не по здравом размышлении, скорее инстинктивно, подставил бедро и почувствовал, как клинок с хрустом пропорол джинсы. Рывком, двумя руками я дернул его за шиворот к себе, с хрустом подставив голову под его носовой хрящ, тут же оттолкнул к стене и стал молотить отточенными сериями ударов в голову. После такой обработки драться продолжают только в кино. Руки его беспомощно повисли вдоль тела, он сползал по стене, а я ни о чем не думал, ничего не чувствовал, ничего не помнил о своей предыдущей жизни, ничего не ждал в последующей; я просто молотил и молотил, пока мой противник не завалился беспомощно и безжизненно набок. Только тут я осознал, что он не был теперь никаким противником: теперь это был просто труп.

Острая боль в бедре вернула меня к реальности. Кое-как я вынул засевшее лезвие из бедра, поковылял в гостиную, зажимая ладонью рану. Первое, что меня встретило, — была пуля, вжикнувшая над моим плечом и впившаяся в дверной косяк с довольным «чмоком». Зрачок пистолетного глушителя рыскал как пьяный; милая дама оклемалась, но не опомнилась: она стояла в распахнутом халате, одной рукой держа оружие, другую — прижимая к паху. Глаза невидяще уставились на меня, рука с оружием дрожала, ствол дернулся, выплюнув очередную порцию свинца, — на этот раз пуля ушла в пол.

Кричать даме, что я и есть герой, вызволивший ее из рук супостатов, было и глупо, и, что хуже, бесполезно. Кое-как спружинив на одной ноге, я прыгнул... Полет мой был недолог, но показался мне вечностью: я очень отчетливо вдруг представил, как пуля вывинчивается из ствола, как проходит камеру глушителя и, вырвавшись на волю, кусочком раскаленного металла несется мне в грудь.

Пуля, взвизгнув о железо перекрытия, уткнулась в деревянный потолок. Ольгу я все-таки сбил в прыжке, а вот как успел выбить руку с оружием вверх — не помнил.

Посмотрел на женщину. Она крепко ударилась затылком об пол, но была в сознании: если, конечно, этим высоким словом можно назвать состояние, в котором она находилась, стреляя в меня. Прислушался на минуту: нет, тихо. Как в морге. Никого из соседей мы не потревожили: сталинские стены, да и середина дня, нормальные люди — на работе.

Кое-как подхватил Ольгу под мышку, доковылял до диванчика, опустил ее, присел сам. Голова кружилась: штанина была мокрой от крови. Но артерия, слава Богу, не задета: иначе я не добрался бы и до гостиной, а тихо истек кровянкой бок о бок с поверженным работником ножа и топора.

Девушка тихо застонала, снова приложила руку к паху, вовсе не пытаясь укрыть наготу, — ей было больно.

— У тебя аптечка есть? — спросил я тихо.

— Да... В ванной. Во второй ванной. Там шкафчик такой.

Я заковылял к указанной комнатухе. Оглянулся:

— Ты уж, пожалуй, больше не стреляй. Трупы выносить замучаешься.

Ольга не ответила ничего: уткнулась головой в подушку и беззвучно заплакала. Уже из ванной я услышал ее рыдания — ну и пусть. Ни бесплатных пирожных, ни бесплатных увеселений, ни бесплатных двухуровневых квартир в сталинках не бывает. Факт.

Глава 37

Из ванной я вернулся минут через пятнадцать: обработал ногу, остановил кровотечение, крепко перетянув бинтом, и вволю надышался нашатыря — от одури.

Еще оттуда я услышал, что истерика у Ольги прекратилась — выплакалась. Когда же вошел в гостиную, она сидела, сжавшись в комочек, накрепко закутавшись в халат, и была похожа на какого-то норкового зверька, с которого охотнички-живодеры уже начали было снимать шкурку, да плюнули: медведь помешал.

В квартире стоял явственный запах крови и пороховой гари: ничего себе мирный Покровск с мирным трудолюбивым населением!

Или — любая гармония в этом мире держится на слишком хлипком равновесии противоположностей? И стоит мотыльку неловко взмахнуть крылышками с любой из сторон, как все рухнет, полетит в тартарары, завертится в круговерти хаоса и разрушения, удержу которому не будет вовек? А люди... Они слишком тяготятся унылым равновесием будней, им подавай бурю! А когда буря настигает — гибнут в пучинах, не успев ничего создать, не сумев никого защитить, безвестно и безнадежно.

Впрочем, в тихом Покровске не мотылек крылышками махал: здесь как Мамай прошел, разрушая все сложившиеся в городе за время оно теневые связи и связки. И вот результат: гнездышко любви и неги, каковым была с утреца милая просторная Оленькина квартира, превратилось в поле беды, насилия и смерти.

Я присел на краешек дивана; Ольга посмотрела на меня, тихо произнесла, прижав руки к животу, как бы жалуясь:

— Болит...

Сочувственно вздыхаю, но молчу. Для утешителя вид у меня самый живописный: в трусах, с окровавленной тряпкой, впрочем умело намотанной — вокруг пояса к бедру. В одной руке — пистоль с глушаком, в другой — пузырек с нашатырем.

— Нюхнуть не желаешь? — спросил я по возможности более нейтрально и тихо. — Ручаюсь, что не кокаин, а по мозгам шибает — будь здоров!

— Ты еще можешь шутить?

— Да какие уж шутки с кокаином? Вот Вовочка, на что уж вождь «мигового пголетагиата», а донюхался до полной усушки мозгов!

— Это что, правда?

— Версия. Бульварных газет начитался.

Некоторое время Оля смотрела на меня, как на призрак упомянутого вождя, а то и самого коммунизма, забредшего по недоразумению в ее насквозь буржуазную блатхату, произнесла:

— Ты что, действительно такой супер?

— В смысле?

— Только что положил шестерых отборных боевичков моего незаконопослушного братца, получил ножик в ляжку и, не успев перекурить, решил огорошить даму новостями из бульварной ленинианы... Просто Бонд какой-то, пусть не Брук, а Джеймс, но такой же бодрый!

Знала бы милая барышня, как мне далась эта бодрость! Но нужно же было ее как-то из ступора выводить?

— Ты тоже, девушка, хороша! — в тон ей отвечаю я. — Дом полон трупов, а ты мне нотации читаешь о том, как нескромно копировать киногероев. Лучше скажи, мне нужно спускаться, чтобы с водилами элитных машин толковать, или они сами поднимутся?

— Ты имеешь в виду...

— Ну не на троллейбусе же к тебе эта джаз-банда прикатила! — раздраженно произнес я: объясняться с кем бы то ни было даже с помощью вполне надежного «тишака» мне не хотелось до колик! Но назвался груздем — сиди и не чирикай!

— Нет. У Гимлера водила Вадик, ты его в прихожей замудохал, а Таджик всегда сам за рулем ездил. Думаю, все они здесь.

Я несколько даже поморщился от таких слов, вылетающих из разбитых уст полураздетой дивы, но что выросло, то выросло. Да и против правды не попрешь. Подумал и резюмировал:

— Бомонд собрался покутить, но быстро шторку опустили... Тогда вопрос полегче: у тебя спиртное на этом этаже имеется или только в мансарде?

— Естественно, имеется.

— Вот и подсуетись. Герою нужно поддержать гаснущие силы хорошим стаканчиком виски. Лучше — шотландского. Да и тебе дерябнуть не мешает: за счастливое вызволение из рук насильника.

— Сволочь же ты! — сквозь зубы выплюнула Ольга, снова став похожей даже не на стерву, на мегеру. Но встала, пошла к шкапчику, вынула бутылку огненной воды, два толстых низких стакана.

— Чего это сразу — сволочь? — запоздало затребовал я уточнений, разливая виски.

Ольга ничего не ответила, хлобыстнула свой единым духом, как воду, налила еще, до краев: видать, не всегда баловалась аристократическими игрушками, вроде бара-холодильника, мансарды и «бээмвэшки», «от сохи» изначально барышня, и водочку в свое время потребляла на задворках, возможно — из горлышка и, очень может быть, с кем-то из хулиганистых мальчиков, так грубо накативших на нее сегодня, забывших и дружество, и пропахшие маты в спортзале, где предавались незаконному на те времена греху любодеяния...

— Гимлер, сука... Ведь когда-то в любви клялся! — словно угадав мои мысли, произнесла Ольга.

— Деньги портят человека, — философически отметил я. — Сущая правда, и проверена временем.

— Почему ты позволил ему меня насиловать? Удобного момента ждал? Я что — кукла гуттаперчевая, чтобы момент на мне отрабатывать?! — Глаза у прекрасной фурии горели неземным огнем, а на лице было написано невысказанное изречение всех стерв: «Щас в рожу вцеплюсь!»

Надо сказать, мужчинок-мазохистов это самое в девицах-вамп доводит сначала до истерического безумия, потом — до сексуального бессилия: таким телка, пока в харю не даст или хотя бы не плюнет, не интересна, как класс; слава Всевышнему, я не из их числа. Хотя что-то заводное до умопомрачения в Ольге Фроловой определенно есть: не женщина — Горгона.

— Или ты маньяк? И тебе нравилось наблюдать, как этот меня трахал?!

М-да, вот с маньяком она залепила прямо не в бровь, а в самое святое. Вполне может статься, на меня, грешного, уже и ориентировочка из столиц подкатила: насильник, убивец, душегуб! В ружье и — ату его, негодяя, ату!..

Посмотрел на Ольгу: то ли от выпитого виски, то ли от гнева, щеки ее пылали; в глазах продолжали блистать отсветы разрушительного залпа «Авроры», а сама она походила на комиссаршу из «Оптимистической трагедии» Вишневского; вот только сюжет был иной: «матросня» успела-таки полакомиться «комиссарским телом». И все же хороша Маша, но... Что не наша, даже и хорошо!

Вопрос о маньячестве я решил не заострять, замять для ясности, зато на другие отвечать обстоятельно, с легким налетом грубости, дабы расставить акценты и возвратить девушку к реалиям: не леди Диана, а нашенская деваха, а потому нечего орать «изнасиловали», когда трупов полна светлица.

— Ну, во-первых, мадемуазель, нужно было не строить из себя целку в свое время, как мудро заметил один из покойных, а *дать* этому злому Гимлеру лет пятнадцать назад, сейчас бы не выпендривался, — сказал я возможно более равнодушным голосом и чуть отодвинулся в сторону, дабы не огрести плюху. Вместо плюхи, дама метнула в меня взгляд-смерч, а я невозмутимо продолжил: — Во-вторых, он был в презервативе, так что злой заразы можно не опасаться... — Я выдержал еще один взгляд и закончил, на этот раз вполне серьезно: — А если без прибауток, то да: мне нужно было выбрать момент. Без этого бы и тебя не вытащил, и себя не уберег. Ребята ведь не новички в душегубстве, а?

— Нет, — тихонечко, как выдохнула, произнесла Ольга.

— Вот так. Мораль: с кем поведешься, от того и огребешь. Надеюсь, у тебя нет иллюзий насчет дальнейших действий твоих заклятых дружков, буде они вживе?

— Какие тут иллюзии! Выпотрошили бы, как зайца в мясной лавке, да выбросили.

Ну что ж, это речь не мальчика, но и не девочки. Насчет ее пролетарского прошлого я был прав. Это сближает: трудное детство, деревянные игрушки, речевки в пионерлагерях: «Кто шагает дружно в ряд? Пионерский наш отряд!» А все же любопытство гложет, и я интересуюсь как можно невиннее:

— Кстати, велика ли сумма аудиторского спора, — киваю на трупы, — что школьные дружбаны так вызверились?

— А твое какое дело? — сразу насторожилась Ольга, невольно отодвигаясь. — Хочешь продолжить дело павших и прокачать меня до донышка?

Пожимаю плечами:

— Да нет, я мирный.

— Любой нищий пес в одночасье становится оч-ч-чень злобным выродком, чтобы скачать бабки, если есть с кого! — выпалила она, но не испуганно, а с той презрительно-брезгливой барской интонацией «хозяйки жизни», какую наши новые унаследовали частью от партбоссов босоногого детства, частью — от кальвинистского комплекса собственной избранности, даже если они и слыхом не слыхивали о Жане Кальвине и тогдашних швейцарских скупердяях с их скопидомством, кострами, охотой на ведьм и неуемной гордыней.

— Вот что, барышня... — начал было я душеспасительную речь, желая деликатно, ноготочком, сбить чуток спеси с оклемавшейся дамы, но она не дала говорить, перебила: видно, виски у шотландцев по-прежнему презентабельное и скорое на приход:

— Он, видите ли, «ми-и-ирный»... Ты рассуждаешь, как слаборазвитый кретин-интеллигент, способный лишь слюнявить «страницы классики», не в силах родить и путной строчки, и выпендрежно поливать власти за все и вся, пугливо сторонясь любой ответственности... Притом, что эти задроты не способны ни себе на портки заработать, ни жене на прокладки, ни детям на леденцы. А что до тебя... Лукавишь? С такой мертвой хваткой и навыком стрельбы из нетабельного оружия ты должен в «мерсе» раскатывать, а не от сержантов ночами на своих двоих улепетывать! Нет?

— Дед. И бабка при нем. Старая, но сексапильная.

Лекция о пользе денег и вреде безденежья, какую дама пытается закатить, еще никого умнее не сделала. Перевоспитывать же «отравленную» несчетным количеством зелени сестренку ввиду шести остывающих трупов я почел делом пошлым до крайности и бесперспективным до умозрительности. Потому возвращаюсь к своим «баранам» и подвожу к ним же пылающую благородным негодованием Ольгу:

— Вот что, барышня, я вижу, ты вполне отошла от шока, пора и хозяйством озаботиться.

— В смысле?

— Мне до полной луны, куда вы с братцем Серегой зарыли свои денюжки, но пора бы и ноги делать... А уж как с трупами быть — ума не приложу: холодильник в вашенских апартаментах вместительный?

Ольга поскучнела лицом, как любая женщина, какую после рюмки бодрящего виски и разговоров о Марке Шагале и поэзии Бродского отправили на кухню отмывать тарелки от оставшейся после интеллектуального собрания селедковой требухи.

Но грусть ее прошла скоро.

— Да, надо сматываться, — по-деловому подхватила она. — Ты можешь ходить?

— Если не в поход...

— До машины добредешь?

— Должен. Опираясь на могучее плечо прекрасной дамы...

— Хам!

— Разве дама не прекрасна?

— Я что, девушка с веслом? Плечо у меня вполне изящное!

— Да кто спорит!

— О'кей. Пошли одеваться, потом едем к доктору. Виски захвати с собой.

Ого, у Ольги прорезался командный голос — это обнадеживает. Сесть себе на голову я все равно не дам, а ее руководящее положение меня даже радует: что делать бомжу в розыске в чужом городе с наперекосяк расквашенной харей, ножевым ранением в бедро и без копейки денег? В «Скорую помощь» обратиться?

Приоделся я быстро. На этот раз я совсем не стеснялся: втиснул во вместительную спортивную сумку пару пиджаков с барского плеча, куртку, полдюжины рубашек, пару свитеров. Подобрал себе и широкие удобные штаны от хороших производителей, малость вышедшие из моды, зато и не шире моей талии: братан Серега пару-тройку лет назад был поподжарее и, видимо, похищнее. Урона бюджету дона Флора я не нанес никакого; да и имею я право на материально-моральную компенсацию ввиду вызволения единокровной сеструхи из грязных аморальных лап? Уж про зелень, так и оставшуюся лежать в неведомых мне тайниках, вообще молчу.

Экипировавшись на совесть, не поленился подобрать стреляющие железяки у поверженной стороны. М-да...

Кто знает, сколько «грязи» налипло на стволах?.. Невзирая на то, что ношение паленого арсенала к имеющимся у меня на сей час грехам не прибавит ровно ничего и вышак мне выпишет любая из играющих команд, не дожидаясь решения суда и прочих бюрократических проволочек, металлолом этот полагаю не лишним забросить куда-нибудь в глубокую речку. Себе же оставляю дареный Ольге «спенсер», махонький, как пачка «Беломора», и убойный, как гаубица. Благо патронов к нему — цельная пластиковая коробка. К тому же пистолет типовой, с фабричной нарезкой под глушитель, который я заимствую со ствола одного из покойных рэкетиров; глушак тоже новехонький, в работе не был. Примеряю: красиво, изящно, хорошо.

— Ну что, двинули? — Девица Ольга объявилась из глубин апартаментов при полном параде и прикиде: подумать только, какие чудеса может сотворить понимающая женщина с помощью хитрой ненашенской косметики! Только что была побитая деваха с обширным лиловым бланшем под глазом и распухшими губами, теперь... Теперь — деловая дама в стиле а-ля Маргарита Тэтчер, разумеется, с ровным слоем штукатурки, но на синячок — лишь полнамека: так, веки припухли у барышни после бурно и нетрезво проведенной ночки. И губы — тоже пухленькие, но не от побоев — от любови безудержной и страстной. Короче, не женщина, а красота-загляденье сплошное.

Ольга улыбнулась едва-едва, отметив мой просветленный взгляд:

— У тебя, Олег, повреждения на личике куда как конкретнее. Задрапировать вчистую не удастся, а косметику я тебе наведу после доктора, лады?

Чего тут спорить? Хозяин барин, ну а хозяйка в таком случае — барыня.

— Ну что, готов?

«Как юный пионер!» — готов был я выкрикнуть, да некая несуразность мне во всем этом почудилась. Обозрел помещеньице, вопросил уныло:

— А жмурики?

— Будь спок. Васятко о них позаботится.

— Кто есть Васятко? — придирчиво проскрипел я: мне совсем не улыбалось накрепко увязнуть в здешних разборках-переборках. У них своя свадьба, а мне бы холостым остаться при такой пьянке. Или, как формулируют заинтересованные дамы: свободным мужчиной.

— Он как раз и есть работник лопаты и заступа.

— Могильщик, что ли?

— Бери выше: бригадир.

— А-а-а...

— И раньше фигура значимая, а теперь... Знаешь, какой самый выгодный бизнес? Продавать еду с питьем и медикаменты. Какие бы катаклизмы ни происходили, люди хотят выпивать, закусывать и лечиться.

— Спариваться они еще хотят.

— Не все и не всегда. Впрочем... Хотя вопрос поставлен и по-варварски, но точно, мы к нему вернемся позже...

— Обнадеживаешь?

— Не сбивай меня. Так вот: когда и что кушать, когда и чем лечиться, человек решает сам. В соответствии с зарплатой и возможностями. А вот рождаться ему на свет или помирать — тут нет его решения. Понял?

— Ущучил. Памперсы и гробы — самый доходный товарец. Спрос на него не зависит от конъюнктуры рынка.

— Еще как зависит. Причем на памперсы спрос как раз падает, на гробы да могилки — растет. Мрет народец, не дожидаясь светлой эры окончания реформ.

За разговором мы спустились к подъезду, забросили пожитки в багажник темно-синей «бээмвухи». Ольга повернула ключ и некоторое время сидела молча, вслушиваясь в мерное урчание мотора.

— Картина битвы ясна, — подытоживаю я. — Едем к гробовщику Васятке?

— К гробовщику еще рано. Пока — только к доктору.

Вот за что еще люблю женщин, так это за неомраченный излишней логикой оптимизм! Вперед!

Глава 38

Врач был похож на паромщика Харона, если и выписывающего рецепты, то специфические, только в один конец. Туда.

Худой и длинный, как привязанный к буковой жердине червь (иначе бы рухнул от слабости), с лицом цвета доллара и черными мешками под глазами, он более всего походил на эскулапа-рентгенолога, последние лет двадцать спящего исключительно под собственным включенным аппаратом. Спасавшегося притом от неминуемой лучевой болезни чистым медицинским спиртягой и в дозах, не совместимых не только со здоровьем, но и с жизнью.

Историю его незадавшейся личной и общественной жизни Ольга поведала, пока добирались в дальний городской микрорайон, прозванный в народе Байконуром: десяток высоток-ракет поставили натурально в чистом поле, но взлететь они так и не сподобились. Вот только поселившийся в изобилии в панельках житель чисто поле быстро испоганил, превратив в грязь грязью.

Доктор Катков Михаил Илларионович, двойной тезка матерого грозы французов, по рассказам, сызмальства был натурой противоречивой, мрачной и упрямой. При несомненном Божьем даре *резать*. Как бывает испокон не только на Руси, а сплошь и всюду, талантливого малого заметили и стали не то чтобы травить, а так, потравливать. Тем более Михаил Илларионович был еще и скандалистом: как известно, даже после блестяще сделанной операции больного нужно еще и выхаживать, а в райбольнице, куда занесла врача нелегкая, этого делать не умели и учиться не желали. Что и вызывало незатейливую критику хирурга.

Ретивого сивку укатывали кардинально, благо повод был, даже два: во-первых, как принято у провинциальных расейских гениев и прочих левшей, доктор выпивал, и крепенько; не стеснялся он принимать на грудь и перед надрезанием боков и животиков пациентов. Коллеги давно бы и схарчили его без соли и пыли уже за этот выверт биографии, если бы не блестящие результаты; на операции к Каткову стали заезжать из самих столиц солидные дяди и тети, в райбольничку от щедрот начальственных посыпалась кое-какая медаппаратура; какое-то время был Катков даже и в фаворе. Однажды даже на паскудную ябеду от исходившего завистливой слюной завотделением больнички Яковлева о том, что дохтур прямо перед ответственной операцией средней партийной шишки *принял,* глава Покровского горздрава Куприянов отрубил злобно: «А ты что, предлагаешь ему, неопохмеленному, в руки нож вложить, душегуб?!»

Но, как говорится, сколько веревочке ни виться... Доктор спалился-таки: однажды на дежурстве завлек он в свою конурку, называемую кабинетом, будучи во хмелю, некую медсестричку-практикантку вида и поведения самого блядского, да там же трахнул. Какими-то неправдами весь больничный бомонд — местком, партком и кружок защиты демократии — оказался на месте (в одиннадцать часов вечера!), ворвались, подняли вой, хай и alarm: дескать, да разве так можно — трахать живого человека? И хотя дело было, понятно, житейское, но девице не стукнуло еще восемнадцати, а букву закона «о совращении несовершеннолетних» пусть никто уже не чтил, но никто и не отменял. Короче, Каткова вульгарно подставили под нехорошую «педофильскую» статью с железным результатом: из официальной медицины вышибли с треском, шумом, газетными пасквилями и прочей грязью. Благо медицина стала почти официально платной, и делиться с Кулибиным от хирургии гонорарами никто из средней руки коновалов, практикующих в больницах, не желал.

Правда, и следаки дело до суда тащить не стали, развалили грамотно и квалифицированно: многим служивым он и благоприобретенные на государевой службе язвы устранял, и грыжи вправлял, а то и вытаскивал за волосья из «лучшего мира» в наш, худший.

Ну а потом, как водится, гения скальпеля и зажима забыли. А он и не напоминал. Спивался себе семимильными шагами, да так бы и скопытился напрочь, если бы не вспомнили братки. Как раз в те поры раздела и передела и Фроловы орлы, и их оппоненты, и прочие сочувствующие и стремящиеся, обзавелись вполне добротным огнестрельным железом и пуляли друг в друга с остервенением и окаянством. Не всегда наповал, а раненых, как известно, нужно пользовать. Грешно бросать.

Тут и вспомнили о Каткове. А Михаил Илларионович и мастерства, невзирая на почти трехлетний перманентный запой, не утерял, и бешеных гонораров не требовал: был бы готов резать просто по велению сердца и Гиппократовой клятве, бесплатно, да такой роскоши и несправедливости уже братки себе не позволили: талант, он бесплатный, потому что от Бога, а вот за мастерство надо платить, ибо мастерство это и есть талант реализованный.

Некий толстобрюхий целила, до того пользовавший криминальный элемент, так взъярился от блестящих результатов конкурента, а еще пуще — от альтруистических замашек Каткова, что даже сговаривал доморощенного покровского киллера-многостаночника завалить эскулапа, но братки потолковали с толстым столь конкретно и адекватно, что врач за день из доктора превратился в пациента; с тех пор он затих и мирно зажил дачником на пенсионе, не помышляя о мести, а подпольную практику восстановил уже в законном варианте, промышляя платными абортами и лечением прочих нежелательных последствий матримониальных контактов.

По словам Ольги Фроловой, Катков жил теперь вполне преуспевающе, и хотя спирт потреблял в немереном количестве, на профессионализме это не сказывалось.

Первой он пользовал даму. Что касается болей в паху, то никаких разрывов и иных серьезных неприятностей, как радостно и без излишней щепетильности к вопросу поведала Ольга, Катков не обнаружил, продекламировав циничную народно-врачебную мудрость о том, что «большого хрена нечего бояться...», а душевные травмы посоветовал лечить спиртом, подтвердив авторитетно, что алкоголь в малых дозах полезен в любых количествах.

Потом лекарь принялся за меня. Лицо осмотрел мимоходом, удовлетворенно крякнул, произнес:

— Итак, молодой человек?

Обращение «молодой человек» меня удивило слегка, но я решил, что у частных докторов так принято: «молодой человек» или «батенька» хотя и звучит несколько патриархально, все же куда лучше диагностического словечка «больной». С детства мне всегда хотелось на него огрызнуться: «Сам ты больной!» Обращение удивило скорее потому, что сам эскулап был старше меня лет на десять, не более; правда, зеленый змий, который губит, как известно, куда скорее и безнадежнее каких-то там глистов, успел обжить его органон с уютом и комфортом. Мораль: каждый живет не так, как хочет, а так, как может.

— На голову не жалуетесь? Боли, головокружения не беспокоят?

— Еще как жалуюсь, — вздохнул я.

— Поконкретнее?

— Дурная у меня голова, потому и ногам покою нет.

— То, что вы шустры донельзя, я уже заметил, — сварливо выговорил мне доктор. — Не успел висок заштопать, а вы уже и бедро ножиком пропороли. — Помолчал, добавил строго: — Нехорошо! — Посмотрел на меня глазами печальной дворняги, увеличенными толстенными линзами очков: — Ну что застыли, милейший? Порты скидавайте, будем смотреть вашу ногу! Да, — он пододвинул мне стакан, в коем плескалось до половины, — выпейте-ка махом.

— Наркоз?

— Он самый. Це-два-аш-пять-о-аш. Справитесь или запить дать? Да не геройствуйте, спирт без запивки пьют или полные дегенераты, или когда запить действительно нечем.

Полстакана я принял на «ять», залил пожар водой. Подошло сразу: после всех треволнений в Ольгиной квартире организм требовал расслабухи. А эскулап тем временем неспешно отмотал бинт, оценил качество перевязки — «недурственно, недурственно», осмотрел рану, поморщился:

285

— Штука не опасная, но неприятная. Вам, милостивый сударь, придется лежать. Хотя бы недельку. Ну а учитывая ваш неуемный нрав и дурную голову, и все две-три. Справитесь?

— Справится, — вместо меня ответила Ольга. — Шуруйте как надо, доктор. Пусть выздоравливает, а потом носится сколько душа пожелает, аки конь борзый, взапуски... Он любитель в догонялки играть, я вам рассказывала.

— Помню, помню... Потерпите...

Собственно, процедура вторичной обработки раны была не столько болезненная, сколько тягомотная. Я начал было посвистывать, дабы отвлечься, но Катков меня поправил:

— А вот свистеть не надо — денег не будет.

— У меня и нет.

— Я о своих деньгах беспокоюсь, молодой человек, о своих. До ваших мне дела нет.

Через двадцать минут он закончил, выдав мне безо всякого рецепта банку зеленки и пузырек с какими-то пилюлями.

— Первое — покой. Две-три недели, если не хотите осложнений. Рана средняя, но подлая. Перевязку — каждый день. Справитесь?

— Да.

— Зеленкой смазывайте, пусть подсыхает, стрептоцидом присыпьте края. Если озноб беспокоить начнет, температурка, антибиотики попринимайте, пока не спадет. Лучше бы, конечно, сразу ко мне, я бы посмотрел, но чую, не удосужитесь. Все. Живите долго и счастливо. Адью.

Катков чопорно и довольно нетерпеливо нас выпроводил. Подозреваю, для продолжения спиртопития. Когда мы уже залезли в авто, я выразил подобное предположение; Ольга только усмехнулась:

— Да девка у него в коечке дожидается. Субтильная особа, весьма юная.

— Выходит, не беспочвенное дельце шили айболиту, а?

— Да брось ты. При нонешних нравах и оболдуйстве кто кого соблазняет — доктор малолеток или они его — вопрос вопросов. Да и вреда никакого: сама, признаться, девства лишилась в четырнадцать, тривиально, с красавцем физруком, о чем ни разу не пожалела: он и сделал все путем и, как принято выражаться у сексологов, впоследствии выучил радостям секса.

— Что-то этот доктор мне не показался сильно суперменистым по этой части, — раздумчиво произнес я. Подумал и добавил: — А если честно, вообще не показался. Зеленкой я смазывать себя и сам не разучился, а на ту купюру, что ты ему сунула, зеленки можно залить бассейн...

— Вот что я тебе скажу, Олег, в чем фокус, я не знаю, но... У Каткова рука легкая. Ты думаешь, я пошла ему гениталии демонстрировать из чистого эксгибиционизма? Фигу. Даже если чего и было не так, теперь, я уверена, само собой пройдет. И у тебя задняя нога заживет, как у собаки. Аура у него, что ли, такая? Ребята давно заметили, и не они одни...

— Короче — экстрасенс.

— А ты зря иронизируешь. Посмотришь.

— Лады.

Да и вовсе я не иронизирую. Классик сказал просто и значимо: «Есть многое на свете, друг Горацио, что и не снилось нашим мудрецам». Шекспиру стоит верить. Тем более жизнь столь часто подтверждала справедливость этих слов... Ну а когда она становится похожей на полную безнадегу, я вспоминаю слова митрополита Антония: «Если ты обращаешься к Богу, будь готов, что он тебя услышит». И поведет тебя «вратами узкими» не к деньгам, не к пьедесталу из кучи тугриков, а к тому, что более всего способствует выполнению твоего *долга* перед Создателем и людьми. И если по долгу я — воин, то и...

— Выходим. Кладбище, — прервала мои размышления Ольга.

Толстая каменная ограда чуть ниже человеческого роста отделяла суетный мир от тех, кто уже никуда не спешил.

По правде сказать, места «последнего приюта» я не люблю. Некоторым в кайф бродить среди некрополей и размышлять о бренном и вечном; но расхожая фраза «все там будем» никого не утешает. Пока жив, я предпочитаю думать о живом и — делать; только то, что ты успеешь сделать *здесь,* под солнцем, и будет мерилом твоей значимости и в настоящем, и в будущем, как в мире живых, так и в стане мертвых.

К тому же я боюсь мертвяков. По русской традиции, слова «мертвец», «мертвяк», «покойник» — существительные одушевленные; трупы никого не пугают, потому как они есть лишь набор составленных в определенном порядке микроэлементов, а вот похоронная обрядность и связанные с этим суеверия... Не знаю, не понимаю и даже приближаться к сей тайне не берусь. «Есть многое на свете, друг Горацио...» А потому в этом вопросе стараюсь следовать мудрой книге: «Что заповедано тебе, о том размышляй, ибо не нужно тебе, что сокрыто».

Видимо, стоять стражем на пороге жизни и смерти куда утомительнее, чем способствовать проводам в последний путь. По сравнению с пьющим доходягой доктором появившийся бригадир землекопов-камнетесов-гробовщиков Васятко просто излучал здоровье, жизнелюбие и оптимизм. Хотя и было в глазах нечто, но это если всматриваться... А так — здоровенный, под два метра ростом детина лет около тридцати, розовощекий, круглолицый; хэбэшная выцветшая гимнастерка едва стягивает рвущуюся на волю могучую грудь, на макушке — поношенная шапочка с легкомысленным помпончиком.

— Лелька, какими судьбами! — Васятко расплылся в улыбке, открывшей все сорок четыре здоровых зуба. Но глаза притом смотрели зорко, вдумчиво; только кинув взгляд на Ольгу, Васятко сразу и однозначно сделал вывод: поводом к ее появлению послужило не столь печальное событие, как кончина родных и близких, а значит — у клиента другой интерес.

— По делу мы к тебе, Вася.

— В контору пойдем? — посерьезневши, спросил малый.

— Нет. На свежем воздухе потолкуем.

Васятко бросил на меня беглый взгляд, пытаясь оценить: хахаль, телохранила или заказчик? Уж что он там решил, неведомо, а несокрушимый покой и умиротворенка на лице были полными: с кем поведешься. Излишней суетливостью кладбищенский начальник не страдал. Они прошлись с Ольгой по дорожке и обратно, неспешно, неторопливо, вернулись. Видимо, Ольга изложила ему ситуацию без прикрас: мастер лопаты и гвоздя окинул меня совсем другим взглядом, сказал тихохонько:

— Вам бы все штабеля городить, а нам — заботушка... — Потом серьезно так, орлиным взором полководца, оглядел хозяйство: ряды крестов, гранитных и не очень памятников, старинные деревья, молвил: — Найдем местечко. Понятно, не здесь, на Преображенском погосте, здесь для них много чести будет. — Протянул здоровенную лапищу, куда Ольга опустила ключи от квартиры.

И вдруг улыбнулся развеселой мальчишеской улыбкой:

— Не боись, Лелька, упокоим как надо, рассуем, подселим к другим жильцам, по уму, никто не сыщет.

— А мертвяки в обиде не будут, за подселение? — легкомысленно созорничала Ольга.

Васятко глянул на нее серьезно, вот только совсем нездешним взглядом:

— Не. Когда к ним со всем уважением, они без обид. Пора мне, — произнес он и пошел творить таинство превращения трупов в покойников.

— Уф! — выдохнула Ольга, когда забрались в машину. — Вроде и гора с плеч, и...

— Они что же, прямо на похоронном автобусе к дому поедут? Под покровом ночи темной?

— Вот еще. На грузовичке. Сгрузят цемент в мешках, какую-нибудь мухобель строительную, да и сами в хэбэшке: кто сейчас различит, ремонтная бригада или похоронная... Трупы в мешки тоже упакуют, в кузов и — до свидания. А уж куда их дальше они поселят-трудоустроят — не моего ума дело.

— Что, тоже данники брата Сереги? — спросил я, между прочим.

— Нет. Братки с кладбищенскими не вяжутся.

— Чего? Неужто суеверны зело?

— Не без того: тот свет — предмет темный. Да и кладбищенские тоже не пальцем деланные. Лет десять назад какие-то борзые ребятишки решили было погосты под «крышу» взять: уж очень местечко прибыльное да бизнес прокрутный. Назначили стрелку и — пропали. Без стрельбы, поножовщины, шума, гама... На кладбище ведь сторонних людей нет — династии. Если кого и берут, то конкурс, как в МГИМО. Да и спецы среди кладбищенских самые разные попадаются: кто венки плетет, кто — петелькой так орудует, что куда там итальянской «Ностре»...

Ольга прикурила, продолжила:

— Васятко — одноклассник мой, вроде знаю его больше двадцати лет, а вот когда говорю с ним, все — оторопь берет. Он и когда пацаном был, а пацаны все вместе вроде и играли, а все — в сторонке от него держались, насколько возможно было. Он ведь — потомственный похоронщик; батянька у него самолично могилушки рыл, сейчас — возраст вышел, домовины ладит на дому... Бр-р-р... Как-то мы классе в шестом, что ли, к Васятке заходили, заболел он: не дом — склеп какой-то.

— А я по простоте думал, похоронщики сплошь выпивохи и люмпены. А этот — молоко с коньяком.

— Люмпены — копальщики, но они у кладбищенских в наеме; они и вправду пьют ведрами, да глядишь — годков через три—пять уже и откидываются. А здешние — кадровые... Ладно, хватит о потустороннем, — решительно произнесла Ольга. — Дай-ка бутылку. Меня после общения с Васяткой всегда-то дрожь бьет.

А я вспомнил Васяткину многомерную фигуру и понял несоответствие: доктор Катков хоть и был похож на Харона, а глаза светлые: думки у него, как человека на этом свете задержать. А у Васятки будто аршин в глазах: так с тебя мерку и снимает да прикидывает, как тебя «по уму» лучше переправить, чтобы не в обиде был. Ольга права: жутковато.

А Ольга тем временем ловко открутила пробку и основательно приложилась к виски. Скривилась, закурила, чиркнув кремнем:

— Надеюсь, гаишники нас не остановят.

Я скривил губы в невеселой усмешке: все, как в детской присказке: «С тобой, пожалуй, заберут. А уж со мной — точно не отпустят».

Глава 39

Авто резво бежало по шоссе по направлению за город.

— И далеко мы теперь? — спросил я.

— А у тебя что, свидание?

— Если бы... Доктор Катков прописал покой.

— Куда хуже, если бы покой прописал Васятко.

— У тебя прорезалась склонность к черному юмору?

— Самую малость. — Ольга выудила сигарету, закурила. — А едем на дачу.

— Твою?

— Нет. Одной подруги.

— Ближней?

— Почему ты спрашиваешь?

— Гарантий, что бандиты не навестят тебя еще раз, никаких.

Самую чуточку я лукавлю: да, Ольгу могут разыскивать алчные до денег индивиды. Но и меня могут разыскивать индивиды, алчные до *больших* денег. То, что начавшаяся разборка в Покровске связана с очень большими деньгами, — сомнений никаких. Хотя бы потому, что «Континенталь» маленькими никогда не интересовался.

А вообще — нет в мире совершенства! То есть никакого. Три недели страдать от безделья и непонятки по причине отсутствия событий и — влететь в такую бодягу, когда они покатили снежным комом! Вот только откуда катится этот ком? Уж точно, не с Капитолийского холма. А вот из коридоров отечественного Белого дома, из его кулуаров или даже с поднебесных кремлевских вершин — вполне.

— Видишь ли, Гимлер, Таджик, Пентюх — это все не левые пацаны. Когда-то с Серегой начинали, и я думала... Я думала, что они по-прежнему свои ребята. Если бы Серегу не арестовали в Германии...

— Если бы у бабушки были яйца, она была бы дедушкой.

— И без тебя все понимаю. Выжить рядом с деньгами можно только на троне из страха окружающих, больше никак. Пока они боялись, все было нормально. Теперь же...

— «Расклад не наш, и шарик — на зеро...» — пропел я с чувством.

— Пока не наш. Пока.

— Меня радует твой оптимизм. Но...

— Погоди, Олег. Это были *свои*.

— Свои?

— Ну, бывшие свои. Чужие не знают ни о каких суммах наличными.

— Но предполагать могут?

— Вполне. Вообще-то я распустилась и расслабилась. Имея такого братца. Если и опасалась кого-то, то только совершенно диких гоп-стопничков. Как теперь их называют, отморозков. Да еще, пожалуй, милиции: люди там разные и, как учит пресса, вполне способные на налет к бедной сестренке богатого братца. Тьфу, накаркала! Легки на помине... — досадливо скривилась Ольга; впереди, в недальнем уже отдалении, стоял гаишник и, заприметив нас, направлялся к центру осевой, помахивая палкой. Фигурка его быстро приближалась. — Блин, когда из города выезжаю, так стольник — как здрасьте — за выезд! Сегодня у них точно игра в «проверки на дорогах»: здесь «фару» никогда не ставили. А сейчас, если запашок учует, еще и выдребываться начнет, морали читать...

— Работа у него такая. Малооплачиваемая.

— Ну и поменял бы!

Вот чем несимпатичны людям новые русские, а также их чада и домочадцы, так это своей нарочитой наивностью: забывают, что не в Америке живем. И к остальным гражданам относятся так, будто кругом россыпи золотого песка, и людишки лишь по тупости, лености и недомыслию не пихают сей песок в карманы и подручные предметы, типа ведер, баков и багажников «Запорожцев». Ясный перец, крайние десять лет наша распропащая державка — Эльдорадо для жуликов, волков в законе и проходимцев, но не все же жулики... Некоторым — не дано. Как забывают и то, что быть богатым в стране нищих нельзя. В любой момент все твое благосостояние может накрыться медным тазом и ты получишь одно из трех: пулю, срок или бессрочную иммиграцию в какую-нибудь милую и славную страну, где ты чужой. До конца дней.

Это не был стационарный пост, обычный подвижной с «фарой»; дорога эта в будний день малопроезжая, а потому не случилось ни одной встречной и помигать по-дружески было некому. Ну а то, что стрелка спидометра шкалила за сотку, это без дураков.

Ольга грациозно подрулила и остановилась. И тут... Опа! Как гласит народная мудрость: «они *приехали*». Безо всяких сантиментов и приготовлений сержант, вяло козырнув, велел выйти из машины. Гаишная же бибика, стоявшая по засадному и подлому обычаю в кустиках, была усилена двумя пареньками в пятнистом с коротенькими «калашниковыми». Но не ОМОН, и то хлеб: у этих мы сразу бы легли мордой в грязь безо всяких сантиментов.

Пареньки-срочники мирно дымили сигаретками; хотя и поставили их на этой дорожке, не имеющей ни тактического, ни стратегического значения, в веселенькое для них усиление в связи с давешней стрельбой и поножовщиной в городе, пацаны за день поняли, что особенно усердствовать не придется: гаишники, по традиции, зарабатывали на мягкий кусок хлеба с маслом и, надо полагать, радовали практикантов-срочников хорошим куревом и ветчинкой с кофеечком на перекус.

— Документы, — хмуро выдохнул сержант, когда Ольга выбралась из машины. — Ты — тоже вылазь! — заглянул он в салон, запнулся на мгновение, рассмотрев меня, потом проговорил в том же ритме, чуть снизив тон: — Багажник откроешь.

Ну да, голос его если и изменился, то самую чуточку. Вряд ли сержанта испугал мой избитый вид: в любом случае такой фейс насторожил бы всякого мента, но... Стоит ждать худшего: раз уж исполнилась первая часть пословицы «с тобой заберут...», то и исполнение второй не за горами.

То, что мой побег из домзака, усиленный прощальным «оревуаром» по морде чиновному полкаше из управы, не остался незамеченным, это точно. Подсуетились ребятки, и, поди, уже и ориентировочка во всей красе подошла по частям и соединениям доблестной краснознаменной; даже если не учитывать столичные грешки, на вышку хватит: убивец, хам и террорист, свинтивший рука об руку с известным рецидивистом Козырем, да еще и морду набивший полковнику-администратору качественно и в рекордно короткие сроки! Одного я не знаю и знать не могу: меня вязать указано или мочить на месте? Впрочем, последнее распоряжение может исходить и от гаишного сержанта: кто в этом тихом омуте с кем повязан — тайна, покрытая мраком. Что-то сержантик стал неестественно прям, строг и немногословен, будто трехлинейку проглотил. Вместе со штыком.

И чары прелестной Ольги на него не действуют: пусть у нее и побито лицо, но, во-первых, заметить это с маху непредвзятым взглядом сложно, а во-вторых, ноги-то на месте остались! И — какие ноги!

Багажник я раскрыл, как и просили. Вынув ключ зажигания. А не так глупо, батенька, не так глупо с вашей стороны... Впрочем, «батенька»-сержант стоял теперь, глубокомысленно вперившись в багажник, заполненный на треть всяким водительским хламом, лежащим здесь без движений, дополнений и перетрясок, видно, с самого последнего техосмотра машины. На затылке выступила испарина, а в покрытой полевой кепочкой голове вертелся, надо полагать, лишь один вопрос, зато гамлетовский: быть или не быть?

Напарник сержантский оплошал: вместо того чтобы бдить и отслеживать, водитель безмятежно откинулся на спинку и, прикрыв глазенки, внимал орущему магнитофону; в песне большой Филя, муж Аллы, экспрессивно сообщал, что он кому-то что-то даст: то ли «чику», то ли «шику», то ли вовсе уж неприличный, но для бальзаковских женщин вполне вожделенный предмет.

Солдатики тоже не походили на эсэсовцев, даже киношных; они-то как раз на девушку отреагировали штатно: откровенно пялили глаза. И хотя Оленька была старше срочников годков на десять, а то и на все пятнадцать, ребятишки вожделели, да и посмотреть было на что. Нет, они бы отреагировали, если бы ситуация не вписывалась в *рамки;* пока же, по их разумению, все происходило в обычном режиме: богатая тетка с телохранилой, а может, и с гребарем из ее же обслуги, катится куда-то в лесок оттянуться на природе под шелест родных осин, а сержант по уму пытается скачать с хозяйки богатой тачки денюжку, да побольше; дама точно раскошелится, если прихватили с хахалем, вот морда у сержанта и закаменела, как при запоре: сколько бы спросить, чтоб не продешевить, да политес какой-никакой соблюсти притом.

Сержант был явно не Рембой: наметившийся животик, бегающие глазки... Нет, крутилась у меня мыслишка: может, ряженый от соседской конторы? Но потом ушла, потонула в недрах подсознания: дряблая ряшка служивого, казалось, на веки вечные пропахла малиновым тещиным борщом, тестевой самогоночкой на пользительной траве зверобое, жениными байковыми трусами, кислой капустой, пельмешками, «жигуленком» за полцены, ученическими причиндалами сына-троечника и прочими радостями сытого и долгого существования среднего провинциального россиянина со скромным достатком в виде поборов на дорогах. Но и у сержантов проскакивают шальные честолюбивые мыслишки... Действительно: плох тот сержант, который не мечтает стать старшим сержантом! Поэтому бдить за ним я старался деликатно, но зорко.

А лицо сержанта-семьянина все каменело. Он еще раз окинул меня рассеянным, даже слишком рассеянным взглядом... Служивый задумчиво мял водительские корочки Ольги Фроловой, а я пытался постичь ход его мыслей. Кусочек лакомый, нечего сказать! Сеструха известного бизнесмена-авторитета, сидящего в домзаке в Германии, рядом с бежавшим из местного узилища убийцей! Красиво, добротно, хорошо!

В том, что меня он признал, сомнений уже не было: проскользнуло в глазах нечто, пусть на мгновение, словно он увидел вживе Евгения Петросяна, готов был расплыться в улыбке, да врожденная аристократическая деликатность не позволила лезть к любимцу публики с возгласами и слюнявыми поцелуями.

— Возьмите. — Сержант протянул ксиву милой Ольге, даже забыв для достоверности попросить взятку. — Можете ехать. — И застыл столбом с непроницаемой мордой лица, вместо того чтобы, как следует по неписаному протоколу, вразвалочку заперемещаться к автоматчикам на обочину.

Ага! Поворачиваться спиной ко мне он просто-напросто боится; а это означает, и чваниться не станет, постарается отправить восвояси, надеясь, что клиенты ничего не заподозрили. Скажем, позволит нам загрузиться в дорогущий иноземный драндулет и — велит бойцам-ореликам шмальнуть навскидочку по отъезжающим особо опасным супостатам! Нет, понятно, по колесам, но «калашников» машинка хотя и простая, а все же требующая в обращении опыта, сноровки и пристрелки. А в том, что пятнистым паренькам удалось вдоволь натешиться с автоматами на полигоне, я что-то здорово сомневаюсь. Куда ни кинь, всюду клин.

Мыслишки мои скакали бестолково, аки беспородные горбунки по дорожкам аристократического ипподрома, да и думать я более не хотел. Ребятишки с автоматами — в пяти шагах от меня. Смертоносные машинки болтаются у одного на плече, у другого на пузе, но стволом вниз. Скорее всего патронов в стволах нет. Хотя на «скорее всего» рассчитывать глупо, но надеяться можно.

Сержант отошел-таки на шажок и собрался все же развернуться и, зажав страх в кулак, мирно и неспешно потопать к автоматчикам на обочине. Пора.

Удар снизу в подбородок! Не дожидаясь, пока гаишник завалится на спину, как щелчком сбитый с веточки жук, прыжком рванул к солдатикам. Наличие оружия их подвело: вместо того чтобы лезть в рукопашку, один бестолково вытягивал автомат из-за спины, другой неловко дернул ремень так, что ствол уперся в белый свет, и нервически задергал затвор...

Я ударил коряво, но сильно: ближайшего кулаком в переносицу, того, что чуть поодаль, ногой в бедро. Выхватил из кармана пистолет, мигом наклонился, приставил ствол к черепу, чтобы не вздумал геройствовать, и, сдернув автомат с плеча, зажал в своей пролетарской руке, эффектно щелкнув затвором. Наставил ствол пистолета на водителя в машине; тот вскинулся было, да, разглядев направленное на него оружие, послушно уложил руки на баранку: дескать, мое дело шоферское. Глянул на нечто лежащее на сиденье, лицо его малость обмякло, но особливо не обеспокоился. Понятное дело, с поправкой на то, что абсолютно спокойных людей под направленным на них оружием я не видел никогда. И сам к ним не отношусь.

Я тем временем упер ствол трофейного «калаша» в спину получившего по носу солдатика:

— Аккуратно, за ремень, снял оружие и положил на землю. И пять шагов назад. В темпе.

Ни о каком сопротивлении он не помышлял: только поднялся на четвереньки, зажимая кровящий нос обеими руками; автомат бесполезной железкой так и остался болтаться на шее. Парень все выполнил в точности: никому неохота класть голову на срочной службе да на чужой войне! И не важно, что война мечется на просторах родной страны уже который год, — для этих пацанчиков, что в школу пошли с введением антиалкогольного указа, и эта война — чужая! Почти как страна, держащая их то ли за нелюбимых пасынков, то ли — за пушечное мясо... А другой они и не знали.

Получивший первым «по бороде» сержант замычал нечто нечленораздельное, перевернулся на пузо и попытался привстать на четвереньки; я добавил ногой, и он упал ничком.

— Ты сошел с ума! — взвизгнула тут Ольга, глядя на меня расширенными от ужаса зрачками.

Пояснять ей весь ход моих мыслей, приведших к столь неприятным действиям, не было ни времени, ни желания.

— В машину, за руль, живо! — командным голосом рявкнул я.

Вприпрыжку (раненая нога пульсировала острой болью) дотрусил до служебного «жигуленка», ударом автомата вывел из строя рацию, с мясом выдернул блок зажигания. Гаркнул на водителя:

— Оружие!

Он кивнул на кобуру.

— Вытаскивай. Деликатно, двумя пальчиками!

Водитель передал мне ствол. На его лице не было страха. Только сожаление. Действительно, кто я для него? Явно раненый и оттого нервный обормот. Который хочет слинять, но вовсе не желает городить себе пьедестал из четырех милицейских трупов: ежу понятно, что даже при самом мораторном моратории на смертную казнь такому придурку светит шальная пуля при задержании, даже если он придет сдаваться с повинной в кандалах и с чудом уцелевшими в буре перестройки народными дружинниками.

Бросив взгляд на сиденье, я увидел знакомую мордашку. Ну да, Дронов Олег Владимирович, собственной персоной. Фото с паспорта. Десятилетней давности. Молод и отчаянно хорош собой. Правоверный взгляд, плотно сжатые губы. В этом молодом волчонке узнать нынешнего небритого, избитого и отчаянного отморозка мудрено. Но сержант узнал. На свою беду. Впрочем, беда ли это?..

— В машину! — скомандовал я солдатикам. — И сержанта туда же!

Кое-как они затолкали полубеспамятного гаишника в салон. Разместились сами. Один из солдат хотел что-то спросить, но сдержался.

— Не бойся, моряк мальчишку не обидит! — весело произнес я и начал быстро совершать действие, известное даже школьникам под названием: «Неполная разборка автомата». Отдельные детали я с видом сеятеля разбрасывал по кустам. Туда же отправил и магазины, надеясь, что улетят они далеко. Потом подобным варварским образом поступил и с пистолетами: сержантским и водительским.

Ольга тем временем выскочила из машины как ошпаренная, на ее лицо легла предгрозовая тень скорой истерики.

— Идиот! Козел! Придурок! Никуда не поеду, понял! Пешком пойду! Или — здесь останусь! Мочи меня с ними! Ты хоть соображаешь, что делаешь?!

Резко, дважды, наотмашь хлестанул ей по щекам, Ольга сразу осеклась, а я толкнул ее в сторону «бээмвухи»:

— В кабину! И — сидеть смирно.

Потом наклонился к служивым в салоне, произнес тихонечко, с задушевностью лихого фээсбэшного опера «глубокой внедренки» в криминальные круги:

— Ре-бя-та... Вы мне операцию срываете... Государственной важности... — И добавил еще тише и еще задушевнее: — Давайте жить дружно, а?

И — пошел к машине, в виде сувенира прихватив полосатый жезл. Поверили они мне, нет — не знаю. Но то, что разлад и сомнение в их души я внес — это точно. А большего и не требовалось.

На ходу я наспех прикрутил глушак к стволу, резко обернулся и двумя выстрелами пробил оба передних ската. Нырнул в салон, произнес вполне мирно:

— Поехали, что ли?

— Да? Куда поехали, ключи у тебя, забыл? — всхлипнула она.

Аккуратно, как хрустальный сосуд с розовым маслом, подал ей связочку на пальчике:

— Прошу, мэм.

Мотор заурчал ровно и размеренно, машина тронулась с места и вскоре пост исчез за поворотом.

Думаю, я все просчитал правильно. У служивых два выхода: или стопорнуть кое-как любую машину на шоссе и броситься безоружными в погоню за нашей милой «бээмвэшкой» безо всякой надежды догнать, зато проявив героизм и распорядительность. Или — плюнуть на эти самые обязанности и взяться, благословясь, за поиски деталей и узлов оружия: искать не переискать! Ибо за утерю этих самых узлов и агрегатов начальство может вломить всем четверым вместе и порознь по самое «не балуй»!

А еще и скаты менять! Одна запаска, как водится, ночует у них в багажничке, а вторую придется шакалить у проезжающих шоферюг. Так что дел у служивых немерено, а справиться нужно засветло. Сдается мне, постовые займутся синицей в руках, потому как ловить журавля в небе, особенно такого беспокойного, как я, — дело и хлопотное, и чинами неприбыльное. Ну и рубь им в помощь!

Правда, им предстоит решительно договориться не закладывать друг друга. Штука для служивых архисложная, но, если поднапрячься, выполнимая. Да и «кость» для моральной отмазки перед совестью я им кинул жирную, есть над чем задуматься умным головам: «А может, он и вправду кубинас партизанос? Бурбудас мучос и тайнос агентос?» То-то.

Глава 40

Минут десять мы мчались в полном молчании, которое принято называть напряженным. Барышня Ольга давила педаль газа с таким остервенением, будто через минуту-другую собиралась взлететь и с ревом скрыться в стратосфере. А я курил, чуть щурясь, но не от табачного дыма, а от не на шутку разыгравшейся боли в пропоротой ноге: указания доктора Каткова я перестал выполнять раньше, чем следовало. На душе было паскудно, а в голове тем не менее вертелась бодрая башлачовская строчка: «Бодун крепчал, пора принять таблетку. В ушах пищал секретный позывной...»

Неожиданно машина вильнула к обочине и замерла. Какое-то время Ольга сидела отрешенно, с застывшим лицом мученицы: прямо Орлеанская девственница перед святейшим собранием инквизиторов. Потом произнесла:

— Вылезай!

На ее предложение я не отреагировал. Объясняться было бесполезно. Вернее — рано. Когда набухший вулкан готов рвануть, нет смысла любоваться странным курением дымка над вершиной: нужно прикинуться ветошью, дать магме, сжигающий все на пути, низвергнуться огненною лавой, и только потом начинать изучать явление.

— Ты... Ты... Вылезай, отморозок хренов, выметайся к едрене матери, пропади, сгинь, растворись!

Ещу секунда, и она бросится на меня с кулаками. Или — сбежит сама. Ну да. Побуравив мою равнодушно-покойную физиономию взглядом, от которого, по идее, и ртуть должна закипать, барышня перешла ко второму варианту.

— Тогда — я сама уйду! — Ольга порывисто распахнула дверцу и на парах мотанулась к близко подступавшему к дороге леску.

Я закурил очередную сигарету и продолжал изучать приборную доску, размышляя: а нет ли канавки перед леском? В которую дама может угодить по самые уши, измазаться, вымокнуть... И предстать перед лицом неприглядного настоящего — мокро, грязно, зябко... То есть вполне достаточно для того, чтобы перестать переживать уже случившееся прошедшее и обратить свой взор в конкретное будущее.

Деревья стояли на небольшом взгорке. Ольга легонько, аки горлица, взметнулась по нему. Болотца, к сожалению, не нашлось, и я уже готовился последовать за дамой: ее боевого порыва хватило бы метров на пятьсот борьбы с буреломами, но... На мою удачу, ножка у барышни оскользнулась и она с маху налетела на неловко торчащий из земли обглоданный сучок, острый и грязный, расцарапавший ее так заботливо намарафеченное лицо подобно кошачьему когтю.

С полминуты она сидела на земле неподвижно, ощупывая грязную царапину, и тут — заплакала, зарыдала, заметалась, всхлипывая и причитая...

— Гад... Сволочь... Козел... Мерзавец... Подонок... — это был лишь малый перечень эпитетов, какими Ольга сыпала сквозь рыдания, и больше всего походила теперь на маленького ребенка, обиженного ударом о край стола и потому желающего поколотить этот стол палкой. Но взрослость, то есть понимание, что ни обидчик сучок, ни обидчик мужчина вовсе не обеспокоятся от такой трепки, брала свое: рыдания прекратились, слез стало меньше, всхлипы сделались все неустойчивее, передыхи между ними продолжительнее... Пора.

Неспешно покинул салон, не забыв вынуть ключи из зажигания, поднялся в лесок, протянул руку, чтобы помочь барышне подняться.

Ольга всхлипнула напоследок, посмотрела на меня снизу:

— Похоже, это твой стиль.

— Угу. Я — стильный мужчина. Супермен. Секс-символ.

— Ну да. Сначала извалять даму в дерьме, потом — протянуть руку, чтобы помочь выйти из троллейбуса. Джентльмен.

— Не без этого.

К дороге мы спускались как счастливая пара, имевшая среди часов любви несколько мгновений размолвки.

— Я сильно разодралась?

Я промычал нечто нечленораздельное, но Ольга и не ждала от меня никаких ответов — устремилась к зеркальцу и придирчиво рассмотрела ранение. Ее жизнерадостности и оптимизму позавидовала бы любая женщина:

— Пустяк. Ничего не останется. В детстве я так царапалась по десять раз на день. Только нужно промыть.

Она ловко искупала белоснежный носовой платок в хорошем шотландском виски, замерла, решилась, и одним движением, зажмурившись, провела по царапине. Заголосила тоненько:

— А-а-а-а-а...

Я не вмешивался. Чтобы не стать виноватым в чем-нибудь еще.

— Ну что стал? Подул бы, что ли! Щиплет!

Вот теперь мы точно стали похожи на счастливую семейную пару, идиллия просто: голубка, побитая, поцарапанная, но не побежденная, позволяет своему голубку промыть рану чистым шотландским виски хорошей выдержки — четырехмесячная учительская зарплата, между прочим, в одном флаконе! И — дуть, дуть, дуть, вспоминая времена давние, когда такой вот примитивный, но действенный трюк применила при лишении меня девственности соученица-старшеклассница, взявшаяся натаскивать меня, двоечника, по иноземному языку: «Ой, соринка в глаз попала, посмотри!» — расчетливо при этом став напротив оконца, чтобы свет пронизывал легкое платьице насквозь; ресницы прикрыты, губы полуоткрыты, один локон чуть сбился, дыхание чуть неровно... Лицо, ждущее поцелуев, тело трепетное, готовое к самым нескромным ласкам...

Тогда я не устоял. Теперь — дую с постоянством и спокойствием хорошего импортного кондиционера. Но настойчиво. М-да. «Где вы, годы молодые, где вы, сини васильки...»

После оздоровительной процедуры Ольга приняла, уже для душевного равновесия, означенного напитка прямо из горлышка, выдохнула, уселась в машину на сиденье пассажира:

— Ну и что теперь будем делать?

Ответ у меня был готов:

— Наслаждаться жизнью.

— Ты хоть понимаешь, что ты меня сжег? Спалил к чертовой бабушке? Как кусок картона под ацетиленовой горелкой, разом! Чего не сделали бывшие соратнички братца, то сотворил ты в минуту приступа неуемного суперменства! На тебя что, нападал кто-нибудь? Нет, ему характер показать надо: одному — бамс, другому — хрясь, и вот уже я в родном городе — персона нон-грата, и пожалеть и вызволить меня, бедную девушку, некому!

— Вали на серого, серый все стерпит!

— Что?

— Если будут претензии, скажешь: нехороший дядко захватил тебя, убогую и доверчивую, вместе с машиной, разумеется, изнасиловал в извращенной форме и влек по испорченности натуры на природу продолжать маньяческое дельце оставшимися тридцатью способами, еще более извращенными. Где и намеревался бросить со следами сексуального насилия на лице.

— Чего ты несешь? А почему я тогда не орала как резаная вблизи родной милиции с автоматами?

— Во-первых, скажешь: подонок был образованный, даже интеллигентный, напичкал транквилизаторами по маковку, вот и функционировала как кукла Барби с подсевшими батарейками. Сиречь неадекватно оценивая окружающую действительность. А во-вторых, боялась, и, как выяснилось, не зря: только собрала в кулак волю и возжелала взреветь белугой над округой, означенный маньяк, насильник и террорист-махинатор положил всех правоохранников рядочком, мордой вниз, и убыл.

— Складно врешь. И язык подвешен, и рукам волю даешь влегкую... Особливо в смысле по мордам прописать. Не мужчинка — Джеймс Бонд какой-то.

— Бонда в наших реалиях пристрелили бы давно, как вальдшнепа, да, нафаршировав, поджарили и схарчили. Схрумкали со всем шпиёнским оборудованием, не поперхнувшись.

— Олег, а ты, часом, не шпион?

— Угу. Сенегальский. И прибыл в Покровск выяснить технологию изготовления сосулек из дистиллированной коровьей мочи: при кариесе, бают, крепко помогает.

— Шуточки-прибауточки. Ты мне ответь серьезно на один вопрос: кто ты такой? И почему сорвался на мирных гаишников, как Рембо на косоглазых вьетнамцев? И брось свои отговорочки: грех попутал... Он многих путал, но они не стреляют навскидку в тесных квартирках с убийственным результатом и не вяжут четверых вооруженных служивых играючи, за сорок секунд... Терминатор просто!

— Да не Рембо я и не Терминатор никакой! — В сердцах хлопаю себя по здоровой ляжке. — Какой-то сопляк влегкую пропорол мне пикой ногу, ты — сшибла на машине, словно тупое полено в кегельбане, ночной патруль гонял по дворам, как шелудивого койота... Это и есть заслуженное счастье супермена?

— Олег, ты Орлова читал? «Альтиста Данилова»?

— Это про демонов, что ли?

— Про них. Помнишь, некий домовой с Даниловым там в шахматы резался?

— Смутно.

— Так вот, у меня порой возникает впечатление, что ты намеренно играешь на уровне *домового,* хотя можешь играть и на уровне *демона.* Просто пока команды не было. Или — боишься, как это у вас называется... рассекречивания?

— «Рассекречивания» чего?

— Ну, мало ли... Олег, я обещала не лезть в твои дела?

— Ага. И слова не сдержала.

— Да? Ух ты какой деликатный, елка с палкой! Ты хоть понимаешь, что спалил меня по самые уши! Ладно машина: оформлена она через пятые руки, менты замучаются владельца устанавливать... А вот водительское у меня подлинное, сержантик его рассмотрел добре, со всем тщанием, будь спок! Сейчас эта молодежь оклемается, и ко мне на квартирку поедет наряд, ты понял?! И что они там обнаружат? Полдюжины теплых трупов? Или бригаду гробовщиков, бодрых и румяных, как юные пионеры, вывозящих эти самые трупы под видом металлолома? Куда денут побитую девушку, сестру предпринимателя с темным прошлым и неясным настоящим? В камеру! Ты знаешь, я парашу никогда не нюхала и не хочу, понял? Особенно после вчерашнего, когда все в городе полетело вверх тормашками и влево по резьбе! Но сейчас... Знаешь, что я сделаю сейчас? Доеду до ближайшего телефона, позвоню куда следует и — отдам себя в руки правосудия, понял?! В конце концов, сторона я потерпевшая! Дай сигарету!

Подаю ей пачку, чиркаю кремнем зажигалки. Похоже, тайфун прошел. Остались пусть не мелкие, но волны. Ольга — барышня решительная, но не настолько, чтобы пойти и сдаться властям, будучи даже самой потерпевшей из терпил. Не в Америке живем, у нас добровольно в камеру пойдет разве только совсем обезумевший псих с тяжкими мазохистскими наклонностями; все всегда помнят, что эта самая камера отпирается лишь с одной стороны, с внешней, а уж ключик... В том, что он завсегда может оказаться у персоны, далекой от идеала во всех отношениях, и говорить не приходится!

Поэтому мы мирно сидим и покуриваем. Молча. За это время мимо нас прокандыбали две автоцистерны, фура, три легковушки отечественные и «фольксваген» иноземный, но откатавший свой срок по дорогам милого сердцу фатерлянда до полного морального устарения еще до нашей перестройки. Барышня одним движением пальцев выщелкнула бычок за оконце, повернулась ко мне:

— Интересно, почему нас не преследуют? Ладно, рацию ты расколошматил, палку забрал, но стопорнуть любую машину менту — как два пальца обмочить. Хотя бы ту же фуру дальнобойщиков.

Ага. Ольга начала соображать в хорошем темпе и вполне приемлемом направлении. Пора придавать этому направлению азимут.

— Милая барышня, ты зачем меня подобрала на дороге?

— Как это — зачем? Что, нужно было бросить?

— Во-о-от. Значит, из человеколюбия. Впрочем, какого именно человека ты любишь: «простого советского», волею злой судьбы-индейки брошенного под колеса твоей иномарки, или сидевшего за рулем в тот злополучный миг — от этого суть дела не меняется. Быть доброй самаритянкой — это крест длительного ношения. Взялся — пыхти. Помнишь, как в Писании? Самаритянин подобрал человека, омыл раны, доставил в гостиницу и заплатил вперед, чтобы заботились, кормили, поили, ни в чем не отказывали до полного выздоровления...

— Что ты плетешь?!

— И это было эгоистично с его стороны. И не учитывало реалий. А что, если как только добрый самаритянский купчик с предельно чистой совестью отъедет, этот ханыга, хозяин отеля, просто-напросто выбросит несчастного раненого умирать в поле? Мораль: добро

306

должно быть не только конкретно, но и доведено до логического финала.

— До какого?

— До счастливого. Трагедии мне нравятся куда меньше комедий. Хотя трагедии почему-то считаются великими произведениями, а комедии — обыкновенной развлекухой. Не так?

— Олег, чем ты занят?

— Заговариваю тебе зубы. Ты успокоилась?

— Ха! Он зубы мне заговаривает! И о безмятежности душевной беспокоится. Ха! — Ольга взяла бутылку и приложилась на этот раз вполне основательно. Босоногое детство сказывалось. — Знаешь, чего я боюсь?

— Злого сифилиса?

— Собственного легкомыслия. Наверное, я крайние года два действительно слишком хорошо жила. А потому... Вот, подобрала на улице мужика, привезла в дом... А он за неполные сутки знакомства успел навалять гору трупов...

— Это была самооборона...

— Набить морды ментам при исполнении, а я... Я не знаю не только кто ты такой и откуда, я даже твоей фамилии не знаю! Нет, я точно ненормальная. Знаешь почему? Серега с батяней, матерью и бабкой в Покровске жил, а я, считай, до семи лет у материной мамы, бабушки Дуси, в деревне. И потом только и страдала, как туда, на волю и свободу, в поля, вырваться. И когда уже Серега деловым заделался, мне все было по фигу! Да и... Неудачное замужество... даже два. Такие дела. Ладно. Ты меня убивать ведь не станешь?

— Не-а.

— И утюгом каленым по нежным персям водить не будешь?

— Зачем мне?

— Все так говорят. Все-таки, по-моему, ты не бандит. Бандит не стал бы ментов щадить. — Она задумалась, закурила сигарету. — Но и ты меня потом под статью не подставляй, ладно? Как задание свое выполнишь. — Ольга замолчала, глядя в одну точку.

— Я что, похож на мента?

— Вот на мента как раз не похож. Слишком раздол-
баистый. Но и деньги на тебя особого впечатления не
производят. Значит, ты «сосед». Таких полудурков даже
в ФСБ остались считанные единицы. Но, наверное,
есть.

— Я что, действительно...

— Прекрати, Олег! Ладно, там, в квартире, мне не до
того было, а вот когда ты ментов валял... Это — жест-
кая рукопашка, никакой не стиль, каким в спортзалах
учат. Это первое. Второе: ты не здешний.

— Но это еще...

— Погоди. Третье и главное. У тебя в лице какая-то
отрешенка.

— Да?

— Словно ты получил важное задание и с тем — от-
пущен в свободный вылет. Задачу свою ты готов вы-
полнить, невзирая на лица и ранги тех, кто будет тебе
противостоять.

— Тебе бы романы писать.

— Вот-вот. Олег, мне тридцать один год скоро, но
вот что я думаю... Я умная и проницательная баба, ты
не подумай, что хвалюсь, так и есть. Но порой посту-
паю так, что... Вот с теми же Серегиными «сослуживцами» лопухнулась, как девка сопливая... Зачем вообще
в квартиру пускала?

— Не переживай. С каждым может случиться.

— Глупого бабьего у меня еще выше крыши, вот что.
И самое противное... Расставаться с этим вовсе не хочется. Ладно, не обращай внимания на болтовню пьяной женщины. Садись за руль.

Мы поменялись местами.

— Только не думай, что я тебя из чистой бабьей дури
буду теперь прятать. Все ж мужик, какая-никакая, а защита. И пистолетом ты пользуешься, как стоматолог —
отечественной бормашиной: такие дырки крутишь, что
никакой пломбой не закроешь. — Она вздохнула. —
А на своих теперь надежды мало. — Помолчала, заду-
мавшись о своем, женском, добавила: — Да и не особая
я стерва, а? Просто жизнь такая.

Я пожал плечами. Спросил:

— Далеко едем?

Ольга отхлебнула из бутылки:

— В пампасы. Налаживать тихую жизнь на лоне природы. Пока все не уляжется. Синоптики обещали солнечное бабье лето. И сухую осень.

— Я в ваших пригородах не вполне. И где у вас пампасы, а где — прерии, не сильно соображаю.

— Вперед, ковбой. Когда поворачивать, я скажу. А пока — вперед.

Глава 41

Лучшего места для подполья не пожелал бы и вождь мирового пролетариата. Река Лужа неспешно струила покойные воды, начинающие желтеть листки на березках чуть подрагивали под порывами ветерка, редкие из них падали на уже холодную прибрежную рябь воды и то замирали, то кружились, будто исполняя вековечный танец ежегодного увядания. И этот танец был прекрасен, как солнечный закат. Возможно, природа задумала все именно так: торжественный, мистический, величественный и неразгаданный апофеоз заката как переход к новому дню... Почему же тогда старость и кончина человеческая так уродлива, унизительна, почему так мало в них от достоинства вечности?..

Обустроились мы не в шалаше. Окрестности тихого райцентрика были облюбованы новыми русскими средней руки из столицы и застроены дачами в старокупеческом стиле и без игривых претензий сильных мира сего, взявших моду городить под самой Москвой дик487ватые строения, состоящие из бесчисленных башен и полуметровых стен красного кирпича, по мрачности напоминающих замки-казематы средневековых воителей, а по надежности постройки — кронштадтские капониры времен царя-батюшки Александра Третьего. Этакие кремли в миниатюре. Если это не мания величия в сочетании с манией преследования, то что?

Добротные и богатые дома москвичей мирно соседствовали с обиталищами покровского истеблишмента и местных богатеев. А значит, никакие новые морды в этом вовсю дачном райцентрике не покажутся неуместными, ибо все здесь — приезжие-отдыхающие, а значит, свои. Бандиты на передыхе от дел неправедных, банковские клерки и чиновники среднего звена, хорьки-стряпчие средней руки, окружной и отставной генералитет и прочее, прочее, прочее. Короче, равенство, братство, счастье. Как и мечталось.

Двухэтажный кирпичный домик, во двор которого мы зарулили (ворота барышня Ольга отперла своим ключом), был построен на старинном каменном же фундаменте апартамента какого-то зажиточного купчины; вокруг — запущенный сад, окруженный добротным забором; поговорку «Мой дом — моя крепость» дача оправдывала вполне. Впрочем, витые каленые решетки на окнах отнюдь не были атрибутом крепости: времечко такое; главное, все здесь было свое: свое отопление, своя скважина, свой водонагрев, ну и, разумеется, налицо все прелести «ненавязчивого сельского быта»: камин, душ, джакузи, бильярдная, сауна, два туалета, мини-кинотеатр. Красиво жить не запретишь, а роскошно — не прикажешь.

Приметную «бээмвуху» загнали в глухой гаражик во дворе; потом барышня Ольга отзвонила хозяйке дачи и получила полное добро для проживания в оной на неограниченное время с сердешным другом. Со мной то есть.

— Ух. — Ольга откинулась в мягком удобном кресле, зажмурилась, выдохнула: — Хорошо. Будем считать, мы в отпуске.

— Будем, — вяло согласился я. Признаться, чувствовал я себя прескверно: раненую ногу жгло, а меня колотил нешуточный озноб. Видно, температурка. Которую я переношу без малейшей приязни. Есть уникумы, способные при тридцати девяти бодро шагать на работу, лишь бы не таскаться в поликлинику; меня же при тридцати восьми начинает натурально болтать, а при тридцати девяти с копейками — швырять на стенки, как обожравшегося клофелина доходягу.

Ольга мое состояние заметила:

— А тебе, Олег, давно пора в коечку. Баиньки. И выпей что-нибудь. Бар здесь богатый.

До бара я доковылял уже кое-как. Выбрал джин.

— Тебе что?

— Коньяк. В большой бокал. Признаться, я и сама устала, как мерзлая ворона. И от сегодняшнего, и вообще. Сейчас напьюсь в зюзю. Да и тебе не помешает.

Вполне может быть. Озноб бывает и нервный. А последнюю пару суток безоблачной не назовешь. Подобные стрессы без последствий не переносит никто. Организму нужно время, чтобы восстанавливаться. Иначе — тоска задавит. От бездомности, от безнадежности ситуации, от полной своей беспомощности...

Стоп. Хватит гундеть. От кажущейся беспомощности, ты понял? От кажущейся! Тем более, если верить всяким теориям, например вероятностей, количество мелких неприятностей отнюдь не должно превращаться в одну большую пакость, наоборот: стоит ждать удачи. Крупной. Или — очень крупной. По крайней мере, в это верить мне гораздо приятнее, чем в обратное. Другое дело, люди способны проглядеть любой подарок судьбы. Даже такой, как алмаз со страусиное яйцо. И не мудрено: неограненные алмазы похожи на грязноватое битое стекло. А мы все хотим блеска. Много и сразу.

— Что-то ты угрюм. Сидим вдвоем, и каждый пьет в одиночестве. Прямой путь к алкоголизму. Этак сопьемся, а?

— Не успеем.

— Иди-ка все же баиньки. Спальни на втором этаже. Выбирай любую.

Я только кивнул. Поднялся на второй, прихватив с собой бутылку, постоял под горячим душем, заглотнул пригоршню прописанных Катковым таблеток, запил джином. Посидел, закутавшись в полотенце. Услышал шум воды в душевой: Ольга. Чуть смущаясь, чувствуя себя жуликом, спустился вниз, вытащил из бара бутылку водки, налил стакан доверху и — выпил единым духом. Перебил вкус водки мускатным орешком и вернулся в спальню.

Опьянения по-прежнему не было. Зато была усталость. Она пришла вдруг, сразу, навалилась на веки тяжелым ватным комом, я забрался под одеяло, блаженно растянулся, заворачиваясь в него, как куколка в кокон, сунул руку под подушку и — уснул. Уже какие-то предсонные грезы неслись в воображении, а я вспомнил, что не почистил и не перезарядил оружие, да и вообще пистолет остался лежать на столике, лучше бы под подушкой... Но мысли эти плыли уже вяло, их словно заливала вода: теплый, струящийся водопад, под которым стояла, зажмурившись, обнаженная девчонка... Откуда-то лилась музыка, девчонка двигалась ей в такт, выгибалась плавно и бесстыдно, зная, что я наблюдаю за ней... Потом мы оказались рядом, она опустилась на колени, и я почувствовал ее губы... Я словно летел в невесомых воздушных струях, наполненных мерцающими теплыми каплями... Мир взорвался, дыхание перехватило, я застонал и — открыл глаза.

Первое, что увидел, был украшенный нарочито грубоватыми деревянными перекрытиями потолок спальни. И еще — я ощущал полное облегчение, словно приснившееся свидание произошло наяву. Скользнул взглядом вниз. Ольга откровенно издевательски улыбалась:

— Ну да. Мужчинку изнасиловали во сне. Да еще в извращенной форме. — Она сделала круглые глаза. — Или ты недоволен?

— Да как-то это...

— Ну да. Сон — не явь. Много лучше. Так что ж тебе снилось? Мне-то всю ночь — кошмары: то потоп, то пожар, то наводнение. Чуть свет лежала уже без сна и пялилась в потолок. Потом собралась с духом, сварила чашку кофе на скорую руку, забралась в душ. А из твоей спальни услышала стоны; ну, думаю, мается молодой человек жутью. Заглянула. Из чистого девичьего любопытства. И что вижу: мечешься под простынями, аки мустанг-первогодок. Везет же некоторым со снами: желание твое было выражено однозначно — столб столбом. Ну не могла я оставить такое сокровище на произвол судеб. Ревность бы замучила: что за кино смотрел во сне?

Мне казалось, что я только уснул, проспал минут пять, от силы — десять. Но взглянул в окно: там явственно обозначился рассвет.

— Ну да, — перехватила мой взгляд Ольга. — На заре ты его не буди... Ладно, балдей, я кофе сварю, ага?

Мне вспомнились развлечения вчерашнего утра; все было почти как сейчас, в каком-то полусне, и вот чего я тогда не удосужился, так это даже узнать имена милых ночных фей. Нехорошо. Я вздохнул. Возможно, даже покраснел.

— Я тебя умоляю! — нараспев, словно цитируя героиню неведомого мне фильма, произнесла появившаяся с подносом Ольга. — Ты все же не настолько стар и закомплексован, чтобы придавать этому какое-то значение! Ну что, потерпевший, чашечку кофе — и в душ?

Кофе я выпил тремя глотками и через минуту уже стоял под горячими струями. Вытерся, размотал бинт. Царапина выглядела вполне пристойно. Залепил ее пластырем.

Ольга вошла абсолютно непринужденно, оглядела меня бесцеремонно с головы до ног, а я почувствовал злость и... возбуждение.

— Ну вот, я знала, что ты настоящий мужик, — хрипло произнесла она, одним движением сбросила халат, приблизилась...

На этот раз мы безумствовали долго. Небольшая кушетка, стоявшая в душе, оказалась совсем не хрупкой; зеркала со всех сторон отражали наши опаленные любовной горячкой тела... Оля старалась превзойти себя и демонстрировала все, на что способна, который раз доводя почти до кульминации... Одиноко взбиралась на пик, замирала там, вскрикивала, и — летела вниз, увлекаемая неудержимой лавиной... Потом все начиналось сначала, вот только паузы между ее подъемами и спадами становились все короче и короче, она словно балансировала на острой грани, приближая к ней меня... На мгновение мы замерли и — стремительно — низверглись вниз... Волны судорог проходили по нашим телам, а кожу словно кололо тысячью изморозевых иголочек...

313

Мы лежали на узенькой лавчонке, обессилевшие и расслабленные. Ольга произнесла шепотом:

— Это было божественно. — Помолчала, добавила: — Это не комплимент. Это действительно так. Ты умница. Даже среди настоящих мужиков так мало умниц...

По-видимому, рот мой исказила гримаска, я собирался сморозить что-то резкое, типа: «А среди вас, баб, дур тоже горстями!» Уж очень нерадостно, когда тебя сравнивают с кем-то, будто ты чистопородный жеребец арабских кровей... После скачек.

Но в интуиции Оле не откажешь. Она мягко прикрыла мне рот ладонью, произнесла тихо:

— Молчи. Если бы только знал, какие вы, мужики, глупые... Как вид. Не потому, что дураки, а... Ну, знаешь, как олени на турнирных боях..

Она вылила на себя шампунь, постояла под душем, завернулась в махровый халат и вышла, бросив:

— Завтрак будет через пять минут.

Я стоял под горячими струями и чувствовал огромное облегчение. Словно все мои проблемы испарились, ушли, исчезли, как предутренний туман. Я поколдовал с кранами, делая воду то ледяной, то снова горячей, голова прояснялась, и в ней звучала только одна мелодия: «You are in the army now...»

Через десять минут я сидел в столовой. Белая крахмальная скатерть, бекон с яйцами, большой фарфоровый кофейник, толстые чашки, ломти ветчины, хлеб.

Какое-то время я молча поглощал приготовленное, потом произнес не без ехидства:

— Похоже, твоя подруга всегда готова, как юный пионер!

— К чему?

— К приемам.

— В смысле... Уж не думаешь ли ты, что и у меня дома, и здесь, у подруги, *притон?* Этакий высококачественный бордельеро для пресытившихся или, наоборот, эксперементирующих барышень и плейбойствующих мужчинок от шестнадцати до семидесяти пяти?

Пожимаю плечами, налегая на ветчину.

— Нет, Олег, ты несносен! Кажется, всем вышел, а предрассудки те же, что и у миллионов мужиков на этом шарике! Подумать только, вы вовсе не изменились за годы эволюции! Тебе хорошо сейчас?

— Замечательно.

— Ну вот. Счастье никогда не бывает долгим, оно как блики на воде, как случайный солнечный зайчик на стене комнаты, не поймаешь! Так нет же, людям так хорошо, что они стараются поскорее от этого избавиться! Или, что еще хуже, сымитировать солнечного зайчишку с помощью кинопроекционной установки! Итог? Известен. Благородный муж и отец семейства трудится на ниве супружеской обязанности, представляя себя с другой, им выдуманной, она — глядит в потолок и в лучшем случае в свою очередь воображает несуществующего любовника, в худшем — постанывает расчетливо и притом прикидывает равнодушно-алчно: сколько после такого «горячего секса» удастся выпросить у мужа на новую горжетку...

— Погоди, ты чего завелась...

— Нет, это ты погоди! Принять меня за притоносодержательницу, это же надо!

О двух вчерашних нимфах я благоразумно молчу.

— Знаешь, от чего больше всего страдают люди в наше время?

Пожимаю плечами:

— От недостатка денег?

— Вот уж нет. От недостатка эмоций! Ты понял? Это не просто ущербность эмоциональной жизни, это настоящий эмоциональный голод! Ты думаешь, старички со старушками шатаются по митингам и прочим сборищам из-за пенсий? Может быть, частично, но в целом — из-за вот этого вот неутоленного, зверского эмоционального голода, сидения в четырех стенах, собственной невостребованности!

— А при чем здесь...

Ольга закурила нервно:

— И не перебивай меня, пожалуйста.

— Молчу.

— Недостаток эмоционально насыщенной жизни — бич нашего века! Болезнь! Смертельная! Если бы только она разрушала семьи и толкала людей к бутылке, на иглу, к суициду... Инфаркты от нее, от эмоциональной недостаточности... В сердце человека поселяется тоска и точит, точит его незаметно и фатально. Пока не сожрет. — Ольга вздохнула: — А все почему? Из-за несоответствия грез и действительности! Серость, обыденность окружающего жрет людей почище язвы! И — никакого выхода, никакого! Нет, каждый ищет забвения, эмоций: кто — в водке, кто — в окаянном разгульстве, кто — в книгах или кинофильмах, создающих иные, блесткие миры, где чувства — свежи, страсти — остры, решения — фатальны, противостояния — титанически... Люди спасаются от скуки окружающего, но до поры... А главное, их сексуальная жизнь да и, что греха таить, сама любовь подчиняются закону эмоционального старения! Ты можешь представить Джульетту в чепце, а Ромео — пьяным пузатым мужиком, разглагольствующим на тему неправильной социальной политики герцога? Нет? Вот и я — нет. Грезы, детские комплексы, жажду красоты — вот что люди оставляют нереализованным в сексе!

— Для того чтобы превратить свои грезы в реальность, нужны деньги, — осторожно замечаю я.

— Чушь! Мир помешался на деньгах, но за них ничего нельзя купить, кроме суррогата! Суррогата эмоций. Ну да, богатенький буратино может не просто снять девку, он может заказать высококлассный бордель, где аналитики просчитают, а девки — удовлетворят все его комплексы! Заплати — и получишь строгую школьную училку с хлыстом или, наоборот, субтильную среднеклассницу в короткой юбчонке с бантом! И денежная матрона тоже огребет все, что пожелает: героя-любовника а-ля Антонио Бандерас или Леонардо ди Каприо, грубого мужика-лесоруба или утонченного очкарика с длинным пенисом! Все, кроме искренности! Все, кроме живых эмоций! Суррогат! Ты понял? Да еще притом, что обе стороны, та, что платит, и та, кому платят, испытывают одинаковые чувства к партнеру: высокомерие и презрение! За деньги можно купить секс, но не искренность и не влюбленность! И уж тем более — не любовь!

— Мысль новая, а главное, свежая, — хмыкнул я.

— Зря иронизируешь.

— Только совсем не обязательно покупать проституток.

— Да? Тогда что? Ухаживать? Да вы, мужики, примитивны, как инфузории! Ну что мучит нормального мужика, когда он жаждет приключений и наконец-то замечает достойный предмет? Ну?

— Честно?

— Да не надо, все равно соврешь! Я сама скажу: даст или не даст. Вот первый вопрос. Второй возникает не у всех, но у подавляющего большинства «сильного пола»: встанет не встанет? Не так?

— Первый, пожалуй, мучит. О втором как-то не задумываешься.

— Это ты не задумываешься. Хотя... Задумываешься, но по-другому: сумею показать себя этой диве суперстаром этаким, секс-гигантом? Оттрахать так, чтобы визжала и плакала?! Ведь без этого у нормальных мужиков и оргазм не в оргазм! Вы, пока не удовлетворите, окромя физиологии, тщеславие, недовольны! Нет?

Я отхлебнул кофе, произнес скромным голосом преподавателя Катехизиса:

— Милая Оля, если бы я не знал обратного, я бы решил, что у тебя с сексом проблемы.

— Олег, не будь ханжой! — не заметила иронии Ольга. — Да нет у меня никаких проблем с сексом, у меня, как и у всех, без секса проблемы! Только я нормальная девка, я желаю при знакомстве с мужчиной трепета какого-то внутреннего, загадки, игры, *предвкушения!* И вы, мужики, тоже хотите этого! А вот этим своим — «бизон я или не бизон!» — портите все! А в семье? Безграмотность сограждан в сексе удивительна, унизительна и безгранична!

Ольга замолчала, налила себе рюмку водки и выпила одним махом. Помолчала, вздохнула:

— У меня два замужества развалились по этой самой неграмотности, пока я не уразумела аксиому: «Как стать счастливой в сексе». Согласись, это куда важнее, чем стать богатым. Не так?

Скромно молчу. Ибо в вопросах взаимоотношений полов — не теоретик.

Глава 42

— В одиночестве у женщин разыгрывается воображение. Ты даже представить себе не можешь, до какой степени эта самая бабья неустроенность будит фантазию! И делает одиноких девчонок скованными, да что скованными — просто оловянными какими-то при общении с любой особью в штанах! Страх — вот что движет женщиной, потерявшейся в четырех стенах своей малогабаритки! Или, еще хуже, с детства зашуганной «высоконравственными» родителями, которые и сами от секса никогда радости не получали, и другим не дадут. Страх остаться одной, страх не понравиться, страх быть брошенной! Они и остаются такими из-за треклятого страха! Страх — сильная эмоция, не правда ли?

— Угу, — киваю я, ломтиком хлеба расправляясь с яичницей. — Но не основополагающая.

— Вот и я так решила. Как только я поняла, что людьми на самом деле движут не амбиции, а эмоции, успех начал сопутствовать и в делах.

— Ты занимаешься делами?

— А ты как думал? Сестра своего беспутного братца?

— И чем, ежели не секрет?

— Акциями здешних предприятий. Тебе это не интересно.

Вот уж наоборот: как раз это мне оч-ч-чень интересно. Но форсировать разговор не собираюсь, чтобы не сделать его похожим на допрос. Времени до полного заживления телесных ран предостаточно, так что милая Ольга еще успеет меня просветить в закулисье здешних промышленных интриг. Если захочет. Я буду стараться, чтобы захотела. Обаятельный я или нет? То-то.

— А Серега и не такой уж непутевый, — продолжила Ольга, — просто...

— Жизнь такая.

— Ну да. Нет, Олег, ты можешь считать...

— Да ничего я не считаю. Был бы Фролов дураком, жадиной или отморозком, давно бы закопали. Значит, нашел свое место в жизни.

— Наш отец любил повторять: «Нашел свое место в жизни, жди, когда оно освободится». Может быть, слишком часто повторял. А сам был спивающимся неудачником. Но добрым. Правда, от той доброты было ни поесть, ни одеться. Может, оттого Серега такой малохольный вырос?

— А что, освобождать место, кажущееся тебе твоим, может, и не самое глупое занятие? — философически заметил я и добавил совсем бестактно: — Хотя безбожное.

— Да? А ты трупы штабелями кладешь по Божьему промыслу, что ли? Не дожидаясь писаного: «Мне отмщение, и Аз воздам»?

— Богу — Богово, кесарю — кесарево, а нам, смертным, уж как кривая вывезет.

— Не ерничай. И не умничай.

— Больше не буду. Умничай ты.

— Издеваешься?

— Нисколько. Очень хочется побыть счастливым. Хоть немного. Но у вас, барышень, есть одна несносная привычка...

— Да? Которая из?

— Тянуть кошку за хвост. Выстраивать к сути дела длиннющий поводок из предшествующих событий, сообщая притом все о чадах и домочадцах, домашних животных и вольнопасущихся любовниках, кофточках, портнихах, подругах, подругах подруг и мужьях знакомых. Мочи нет терпеть. Выкладывай самую суть. А уж потом валяй пояснения, комментарии и послесловия. А то измаюсь. Итак, книжка «Как стать счастливым». В чем твое ноу-хау?

— Вот! Ты сам подтверждаешь, насколько я права! Вопросительно приподнимаю брови.

— Вам, мужикам, важен результат. Нам — процесс.

— Эка новость.

— Погоди. Раз уж решил слушать, так не перебивай! Возьмем семью: крайняя редкость, когда супруги сразу достигают сексуальной гармонии. А нет ее, пропадает и все остальное. Это факт.

— Нет, это больше, чем факт. Так оно и есть на самом деле.

— Опять иронизируешь?

— Ничуть. Просто, как человек светский, поддерживаю разговор. В нужном русле. С вежливым и заинтересованным вниманием.

— Слушай, вежливый и заинтересованный...

— Все. Молчу.

— Тут разные причины, разные комплексы работают, в том числе совсем детские, но суть в том, что если по первости все шероховатости в сексе скрадывает влюбленность, то потом...

Фрейда в юбке, вернее в халатике, я слушаю вполуха. Ничего особо мудреного в ее словах нет: человек существо ретроградное, замордованное воспитанием, долгой советской рутиной, длящейся уже почти пятнадцать лет полной непоняткой... Но со своими комплексами или идеалами расстающееся с мучительной неохотой: что есть личность «без комплексов»? Биоробот.

— Ты хоть понимаешь, что при неудачной сексуальной жизни у людей пропадает основная мотивация к любимому занятию — зарабатыванию денег?

— Разве?

— Да! Семьи распадаются, иных не возникает, остается лишь секс за деньги, может, и не с публичными девками, но согласись, «как много девушек хороших», мечтающих в наше супостатное времечко продать себя за приличное содержание: квартирка, обстановка, безбедность... У баб — еще хуже: самые умные сочетаются законным браком с представительными, экстерьерными альфонсами и содержат их, как мебель, как дорогих пуделей... И что в итоге? Всего лишь суррогаты — любви, взаимопонимания, душевной приязни...

— Лучше, чем ничего.

— Хуже! Хуже, чем должно быть. А понимаешь, почему происходит так? Предположим, семью создают люди с разными сексуальными пристрастиями, и зависят они лишь частью от темперамента, больше — от того, когда, при каких условиях каждый из партнеров испытал первое, может быть неосознанное, влечение. Знаешь, когда я впервые почувствовала это? Когда воспиталка, в детском саду еще, меня наказала: отобрала трусы и оставила стоять в спальне нагишом на полчаса. Мне было и стыдно, и... приятно. Вернее, это как в воду в первый раз головой, жутко, а сердечко бьется в предвкушении ласки... Вода ведь ласкает. Кстати, ты знаешь, многие девчонки бисексуальны, но не по патологическим вывертам психики или по распущенности, просто так они удовлетворяют присущую женщинам потребность в ласке... Вот так: женщин нужно ласкать. А мужики, озабоченные собственной потенцией и тщеславием, часто забывают об этом вовсе.

В-о-от. И выросла я, такая хорошая, с тайной травмой, как и многие, относясь к собственному телу как к чему-то запретному и постыдному, как к сладкому, но скверному, осуждаемому греху... Пока в одной компании пьяной ко мне не пристал тамошний заводила... Уволок меня в спальню, но не лез с руками, с хмельными ласками, а грозно и строго велел раздеваться... Я перепугалась, было жутко стыдно, как в детстве, но вместе со стыдом я испытала такое возбуждение, что... Короче, когда он взял меня, грубо, оргазм я испытала моментально, потом еще, еще... Я орала, как кошка, забыв обо всем на свете, мне было наплевать, что меня слышат по всей квартире, даже, наверное, соседи за стеной... У меня словно было моральное оправдание: заставили. И оттого, что это «оправдание» было, я расслабилась полностью, позволила себе быть самой собой... Самое приятное, что мазохистский комплекс не вошел в привычку, я стала получать удовольствие от секса вообще. Это не так уж мало.

Ольга закурила, резко выдохнула дым, даже не затянувшись как следует:

— Понимаешь, в чем дело? Зажатая сексуальная энергия блокирует все эмоции вообще, жизнь человеческая становится из цветной — серой, и люди волокут ее, как кляча собственный хвост, без радости, без озарений... Сегодня, завтра, всегда — одно и то же... Когда я до всего этого додумалась, то сказала себе: быть счастливой в одиночку нехорошо!

— А вывеску какую повесила?

— В смысле?

— Люди ретроградны, — хмыкнул я. — И для сексуального раскрепощения предпочитают специально отведенные для этого места.

— Прекрати, Олег! Я не содержательница борделя!

— Угу.

— Неужели ты не понимаешь, как важно людям, чтобы...

Договорить она не успела. За окном длинно просигналил автомобильный гудок.

Ольга встала, выглянула в окно:

— Не беспокойся. Какой-то джип. Видно, друзья хозяйки. Номера московские. Заметили вчера свет в окнах, решили навестить.

— А что, хозяйка тоже юная рукодельница и мастерица раскрепощения?

— Олег, — укоризненно произнесла Ольга, — твой цинизм...

— Это и не цинизм вовсе. Чем занята хозяйка по жизни?

— Да какая тебе разница?

Гудок просигналил снова — требовательно, но игриво: водитель выдал какую-то шлягерную мелодию.

— Пойду спущусь, — произнесла Ольга.

— Что-то они больно наглы для гостей.

— Видно, приняли на грудь, желают культурного общения.

Ольга запахнулась в хозяйкин халат, спустилась вниз. Я услышал, как она открыла дверь и вышла на крыльцо... И тут — короткая автоматная очередь рявкнула из полуоткрытой дверцы автомобиля. Я выхватил пистолет, бросился к окну. Выдала меня качнувшаяся занавеска. Новая очередь, в полрожка, развалила стекло, пули, рикошетя о решетку, неслись по комнате, выли, с чавканьем впивались в стропила потолка, щепили драгоценную немецкую мебель.

Если сейчас кто-нибудь из этих шустриков под прикрытием огня проберется в отворенную металлическую дверь, мне хана. Против пары автоматов я продержусь полминуты. Это не кино.

Но налетчики и не собирались атаковать дом. Джип взревел турбиной и покатил прочь. Я выждал минуту, выскочил на крыльцо. Палить из пистоля вслед удаляющемуся авто — полное ребячество. Мельком глянул на Ольгу, отвернулся: то, что было минуту назад живым, очаровательным существом, рассуждавшим о жизненном счастье и тяжкой девичьей доле, теперь... Автоматная очередь попала ей в грудь.

Думать было некогда. Я собрался в секунды. Уже через пять минут за рулем Ольгиной «бээмвухи» вырулил на узкую городскую улочку. Что дальше? Ребята вряд ли станут хорониться в городе. Слишком приметная машина для такого маленького, пусть и полукурортного городка. Все у всех на виду. Законопатить джип в гараж после стрельбы, а самим водочкой наливаться? Вряд ли. Значит, вырулят на серпуховской большак.. Не торопясь, но и не мешкая. А затеряться на шоссейке при движении в направлении Москвы ранним вечером в выходной — проще простого. Особенно такой распространенной бибике, как джип. Не говоря уже о возможности свернуть на любой из подмосковных больших и малых городков, на любую грунтовку... Но пока еще утро. Вперед!

Глава 43

Выезжаю кое-как на старый серпуховской тракт, по эту пору абсолютно пустынный. Впереди никто не маячит. Ну да время оторваться у них было. Прибавляю. Глядишь, нагоню. Если, конечно, я все правильно просчитал и ребята не подались, наплевав на два стационарных гаишных поста, на Киевку.

Что это? Заказнуха? Очень не похоже! Разборочная пальба? Кого и в кого? Пасли Ольгу или хозяйку милого домика? Вполне, особенно если она тоже занимается очень неинтересным и бесприбыльным делом: скупкой акций предприятий покровской оборонки. Или — какого-то одного предприятия, остальной весь сыр-бор — ширма? Мысль перспективная, но додумать ее мне некогда. Впереди, примерно в километре, замаячил задок искомого джипа.

За каким рожном я за ним мчусь, я не знаю. Вернее, не задумываюсь. Мне глубоко плевать на все и всяческие разборки на наших просторах, как и на стороны, их представляющие. Но мне не плевать, когда за минуту свинец превращает в месиво человеческое существо, девчонку, не очень счастливую и жаждущую того же, чего и все в этом мире: любви. И я очень хочу достать этих выродков, превративших оружие в инструмент бизнеса.

Стоп! Я смотрю на побелевшие костяшки пальцев, на кисти собственных рук, вцепившиеся в руль, как в спасательный круг. Бросаю взгляд на стрелку спидометра: ого! Расслабиться, немедленно. Иначе любой поворот или просто выбоина станут для меня последним препятствием в этой жизни: при всем совершенстве автомобиля, катапульты в нем еще не придумали.

Делаю несколько глубоких вдохов и начинаю дышать быстро и поверхностно, чтобы привести количество адреналина в крови в надлежащую норму, а состояние жестокого, почти горячечного гнева — в холодную, расчетливую ненависть.

Немецкое качество и в Африке — качество. Дорога несется под колеса стремительно, задний бампер джипа маячит уже в каких-нибудь трехстах метрах. Преследование они пока вряд ли почуяли: по-видимому, приняли меня за охранника хозяйки особняка. А ни один охранник не бросится в погоню за машиной. Только полный отморозок, для которого собственная жизнь — в тягость. Вернее, который не понимает ее самоценности. Мне моя не в тягость, но... Я их достану. Потому что это так.

Сто пятьдесят метров. Семьдесят. Пятьдесят. Идти на обгон и палить из пистолета? Бездарно до глупости: полоснут очередью, и все дела. Думай.

Скорость я сбавил. Держу пятьдесят метров. Знают они, что это Ольгина машина? Вряд ли. Надеются на случай? Ну да. На случай рассчитывать нельзя, но нужно быть к нему готовым.

Впереди мосток через безымянную речушку. Дорога — вниз. Нагоняю. Трасса прямая, а «бээмвуха» по мощи куда превосходит джип на скоростной трассе. Десять метров. Пять. Речушка маячит уже впереди. Пора.

Опускаю стекло, высовываю руку с зажатым пистолетом и жму на спуск. Снабженный трубкой глушителя «спенсер» послушно задергался: две пули чиркнули по металлу, с третьей — попал. Хлопок лопнувшего колеса, ребятишки в салоне что-то сообразили, но поздно: джип заюзовал на такой скорости и подставил мне борт.

Удар был крепким. Джип неловко, боком, влетел на мосток, всей тяжестью врезал по крепким, металлическим прутьям перил, но не снес, чуть перевесился вниз. Я задницей «бээмвухи» уперся в перила с другого края, машина замерла, я юркнул вниз, на землю, в заранее открытую дверцу. Вовремя: кинжальный огонь из двух стволов обрушился на несчастную «бээмвуху», я замер, пули шли верхом, прошивая кабину: ребята опасались попасть в бензобак, на таком расстоянии при взрыве их джип мог и не загореться, но то, что мог потерять равновесие... До мелкой речушки — метров пятнадцать лету: хоть не высоко, но чувствительно.

Я услышал, как новоявленные карабинеры выскакивают из джипа. Что-то я сделал не так. Фонтанчики асфальта, земли, щебня взлетали у самого колеса; даже если боевиков двое, мне гайки: одного автоматчика достаточно, чтобы крошить покрытие у меня перед носом и не давать высунуться, другой в это время найдет удобную позицию для выстрела. Я бы давно такую нашел: лег на асфальт и прошелся бы очередью вдоль колес. Четыре пули сидели бы во мне, как в копеечке.

Ребята явно не глупее, но не спешат: ну да, с этим наездом в прямом смысле получилась полная непонятка, и чтобы не тянуть ее за собой и изъять из прямой извилины всякие сомнения, есть смысл клиента, то бишь меня, не размазывать по асфальту, выдернуть на прави́ло: «Откуда, куда, зачем?»

Резонно. А также красиво, добротно, хорошо. А вот и очереди стихли.

— Эй, лихач, ты чьих будешь? Вылезай, побазарим, — расслышал я хрипловатый, явно простуженный голос.

Ща-а! Разбежался. Базарить нам не о чем: предложить мне жизнь вместо кошелька они не могут, у меня и кошелька-то никакого нет! Значит, отвлекают, песьи дети! Дабы подранить индивида и взять тепленьким. А откуда удобнее? Ну да, с земли.

Стараюсь не упускать из виду просвет между приткнувшейся иноземной тачкой и перилами, зыркаю стремно и под машину, наблюдая за асфальтом: а что там у вас, нехорошие ребята?

Ну вот, ножонка показалась в пределе видимости и досягаемости. Стреляю. Хлопок, крик, мат... «Калашников» падает на асфальт, следом — падает детина, его стриженая голова метрах в трех, фиксирую ствол и аккуратно вгоняю ему пулю в любимое киллерами место: между ухом и глазом. Очереди из двух автоматов крушат последние стекла, превращая машину в сито. Ну, это все лирика, господа хорошие, пустая бакланка, как выражаются некоторые товарищи; на вшивость проверять и давить на характер — не место и не время, на самом деле это двум стрелкам нужно для самоуспокоения.

Меня же беспокоит больше всего то, что в маломерном крупнокалиберном «спенсере» остался последний патрон; надежда юношу питает лишь одна: калибр ребятки просекли и вполне резонно рассудят, что у меня слоновий винторез типа «стечкина», с двадцатью убивцами в обойме: стрелять не перестрелять. И на рожон лезть с кондачка не станут.

Хотя настроение паршивое. Мы сейчас как сиамские близнецы: они бегством спастись не смогут, дабы спину не подставлять, да и мне бежать, окромя царства мрачного Аида, некуда. М-да, операцию я не продумал; да и как продумаешь на ста двадцати километрах в час! Мне казалось, что штакетничек похлипче будет и их джип слетит в речушку, аки птах! Мечты не осуществились. Действительность оказалась паршивее некуда. Стрельба поутихла, я услышал звук упавших пустых рожков. Ну да, когда весь козырь на руках, переменить рожок — плевое дело; моя запасная осталась в куртке, на сиденье. Сиденье — в авто. Почти как в сказке: смерть Кащеева — в яйце, яйцо — в утке, утка — в ларце, ларец... Ну и далее по тексту.

И еще — я чувствую запах. Ну да, бензин. Бензобак пробит. Слава Богу, не всякая пуля подожжет его в отсутствии доступа воздуха, но теперь у них и вовсе четыре туза на руках. И все четверо — пиковые. Можно заказывать отходняк, но некому. И не на что. Сейчас оба старателя удачи пойдут на здоровый риск и пренебрегут правилами пожарной безопасности, гори они огнем! Что мешает бросить спичку? Ничего.

Что-то минута вооруженного нейтралитета затянулась. Препаршивейшая ситуация: ждать, когда дичь поджарят, особенно если эта дичь — ты сам. Рагу из редкой птицы. В собственном соку, с нереализованными планами о мирной жизни. Мне с моим жалким единственным патроном высовываться нечего, а стреляться я из принципа не буду: не институтка и уж точно не беременная. Остается выскочить наудачу: может, хоть одного сумею захватить в мир иной? А по дороге и потолкуем... Пожалуй, еще до чистилища морду новопреставленному успею побить так, что в аду не примут!

Кое-как я сгруппировался, приготовился к «последнему и решительному». Хотя — терпеть не могу жизнеутверждающих смертей! Стоп! «Вот немного посидели, а теперь похулюганим. «Что-то тихо, в самом деле», — думал Мао с Ляо Бянем...» Ну да! Что и требовалось доказать: жлобство неистребимо и победоносно! Не станут они меня жарить, дабы не спалить и свой джип! А может, он вообще чужой, да и такие накладки при громкой ликвидации не планировались. Это рождает надежду.

Угу. Заурчал мотор. Сейчас они кое-как, на спущенном колесе, на карачках, вытащат агрегат из неловкой ситуации, отъедут чуток и тогда уж дадут волю огню и дыму. Кто сказал, что я буду спокойно ждать исхода? Я мирный, но не до такой же степени!

А вот что идиот — это без вопросов. Круглый. Высокооктановый бензин струйками льется на дорогу, а накат-то — в их сторону! Блин! Голова вовсе отказалась работать со страху! Зато теперь картина битвы ясна беспредельно: именно под их навороченной бибикой скопилась огнеопасная лужица. Ну а раз так — чего ж мне от своего счастья бегать?

Кошу глазом через металлический штакетник вниз. Ну да, высота изрядная, костей можно не собрать, но внизу вполне приличные кусты. Высокие и плотные. Лучше бы батут, но за неимением гербовой... Да и Бог не выдаст, свинья не съест!

Нащупал в кармане зажигалку. Стоит мне поторопиться, и я сгорю вместе с этими головорезами печальным молодым факелом. И мой неопознаваемый труп даже Васятко не сможет захоронить по понятиям.

Мотор заурчал сильнее, джип осторожно двинулся с места, словно путник по льду, пробующий ступней свеженький ноздреватый ледок после первых ноябрьских заморозков. Пора. Перед смертью не надышишься, а бензин жечь мы все горазды. Вперед!

Чиркаю кремнем зажигалки, одним махом перескакиваю парапет и одновременно отпускаю игрушку с зажженным фитильком на асфальт. Падая, вламываюсь в кусты сверху, проскальзываю вниз головой, тупо, но чувствительно ударяюсь о мягкую землю и без того попорченной мордой лица... Огонек ощутимо шуршит где-то наверху, и я замираю: если взрыва не будет, ребятишки оторвутся за весь пережитый страх: аккуратно, как при охоте с вертолета на отдельно лежащий пенек, накрутят во мне дырок столько, сколько им заблагорассудится. Скорее всего расходуя весь боезапас.

Воздух упруго сжался и ухнул; я, словно престарелый орангутанг, на карачках затрусил прочь, скользя по липкой траве. «БМВ», проломив ограждение, повернулся ребром, побалансировал так, и ухнулся наземь, подминая кусты на том месте, где я только что лежал. Джип, словно доисторический мастодонт, падал кормой вниз, тяжело грохнул по другую сторону моста, сбив пламя, перевернулся на крышу и замер. Огонь струйкой бежал откуда-то сверху...

Я работал конечностями как заведенный. Понял, что трава и опавшая листва под руками скользят от моей крови: ладони содраны, да и колдование доктора Каткова над физиономией героя-любовника пропало всуе...

Остановился я лишь на взгорке. Мост остался чуть в стороне, «БМВ» догорал. Оба бандита сгорели. Один, видно, успел-таки выскочить из джипа, но его обдало струей огня; догорающий остов ничком застыл на мостке. Другой остался за рулем. Со всеми проистекающими последствиями: боевая машина братвы упаковала его труп среди металлических останков плотно, на совесть, как бройлер.

Я разогнулся не без труда и потрусил, припадая на больную ногу, в сторону недалекого леска. Вряд ли меня станут искать с собаками, не сорок первый, да и я не беглец из лагерей. Но ловить на этой дороге, окромя пули, нечего. Да и береженого Бог бережет.

...Сколько я бреду? Час, два, пять? Не знаю: часы стали. Смерклось быстро. Но сумерки легли долгие, прохладные. Пару раз я наклонялся у безымянных ручьев и пил воду; голод меня не донимал вовсе, а несколько сигарет, оставшихся в куртке, только дразнили: огня не было.

Никакая «песнь победителя» из моей глотки не рвется. Я ни на шаг не приблизился к решению своих проблем: мой противник или противники по-прежнему для меня невидимы. Бой с тенью, которой нет. Или — просто сотрясение воздуха, война с ветряными мельницами?.. И как сервантесовский герой, я просто не замечаю изменившихся условий и ищу треглавое чудовище ради... Ради чего? Империи, которой я служил, нет, но... Разве я служил империи? Нет. Так или иначе, людям, населяющим мою страну. Чтобы жить им было безопаснее. И если сейчас враг давно переместился за пунктиры границ, значит... Смешно: в конце века снова стать партизаном почти в самом сердце России... Смешно....

Я бреду через лес, стараясь не замечать боль и ориентироваться по проглянувшему солнышку, дабы не заблудить. И на душе не просто тоскливо — пусто и холодно. Сначала всегда так: пусто и холодно. Потом стылое ледяное безмолвие постепенно отвоевывает пространство, студит сердце хрустким ледком безразличия, апатии, безнадеги... Где и по чьей злой воле носит меня нелегкая?.. Словно я брожу по замкнутому огненному кругу, под перекрестным огнем неведомых мне противников, и те попутчики, что на беду свою оказываются в этом кругу, гибнут, гибнут, гибнут... Успевают проявить доверие ко мне, участие и — падают, сраженные свинцовым ураганом... А я все бреду куда-то, потеряв первоначальную цель, среди мнимых пейзажей, а порой и просто в непроглядной мути, будто в глубокой воде, наполненной мглистой илистой взвесью... И чувствую, как касаются меня здешние обитатели липкими налимьими телами, и хруст слышу: жрут, жрут собратья друг дружку, но все — и злоба, и ненависть, и страх — тонет в вязкой гнили всеобщей убогости и равнодушия.

И оттого, что все привычно вокруг: тихие дерева, запах прелых листьев, черные, будто обугленные, ссохшиеся ветки, шорох первой опавшей листвы под ногами, — только горше. Потому что война?.. Может быть, то же чувствовали княжие гридники, витязи Владимира Мономаха, когда пожар усобиц забушевал по земле Русской?.. Огонь согревающий словно сбежал из очагов мира и, питаемый завистью и злобой, стал огнем пожирающим, смертоносным, алчным... И люди, ожесточенные сердцами, закостеневшие разумом, нетвердые духом, метались от холода вражды к огню брани, и там и там оказываясь над бездной погибели... Почему все так? Бог знает.

Часть пятая

БЕГ ПО ПЕРЕСЕЧЕННОЙ МЕСТНОСТИ

Глава 44

Поздним вечером того же дня я вышел-таки на опушку, одолев километров тридцать; вышел не только в другом районе, но и в другой области. Это не просто обнадеживало, а бодрило: ясный перец, хотя родная страна еще и не развалилась на тысячу маленьких медвежат, до олимпийского спокойствия державного Миши-талисмана уже ох как далеко. Это он мог позволить себе отлететь на воздушных шариках, и родина была спокойна: сколько ни болтайся в струях эфира, приземлишься токмо на родной землице, аки космонавт-общественник. И сразу, как полагается: опись, протокол, отпечатки пальцев. А ныне... Все, что имело место быть в соседней области (тьфу, губернии, субъекте Федерации же!), местным служилым хотя и не до самого приятного дамского места, но и на рога здесь никто не станет и задницу особливо рвать не будет, разыскивая фигуранта Дронова. Полистают ориентировочку, проведут мероприятие ознакомления личного состава с вышеозначенной, и — трава не расти. Да и не считаю я себя фигурой, равной Черчиллю; при достаточно «судьбоносных» для Покровска событиях, как то: пропажа мэра, убийство смотрящего от братвы, массовая разборочная стрельба — и милиции, и РУБОПу будет чем заняться.

Сначала я увидел вдалеке, сквозь редколесье, мерцающие редкие огни. Потом почуял запах железной дороги, навоза, печного дыма, прелой стерни. Я вышел к рабочему поселку под звонким наименованием «Комсомольская вахта».

Когда-то здесь была шахта. Не шахта даже, шахтенка местного значения, чтобы было чем народ занять: из неглубокой штольни добывали хреновенький бурый уголь, который не столько горел, сколько чадил. От тех времен осталось заброшенное здание шахтоуправления и четыре десятка бараков, разгороженных на клетушки, в которых коротали век семьи работяг. Кормились с обширных огородов, засаженных одной картохой, а вот на какие шиши пили — неведомо. Но то, что главным очагом культуры в поселке был шалман, — это без балды. Расположился он под козырьком, во весь первый этаж обшарпанной маломерной панельки, но звался пышно: «Америка». У входа гужевалась здешняя хулиганствующая молодежь, наверняка пышно именующая себя «братвой». Перед дверью придремывали даже две иномарки: замызганная «ауди» и доходяга «фольксваген-гольф». Над каким таким гешефтом могли шефствовать местные паханята, неведомо. Разве что ковали бабки на несанкционированном розливе горячительного напитка, по полному недоразумению сохранившего название «водка», или на переброске по мертвой тропе маковой соломы.

Злачное место я всем сердцем желал обойти стороной — приключений мне было достаточно. Но водки хотелось.

Невзирая на то, что я покидал гостеприимный, но расстрелянный особняк в ритме босановы, все же успел погрузить в карман куртки крепкую, стянутую резинкой пачку баксов из Ольгиной сумочки. Они ей уже ни к чему. Единственная глупость: пока брел по лесу, ни пересчитать, ни хотя бы отделить от пачки две-три бумажки как-то не собрался; теперь же светить громадные по здешним меркам деньжищи перед аборигенами «Комсомольской вахты» было просто опасно: разборка с бандитами — это разборка с бандитами, а вот от рессоры трактора «Беларусь», если она наварит из темноты и сзади, еще никто не уходил. А из оружия у меня — только жизнеутверждающий, полный неподдельного обаяния оскал. Впрочем, ввиду разбитой, заштопанной и снова разбитой рожи, потерявшей всякий фасон и цвет, местные мое нездешнее обаяние могут не оценить, а дружественную улыбку счесть злою насмешкою судьбы. Как говорят в Одессе, зачем нам этих трудностей?

Но водки хотелось. Водка была нужна с ощутимо лечебными целями: меня начал потряхивать озноб. Выпить бы сейчас стакан-другой, завалиться где-нибудь в тепле и придавить часов шестнадцать. А будет день, будет и песня. Ее и споем.

Я вздохнул и сплюнул в сердцах. Фигушки. Придется улечься спать насухую, как говорят, не емши и не пимши. В какой-нибудь сараюхе на окраине. Хорошо бы найти посуше, с дровами, что ли. Ночи уже вполне прохладные. Ну а завтра — действительно осмотримся, ослушаемся и примем решение. Важное и конструктивное.

Чтобы не маячить перед скудно освещенным входом заведения, прикинулся ветошью и шаркающим шагом местного алкана побрел вдоль асфальтированной в доперестроечную эру улочки. Хотя никакие фонари и не горели, старался все же не отсвечивать. Но от судьбы, как и от фортуны, не уйти. Троица подвыпивших парней вышла мне лоб в лоб из какого-то проулка, да еще с такой крейсерской скоростью, что я не успел увернуться от столкновения и чувствительно соприкоснулся плечом с крайним слева.

— Виноват, — пробормотал я еле слышно, произвел даже лошадиный кивок, скукожился... Да забыл всуе, что профессорско-интеллигентского имиджа я лишился еще в парикмахерской Покровска, а отекшее от побоев лицо если кому и прибавляет интеллектуальности, то не мне. Хотя в первую минуту мне показалось: проскочил, — не тут-то было...

Длинная худая рука зацепила меня за ворот, как экскаваторная лапа — щенка, выдернула назад.

— У тебя чё, малый, проблемы? — обдал меня перегаром худой долговязый детинушка, рассматривая меня в тусклом свете далекого фонаря.

— Да до встречи с вами не было, — соврал я. Играть библиотечного червя было пошло и недальновидно: оваций я здесь не дождусь. Ребятам на этой бессрочной «Комсомольской вахте» было до судорог скучно: я мог составить их развлечение. Попинать безнаказанно ногами ближнего — чем не времяпрепровождение? Самое противное, что в их куцых мозгах даже мельтешения раскаяния не возникнет, потому как «ничего личного» и «жизнь такая».

— Ты, коз-з-зел, — начал «разогрев» едва державшийся на ногах крепышок, которого и волокли двое крупных. На минуту он замолк, по-видимому размышляя, что этакое сказануть дальше, но не придумал, повторил со смаком: — Коз-з-зел долбаный.

Снова замолк, собираясь с силами. Видно, слова ему были нужны не столько для завода, сколько как «руководство к действию». Ибо остатки мозгов, атрофированных еще в отроческом возрасте неумеренным потреблением богатой сивушными маслами борматени, фурычили слабо, с перебоями, и действовать он привык вообще не думая. Побродив по моей согбенной фигуре мутным взглядом, крепышок выдал, разя перегаром:

— А в рыльник хочешь, вонючий? В нюхало?

Не дожидаясь моего согласия, сложил волосатый кулачок и взялся пихать меня в район этого самого «нюхала». Но не доставал: я легко уклонялся. Двое его приятелей были потрезвее и стали легохонько обходить меня с боков.

Тоска в груди застыла снежным комом, а потом пришла холодная, спокойная, ледяная ярость. То самое ощущение, что так пугало меня прежде...

Прямым ударом левой в голову я опрокинул долговязого, двойным тычком правой вырубил пьяного крепыша: голова его дернулась дважды, ножки подкосились, и он осел на землю пустым пыльным мешком. Третий, похожий на ожиревшего борца-тяжеловеса, не вполне уразумел, что произошло: на все три удара ушло не больше секунды. Но поступил очень разумно: раскинув руки, ринулся на меня, пытаясь заключить в полуторацентнеровые объятия.

Пробить полуметровый слой жира, под которым вполне мог таиться двадцатисантиметровый слой качного мяса, я бы не сумел. «Возиться в партере» с таким громилой? Этак лишишься последнего здоровья, и даже в случае сомнительной победы — никакой славы. Да и что есть мирская слава? Тлен и суета.

Съездил здоровому левой вскользь по бороде, остановив его искренний порыв, ушел вниз с уклоном и от души, с разворотом корпуса, воткнул кулак правой в причинное место. Дыхание у парня перехватило болевым шоком; не дожидаясь, пока жирдяй выразит переполнившие его чувства криком, дважды повторил удар: короче и резче. Откормленный мальчонка рухнул обездвиженным слоном; рот его открывался и закрывался совершенно беззвучно, растопыренные пятерни бессильно царапали землю а ноги-колонны сучили по асфальту, протирая его до дыр.

Пока я разбирался с толстым, из временного беспамятства резво вынырнул долговязый. Встал, наклонил стриженую голову, выхватил из кармана длинное сапожное шило и ринулся на меня торпедой. И чему его в школе учили? Я даже мудрствовать не стал: прыжком ушел в сторону и коротко ударил ребром ладони в основание черепа. Парень пролетел по инерции с метр и тупо ткнулся в грязный асфальт. Шильце его застряло в поле моей куртки. Его я аккуратно извлек и забросил в кусты. Пора отсюда сматываться, пока новые аборигены не выплыли из проулка и не выкрикнули друганов, что маячат у входа в заведение. Ибо, как вещует еще стройотрядовский опыт, слаще развлечения, чем попинать ногами чужака, да еще «по делу», у поселковых ребяток нет. А против пяти-шести пар ног и упоминавшейся уже рессоры, которую вполне можно заменить и дрыном, приемы айкидо бессильны. Даже если бы я знал, что такое айкидо.

Но упорная до навязчивости мысль заставила меня задержаться. Уж больно водки хотелось. Я наклонился к крепышу, продолжающему ловить глюки, пошарил во внутреннем кармане кожанки и нащупал бумажник. Открыл. Ну вот, осуществляются мечты: в «лопатнике» шуршали три новехонькие отечественные сотни. И хотя мой аморальный поступок тут же переквалифицировал содеянное накануне из злостного хулиганства с нанесением более-менее тяжких телесных в натуральный грабеж, в глубинах души ничто не ворохнулось: черствый я стал, что ли? Это уже опасно: неуважение к Уголовному кодексу чревато дли-и-ительными посиделками.

Прочитав самому себе краткую мораль и тем убаюкав чувство гражданской совести, побрел с вырученными рублями искать ночлега и пристанища.

Но... Неудачи продолжали мне сопутствовать. Во-первых, на весь рабочий поселок, как выяснилось, единственной питейно-разливной точкой оказалась вышеупомянутая «Америка» и две палаточки рядом. Судя по всему, местное тружилое население наливалось тихонечко по домам картофельным самогоном и прочей брагой. Озноб потряхивал уже ощутимо, голова плыла в простудном тумане, но стучать в первый же попавшийся дом с предложением продать самогона я заопасался. Потому как стал бдительный. И пугливый. Кое-как выбрался на окраину поселка. Набрел на подобие чахлого скверика, в коем скучал ободранный до бомжатной стадии бюст вождя. В здании позади сквера теплилось окошко: видно, днем здесь располагалось начальство, а на ночь соответственно был положен сторож. Хотя руководить тому начальству было здесь абсолютно нечем, но, как известно, эта категория служилого самому себе населения в России не выводится вовсе, как тараканы из коммуналок: даже при полном отсутствии руководимых, они умудряются сидеть в креслах, собирать активы и получать немаленькие зарплаты.

В скверике спать было холодно, да и не на чем; решение напрашивалось одно: сдаться сторожу на милость и управу. Ибо во всех заведениях сторожа заняты одним: пьют и спят. Но невзирая на поднявшуюся температуру, бдительность не притупилась. Пачку баксов я выудил из кармана, плотно завернул в найденную здесь же газету и в обрывок полиэтилена, скрутил резинкой. Поискал глазами...

Вождь мирового пролетариата не годился: хотя бюст был полый и в сократовском лбе зияла дырка, чтобы извлечь впоследствии баксы назад, придется монумент сносить к едрене фене или чувствительно курочить, а это уже буйство шизодемократа и ва-а-аще вандализмъ. А вот правленческий сортир для посетителей (надо полагать, для начальников внутри имеется теплый), построенный чуть позади здания еще во времена культа личности в монументальном стиле псевдоампира, привлек. По правде говоря, без окон, зато с колоннами, выглядел он как заброшенный храм какому-нибудь местному языческому божеству. Внутри, усиливая впечатление греховного святилища, горела подслеповатая лампа.

Вошел. Творчество художников-примитивистов было представлено слабенько: изображение фаллосов и вагин ни достоверностью, ни изысканностью не отличалось. Как обобщил бы Никита Сергеевич Хрущев: субъективизм, а художники — «пидорасы».

Обозрев добротное помещение, я нашел-таки, что искал: влез на дощатую кабинку, подтянулся на стропиле и — задвинул баксы в уголок, под крышу. Гарантией сохранности было то, что подобный акробатический этюд никакой начальственный зад не исполнит, да и редким посетителям вряд ли придет в голову балансировать на грани без видимой цели, зато с ощутимой возможностью свалиться, приласкавшись о цементный пол.

Пристроив капитал надежнее некуда, вернулся к управе. А если вместо сторожа откроет подслеповатая бабка-вахтерша? А, к черту изыски! Врать надо вдохновенно и со вкусом, а значит, будем импровизировать по ходу пьесы. Вперед!

Стучусь в окошко не вполне нагло, но и не слишком настойчиво. Ни ответа ни привета. Снова стучусь. А может, сторож спит сладким сном дома, оставив свет для блезиру?

— Чего рыщешь, пострел? Не спится? — услышал я сзади скрипучий голос. Обернулся: шагах в пяти от меня стоял дедок в истертом пиджаке, военных галифе и яловых сапогах; в руках его покоился тозовский дробовик.

Серьезный дядя: он если и охранял раньше чего, так это зону. Желто-карие глаза смотрят с нехорошим прищуром, как у выдрессированной овчарки: только дернись, и будем считать за побег.

Нет, у меня явно сегодня с головой что-то! Ведь сразу мне эта «Комсомольская вахта» не глянулась, бежать нужно было отсюда в четыре лопатки! Уюта захотелось!

— Чего молчишь? Языком подавился или зубы жмут? — проскрипел дедок, получая явное удовольствие от ситуации, окинул меня единым цепким взглядом: бит, грязен, небрит.

— Да вот... Хотел... А теперь... — замямлил я, подыгрывая.

— Бомжуешь?

— Путешествую.

— Ишь ты, Миклухо-Маклай, мля... Из интеллигентов, что ли?

— Да работы-то нет... И жена, зараза, с тещей...

— Откудова сам?

— Из Покровска.

— Далекохонько тебя занесло. И давно... э-э-э... путешествуешь?

— С мая.

— Маесся, значит?

— Да вроде так.

— Чтой-то не больно ты износился за лето.

— Добрые люди выручают.

— По бабам, что ли, спецуешь? Альфонствуешь?

— Да как повезет. Дедунь, ты бы гаубицу свою убрал, что ли...

— Таких внучат я бы еще во щенячьем возрасте в речке топил.

— Строг.

— Чего в окно стучал? Переночевать?

— И водки бы выпить.

— А что, деньги имеются?

— Трохи есть.

— Трохи... Вдову, что ли, какую обобрал?

— Не, я не такой.

— Вот и я вижу, что не такой. Замужняя была у тебя пассия-кормилица. Вот тебе, хахалю, мужик ейный рыльник и прочистил, так?

— В корень смотришь, дедуля. Тебе бы в органах работать.

— Не мельтеши и блатного из себя не строй: я навидался. Фраер ты.

Пожимаю плечами: фраер так фраер, не велика беда.

— И сколько ты с той сластявой бабенки снял?

— Три сотни.

— Зелеными?

— Деревянными.

— Небогато. — Дедок опустил ружьецо.

— Так что, водки выпьем?

— Чего ж не выпить, если плотишь... Звать меня Игнатьичем. Пошли.

В каморе у Игнатьича было по-казарменному благолепно. Дедок явно страдал от бессонницы и чувства долга: узенькая, накрытая серым казенным одеялом коечка стояла скорее всего для блезиру, спать на нее сторож вряд ли когда ложился.

— М-да, не «Метрополь», — хмыкнул я, обозрев убранство сторожеской комнатухи.

— Найди лучше.

— Да чего уж, от добра добра...

— Вот и я о чем. Ночлег с выпивкой тебе, соколик, в две сотни обойдется.

— Чего так дорого?

— За конспирацию, — хмыкнул дедок. — Посиди покуда. — Он вышел, отсутствовал недолго, минут пять. Вернулся с замотанной в газету еще теплой кастрюлькой, тройкой соленых огурцов, чесночной головкой и шматом сала. Все это было разложено на разрезной доске. Тут только я почувствовал, как проголодался.

Игнатьич вынул из тумбочки два граненых стакана, аккуратно нарезал сало ломтиками, очистил себе зубок чеснока, следом достал из необъятного кармана галифе бутылку водки, расплескал поровну. Поднял на меня взгляд:

— Вздрогнули?

— Складно у тебя выходит, Игнатьич.

— Сторожить опыт большой. Оно дело и нехитрое: наливай да пей. — Старик подержал паузу, добавил: — Если меру знаешь. — Крякнул, произнес немудрящее присловье: — Ну, будем, — махом опростал стакан, зажевал чесноком и аппетитно захрустел огурчиком.

Бутылку мы прикончили в темпе вальса. Голова моя ощутимо потяжелела, комнатуха закрутилась перед глазами...

— Ты чё, старый, водку из опилок гонишь? — спросил я заплетающимся языком, но ответа не услышал: лицо старика растроилось, потом заполнило собою все пространство, потом и вовсе стало пропадать, я почувствовал, будто падаю в глубокую черную яму... Последнее, что я запомнил, был взгляд треугольных рысьих глаз матерого волкодава.

Глава 45

Очнулся я накрепко скрученным по рукам и ногам капроновым шпагатом, со страшной ломотой в голове. Побаливала и печень. Вокруг была темень, но не непроглядная: сквозь щели деревянного строения сочился свет. Пахло струганым деревом, смолой и, самую малость, бензином и бражкой. Скорее всего это был сарай при какой-то дачке. В сумерках различалась и обширная столярка, а застывший силуэт циркулярной пилы наводил на невеселые мысли. Как в старой детской сказке: «Из избушки до короля доносился оч-ч-чень неприятный звук».

В моем случае звуков как раз никаких не было. Все тихо и благолепно. Если не считать того, что тем же самым шпагатом я был еще и прикручен к изрядных размеров стулу века эдак восемнадцатого и весом, следовательно, в тонну. Шнуры были затянуты на совесть, да еще и переплетены сложными мудреными узлами; я не имел никакой возможности не только освободиться, но и размять затекшие мышцы мало-мальски качественно.

Пытался просчитать варианты, но голова плыла, напрочь отказываясь работать. Печень прибаливала уже явственно; злость накатывала волнами, но фиг ли от нее толку? Никакого. Старый пердун-клофелинщик! Какого рожна он напотчевал проходящего интеллектуала бомжика вредной химией и за каким лядом повязал, аки троцкистско-бухаринского шпиона и реставратора капитализма? Бандюган хренов! Вот только нужно отдать ему должное: повязал профессионально — не дернуться, да и по разговору и поведению переиграл меня на все сто. Клофелин, или что там, сумел подсыпать в стаканюгу, да так, что я ни сном ни духом: схарчил водочку и даже не мяукнул! То, что он был готов к противостоянию, а я нет, — утешение для дебилов. Остается ждать. Ибо всякое ожидание когда-нибудь кончается. Тем более, сдается мне, старичок положил меня в этом сарайчике не зазря: вид циркулярки, тисочки-ножички... Будь клиент с достаточным воображением, дозреет сам собою, безо всяких выкрутасов.

А может, он и есть тот самый «злыдень писюкастый»? Одно утешает: с таким фейсом на секс-символ я никак не канаю, ну да хрен поймет этих маниаков: душа их потемки, мысли — сумерки, деяния — омут.

Дедок объявился несуетливо. Вошел, притворил за собою двери, вкрутил тусклую лампочку, разместился на чурбачке напротив. Участливо посмотрел, чуть склонив голову набок, вынул изо рта тряпицу-кляп; хорошо хоть, скотчем не заклеил по-новомодному, сообразил: при бороде и усах и ему отдирать было бы стремно, ну а о моих ощущениях в таком случае — лучше и не думать.

— Что, касатик, затек?

Я улыбнулся глуповато:

— Водочки бы...

— Не допил вчера?

— А чё вчера было-то? Видать, прикорнул с устатку.

— Ты ваньку-то не валяй. Уж кто ты есть, гребарь махинатор или, напротив, грабило с большой дороги, это Бог весть. Одно ясно: жена с дитями тебя искать не станет, корефанов здесь у тебя тоже нема, а потому толковать нам с тобою предстоит долго и вдумчиво.

— Было бы о чем. А я — готовый.

— Эт точно. Готовый, как хвост котовый. Чтобы тебя, мил чеээк, долгохонько не томить... Вопросец у меня один, и ты, потрох сучий, на него ответишь со всем тщанием...

— Дедок, ты сказки любишь?

— Чего?

— Помнишь про Бабу Ягу? Да Ивана-дурака?

— Ты мне зубы...

— Держишь меня повязанным, с больною печенкою и тупою башкой. Не-е-ет, ты меня сперва накорми-напои, да в баньке попарь, а потом и вопросы пытай.

Дедок аж крякнул:

— А ты парняга не из пужливых. И наглый, как веник. Да, знать, не такой шустрый. — Ухмыльнулся недобро: — Я тя попарю, потом. Покуда я с тобой мирно беседую, а припрет, по-иному калякать станем. И закалка для того есть, и умение. А уж если ко мне вдохновение прикандыбает, так пожалеешь, что на свет народился.

— Чего? Опыт имеется? Ты вроде как возрастом не вышел, чтобы у Лаврентия практику проходить.

— Я, парниша, четыре годика, с шестьдесят четвертого по шестьдесят восьмой, в аккурат во дружественном нам тогда Вьетнаме практиковался, у наших союзников-обезьянок такие мудреные штучки перенял, о каких костоломы Лаврентия и слыхом не слыхивали, зашлись бы, падлы, от зависти. Наши косоглазые союзнички были мастера допросы чинить. Понятное дело, антураж не тот, ни тебе змейку или рыбицу кусючую запустить в задницу, ни паучка путного, мохнатенького, чтобы глазик выел... Но тебя, паря, заломаю искренне и со вкусом, уж исхитрюсь подручными средствами, — дедок обозрел вялым взглядом столярку, — не обессудь. Так что ты, змеев выползок, круторогого парнишу из себя не строй, хером выйдет.

Дедок замолк, не спеша вынул папироску, размял, продул мундштук, отстучал о тыльную сторону ладони, легонечко скомкал, чиркнул спичкой, присмаливая. Потянуло хорошим табачком. Игнатьич папироски определенно мастерил сам, закупая «Беломор» лишь для гильзочек, а уж наполнял их смесью, в которой уж определенно и полузабытая «Герцеговина Флор» чудилась, и английский трубочный табачок, и чуть сладковатым «Золотым руном» шибало, слегонца, для колориту.

Хм... Дедок Игнатьич не махру убойную пользует, толк в табачке знает, а ежели так, чего ж он из себя просторечивого увальня-старпера строит, в речи — сплошные «надысь» да «вечор» скачут хороводом... По нашим скорбным делам объявился волкодав-надомник? Или — проще все?

Дедок решил тем временем: клиент дозрел. Досмолил сложносочиненную цигарку, аккуратно положил папиросный окурок в керамическую пепельничку, произнес тихонько:

— Я, друг ситный, ночами сплю совсем мало: возраст, воспоминания. Да и обида на жизнь нет-нет да и куснет. Мои шестьдесят два и не годы вроде еще, того хочется, этого... Женился я дважды, да чтой-то мне бабы дебелые попадались, оттого ни детишек, ни хором каменных. Седины хоть отбавляй, а ни красы, ни состояния. А девку какую за попку подержать порой ох как потягивает... Да и коньячком скуку залить, не все ж «сучком» пробавляться. С девками ноне оно и просто, если деньги хрустят. А вот их как раз и нету: всю жизнь на службе Отечеству, и что? На все про все — пенсион в четыре сотни да полторы — за службу ночным горшком.

— То-то ты самосад ядреный палишь, болезный... — съязвил я. — Аж слезу шибает.

— А ты не умничай сильно, не в том ты положении, чтобы умничать. Приметливый? Вот и я такой. А потому разглядел, как ты перво-наперво в сортир подался да чегой-то там егозил. А чего тебе туда лазить? Верно, ховал краденое. — Дедок хмыкнул: — Сторожкий ты хлопчик, ан не устерегся. — Помолчал, глядя в пол. — Вот и давай, соколик, делись, пока я за вьетнамские штучки-дрючки не принялся: те косоглазые, как пленных заберут, над одним куражат, остальные смотрят да тихо так под себя писают. А потом выкладывают и то, что знали, и то, чего не ведали.

— А потом всех во едину ямку, так? Безо всяких там женевских конвенций?

Старче ничего не ответил, а начал неспешно разминать очередную духовитую папироску. Держит паузу, задрот-психолог, ходить ему конем!

Голова малость прояснилась. Старичок оказался просто-напросто гопстопничком, удачливым, нужно признать. И очень похоже, я у него не первый на сем многотрудном пути. Мою легенду об оприходованной разведенке-вдовушке он принял с поправкой на собственную фантазию да на степень испорченности современных нравов: ограбил хахаль тетку и казну заныкал. И решил взять меня в оборот. Разумно. Не блатной, не деловой, искать никто не станет; в этом он ошибочку сморозил, но к моим «без козыря» эта его оплошность никаких профитов не добавит.

Теперь осталось дождаться, что́ сей взорливший орел непонятных войск, закончивший славный боевой путь, надо полагать, не маршалом, а, наоборот, старшим «куском», кинет мне в виде пряника; ежу понятно, краткое душещипательное вступление было неспроста, как и страшилка о деяниях диких нравом хошиминовцев: дескать, дед я жуткий, но не злобный, а потому отпущу тебя, дурного отрока, на все три буквы и четыре стороны, как заначку заполучу. Оно и понятно: профи или бандит авторитетный такой лапше не поверит, мочить — оно завсегда надежнее, но и простой гражданин, если ему дать выбирать между плохой смертью и хорошей, может заупрямиться, заупорствовать и хрен знает какие пытошные изыски вытерпеть, и, не ровен час, сердечком расхвораться до смерти или умишком двинуться, а тайну клада не разбазарить. Пример тому — Стенька Разин незабвенный, народом восславленный. А потому непременно дедок «кость» кинет типа: «Мне твоя занудная жизнишка не нужна, колись, аз многогрешный, и пшел вон!»

Что делать? Лепить дебила страстотерпца? Глупо. Сильно умного тоже нельзя: умный въедет враз, что в живых его никак не оставят. Значит, что остается? Сообразительный, но жадный. И до денег, и до жизни.

Придется потерпеть-подождать, пока отставник мне пару раз по зубам съездит, да торговаться, пока посерьезному больно не сделает; судя по всему, Егорку на мякинке не проведешь. Ох как по зубам не хочется! А надо.

Дедок тем временем прикончил папироску, затянулся напоследок и — ткнул огоньком мне в лицо.

Я дернулся, как положено, собрался возопить, но крепкий дедов кулак с маху приложился дважды: в нос и в губы. Слезы навернулись непроизвольно, подбородок залило кровью.

— Ты чё, опупел, старпер?! — выкрикнул я возмущенно-слезливо.

В ответ дед добавил, пребольно: хрясь — разбитый нос снова проняло острой болью.

— Ты мне еще побазарь! — Игнатьич уставился волчьим взглядом в мои потускневшие зрачки. — Колись на схрон, падаль! Что ныкал?! — Без замаха расчетливо добавил по битым губам. — Убью!

— Я... Ты погоди... Я...

— Головка от фуя! Понял?! Дерьмо тебе имя! Колись на казну и поканаешь к едрене маме!

— А не... не забьешь?..

— Сильно надо руки об такого мерзотника марать! По почкам настучу да выброшу в леске; выберешся, твое счастье, околеешь — знать, судьба такая. Деньги прятал?

Я кивнул обессиленно: да.

— Рубли?

— Не. Баксы.

— Сколько?

— Не считал, ей-богу, не считал!

— Чего? Ноги уносил?

Я снова кивнул.

— Мокруха за деньгами стоит?

— Да не, говорю же...

— Чего побитый был, а? Гнались за тобой?

— С братом подругиным поцапался... Признаться, я сам на разбор нарывался, выдрой драной ее обозвал, он в кулаки полез, двинул мне, ну я и — хлоп дверью, по обиде-то... А бабки я в аккурат за час до того нашел и в

кармане держал. Короче, припустил, пока брат или баба
та, она торговая, потому не глупая, не смекнут нычку
проверить.

— К нам как забрел?

— Лесом шел, наобум.

— Чего не ехал?

— Чем? Из Колывановки дорога одна, брат ее запросто мог на авто меня нагнать. Вот я и рванул через
лес, пехом. Километров двадцать отмахал напрямки,
решил, здесь искать не сунется, область другая, да и
вкругаля досюда километров сто пятьдесят, а то и все
двести. Сразу бы не дотумкал, а назавтра меня бы и
след простыл, если бы не ты...

— Где деньги запрятал? Я вчера все смотрел-пере-
смотрел: хитро больно! Уж не в дерьмо ли ты их кинул?

— Да чё я, дурак, что ли?

— Так где?

Вот здесь, невзирая на раскровавленное в полное
труляля лицо, мне предстояло держать паузу и жаться.
Дедок поступил грамотно донельзя: сначала запужал
клиента, потом наехал так, что простому альфонсу мало
не покажется: пустил кровя, причинил изрядную боль...
Хорошо то, что я не выпал из образа: все натюрлих,
Маргарита Пална! Ошарашенность, испуг, боль, смешение чувств, скороговорка-раскол обо всем, кроме главного — денег. Теперь, если дед не дурак, а он
определенно не дурак, должен проявить «понимание
и ласку»: интеллигентам-недоучкам зачуханным, даже
ставшим на скользкую стезю соблазнения торговок и
завладения чужими деньгами, нужно в морально-эти-
ческом плане «сохранять лицо». Если я тот, за кого
себя выдаю, то должен был сочинить себе красивую и
убедительную легенду о том, что не разбойник и оби-
ратель бальзаковских теток, а экспроприатор нечестно
нажитого спекулятивным путем добра. Хлюпику-интел-
лектуалу нужно сочувствие к себе, и тогда он сдаст все
и вся с потрохами! Дедок должен это знать...

Ну да, Игнатьич смекнул, что клиент «зажался». Разжимать его просто: добавочным мордобоем, но здесь
может всплыть нехороший вариант, даже два: клиент

или вырубится с потерей памяти, а то и вообще напрочь забудет, где он, что он и, главное, где деньги. А при втором варианте клиент может смекнуть: раз его так супостатно мутызят и органон не берегут, то и в живых оставлять не хотят. И будет лепить горбатого, плакать, стенать, и «тайну вклада» придется вытягивать у такого муторно и аккуратно, вместе с жилами, еще и рискуя, что окочурится раньше времен.

Старый служака решил разжимать проще и вернее: отошел, вернулся с открытой бутылкой и стаканом, налил полный:

— Вижу, я переборщил малость, ты парень хоть и хват, но не злобный. Вот отморозков, тех ненавижу, — и уставился на меня «ласково»-немигающим взглядом. — Ты ведь не такой?

Я испуганно замотал головой.

— Во-от. Не обижайся шибко на старика, на-ка, глотни.

Ввиду надлома мне полагалось «послабление режима»: дедок поколдовал над узлами и высвободил одну руку, впрочем привязав веревку накрепко к стулу так, что не особенно и порыпаешься. Особливо ежели учесть, что и стул был сработан мастером вроде ильфовского Гамбса: на века. Да и в голове у меня шумело изрядно, надеяться на верность руки с этим тиранозавром не приходилось: при всем убеждении, что я Альфонс Куркулевич, ухи держит востро, и стоит мне рыпнуться, накидает тумаков. И легенду тихого и незлобивого, хотя и алчного, спалю начисто. Нет, от *верного* удара я не откажусь, если подставится, но... Рассчитывать на это особливо не приходится; что ж, продолжим метать подкидного.

Стакан я выпростал единым духом, поморщился (водка опалила разбитые губы), закашлялся, пошмыгал носом, утих на минуту, поерзал задницей на лишенном обивки антиквариате. Жаль, что бриллиантов здесь в свое время не оказалось, а то бы дед-налетчик уже оттягивался вовсю с нимфетками в злачном райцентре Полканово или, напротив, догнивал безымянным покойником под дерном в ближайшем лесочке с прободением в затылочной части черепа. Хотя — вряд ли: дед умен. Пора повысить его в воображаемом звании из прапора до капитана.

Ну а дальше — я начал ныть. В классическом стиле: «за что боролись?!» Клеймил все: начиная от тогдашнего Меченого и нонешнего старого харизматика и гаранта и заканчивая осточертевшей толстомясостью жены, убойной тупостью тещи, пьяными надрывами тестя, двухкомнатной в хрущобке и прочими скудостями расейского бытия. А в свои «давно за тридцать» — жить хочу по-людски, вот и пошел робин-гудовой дорожкой выставления торговых бабцов.

Бедовый дедок слушал нетрезвые откровения моего персонажа, как и положено, с заинтересованным участием. Кивал сочувственно, влил еще с полстакана, поднес папироску. Я курил нервно, сопел истерически, а в голове болталась нетленная строчка неизвестного поэта-песенника из студенческой жизни и сопутствующей ей психушки:

Мне все равно, что с кляпом, что без кляпа,
лишь бы только руки развязал!
Потому что сволочь Римский Папа
апельсины с тумбочки украл!

Но руки он мне развязывать вовсе не собирался. А я, как и положено захмелевшему от водочки на суточный «тощак», сопли пускал уже совсем вяло, стал немного навязчив и запанибрата, и сам подвел к денюжкам:

— Мне что они, легко достаются? Нет, ты скажи, Игнатьич, легко?

— Денег всегда меньше, чем людишек, которые их хотят, — философически отозвался матерый пес канувшей империи.

— Там... Там целая пачка... Здоровая... Бумажки по сотке... — продолжал причитать я. — Может, поделим, а? — с надеждой лоха-профессионала вопросил мой персонаж.

— По справедливости, это не значит поровну, — умело подыграл дедок.

— Ну. Мне бы штуки полторы-две, и я бы ушел себе.

— Перечтем, тогда и разговор будет.

Игнатьич на миг потерял над собой контроль и глянул на моего персонажа таким взглядом, что и человеку непредвзятому мигом бы открылась его скорая печальная участь.

Я же продолжал играть. Обмяк, оплыл телом совершенно, как пластилиновый болванчик. Алкоголь делал свое дело: невзирая на жуткую гнусность ситуации, в голове снова заболталась мелодийка самого лирического свойства: «Я леплю из пластелина, пластелин нежней, чем глина...»

Похоже, я даже забормотал слова вслух.

— Ты вот что, паря, погодь вырубаться. Где мошну-то заныкал?

— Там... — вяло обозначил я рукой пространство неба.

— Где — там?! — озлился Игнатьич.

Мой персонаж должен был убояться; я и испугался, но не шибко: пьянехонек был, извинительное дело.

— Только ты не обмани... — пролепетал я. — Поделись.

— Поделюсь. По справедливости. По-братски.

Я обреченно мотнул головой вниз, как распряженный мерин, что должно было означать и согласие и — а пошли вы все!..

— Под потолком... За стропилой... Слева... — тяжко дыша, по частям выдал я.

Дедок замолк, быстро оценивая информацию, что-то смекая и прикидывая:

— Востер. Там денюжки до морковкина заговенья пролежат, ежели не сопреют. Востер. На-ка, хлебни.

Передо мной был полнехонький стакан водки. Я поморщился было, пытался отстранить, потом ухватил-таки емкость.

— Нут-ка, залпом! — предложил-скомандовал он.

Вытаращив глаза, как поднятый из марианских впадин глубоководный окунь, в пять глотков опростал стакан. К моей радости, дедок плеснул и себе половинку, выпил, выдохнул медленно, заместо закуси. Покумекал что-то себе, вытащил из кармана пласт транквилизаторов...

Ну вот вы и приплыли, моряк-подводник Дронов... Как в песне: «Гуд-бай, Америка, о-о-о-о... Где не буду никогда-а-а...» Если он скормит мне все двадцать таблеток, то карта моя будет бита по всей промокашке военных действий. Копыта, может, и не отброшу, но отключусь качественно и надолго: дед-террорист успеет пошуровать в схроне, вернуться, преспокойно погрузить мое бесчувственное тело в багажник машины или в коляску мотоцикла, и — дальше возможны вариации, но исход один: летальный.

Самое противное, что ему не придется мне ни юшку пускать, ни давить могучими руками: если не поленится, выкопает ямку поглубже да закопает как есть — вот вам и естественная кончина налицо! На какую-то долю секунды мне показалось, что я уже там, в черной холодной яме, — и вмиг обильная испарина оросила истерзанный беззакусочным краткосрочным алкоголизмом органон: все, что на мне было, промокло насквозь враз...

— А ты хлюпик, я погляжу... — молвил старинушка и застыл в задумчивости. Покормить меня «колесами» — возьму и, чего доброго, в «ящик сыграю» *до* выяснения. «Жадину-говядину» дедку я качественно скормил, такой индивид вполне мог даже в пьяном опупении про казну наврать напрочь. И занукать ее в другом непристойном месте, к примеру в дупло подходящее уронить. Нет, на девяносто процентов он уверен, что расколол клиента, аки казак комиссара, до седла, но оставшие десять процентах свербят, мля...

Решился. Вылил остатки водки в тот же стакан, поднес своей рукой ко рту, сказал глухо:

— Пей!

— М-м-м... — замотал я бессмысленно головой.

— Пей, сказал!

Кое-как, безо всякого наигрыша, открыл я слипшиеся глазенки, выпил, икнул, бессильно свесил голову и тяжко засопел. Дед-диверсант прикрутил мне вторую руку, подумал, сунул под язык какую-то таблетку, в коей я уверенно опознал валидол — заботливый, сука! — быстрым движением поднял голову за подбородок и с размаху влепил пощечину.

Реакция пьяного была штатной: я едва открыл глаза; взгляд мой был настолько бессмысленным, что сомнений у похитителя никаких не осталось. Однако зрачки его сузились, он прохрипел мне в лицо:

— Запомни одно, паря... Если сбрехал про деньги, вернусь и яйца тебе на уши намотаю! Понял?

На этой оптимистической ноте мы и расстались.

Глава 46

Мне привиделся смерч. Столб огня несся по равнине, сметая все на своем пути, затягивая в раскаленное огненное жерло сначала только кусты и чертополох и становясь выше... Караван, бесконечная вереница людей, словно укрытая невидимой, непроницаемой полусферой, бредет по замкнутому кругу, не замечая этой ограниченности пространства, и смерч обтекает ее морем огня, беснуется и — срывается шквальным порывом... Он летит стремительно и неотвратимо, будто сказочный злой дэйв, пожирая на пути ветхие селения, оазисы, сжигая жаром маленькие городки, оставляя обугленное пространство и трупы деревьев, повозок, людей, черные и застывшие...

Словно напитанные нефтью, вспыхивают дворцы, мавзолеи, минареты, стрельчатые пики католических соборов, полыхают пламенем колокольни православных церквей и безвестные деревеньки исчезают в огненном мутном мареве, словно на запаленной кинопленке... Горелыми птицами несутся к земле пассажирские лайнеры, за глухими иллюминаторами мечутся обезумевшие люди... Громады каменных строений падают отвесно, как после бомбового удара... Стеклобетонные небоскребы Манхэттена наливаются рыжим огнем и лопаются пузырями, разбрызгивая вокруг смертоносные смерчевые капли...

Огонь беснуется в черной ночи, покрывая полнеба маревом от бушующих на когда-то живой земле пожаров... И только укутанная в черные балахоны вереница людей бредет и бредет кругами полусферы. ...Тишина кажется мертвой, лишь беглые всполохи пламени временами возникают над шествием, словно обозначая путь туда, к краю громадной конической воронки... К краю бездны.

Люди в черном один за другим срываются в нее, на мгновение вспыхивая безжизненно-ярким огнем. Смерч падает в ту же бездну, хохочет, замирает и вновь вырывается наружу, устремляясь в пространство, ширясь и пожирая все, что еще не успел пожрать... И ночь длится бесконечно, и вместо зари вполнеба пламенеет зарево, и смерч летит над землей, надрываясь от безумного хохота, визга, плача, и полет его неудержим, стремителен и торжествующ... И земля, опаленная до черноты, дымящаяся, в разводах рыжих и фиолетовых окалин, пуста... Она пуста, безводна и одинока во всевластии бездны... Теперь она и есть само *ничто*.

...Я очнулся от жуткого страха. С минуту таращился в окружающую дикую темень, и мне казалось, что я остался один-одинешенек на этой земле, среди гари, обломков домов и гор оплавленного железа... Горло драло наждаком, я почувствовал, что промок до нитки, а пот продолжал ручьями катиться по спине, словно именно так организм хотел уберечься от всепожирающего беглого смерча. Сарай казался пещерой, в глубине которой затаились то ли злобные карлики, похожие на махоньких вьетнамцев, то ли флюиды того самого огня, тлеющего тихонечко. До поры.

Вот так и допиваются люди до «белочки»! До зеленых чертиков, красноглазых гномиков, бушующих стихий и жутких монстров, надвигающихся подобно званому, но жутковатому гостю: «О, тяжело пожатье каменной десницы...» Хотя... Было во сне нечто...

Новая волна страха окатила меня пригоршней холодного пота: сколько времени я провел в тяжком алкогольном беспамятстве? Час? Три? Пять? Сердце колотилось часто-часто, а новая мысль была беглой и вертлявой: как вырваться? Не знаю, доживу ли я до Апокалипсиса, а вот до смерти — точно. И эта смерть не замедлит себя ждать, если я не предприму что-то скорое и конкретное, немедленно!

Все же я сыграл верно: я не притворялся мертвецки пьяным, я действительно был мертвецки пьян, и дед-террорист потихоньку расслабился: нет, связал он меня на совесть, школа, но зазоры сделал больше, чем следовало бы, и узлы затянул впопыхах.

Я начал дергаться, как свежепойманный голавль, пытаясь зубами достать кончик веревки. В пьянстве плохо все, но если приходит идея, индивид начинает следовать ей с фанатичным упорством, невзирая на препятствия и не просчитывая последствий. По трезвому размышлению я наверняка просчитал бы, что дотянуться до веревки невозможно, а так... Не знаю, сколько времени прошло, но теперь уже горячий пот солью разъедал глаза, а я сидел на стуле, невероятно изогнувшись и ухватив зубами веревочный шпагат. И жевал его с остервенением оголодавшей акулы. Чувствовал, как кровятся десны под скрипучим капроном, как кровь засочилась из разом треснувших разбитых губ, но более не ощущал ничего, кроме ярости. Мне нужно было освободиться: свобода значила жизнь.

Когда я выплюнул окровавленные, истертые концы капронового шнура, то почувствовал, что обессилел так, словно разгрузил полвагона. Потрепыхавшись, как сельдь в трале, высвободил правую руку и попытался развязать очередной узел — не тут-то было! Старичок отставничок дело знал добре и узлы навязал хитрые. К тому же ко мне вдруг пришло состояние горячечной суетливости; полу-свобода рождает как раз суетливость, но отнюдь не достоинство: нам так хочется доказать самим себе, что мы наконец свободны, что начинаются никчемные биения в грудь и взмахи транспарантов, а на самом деле... Куда ты делся с подводной лодки? А никуда. И послабление режима вовсе не означает, что ты дельфин и волен бороздить просторы Мирового океана без руля и ветрил. За весла, галерники, и — вперед! В случае победы в состязании на скорость и выносливость — нищая беспросветная жизнь, в случае поражения — гибель в пучинах. Лишь купчины, что наняли флотоводцев, безопасно сидят на берегу, наслаждаясь изысканными винами и изысканными девочками. Если что — потери спишут.

Нет, распаленный алкоголем мятущийся разум делает зигзаги почище сламиста, а может, оно и к лучшему? Пока мозг был занят бесплодным мудрствованием, рука сама собою распутала узел; а когда две руки свободны, остается испустить вопль радости, выпутаться насовсем и — делать ноги из этого стремного местечка!

Но повопить всуе мне было не суждено: я услышал близкое тарахтенье мотоцикла. Ну да, я надеялся, дядько Игнатьич для извлечения материальных ценностей из-под стропилы дождется-таки конца рабочего дня в административном заведении, ан — нет. Алчность — чувство куда более поглощающее и искрометное, чем принято считать. Что могло помешать дедку, ежели он смиренно вывесил на сортире объяву, что облегчительное заведение для посетителей не работает по веским причинам? Администрация облегчается в отдельном теплом сортире, а посетители права качать не станут. М-да, шустер. Своровил, мухой слетал. Причем навозной.

Одним движением я выскользнул из пут, как мотылек из гусеничного кокона. И — разом свалился на мягкий пол рядом со стулом: все мышцы занемели, да и алкогольное отравление сказывалось, ибо назвать это опьянением все одно что горячечный бред — эйфорией. Отползая, услышал, как проворачивается ключ в хорошо смазанном замке... Кое-как прополз по мягкому опилочному насту в угол, ожидая, как распахнется дверца сарая: застойная лимфа и кровь переливались в затекших ногах, и мне нужно было хотя бы минуту, чтобы восстановить кровообращение; пока же я был как бескрылый шмель под тенью надвигающегося кирзового сапога. И в дурной голове кругами стелилась душещипательнейшая мелодия давнего шлягера: «Мохнатый шмель на душистый хмель...» Ничего, еще пожужжим!

Дверь распахнулась; какое-то время дедок слепо таращился в нутро сарая; секунд через двадцать он заметил, что вместо пленника на тяжеленном стуле — лишь груда веревок. Реакция его была мгновенной: поволчьи втянул обеими ноздрями воздух, выхватил из-за пояса здоровенный стропорез и проговорил свистящим шепотом:

— Ты чё, альфонсино, в пряталки решил со мною сыграть?

Назначение страшенного тесака никаких иллюзий не вызывало: дядько захоронку нашел, денюжки, в отличие от меня, перечел и сейчас заявился с единственной целью — навести баланс. Ну уж нет, пенек вьетнамский, это тебе не джунгли! И в пряталки тут играть негде. Мы в другую игру сыграем: кто кого переживет. А в такой игре кто останется в живых, тот и прав.

Больше я не думал ни о чем.

Одним движением перевернул какой-то столик под ноги противнику: мне нужно было выиграть время и позицию. Но Игнатьич оказался бойцом опытным и коварным: тычком сапога он двинул тот же столик на меня, неожиданно легко сделал мгновенный выпад с отмашкой рукой... Остро отточенное лезвие пронеслось в каком-то миллиметре от лица. Мне показалось, что дедок «провалился»; я хотел было дернуться вперед, чтобы нанести удар... Что меня спасло: интуиция или просто древний инстинкт самосохранения, работающий часто совсем не в ладу с нашим сознанием?.. Я уже пошел вперед, но нога наткнулась на что-то округлое и скользкое, и я, нелепо взмахнув руками, стал валиться на спину. Вовремя. Дед-десантник одним движением перехватил клинок обратным хватом, и тускло блеснувший нож со свистом рассек воздух там, где только что находилась моя грудь.

Возраст — штука относительная. Для пятнадцатилетних даже сорокалетние — глубокие старики, для тридцатилетних шестидесятилетие — годовщина старости. Да и то если жизнь состоит из нелюбимой, монотонной, но обязательной работы, клетушки-квартирки, опостылевшей семьи и водки, как единственного доступного способа сбежать от серости и монотонности будней в цветной алкогольный бред, то к шестидесяти человек действительно становится развалиной. И уходит на заслуженный отдых, состоящий из подсчитывания копеек и выгадывания на ту же водку.

Мой дедок оказался хищником в полном расцвете сил. Ловким, безжалостным и беспощадным.

Он хрипло выдохнул какое-то ругательство, набычился, одним махом руки швырнул куда-то в глубь сараюшки мешающий ему столик...

А меня охватила знакомая и уже переставшая пугать волна холодной ярости. Вбитая когда-то в подсознание идея, что воевать можно только с чужими, иллюзорно мешала мне здесь, дома: мне постоянно казалось, что даже худшие из здешних все равно *наши,* и потому я не вправе... Короче — глупость несусветная. Сейчас инстинкт воина единым ударом сердца превратил кровь в бушующий огонь; одним прыжком я оказался на ногах, сжимая в руке какую-то деревяшку.

Дедок перемены не заметил. На свою беду. Против меня, в кровь избитого и все еще слабого от алкоголя, он был силен: ростом чуть пониже, но покряжистей, да и рука в предплечье была словно сплетенной из тугих сухожилий. Он осклабился, прохрипел:

— Сейчас я из тебя тушку сработаю... освежеванную...

Он сделал ложный выпад правой, неуловимым движением перебросил нож в левую, и рука с оружием полетела мне в живот.

О ноже я не думал. Я ни о чем не думал. Резко ткнул торцом зажатой в руке палки в точку между верхней губой и кончиком носа. Дед грянулся на пол, не достав меня на какой-то микрон. Нож выскользнул из руки. Но и я не удержался на ногах — проклятая водка! Перевернулся кувырком, махом вскочил на ноги. Игнатьич зарычал по-звериному и ринулся на меня с железным прутом наперевес. Я едва успел присесть, прут просвистел над головой, я выпрямился и ударил лбом противнику под подбородок. Неудачно: только толкнул, он упал на спину, я полетел за ним следом. Дедок с необычайной ловкостью крутанулся на спине и двинул мне ногой в лицо. В голове помутилось, я упал куда-то в сторону...

Минуту спустя мы снова стояли друг против друга, тяжко дыша.

— А ты не так прост, парняга, — проговорил дедок, стараясь восстановить сбившееся дыхание. — Все же чутье у меня, старичка, имеется: валить я тебя загодя решил... Надо было сразу и чикнуть ножичком, как ты схрон выдал... А денюжки-то не вдовьины, иным трудом досталися, а?

Дедок тихонечко, шажками, передвигался чуть влево. Зачем — я сообразить не успел; одним движением он выхватил из-под тряпок железную скобу и с придыханием — ух! — махнул острым жалом, зацепив мне руку, рванул, выдирая клок одежды и разрывая мышцы... Сжав до хруста зубы от разом пронзившей боли, я прыгнул вперед, разогнулся пружиной снизу вверх, словно разряд тока разом замкнул все мышцы тела в едином движении... Кулак правой молнией прочертил окружность — снизу вверх — и врезался ему в переносицу, будто пущенный из пращи камень.

На этот раз дедок рухнул на месте. Как бык, получивший кувалдой в лоб. Я опустился на колени, раненая рука повисла плетью. Кусая губы, пошатываясь от боли и слабости, попытался встать на ноги, упал, встал снова. От боли хотелось выть зверем, длинно, тяжко, скаля на луну желтые клыки.

Кое-как двинулся по сараю, заглядывая во все ящички. Ну вот, нашел: некое подобие аптечки. Лейкопластырь имелся: желтый и высохший, как прошлогодний сыр, но лучше, чем никакого. Ибо связать качественно старого батыра веревочными путами одной рукой не удастся. А спеленать его нужно, по меньшей мере руки, да и самого деда-агрессора прикрутить к тому неподъемному стулу, чтобы отвязывался сутки, не меньше.

Отодрал зубами кусок ленты, вернулся, наклонился над бесчувственным телом. Понятно, от такого нокаута он станет отходить минут сорок, но что-то мне показалось... Ну да, живые так не лежат. Я приподнял веко, глянул зрачок. «Финита ля комедия», как говорят иноземцы. Если жизнь, конечно, считать комедией.

Вообще-то, чтобы убить человека таким ударом, вызвав обширное мозговое кровоизлияние, нужно молотнуть бревном с раскачки. Тараном. Как у меня сие вышло? Я смотрю на труп здорового мужика, который и до восьмидесяти бы пропыхтел без инфаркта и паралича, если бы не алчность... И не ощущаю ничего. Ровным счетом. Ни раскаяния, ни сожаления, ничего. Стылая пустота в том месте, где, по поверью, располагается душа. И если там и вспыхивает временами огонь, то он скорее похож на убийственный грозовой разряд, чем на согревающий костерок. Что, когда и где я потерял?..

Труп я обыскал довольно-таки равнодушно. Денег и оружия при нем не было: видно, пачку баксов дедок сумел заныкать надежно в доме. Оружия, кроме упомянутого ножа, не отыскалось тоже. Одно хорошо: связывать уже никого не требуется; это мертвяки в сказках и жутких повестухах еще проявляют какую-то агрессивную активность по отношению к живым, трупы — никогда.

Пошатываясь, я снова обошел сараюху. На этот раз то, что искал, нашел быстро: полупустую бутылку со спиртом, закрытую притертой резиновой пробкой, сработанной из подошвы башмака. Набрал воздуху, решился и ливанул спирт на рану. Острая боль заставила дернуться судорогой; запах спирта, казалось, заполнил собою весь сарай. Вот теперь — осторожнее с огнем, иначе спалюсь молодым факелом. Залил рану щедрой дозой зеленки, приложил проспиртованной марлечкой, заклеил сверху тем самым грязно-желтым пластырем.

Сел обессиленно на тот самый габсовский стул, глотнул спирта прямо из бутылки и запил водой из большой металлической лейки. Вернее, даже не запил. Я жадно хлебал влагу, пока не почувствовал в желудке тяжесть. Мутным взглядом обозрел сарай. Подошел, прикрыл труп мешковиной. Делать здесь больше было нечего.

Дверь в дом была не заперта, сам дом стоял за добротным забором, на отшибе. Собаки почему-то не было. Я вошел в сени, долгим взглядом посмотрел на бутылку с остатками спирта в руке, вылил в стоявшую тут же, на ведре с водой, кружку, выпил, запил водой, постоял, тупо уставившись в одну точку... Я действовал будто автомат или сомнамбула: закрыл обитую железом дверь, задвинул на засов, прошел в комнату, комом рухнул на оттоманку, прикрылся каким-то ватником и замер то ли во сне, то ли в странном оцепенении, беспомощном, бездонном и чутком, как жало взведенного курка.

Глава 47

Очнулся я с рассветом. Серый сумрак начинающегося пасмурного утра делал серым все: и половики на полу, и старый комод, и большой книжный шкаф, и фотографию в ореховой раме... Кое-как я встал с кушетки; голова была чугунной, волчий голод плескался где-то под ложечкой, а я тупо озирался по сторонам, не в силах вспомнить, где я и как здесь оказался.

Вчерашнее проступало диким, кошмарным видением, и я не вполне был уверен, было ли это вживе или привиделось в пьяном забытьи. Язык казался жестким и шершавым, как наждак. Пошатываясь, я выбрался в сени, приник к ведру с водой, хлебая через край.

Потом умылся. Серый сумрак отступил, но радужных цветов в унылой картинке не прибавилось. Комната качалась, словно в зыбком мареве миража. Я облизал толстые, шершавые губы, чуть поморщился от боли. Рассмотрел себя в темном зеркале на комоде: Квазимодо какой-то! С изуродованным побоями, отекшим и заплывшим лицом; глаза горячечно блестели, чуть отросшие волосы торчали клоками. Если по-хорошему, то мне бы отлежаться где пару-тройку недель... Но задерживаться здесь было нельзя. Дедок, судя по характеру, был нелюдим, но ведь захаживал к нему кто-то! Да и до теток был охоч; элитных фотомоделей здесь — шаром покати, но две-три молодухи, истомленные пьющими супругами до полного окаянства и отчаяния и охочие оттого до мужеской ласки, аки пчелы до сладкого, наверняка сыщутся. И путь их — сюда, к деду-тиховану, к его тихушному домику. Оставаться нельзя.

То ли из-за температуры, то ли от общего отвратного состояния, еда вызывала отвращение, хотя под ложечкой сосало все больше. Кое-как пошарил в стенном шкапчике в сенях, обнаружив бутылку хорошего коньяка, явно не фальсификата. Заглянул в чуланчик: роскошество! Яйца, солонина, закрытая в стеклянных банках, два здоровенных куса нежирной свинины, видно прикупленные вчера: Игнатьич решил гулевать на радостях.

Покрошил свинину в сковороду, подождал тягостно минут пятнадцать, слушая шипение, махнул рукой — что горячее, то не сырое! — разбил следом десяток яиц, заварил в тщательно оттертой кружке чифир. «Отвинтил голову» коньячной бутылке, наплескал себе две трети стакана и вылакал единым духом, как сивуху: с благородным напитком так бы обращаться негоже, но сейчас он был для меня лишь лекарством «на спирту».

С трапезой управился за полчаса, если, конечно, процесс механического пережевывания и поглощения белков, углеводов и жиров с целью пополнения энергетических запасов организма вообще можно назвать благородным словом «трапеза». Никакой тяжести в желудке я не чувствовал, словно давно перестал быть человеком, а превратился в робота.

Дальше я тоже действовал как механический болванчик. Прошелся по хозяйским комнатам. Нашел крепкий еще камуфлированный ватник: к моему лицу он подходил куда больше, чем кожанка. Щеголять в ней с таким лицом — так никакой служитель закона равнодушным не останется: все-таки с Фролова плеча, и стоила никак не меньше штуки зелени. А дед Игнатьич мужичонка хозяйственный: реквизировав у меня курточку, аккуратно эдак развесил в шкапчик, на «плечики»: ростом я чуть повыше, зато он в плечах был пошире. Никаких угрызений совести по поводу «посмертного ограбления покойного» я не испытывал: он мою судьбину решил уже тогда, когда водочкой с клофелинчиком потчевал, сука!

А ведь зажиточно коптил старый волчара: костюмы, свитеры, все — новье, с иголочки. Недаром с ним молодухи гужевались; видать, не первый я у дедка-душегуба лох залетный, у остальных уж косточки догнивают под хлипкими осинами...

М-да, чтой-то коньячок в голову вступил совсем не с той стороны, или действительно температура? Пошуровать бы у дедка, глядишь, кроме моей зелени еще десяток-другой «косых» нагрести вполне можно. Ха-ха, моей! Круговорот дензнаков в природе или, изъясняясь почти по-ученому, оборот наличного финансового капитала в нынешние времена скор и непредсказуем совершенно и выражается сработанной еще в старой Одессе фразой: «Деньги ваши — будут наши».

Серая тень мышью метнулась вдоль комнаты. Я замер разом. Черт возьми, или примерещилось с пересыпу и недопиву? Я стоял замерев, стараясь не дышать. Скрип досочки на крыльце, еле слышный. Ну да, не померещилось: кто-то рысью метнулся там, за неплотно пришторенным окном, подслеповатое зеркало послушно отобразило это скорое движение, а я заметил его скорее инстинктивно, чем осознанно.

В живых мертвяков я не верю напрочь. Ибо жизнь неоднократно доказывала нам обратное: крупнокалиберная пуля, выпущенная из ствола со скоростью чуть поболее трехсот метров в секунду, любого супермена превращает в кусок дерьма. А практика, как учил нас вождь Вова, — критерий истины! С той оговоркой, что не сама истина. Ну а дед-налетчик вчера был мертвее дохлой рыбы; вряд ли покойник обозлился покражей камуфлированного ватника и вышел вурдалачить после первых петухов. Тогда — кто?

Я стоял посреди комнаты застывшим изваянием. Половица на крыльце снова скрипнула, едва-едва. Кто? То, что не стариковы друганы, — точно. И не пассия-малолетка, пробирающаяся к сладострастному старцу пососать сладенького и заработать на колготки, которые от Парижа до Находки полны орехов с кренделями, съел и — порядок... Менты? С чего? Если только обнаружили стылый и хладный остов в сарае? Но не станут менты скрестись мышами, будут стучать по-хозяйски в двери, а если напуганы допрежь того, вызовут какой-никакой ОМОН, спустят дверь с петель махом да гранатами слезоточивыми закидают!

Ага, коньячок был добрый, раз мысли полетели излетными птахами! Какие в глухомани ОМОН с «черемухой»? То-то.

Тихонечко я двинулся в уголок. Еще загодя приметил там двустволку. Как и все в доме, оружие дедок-террорист содержал в полном боевом порядке; рядом — патронташ; патроны добросовестно забиты жаканом.

Снова тень метнулась за оконцем, кому-то не терпелось там... И все же... Нет, не менты. Шаг у них не тот: у тех хозяйский, хоть бы они и скрытно подбирались, а когда закон под задницей да «корочки» в кармане, по этой земле ступаешь не в пример тяжелее! А эти... Видно, или посчитаться кто с дедком решил за какие старые грешки, хоть бы и за бабу, или — заметил, как он казну из-за стропила общественного туалета вынимал. А веселых гопстопничков от такой жизни сейчас в любой дыре — с избытком. А может, приберутся подобру? Решат, что хозяин отчалил по личной надобности какой?.. Потянул носом и понял: нетушки, не приберутся. Аппетитный запах шкварчащей еще на сковороде свининки слышно не токмо что на крыльце, а, боюсь, и в славном поселке «Комсомольская вахта»! Под такой аромат не мудрено, если б и самостийный народно-налоговый контроль приперся: на какие, дескать, шиши разговляешься, щучий дед?

Еще был вариант, но о нем и думать даже не хотелось, ибо тогда шансы вырваться из людоедской избушки становились призрачнее первого мужа донны Флор из почти одноименного романа Жоржи Амаду. Это — если меня нагнала-таки какая-то из заинтересованных в моей безвременной кончине сторон. Самое противное, что я даже слухом не ведаю, кто бы это мог спроворить. События летят на меня снежной лавиной, а мне бы в избушечке отсидеться да поразмыслить о бренном и вечном... Одно хорошо: если меня хотят убрать, значит, мешаю, а если мешаю, значит, все по учению: верной дорогой идете, товарищ! Но уж очень извилистой.

А те, снаружи, замерли. Но и рваться в запертую дверь и занавешенные узенькие оконца не спешат с треском и хламом. Сидеть в этой осажденной крепости сиднем? Занятие пустое и небезопасное. Да и самая лучшая защита — нападение. Если, конечно, знаешь, на кого нападаешь.

Тихонечко поднимаю ружьецо, загоняю пару патронов в стволы. Человек я не злобный, не с кем и нечего мне делить в этой забытой Богом и отцами-основателями комсомола бессменной вахте, но таковы уж люди: говорить о мире лучше хорошо вооруженным. Не то никакого разговора не получится вовсе.

Выглядываю в оконце и не вижу ничего, кроме куска двора да добротного высокого забора. Одно непонятно: почему такой непростецкий и сторожкий дедок не завел себе зверя-волкодава? Вон и будка обширная имеется, и проволока для цепи во весь двор протянута... Или — был песик, не такой добрый и совестливый, как пожиратель сухого корма, но — был?.. Видать — потравили. М-да, не пользовался Игнатьич в поселке бывших шахтарей уважением и авторитетом, а наоборот вовсе.

Ну что? Пора и на свет Божий? Ибо действие рассеивает беспокойство.

Таиться я перестал. Вышел в сени, покряхтел нечленораздельно, покашлял, закурил самокрутку из дедова табачка, чтобы на улице дух слышен был, погремел ведрами. Если на меня охотка, то эти ухищрения — как кольчужка против сорокапятой пушечки, а если это местные пришли баланс на счета наводить, то еще побо-даемся.

Ружьишко я примостил в уголке, готовый при случае быстро ретироваться в сени, если уж фортуна окажется девушкой особо переменчивой. Запахнул камуфляжную телогреечку, в руку взял короткий черенок лопаты: в ближнем скоротечном бою оружие куда более ломовое, чем нож. Да и... Если все ж местные, то не готов я бить их смертно за дедовы грехи!

Снова погремел ведрами, дескать, собрался, замер. Едва слышный скрип: кто-то затаился на крыльце, как дверь распахнется, он в аккурат окажется за ней. Отодвинул засов, толкнул дверь и ступил на крыльцо. Даже не услышал, почувствовал, как та дверь тихонько почала притворяться и резко свистнуло в воздухе.

Быстро шагнул вниз по крыльцу, накидываемая струнная удавка скользнула по темечку и за спину, а я двинул рукой с зажатым черенком назад, торцом угодив нападавшему в причинное место. Крутнулся на месте и врезал уже с маху другим концом черенка по перекошенной болью физиономии, целя в подбородок. Попал. Звук получился звонким, как дерево о дерево, и мужик кулем свалился с крыльца. А на меня уже набегал другой с занесенным железным прутом: перехватив черенок двумя руками, подставил под удар. Замах был велик, сопротивление — неожиданным; железный прут вырвался из руки нападавшего и с визгом унесся в пространство. И еще — я увидел в глазах мужика искреннее недоумение, переходящее в потустороннее похмельное изумление... Еще бы, изумишься тут, увидев вместо желаемой стариковской хари — побитую варнакскую рожу!

Но указывать ему на ошибки мне было недосуг. Как и вести душеспасительные беседы. Черенок со свистом рассек воздух и угвоздил мужика в висок. Тот пошатнулся и рухнул.

Я отступил на крыльцо, скрылся в сенях, вышел уже с двустволкой наготове: кто знает, как местные индейцы планируют облавные захваты и прочие провинциальные развлечения? Это как водится, в каждом глухарином уезде — свои традиции проводить свободное от жизни время: одни любят с удочкой посидеть, другие — с ружьишком побродить...

Домик обошел по периметру скоро, но тщательно: никого. Сарай, как закрыл я его вчера на висячий замок да бревнышком припер для верности, так и стоит недотрогой. Выходит, нападавших всего двое, и оба горе-налетчика приперлись сюда пешочком с раннего утречка: променад у них такой.

Мужички признаки жизни уже подавали, но для полного оклема время еще не пришло. Связав каждого веревочкой и взвалив на хрупкие свои плечи, перенес их по одному в дом и расположил, как и положено гостеприимцу, в креслах, прихватив для верности ноги тем самым капроновым шпагатом, чтобы до окончания собеседования у незадачливых, но, возможно, амбициозных разборщиков мысли плохие не возникали. А побеседовать очень хотелось: тянуть за собой еще одну непонятку — просто никаких сил.

Хлебнул сам коньячку, сел на диванчик и замер в ожидании. Искать нашатырь и суетиться — дело хлипкое: от ударов по бестолковке люди отходят, когда пора пришла, и не раньше. Наконец тот, что получил сначала по мужескому достоинству, а потом по «бороде», вскинул голову, уставился на меня налитыми бычьими глазами. Лицо его было в мелких красных жилках — верный признак того, что потреблять горячительное он взялся с самого малолетства и пагубного того занятия не оставлял ни в годы перестройки, ни в прочие судьбоносные. На вид ему было лет сорок.

— Ты кто? — скорее не спросил, а выдохнул он.

— Конь в пальто.

Мужик полупал глазами, вздохнул. Снова разлепил губы:

— Убивать будешь? Или — поизмываешься?

— А есть за что?

— Да все вы, суки, одной масти.

— Да ну?

— Игнатьичев сродник будешь?

— Скорее — кровник.

Невеликий сталинский лобик мужичка собрался морщинками в размышлении: что, дескать, сие означает? Его сомнения я разрешать не спешил: пока человек чувствует угрозу, он словоохотливее. Хотя и не всегда.

Второй подельник тоже кое-как проклюнулся; удар в висок валит мертво, и я порадовался, что сумел-таки придержать руку.

— Чего прибрели спозаранку, болезные? — вопросил уже я. — Дедка за яйца прощупать?

Мужичок молчал. М-да. Разговор не складывался. Видно, подутерял я большое личное обаяние. Да и применять к мужичкам «третью степень устрашения» вовсе не собирался: видно было, что пришли они не по мою душу, а дедову из преисподней им уже не достать.

Но и в молчанку играть с ними было муторновато. Я чувствовал исходящий от них липкий, как налимий пот, страх. Тоже аники-воины!

— Вот что, ребятки. Долго засиживаться с вами мне недосуг. Или исповедуйтесь по-скорому, и ступайте на все четыре, а я на пятую пойду, или — так и оставлю вас тут до прихода Игнатьича, пусть сам разбирается.

Мужик в кресле — здоровенный, взрослый сорокалетний мужик — явственно побледнел, и лицо его обильно оросилось мелким холодным потом. Да, видать, с дедком они встречались накоротке и что это за волчара, знали хорошо... Вот и мне знать надобно: а то вдруг окажется Игнатьич вовсе не ведмедь-шатунок, а Акела — вожак стаи? И за мною, ко всем прочим, еще и бригада ветеранов-пенсионеров спецназа увяжется, бегай от них?!

— Правда отпустишь? — спросил второй.

— А что, сильно похож на душегуба?

Мужик только глазками заморгал: видно, я был похож.

— Я здесь случаем, как пришел, так и уйду.

— А чего в смирновском доме делаешь?

Ага. Вот так и доведется познакомиться посмертно: значит, фамильица покойного — Смирнов.

— Коньячок пью. И мяском закусываю. По стаканчику примете?

Не дожидаясь их особенного согласия, налил каждому по полновесному стакану спиртяги, слегка разбавив водичкой. Мужики косились на мои приготовления так, будто воочию узрели привидение, причем с напрочь съехавшей крышей.

— Не боись, отцы, травить не стану.

Развязал каждому руки, выдал по стакану. Никаких особенных сюрпризов я от них не ждал, тем более со спутанными ногами не очень и распрыгаешься, особенно когда обидчик, то есть я, уже доказал свою распорядительность в обращении с колотушкой, теперь покоящейся рядом на диванчике. Ну а для пущей убедительности и ружьишко осталось у меня под рукой. Чего им рыпаться на пулю? Никакого резону, по правде говоря.

Плеснул себе коньяку, поднял посудину.

— Ну что? Как говаривала проститутка в одной комедийке, за наше случайное знакомство! — не без пафоса произнес я. И опрокинул свой коньячок.

Мужики тоже долго ломаться не стали: один за другим махнули семидесятиградусного спиртягу влегкую, привычно, отдышались. Потом один молвил:

— Закурить бы...

— Смолите. Меня зовут Игорь, — соврал я.

— Василий, — произнес тот, что сидел ближе. Добавил с неясным смешком, кивая на напарника с лицом, изрытым когда-то юношескими оспинами: — А этот, покоцаный, Колян.

Мужики повозились по карманам, задымили «примкой». Я тоже полыхнул спичкою, закуривая, и, обозрев как бы со стороны легкую странность ситуации, хмыкнул:

— Хорошо сидим. — Помолчал, добавил: — Вот что, отцы, вы, выражаясь по-ученому, стрелку проиграли вчистую, вам и ответ держать. Слушаю.

Хмель настиг первым Василия.

— Да какой на хер ответ! Не знаю, кто ты деду, а только сволота он. Сука и пидор!

Кто бы спорил, но не я. А Василий уже завелся в пьяном запале:

— Ты можешь жилы из меня тянуть, а Смирнова я достану! За вышку под падлу пойду, но достану!

— Чего так? Насолил шибко?

Василий потупился: говорить не говорить... Тут вступил Колян:

— Да чего там, — махнул он рукой. — Вчера этот потрох сучий девку вот его, — кивнул на напарника, — снасильничал.

— Ну?!

— Вот те и «ну»! Уж не знаю, кто ты, паря, будешь, блатной или бандюган, а тока по всем понятиям — беспредел это! На любой зоне за это старого пердуна раком поставят: девке одиннадцать лет всего!

Папашка Василий сидел такой, что на него смотреть было жалко. А Колян продолжал:

— Гулевал он с чегой-то: накупил в «Америке» всяко-разно, погрузил в свою мотоциклетку... А Олька Васькина как раз с магазина шла. Вот и приманил, старый козел, шоколадкой! Посадил в коляску и — в лесок.

— Так чего ж вы вчера не наехали? Могли бы и с милицией, раз такое дело...

— Да Васька сам седни только узнал. — Колян вздохнул. — Видать, молотило у дедка немаленький, девка болеет, за живот держится... Наська, Василия жена, и пристала к ней седни с ранья, что и как... Ну девка и раскололась: дескать, дед Смирнов шоколадку ей дал, а потом велел трусики снять и с писькой его играться... А уж потом... Тьфу, сволота! — сплюнул Колян. — Удавить такого мало! Детки, они ж до сладкого охочие, вот и польстилась на шоколадку... А зарплату мы год не видали, а от картохи той с души воротит...

Василий слушал другана и не замечал, как слезы катятся одна за другой по лицу. Скверно, когда мужики плачут. Совсем скверно.

— Я предлагал Ваське сразу в ментовку заяву подать, на зоне ему за эти художества очко бы весь срок рвали! Да... — Колян махнул рукой. — Времена нынче — то ли посадют, то ли отмажется, а девку навек ославят. Этот Смирнов не простой дедок... Вот мы и решили сами: прийти втихаря и удавить.

— А чего не явно? Вкатили бы картечи из ружьишка...

— Да? Сидеть за старого тоже охота невелика. А так — придушили бы тишком да дом его подпалили: поди доказывай! А еще... На дедка не очень-то рогом и попрешь: как-то селивановские на него возбухли, так он шестерых пораскидал, что котят, да еще кому ребро, кому руку поломал... Такого шатуна только засадой и взять можно... — Колян осекся вдруг, глянул на меня жалко, заопасавшись, что слегка разбавленный спиртяга сыграл с ним злую шутку: разболтался он, а теперь этот и сдаст его Игнатьичу с потрохами...

Ладно, мужики — не бойцы, но хоть попытались! А что до Ольки этой, так не задержись дед с ней, не выпутаться бы мне из тонкой капроновой паутины!

— Вот что, мужики. С дедом вам расчеты больше чинить не надо.

— Да? Это по-каковскому же решению?

— Кончил я деда.

— Как — кончил? Убил?

— Можно и так сказать. В ментовку не заложите?

— Да чего нам... Да мы...

— Ну тогда подите гляньте: в сарае, под дерюжкой. — Я кинул мужикам ножик, они мигом освободили ноги. Вышли, покачиваясь, из дома, посеменили к сараю, сняв указанный мною ключ с крючка. Долго возились с замком, скрылись, появились через минуту, озадаченные, притихшие: одно дело — по куражу на дело идти, другое — воочию готового жмурика узреть.

— Остыл уже, — произнес Василий, уточнил: — Холодный.

— Сдох, собака, — произнес Колян. Посмотрел на меня по-новому, с большей даже опаской: — Ты извини... уважаемый... Могли бы угрохать тебя вместо деда.

— Вот это вряд ли, — хмыкнул я.

— Так ты нас это... отпускаешь или как?.. — спросил Колян, продолжая поглядывать на ружьецо.

— Да идите с миром. Только... Вы уж не закладывайте меня, такого хорошего, а?

— Да что мы, басурманы? Ты ж эту суку старую завалил, а мы тебя — заложим? Чай, русские люди, здешние.

— Вот потому и прошу душевно, что здешние, — вздохнул я.

Пора было отрываться. Куда? Мысль об этом была неуместной, ибо бодрости не прибавляла. Зато другая была как нельзя кстати: уверенности, что мужички не проболтаются где случаем, по хвастовству или пьянке, — никакой. Только одно чувство надежно замыкает рот замком — страх. Ну а раз так — выступлю-ка змеем-искусителем. Да и добру — не пропадать.

— Да... Вы вот что, мужики. У Смирнова этого денюжки немалые заныканы в доме. Вы бы пошуровали, глядишь, отыщете.

Оба смотрели на меня странно, по-бараньи, не то чтобы недоверчиво, а скорее просто тупо: с чего, мол, щедрый такой?

Наконец Колян, он был посмелее и посметливей, спросил:

— А самому чего? Карман жмут?

— Недосуг. Идти мне надо. Времени у вас немного, рассвело совсем, не ровен час, заглянет кто. А там у деда — тыщи! Долларов!

Азарт и алчность подстегнули мужиков, как плеткой. Лишь опять тот же Колян на крыльце обернулся, долго и вдумчиво смотрел мне в глаза: не учиню ли чего смертного? — уверился, что не учиню, и — скрылся в доме. Василий тоже запнулся на пороге, чуть помедлил, спросил:

— А ты все ж кто будешь-то?

Кто я? Самому бы узнать, да не у кого.

— Странник.

Зашел в сараюху. Глянул на труп, на убранство сарая. Закурил, бросил спичку на кучу пропитанной соляром ветоши, ногой опрокинул канистру с бензином. Не дожидаясь, пока занявшийся огонек добежит до первой бензиновой лужицы, быстро вышел, миновал ворота и направился к лесу. Уже у опушки услыхал тяжкий взрыв: ухнула канистра, разметав огонь, и сарай занялся сразу. Я усмехнулся невесело: ломать — не строить. Успели мужички казну найти — их счастье, не успели — впору ноги уносить. Сгорела хата — гори и забор!

Глава 48

Лес казался бесконечным. Я брел по нему уже который час, ориентируясь по солнышку. Береженого Бог бережет: мне нужно было уйти как можно дальше от мест, где я нарушил все законы и статьи УК, какие только возможно. Мне нужно было где-то отсидеться. Еще лучше — отлежаться. Хотя бы затем, чтобы подумать, что происходит и что мне должно делать. Такое место я знаю, и не одно. Во-первых, Шпицберген. Во-вторых, Каймановы острова. Но ни там, ни там меня, к сожалению, никто не ждет. Как и на всей круглой земле. Прямо как в песне: «Когда я пришел на эту землю — никто меня не ожидал».

Не знаю, сколько я прошел по бездорожью. Лес обступал кругом, лаская красками осени. Небо заволокли тучи и пошел мелкий противный дождь. У меня заломило виски, потом и весь затылок; кое-как нагреб груду опавших листьев, прилег. И провалился в тяжелый удушливый сон.

Проснулся от холода. Вечерело. От нудного моросящего дождя ватник отсырел; сыростью, казалось, пропиталось все вокруг. Попытался привстать, но меня мотнуло в сторону: видимо, температура разыгралась нешуточная. Голова кружилась, во рту было сухо, как в пустыне, губы спеклись, дыхание стало прерывистым и хриплым, и сердце притом колотилось как бешеное, глаза застилал липкий ознобный пот.

Я решил идти. То, что это было плохое решение, я понял скоро, но упорствовал в своих заблуждениях. Пока не запнулся о какой-то корень и не слетел по какому-то косогору вниз, царапая руки и лицо о кусты.

Внизу замер. Тихонько переливался невидимый ручеек. Кое-как горстью натаскав воду в рот, напился; потом — собрался в комочек, словно одичавший пес, стараясь согреться: бесполезно. Дрожь сотрясала тело, и я снова отлетел в беспамятство сна, нудного и усталого.

Мне казалось, что я бродил где-то в ночи, в сыром промозглом холоде, среди сухих остовов обгорелых деревьев и брошенных домов; я пытался заходить то в один дом, то в другой, в надежде найти тепло и ночлег, но меня встречал только писк потревоженных нетопырей, хлопанье незапертых ставень, запах нежити и неустройства. Я пытался выбраться из этой неприветливой, оставленной людьми и живностью деревеньки, но не мог: тропинка петляла, я брел по ней сквозь белесую пелену тумана, пронизанного лунным призрачным светом, и снова и снова утыкался все в те же строения или не в те же, но похожие так, что и не отличить... Где-то на верандах стыли в затянутых патиной старинных вазах засохшие шары осенних цветов, не оставив по себе запаха — один образ бывшей здесь когда-то жизни и живого тепла, исчезнувшего навсегда. Я знал, что попал туда, что в народе называют «гиблое место», что пропаду здесь, если не выберусь; усталость клонила к земле, и я бы упал на нее и уснул, если бы не затхлый могильный холод, что царил здесь везде, чья печать лежала и на строениях, и на предметах, студила дыхание, покрывала липким потом продрогшую спину.

В отрешенном и обреченном бессилии я пытался бежать куда-то, задыхаясь мертвенным холодом, едва переставляя ватные, будто налитые тяжкой ртутью ноги, падал, грыз черные корневища горелых деревьев, бился головой о стылую и неживую, будто гуттаперчевую, землю и мне хотелось выть, выть от тоски и безнадеги. Я заставлял себя подниматься и идти снова, и снова оказывался в той самой деревне, полной пустой нежити, зияющей в жижеве влажного лунного света черными проемами оконных глазниц. Я шел, путаясь в серебряно-седой траве, но шаги мои были беззвучны. Я устал. Пытался вспомнить слова хоть одной молитвы, и не мог: губы оставались немыми, сердце словно замерло в плену холода и дикого, беззвучного страха... Но вот — один горячий толчок, другой... С каждым ударом перепуганного, но оживающего сердца зазвучало покоем: «Отче наш, иже еси на небесех, да святится Имя Твое, да приидет Царствие Твое, да будет Воля Твоя яко на небеси и на земли...»

И тут я разглядел криницу. Махонький ручеек казался единственным живым существом в этом горелом лесу, он играл и переливался влагой, как потоками теплого света... Я подошел и опустил лицо в ключевое оконце...

...Холод ожег, заставил отпрянуть. Я хлебнул-таки воды, и теперь кашлял, озираясь, пытаясь разглядеть, различить в сумраке окружающего утра хоть что-то... Ну да, я лежал почти на дне того самого, поросшего по краям жухлым папоротником оврага; голова по-прежнему была мутной и больной, дыхание — хриплым; но вместо щемящего холода вокруг — живой, подрагивающий ветками лес...

Кое-как я встал, набрал сухих щепочек, надрал коры, вынул из одного кармана пакет — там лежал кус сала, несколько кусков сахара, чай и немного хлеба; из другого извлек кружку и нож, зажигалку. Набрал воды, запалил крохотный костерок, мигом вскипятил воду, забросил туда чай и сахар... С каждым глотком вязкого кипятка ночной стылый холод уходил все дальше и дальше.

Я выкурил отсыревшую до полной безвкусности сигарету, сориентировался и побрел дальше. По моим прикидкам, я был уже в другом районе; теперь мне нужно было выйти на дорогу и подъехать на любой попутке хоть до какого-то железнодорожного узла.

Возможно, мое решение было снова плохим, продиктованным болезненным состоянием. Но другого у меня не было. Я собирался выполнять это. На «железке» забраться в любой товарняк, докандыбать как-то до столицы, а там — по обстоятельствам.

Кое-как отогревшись, снова побрел лесом, превозмогая поминутно возникавшую слабость. Это только в книжках герои-диверсанты — супера с железным здоровьем, нервами-канатами, горячим сердцем и холодными ушами; в кармане — пистоль-самопал, копье-самотык и ручка-самописка, напичканная по самую головку ядом кураре.

А у меня тягомотно болит голова, достает острой иголочной болью сердце, ноют побитые зубы да еще и вдобавок застуженные этой ночью старые раны: плечо и колено. Хорошо хоть, золотухи нет. Я даже не знаю, что это такое. И слава Богу.

Постепенно я разогрелся, вошел в ритм и, изредка сверяясь по редким просветам в череде облаков, шел и шел. Опять же, не в Сибири живем, и если брести прямопехом хоть в какую сторону, на большак выберешься. Ежели леший не закружит.

Дорогу я учуял издали по просветам в деревцах. Вышел на взгорок, разглядел: вьется между невеликими лесными холмиками, то показываясь, то пропадая. Лепота. Благолепие. Почти счастье. Только выйдя на твердую грунтовку, я почувствовал, насколько устал. Теперь оставалось ждать.

То, что мощного автомобильного движения в шесть полос или, как выражаются американцы, «heavy traffic», в расейской глубинке не наблюдается, я знал и ранее. Но полчаса ожидания, когда разгоряченный движением и повышенной температурой органон начал подрагивать даже не крупной дрожью, а крупной рысью, меня озадачили. Словно я оказался на какой-то заброшенно-позабытой трассе времен ГУЛАГа. И сейчас ведущей в никуда.

Сплюнув от очередных идиотских мыслей, выдернул из пятнистой душегрейки кусок сравнительно сухой ваты, скрутил жгутом, набрал водицы из лужицы (козленочком можно стать только от сырой), вскипятил на фитильке, засыпал в кружку остатки чая и сахара, вынул пригретый во внутреннем кармане мерзавчик коньячку, украденный из Игнатьичева шкапчика, влил половину в глотку, половину в чаек и пристроился кайфовать на каком-то бревнышке. Единственное, что мешало полному счастью, — так это мелкий нудный просев дождичка да чугунная голова на деревянной шее. Две последние вещи мои собственные, я с ними един и неделим, как Россия с Шикотаном, а потому сие неудобство собирался терпеть и дальше.

Если температурящее тело и не согрелось полностью, то озябшая душа после мерзавчика «конинки» явно отмякла: я откровенно загрустил, взирая на убогие, но родные дали и веси. Если так пойдет дальше, то боевой настрой и все прочее вскоре канут в Лету, а сам я сделаюсь почтальоном на дальней станции, буду разносить редкие пенсии, попивать синий свекольный самогон, тягуче размышлять о бренном и вечном, копошиться по хозяйству, из родных и близких иметь мохнатого и ворчливого пса размером с теленка и в конце концов помру тихим алкоголиком на мелком пенсионе. Это — славный финал большинства бойцов невидимого фронта, выведенных из нелегальных резидентур, но ни в фильмах, ни в книжках писать об этом не принято. Есть и другой финал, более удачный: автомобильная катастрофа или сердечный приступ. Нет, не все так фатально, бывают генеральские апофеозы по завершении и такой карьеры: это когда, лязгая хорошими протезами, можно на форуме пообщаться с коллегами по профессии с той стороны, пошамкать-погундеть о наболевшем, выпить чуток, прощупывая противника на предмет возможной вербовки (привычка — вторая натура, становящаяся с годами первой), и — разъехаться по тихим, оберегаемым особнякам, где хорошо вышколенная прислуга станет бдительно следить за развитием вашего старческого маразма и вовремя пресекать любые попытки написания мемуаров. Таковы реалии, о которых не пишут в прессе. Такова жизнь.

Первое транспортное средство, нарушившее мое тоскливое уединение, оказалось лошадью. Естественно, с телегой на резиновом ходу и вполне упитанным розовощеким хлопцем на козлах. Парниша был одет в изношенную куртку, ватные штаны; на круглой голове чудом держалась давно вышедшая из моды шапочка-петушок. Он лениво погонял животину, которая и без понуканий довольно резво трусила по дороге.

Я вышел из леска на обочину, окликнул возницу, стараясь сделать хрипатый голос смиренным:

— Эй, уважаемый...

Но парень совершенно не озадачился моим избито-грязным видом, смешно вытянул вперед полные губы, промычал «тпру-у-у»; лошадка послушно стала. Повернул ко мне добродушное круглое лицо, спросил:

— Чё, доходяга, к Трофимовне бредешь?

— Да я...

— Понял. Садись, чего уж. Приживешься — примет.

Не особенно вдаваясь в долгие размышления, я запрыгнул задницей на телегу: раз везет, так и пусть везет. Уж очень не хотелось больше торчать в сыром лесу. А дорога выведет.

Возница смачно чмокнул губами, тронул поводья, и лошадка потрусила быстро и скоро.

— А ты мужик еще не старый, — глянул он на меня. — Глядишь, и приживешься.

Где мне предстоит прижиться, я спрашивать не стал.

— А где морду так распоганили?

— Да по пьянке.

— А-а-а-а... Это завсегда. По пьянке вся бестолочь в этой жизни и происходит. Тока ты смотри: Трофимовна не поглядит, что моло́дый, коли зашибаешь крепко, вышибет на зиму глядя и — кукуй!

Хотя из-за общего состояния и голова у меня соображала туго, вроде что-то я уразумел: Трофимовна, видать, мужичка себе ищет, а сама бабенка пиндитная, уважаемая, вот и подходит ей не абы кто. Словно подтверждая мои мысли, возница продолжил:

— Щас вас, бомжей, к зиме в Ильичевке как грязи соберется, так что, хочешь зазимовать, так смотри... С этим делом строго. — Парень хмыкнул: — У нас щас вроде конкурс, как раньше в институт: пять человек на место. Перебор. И в бараке — сухой закон. Понятно, Трофимовна тоже человек, до трех пьянок или до одной драки: драчунов сразу вышибает со свистом! Чтоб неповадно! Ей работники нужны, а не ухари. А там, глядишь, и к месту приспособишься. Скажем, на центральной-то усадьбе у нас еще пяток бабенок непристроенных есть, вот и в аккурат в хозяйстве мужчины надобны. Ты это, не того?

— В смысле?

— Ну... По бабам — ходок? А то были у нас двое, все промеж себя лизались по углам, тьфу... Так их вышибли мигом, да еще сами мужики и накостыляли! Вот такой вот парадокс получается: правит бал у нас баба, и все начальство наше бабы, как есть, потому и мужик в цене. Наша Трофимовна бает, когдась так на земле было — бабы верховодили, — так ни войн, ни катаклизмов каких... Потому как баба знает: мужика родить и вырастить трудно, а убить — раз плюнуть. Вот и берегут. Называлась даже держава та как-то, вроде что и матерщинно...

— Матриархат.

— Ну. Оно. Трофимовна говорит, как мужики власть забрали, так все враскосяк и пошло.

— И что, не бунтуют против бабьей власти?

— Кому бунтовать-то? У нас ведь те, что натерпелись, бичи да доходяги. А какие работать не хочут или умные шибко, в смысле водки пожрать, — тех, говорю, вышибают в два счета. С подзаборья вышел, под забор подыхать и пойдешь. Такое дело.

— А сам ты — тоже пришлый?

— Не. Я — местный, игнатьевский, — произнес круглолицый с такой важностью, будто был единственным наследным отпрыском Рюрика. — Ты кто по профессии будешь?

— Был солдат. А теперь уже и не знаю.

— Беда. Везде нонче беда. Одно развалили, другое не построили и вроде как не собираются. На шахрайстве только вахлаки жить могут да жиреть. Народу на воровстве не прокормиться, детей не поднять. Как поймут это те, верхние, так и дело пойдет. Власть, что с воровства кормится, захиреет; вот они верховодят, как в чужой стране, а пройдет еще годков десять такой вот разрухи, что останется? Сиро и зябко им будет где хошь: хоть в Москве той, хоть в губернии. Какие вы цари да бояре, коли по миру с протянутой рукой? То-то. И нам — хоть смертью помирай. Беда. — Парень вздохнул: — Ничё, солдат. Не пропадем. И тебя к делу пристроим. Токо ты не дерись и старайся.

Из дальнейших рассуждений возницы, которого звали Федором, выяснилось: был здесь когда-то колхоз «Победа», потом по новым веяниям его взялись превращать в фермерские хозяйства, да чуть не доконали вовсе. Собрались бабы и избрали председателем теперь уже АО Марью Трофимовну Прохорову; она подумала, да и решила: без мужских рук хозяйства не поднять, а без мужской ласки и баба не работник, так, функция одна. И взялась приручать беспутных бобылей, незадачливых мужей, сорванных с места переселенцев. Бомжей тоже не чуралась; и пусть из них оставался один из десяти, а большинство с наступлением тепла подавались к югу, за миражом вольного счастья, но дело пошло: кто-то из баб и замуж повыходил: из истосковавшихся по делу да домашнему уюту шатунов мужья нежданно получались добрые.

— Что, и зарплату платит?

— Ну уж это лишнее. Да и зачем бобылю зарплата? Пропить? Кормежка, одежка, крыша над головой. Поди лучше, чем на помойке рыться да под теплоцентралью ночевать.

— Коммунизм.

— Ну. Коммунизм. А что плохого?

— И на волю никого не тянет?

— Кого тянет, тех не держим. Воля, она с голодом да холодом дружится. А у нас — сыт, одет-обут. Живи.

Глава 49

За два с лишним месяца трудов на сельскохозяйственной ниве правоверным хунвейбином я не стал, но физически окреп совершенно.

Приняли меня спокойно. Марья Трофимовна, крепкая статная женщина лет пятидесяти, всегда одетая в плотно пригнанную кожаную куртку, напоминала суровостью комиссара двадцатых, но взгляд светлых глаз на полном русском лице был добр, строг и мягок одновременно; она не ломала людей и даже вроде не стремилась подчинить, но требовала, и делала это так, что ее требования не могли быть не выполнены. По вверенному ей разбросанному хозяйству она моталась на средних размеров внедорожнике-джипе, сама за рулем, наводя своим появлением даже не трепет, а тоскливое беспокойство на всех возможных тунеядцев и хулиганов.

Отсутствие у меня каких-либо документов хозяйку колхоза-полигона не утягощало совершенно. Еще при знакомстве Трофимовна лишь справилась, не убивец ли я беглый, и, получив отрицательный ответ, сначала пристально глянула мне в глаза, сказала что-то вроде «ну-ну» и произнесла напоследок: «Старайся. А документик мы тебе выправим, коли дело на лад пойдет». С тем и уехала.

Сначала мне было смутно. Виной тому — дожди. Они зависли липкой и нудной паутиной, а я все никак не мог отделаться от ощущения, будто время сделало какой-то жуткий скачок, или... Или вообще минувшее десятилетие нам приснилось? И не было ничего?.. Да и... Когда вторую неделю идет дождь, кажется, он идет по всей земле, и потоки воды давно затопили и Париж, и пагоды Поднебесной, и тихие городки Сицилии, и великие американские равнины... И только статуя Свободы продолжает тупо сжимать потухший факел торчащей из-под воды пролетарской рукой.

Дни потащились нудно, как полуживые клячи. Мне вдруг показалось, что я не вписываюсь не только во время, но и в возраст — мои «слегка за тридцать» затянулись. В этакие года мужики уже набирают «вес». Юношеский запал иссякает, а проблемы остаются и множатся. Теряется гибкость, но приобретается жесткость. А потому мужики после сорока — это бойцы даже не средней весовой категории: полутяжи и тяжеловесы. И проблемы свои и выросших уже детей они решают не мордобоем и не стволами — связями, общественным положением, авторитетом. Авторитет, как ни кинь, вовсе не исключительная принадлежность преступных сообществ. Как мудро замечал Ильич Первый: «Человек не может жить в обществе и быть свободным от общества».

Меня же болтает как неприкаянный флюгер по просторам социума, похоже, без руля и ветрил. Кто я? Одинокий волк или служебная собака, оставшаяся без хозяина? Или птица, обреченная летать? Когда я был маленьким, у меня над столом висела простенькая гравюра: ветви стелются над морем, заходит солнце, и одинокая птица мечется в раннем предвечерии, расчерчивая своим беспокойством пространство... А может, так лучше? Если есть еще силы летать?

От дурных мудрствований отвлекала работа. Как бесхозного, беспаспортного и побитого бомжа меня определили сначала в поля, затем — скотником при молочной ферме: навоз выгребать. Тяжелый физический труд на свежем воздухе при полном отсутствии тяжких мыслей быстро привел меня в норму: вскоре я забыл, что такое апатия или фрустрация, и, намахавшись лопатой да потаскав мешки с картошкой, комбикормом, цементом и прочими нужными в хозяйстве вещами часов эдак шестнадцать, валился в койку и засыпал сном усталого рабочего коня.

Впрочем, не чужд я был и спорту: устраивал почти ежедневно пяти-семикилометровые пробежки по пересеченной местности, понятно, ни в каком не «адидасе», а как был, в сапогах-бахилах, гимнастерке и телогрейке. В тихих лесных чащобах скакал, аки макака перед случкой, отрабатывая полузабытые приемы рукопашки; в жизни и гвоздик пригодится, а в такой, как моя... Как показала практика, она же — критерий истины, чтобы быть всегда готовым, нужно готовиться всегда. После пробежек полоскал гимнастерку в ключевом ручейке, сам — обливался в саду за домом, где нас поселили, двумя-тремя шайками слегка подогретой в казане воды... Соседи на мои художества смотрели с ленивой укоризной, но не цеплялись: у каждого в голове свои стаи мух, и все хотят в теплые края, и не как-нибудь, а клином, и никогда-нибудь, а ближе к зиме. Зима же, судя по обилию рябины, обещала быть студеной.

Поселили нашу «великолепную пятеру» бомжей и неприкаянных в двух комнатах деревянного, давешним летом срубленного дома. За перегородкой, уже в пяти комнатах, устроилась семья: бывший шатун-бедолага, женившийся на местной с пригулянным пацанчиком, теперь же они ждали уже своего. Для живущих на «общежитской половине» сие должно было служить вроде как предметом зависти и примером одновременно. А уж служило или нет — судить не берусь. Народ у нас здесь собрался нелюдимый; каждый копался в погремушках собственной души, угрюмо перебирая тягостные воспоминания, но ревниво пресекая любую попытку влезть в эту самую душу, пусть с сочувствием или состраданием; к тому же бригадирша Анна Ивановна старалась загрузить нас работой по самую маковку, абы не бедокурили.

Исключение составлял мужичок лет шестидесяти с небольшим — Владлен Петрович Буркун. На работы он не привлекался, был в доме за кашевара; вернее, в его обязанности входила готовка завтрака и ужина, но и тот и другой ни разносолами, ни гастрономическими изысками не отличались: Владлен Петрович был скорее за домового. Зато чаек готовил исключительной крепости, густоты и совершенства. Исключительность же его собственного положения обуславливалась тем, что он был настоящий доктор наук; в Покровске у него осталась разведенная жена и двое подсевших на наркоту выросших детей. От тоски и бессилия он запил было надолго и влютую, пока не прибился в колхоз. Ему как-то негласно разрешалось «принимать», что он и делал с завидным постоянством, находясь почти круглосуточно подшофе; свекольным самогоном его пользовала тетка Евдокия, что жила в трех домах от нас. Для остальных запрет на винопитие был строгий, и никому из бродяг не хотелось глядя на лютую зиму вылететь на свободу да и замерзнуть там до смерти.

Был Буркун невысок ростом, худ, лыс и очень подвижен; глаза за толстыми линзами очков смотрели всегда весело и чуть насмешливо, и только очень внимательный человек мог бы заметить за их живым блеском тяжкую, неизбывную тоску и горе, которого никто не мог исправить. Приходя с работ, я часто заставал Петровича в грустной задумчивости; увидев меня, он словно оживал: я был хорошим слушателем, а большего ему было и не нужно. После ужина мы частенько засиживались за чайком.

— Знаете, Олег, порой провинцию называют «кладбищем талантов», — раздумчиво произносил он, и тут — словно взрывался: начинал говорить быстро, глотая слова, словно опасаясь, что не успеет сказать: — Да, это кладбище талантов. Но еще — и прибежище бездари! А бездарь — энергична, упряма, злословна, целеустремленна и завистлива! Именно бездарь, обвешиваясь чинами и регалиями, превращает ту самую провинцию в кладбище тех самых талантов! А ведь в этой жизни... В этой жизни можно утвердиться только одним: позитивным, сознательным действием. Но бездарь не способна на действие созидательное, только на разрушение! Потому что по сути своей есть чернь; ту энергию, что тратит она на зависть и интриги, кажется, хватило бы на создание живописных полотен, многотомных научных трудов, великих романов! Как бы не так! Энергию созидания питает лучистое солнечное тепло, дуновение ветра, рокот моря, жизнь; энергию разрушения — бездна. А вниз катиться куда легче и прибыльнее деньгами, чем взбираться в гору! Катиться камнем и — увлекать за собой окружающих.

Он помешивал янтарный напиток, снимал очки, характерным жестом тер переносицу:

— Так и кажется, что тебя обступают ватные стены... Наваливаются, делая пространство у́же и меньше, и вот уже ты загнан в тупик, и не видишь выхода, кроме как подчиниться, смириться, стать таким, как все...

Я только плечами пожимал: расхожие домыслы о таланте и посредственности меня волновали мало; афоризм Льва Николаевича Толстого: «Делай, что должно, и будь, что будет» — слишком долго вел меня по жизни. Ну а учение Льва Николаевича Гумилева довольно внятно разъяснило всем желающим: из рожна конфетку не сделаешь. Обывателя невозможно переделать в пассионария и наоборот: рожденного летать не заставишь ползать. Эти миры существовали всегда, ограничивая или уничтожая непохожих на себя; при господстве пассионариев фаланги, легионы, когорты, орды катились через Ойкумену, подчиняя себе все и уничтожая непокорных; при господстве обывателей пассионариев жгли и вешали, бросали во рвы и скармливали диким зверям... Миры текут, поколения сменяют друг друга, вино превращается в уксус, а уже пенится новое вино из насаженных виноградников, и бондари стучат молоточками, готовя для него пряно пахнущие бочки... Ибо, как сказано, не вливают молодого вина в мехи ветхие.

Петрович вздохнул, переводя дух:

— Самое грустное, Олег, знаете что? От нынешнего времени не останется ничего, кроме ощущения... Даже не смуты, а так, тягомотной и пустой маеты, маеты кровавой, но бесцельной. И потомки вспомнят лишь карикатурный образ нашего старого харизматика и гаранта с его знаменитым: «Дело в том, понимаешь, шта-а-а...» А скорее всего — и это забудут.

Раньше хоть литература оставляла для нас живую прошлую жизнь. Теперь... Да и что сетовать? Маетное время не рождает гениев, они никому не нужны. Чтобы появились великие литературные произведения, нужен широкий круг наследственно обеспеченных граждан, не зависящих от сиюминутного заработка и уверенных в своем положении; из них, из их среды могут выйти писатели, которые неспешно и значимо задумаются о проблемах души человеческой; из той же среды объявятся и читатели, способные эти проблемы понять и разделить. Такой вот грустный вывод: великую культуру может родить только праздность.

Ну, с этим утверждением я согласен не вполне: Шекспир творил во времена смутные и алчные, полные крови и лишений; впрочем, для тогдашней Англии самая горькая, междуусобная кровь уже осталась позади, но нужно было пролить ее еще немало, уже затем, чтобы покорить мир. Одно истинно: гением Шекспира признали двумя столетиями позже люди, сделавшиеся состоятельными и праздными подданными великой Британской империи.

Петрович помолчал, близоруко глядя вдаль:

— А впрочем... Я не жалею о своем времени. Жаль только, что молодость отошла так скоро и так бездарно... Прожить бы еще жизнь, но не так, — ярко, значимо... У нас так и не научились понимать Пушкина... А ведь основное в нем: «Береги честь смолоду». Береги свои мечты, свою верность, свое достоинство... Сам Александр Сергеевич следовал сему немудреному девизу неустанно, вот и остался жив для всех. Да и... В какое бы время мы ни жили, утвердиться в нем, остаться можно только действием. Деянием. Нужно каждый день что-то подвигать и в этом мире, и в себе... Нужно каждый день совершать подвиг.

Буркун снова сник. Даже его эмоциональная шустрость куда-то подевалась, вздохнул, махнул обреченно рукой:

— А впрочем, и это бесполезно. Даже подвиги. Мы не сумели удержаться, нас уложили на обе лопатки и связали крепко-накрепко, как Гулливера. И не дадут подняться. Вы бывали в Покровске, Олег?

— Мельком, — ответил я и не то чтобы очень соврал: события катились так, что действительно были похожи на всполохи блица в кромешной тьме, когда успеваешь выхватывать только фигуры, постоянно меняющиеся выражения лиц, зыбкое расположение предметов, но не больше.

— Ничего не слышали про специализированный цех на «Точприборе»?

Я покачал головой.

— Вот. А я знавал главного инженера этого цеха.

— Разве в отдельном цехе бывает главный ниженер?

— Видите ли, Олег... Это только название, «цех», на самом деле это лаборатория, своего рода мини-завод, жутко засекреченный.

— То-то вы болтаете о нем малознакомому человеку, — хмыкнул я.

— А, бросьте! — махнул рукой Буркун. — Не в Китае живем! И наша дурацкая секретность советских времен... Помню, когда в год возвели завод «Ураган» и чохом застроили для трудящихся оного микрорайон из сотни многоэтажек... И знаете, что официально выпускала эта громада? Пылесосы домохозяйкам под одноименным названием и плуги для дачников. Кому мозги туманили? Горожанам, у каждого из которых брат, сват или собутыльник на этом самом «Урагане» мастерил детали ракетных установок? Или штатовцам с их спутниковой телескопией? Просто «главных секретчиков», гордость организации, надо было на работу пристроить, только и всего! Да и опять же, в те времена болтун был находкой вовсе не для шпиона — в город строго-настрого был запрещен въезд любому иномену, даже насквозь демократическому; а вот для кагэбиста, пожалуй, что и подарок: за разоблаченного и проведенного по всей форме болтуна и звездочку на погон можно было схлопотать, ну а в худшем случае — хоть работу в отчете показать: если не сахар, так хлеб. А нынче всяческие гостайны лучше качать прямо из Совета Безопасности или из Администрации «самого», там хоть проверено, не лабуда...

Я уже было пожалел, что наступил Петровичу на больную мозоль, но он закруглил словоизвержение сам:

— Это я к чему? К тому, что всякая секретность у нас всегда существовала не от шпионов, а от своих, так же, как и госграница: чтобы людишки не разбежались!

Точно, таскали в свое время профессора в Большой Дом; может, он и не так в Покровске прозывается, не в этом суть...

— Да ладно, Петрович, пошутил я.

— Вот в том и беда, что... — начал было он, да видно, утерял нить мысли. Наморщил лоб, близоруко сощурился, забродил взглядом по столу, словно ища что-то... Я знаю, что он искал.

— Я выскочу на секундочку, — произнес профессор, даже слегка покраснев, — по нужде.

Ясное дело, покраснел он не по причине упоминания необходимости свершить естественную потребность — от стыда. Стыдно было Петровичу выпивать тайно и в одиночку, но поделиться привилегией он не мог, не пить — не мог тоже... Ну и шут с ним: должны же быть у него хоть какие-то моральные терзания на предмет горячительного, раз ни жены здесь, ни тещи, чтобы его посовестить... Для некоторых выпивка без моральных терзаний и не в сладость.

Буркун объявился скоро, дыхнул свежим перегаром.

— Так о чем мы беседовали? — спросил он, задорно блеснув толстыми линзами окуляров.

— О вечном.

— Нет-нет. Не сбивайте меня. Я помню. Я хотел рассказать вам про изобретение Кузнецова.

— Первый раз слышу.

— Ну того, из цеха, что на «Точприборе».

— А-а-а...

— Что «а-а-а»? Даже не изобретение — открытие! Или вы не верите?

— Почему же... — промямлил я.

— Потому же, — скорчил гримаску Петрович. — Все потому. Вечно вы считаете, что в вашей Москве гении сотнями родятся, а ведь, если разобраться, все гении только умирают в Москве, а родятся они в провинции!

Я только вздохнул: то, что в каждом расейском граде Уклюпинске живет свой Фарадей-самородок, известно давно. Вот только изобретали всю жизнь эти ньютоны-галилеи в основном велосипеды и прочую домашнюю утварь, давно освоенную промышленным производством забугорных стран. А наши упирались извилинами исключительно по причине отсутствия оной утвари в отечественных магазинах.

— Вы не согласны? — требовательно вопросил Петрович.

— Согласен.

— Так вот. Этот самый Кузнецов Сергей Степанович, вернее, завод-лаборатория под его руководством изобрели... — Петрович выдержал эффектную паузу, — новую систему кибернетической памяти. Это не счетно-вычислительные машины нового поколения, это принципиально новое направление в кибернетике, прорыв, революция, вы понимаете?!

— Смутно.

— Если честно, то и я не яснее, — вздохнул Буркун. — Но если верить рассказу покойного Сергея Степановича...

— Он умер?

— Если бы! Убили! Какие-то хулиганы в его же собственном подъезде! Забрали часы, денег тысяч сто пятьдесят старыми, да ножиком пырнули. Насмерть.

— Может, происки, раз он такой секретный...

— Вы не иронизируйте! В той Америке на него бы дышали, как на антикварную вазу, пылинки сдували! Да поселили бы в охраняемой вилле, да девок из «Плейбоя» прямо на дом привозили, лишь бы головой работал да изобретал свои штуки... А у нас... А... — Петрович махнул в сердцах рукой.

— И претворять разработку в жизнь тоже, я думаю, не собирались...

— Какой там! До того ли... А ведь Сергей Степанович сиднем не сидел: в Москве по старым связям во все сферы проник, дошел до президентской администрации, да там и укатался. Нет, проект оформили в какую-то особую президентскую программу, бумаг исписали тонну, наобещали, с тем и уехал. А как убили его, дело и вовсе заглохло. — Петрович скривил губы. — И ведь не спросишь ни у кого. У нас под завесой этой самой секретности можно любую технологию сгноить. Про людей я не говорю. Так что, совершай подвиг не совершай, а, как учит клятый детерминизм, если опередил свое время, труд твой никому не нужен, и изобретенный тобой паровоз так и сгниет где-нибудь на запасных путях, и Ползунов так и останется в истории чудаком-неудачником, и все будут помнить мастеровитого Эдисона и забудут Попова... Вот такие вот пироги. И всегда так было, а теперь и подавно. Не дадут России подняться. Добьют.

Петрович в сердцах махнул рукой, встал, накинул пальтецо и пошел вон из дома, добавить, чтобы отрешиться в пьяном забытьи и от тяжких дум, и от душевных терзаний. Бог ему судья, да и — вольному воля.

Глава 50

Я устроился на верхней лежанке деревянных нар и глазел в потолок. Пытаясь осмыслить нынешнее и прошедшее. Время от времени это необходимо. Чтобы определиться в этом мире. Чтобы начать действовать. Чтобы выжить.

И газеты, и телепрограммы пестрят той самой кровавой маетой. Нагромождение бессмысленных убийств, бесконечные голодовки и протесты... Американская «Бостон глоб» рассуждает на полном серьезе о покупке у России Сибири за пару триллионов долларов. Автор статьи заявляет притом, что США приобретут территорию большую, чем сами Штаты, с пятнадцатью миллионами населения и... Наив полный этот писака: самое грустное в том, что, начни такой проект осуществляться, население этой самой территории возрастет раз в десять за счет миграции всех отчаявшихся бедолаг из России и сопредельных стран.

Ну а если отбросить шуточки и хохмочки, что мы имеем?

Войну.

Сейчас в этом никто и не сомневается. Только одни считают, что мы ее уже проиграли, другие... Я отношусь к другим.

Третья мировая война, экономическая, направлена на разрушение и покорение России. Она стелется над нашими просторами стылым чумным покрывалом десять лет. Вернее, она велась всегда, в последние сто лет особенно активно, взрываясь время от времени реальными войнами. Первое массированное ограбление России было проведено большевиками; вывезенные из страны ценности на сотни миллиардов золотых рублей после всех мытарств, свойственных ворованным деньгам, осели в банках США и стали источником грандиозного подъема экономики этой страны. А Россия на протяжении более чем трех десятков лет после октябрьского переворота находилась в состоянии войны и послевоенной разрухи, но путем невероятного напряжения сил сумела не только восстановиться, но и создать мощнейшую индустрию, индустрию не просто конкурентоспособную, но по приоритетным направлениям превосходящую и американские, и японские технологии. Противостояние снова сделалось непримиримо жестким. Стало понятно, что ни военной силой, ни технологическим превосходством Россию не победить. Началась финансово-экономическая агрессия, подкрепленная шагами на полях политики.

Первый этап был определен: разрушение и расчленение СССР. Играя на алчности и личных амбициях руководителей республик, наши противники сумели не только добиться превосходного результата, но и окружить Россию кольцом недружественных к ней соседей. Впрочем, слаще от этого не стало никому: разрушение сложившихся хозяйственных связей привело народы республик в столь же плачевное положение, что и народы России.

Но настоящей миной под экономику страны стала «шокотерапия», прозванная реформами. Основная ее идея состояла вроде бы в простом постулате: спрос рождает предложение, а потому — рынок нас рассудит. Рентабельные производства поднимутся, ненужные —

тихо отомрут, а потому будем кататься как сыры в пластах масла.

Идея «рыночной экономики» была *заведомо* провокационной, ложной, и люди, что стали проводить в жизнь «реформы», действовали сознательно: на разрушение экономики страны. Все просто: никакой «рыночной экономики», как и капитализма, в мире не существует; мировой экономический кризис двадцать девятого года похоронил капитализм, заставив все крупнейшие индустриальные державы перейти к государственному регулированию экономики. В нашей науке эта система получила название государственно-монополистического капитализма. При сохранении личностных стимулов к труду государство взяло на себя функции направления финансовых потоков и, следовательно, материальных, людских, интеллектуальных ресурсов в приоритетные отрасли хозяйства. У нас при социализме это тоже было, но не было личностно-материального стимулирования труда и предприимчивости; систему нужно было лишь подкорректировать без форсирования; вместо этого страна была ввергнута в «рынок». Результаты не замедлили сказаться.

Собственно, стихийное рыночное регулирование экономики возможно при мелкотоварном, ремесленном, кустарном производстве; в крупной индустриальной державе, какой была Россия, «шоковая терапия» произвела эффект скоротечной тропической лихорадки в ослабленном организме. И, на фоне массированной антигосударственной пропаганды, привела к обвальному спаду промышленного и сельскохозяйственного производства; как следствие — к обнищанию населения.

Генералы индустрии не сразу и не вполне оценили масштабность ведущихся против них боевых действий; по крайней мере, за три предшествовавших десятилетия они привыкли, что вопросы ВПК, армии, обороноспособности страны были приоритетными для государственной власти. Как не сразу оценили они и серьезность потери, когда авторитарная, по сути, власть перешла к так называемым демократам.

Первая попытка вернуть ее была предпринята на съезде Советов при отставке Гайдара и назначении нового премьера. Но невзирая на то, что ставленник ВПК получил куда больший рейтинг, кресло Председателя Совмина досталось «сырьевику»: предстояло делить самую прибыльную на тот час сферу экономики, топливно-энергетический комплекс, и президент принял решение, казавшееся логичным. Тогда же промышленникам представлялось, что большая часть валютной выручки от продажи энергоресурсов пойдет на модернизацию промышленности. Эти надежды оказались тщетными: все доходы естественных монополистов распределялись в весьма узком и привилегированном кругу акционеров, и хотя государство сохранило за собой абсолютный контрольный пакет акций в большинстве китов ТЭКа, в бюджет от доходов на этот пакет денег не поступало.

В девяносто третьем и девяносто четвертом были предприняты две попытки перехватить «бремя власти», причем первая, названная «черным октябрем», была обречена по определению, а ко второй — выборам в Госдуму — промышленники не сумели путно подготовиться. Да и законодательная трибуна была и остается лишь ширмой власти, но не самой властью. Ибо в том же году, что называется, «на волне», была принята Конституция, сделавшая Россию президентской республикой в самом авторитарном варианте.

В девяносто пятом промышленники также не сумели выступить едино на парламентских выборах, ну а президентские были проведены командой президента грамотно и безупречно. Наградой стала реальная власть, которая при больном государе перешла целиком к «команде молодых», сосредоточенных прежде всего в президентской администрации. Шаг, которого ждали все — курса на приоритет отечественной промышленности и сельского хозяйства, — так и не был сделан.

Промышленное производство на тысячах крупных предприятий страны сократилось более чем вполовину; притом не произошло сокращения работающих: власть, опасаясь социального взрыва, продолжала содержать людей впроголодь, время от времени подкидывая крохи от заемных миллиардов и делая все, чтобы разрушить не только промышленность, но и сельское хозяйство, получая так называемую помощь — продовольственные кредиты.

Тогда же правительством был запущен и раскручен маховик государственного внутреннего краткосрочного займа — ГКО, который сделал Россию объектом особого интереса со стороны иностранных финансовых спекулянтов. Доходность по ГКО доходила до ста тридцати процентов; Россия стала для финансовых стервятников беззащитным экономическим организмом и сделалась похожей на ребенка в фашистском концлагере, у которого забирают кровь для поправления здоровья захватчиков-победителей.

Богатейшая страна мира, с территорией в одну седьмую суши, в которой проживает пять процентов населения планеты и сосредоточено притом *пятьдесят* процентов запасов мировых природных ресурсов, медленно умирает. Убыль коренного населения России — миллион в год! — естественной может назвать только статистик. На этом фоне страну захлестнула коррупция и преступность, а подавляющим настроением в обществе стала апатия и безнадежность.

Оппозиция набирала популярность; партия власти стала готовить преемником президенту премьера. Но что-то не сложилось: чутье на власть и стремление к ее сохранению было у президента всегда, болезнь могла ее лишь притупить, но не уничтожить. Гарант делает неожиданный для многих ход: указом смещает премьера и ставит никому не известного, но полностью зависимого от воли сюзерена человека; президент понял одно: в случае успеха последнего у него сохраняется шанс — единственный шанс! — сохранить за собою трон в двухтысячном году.

Какими соображениями руководствовался «киндер-сюрприз» — неведомо, и вряд ли станет известно достоверно когда-либо: возможно, здесь была игра могущественного олигарха, близкого к семье президента, самого экс-премьера или, судя по результату, министра иностранных дел, стратега тихого, но авторитетного и стремительного в действиях. Группа «Интеррос» выступила в поддержку последнего; возможно, что и сам могущественный головной банк этой группы был создан в свое время теневой командой государственников с дальним прицелом.

Как бы там ни было, именно решением молодого премьера пирамида ГКО была обрушена и рубль девальвирован. После непродолжительной, но жестокой подковерной схватки место престолоблюстителя и лорда-протектора досталось министру иностранных дел. Приход к власти нового правительства был хорошо подготовлен и ходом политического процесса в России. При определенной слабости, явной ангажированности и неавторитетности в бюрократических кругах группы «кремлевских вьюношей» реальная власть на местах досталась губернаторам. Благосостояние их самих, равно как и вверенных их попечению регионов, напрямую зависит от работающих заводов и развивающегося сельского хозяйства: нефтяные скважины и газовые месторождения есть не у всех, зато предприятий высокотехничной оборонки — хоть с кашей ешь!

Тем самым в России произошел тихий государственный переворот; в стране установилось двоевластие; команде кремлевской администрации пришлось поделиться полномочиями: там, где невозможен брак по любви, возможен брак по расчету.

Промышленники получили возможность влиять на непосредственные решения, впервые с девяносто первого года; государственники же вернули себе лишь малую толику, крупицу былой власти; вся борьба еще впереди, и проходить она будет как при ожесточенном сопротивлении мировых финансовых организаций, у которых пытаются выдернуть из-под клюва лакомую кормушку, так и при нагнетании всеми средствами массовой информации чувства неуверенности и безнадеги, чтобы провести на высшие посты людей, способных держать в узде население и способствовать дальнейшему превращению России из страны в территорию. Вся борьба еще впереди, и кто сумеет одержать победу — Бог знает. Напряжение этой борьбы обусловлено тем, что итогом ее станет либо существование России, либо — прекращение ее тысячелетней истории. Третьего не дано.

Глава 51

Выпавший снег укрыл иззябшую, охлябшую землю ровным белым покрывалом. Упал мороз. И деревенька сразу стала уютной, как на рождественской открытке: избы, под толстыми шапками снега, с тоненькими дымками над крышами, замерли в звенящей тишине; изморозь укутала ветви деревьев блестящим серпантином, и они, казалось, вызванивают в неверных лучах низкого солнца, в прозрачном и чистом, как ключевая вода, воздухе едва слышимую мелодию, полную нежности и света.

Я выскочил на улицу, умылся и растерся снегом, наскоро похлебал горячую кашу с куском свежевыпеченного хлеба, накинул камуфлированный бушлат — все работники Трофимовны щеголяли в них, выменянных на продовольствие у какого-то начхоза ближней воинской части: и модно, и не задувает. Да и время сейчас такое, камуфляжное: любой стремится замаскироваться под крутого дробоскула, хотя бы для самоутверждения. Мода диктуется, как во времена средневековья, суровой военной необходимостью: западные рыцари щеголяли волосами до плеч, которые удобно убирались под массивный ведрообразный шлем; наши — стриглись скобочкой, под круглый шлем с шишаком. А уж в живых оставался тот, кому больше везло при прочих равных. Такие дела.

Я запрыгнул в крытый кузов шестьдесят шестого «газона», развозящего по работам. Машина затряслась на замерзших колдобинах, я посмаливал «примку» и видел себя порой словно со стороны: теперешняя моя жизнь казалась мне не менее призрачной, чем та, что я вел совсем недавно.

До обеда, бодро распевая арию Аиды из оперы Верди, я шпателем счищал побелку со стен крохотной церквушки, построенной в начале прошлого века. Церковь собралась отремонтировать на общественные деньги сама Трофимовна, а на пересуды злопыхателей, что-де деньги есть на что тратить, отвечала неизменно: «Не к рублю достаток спешит, а к Богу».

Работа спорилась, а я — думал. Благо было о чем. И мысли мои, к сожалению, были далеки от благочинных.

За истекшие месяцы к разгадке убийства Димы Круза я не приблизился ни на шаг. И если раньше катящиеся, как крупные бульники с горы, события не давали мне времени подумать и осмотреться, то теперь — просто не было пищи для размышлений. С регулярностью часового маятника я захаживал в промерзшую деревенскую библиотеку, а вернее, избу-читальню, и просматривал тщательно все поступающие газеты: Марья Трофимовна, видимо боясь проглядеть во вверенных ей поместьях Ломоносова, выписывала центральные газеты за счет правления и обязала библиотекарш, кроме отопления раз в неделю помещений, еще и подшивать прессу и содержать в порядке красные уголки.

Что на Москве? Воруют. Ну а помимо этого... Дедушка-гарант, как у него принято, под капельницей работает с документами, сраженный очередной простудой. Близкая к кремлевскому семейству молодежь спешно сколачивает блочок, «тяжеловесы» — выжидают, вольный стрелок-предприниматель Абрамыч мотается по весям СНГ в неприметной должности исполнительного секретаря... Хе-хе, когда-то и должность секретаря генерального была мельче мелкого, но Иосиф свет Виссарионович наглядно доказал, что не место красит человека, а человек — место, так что пришлось даже название должности выписывать полстолетия с заглавной буквы! Что еще? Премьер-канцлер, невзирая на недовольство «доброжелателей» из МВФ и комментарии ехидного ТВ, реализует давно продуманную и четкую программу.

Ну и — постреливают, конечно, не без этого. И предпринимателей, и политиков, и Бог весть кого еще. Как выражался ведущий популярной передачки про умных и разных: «Вот такая идет игра!» Я же не узнаю, почему убили Диму, пока не сумею понять, что и зачем ему нужно было в Покровске. Зачем ему был нужен я. И вообще, что есть там ценного или даже сверхценного, ежели грохнули не только вице-президента не самого последнего банка, но провели красивую комбинацию по моей нейтрализации: с той убитой девчонкой в моей квартире. Проще всего, конечно, спросить у губернатора: дескать, дорогой товарищ, из-за чего весь сыр-бор с поножовщиной разгорелся, а? Какие люди и чем интересовались на вверенной вам территории?

Даже если бы я смог добиться аудиенции у высокого всегубернски избранного, представляю, что бы он ответил. Правда, я бы туда не пошел, но все равно: к чему мне лишние хлопоты? Особенно если они пустые?

А потому оставалось надеяться на «четвертую власть» и прочие «брехунки», типа телеящика или радиоточки. Расчет мой был примитивен, но точен: если в Покровске действительно есть нечто оч-ч-чень ценное, стоящее громадных денег, это «нечто», во-первых, нельзя сбыть ни в пункте приема цветного лома, ни на «толчке», а во-вторых, у нас на покупку чего-либо очень ценного за смешные российские рубли всегда есть, как минимум, два претендента. И «джентльменские соглашения» между ними неуместны. Вряд ли китов расейского бизнеса остановит отсутствие трупа такой персоны, как я: бизнес не терпит отлагательств; а это значит, что процесс идет, еще как идет! И как только одна из сторон выйдет на сделку реально, а то и проведет ее, другая, проигравшая, не удержится от соблазна хотя бы тяпнуть более удачливого конкурента за пятку газетной статейкой или разоблачительным опусом в оплаченной телепередачке. Вот тогда мне и предстоит сдвинуться с места, и ни днем раньше.

Нет, возможно, над предметом купли-продажи и витает завеса совершенной секретности, но на это есть даже готовая газетка под одноименным названием, которая и сливает хорошие, профессионально приготовленные какашки на головы заворовавшихся правительственных функционеров. А дальше уже дело техники: генпрокуратура заведет ли дельце, ФСБ ли кинется отстаивать национальные интересы согласно вновь открывшимся обстоятельствам или сам Дедушка разразится указом... Или, напротив, останется безмолвен и безучастен, аки сфинкс в пустыне. Как говорят американцы, «it depends». Зависит от обстоятельств. Ну а мне остается ждать. Читайте прессу, господа. Ищите, и обрящете!

Собственно, и Петровича я намедни выслушивал не из обыденного детского любопытства. То, что в каком-то из покровских «почтовых ящиков» припрятано до поры неучтенное ноу-хау, вполне может соответствовать действительности. Но оборонные ноу-хау игрушки специфические: это не готовая к употреблению крылатая ракета, зенитно-ракетный комплекс или даже ядреная бомба, то есть не продукт, который можно употребить до указанной даты. Разработка, особенно ежели она еще не в «металле», нужна очень узкому кругу ограниченных лиц, причем в трех-четырех странах мира, включая Россию: только в них могут найтись материальные, интеллектуальные или иные ресурсы, чтобы довести подобную разработку до ума, превратить в работающий агрегат, который можно сбывать вольнолюбивым арабам, горячим африканским парням или перманентно голодным латиносам за хорошие денюжки. Таким товаром не заинтересуются ни оружейные спекулянты, ни богатые, но безграмотные террористы; круг поиска сужается. Так что, почитывая прессу, я иду верной дорогой.

Рабочий день мой закончился ближе к десяти. Как писали в школьных сочинениях, «усталые, но довольные они возвращались из похода». Машину, что приезжала часов в шесть, я отослал: хотелось закончить сегодня работу пыльную и нетворческую.

Вышел из храма, замкнул двери на немудреный висячий замок, несколько раз глубоко вдохнул чистый морозный воздух. «Рождественская открытка» там, внизу, была еще прекраснее, чем утром: из печных труб вились почти вертикально вверх дымки, сами избы, укутанные чистым блестящим снегом, в лунном свете выглядели как елочные украшения, и казалось, такой покой и чистота царят по всей земле, везде живут добрые люди среди уюта, добросердечия и любви.

Мощные фары полоснули небо; через минуту послышался звук мощного дизеля, а еще через пять вылизанный джип въехал на взгорок и замер. Дверцы распахнулись, площадку перед храмом залило ритмическое содрогание ударных, несущееся из мощных динамиков импортной стереосистемы: музыкой эту какофонию звуков я бы не назвал. Салон осветился, в нем оказалось трое парней и столько же девиц; девицы заахали от хлынувшего в салон морозного воздуха — из одежды на них оставались только сапожки.

Повизгивая, они запахнулись в шубы и задергались в ритме музона. Из салона вывалился пузоватый здоровяк, тупо уставился на меня, мигая маленькими, в белесых ресницах свинячьими глазками и пытаясь связать воедино тот разрозненный хлам, что туманом плавал у него в голове.

— О, земеля! Сторожишь тут?

Я только пожал плечами.

— Держи! — Он сунул мне новенькую хрустящую сотку. — Большой театр с гомиком на крыше. — Он хохотнул. — Но мы-то не гомики, хотим, чтобы все по уму...

Парень замолк, снова глядя на меня бессмысленно и вязко: ну да, мысль пришла и ушла не попрощавшись. Алкоголем от него не разило, значит, ребятки развлекались по-другому: «кокаина серебряный иней...» А то и «загниловали», помешав несовместимые наркотики, так сказать, по мере поступления.

— Ты чего замер, Кабан! Отмыкай сарай! — поторопили его из салона.

— Во, земеля! — вспомнил мордоворот. — Открывай нам эту халабуду. Девки романтики захотели, венчаться будут, мля! У нас и христосик с собой, во! — Он развернул ненашенский журнал с бородато-волосатым уродом на обложке, в коже и клепках, разинувшим хлебальник так, словно желал заглотить пенисоподобный микрофон.

Кабан перехватил мой взгляд.

— Да пидор, конечно, — кивнул он на певца, — но соски от него тащатся! По нашей сельской местности и такой сойдет. Ну чё стал, отмыкай замок, тело праздника просит!

Двое парней выпрыгнули из машины: один — тощий, длинный, волосатый и редкобородый; да и не парень вовсе, мужик лет тридцати пяти; взгляд темных глаз — тонущий, стылый. Другой — этакий баловень-херувимчик, амур, голубоглазый светловолосый красавчик, губки бантиком; вот только уголки рта опущены брюзгливо, а едва заметная складочка потянулась уже от крыльев носа вниз, делая лицо порочным и злым. Словно отроческий скульптурный портрет императора Калигулы, которому во владение вместо великой империи досталась варварская дыра...

Они встали по бокам от меня, глядя один — злобно, другой — лениво-безучастно, и я никак не мог решить, который из них для меня опаснее. Но в том, что оба куда волчистее недалекого опузевшего качка, я не сомневался.

— Не борзей, привратник, открывай свои ворота и хиляй по-тихому, пока мы добрые, — с ласковой улыбкой на лице произнес долговязый бородач. — А то как бы наши барышни «моськи» не застудили.

Я только пожал плечами:

— Езжали бы вы от греха... — Добавил, надеясь-таки завершить дело миром: — Храм поганить — не по понятиям это... И не по закону.

Кабан быстро глянул на блеклого «херувима», губы того исказила гримаска...

— Ну ё... — выдохнул качок и метнул мне в голову крепкий полупудовый кулак. От удара я ушел нырком и на выходе ответил двоечкой снизу, словно перебросил с руки на руку, достав и печень, и селезенку.

И тут — загрохотали выстрелы. Белобрысый васильковоглазый амур палил веером, навскидку, пистолет в его руке плясал и дергался как бешеный. Первые две пули достались оседавшему от ударов Кабану. Я метнулся с кувырком в снег, успев заметить, как долговязый волосатик тоже шарахнулся в сторону, дабы не попасть под щедрый веер пуль, рассылаемых блондинчиком, выхватывая из-под куртки вороненый ствол.

Пистолет в руках «херувимчика» застыл с откинутой назад рамой, сам он стоял столбом, с идиотской улыбкой, и теперь уж точно походил на олигофрена-недоноска, сбежавшего прямо с процедур. Потешилось дите: Кабан лежал недвижно, и под ним расплывалась лужица крови: какая-то из пуль угодила в артерию, судя по всему, бедренную, кровь обильно прибывала, крася снег алым. Если не оказать помощь, парень отдаст концы минуты через три, если не раньше.

Этак я размышлял, приткнувшись за корневищем хлипкой елки, пока новый выстрел, теперь уже прицельный, не расстроил мои человеколюбивые планы по поводу оказания первой помощи; пуля чавкнула в дерево на полпальца выше уха, шевельнув жаром волосы. Я дернулся перекатом в сторону и вниз; вовремя: еще две пули воткнулись в то место, где мгновение назад была моя дурная голова.

Долговязый стрелял не в пример лучше своего светлоголового босса. И решил валить меня мертво. Выпуская пулю за пулей и не давая высунуть головы, приближался неспешными шажками. Я считал выстрелы; марку оружия я уже определил: «беретта», машинка для профи, и пользовался ею долговязый со всем умением.

Выстрелы на пару секунд смолкли: киллер несуетливо менял магазин. Я вскочил, перебежал к другому дереву и успел нырнуть лицом в снег, пока выстрелы не загрохотали снова. В то мгновение я все же успел разглядеть совсем не радостную картинку: белокурый «херувим» согнал с лица идиотский оскал, деловито выудил откуда-то из салона длинный дробовик и неспешно зашагал в мою сторону, поднимая оружие. Мне даже показалось, в мертвенном лунном свете я успел различить его глаза: пустые и мертвые, как оконце безжизненного, промерзшего до дна озерка.

Если с голыми руками против «беретты» я был беспомощен, как заяц на выгоне, то против дробовика — вообще мотылек перед танком. Правда, в том танке насмерть обколотый водила, но что мне за радость? Странно, но какая-то частица сознания успела даже оценить полный сюрреализм ситуации: невесть откуда приехали обколотые подонки и начали палить направо и налево *просто* так; меня они гонят, влекомые не местью, не злобой, а чем-то, мне совершенно непонятным. И все это — в тишине зимнего леса и в торжественном лунном сиянии... Стоп!

Если для меня эта картинка — натуральный сюр, то для ширнутых до полной невменяемости придурков она вообще представляется голой абстракцией, и я могу быть в их больном воображении и огнедышащим драконом, и оранжевой анакондой, и сиреневой ангорской кошкой! Особенно для белокурого амура. И ему нужно непременно меня завалить. Самолично. А это шанс. Мой единственный шанс.

Память услужливо подсунула картинку: автомобиль, труп, долговязый, у машины чуть сбоку — «херувимчик». Я прикинул свое месторасположение и ужом переполз правее. Пистолетные выстрелы грохотали реже, пули, визжа, уносились в лес и либо зарывались в снег, либо со звоном дробили замерзшую древесину, если попадали в голое дерево, или противно чавкали, угодив в хвойную елку. Дробовик молчал.

Пора. Кто не рискует, тот не выживает.

Одним прыжком я вскочил в полный рост, оценил позицию, за долю секунды передвинулся правее. Долговязый был от меня метрах в пяти; он ощерился, поднял двумя руками пистолет; я замер, чувствуя холодное касание небытия...

Грохот дробовика мне показался выстрелом малой полевой гаубицы. Тело долговязого бедного Йорика, оказавшегося на линии огня, дернулось от разрывавшей его картечи; я успел грянуться наземь, когда бородача настиг второй заряд и он, словно снесенный смерчем, ткнулся лицом в снег. Грохот выстрелов продолжался; картечь с визгом неслась над головой, срезая еловые лапы. Три, четыре, пять. Пусто.

Я вскочил и метеором ринулся на белобрысого. До него было метров пятнадцать. Мне вдруг показалось, что я сплю, настолько мучительно-медленным был рывок... И противника я видел будто на замедленной кинопленке: оскал на его лице, руки, тонкие, с хрупкими пальцами музыканта... А одна рука уже тянется из кармана, зажимая патрон... А я бегу, бегу... Нестерпимо медленно, преодолевая, кажется, не пространство, а время... Рука белобрысого укладывает патрон в гнездо, перезаряжает дробовик, и вот ствол уже движется в мою сторону, жерло его становится огромным, как жерло корабельного орудия, как жерло вулкана...

В прыжке я успел подбить оружие снизу, выстрел грянул в небо, а я с намета сбил белобрысого навзничь. Сам перевернулся через голову, вскочил; мой противник уже был на ногах, в руках его блеснуло жало выкидного ножа... Сталь успела прочертить полудугу, когда мой кулак врезался белобрысому в горло. Нож вылетел из ослабевшей руки, противник кулем стал оседать на землю, а я, разгоряченный схваткой, резко двинул локтем сверху вниз. Послышался противный хруст, белобрысый упал и замер. Стекленеющие глаза смотрели в ночное бездонное небо, но я не мог понять, жив он или уже по ту сторону Леты — взгляд его не изменился. Но никакой опасности он больше не представлял: хребет был переломан на пятом позвонке. Я присмотрелся к белобрысому внимательнее: ошибки нет. Душа его уже двинулась по скорбному пути, вниз. В бездну.

Глава 52

И тут я услышал стоны и тот самый дикий безудержный ритм: стереосистема в автомобиле продолжала исправно крутить диск, сотрясая динамиками замкнутое пространство салона. Я приоткрыл дверцу. На заднем сиденье, улетев из этого мира далеко и надолго, две голые девчонки самозабвенно ласкали друг дружку, сливаясь в поцелуях, постанывая, ничего не видя и не ощущая вокруг. Прямо-таки сюжет для полотна новоявленного передвижника Ярошенко: «Всюду жизнь». Третья девчушка, укутавшись в шубку, сидела на корточках на полу и таращилась на меня так, словно узрела во плоти Дракулу; остатки дури еще плескались в ее расширенных зрачках, но происходящее она, похоже, осознавала вполне, оттого и оказалась на полу, чтобы не быть сраженной шальной пулей. Я усмехнулся про себя: в этом ночном побоище все пули были шальными; результат — три трупа.

Одна из девиц выгнулась в диком оргазме, вторая, распаленная подругой, заспешила за ней, и обе заорали мартовскими кошками. Ввиду наличествующих трупов зрелище было гнуснее некуда. Девки затихли, ласкаясь, а вскоре отлетели и в полное забытье; я набросил на них шубейки и отправился собирать трофеи. Моя безмятежная крестьянская жизнь закончилась.

Когда вернулся, увидел, что дверца приоткрыта и единственная мало-мальски оклемавшаяся подруга несется, спотыкаясь, через снежную целину вниз, к деревне. Выругавшись сквозь зубы, запрыгнул в кабину, мельком оглядел «поле битвы» — чисто. Хлопнул дверцей, повернул ключ, выжал сцепление и уже через минуту нагнал беглянку. В свете фар девушка выглядела словно заколдованная лесная королева из скандинавских сказок: полы шубки распахнулись, открывая загорелое нагое тело, сильное и гибкое; на ногах — красные полусапожки; густые и длинные светло-русые волосы разметались, огромные глаза казались еще больше на искаженном отчаянием лице, а расширенные страхом и наркотиком зрачки делали ее взгляд взглядом лесной колдуньи.

Я аккуратно тормознул — тяжелая машина вполне могла заюзовать и размазать девчонку по твердому насту под свежим снежком, — распахнул дверцу:

— Залезай!

Девушка отчаянно замотала головой, попятилась, запнулась о полу шубы и ахнулась спиной в снег; подобрала шубку, укрыв наготу, и осталась сидеть на снегу загнанным соболем. Я бы и не препятствовал, если бы был уверен, что она самостоятельно и быстро доберется до деревни, но и пьяный человек способен плутать часами в трех соснах, а обколотая девчонка вполне могла заблудиться на снежной целине и замерзнуть насмерть: шубка на голое тело — плохая защита от двадцатиградусного мороза.

— Залезай, говорю! — гаркнул я.

Девчонка продолжала сидеть недвижно. Я потерял терпение, выпрыгнул, наклонился к ней; она попыталась было отбиться ногтями, но две хорошие оплеухи заставили барышню обмякнуть; перехватил ее поперек талии, забросил на сиденье, запрыгнул сам, захлопнул дверцу, заблокировал замки. Взревел стартер, словно почувствовав мое настроение, и машина рванула с места под семьдесят.

Девушка сидела скукожившись, как воробушек.

— Как тебя зовут? — спросил я.

— Что?

— Как твое имя?

— Таня... — прошептала девушка, подняла на меня полные слез глаза. — Вы... Вы меня... Нас... Убьете?

— Да что я, псих?

— Но вы же убили этих...

— Вот уж нет. Охота была честной. И на ней имел место групповой несчастный случай. Обколотый белобрысый перестрелял товарищей по потехе: одного — из пистолета, другого — из дробовика. Такие дела.

— А вы убили Вадима...

— Так этого симпатягу-херувимчика звали Вадим?

— Да. Вы убили его?

— Юноша поскользнулся и свернул себе шею, — произнес я настолько равнодушно, что удивился сам себе. Может быть потому, что поскользнулся этот парень уже давно? Ведь когда летишь в бездну, шею свернешь обязательно.

Девушка снова взглянула на меня мельком и снова уставилась в темное ветровое стекло, за которым навстречу нам неслась ночь.

— Кто вы такой? — спросила она тихо.

— Прохожий, — пожал я плечами, подумал и добавил: — Странник.

— А куда мы едем, странник?

— Понятия не имею. Это вы скажите, куда мы едем. Не мог же я высадить полуголых и полуживых барышень в снег. Так что заказывайте, Татьяна. Доставлю, куда скажете. Если, конечно, не на Капри.

— А вот на Капри я бы сейчас поехала.

Про себя я вообще молчу. Вспоминаю события нескольких последних месяцев и делаю грустный вывод: до Капри мне сейчас даже дальше, чем до Господа Бога.

Глянул в зеркальце на подружек на заднем сиденье: они безмятежно сопят в четыре ноздри, обнявшись; в салоне тепло, шубки соскользнули на пол, и две спящие голенькие нимфетки выглядят ох как соблазнительно!.. Ну а если учесть мое более чем двухмесячное спортивно-трудовое аскетирование... Кое-как перевел дух, уставился в ветровое стекло.

Но сдержанный вздох мой не остался незамеченным соседкой справа. Взгляд ее темных глаз расчетливо затуманился, губы полуоткрылись, шубка невзначай распахнулась... Она повернулась ко мне:

— Послушайте, странник... Я вижу, вы...

— Не отвлекайте водителя во время движения, милая барышня. Помните памятку на дверях кабинки в троллейбусах? А то въедем в кювет, и кувыркаться нам там долго и несчастливо.

— Просто... Если вы хотите...

Губы девушки словно спеклись разом, опаленные жаром, щеки порозовели, глаза заблестели, дыхание сделалось неровным, выдавая едва сдерживаемое желание. Приятно, конечно, когда тебя жаждут так страстно и непосредственно, но я не стал скоропалительно относить сие исключительно к своим мужским чарам.

А нервозность спутницы росла, равно как и моя собственная. Чтобы как-то отвлечься, открыл бардачок. Ага, полный джентльменский набор: два пакетика с зельем, причем в одном — точно героиша почивает, без дураков; пулеметная лента одноразовых шприцев, патронташ импортных презервативов всех фасонов, расцветок и модификаций, какой-то ненашенский пульверизатор, судя по раскраске и картинке, спасающий страждущих от скоротечной импотенции. Красиво жили покойные, здоровьишко берегли, а нервишки наркотой да излишествами нехорошими потрачивали. Вот и потратили на нет.

Меня же более всего заинтересовали две непочатые бутылочки: плоская чекушка «Смирновской» и квадратная емкость с «шотландской лошадью». То ли оттого, что давненько не сиживал за рулем, то ли от напряжения момента, захотелось это напряжение снять самым дедовским способом. Но голос разума шептал: за ночь нужно удалиться как можно дальше от супостатного места.

А девушка Таня тем временем отогрелась в салоне, скинула напрочь шубку, забросила ногу в красном сапожке на приборную доску... Как там у Пушкина? «И стройной ножкой ножку бьет...» Какой уж тут здравый смысл? Да и всякому терпению бывает предел. И не записывался я никогда в ангелы, архангелы и прочие серафимы!

Кое-как направил машину с дороги, проехал в глубь сквозного лесочка, чувствуя, как кровь молоточками колотится в виски... А барышня уже распечатала иноземное каучуковое изделие и скользнула вниз...

...Музыка грохотала стремительно, наши тела сливались в ее безудержном ритме, а девчонка кричала, впивая ногти мне в спину, и только гимнастерка спасала меня от существенных ранений. Ее азарт и страсть были ненасытны и беспредельны; я же, утомленный вынужденной праведностью, отставал от нее ненамного. Редкие периоды расслабленной лени сменялись новым возбуждением и новым подъемом туда, на заоблачный пик экстаза...

...А потом мне казалось, что лечу в бархатном молоке теплого летнего тумана, будто после грозы, и росные луга стелются где-то внизу, и на них пасутся долгогривые кони, и ветер едва шевелит осоку в тихой речной заводи, а на песке стоит девушка и расчесывает частым гребешком влажные пряди волос... А я летел все выше и выше, невесомый и легкий, и теперь меня окружала лишь лазоревая синева неба, пропитанная желтым солнечным теплом... Я вытянул руку, желая ощутить упругость проносящихся воздушных струй, и — проснулся.

— Счастливый... — услышал я голос.

— Что?

— Счастливый, — повторила девушка. — Ты улыбался во сне. Что тебе снилось?

— Я летал.

— Ну надо же! А ты, случаем, не шировой?

— Нет.

— Везет. Полетать во сне, и потом — никакого кумара.

— Сколько я проспал?

— Недолго.

— Час?

— Нет. Я успела выкурить сигарету. Или две.

Девушка куталась в ту же шубку.

— Тебе не жарко?

— Теперь нет. Знобит.

— Эфедрон?

Она кивнула.

Память заработала, послушно выдавая на «корочку» информацию. Эфедрон. «Наркотик любви». Раскрепощает, снимает моральные запреты и делает горячечную плоть «венцом творения». Применяется богемной молодежью и сочувствующими гражданами при организации группешников и прочих оргий. Дамам дает почувствовать не столько силу своей притягательности, сколько возможность ощутить нескончаемый «кошачий» оргазм, бурный и продолжительный. Втемную популяризируется видными сексуальными газетенками, кои только вскользь говорят о последствиях: привыкание идет дольше, чем к тяжелым, жестким наркотикам, но с той же неотвратимостью; главное последствие, помимо кумара, пожизненная тяжелейшая депрессия, кончающаяся суицидом. Сиречь самоубийством. Такие дела.

— Девчонки ширялись тем же?

— Они помешали. Эфедрон, кокаин...

— Странная смесь.

Она пожала плечами:

— Кому что нравится.

— И шампусиком отполировались?

— Самую малость.

— И все?

— И все.

— А героин?

— Я не пробовала. Ребята им догонялись. Я правда не пробовала.

— А эфедрон часто практикуешь?

— Твое какое дело?! Ты еще спроси, часто ли ноги раздвигаю! А что в этой нищей провинции еще делать?

Я пожал плечами:

— Любить.

Таня сникла:

— Некого.

— Так уж и некого? Хороших парней нет?

— Хорошие есть. Только через пять—семь годочков эти «хорошие» превратятся в обрюзгших алконавтов. Так что я уж свой век бабочкой доживу, — Таня усмехнулась, но очень невесело, — если не свернут шею раньше. — Посмотрела на меня: — Можно я выпью?

— Конечно.

Отработанным движением она отвернула пробку с бутылки виски, покопалась в бардачке, извлекла стаканчик. Налила до краев, выпила залпом, налила второй и так же быстро опустошила. Закурила сигарету и откинулась на сиденье.

Глава 53

Я взял бутылку и последовал ее примеру, правда, пил прямо из горлышка.

— Кто эти ребята? — спросил я.

— Какие ребята? — не сразу отозвалась девушка: алкоголь подействовал на нее мгновенно, она разом обмякла, а лицо стало жалким и потерянным.

— Хозяева машины.

— Дошло наконец?

— Что именно?

— Ты думаешь, укокошил мелких сопляков, бандитов?

— А они были крутые мафиози?

— Дурак. — Она быстро налила себе еще стаканчик, выпила содержимое. — Просто мне теперь некуда возвращаться. И Ларе с Машкой тоже. По твоей милости. — Девушка вздохнула. — Ты укокошил сына председателя Кленовского горсовета, понял?

Чего ж тут не понять? При хорошей постановке потянет на теракт. Так что сообщение меня не обрадовало. Но и огорчило не слишком. Все это то ли будет, то ли нет. Где я и где будущее? То-то. Да и что это добавит к моим грехам?

— Начальственный сынок — это блондин?

— Да.

— А дружки?

— Они к районной «золотой молодежи» не относятся. Так, шушера.

— И велик ли город этот Кленовск?

— Велик или мал, а нас с девками теперь возьмут в оборот.

— Бандиты?

— И бандиты, и менты... Не вижу я в наше обормотное время между ними особой разницы.

— А вот это напрасно.

— Ты лучше скажи, странник, что нам теперь делать?

— Уехать.

— Куда?!

— Мир велик.

— Велик... велик... — Таня уронила голову на руки и залилась слезами. — Он-то велик, да кому нужны три девки-недоучки в этом великом мире? Это для тебя, может, мир и велик, а для нас он — как барак за забором. С колючкой и вышками по углам.

— А по шубейкам этого не скажешь.

— Фантики. Обертки для конфеток. К тому же — жалкая греческая дешевка.

— Но мех-то настоящий?

— Угу. Только что мы, пумы, чтобы жить теперь в этом меху да в зимнем лесу?

Поскольку вопрос был риторический, то, вместо ответа, я приложился к матерой квадратной бутылке и отхлебнул изрядный глоток доброго шотландского виски. Ибо ничего утешительного барышням пообещать не могу: если с ними заберут, то со мной — точно не отпустят. Да и... Все мы несем ответственность за собственную жизнь с младых ногтей, и в один прекрасный понедельник начать новую еще никому не удалось. Я не фаталист, но лучшее, что могу сделать, — это вернуть барышень на круги своя или, по желанию, вытащить их из опостылевшего Кленовска и опустить на материк, именуемый «земля». А дальше — вольному воля. Вот только... Всегда есть выбор: поступиться свободой ради безопасности; а свобода — это как раз то, чем люди охотнее всего жертвуют.

Девушка молчала, отрешенно глядя в ведомую ей точку на ветровом стекле. Ей предстояло принять решение, а делать это она, живя в образе ночной бабочки, совершенно отвыкла, если вообще умела когда-нибудь. Ибо как раз за собственным решением следует ответственность, которую нельзя переложить ни на кого. Даже если все сложится не просто неудачно, а из рук вон плохо. Испорченная, незадавшаяся жизнь для многих часто и беда небольшая, если можно обвинить в этом родителей, пьяницу мужа, семью и школу. Мазохистское удовольствие, получаемое от созерцания собственного «невиноватого» ничтожества, вполне компенсирует многим все остальное.

Татьяна докурила сигарету, решительно ткнула бычок в пепельницу:

— Ладно. До Лесоозерска подкинешь? Четыреста кэмэ.

— Даже с гаком.

— Ну так как?

— Взялся за гуж — полезай в кузов. Народная мудрость.

— У меня там родители. У девчонок — мужья. В Кленовске мы учимся заочно. В торговом колледже. Перекантуемся.

Закатывать глаза и причитать по поводу того, что почивающие на заднем сиденье голые красотки оказались замужними дамами, я не стал. Красиво жить не запретишь, даже после расписаловки в ЗАГСе. Единственное, что меня смущает, — вряд ли мужья примут супружниц в лоно семьи с непосредственной радостью, если заявятся они в чем мать родила. Ну да как гласит предание, Господь дал мужу глаза, чтобы тот мог взглянуть на художества жены во всей первозданной наготе, а лукавый даровал жене язык, способный убедить вышеупомянутого мужа в том, что все произошло не токмо исключительно по его вине, но делалось всецело для его пользы! Пусть с этим спорит кто угодно, только не я!

— Бензина хватит?

— Там, под брезентом, канистры три заныкано.

— Раз так, поехали.

Четыре сотни километров я отмотал за пять часов, благо ночная дорога была пустынна. И в славный город Лесноозерск въехал по указанной мне Таней объездной, чтобы миновать недремлющее око гаишного поста: навороченная тачка с иногородними номерами вызывает у служивых, помимо раздражения, еще и зуд в ладонях. Понятно, кое-какие деньги были: я реквизировал у покойных не только оружие. Но нарываться лишний раз — зачем?

Расставание с попутчицами прошло ровно и без осложнений. Проснувшиеся подруги выглядели помято и мутно таращились в скупо освещенное пространство вовне, пытаясь разобрать, где находятся и куда подевалась развеселая компания дружков; Таня не стала их посвящать в особенные детали; когда подъехали к одинокому деревянному частному дому за добротной оградой, барышня дала знак тормознуть, слетала на разведку, вернулась:

— Все замечательно. Предки на работе, брат — в школе.

Подруги, озираясь на меня боязливо, последовали за девушкой. Таня вернулась через несколько минут:

— Может, зайдешь?

Я покачал головой:

— Не могу.

Протянул ей пять сотен с портретом Франклина.

— Нет! — замотала она головой. — Неужели ты думаешь, что ночью я...

— Примерным супругам на обзаведение. Не являться же им к мужьям неглиже, в самом деле.

Она только кивнула понятливо. Сказала:

— Подожди минутку.

Вернулась минут через пять, зато с целым свертком бутербродов и термосом горячего кофе:

— Держи. На дорогу. — Посмотрела на меня долгим взглядом, произнесла: — Знаешь, странник... А ты действительно странный. Удачи тебе. — На глазах ее заблестели слезинки.

— Ты чего, курносая?

— Ничего. Просто жалко. В кои веки встретишь хорошего человека и... Как не было ничего. — Она сморгнула слезинки, чмокнула меня в губы, произнесла едва слышно: — Прощай.

Я развернулся и дал по газам.

Выехав за городскую черту, загнал машину в подлесок так, чтобы не было видно с дороги, отхлебнул изрядную порцию виски, зажевал подаренным бутербродом. В какие края теперь подаваться, я не имел ни малейшего понятия. Усталость навалилась тяжким покрывалом; в любом случае, чтобы принять мало-мальски разумное решение, следовало хорошенько выспаться. Это я и собирался сделать.

Оставил печку включенной: действительно, бензина было достаточно, а спать в остывающей машине — удовольствие сомнительное. Перебрался на заднее сиденье, свернул бушлат, подстелил под голову. Закурил.

Истерзанную, прилипшую к полу газету поднял скорее машинально; ну да, тридцать три удовольствия: и теплый салон, и отменное виски, и ненавязчивая музычка... Для полного счастья — только почитать перед сном. Здоровым и детским. Что-нибудь необязательное, о пришельцах или там о говорящих осьминогах...

Мечты не осуществились. Едва я перелистнул страницу, томная нега растворилась быстрее, чем рафинад в кипятке. Заголовок оригинальностью не блистал: «Скандал в тихом омуте». А дальше... Борзый журналист, сокрушаясь через строчку об утрате национального достояния и коррумпированных чиновниках в московских коридорах власти, сообщал ставшее привычным: контрольный пакет покровского завода «Точприбор» за не подтвержденные высоким независимым аудитом денюжки, почти даром, отходил к некоей компании с неудобоваримым названием... Далее шли завывания о чести, достоинстве, безработице и прочих вещах, оскомину набивших.

Для меня важным было другое. Намеки автора статьи на те фигуры, что реально стояли за сделкой купли-продажи лежачего и кастрированного детища советской оборонки. В сочетании с рассказом Петровича об отдельно стоящем цехе и хранящемся в его недрах бесценном ноу-хау... Хм... Вот я и нашел свой «чемодан». Понятно, без ручки.

С этими невеселыми мыслями я и уснул. А когда проснулся, никакого тумана не было. Дорога у меня была одна: в Покровск. Там сейчас соберутся «все заинтересованные стороны». Ну а раз так... Останется только взять за хобот кого-нибудь из высоких подписантов и огорчать действием до тех пор, пока я не узнаю, кто приказал убить Диму Круза. И кто — исполнил порученное.

Пришедший в голову план был полным ребячеством и чистой авантюрой, но что в нашей стране вообще удавалось за последние десять лет, кроме авантюр? Времени нужно соответствовать.

Я запрыгнул в кабину, вырулил на автостраду и пошел под сто. Из динамиков стереосистемы ревела лихая разбойничья песня — шедевр местной радиостанции:

> На запад бежали шальные кони
> В азарте хмельного тепла и света
> Назад, в одичалой, пустой погоне
> За Солнцем, хранящим июль и лето!
>
> А звери ничком забирались в норы,
> В запасы, в покой и в складки жира.
> На воле студеной — бродяги и воры,
> Им жалко проспать цепененье мира!
>
> А кони летели с надеждою скорой
> На спелый, черешневый запах лета,
> А звери ничком забирались в норы,
> Хвостов шелковистых неслись кометы!
>
> Как холодно, зябко у края бездны,
> Как зарево жарко у края неба!
> Роняя огонь от подков железных,
> Уносятся кони в степную небыль![1]

Я же в небыль не собираюсь. Потому что хочу победить. И — остаться в живых. И чувствую на душе полный покой. Когда собираешься станцевать танго с огнем, душа должна быть чистой и невесомой, как свет.

---

[1] Песня Петра Катериничева «Шальные кони».

Часть шестая

ПЕРЕКРЕСТНЫЙ ОГОНЬ

Глава 54

Геннадий Валентинович Филин смотрел из окна второго этажа особняка на облетающую листву. А в голове крутилась и крутилась мелодия, привязавшаяся сегодня с самого раннего утра: «Никого не пощадила эта осень, даже солнце не в ту сторону упа-а-ало...»

Сегодня утром голова начала болеть сразу по пробуждении. Почти ежевечерне Филин давал себе слово хоть как-то заботиться о своем здоровье, но утро начинал с выкуривания сигареты, за кофе выкуривал еще две, за просмотром корреспонденции — еще... Порой, глядя в подмосковный парк, он жалел, что не родился листом... Была в этом какая-то непостижимая тайна: в падении золотого листа с берез... Как и в закате солнца... Торжественная, неисповедимая тайна увядания, ухода, возможно, перехода в иную жизнь, понять которую здешним мирским не дано... Почему уход человека не столь же прекрасен, как заход солнца? Или мы что-то перепутали в этой жизни?..

Когда такие мысли настигали, Филин пугался: вдруг замирал, встряхивал головой, прогоняя наваждение... Когда-то, подростком, он писал стихи; с годами не просто стеснялся этого, как слабости, но тщательно собрал все рукописи и уничтожил. И все стало на свои места. Лишь иногда тоска, возникающая словно ниоткуда, из каких-то неведомых глубин души, пронзала острой иглой, будто просвистевшее время, — навылет.

И в такие минуты Филину казалось, что он прошел мимо себя, прожил другую, чужую жизнь, а его собственная осталась где-то далеко, вне его теперешнего черно-белого мира, там, где трава оставалась зеленой, вода — голубовато-прозрачной, небо — бездонно чистым, а солнце — золотым, как высвеченный прощальным теплым лучом лист...

Да и время в разном возрасте идет вовсе не одинаково. Эйнштейн именно это утаил в своей теории. Когда-то день был длиною в год, теперь год длиною в день... Вот люди и обманываются с самой юности. Когда им двадцать, они думают, что впереди еще три-четыре жизни... Похожие на сказки... А когда человечек опомнится, глядь, солнышко скрылось уже за горизонтом, и лишь последние лучи окрашивают небо... Сиреневым... «Никого не пощадила эта осень...»

Когда он подмял под себя собственную жизнь?.. Зачем он это сделал?.. Теперь судить поздно. Да и — не судите...

Филин отошел от окна. Стол, где в безукоризненном порядке лежали оставленные к изучению бумаги, и его гладкая, матово-черная поверхность успокаивали. Все становилось на свои места, словно в формулу подставили цифры и решение сошлось с ответом. Тревожащая магия окрашенных золотом и багрецом листьев осталась там, за окном. И стала казаться просто наваждением. Одним движением Филин закрыл жалюзи наглухо, резистором отрегулировал мягкое искусственное освещение в комнате, сделавшей ее похожей на бункер. Но жизнь — это и есть бункер; каждый защищается как может, строит вокруг себя стены, барьеры, башни, чтобы остаться неуязвимым для других и — господствовать. А вся эта чепуха из желтых листьев и первого снега — для голодных оборванных шизофреников, называющих себя творцами: их гордыня по сравнению с апломбом политиков или амбициями служивых — как вавилонская башня над пятиэтажками... Филин вспомнил свои юношеские ночные посиделки за стихами... Неправда, что рукописи не горят... Огонь, очищающий огонь, он единственный смог покончить со слюнтяйством и хлюпничеством ранней юности. И освободить время действию. А действие рано или поздно превращается во власть. Одно жаль: время течет неодинаково и необратимо. Хотя и к этому, в конце концов, привыкаешь.

Филин уселся за стол и сразу обрел душевный покой. Кажется, это было в сериале Юлиана Семенова? «На столе его лежали чистые листы бумаги, и это вносило в его жизнь какой-то смысл». Это о Плейшнере: доктор был бедолагой-романтиком в мире циников, поэтому и кончил так грустно и нелепо, проломив фонарь подъезда и вывалившись на мирную мостовую. В шпионаже любители долго не живут. Хм... Жизнь странная штука: она не прощает цинизма отрочества так же, как и романтизма зрелости. Всему свой срок.

Ему, Филину, опостылело все, и прежде всего — опостылело служить. Как и играть во все эти взрослые игры, называемые разведкой, контрразведкой, бизнесом. Он всегда стремился сыграть на себя, но система была простой, извращенной и изобретательной одновременно: власть имущим со времен ОГПУ нужны были умные профессионалы, готовые таскать каштаны из огня, но страх перед умными профессионалами был столь силен, что властные олигархи без устали и труда натравливали друг на друга силовиков, блестяще владея лишь одним безусловным умением — умением предавать. И постепенно, за десятилетия, воспитали профессионалов, способных делать это лучше их.

Но система была отлажена почти до совершенства; построенная по принципу изолированных отсеков, кубриков подводной лодки, где каждый внимательно отслеживал действия соседей во имя «сохранения живучести судна», государственный корабль казался непотопляемым. Он и был таким, пока капитаны и старшие офицеры не покинули борт первыми на скоростных мотоботах, предварительно сгрузив все имущество и запродав все, что можно и чего нельзя: от ракетных установок до кожаных диванов из кают-компании, до последней гайки в переборке, до последней ленточки бескозырки.

Тогда, десять—пятнадцать лет назад, Филин занимал слишком невысокое положение в системе, чтобы суметь урвать хотя бы кусочек с барского стола, а подбирать крошки... Не мог. Сказывалась разница между теми, кто служит, и теми, кто прислуживает. Вторых ценили партийные бонзы, первых оценили новые олигархи. Им нужны были свои системы, подобные гранитному Комитету. Они не учли лишь одного: раствором для соединения громадных глыб гранита Лубянской твердыни служила особо прочная смесь из крови, страха, гордости за Отечество, долга, закона, традиций, корпоративности, чести... Ингредиенты этого раствора подбирались даже не десятилетиями — веками. А олигархи решили строить замки своих спецслужб лишь на деньгах. С примесью крови.

Потому и получили вместо замков — избушки на «ножках Буша». Они могли достойно соперничать друг с другом, но были бессильны против спецслужб государства — нищих, но гордых.

Сейчас у Филина не осталось романтической гордости бедных, а прагматическую спесь олигархов в такой стране, как Россия, он считал обреченной по определению: общий аршин никогда здесь ничего не мерил. Но сыграть на этой спеси он решил всерьез.

Да и обидно. Обидно найти клад, золотое дно, и принести его хозяину, гладкому мальчонке-комсомольцу, ныне — банкиру и олигарху, на блюдечке с голубой каемочкой. Как в том фильме? «Андрюша, ты хочешь миллиард?» — «Хочу!»

Конечно, Андрюша схарчит миллиард и не подавится, и потреплет верного джульбарса Филина по загривку и бросит сахарную косточку... Потом еще одну. Может быть, даже еще... Чтобы подсластить путь на живодерню.

Филин хмыкнул еле слышно, выдвинул яшик стола, достал пачку фотографий, сложенных как колода карт. Разложил на столе в определенной последовательности. Полюбовался. Вот он, Хозяин. Олигарх. Этакий римский цезарь, этакий античный бог...

Короли, шестерки, тузы... Римские цезари, античные боги... У латинян туз изображался буквой «А» и означал «ас», мелкую разменную монету. Вот именно, мелкую и разменную... Которая била королей и королев, не говоря уже о служивых, ибо только деньги создают иллюзию полной и неограниченной свободы, только они позволяют власти питать и жестокую покорность центурионов, и агрессивную энергию черни.

Вот только теперь в его, Филина, колоде появилась новая карта: джокер. Сработанный на цветном принтере с тысячедолларового банкнота портрет Стивена Гровера Кливленда. Более сильного игрока ни в одной колоде нет. Да и не было никогда. Каждого из господ олигархов можно считать и тузом, каждый — этакий Человек Денег. Но не сами Деньги: эту роль в колоде Филина выполнял теперь Джокер, тысячедолларовый президент Кливленд.

Неожиданно взгляд Филина упал на завалявшуюся в ящике стола фотографию Дронова: ну а этот тогда — Человек Дождя. Дурак. Которого играют все кому не лень. Попавший в колоду волей идиотского случая или кого-то из Людей Денег и так же запросто отставленный из этой игры. В ящик. Хотя...

Если вспомнить карты Таро, там целых два дурака. Только один — действительно дурак, как бы его назвать по-русски... Ну да, Хромая Судьба. А другой — Балаганный Шут, Шпильман, Джокер! Так кто из них — Человек Дождя?

Озорства ради Филин положил рядом фотографии Кливленда и Дронова. Усмехнулся. Джокер из них только один. Тот — с тремя нулями после единички. Филин сделал ставку именно на него. Когда играешь на себя против всех четырех тузов, нужна только победа. И ничего, кроме нее.

А Человек Дождя — вообще карта из другой колоды. Или — из другой игры, в которой на деньги не играют.

Одним движением Филин смахнул фото Дронова обратно в ящик.

Снова разложил свой пасьянс. Какое-то невероятно-сладостное чувство было в том, как легко под его руками меняют свое положение людишки, именуемые «сильными мира сего». Филин понимал, что это азартное, ни с чем не сравнимое ощущение реальной власти, своей возможности *влиять,* дает ему только близость к этим самым «сильным», к их деньгам и их тронам, позволяя ему манипулировать и тем и другим. Потерять это он не желал, и продолжал бы банковать, если бы не страх заиграться.

Да. Это азартно. Но... Где-то в другом особняке другой банкомет тоже тасует колоду, где и он, Филин, представлен, и не важно, королем ли, валетом или шестеркой. А важно то, что игроки собрались не для того, чтобы получить удовольствие от игры: они играют на деньги. И ставки огромны. При такой игре потрепанную колоду меняют целиком.

И его, Филина, с его блестящими мозгами спишут в утиль по-бухгалтерски: ни злобы, ни сочувствия, ничего. Как поношенную мебель.

Филин всегда отличался чутьем на ситуацию. Он понимал, что сейчас, когда в стране прошел тихий верхушечный переворот, когда началась новая «сдача», он сможет соскочить. С такой суммой, что... Как в старом кино про итальянцев и клад: «Андрюша, ты хочешь заработать миллиард?» Миллиард — много, таких ставок нет ни в одном казино, а вот на ста миллионах — договорились. Сто миллионов. Вот только не вшивых итальянских лир, а полновесных долларов! Именно таковы ставки! И заплатить их может только один человек, самый богатый человек мира, гений компьютеризации всея Америки и сопредельных территорий! И он заплатит эту сумму, потому что только он один сможет превратить полученное взамен в миллиарды, десятки миллиардов долларов! И — станет на планетке самым недосягаемым Человеком Денег.

Ну что ж. У всех — свои игры и свои развлечения. И если у богатых свои причуды, у сказочно богатых — и причуды сказочные. Тебе придется тряхнуть казной, друг Билли, и высыпать на стол десять тысяч таких вот Гроверов Кливлендов. Естественно, номерными сертификатами «Майкросолта» по сто штук Гроверов каждый. Естественно, на предъявителя. Это талант бесценен и бесплатен, ибо от Бога. А вот за мастерство надо платить.

Филин, не торопясь, собрал фотографии в колоду. Всему свой срок. Но для каждого действия необходимо волевое усилие. Когда-то, еще мальчишкой, Филин впервые проявил волю: собрал свои игрушечные пистолеты, солдатиков, машинки и — отдал соседскому мальчишке. Хотя ему еще год или два хотелось играть. Потом так же поступил со стихами. Ибо романтическим бредням пришло время сгореть. А сейчас... Скоро придется и о душе подумать. А о душе лучше думать у теплого моря, рядом с загорелыми голенькими красотками... Не имея иных забот, кроме как о душе. И имея для того досуг и скромный счет, состоящий из единички. Зато с восемью нулями.

Да и... Он, Филин, найдет свою игру и там, на лазурных берегах. Возможно, рядом с нынешней игрой в России это попервоначалу покажется ему старческим покером «по копеечке» в доме для престарелых, тем более что светить свой не вполне праведно обретенный капитал он не сможет. Да и рисковать им не будет. Но... У той партии будет существенное преимущество: карты покропит он сам. И тузов у него в колоде будет столько, сколько ему захочется. А что до азарта... Эти латинос могут играть азартно даже по пустяшным ставкам, игра на деньги слишком легко переходит в игру на кровь, которая в бананово-кокаиновых республиках льется еще обильнее, чем в России.

Геннадий Валентинович Филин встал, подошел к окну, чуть раздвинул жалюзи. Теперь облетающая листва не казалась ему ни волшебной, ни полной таинства: так, линялые тряпки, которые скоро превратятся в прах. В ничто.

Филин вернулся к столу, взял горку фотографий, подошел к камину и бросил свою отыгранную колоду на теплющиеся густо-малиновым угли. Сначала глянцевые квадратики лежали спокойно, лишь слегка обугливаясь по краям, потом белый огонек пробежал по одному снимку, по другому... Одна за другой фото превращались в комочки обугленного праха.

На душе у Филина было покойно. «Никого не пощадила эта осень...» Лишь эта бездарная мелодия нудила и нудила, не вызывая уже ни сочувствия, ни жалости, ни тоски.

Глава 55

Геннадий Валентинович вернулся за стол; на нем не осталось ни единой бумажки. Нажал кнопку селектора:

— Панкратов прибыл?

— Да.

— Пусть войдет.

Взглянув на мрачное лицо помощника, Филин спросил, едва разлепляя губы:

— Плохие новости?

— Хуже. Никаких. Милый город Покровск замер по осени в полном столбняке.

— Вот как...

— Никакого шевеления. Первое время авторитеты еще суетились, но мой Кадет нашел с ними общий язык. Утряслось. А вот во власти... Губернатор сидит сиднем в своем загородном доме, словно обложенный медведь в берлоге. Илья Муромец хренов. Никаких предложений не принимает, никаких новшеств, никаких переговоров. Омут.

— По-твоему, он испуган?

— Непонятно. Но охрана такая, что... В Покровске сменился начальник УФСБ, с Купчеевым, в отличие от предыдущего, ладит.

— Кумовья?

— Никто не знает. На людях, на совещаниях — доверительно-корректные отношения, не больше. Да, у этого нового генерала целый выводок своих людей — привез с собой. Губернатору лично и его загородной резиденции организовано еще одно кольцо охраны.

— Купчеев активен?

— Пес его разберет. Вроде и сидит у себя тише воды ниже травы: из загородного дома в свою администрацию и обратно. Ничего не вижу, ничего не слышу... В Москву мотается не чаще обычного, но и не реже. Телефонные же переговоры мы не контролируем никак. Да, в столицу катается исключительно колесным транспортом и под почетным эскортом. У меня сложилось впечатление, что...

— Он умный, — перебил помощника Филин. — Умный функционер. Вот и *функционирует*. Сейчас время работает на него. Ты отдаешь себе отчет, что нынче осенью в стране произошел переворот?

— Естественно.

— Вот и он не ребенок. И к тому же опыт — штука незаменимая. А что говорит ему опыт? Сиди и не отсвечивай. Купчеев пересидел в свое время, как минимум, трех царей: Брежнева, Андропова и Горбачева. Глядишь, и нынешнего переживет. Так?

— Так.

— Да... Сейчас время работает на него. Заводишки, которые под ним, он не упустит. И хочет получить свою цену. Полную цену.

Филин закурил, прищурился от попавшего в глаза дыма. Вернее, он нарочито давал попасть дыму в глаза: курение давно превратилось из привычки в ритуал, и это легкое пощипывание было приятным. Как многие заядлые курильщики, от исполнения ритуала он получал удовольствия едва ли меньшее, чем от насыщения организма никотином.

Сейчас он думал. Пока Степан Ильич Панкратов работает на олигарха, а он, Филин, давно на себя, могут возникнуть... э-э-э... разночтения в подходе к проблеме. Так или иначе, Ильича нужно посвящать. Вернее, вербовать. Жестко и быстро. Или он, воспитанный годами взаимопроверок, пойдет и изложит свои соображения в отделе собственной безопасности концерна. Это будет совсем скверно.

— О чем кумекаешь, Ильич?

Панкратов пожал плечами:

— Наше дело служивое.

— Что тебя беспокоит?

— Только одно: я не понимаю цели основной операции. И ее сути.

— Чего ж тут не понимать? Времечко поменялось, патроны на верхах занялись своими верхними делами... А нас пока пустили на самотек. Ждут-с. Разумно.

— Разве мы не знали о будущих напрягах и не учитывали их при подготовке действа? Давайте не будем лукавить, Филин. Я для этого слишком стар.

— Скорее, опытен.

— Пусть так. Хватит обнюхивать друг друга, как псы в стае.

— Пусть так, — в тон ему повторил Филин. — Что ты хочешь знать, Ильич?

— Знать я ничего не желаю, — не сдержался Панкратов. — Я — служилый пес на длинном поводке. И ничего иного, как гонять дичь, в этой жизни не умею. Мне нужна постановка задачи или подтверждение ее отсутствия. Как там у космонавтов? «Все системы функционируют в рабочем режиме».

— Лукавишь?

— Самую малость.

— И ты поверишь в «рабочий режим»?

— После проведенной «артподготовки» такого масштаба — нет. Но что это меняет?

Филин внимательно посмотрел на Панкратова:

— Хорошо. Ты осторожен, как колдун на углях. Ильич, что тебе более импонирует, игра или покойная старость?

— По возможности — и то и другое. Мы оба алкоголики, наркоманы игры. От покойной старости сыграем в ящик куда быстрее, чем от пули. Истрепанным за жизнь нервам нужен допинг.

— Ну что ж... Я рад, что в этом ты откровенен со мной. — Филин не спеша достал из коробки сигарету, прикурил, прищурился: — Я готов сделать тебе предложение.

— Которое я не смогу отклонить?

— Именно так.

— Если я правильно понимаю, я не смогу и не выслушать предложение?

— Ты правильно понимаешь. Обычно достоинства людей — их же недостатки. И наоборот. Ты слишком умный, Ильич, чтобы уйти отсюда живым после нашего разговора, если не примешь новые реалии, как выражался Меченый.

Желтые, тигриные глаза Панкратова прищурились, как у затаившегося зверя.

— Я вовсе не желал тебе угрожать, Ильич. Просто констатирую факт. Так сказать, вношу полную ясность. Ты же профессионал, поэтому изволь понять правильно.

— Я все понимаю правильно, Филин. Вот только капканов не люблю.

— А кто любит? Но жизнь такова, что все мы... — Филин махнул рукой, но не сокрушенно, а скорее так, словно привычно отгонял назойливую муху. — Как бы ты поступил на моем месте? Аналогично. Факт. Ну а играть в пионерские клятвы и прочие советы дружины поздновато. Ты ведь все понял.

— Насчет твоей игры?

— Да.

— Не все. Только то, что ты ее ведешь. И довольно давно, — произнес было Панкратов, да запнулся, замолчал, показал взглядом на стены.

Филин рассмеялся искренне, от души:

— Нет, родная контора умела воспитывать кадры! Деловые разговоры не вели даже под журчание струй в поселковом зачуханном сортире! Не бойся, Ильич! Как говорили в деловых семидесятых: «Все схвачено». Да и мой характер ты знаешь: я отличаюсь скорее крайней недоверчивостью, чем благодушием, рассеянностью или разгильдяйством. И «чистоту» сего кабинета блюду пуще, чем девица кавказской национальности — целомудрие. — Помолчал, спросил: — Итак, ты готов выслушать предложение?

— Да.

— Я хочу, чтобы ты понял, Степан Ильич, что в твоем положении ничего и не поменяется, кроме оплаты. Она возрастет существенно. Твой разовый гонорар за эту, конкретную операцию составит... — Филин не удержался от того, чтобы сделать театральную паузу: — один миллион долларов. Как цифра?

— Хорошая.

— Ты хочешь узнать, сколько получу я?

— Нет. Меня устраивает названная сумма. И... Хватит проверять меня на вшивость. Это как-то по-детски.

— О'кей. Нарекание принято. Тогда идем далее по тексту?

— Я хотел бы только одно уточнение.

— Да?

— Почему вы мне делаете предложение, вместо того чтобы... У вас, Геннадий Валентинович, карты на руках, и вы меня могли просто устранить «по ходу пьесы». Миллион — это солидные деньги.

— Но ведь «жизнь кончается не завтра», как пела милейшая Алла Борисовна лет двадцать назад.

— Никто не знает, когда она кончается.

— Но надеяться не вредно, не так?

— Так.

— Бог располагает, а человек предполагает. А также рассчитывает. Вот и я рассчитываю прожить еще лет эдак двадцать пять. А то и все тридцать. После проведения данной операции мне предстоит покинуть родную землю, и, признаться, сделаю я это без сожаления: надоело.

— Мне тоже?

— Естественно. А что мы с тобой умеем делать, любезный Степан Ильич? Только интриги строить, и ничего больше.

— Если это считать интригами...

— Я в широком контексте. И, как ты правильно заметил, без допинга действия мы с тобой скоренько одряхлеем и скопытимся. Ты следишь за моей мыслью? Прямой расчет: во-первых, устранять тебя неразумно, потому что мне нужно будет докладывать что-то патрону, а в отделе собственной безопасности те еще орлы, им тоже выслужиться хочется... А патрон, как ты знаешь, тратит на них самые кругленькие суммы, а порой и самолично любит вникать в мелочи и неувязки... В шпионов не наигрался в детстве, пижон! Во-вторых, закрутим мы с тобой на новых землях любезное сердцу и уму дельце: старый друг лучше новых двух, а? Складно излагаю?

— Как песня.

— И вот еще что. Время после госпереворота поменялось. Грядут новые реалии. Мы не то что не нужны более патрону, но... Боюсь, спишут всех нас, старичков. Чохом. И не на пенсион. Сам знаешь, Безуглов, что возглавляет собственную безопасность нашей службы, у патрона трется на постоянку, еще один, Лисин, что бабцов под олигарха кладет, тоже ему как родной стал... Это раньше подсиживание заканчивалось безвременным пенсионом с дачей и спецсодержанием согласно штатному расписанию. Сейчас времена лютые: спишут как хлам. То, что «проводы» проведут без сучка и задоринки у тебя, надеюсь, сомнений нет?

— Никаких. Наслышан о параллельном безугловском «отделе спецопераций». Ну да в конторе как в конторе, будь она частная или государственная: они нам — свою внедренку, мы им — свою. И живы пока, а, Геннадий Валентинович?

— Вот именно: пока. Сколько веревочке ни виться...

— А у слона конец — больше.

— Во-о-от. Ну а теперь к делу?

— Пожалуй.

— Кофейку, для тонуса?

— Выпью.

— С коньячком?

— Можно и с ним.

Филин подошел к шкафу, достал коньяк, рюмки, отрезал несколько долек лимона, посыпал сахарной пудрой. Подошел к столику, включил автоматическую кофеварку; через минуту две чашечки крепчайшего кофе дымились на столе.

— Ловко у вас получается, Геннадий Валентинович.

— Можем еще. Вздрогнули?

Коньяк оба выпили по-русски, глотком. Филин прихлебнул кофе, закурил очередную сигарету, подождал, пока Панкратов неспешно прикончит кофе. Весь ритуал был выверен до мелочей: человеку нужно было дать освоиться в собственном новом качестве, как и в новом качестве шефа, — десятилетия службы вбили истины накрепко. Пусть пока сделает шажок, крохотный, по этой лесенке...

Еще лет тридцать назад Филин для себя впитал очевидную, но далеко не всеми выполняемую истину: любому человечку, пусть он самый распоганый стукачок и ханыга, нужна для сердечной отмазки простая и незатейливая уверенность, что он не халявщик, а партнер. В нынешнем же случае так и обстояло на самом деле: Ильич был профессионалом, прекрасным профессионалом, Филин работал с ним пятнадцать лет, сначала в родной конторе, потом — на патрона. Причем оба они перетекли в концернову службу безопасности, что называется, по течению: их будто кураторы передали с контакта на контакт. Потом — разобрались, оба. В любом случае романтизм тогдашней юности испарился еще в конце семидесятых, и восьмидесятые—девяностые от здорового цинизма не отвратили, а, наоборот, прибавили оного. Пожалуй, оба, и Филин, и Панкратов, готовы были сделать ход деревянным троянским конем, но случай не подворачивался. Да и у Степана Ильича времени не было случай готовить; он был, что называется, человеком действия. У Филина же было и время, и связи, и возможности.

Панкратов, как профессионал, прекрасно понимал смысл «кофейно-коньячного» ритуала, но, как и любой ритуал, на эмоции в нужном направлении он действовал безотказно. Понимать — одно, чувствовать — другое. Эмоции первичны, факт.

Наконец он прикончил чашечку, смыл горький кофейный привкус микроскопическим глоточком превосходного коньяка, поднял спокойный взгляд, произнес, не скрывая иронии:

— Будем считать, декомпрессия прошла успешно. Я слушаю, Геннадий Валентинович.

— Ну и ладненько. Ты, я полагаю, за время бездействия уже уразумел истинный смысл операции?

— Теоретически. Наворотить десять бочек арестантов да губернского батьку запугать, чтоб не высовывался. Притом и для патрона хорошая отмазка: клиент созрел, несите ваши денюжки. А денюжек как раз и нет: кризис. А заводики тепленькие, считай, бесхозные: акции не котируются ни на грош, бери голыми руками, в коих, естественно, хрустящая зелень вложена в приятных таких купюрах.

— Да ты прямо поэт, Ильич.

— Я так полагаю, никакая покровская оборонка никому в работающем состоянии сдуру не потребна — из
тех, у кого деньги водятся. Нет, любой заводик завести
можно, если транснациональную корпорацию развер-
нуть, пристегнуть Украину, Казахстан или Белоруссию,
а то и все три державки, вместе взятые, не сами по себе,
естественно, а заинтересованных индивидов, способных
совместными усилиями ковать оружие и гнать его ба-
баям и банабакам из стран Южной, Юго-Восточной и
прочих Азий вместе с Африками. Но дело это многосту-
пенчатое, долгостройное, не враз. А вы, Геннадий Валентинович, торо́питесь. Какой отсюда следует вывод?
Заводишко кто-то хочет купить вовсе не затем, чтобы
тот взорлил соколом на о́ружейных рынках, а вовсе напротив: чтобы стопорнулся клятый конкурент, заткнулся навеки.

— Красиво излагаешь...

— Остается одно: за обеспечение прикрытия покупки такой рухляди мне, скромному труженику ствола и
убивцу-махинатору, гонорар в лимон зелени никто не
предложит. Вывод: что-то ценное или особо ценное за-
таилось в покровских заводских руинах... И статья там
светит особо значимая, как бы ее ни поименовали ныне,
по-старому она называлась просто: «Измена Родине».
Не так?

— Тебя беспокоит возможная будущая тяжесть соде-
янного? Пятно на совести «солдата империи»?

Панкратов усмехнулся невесело:

— Империя умела воспитывать, но... «Совесть» — не
совсем то слово. «Солдат империи» нашей с вами, Геннадий Валентинович, специализации оперировал другим понятием: «долг». А таковое осталось похороненным вместе с империей.

— Ты не веришь в будущее возрождение?

— В том-то и фокус, что верю. Но не потому, что
затюканный интеллектуал, бредящий николаевским ве-
личием образца девятьсот тринадцатого или восемьсот
двенадцатого года. Просто я знаю *систему*. Она — са-
мовосстанавливающаяся. Но...

— Да?

— В нашем случае система сработает однозначно, как боек револьвера. Тут вы не соврали, Геннадий Валентинович.

— Что-то твоя вступительная речь затянулась, Ильич...

— Господин полковник, дайте выговориться старшему офицеру, а?

— В отставке, Ильич, в отставке.

— Под патроном мы оба под хорошей «крышей», грехи можно воротить кубометрами, а как выйдем в самостийное плавание, на холод и на дождичек?..

— К чему ты клонишь, Ильич?

— Вот что, Геннадий Валентинович. Знаю я вас как крепкого мужика, что цену слову ведает даже в нашем специфическом ремесле. Но и вы меня, я думаю, не за сявку держите, извините за жаргон. А потому, как Леня Голубков, хочу партнерских отношений: сумму вы назвали хорошую, на державу мне если и не наплевать, да нас она уже в лоно не примет ни под каким видом, так что и к морю теплому, и под пальмы поеду, и вас, Филин, признаю патроном и боссом, мне так сподручнее, извилины у меня на разработку да контакты хуже раскручены, я и не претендую потому...

— Короче, Ильич, хватит реверансов.

— Мне втемную играть возраст не дозволяет да гонор профессиональный не дает. Так что жду полной ясности по операции. Тогда, кстати, и работать сподручнее.

— А почему нет? Я же тебе сказал, живым ты отсюда выйдешь только при одном условии...

— Давай без условий, а, Сова? — Глаза Панкратова снова нехорошо прищурились. — Ты мне делаешь предложение, но по-хорошему, а уж приму я его или нет... В указанной специализации — из людей делать трупы — я посильнее буду, а? А кто живым отсюда выйдет в случае неувязочки, тот и прав будет.

Филин уперся немигающим взглядом в Панкратова, осклабился, ничуть не обеспокоившись:

— Ну что ж. Давай начистоту.

Глава 56

Ухмылка продолжала играть на губах Филина. Спросил:

— Сова, говоришь?

— А то ты не знал этого своего «народного» псевдонима.

— Знал, знал... В конторе окрестили. — Филин чуть потянулся плечами. — Даже приятно. Старые времена... Какие комбинации прокручивали... Если бы не цэкисты да не армейцы, что губили нам всю игру, мы бы взорлили, а, Ильич? И в Кремле не это чтокало оплывшее сидело с кучей засранцев...

Панкратов только пожал плечами.

— Вспомнить любо-дорого! В течение недели три министра обороны дружественных стран народной демократии сыграли в ящик от пресловутой сердечной недостаточности — высокий класс, а? И следом — милейший Дмитрий Федорович Устинов в ямку ушел вперед ногами[1]. — Филин вздохнул. — Армейцы обиделись. Но и сами с вэпэкашниками не при делах остались: замордовали их комсомольцы, как черепаху!

Приступ то ли нарочито-залихватской, то ли судорожной веселости прошел у Филина так же быстро, как и начался.

---

[1] Слухи о готовящихся скоординированных военных переворотах в странах Варшавского договора ходили уже тогда; достоверно ничего не известно и поныне и вряд ли когда-либо будет известно. Тем не менее сорванный возможный переворот привел сначала к развалу оборонительного Варшавского договора и СЭВа, затем — к развалу СССР и отбрасыванию России к границам семнадцатого века. Ну а скупость официальных сообщений и их нарочитая однотипность впечатляет: «2 декабря 1984 года в результате острой сердечной недостаточности скончался член Политбюро ЦК СЕПГ, министр национальной обороны ГДР генерал армии Гофман». «15 декабря. На 59-м году жизни в результате сердечной недостаточности скоропостижно скончался член ЦК ВСРП, министр обороны ВНР генерал армии Олах». «16 декабря. На 66-м году жизни в результате сердечной недостаточности скоропостижно скончался министр национальной обороны ЧССР, член ЦК КПЧ, генерал армии Друз». «20 декабря скончался член Политбюро ЦК, министр обороны СССР, Маршал Советского Союза Д.Ф. Устинов».

— И не понять теперь, отрадно или обидно... — выдохнул он. — Но пахать на патрона надоело. — Взглянул на Панкратова: — Хочешь на паях?

— Никак нет, Геннадий Валентинович, я же сказал: мне предложенного гонорара хватит. Его отработаю, потом можно и о паях поговорить. Но ясности хочу. — Помолчал, пояснил спокойно: — Старый стал.

— Будет тебе ясность, Ильич. Только давай более не бодаться, как два сбрендивших слона, а? Я тебе к чему присказку-потешку из прошлых времен напомнил? Ведь у всех же все было, выше крыши, и у цэкистов, и у генералов, и у конторских... Да еще и страна под ногой, и какая страна! Люди не из-за денег гибнут, из-за амбиций. Как только начнем с тобою выяснять, кто круче, так и сгинем, оба-два. Согласен?

Панкратов смотрел на Филина внимательно: тот не блефовал. Да и прав: здравый смысл шептал, не пацаны-отморозки, в самом деле, каждый цену другому знает.

— Убедили.

— Ну, тогда к делу. Патрон заказал нам подготовить условия к покупке трех заводиков: Электромеханического, «Дельты» и «Трансмаша». Понятно, контрольных или, на худой конец, блокирующих пакетов акций оных. В связи с неумеренной активностью соперничавшей финансово-промышленной группы сам патрон оказался не то чтобы в заднице, но не готов к покупке: наши розовые директора, даром что совки совками, а цены запросят немалые. В связи со сменой курса — лимонов шестьдесят—семьдесят зеленью. Для крутых китов вроде и не запредельная сумма, бери голыми руками и владей, но и тех денег покуда нет.

Филин прикурил сигарету, резюмировал:

— Нас же с тобой интересует завод «Точприбор».

— «Точка»? — удивленно приподнял брови Панкратов.

— Угу. Пережевываешь?

— Пытаюсь. Но проглотить не могу. Когда-то заводишко был крупный, территория по сию пору чуть меньше всего подмосковного Подольска. Но на ней — слезы. Пустые коробки недостроенных цехов занимают половину площадей; оборудование на две трети разворовано, даже кабели предприимчивые работяги давно в утиль сдали. Работает пяток цехов, но чем они там занимаются — непонятно. Никто никакого интереса к заводу и раньше особенно не проявлял, а теперь — и подавно. Те приборы, что раньше делали для систем наведения ракет, теперь стали не нужны: конверсия затянулась. А другие успешно какой-то сибирский заводик производит. — Панкратов помолчал, спросил: — Там что, на территории, залежь алмазов россыпью? Или нефтяную вышку собираются ставить?

— Есть там одна хитрая лабораторийка. Вернее, сеть небольших экспериментальных цехов, завод в заводе, именуемых в бумагах «Цех-К».

— Слышал.

— И что слышал?

— Ковали там во времена оные что-то типа оружия. Впрочем, как везде.

— Для того чтобы уразуметь, что на «Точприборе» ковали, не нужно быть оракулом, — чуть иронически ухмыльнулся Филин. — Я сумел выяснить что. Найти покупателя. Обговорить вариант сделки.

— «Цех-К» бездействует уже лет восемь...

— Он ничего не производит, но не бездействует. Группа яйцеголовых теоретиков родила там одну идейку, вполне достойную Нобелевки. Или миллиарда долларов наличными.

— Таких цен нет.

— Такие цены есть, но, ты прав, их никогда не платят. Но предложенный гонорар, как ты выразился, меня устраивает. Издержки — за счет покупателя.

— Что нужно? Захватить сейф с документами? Вывезти готовое изделие? — Теперь уже ирония слышалась в голосе Панкратова.

— Нужно купить «Точприбор». Именно тогда покупатель получит возможность ознакомиться со всем содержимым «Цеха-К». У него есть также намерение пригласить всех без исключения разработчиков изделия в солнечную Калифорнию.

— И мы тогда получим свои деньги?

— Клиент готов пойти на риск и двадцать процентов суммы вложить в именные сейфы в любом указанном нами банке уже сейчас.

— Мое имя мне дорого, Геннадий Валентинович, но не настолько, чтобы ради него потерять голову.

— Сейфы будут зарезервированы на любые выбранные нами имена.

— Получать в приличном банке денюжки по липовым ксивам...

— Клиент готов выправить нам *подлинные* паспорта любой избранной европейской или латиноамериканской страны. А также Австралии и Новой Зеландии.

— Даже так...

— На страны с исламским фундаментализмом его влияние не распространяется, да и меня самого туда не тянет. Еще вопросы?

— Красиво излагаешь, Геннадий Валентинович.

— Просто проблемой занимаюсь неспешно. Уже два года.

Панкратов задумался, констатировал:

— Достойный срок.

Филин закурил очередную сигарету — он вообще курил очень много, неспешно и плавно опустил руку во внутренний карман пиджака и извлек два российских заграничных паспорта. Один передал напарнику.

Степан Ильич раскрыл; на собственное фото, рядом с которым были отпечатаны лазерным принтером совершенно незнакомые фамилия, имя и отчество, он взглянул как на само собой разумеющееся, равно как и достаточно равнодушно отреагировал на несомненную подлинность паспорта и всех причитающихся печатей. А вот серию и номер изучил тщательно, так же, как и неведомые непосвященному глазу пометки типа «случайной» точки или «непреднамеренно» оставленной принтером «грязи»... В сочетании с номером и серией... М-да... С таким паспортом можно идти через родную таможню танком «Т-80» и вести на поводке слона, обложенного булками: любой таможенный и фэ-эсбэшный чин ревностно согласится, что это есть бутерброд: люди разные, у каждого свой аппетит.

Степан Ильич произнес только:

— Высокий класс.

— Кто на что учился, — спокойно отозвался Филин. Снова полез в карман и достал еще два паспорта, на этот раз американских. Государственный орел Штатов был хоть и менее авантажен, чем двуглавый отечественный, зато куда более респектабелен.

Панкратов с удовольствием рассмотрел свою новую фамилию; Филин учел все, даже неосознанную привычку человека к звучанию собственного имени: теперь он стал Stephan Pencraft. Фамилия была типичной, а имя Стефан вполне оправдывало славянскую внешность Панратова; впрочем, большинство славян в Штатах почиталось за поляков и прочих чехов, так что...

— Ты доволен, Ильич? — спросил Филин.

— Профессионально, — сдержанно отозвался Панкратов.

Филин лишь растянул тонкие губы в усмешке:

— Чтобы тебе было еще теплее, Ильич, в городе Ангелов[1], что в милом штате Калифорния, если помнишь, когда-то его называли русской Америкой, у тебя есть свой бизнес, небольшое уютное кафе для семейных обедов и ужинов, и, как положено мидл-классу, уютный дом, без роскоши, но в приличном районе. Так что натурализация полная. — Геннадий Валентинович выдержал крохотную паузу, добавил: — Все это, как говорят они, «фри», то есть не входит в сумму названного гонорара: свой зеленый лимон получишь целехоньким и хочешь — пропей, хочешь — в матрас забей десятками да дрючь на нем шлюх до полного опупения.

Теперь Филин откинулся в кресле с теплым чувством хорошо проведенной вербовки. Вероятность того, что Панкратов отклонит *такое* предложение, была равна нулю.

— Как видишь, Ильич, у меня на тебя долговременные планы. — Он взял бутылку, разлил коньяк по рюмкам: — Вздрогнули?

---

[1] Лос-Анджелес.

Мужчины выпили одновременно. Филин немедленно вставил в рот-щель сигарету.

— Я готов к работе, — произнес Панкратов спокойно.

— А я рад, что мы договорились. Но прежде, чем будет поставлена оперативная задача, изложи мне сомнения, какие-никакие у тебя остались. Будем считать, что работа началась.

Панкратов раздумчиво потер переносье:

— Только одно.

— Да?

— Все эти штучки заказчику, как я понимаю, влетают в немереную копеечку... Пардон, центик. Ну а если еще внимательнее прикинуть, за полсотни тысяч штук зелени из этой вшивой лаборатории под кодовым наименованием «Цех-К» клиенту не токмо сейф с документацией, ему еще и особиста-начальника первого отдела в целлофан запакуют и поднесут с поздравительной ленточкой, да на жостовском подносе: извольте-с! Или я чего-то не понимаю?

— Ты все правильно излагаешь, Ильич, глядя поверхностно на захламленную ржавой рухлядью территорию под наименованием «Точприбор». Забывая про внутренний, красного кирпича заборчик, окружающий «Цех-К». Не у всех наших вэпэкашников еще мозги в водке затонули, аки безвременно захлебнувшаяся подлодка «Комсомолец» в акваториях Мирового океана... Кумекают. Понимают, что представляет из себя разработка малого творческого коллектива под названием «Цех-К». Но... Как писал классик, узок был круг революционеров и страшно далеки они от народа. На чем и погорели.

— Геннадий Валентинович, мне бы без аллегорий.

— Изволь. Когда державка разваливаться почала, какой главный лозунг приняли на грудь все дядьки при власти? Все тот же, ленинский: «Грабь награбленное!» Впрочем, как выразился один знакомец, тогда в мелких инструкторских комсомольских чинах, а ныне — в енеральских новых русских: «Если можно украсть, нужно украсть». Впрочем, выразился он общедоступнее и простонароднее. И — почали тащить все и вся. Вот только цепные псы режима, да не оперы или мокрушники, вроде нас с тобой, а натуральные «московские сторожевые» из отдела «В» бывшей «девятки», или охраны спецобъектов Минобороны — остались, как и положено псам, при пустом доме без хозяина. Но службу несли и несут исправно: их в свое время и отбирали, и обучали-воспитывали по отдельной методике.

Короче: со времен Лаврентия свет Палыча система охраны на объектах, подобных «Цеху-К», не изменилась ни на йоту. И украсть и продать хранимое ни у новорусско-демократических хозяйчиков страны, ни у старых партократических вожденков-функционеров никакой возможности не было: это вам не бриллианты вшивые, стекло, мусор, это вам сверхвысокие технологии, определяющие победу или поражение в борьбе за мировое господство! — Филин хмыкнул: — Или — за мир во всем мире, как у нас любили выражаться.

Да и времени разобраться вдумчиво с такими сокровищами не было: «Хватай мешки, вокзал отходит!» До каких там «хай-теков», когда моря разливанные нефти плещутся, когда горы никелевые и алюминиевые манят и блещут, когда голубое топливо успешно бежит по газопроводу «Дружба» на давно не дикий Запад из сибирского далека, претворяя в жизнь лозунг: «Им — газ, нам — труба».

Да и чтобы превратить высокие технологии сначала в товар, потом — в деньги, и только потом — в особняки, яхты, телок, икру, ананасы и рябчиков, много составляющих нужно. Куда проще: украл, выпил, в койку с прошмандовкой! В тюрьму только те, кто украл мало.

А наши новоявленные «партнеры во имя мира» об этих хитрых разработках порой ни слыхом не слыхивали, ни нюхом не нюхивали: железный занавес «строго секретно» и по сию пору укрывает эти «хай-теки» в алибабаевых пещерах лежачего на голой заднице ВПК до лучших времен, да и многие наши отечественные олигархи о таких разработках ни душой, ни понятием!

Филин налил себе еще рюмку, на щеках его появился азартный румянец. Он с удовольствием закурил, продолжил:

— Но времечко полетело уж больно втарары, все смешалось в доме Облонских — и душа, и лицо, и одежда, и мысли. Служивых погнали отовсюду, не нужна стала служба; прислуга, напротив, стала ставить из себя господ да хватать, тащить и хапать то, что не ухапали господа новоявленные... А Лаврентьевы вотчинки и заначки остались невредимыми, стоики там остались заправлять, но жизни без движения не бывает: кого-то уволили, кого-то сократили... Как я вышел на разработку «Цеха-К» — рассказывать утомительно и скучно. Кстати, Груздев был чуть не единственным человечком, не просто знавшим о разработке, — он был готов лобировать ее применение...

— Мне следует знать, о чем идет речь?

Филин посмотрел на него внимательно:

— Пожалуй. Шило в мешке на этой стадии таить глупо. Я тебя постарше почти на десяток годков, потому еще помню крылатую фразу: «Кибернетика — продажная девка империализма». Наши ученые пристебаи приклепали изрядной науке политику, тему закрыли... А потом открыли, но в военно-полевом варианте: под семью замками и десятью печатями. Ну а всяких НИИ и закрытых лабораторий, типа этого «Цеха-К», в стране было считать не пересчитать. Над одними шефствовал КГБ, над другими — всемогущий ВПК со своею правой рукой — ГРУ. И развиваться сия наука пошла самыми непроторенными дорогами; недаром наши военно-шифровальные ЭВМ на порядки превосходят американские аналоги: другой принцип построения, у них — математический просчет частностей, у нас — интуитивное озарение загадочной русской души... Ну а ежели соединить чисто расейские умственные выкрутасы с еврейской дотошностью да прибавить немецкую методичность в постановке отдельных элементов процесса — мы же интернационалы! — получится чудо. Вот такое чудо-чудное, диво-дивное и сварганили умельцы из этого самого «Цеха-К».

— Что именно?

— Они поменяли основной принцип работы ЭВМ. Как бы это объяснить повнятнее?.. Создали машину не нового поколения, а принципиально другую машину, с другими возможностями, с другими перспективами... Это как в век господства паровозов изобрести двигатель внутреннего сгорания. Грядущий век — за ним. Ежели, конечно, не грянет очередного хама[1].

— Чудо-технику сочинили в *те* времена?

— В том-то и штука, что на переломе. Году эдак в восемьдесят девятом. Нет, система еще работала, но... Ты ведь можешь представить, сколько научных генералов из полусотни НИИ появление такой машины поставило бы раком? В прямом смысле: степени, регалии, загранкомандировки, деньги, премии? Скольким генералам натуральным, равно как и капитанам производства, кормящимся от эвээмок, систем спецсвязи и прочей мухобели, пришлось бы встать в сходную позицию? Что-что, а система сильна не только своей инерцией, но и своей косностью. Этим «быстрым разумом невтонам», кулибиным доморощенным, не просто ходу не дали, но еще отымели во все дырки за разбазаривание госсредств и гору дерьма сверху на руины репутаций насыпали! Главный Левша, как водится на Руси, человек неуравновешенный и крепко пьющий, хватанул постзапойный инфаркт и мирно скончался в покровской партийной больничке. А может, и не мирно: подмогли. Но упомянутый генералитет сделал все возможное, чтобы открытие века похоронить мертво.

Ну а там — и сил особых прикладывать не пришлось. Все стало разваливаться как бы само собой, по крайней мере оборонка. О «Цехе-К» забыли напрочь. Сам я вышел на эту разработку набродом, случаем, остальное дотумкал по «косякам». Добыл результаты работы изделия, вышел на клиента-покупателя: тот, надо полагать, крутил-вертел продукт, как какой-нибудь кавказец — кованный из ртути клинок: этакого не может

---

[1] Филин имеет в виду работу Дм. Мережковского «Грядущий хам».

быть, потому что не может быть никогда! А куда денешься — надо брать.

Так вот, отвечая на твой невысказанный вопрос: нельзя взять этот «Цех-К» даже хорошей группой суперового спецназа; сколько бы пресса ни поливала грязью ФСБ с ГРУ, если конторы, одна, или другая, или обе вместе, возьмутся воспрепятствовать и искоренить, они это сделают! И нас, грешных, и нашего патрона заодно уделают вместе с его банками, заводами, газетами и пароходами!

Нам нужно успеть, пока на Москве во всех ведомствах — тарарам несусветный, пока самым верхним людям, особенно Примусу, нашему теперешнему Премьеру, Канцлеру и Лорду-Протектору, не придет в голову умная и дельная мысля инвентаризировать все и вся на подвластной территории... А это сделают, заводики, в том числе покровские, заберут, не потратив ни копеюшечки денег, просто разжижат пакеты акций! Вот почему наш розовощекий директор «Точприбора» будет в душе веселиться и плясать, как ребятенок на утреннике, когда объявится простачок и захочет купить ныне существующий контрольный или блокирующий пакет акций лимонов за десять—двенадцать зелени! У него, у директора, лично! Начнет содействовать, в спине гнуться, баньки-пикники-девочек организовывать... Вижу скепсис на твоем лице, Ильич. Возражения?

— Иностранная фирма даже в наше продажное время купить такой завод не сможет, пока не получит два десятка закорючек... А она их не получит: одной-двух будет недоставать. Система сработает однозначно, даже если сам Дед высочайше соизволит указ подмахнуть: «Такие дела с кондачка не решаются, зайдите на недельке...»

— Согласен: бюрократия всесильна и бессмертна, но продажна. Все продумано. Есть и банчок, и финансово-промышленная группка за ним, прямо-таки коренных русаков и славянофилов: клиент, с моей подачи, купил это никчемное хозяйство на корню ради будущей сделки по «Точприбору». Как тебе размах?

— Впечатляет.

— Еще возражения есть?

— Нет.

— Тогда я сам скажу. Это из терзаний морально-долговых. Как-никак в мозгах много пропагандистской дряни осело, даже за время активного участия в грызне за власть вся дурь не выветрилась. Десять лет назад я бы так не смог. Была империя, плохая ли, хорошая, но наша. Теперь... Территория не пойми чья. Не хапнем мы, хапнут другие. И ничего тут уже не изменишь. Оставшиеся вживе изобреталы перемрут, оставшиеся заводы поржавеют. Вот такой вот я скептик. Ты, Ильич, оптимист. Ну а по существу? Теперь возражения будут?

— Нет. По простой причине: нас замолотят даже в том случае, если придем с повинной на Лубянку.

— Это обязательно, — не без ехидства кивнул Филин.

— Ну а раз так, — Панкратов улыбнулся в усы, — я готов не спешить с чистосердечным раскаянием.

— О'кей. — Филин откинулся в кресле, помассировал прикрытые веки. — Преамбула, возможно, и затянулась. Но я добавлю, чтобы не осталось никаких разночтений: мы уже ввязались в драку. В самую что ни на есть ее гущу. И у нас есть от силы неделя, чтобы провести всю комбинацию купли-продажи. Клиент готов без проволочек ринуться на объект, он платит, как ты понимаешь, бешеные деньги, чтобы его эксперты попали в лабораторию, тот самый «Цех-К». И смогли пошуровать вдумчиво. После этого, и только после этого, и ты, и я станем вольными птицами. При любом другом исходе операции мы станем никем. И ничем.

Глава 57

Панкратов посерьезнел:

— Я готов выслушать вводные.

— А никаких вводных не будет. Твоя задача проста, как яйцо: обеспечить гостям знакомство с «Цехом-К». Все документы по покупке контрольного пакета будут подписаны господином Воловиковым, директором

«Точприбора», и двумя другими крупнейшими акционерами предположительно послезавтра. В течение недели примешь на себя «командование парадом» практически.

— И охрану «Цеха-К»? Люди из любых компетентных ведомств не любят, когда ими начинают командовать чужаки.

— Я утрясу все.

— В правительстве?

— Нет. В президентской администрации.

Панкратов скривился:

— Эта свора...

— Да черт с ними! Важно то, что формально все будет чисто. Более того, кто-то из кремлевской молодежи, например куратор силовых структур, не поленится перезвонить в Покровское УФСБ и строго порекомендовать...

— Такую рекомендацию могут и проигнорировать.

— Вряд ли. Для каждого генерала свои погоны куда ближе к телу, чем любая «общественная польза». Или я ничего не смыслю в генералах.

— Испортить малину может не генерал — лейтенант, который тупо упрется...

— Вот за это тебе и платят лимон зелени, Ильич. Именно за это. По бумагам все права на твоей стороне, но очень тебя прошу, ты уж расстарайся, чтобы сучков, задоринок и прочих «непросчитанных случайностей», равно как и стихийных бедствий, в Покровске не случилось. Особливо на территории «Точприбора». Тайфун, оползень, сель, землетрясение или вооруженное восстание обездоленных трудящихся, если таковые произойдут в Покровске в ближайшую неделю и помешают работе экспертов, поставят на тебе крест. — Филин изобразил губами улыбку. — Да и на мне тоже.

Вместо ответа, Панкратов только криво усмехнулся:

— Я атеист.

— Тогда — звезду. Фанерную. Только палить в крематории будут не труп, а живехонького. Так что... Как говорили древние, почувствуйте разницу. Осознал, Ильич?

— Точно так.

— Вот и отлично. — Филин снова откинулся в кресле, помассировал веки. — Да, а что там с нашим махинатором?

— С кем?

— Я имею в виду некоего Дронова. Того, что так напугал тебя своим появлением. — Филин озорно глянул на Панкратова, поправился: — Вернее, вызвал озабоченность.

— Я все изложил в докладной.

— Ильич, будь добр, повтори вживе. Ты никогда не замечал, что самые светлые идеи нередко приходят во время проговаривания очевидных вещей? Вернее, таких, которые казались очевидными. Вкратце, самую суть.

Панкратов пожал плечами:

— Дронов бежал из камеры ИВС, предварительно ликвидировав нашего человека.

— То бишь ликвидатора, — хохотнул Филин.

— Да. На выходе он крепко приложил...

— ...другого нашего человека!

— Скорее, человека, работающего на нас.

— Пусть так. Треснул по башке и укатил на его машине?

— Да.

Филин потер руки:

— Ну и?..

— Дальше след потерялся. Мы предприняли обычные в таких случаях мероприятия, гораздо большие усилия к поискам Дронова предпринял этот наш полковник.

— И в итоге?

— По правде говоря, на «земле» не слишком жалуют управленцев; думаю, полковнику не удалось зажечь в сыщиках боевой задор к поискам...

— Иронизируешь?

— Констатирую факт.

— А ты ведь тоже управленцев недолюбливаешь, а, Ильич?

— Есть немного. Тем не менее мы проштудировали милицейскую оперативку, но там сейчас черт ногу сломит.

— Нашими стараниями.

— Это так. Дронов из Покровска скорее всего исчез. Мы вышли на квартиру, которую он снимал; той же ночью, после побега из ИВС, он был замечен в районе этого дома дежурным нарядом, сделал попытку скрыться. Его потеряли на шоссе: неопознанная машина подобрала Дронова. Возможно, машина его и ждала, но скорее случайный контакт: по показаниям патрульных, это авто сбило Дронова. Это подтверждает и тормозной путь. Так что вполне возможно, они подобрали труп и скрылись.

— А смысл забирать труп?

Панкратов страдальчески поморщился:

— Не знаю. Вообще-то во всей этой истории столько мути... Изначально. К примеру, Дронов сбежал из ИВС с неким Козырем, известным авторитетом. По моему поручению Кадет попытался выяснить у блатных хотя бы его местонахождение — тщетно. Да и... Настаивать было безумием: в этой среде оч-ч-чень не любят не в меру любопытных.

— Как и у нас...

— Да. Только там оргвыводы делают скорее и фатальнее.

Филин пожал плечами:

— А мы когда особенно медлили?

Панкратов промолчал. Резюмировал:

— Так что Дронов исчез. И уже полтора месяца о нем ни слуху ни духу.

Филин скривил губы в усмешке:

— Ну что ж... Все, что ни происходит, к лучшему. В этом худшем из миров. Я попробовал прояснить по своим каналам. Возможно, Дронова на Покровск грамотно выводили. Но узнать кто — не удалось. Это мог быть Шекало, президент «Континеталя», но... «Континенталь» давно потерял былую самостоятельность, а в связи с нынешним кризисом его можно смело вычеркнуть из списка активных бойцов. Остаются еще две фигуры, ты и сам их можешь назвать, и боюсь, их цель и наша — совпадают. Я насчет «Цеха-К». Вот только мы успели раньше. Вряд ли они сумеют нам качественно помешать на данном этапе, но — чем черт не шутит...

— И Дронова они запустили в Покровск «зайцем»?

— Ну да. Очень грамотный ход: наши легавые кинутся за этим «зайчиком», который стоит семи матерых волчар, а они тем временем сделают свое дело тихо и без потерь. Но... Как выяснилось, наш первый, вполне интуитивный ход был самым правильным: мэр Клюев был человеком СИНТА-банка. И с его потерей их игра затруднилась. Да и намутили мы достаточно, чтобы аналитики противника посворачивали головы на просчетах возможных вариантов. К тому же нас приняли за игроков азартных и неразумных или даже за «игроков по определению», а мы, вместо хитрых оперативных разработок, решили убрать Дронова. Тем самым поломав хороший, просчитанный вариант «игры на пересеченной местности» в условиях цейтнота. Им пришлось возвратиться к позиционному варианту, но я этим самым вариантом занимаюсь уже более двух лет, а в бизнесе, где крутятся десятки миллиардов долларов, экспромты не проходят. Да и Дронова они недооценили: птичка взяла да и выпорхнула. В теплые края. Или, наоборот, в страну теней.

Филин внезапно откинулся в кресле, лицо его сделалось жестким.

— Ты понял, зачем я тебе все это рассказываю? Мы не должны повторить их ошибок: на завершающем этапе возможны самые любые неожиданности. Господа из СИНТА-банка не любят проигрывать. Возможно, им лучше похоронить всю игру, вместе с нами. Это первое. Второе. Любая случайность может погубить все. Ты, Степан Ильич, мне нужен как представитель *закономерности*. Я передаю в твое подчинение еще людей. В случае любой несвязухи на месте крути шумную «дымовую завесу»: можешь отстреливать всю администрацию губернии во главе с губернатором, но чтобы операция по цеху прошла без сучков и задоринок! Чисто! Ты понял?

— Так точно.

— Вот и отлично. Ну а ежели, паче чаяния, объявится Дронов — убирай мгновенно, даже если придется палить из гранатомета в покровском ЦУМе в базарный день, ты понял?

Внезапно зрачки Филина расширились. Мужчина вдруг напрягся всем телом, словно спину его свело судорогой, откинулся в кресле, закрыл глаза, привычным движением попытался было помассировать веки и застыл, обхватив череп костистой пятерней. Так он сидел минуту, другую, третью, похожий на каменное изваяние. Лоб его покрылся частой мелкой испариной. С видимым усилием он поднял веки; на этот раз зрачки были неестественно сужены, словно он не пребывал в неге тьмы, а таращился на радиоактивное светило, аки жрец храма Амона в период летнего солнцестояния. Губы Филина казались спекшимися, взгляд едва ли различал предметы в комнате.

Слепыми глазами Филин поводил по столу, на ощупь наткнулся на пачку сигарет, так же, на ощупь, вытащил сигарету, сунул в рот, чиркнул кремнем, прикуривая. Снова прикрыл веки. Сидел так еще с минуту, делая затяжки автоматически, роняя пепел на гладкую поверхность стола.

— Дьявол... — произнес он хрипло. — Дьявол. — Посмотрел на сидевшего напротив напарника, произнес: — Мигрень.

Соврал он совсем неубедительно. Но видимо, Филин и не желал никого ни в чем убеждать. Особенно Панкратова.

Геннадий Валентинович налил в две рюмки коньяк, поднял свою, по-видимому вполне справившись со слабостью:

— За успех.

Панкратов только кивнул. Выпил, разжевал лимонную корочку:

— Я могу идти?

— Да. Встретишься с Кузьминым, он передаст тебе деньги на оперативные расходы. Дополнительная спецгруппа на турбазе, в деревне Холодово. Как и под каким соусом переправить этих витязей прекрасных на базу под Покровск, решай сам. Вся оперативка — в твоем подчинении. Я объявлюсь в городе просто-таки респектабельным джентльменом, чистым и невинным, аки жена Цезаря. И для патрона, и для Безуглова мотивировки приготовлены, и они их сожрали без кетчупа. У меня все. Выполняй.

— Есть.

Панкратов вышел, прикрыв за собой дверь. Он шагал по темноватым коридорам «ближней дачи», но ни теплый дубовый тон облицовки, ни малиновый колер ковровой дорожки не могли избавить от холодка, затаившегося где-то в хребте. Холодок этот разливался по позвоночнику вверх, заставляя замирать сердце, делая шаги одеревенелыми... Степан Ильич ощущал себя так, словно в спину ему целится невидимый стрелок и пуля вот-вот бесшумно сорвется из ствола и разорвет, раскрошит хрящи позвонков, оставив его лежать здесь, на полу, беспомощным и недвижным.

Но как только он сбежал с крыльца и разглядел вокруг буйные краски осени, от мрачно-холодного предчувствия не осталось и следа. Прохладный ветерок обдул лысину, Панкратов вдохнул полной грудью, подумал мельком, что покидать этакую красотищу навсегда не хочется, ну да кто сказал — навсегда? В тех Штатах найдется пара-тройка местечек, где и белки по деревцам скачут, и багряные листья устилают землю сплошным ковром... Состариться здесь? Не верил Панкратов ни в какое новоявленное «экономическое чудо». Ни во что он более не верил.

Он подошел к автомобилю, открыл переднюю дверцу, сел за руль, мельком глянул на тихий особняк. Вырулил за ворота и на хорошей скорости помчался по содержавшейся в прекрасном состоянии асфальтовой дорожке. Включил приемник, желая чего-то бодрящего, соответственного скорости. Но мощные динамики выплюнули под немудрящую мелодию: «Никого не пощадила эта осень...»

Панкратов поморщился, приглушил звук до самого минимума, а в голове сами собой всплыли строчки Бродского: «Нынче ветрено и волны с перехлестом. Скоро осень. Все изменится в округе...» Но назойливый ритм из приемника перебивал, не давая сосредоточиться, и фраза грустным рефреном оседала где-то в груди, где, по всем вероятиям, и находилась душа: «Никого не пощадила эта осень...»

И тут Панкратов вспомнил. Вспомнил, что привело его в состояние тоски и захребетного холода: взгляд Филина, тогда, перед приступом. В его расширенных зрачках он различил вяло плещущееся безумие... Или — близкое небытие.

Глава 58

Зеленоватое мерцание приборов, несущаяся под колеса автомобиля ночь, свет фар, выхватывающий из тьмы силуэты деревьев, бессонная маета придорожных закусочных... И начинает казаться, что колеблющийся в неверном свете фар мир призрачен, как мираж; легкое дуновение ветра, и он исчезнет, канет в небытие, будто его и не было никогда... Или — исчезну я, а вместе со мной — другой мир, подвластный лишь мне и Богу.

Из динамиков едва слышно несется мелодия, ставшая уже ретро: «Я бреду по берегу Фонтанки, я играю в прятки с судьбой...» Тогда, десять лет назад, все казалось жестоким, но простым: страна словно летела, соревнуясь со временем, стремясь сбросить с себя путы пустопорожней болтовни и горы лжи... И — заблудилась в тумане лжи новой, глумливой и безобразной, по сравнению с которой ложь прежняя многим стала казаться истиной.

«Я бреду по берегу Фонтанки, я играю в прятки с судьбой...» А с кем играю в прятки я? Как и все, с собственной жизнью? Тогда жизнь — просто нескончаемый бег по пересеченной местности, пока беглец не выдохнется окончательно и не сойдет с дистанции. Скорее всего этого никто не заметит. Как у Светлова? «Отряд не заметил потери бойца...» И пел себе разудалую «Яблочко». Кто и когда замечал крайнюю, нечеловеческую жестокость этого четверостишия? Антуан де Сент-Экзюпери? Но его расслышали немногие.

«Мы мчались, стараясь постичь поскорей грамматику боя...» Мы мчались на красный блеск огня. У кого это? Ну да, у Блока: «На красный блеск огня, на алые герани направил я коня...»

> На красный блеск огня,
> На зов запретной славы,
> Лихим теплом маня,
> Увлек меня лукавый.
> Угольев жгучий свет
> Переливался жарко,
> И мнился странный бред
> И страстный стон русалки.
> И алые цветы
> По полночи сияли,
> И грешные мечты
> К порогу счастья звали,
> И сказочный дворец
> Сверкал алмазной гранью,
> И царственный венец
> Был перевит геранью...
> Холодные уста
> Коснулись глаз незрячих:
> Очнулся. Ночь пуста.
> Лишь стаи псов бродячих[1].

Ночь пуста. И мне нужно пересечь ее, дожить до рассвета. И — победить.

Часам к четырем усталость взяла свое. Я ехал с редкими остановками полдня и всю ночь. Под утро, после короткой оттепели, в стекла начал лепить снег, потом подморозило, и дорога под колесами стала непослушной и скользкой. Необходимо было поспать, хоть немного. Я скатился с большака на проселок, проехал километров семь, свернул в лесок. Залил бензин в бак, наскоро поклевал купленные в придорожной забегаловке пирожки, не чувствуя вкуса, выкурил сигарету и, оставив печку включенной, прилег на сиденье. Сон был удушливым и тяжким: я лез вверх по какой-то скользкой отвесной стене, вокруг плавали грязно-желтые хлопья тумана, они набивались в рот и нос, мешая дышать, пальцы и кисти рук начинало сводить от усталости, а я все карабкался наверх, не зная зачем, на-

---

[1] Стихотворение Петра Катериничева «На тему Блока».

верное, потому, что другого пути у меня не было: или победить, или — сорваться камнем на маслянисто-грязный, отливающий коричнево-жирным асфальт.

Потом я протискивался по каким-то узким переходам, мучимый непонятной острой тревогой, заставлявшей замирать от тупого и неотвязного страха... Потом было укрытое снежком поле. Какие-то металлические конструкции, похожие на фантастических монстров, вздымались из-под снега; огромное серое здание, похожее на ангар, изрыгало из себя грохот и клубы удушливого дыма. А я брел по этой грязно-снежной пустыне к корпусу, зиявшему мертвыми провалами окон-глазниц; я знал, что именно там затаилась та, неведомая мне пока опасность; я шел, ступая по хлюпающим лужам соляра, по разъеденным ярко-оранжевой ржавчиной кускам труб, по грязно-зеленым разводам неведомых химикалий, а цех-ангар все не приближался; он словно забавлялся со мной, хохотал грохотом сокрытых в нем неживых механизмов, пока не выплюнул жаркий, всепожирающий всполох огня — и... Я сорвался с отвесной скользкой стены, падая в бездну, которая завыла на одной нудной, звенящей ноте...

...С минуту я таращился на укрытую снегом поляну, тряс головой. Ритмичное завывание оборвалось вдруг, и наступившая вслед за этим тишина показалась полной. Я перевел дыхание: замерший вокруг меня лес был полон сонного величавого покоя. Пока я спал, снегопад усилился, вновь ударил мороз, изукрасив деревья; шапка снега упала на крышу машины, включив сигнализацию. Я тряхнул головой, прогоняя остатки кошмара, разделся до пояса и выскочил из машины в пушистый снег.

Потом расстался с бородкой, поскоблив себя до полного блеска прикупленным где-то при дороге одноразовым станочком. За неимением одеколона опрыснулся «Смирновской». Через пять минут уже сидел в салоне бодрый, торопливо прихлебывая свежеприготовленный кофе: в навороченном джипе была и работающая от аккумулятора кофеварка. Не спеша достал трофеи: «беретта», «макаров» и дробовик.

Оружие разобрал, протер, подогнал все части на место, погрел в руке, примериваясь. «Беретта», понятно, поавторитетнее пушечка будет, но больно уж громоздка в моем нынешнем положении, да и «макар» — роднее. Последняя модификация, двенадцатизарядный. К «макарам» у нас вообще отношение сложное: и тупорылый-де он, и сработанный под «вальтер», только потопорнее, и кучность боя не ахти, и все такое прочее. Ну а ежели разобраться, плохому танцору мешают не токмо собственные причиндалы, но и партнерша.

Приладил «сбрую», подтянул ремешки по фигуре, вышел, несколько раз выхватил пистолет, примериваясь. По правде сказать, милый американский кинематограф создал у сограждан стереотип «парня с пистолетом», почти как раньше кинематограф советский — образ «человека с ружьем». Этот парень обаятелен, как сенбернар, и прост, как Ленин: в смертельно опасных ситуациях он жизнерадостно зубоскалит, под моросящим свинцом ссорится с напарником или выясняет отношения с возлюбленной, а из горящего дома, цеха, самолета, поезда, корабля выпрыгивает всегда и исключительно после взрыва оного. Если же, паче чаяния, на героя свалится-таки балка или пролет моста, он непременно поинтересуется: «Что это было?»

Ну и пистоли эти дети прерий и волки каменных джунглей таскают исключительно авторитетные, напряженно сжимая их натруженными о тренажеры руками, передвигаются танцующим шагом в потемках, выставив ствол вперед, пока не упрут в затылок или в лоб супостату. И, сделав страшные глаза, торжественно зачитывают тому права: «Вы имеете право не отвечать на вопросы...» Возможность уйти с линии огня и накостылять хренову супермену по всем мобильным частям тела, сиречь разделать хлеще, чем Бог черепашку, у «плохого парня» идеальная, но... Тот и не думает дергаться. Зато, как сказал поэт, «он страшными глазами сверкает, он страшными зубами скрипит, он страшный костер разжигает, он страшное слово кричит...» Ну да, пугает «хорошего парня» прямо до колик: «Ты — покойник, понял?!» Как говорится, вот и поговорили. Жуткие нравы!

Впрочем, меня вся эта белиберда не смущает: кино есть кино. А если что и раздражает, так это манера таскать ствол на вытянутых клешнях! В реальной ситуации при кратковременном огневом контакте побеждает не тот, кто картинно умеет держать пистолет, а тот, кто быстрее! И умеет стрелять навскидку, из любого положения! В этом смысле ковбойские фильмы куда ближе к жизни, чем новые навороченные боевики.

Умение точно стрелять навскидку зависит не только от меткости глаза и твердости руки. Как хороший боксер бьет не рукой, а всем телом, включая в акцентированный удар за доли секунды мышцы ног и энергию разворота корпуса, так и хороший стрелок должен безукоризненно владеть собственным телом, чувствовать его балансировку, сливаться с оружием в единый, отлаженный от первого до последнего движения механизм. Только умение стрелять «от бедра», с мгновенным прицеливанием «по стволу», когда и положение руки с оружием, и положение тела отработано до автоматизма при ведении огня, сделает вас победителем в кратковременной огневой схватке.

Я залез обратно в салон, неспешно выкурил сигарету. Старинная примета: хорошая работа у русских всегда начинается с хорошего перекура. Потому что, когда эта самая работа пойдет — будет не до курева. И вообще ни до чего. Меня эта наша национальная черта всегда несколько смущала: уж оч-ч-чень долго запрягаем. Зато ездим быстро. Было бы куда и на чем.

Мотор заурчал, прогреваясь. Неспешно выловил местную радиостанцию, прослушал ненавязчивую рекламу здешнего майонеза; сначала бодрую: «Я люблю майонез, что само по себе и не ново...», затем — эротическую: речитатив с характерным придыханием под мелодию из «Эммануэль»: «Я прихожу домой, раздеваюсь, принимаю душ.... Я знаю, он меня уже жде-о-ет, мое нежный, мой люби-и-и-мый... майонез». М-да. А наши ученые криминологи еще недоумевают, откуда-де маньяки берутся в таком количестве? Оттуда и берутся.

Через полчаса я уже подъезжал к окраинам Покровска. Пришлось сделать крюк и катить через поселок Заводской, дабы не попасть под излишнее любопытство гаишников. Сочетание дорогого джипа с иногородними номерами нездоровое любопытство вызовет всенепременно, а оно мне надо?

Потому в поселке я припарковался у здания заводоуправления, вооружился отверточкой и вышел на промысел. Странствия были недолгими: в одном из дворов гнил себе под снегом «Запорожец». Не долго помучившись, открутил у иномарки номера, глянул критически: хорошо бы, конечно, подновить, уж зело ободранные... Махнул рукой: на сегодня сойдут. А вот будет ли у меня «завтра» — одному Богу известно. Как говаривал некий братан: «Где я, и где — завтра?!»

Вышел на головную магистраль поселка, осмотрелся. Пейзаж новизной и маврикийской веселостью не манил: напротив заводоуправления чахлый и летом скверик сейчас представлял совсем удручающее зрелище — торчащие из-под грязного снега прутья; остовы сваренных на века стендов, на коих ранее покоились соцобязательства, просвечивали пустым межреберьем. В центре сквера на массивном, не по чину, постаменте громоздилась фигура рабочего: мужик в каске словно задумался: идти ему в пивнуху, расположенную в аккурат наискосок, или сразу в магазин, за «беленькой»? Символ канувшего в Лету времени. А ведь это он, Современный Рабочий времен брежневской конституции, простой рыцарь каски и отбойного молотка, творил мировую историю, заставляя штатовских акустиков вслушиваться в воды всех океанов, выискивая грозные и неуязвимые подводные крейсера, заставляя служивых на станциях слежения всматриваться в экраны радаров, пытаясь углядеть невидимые «Миги» и «Сушки»... Я невольно вздохнул: не все в том времени было скверным. А чем помянут время нынешнее? Ведь у людей, живущих ныне, другого времени не будет. Хм... Вообще-то недоработка: почему нигде нет памятника Неизвестному Братану?! Ведь это он, пра-а-льный паца-а-ан при делах, творит историю нынешнюю, пусть не такую масштабную, как прежде... Сколько их полегло в неизвестных широкой публике разборках, сколько безымянно закопано в лесах да захоронено в долах расейских?! А памятник Церители сработал бы на славу, и цепи можно лить толщиной в руку из чистого золота, и почетный караул организовать из сочувствующих, и вечный огонь зажечь — от «Газпрома», размером в пионерский костер! Они и есть пионеры — полузабытых троп наживы и удачи. «Там на неведомых дорожках следы невиданных зверей...»

Предаваясь высоким патетическим размышлениям, пересек площадь и вошел в магазин под скромной вывеской «Супермаркет». Ровесник памятника, он был вполне обжит новыми товарами: от китайского ширпотреба до стильных аглицких костюмов.

Выбирал я недолго: пиджак, брюки, «визитка» средних размеров, как раз под «беретту», пальто-реглан. Оглядел себя в зеркале и был бы доволен, если бы... Ну да, седина от висков по бокам головы. Позавчера ее не было. Я подозревал, что зимняя охота трех шизофреников попортила мне нервы, но не думал, что настолько.

И еще, что-то новое появилось во взгляде — грустная, холодная отрешенность. Именно с таким взглядом и ходят на безнадежные предприятия. А то, что моя затея безнадежна по определению, я почти не сомневался. Но ведь удаль вовсе не в том, чтобы проехаться на престарелом мерине! А вот победить при поганых раскладах — это дело! Победить и остаться живым!

Я скроил самому себе жизнерадостный оскал, но глаза остались прежними. Утешала лишь мысль: вот такие вот «железные парни» с металлом во взгляде и серебром на висках и нравятся барышням.

Вернулся к автомобилю, сел за руль и двинулся в сторону Покровска. На прямоезжей дорожке нашел отросток проселка, свернул, дабы не впопыхах и качественно поменять номера. Поколдовал с придорожной грязью: ладушки, покровские опознавательные знаки смотрелись теперь на джипе как свои. Ну а теперь последний пункт плана: вид у меня вполне цивильный, но не фешенебельный. А нужно, чтобы был как у лорда, приглашенного на tea party в Виндзор. То есть скромная простота. Как известно, именно она стоит самых больших денег.

Припарковал авто на маленькой улочке: она была полна кафешек и бутиков. То, что нужно. И преспокойно двинулся вдоль, пока не нашел искомое. Девица, с намертво приклеенной к губам улыбкой — видно, это казалось ей верхом европейского торгового шика: улыбаться губами с равнодушной коровьей тоской в глазах, — запаковала покупки в кофр.

Как сказал поэт, «вот наш Евгений на свободе...». А что? Побрился я утречком на совесть, одеколоном покропился самым что ни на есть европейским. А потому готов проследовать на тусовку по купле-продаже отечественной сверхсекретной оборонки. Уж кто-то из узкого круга ограниченных лиц, либо давших санкцию, либо хорошо информированных о ликвидации Димы Крузенштерна, там наверняка объявится. Ну а причина... Причина акции, кажется, нарисовалась самая прозаическая: деньги. Время наше супостатное, а потому при выборе между честью и деньгами второе выбирают слишком многие. Дима был не из их числа.

Понятное дело, меня там никто не ждет; проговор между очень заинтересованными сторонами будет проходить тихо-мирно за оч-ч-чень закрытыми дверьми, но... Равновесие при таких сделках всегда призрачно и хрупко, а под эгидой строгой секретности и жуткой коммерческой тайны происходит просто-напросто уворовывание того, что принадлежит моей стране и моему народу. И какие бы «судьбоносные ветры» ни раздували паруса рыцарей наживы, оставаться верным когда-то данной присяге и Отечеству пусть не самое умное, но самое честное. И выбора здесь нет.

> Пусть я погиб, пусть я погиб
> За Ахероном,
> Пусть кровь моя, пусть кровь моя
> Досталась псам —
> Орел Шестого легиона, орел Шестого легиона

Все так же рвется к небесам!
Все так же горд он, и беспечен,
И дух его — неукротим!
Пусть век солдата быстротечен,
Пусть век солдата быстротечен,
Но вечен Рим, но вечен Рим![1]

Глава 59

Вот так всегда и бывает: задумаешься о вечном и — проглядишь бренное и сиюминутное! А между тем именно в мелочах вязнут любые все великие начинания, и от невнимания к ним теряют головы все великие стратеги.

— С вами хотят поговорить.

Как трое парнишек оказались в столь интимной близости от меня и взяли в плотную коробочку, я не заметил. Взгляды несуетливо-равнодушные, лица — близнецов из ларца... Контора меченосцев? Очень может быть. Знают ли они, кто я? Контролируют ли по поручению какой-либо из заинтересованных сторон толковище по «купле-продаже»? Зачем им я? А вот последним вопросом, как одиозно идиотским, я даже не задавался: в нашенские времена и веревочка в хозяйстве пригодится!

Парнишки стояли в столь плотной близости, что никакими стволами не размахаешься; ну а рукопашка хороша только в пригородах Шанхая, да и то в кино: в нашенских краях так по ушам уделают скоро и приметно, да в машину, и — ищи ветра в поле или труп в огороде. И то, и то — плохо. Да и что я, собственно, засуетился, пусть даже и мысленно? Приглашают корректно, чего ж не поговорить? Тем более чему быть, того уж не воротишь.

— И далеко ехать для... разговору? — спросил я.

— Рядом, — произнес тот близнец, что был за старшего. — Пешком пройдемся.

— Пошли.

---

[1] Автор этой песни автору книги неизвестен.

Покладистость «клиента» моих ухажеров никак не расслабила: мы выстроились цугом, и коренной-направляющий прошел в двери магазина, торгующего всякой блесткой дорогой мишурой, типа хрусталя, фарфора и серебра, уверенно миновал торговый зал, открыл дверь подсобки и по узенькой скрипучей лесенке стал подниматься наверх. Я и двое сопровождающих гуськом потянулись за ним. Миновали подобие офисного предбанничка, только вместо секретарши-вертихвостки за столом восседал сорокалетний дядько, приодетый в костюм, сидевший на нем как на блохе сбруя. Дядько явно томился навязанной ему ролью «секретарши»: кое-как прихлебывал чаек из гжельской кружки и с треском ломал бараночки, аккуратно, двумя перстами.

Под белы руки меня подхватили стремительно, но жестко: не волохнешься. Сугубый дядько борзо выскочил из-за стола легонько, теми же пальчиками вынул из кобуры «макаров» и из-за пояса сзади «беретту».

— Хороший набор. На уток собрался? Так не сезон еще, — произнес он голосом автомата: ни шутки, ни сочувствия, ни-че-го. Уперся мне в переносицу взглядом: водянистые глазки под белесыми кустиками бровей казались мутными озерцами самогона. — Не шали у нас, ладно? — посоветовал он напоследок.

«Близнецы» душевно распахнули передо мной дверцу и вежливо кивнули: сами они явно при разговоре присутствовать не собирались. Последнее, что я услышал перед тем, как звуконепроницаемая металлическая дверь закрылась за мной, был треск очередной разламываемой баранки. А в голове само собою всплыло из времен босоногого детства: «То не досточки, то косточки трещат!»

— Вот так и бывает, служивый: это гора с горой не сходится, а человек с человеком — завсегда! — услышал я.

На роскошном кожаном диване, чем-то неуловимым напоминавшем излюбленный активной категорией населения «Мерседес-600», сидел господин Козырь, бежавший вместе со мною некоторое время назад из здешнего домзака. Ну да, господин Козырь. Он же товарищ Федор. А уж как его звать-величать по батюшке — это они не представились. Да и мы особливо на знакомство не напрашивались.

— Присаживайся, мил чээк, потолкуем. Кофейку налить? — Он указал на кофеварку — чудо ненашенской техники, блестевшую полированными поверхностями и урчащую, словно гоночная машина перед стартом. — Или по старинке чайку погоняешь?

— Чайку. Но покрепче.

— Гость в дом — Бог в дом. Сам и похлопочу.

Козырь встал, прибавил на плитке газу, высыпал в китайскую чашку щедро заварки, залил кипятком так, что бурлящая вода скрыла листья, прикрыл положенной крышечкой, поставил на стол передо мной:

— Пусть потомится, и — потреблять можно. Хочешь, с сахарцом. — Он кивнул на аккуратно наколотый белоснежный кусковой сахар, потом на блюдо с нежнейшей семгой: — А то с селедочкой.

Он закурил, подождал, как радушный хозяин, пока я хлебну пару глотков.

— Вот так, Олег, и пересекаются стежки. Чего опять в наши края?

— А почему опять? Может, я жил не тужил на соседней улочке?

— И это может быть. А только колеса у тебя — чужие, это раз. Прикид ты новехонький покупаешь осторожно, но по полному профилю, это два. Знать, готовишься к чему. А кто ты с виду есть, да и делом проверено, — Козырь усмехнулся, — я добре запомнил. Если бы спор вышел, то все двадцать прежних целковых против драной кошки, что не асессором коллежским корпишь. Но кто со мною спорить станет? Никто. Во-о-от. — Козырь помолчал. — Человек ты шебутной и решительный. Может, и киллер. А зачем нам тут киллер левый? То-то.

Он встал, прошелся по комнате, налил себе рюмку водки, выпил единым духом.

— Был бы человечек конторский, — продолжил он, — или от людей каких серьезных вестник, чего бы тебе по нашим шопам, прости Господи, прихорашиваться? Значит, самостоятельно ты банкуешь, как дважды два. Или не прав я?

Пожимаю плечами.

— Самому по себе в нашенское времечко и письмоносом выжить трудно. А ты ведь не на почте служишь. Я вот так себе думаю: коли уж нас судьбина свела снова, уж не знаю, Бог ли послал или чертушка спроворил, а давай-ка сядем и покумекаем, как нам с тобою жить-поживать дальше.

— А может, как в прошлый раз? Я — своей дорожкой, ты — своей?

— Того не выйдет. Тогда был я птицей вольной, а сейчас от серьезных московских людей за порядком смотреть приставлен.

— Вместо Шарика?

— Вместо него. Вот и разъясни ты мне, Олег свет Батькович, чего такого в этом городишке медом намазано, а?

Я подумал и ответил честно:

— Еще не разобрался.

— Чего так?

— Въехал в Покровск часа полтора как. Из этих полутора — час одежку выбирал, а полчаса — как с тобой, дядя Федор, калякаю.

— А по какому делу въехал, служивый?

Тут я немного подумал. Но ответил снова честно:

— По личному.

Козырь посмурнел.

— Так у нас с тобой разговора не получится, — произнес он тихо и серьезно. — Я хочу по-хорошему, а ты, Олег, как дите, в словеса ломаные играешься. Не получится.

— Ты скажи, какая вина на мне, боярин?

— «Вина»? Я не прокурор, ты — не жулик. Но ты, пожалуй, не осознаешь одной простой вещи: в этом городе я сейчас хозяин.

— Вот что, дядя Федор. Я в твое хозяйство не лезу да и в гости к тебе не напрашивался. Мы, как ты верно заметил, не кенты и не корефаны, но и врагами стать не успели. — Я сделал паузу, спокойно глядя в глаза хозяину. — Я отвечу на твои вопросы, если ты потрудишься четко и ясно их сформулировать.

— А ты не из интеллигентов ли, служивый?

— Из работяг умственного труда, которых интеллигентами у меня просто язык не поворачивается назвать. Итак, я слушаю твой вопрос. Или вопросы.

— Ну и ладушки. Вот растолкуй ты мне, мил человек Олег, пару штучек. Мы встречаемся с тобой в домзаке после очень громкой зачистки тишайшего допрежь города Покровска; в изоляторе ты легонечко переправляешь на тот свет вполне матерого человечка, мы срываемся с тобой в побег, ты по своим делам отошел, я — по своим. Собрались мы, грешные, с братвой обмозговать покровское окаянство, и что видим? Результаты какие? Шарика убрали, мэр Клюев пропал, полагаю, догнивает где-то безымянно и без почестей, Крот, потрох сучий, что и заварил всю эту кашицу с маслицем, отдал Богу концы во время любовных увеселений! Человечек его, Кадет, к нам на мировую пришел вместе со своей шоблой... Мы покамест мировую приняли, надо же в ситуацию вникнуть, стали снова дела налаживать... Но знаешь, отчего саднит мне во всей этой катавасии? Не могу я понять, к чему столько стрельбы затеяли и столько народу положили! Все как бы вернулось на круги своя, и по деньгам, и по доходам. К чему все наворачивалось?

Он посмотрел на меня внимательно, налил себе рюмку водки, предложил мне, я отрицательно покачал головой. Козырь выпил махом, бросил в рот несколько миндальных орешков, прожевал, закурил сигарету.

— Это одна сторона луны, — усмехнулся Козырь, продолжил: — Вторая. Вчера в город приехала бригада. Но не наша, и вообще не из деловых: приехали мальчики, молодые да сияющие, что новенькие гривенники! Прямо романтики-комсомольцы времен моей отроческой невинности! И с собой — три саркофага-рефрижератора всякого оборудования навезли! И тебе сканеры, и тебе самопалы жуткие, и тебе броню на грудь: из противотанковой пушчонки не прошибешь. А ни Куликовской, ни Курской битвы в наших тихих палестинах покамест не намечалось. Оробел я, грешен! Выясняю помалеху, через Москву: дескать, кто прислал людишек и по каким делам? Отвечают: людишки банка «Золотой кредит». А банчонка тот на самом деле гроша медного не стоит, нет за ним ни людей, ни денег, разве что названье громкое! И если по всем сусекам поскребется, на пару тех железяк, что по машинам сложены, не наберет. Арсенал такой, да с техникой, почитай, не один миллион стоит! Да не деревянных!

Козырь помолчал, глядя куда-то внутрь себя:

— Ну я сиднем-то сидеть не стал. Приезжие эти вокруг «Точприбора», аки пчелы вокруг улья, зажужжали; нам в этой технике интереса покуда никакого, но тройку людишек я озадачил, чтобы покрутились да прикинули хвост к носу. — Козырь хэкнул в сердцах: — Они и докрутились! Пропали напрочь, как не было! И предполагаю я, тож лежат уже где-нибудь «подснежниками» на необозримых полях «Точприбора»: там одного металлолома гниет немерено, а человечка заховать дохлого — вообще без базара. Как в омут.

Он закурил новую сигарету, окутался клубом дыма:

— А что власти наши губернские али городские? Сидят глухо, тихой сапой, губернатор, тот по столицам пропадает и дела по зарплатам решает — ему ж выбираться вскорости; да и, видать, напугали его здорово — с дачи носа не кажет; но притом ни фээсбэшники, ни «серые волки», ни менты поганые — никто задницей не шевелит, прямо-таки показательное благолепие, и все тут!

Одним движением Козырь притушил бычок, прищурился, уперев в меня взгляд:

— Вот тебе вторая сторона. И — третья, для полной ясности. Руководит этими вновь прибывшими человечек по прозванию Ильич. Еще его зовут Серый. Еще — Шериф. По всем отзывам — опаснейший дядько. И самое противное, именно он здесь по ранней осени и верховодил! Что прикажешь ожидать? — Козырь вздохнул. — Опечалился я, сам понимаешь, на душе кошки дикие стаями угнездились, и скребут, прощелыги, так, что с водки воротит! А как час тому выглядываю в оконце, и что вижу? Батюшки-светы! Мой корешок-сокамерник хиляет походкой ровной страной огромной! И под пиджаком пушчонки хоронятся, одна — за поясом, другая — в сбруе! И прибыл-то он в самый цвет, и экипирован — в масть, ну как мне его не пригласить поболтать, по старой-то дружбе?

Козырь вздохнул, посерьезнел:

— Вот только, паря, на этой оптимистической ноте наша вступительная увертюра и закончится. Пойми уж и ты меня, коновала. Я здесь лицо, если говорить по-вашему, казенное. Перед братвой да сходняком отвечаю за порядок и благолепие. А по моему полному разумению, готовится снова в славном Покровске не пойми чего. Кровь, судя по всему, готовится. Много крови. И вот я беру, опять же, говоря по-вашему, «языка». Именем Олег свет Батькович. Пытаюсь с ним по-хорошему, по дружбе поговорить. А он — «моя твоя не понимает»! Хотя — русский человек, не пиковой масти, и такую горбатую залепуху мне вкручивать никакого резону у него нет, окромя глупости! Что я должен сделать? Правильно. Потрясти квалифицированно, с привлечением специалистов, и поговорить, с их же помощью, качественно и вдумчиво. — Козырь вздохнул. — Хотя мне бы этого и не хотелось.

Вот теперь он откинулся на подушки диванчика, широким жестом хозяина указал на стол:

— А ты бы выпил, Олег Батькович. И закусил бы, чем Бог послал. Водочка, она кровь по жилушкам быстрее гонит, напряг с души снимает да мозги просветляет. Глядишь, и стемешит голова твоя что умное. Только не запирайся по-глупому, Христом Богом тебя прошу! Хлобыстни водочки, зачифири еще, и поговорим, как Гога с Магогой.

— Спасибо за заботу, дядя Федор.

— Чем богаты.

Я действительно налил себе водки, выпил, свернул трубочкой сандвич, предварительно положив сверху несколько кусков ветчины, сыра, салями, пару ломтей огурчика и обильно сдобрив горчицей, зажевал энергично и с удовольствием.

Похоже, я влетел, как выразился бы сам Козырь, «допрежь времен». Я, конечно, могу рассказать ему грустную, но поучительную историю и про Диму Круза, и про одинокие скитания странника Дронова по городам и весям Отчизны, но мне это поможет слабо. В самом лучшем случае меня, выражаясь языком военно-дипломатическим, интернируют. Сиречь замуруют в каком тихом зиндане, чтобы под ногами у общества не путался. А в худшем — пропишут, как в песне поется, «девять граммов в сердце». Чтоб не мельтешил, не маячил да не отсвечивал. Скверно.

Козырь тем временем встал, прошелся по комнате, вынул из коробки на столе сигарету, закурил, подошел к окну, застыл раздумчиво. Я оценил его такт и ум: когда вербуешь человека, не мешай ему подумать, покрутить варианты, дай время освоиться с уже свершившимся фактом даже если и не предательства, так того, что сила сейчас на другой стороне, и этой силе нужно или подчиниться, или погибнуть. Сгинуть скверной смертью да без покаяния.

Я хлобыстнул махом еще рюмку «Померанцевой», выцедил оставшийся чифирек, закурил. Козырь почувствовал, что я готов к разговору, повернул голову:

— Я вижу ты, паря, ссориться не намерен и все понимаешь правильно. Ну а раз так, давай...

Дальше... Словно какой-то маг, могущественный, всесильный, щелкнул громко пальцами, разом изменив все. По крайней мере, тот звук, что я услышал, я сначала и принял за щелчок пальцами. Хруст или треск, малый, невразумительный... Козырь мягонько, словно мешок, рухнул на укрытый ковром пол. На виске у него черно кровянело входное пулевое отверстие.

Глава 60

Дырочка на стекле была аккуратной; от краев ее заветвились редкие паутинки. Я прикинул: ну да, такой же старый купеческий особнячок напротив, в нем — магазины, его же, Козыря, магазины, вот и не поостерегся. Хотя чердак в таких вот домах — идеальное место для снайпера. Охрана же магазинная, как и замки-запоры, — защита от лохов, но не от профи.

Времени что-то решать или просчитывать не осталось совершенно. Даже если ребятки, что сидят в смежной комнатухе, в предбанничке, и не замолотят меня сразу сгоряча, увидев босса мертвым, то угомонят чуть позднее, предварительно как следует выпотрошив: я для них — источник и причина непонятки, ну а гибель Козыря, случившаяся мгновенно по моему появлению, будет понята ими однозначно. И даже если появятся у них на мой счет какие сомнения, истолкованы они будут не в мою пользу. На всякий случай. Непонятки в боевой обстановке лучше устранять. Пулей.

Я полуползком пробрался к столу, стараясь не повторять ошибок покойного и не маячить перед окном. Это только мальчонка, разбивший из рогатки стекло ментовки, станет улепетывать со всех ног, в восторге от собственной лихости и крутости. Киллер с опытом, вкусивший смертной сладости яда — права безнаказанно отнимать чужую жизнь, — несуетлив, хоть и осторожен. У него хватит ума и терпения чуть выждать и завалить меня следом за гостеприимным хозяином. Разумеется, если я выдернусь под выстрел сразу и сам, как мишень на полигоне. Ему ведь тоже сидеть и ждать разгневанной братвы — не самый сладкий сахар.

У стола я оказался вне сектора обстрела. Быстро, но аккуратно, стараясь не шуметь, выдернул один за другим несколько ящиков. Есть! Аккуратный «глок» с фабричным глушителем мирно покоился на дне одного из ящиков. Две запасные обоймы. Ну, они-то мне не помогут, если не сумею качественно расстрелять первую.

Полуползком передвигаюсь к двери. Нет, скорее всего киллера уже и след простыл или уже остывает. Но береженого Бог бережет. Любопытство губит кота, а самодовольство — человека. Любого. Как сказал Козырь? «Я хозяин в этом городе». И чего было бояться ему, хозяину, «черному мэру», в центре *своего* Покровска? Стекла снаружи его конторы были зеркально тонированы, но для профессионала это помеха смешная, как бабочка для экскаватора! Подумали бы, поучились у старших товарищей из КПСС: любой обком строили на видном месте да высоком берегу, так, что ни одна винтовочка киллерская такое расстояние не возьмет, ни один сканер вражий не дотянется, дабы подслушать жуткую тайну: сколько поросят свинарка Малафеева получила от свиноматок, покрытых рекордсменом племенного долголетия боровом Борькой!

Я замер, зажав пистолет в руке. Затвор передернут, патрон в стволе. Поигрался, прикинув балансировку. Пора. Распахнул дверь разом. Первая пуля — в лоб любителю сушек. Профи, собака! Как и откуда он успел выдернуть пистолет — неведомо, но умер он с оружием в руках! Я передвинул ствол и парой выстрелов завалил двух «близнецов» в кашемире. Где третий болтается, етит его в гору?! Пописать, что ли, пошел?

Невнятные хлопки, глухой стук от падения мертвых тел — вот все, что нарушило тишину предбанничка. Я надел купленное с час назад длинное пальто почти от кутюр, быстро окинул взглядом комнату, выдвинул ящик стола, бесцеремонно скинув труп голубоглазого дядьки на пол. Вот они, мои славные. Забрал «беретту», «макаров» и чужой «глок» с глушилкой; выгреб тоненькую пачку баксов и с десяток отечественных полтинников: им уже не пригодятся, а клептомания — штука пожизненная.

Спустился по узенькой лесенке, сжимая в левой руке пистолет. Ногой наддал дверь из подсобки в торговый зал. Ага, вот он, «близнец»-молодец, балагур-богатырь! Любезничает со смазливой продавщицей. Но меня заметил-таки боковым зрением, развернулся, рука дернулась под пиджак... Я ринулся прямо на него, улыбаясь всеми тридцатью шестью зубами и протягивая правую для рукопожатия. Пусть замешкался он от этого лишь на мгновение, этого мгновения мне хватило: левой воткнул ему ствол в печень и нажал на спуск. Выстрел был почти не слышен: так, хлопок совсем невнятный. Я чуть толкнул тело, и оно завалилось на прилавок. Заметил испуганные глаза кокетливой продавщицы, подмигнул ей и — ринулся прочь. Успел услышать за спиной ее слова, обращенные к покойному: «Сашка, ты чего...» И следом — истошный визг.

«Паджеро» с пятью стрижеными дежурил в пяти шагах, у подъезда. Ринулся к ним, глянул грозно, дергано жестикулируя правой, сверкая белками глаз:

— Хер ли сидите, падлы?! Там козлы Козыря мочат!

Все пятеро, как по команде, ринулись в двери магазина, на ходу выхватывая стволы. Братки — они как дети! И тут я увидел *его*. Молодой человек со стильным чемоданчиком в левой руке, по размерам чуть больше хрестоматийного «атташе», спокойно удалялся по улочке. Ну да: он удалялся *слишком* спокойно при напряженно-прямой спине. Плюс — свободная правая рука, полускрытая длинным рукавом куртки. Плюс — особый шарм представительского кейса: в аккурат под снайперскую бесшумку.

Как он почуял меня — неведомо. Я только поднимал руку с оружием, а снайпер уже успел выстрелить, полуобернувшись ко мне, из-за спины. Неточно. Заваливаясь на бок, я спустил курок: паренька бросило наземь, на левом плече оплавилась драная дырочка, «дипломат» отлетел в сторону. Каким-то восьмым чутьем я понял, что скорее всего до ближайшего вторника я не доживу: его пистолет в правой, секунда-другая, и снайпер пропишет мне аккуратную дырку в переносье.

Братва вылетела из дверей магазина той же ватагой, и первое, что они увидели на противоположной стороне улицы, — лежащий мужик с пистолетом. Я тоже лежал с оружием в руках, но стереотип в боевой обстановке работает на автопилоте: подсознательно ребятки меня уже идентифицировали как своего. Снайпер, увидев ватагу размахивающих стволами огольцов, отреагировал штатно: чтобы успеть спокойно разобраться со мной, нужно было устранить сперва эту вот помеху. Два бесшумных выстрела, и двое битюгов кувыркнулись как подкошенные у магазинного входа. Остальные разом прянули назад.

Но и я не лежал мешком. Перехватил пистолет двумя руками: теперь в прорези прицела маячил чистый белый лоб киллера. Он успел отреагировать только взглядом; мне показалось вдруг, что время замедлилось, застыло, исчезло совсем... Я видел только его глаза — зрачки вдруг расширились на долю мгновения, потом снова сузились, словно оптика снайперской винтовки вычисляла точное расстояние до цели... Потом зрачки словно помутнели, подернулись серым пеплом... Пуля, вращаясь, вылетела из ствола и понеслась вихревым вестником смерти.

Выстрел был точен. Какую-то секунду я еще лежал, глядя в стекленеющие зрачки убитого, потом встал. И тут — громко заработали «тэтэшки» братвы: сначала один, потом все трое, картинно держа пистолеты двумя руками, рубили пулями распростертое тело в клочья. Они расстреляли уже по обойме, сменили их и только потом стали приближаться, страхуя друг друга.

На улице началась настоящая паника. Люди падали в грязный снег, где-то вдалеке завыла милицейская сирена. Из всех магазинчиков и из двух питейных полуподвалов вылетала братва, создавая дополнительную суматоху.

Я что-то выкрикивал, что-то приказывал. По виду — кашемировое пальто, белый шелковый шарф — я был явно здешнего поля ягода. Пацаны сгрудились над убитым, что-то гомонили; на отлетевший «дипломат» никто особого внимания не обратил. Быстро нагнувшись, я подобрал тяжелый кейс, оглянулся. Ну да, на ловца и зверь бежит. Какой-то пузатый мужичок из здешнего «среднего класса», прижав к груди покупки, открывал ключом серенький «фольксваген-гольф», выпущенный на славных заводах Неметчины в аккурат к горбачевской перестройке. Таких на просторах родины нынче болтается не меньше, чем родных «жигуленков» в поздние восьмидесятые.

Мужичок справился с дверцей, суетливо побросал добро в салон, плюхнулся на сиденье, вставил ключ. Автомобиль заурчал стартером, мужичок приготовился уже устроить упитанный зад на сиденье поудобнее, потянул на себя дверцу, с тем усилием, чтобы закрыть без лишнего потрясения... Вот тут я его и огорчил: труба пистолетного глушителя уперлась мужику в живот, вызвав громкое урчание.

— Поймите, уважаемый, машины нет, а ехать надо, — тихо объяснил я очевидное, заглянув водителю в глаза. Не то чтобы участливо, но сочувственно — вполне. По крайней мере, я так думал.

Мужик побелел и все никак не мог отвести от меня взгляда, словно избалованный племенной кролик, узревший вдруг в своем тихом, теплом и сытом крольчатнике где-нибудь в средней полосе матушки-России натурального африканского питона-боа.

— Уступи место за рулем, а? — попросил я и посоветовал: — Только как вылезешь, не ори, душевно тебя прошу: братки шибко нервные сейчас, шмальнут ведь сгоряча, а пуля тяжела-а-а...

Мужик вылетел мухой, с прыткостью, какой я даже не мог предполагать в таком откормленном и холеном тельце. Застыл у стены, глупо улыбаясь и кивая, будто китайский болванчик. При этом на лице у него было явственно выписано некое неудобство, словно он позволил себе громко пукнуть на лекции по истории героического ленинского комсомола. Я потянул носом воздух: на да, у достопочтенного обывателя тихого городка при столь грустных и пугающих обстоятельствах произошла непроизвольная дефекация, сиречь освобождение прямой кишки. Но я и не думал потешаться: лет... э-э-э... надцать тому знавал я одного парнишу, попал он к нам сразу после учебки за пьяную самоволку, на перевоспитание, а духи возьми да и накрой той же ночью точку массированным минометным огнем! Парня я нашел в полуобморочном состоянии, контуженным, с мокрыми насквозь штанами... И что потом? Через полгода более дерзкого рейдовика в этой части просто не было: парень лез на все рожоны как черт, не боялся ни духов, ни шайтанов с дэйвами, а вот от посвиста мин бледнел как полотно, и только наработанный авторитет среди пацанов мешал ему добросовестно кувыркнуться в обморок.

Если кто вам скажет, что не испытывает холода в печенках, когда в живот ему упирается ствол, сжимаемый рукой парня с холодными глазами, плюньте ему в рожу, как лгуну! Только матерый волкодав способен этот холод «не заметить», чтобы остаться в живых! Он просто не успеет этого сделать, потому что начнет действовать, говоря казенно, отреагирует адекватно. Но потом — вспомнит, непременно вспомнит, и будет тушить ледяное пламя водочкой, переживая, пережигая испытанный страх. Вместе с нервами.

Вой патрульных милицейских машин звучал все ближе; я забросил «дипломат» на сиденье, оставил свертки с водительскими покупками на асфальте: кто знает, может, мужчинка любимой дочке подарок к совершеннолетию прикупил, а я лишу невинную девушку праздника? Не бывать тому.

— Заяви об угоне через часик, машину аккуратно припаркую, не разобью, — ободряюще сказал я мужичку, вот только услышал он меня или нет, не знаю. Я же аккуратно вырулил на проспект и неспешно, не превышая скорости, поехал прочь. Это раньше победившим считался тот, за кем осталось поле боя. Теперь это тот, кто выжил.

Путь мой лежал на северо-восток, в ту самую промышленную часть Покровска, где располагались заводы: Моторостроительный, «Точприбор», Турбостроительный и еще три-четыре гиганта социалистической индустрии. Когда-то не просто город в городе; в масштабах страны — государство в государстве, поставившее себе на службу самые блестящие умы.

Улицы в этот час были довольно пустынны; я понял, что нервный шок еще не прошел и мчусь я не просто с непозволительной, с запредельной скоростью. И тут я заметил женщину. Она стояла у обочины, обессиленно опершись о столб. Моих лет, закутанная в теплый пуховый платок, женщина плакала. Нога сама нежно вдавила педаль тормоза, руки поиграли рулем, чтобы автомобиль не заюзовал по скользкой дороге. Остановившись, подал автомобиль назад, приоткрыл дверцу:

— Кто обидел, барышня?

Женщина подняла взгляд, смотрела на меня какое-то время невидяще, потом узрела и белый шелковый шарф, и пальто. Губы ее скорбно опустились.

— Да какое *вам* до *нас* дело?

— Садитесь.

— Нет. — Она энергично замотала головой.

— Садись, говорю! — гаркнул я.

Женщина как-то покорно втянула голову в плечи, нырнула в салон, съёжилась в комочек, произнесла едва слышно:

— Тут тепло... — Глянула на меня близоруко: — Тебе женщина нужна, да?

— Нужна. Но не так, как ты думаешь. Что стряслось?

Она только пожала плечами, заговорила тихо, как-то обречённо, даже не жалуясь, словно читала статью в дурной газетёнке про чужую жизнь:

— Мама в больнице, слепнет, ей операцию делать надо... А денег нет. Завтра её выпишут. А в больнице хоть кормят. Пусть два раза в день, но кормят. А мне зарплату с июля не платили. С дочкой три раза в день картошку и едим. А вчера она мне сказала: «Мама, я пойду проституткой работать. Чтобы бабушка не ослепла». А я, как дура, пощёчину ей залепила, губы разбила. Дура. Разве девчонка виновата? Ей тринадцать лет всего. Разве она виновата? И занять не у кого. Заберу завтра маму домой. Насидится. Слепая и голодная. Господи, что ж за горе такое...

Одним движением я вытащил из внутреннего кармана все деньги, какие там были. Сунул женщине:

— Держи. Лечи свою маму. И дочке что-нибудь купи.

— Ой... — Женщина застыла, глядя на деньги, но не решаясь протянуть к ним руки. — Ой...

— А ну, бери быстро! — прикрикнул я.

Она обеими руками схватила пачку сотенных, прижала к себе.

— В карман спрячь!

— Ага... Ага... — закивала она, пытаясь запихнуть доллары куда-то под пальто. Наконец ей это удалось. — Я... Я теперь что-то должна сделать?

— Домой идти.

— Домой?

— Да. И не плачь, ладно?

Но вместо этого женщина вдруг как-то сникла разом, закрыла лицо ладонями, плечи затряслись, и она зарыдала в голос...

— Лерке тринадцать всего... А она — в проститутки... И мама слепнет... И зарплату... Когда все это кончится... Когда... — причитала она тихонечко, словно жалуясь не только за все прошлые обиды, но и за все будущие...

Когда это кончится? Разве я знаю?

— Ну все, сестренка, поплакала, и будет. Пока. У меня дел еще выше крыши.

Женщина испуганно подняла глаза:

— А ты... Вы... У меня ведь нет ничего.

— А ничего и не нужно. Пока.

— Погодите... Как-то это неправильно. Ты... Ты никого не убил?.. За эти деньги?

— За деньги? Нет, — ответил я, прямо глядя ей в глаза.

— Не врешь. Я вижу, что не врешь. — Лицо ее, отошедшее от слез и беды, вдруг похорошело...

Она собралась было выйти, да замерла на месте, испуганно глядя на меня. На миг будто все существо ее разом захолонуло страхом, кажется, я физически почувствовал это... Страхом, что все это была злая, неумная шутка, и этот парень отнимет деньги и укатит, посмеявшись зло, и она останется стоять на стылом ветру, обдаваемая грязными брызгами от равнодушно пролетавших мимо иномарок...

— Ну, сестренка. Пока. Дочку береги. И маму.

Женщина вдрогнула, кивнула, кое-как выбралась из машины, запнулась, повернула лицо ко мне:

— Звать-то тебя как?

— Олег.

— Я буду Бога за тебя молить. И мама. Если есть на тебе грех какой, Бог простит, я знаю.

— Будь счастлива, сестренка.

С места я тронулся медленно. Автомобиль удалялся, какое-то время я еще видел ее фигурку в мглистом мареве и успел заметить, как женщина тихонечко, вроде тайно, осенила меня крестом.

Глава 61

Завод «Точприбор» маячил за символическим бетонным забором огромной мглистой громадой. На улицу выходила глухая, с закопченными стеклами стена одного из цехов; рядом высилось сравнительно новое здание заводоуправления. Восемнадцатиэтажный корпус стоял несокрушимым айсбергом. Когда-то он вмещал в себя сотни, тысячи итээров, мелких управленцев, несметное количество бухгалтеров и счетоводов, профсоюзных теток и комсомольских долгорожих мальчиков, секретчиков первого отдела и неподкупно-занудных кадровиков, зеленых лицами работников многотиражки «Приборостроитель» и партгрупоргов, щеголявших в обшарпанных костюмчиках завзятых второгодников и галстуках-самовязах, вещателей заводского радио и социологов с конфликтологами, профилактологов местного санатория и наркологов центра борьбы за трезвость, массовиков-затейников, заводских летописцев, ваятелей светлых образов Ильичей и художников-оформил, «богомазов», заполонивших заводскую территорию и сопредельные улицы-закоулки ветхозаветными ликами Маркса—Энгельса—Ленина и графиками досрочных перевыполнений... Как при всей этой своре завод умудрялся еще и выпускать изделия под длинными и малопонятными цифровыми аббревиатурами и пугать вероятного противника исключительной точностью приборов наведения страшных баллистических ракет — сие вопрос, покрытый мраком непроницаемой тайны не только для их разведки, но и для нашей.

Припарковываюсь сбоку, рядом со служебной стоянкой, полной импозантных представительских машин, явно не ворованных с немецких автобанов, а доставленных прямиком с заводских линий «Фольксвагена», «Даймлер-Бенца» и «Ситроена». Как и следовало ожидать, капитаны, мичманы и прочие старшины производства не потерялись в рыночном море, и схема проста как яйцо: заказы, которые выполняют работяги, покупает у них не сам заказчик, а ЗАО «Точприбор», составленное из тех самых офицеров завода, за символические деньги. Само же ЗАО оплату получает сполна: акционерам есть на чем ездить и что попить-покушать. Вот только одно плохо: содержали бы уж своих работяг хотя бы как рабочую скотину, а не как пыль лагерную! Ладно, все это лирика. Мир подлунный мне не переделать, да я и не собираюсь. Меня интересует совсем другое.

Где-то там, на огромной территории, затаился сверхсекретный цех, завод в заводе, изготовивший *нечто,* ради чего кладут трупы не просто пачками — штабелями. Невзирая на лица и ранги.

Допустим, профессор Буркун не ошибся и не преувеличил: в неведомом цеху действительно изобрели абсолютно, принципиально новую систему кибернетической памяти. Превосходящей имеющиеся аналоги не просто в разы, в десятки раз со степенями! Что это означает? Что будет, если этим завладеет вероятный противник, уже полтора десятилетия изображающий из себя сердечного друга и делающий все возможное, чтобы укатать нас и превратить в послушную и подвластную территорию?

Будет катастрофа. Полная. Все шифры ФАПСИ — псу под хвост, все системы наведения еще оставшихся ракет — на свалку, можно вместе с самими ракетами, ибо без работающих кибернетических начинок, пунктов слежения и управления, они — просто груда металлолома с крылышками. И заткнуть ими нечего.

Итак, некий Кузнецов, то ли администратор, то ли изобретатель, числившийся главным инженером упомянутого цеха, упорхнул в Москву, где ходил по инстанциям. То есть утечка по изобретению прошла достаточная. И кто-то решил его купить. По-тихому. Вместе с заводом: как выражался кот Матроскин, чтобы не нарушать отчетности. Покупателем может выступить только наш вероятный противник, ибо только Штаты обладают достаточной мощью раскрутить изобретение в продукт и товар. Но продавец, кем бы он ни был, в Госдеп с образчиком товара не попрется: спецслужбы не дремлют, да и пулю за измену родине можно схлопотать легко. Минуя и суд, и присяжных, и стряпчих поверенных.

Следовательно, посредником может выступить американская частная корпорация или лицо, занимающееся смежной темой. Например, Билли Кейтс, мультимиллиардер и глава компьютерной империи. Он вполне способен не только оплатить покупку, но и с легкостью покрыть миллионные издержки по многоступенчатой операции прикрытия. Каковая и была проведена в Покровске в конце лета и ранней осенью: мертвяков наваляли воз и маленькую тележку, но, как правильно заметил Козырь, без видимой выгоды для кого-то.

Тепло.

Сделка уже подготовлена. Заинтересованные стороны нервничают. Стоило Козырю только поинтересоваться, каким таким делом решила заняться временная творческая группа, прибывшая со своим оборудованием, умением и навыками, как закопали не только троих любопытных, но и самого Козыря продырявили, словно сушеную воблу. А что компетентные органы? Сидят и носа не кажут. Почему? Никогда эти ребята особым комплексом неполноценности не страдали, и вот на тебе: на вверенной им территории чужаки вытворяют скандальные непотребства с настиланием трупов, а они — затаились и молчат в тряпочку. Объяснение? Только одно: служивые сидят в своих начальственных креслах согласно приказу, а значит, согласно другому приказу могут вылететь из них, как булыжники из катапульты. Вывод: у приезжих есть соответствующая бумага. Авторитетная. Такая, что местные ребятишки, будь то РУБОП, УВД или УФСБ, близко не подойдут! Не просто авторитетная, а, как выражался профессор Преображенский, конкретная бумага, окончательная бумага. Броня!

Горячо.

А где у нас изготавливают бронированную бумагу? Только в одном месте: в Администрации Самого. Вполне возможно, подмахнул ее по представлению кого-нибудь из кремлевской молодежи сам Дедушка — в промежутке между водными процедурами и отходом ко сну. Дескать, хочет славный американский мальчонка-предприниматель вложиться в российскую реальную экономику зелеными денюжками, после чего зацветет завод и запахнет, и тропка ихнему капиталу в нашу производственную сферу будет протоптана, и заживет народ как в сказке... Вот только мешают этому злыдни криминальные, да бароны-губернаторы каверзы строят, ножики точат, царской власти противятся! Вот здесь вот распишитесь, ваше велико... Опаньки!

Очень горячо!

Кукушка, кукушка, сколько мне лет жить? Молчит проклятая, как рыба об лед. Ну и слава Богу: никогда не верил в глупые приметы, а «кукушка» на профессиональном жаргоне — это снайпер.

Ну наконец-то! Зря, что ли, я маячу здесь четверть часа? Из дверей заводоуправления неторопливо вышел вертухай в камуфляже и направился к моей машине. Но, как гласит народная мудрость, не той пули бойся, что свистит, а той, что молча летит. На вялой пристани у заводоуправы я стою исключительно живцом: раз такие гнилые расклады кругом, должен и на меня, сирого и убогого, упакованного в средний братанский прикид индивида, кто-то отреагировать?

Но пикироваться с камуфляжным фуфлыжником не хочу. Поворачиваю ключ и медленно, но с достоинством покидаю стоянку. Вот они, мои любопытствующие провожатые: выдвинулись из ряда на умеренно замызганном «шевроле» не самой первой свежести, но вполне съедобном, и припустили следом. Поиграем в догонялки.

На загородный автобан я выехал с лихостью. Хвост мой не торопился, но и не отставал. Я глянул на циферблат часов: ага, со времен разборки в центре тишайшего Покровска прошло чуть больше часа; боссы, что контролируют и обеспечивают охрану и секретность предстоящей сделки, уже проинформированы о том, что с ликвидацией Козыря все прошло не совсем гладко — был легкий шухер. А мне в этой связи любопытно лишь одно: если пришлые контактируют с местными служивыми на уровне «равняйсь, смирно!», то никакого «Бредня», «Невода», «Гарпуна» и тому подобных планов перехвата злоумышленников объявлено не будет: секретность любит тишину. Стоп. Что-то перекрутил: почему тишину? Пусть силовики кидаются в погоню за бандюками и чехвостят злачные кабаки: серьезные люди на подписание договора купли-продажи приедут под хорошей опекой, никакой братан к ним близко на километр не приблизится.

М-да... Гадала гадалка, хотела выгадать, да все и прогадала. Чтобы не уподобляться этой тупой тете, я и нацепил себе хвост. Мне нужен «язык». Ибо, как учил Сун Цзе, великий и ужасный, «если рассудительный военачальник одерживает победу над противниками всякий раз, когда они переходят к действиям, это достигается благодаря предварительной информации. Так называемая предварительная информация... может быть получена только от человека, который знаком с ситуацией противника»[1].

Я увеличил скорость до ста двадцати. Заемная таратайка работала на совесть и на скользком участке разогналась, как живая. «Шевроле» преследователей доказал, что тоже машина. Пора и бодаться.

Умом я понимал, что совершаю безрассудство, но инстинкт игрока оказался сильнее. Я вдавил педаль тормоза, тут же отпустил и дернул рулем. Моя машинка развернулась на сто восемьдесят градусов, шипованная резина жалобно запела заунывную песню старого монгольского нойона, и машина резво, как пришпоренный дикий коник, рванулась навстречу преследователям. Водила за рулем «шевроле» был менее опытен: видя несущийся навстречу со страшной скоростью радиатор чужака, он заюлил, зарыскал по дороге... А хоть бы он был и шофером Брежнева! Максимум, что он мог успеть сделать на такой скорости, это либо подставить мне борт, либо честно лететь со свистом в кювет на крыльях снежной поземки. Нет, был третий путь: добросовестно выдержать лобовую атаку и героически погибнуть. Но даже такому кретину, как я, было противно думать, во что превратятся наши молодые и жаждущие любви тела после такого столкновения!

---

[1] С у н Ц з е — философ и военный теоретик древнего Китая. Цитата приведена из его работы «Искусство войны».

Я уже видел на руле побелевшие от напряжения костяшки пальцев водителя приближающегося автомобиля, но не свернул: замкнуло. Видно, кто-то из предков был гусаром и предпочитал русскую рулетку всем другим развлечениям. Ген затесался накрепко: не могу же я подвести предка?! Честь превыше.

Жизнь победила. Мой противник дернул рулем, «шевроле» вылетел с шоссе и ткнулся рылом в неглубокий наст. Я повторил не такой уж простой трюк с разворотом, но уже на меньшей скорости, и, держа оружие наготове, подъехал к месту аварии. Бампер у «шевроле» массивный, и ребятки вполне отделались испугом, который могут отработать на мне из какого-нибудь скорострельного «узи». На открытом воздухе штука скорее психологическая, чем боевая, но при известном умении в машину они попадут. А она чужая, обещал вернуть.

Тишина. Свергнувшаяся под откос машина безмолвна. Хотя и особых повреждений я не вижу. Выбираюсь из авто и легкой рысцой сбегаю вниз по склону, держа пистолет наготове: со стороны посмотреть, прямо чиподейлизм какой-то! Забавные эти американские зверушки, и чем-то похожи на Международный валютный фонд: спешат на помощь — не отвертеться! Вот только как бы потом от благодарности откашляться!

Водила разбил голову и грудь о рулевое колесо, лыка не вяжет, и если жив, то условно. Его напарник успел приложиться качественно лбом о приборную доску и пребывает в состоянии тоскливого «грогги»: мир вокруг существует, но мутен, вязок и ирреален. Он приоткрыл дверцу, пытаясь вывалиться наружу; инстинкты притом у бойца сработали штатно: стоило мне скрипнуть снежком в опасной близости, как откуда-то из-под руки веером вылетела полушальная череда пуль, вздыбливая фонтанчики смерзшегося снега. Я зайцем метнулся в сторону. При этом никакой грохот выстрелов тишину не разорвал: на ствол скорострельного механизма навернут профессиональный глушачок. Как говорится, стреляйте друг дружку сколько душе угодно, но соблюдая притом покой и благолепие.

Усилия полуоглушенного пассажира увенчались успехом: он вывалился-таки из машины, неловко, боком. Я рысью прыгнул на него, мигом подмял оружие, коротко и резко ударил в подбородок. Парень угомонился в кратком беспамятстве: все же лучше, чем плавать в колеблющемся пространстве. Я подхватил его на плечи «мельничкой», забросив на шею его сумку, куда уложил и миниатюрный тихий «узик»: судя по тяжести, там мно-о-ого всякого нужного в нелегальном быту добра. Уже через минуту отчалил от паленого места, проехал с десяток миль, пока не узрел хороший съезд в лес. С замиранием сердца свернул на снежную колею: «фолькс» — не джип и не «лендровер», сядешь на брюхо и будешь куковать, дурак дураком. Оставалось уповать на народную мудрость: смелость города берет, а наглость — троны.

Проехал я с километр, угадывая под снежком заброшенный проселок. Когда вокруг пошли елки с сосенками сплошным частоколом, остановился: пора и честь знать, чай, не за грибами прибыл. Глянул на пассажира: он вряд ли полностью оклемался, но окружающее осознавал, пусть хлипко и кое-как, но осознавал: зрачки под прикрытыми веками дергались. Никаких резких выпадов с его стороны я не опасался, ибо еще при посадке скрутил ручонки сзади его же ремнем. Для знающих людей таковые путы — куда надежнее «кандалов»: из наручников при известной сноровке и подготовке можно выскользнуть, а ремешок, спутанный хитро, держит мертво, как петля — покойника.

— С прибытием в вольные Шервудские леса! — приветствовал я незнакомца чувствительным пинком в бок. — Хватит придуриваться, потолковать надо.

Чуть-чуть поразмыслив, самую малость, парень открыл глаза. Взгляд его был спокоен: сегодня ты гончий, завтра — дичь. Такая игра. Он не задавал глупых вопросов, ни о чем не просил, не пытался играть ни в какие игры. Спокойно смотрел на меня светло-карими глазами и ждал. Чего? Продолжения или перемены ветра Фортуны, когда флюгер по имени Удача повернется ко мне задницей, пардон, хвостом, хоть на мгновение?..

Ну тут уж, как отвечал старый Рабинович на вопрос о здоровье, не дождетесь! Если нужно, сам, вместо ветра, дуть начну во всю силу легких! Легко упускается только то, что легко дается, а если за удачей ты прополз на собственных карачках расстояние от Шпицбергена до Гибралтара, то — извини... Не до-жде-тесь!

— Ты «Легенду о Нарояме» помнишь? — спросил я пленника.

— Чего?

— Кино такое. Фильм. Японский.

— Нет.

— Жаль. Очень доходчиво. Короче, чтобы не торговаться: ты отвечаешь на мои вопросы, я — отпускаю тебя на все четыре. Думаю, после ответов к шефам своим ты не попрешься, ну да Россия велика, и при известной сноровке добрый молодец, вроде тебя, не пропадет. Это первый вариант. Второй. Эта штучка тебе знакома? — Достаю из его же сумки миниатюрный шокер с регулятором мощности и кожаную сумочку на «молнии». — Вижу по реакции, что знакома. Шокер — для слабых духом, и применять его к тебе я, пожалуй, не стану. Не живодер. Хотя... — я сделал вид, что колеблюсь, — если приставить вот эти вот железные штучки к краю пениса, результат может быть очень даже впечатляющим, ты не находишь?

Парень скривил губы в ухмылке:

— Пошел на хер. Елдак нужен тому, кто остается жив. Мертвому он ни к чему.

— Ага. Значит, иллюзий насчет своего будущего ты не питаешь. И в бега от сотоварищей пускаться не собираешься, опасаясь, что все одно достанут. Или скорее я не пощажу.

— Больно ты говорливый.

— Грешен. Люблю поболтать с людьми, а удается не часто. Так о чем я? Ну да, о Нарояме. Парень, с помощью вот этих вот ампулок я тебя все одно выпотрошу, ты и сам это понимаешь, но отпустить тогда уже не смогу: перед боссами ты будешь чист, как агнец, против химии не попрешь, и пойдешь, следовательно, меня закладывать добросовестно. Убивать безоружных не на поле боя мне претит сызмальства, потому оставлю я тебя в этом глухом леске с кляпом во рту, прикрученным к одиноко стоящему дереву. К весне будешь как живой. Перспективу хорошо уяснил?

— Кончай психа давить, работай, — спокойно посоветовал парень.

Уважаю. Кем бы ни были мои противники, но людей они подбирать и готовить умеют. Игры с огнем этого требуют априори, но не всем удается. Я вынул сигареты:

— Закуришь?

— Здоровье берегу.

— Хозяин барин.

На мои приготовления — накладывание жгута и сортировку медикаментов, предназначенных отнюдь не для лечения, протирание рук спиртом, раздумчивые паузы, когда я решал, что и в каких пропорциях вводить пленнику, рассматривая необычную маркировку на ампулках — разноцветные точки и штрихи, — несговорчивый парень взирал с почтенным равнодушием стоика или, что хуже, спокойной отрешенностью самурая. Без давней идеологической подготовки — не обошлось. А что я, собственно, комплексую?! Ведь весь этот эскулапский набор, равно как и автомат «узи» с полновесными двумя магазинами, предназначался именно мне, и совсем не в подарок! На войне как на войне. И везет на ней не всем, не всегда и не во всем.

Плохо было только одно: с этим парнем мы были одного поля ягоды, меня так и подмывало сказать ему слова Маугли: «Мы с тобой одной крови». Я постарше лет на пятнадцать, только и всего. Мне еще досталось быть содатом империи, ему — выпало стать лишь легионером царька, господствующего на осколке-астероиде той самой империи.

Пусть кровь на лицах — нам не в тягость.
На раны плюнь — не до того.
Пусть даст приказ Тиберий Август,
Пусть даст приказ Тиберий Август,
Мы твердо выполним его.

478

Нет ни императора, ни империи, ни приказа. Но есть люди, которых нужно защищать. Когда-то они отстояли нашу страну, вытащили ее на плечах, а теперь тихо уходят, брошенные и беспомощные. Так быть не должно. Теперь наш черед.

Глава 62

Я подождал, пока глаза парня подернутся туманом наркотического кайфа, поколдовал с ампулками и добавил к скополамину кубик препарата, именуемого знающими людьми «акулой». Почему «акулой» — не ведал никто. Может, оттого, что «хватал» он «потрошимого» безжалостно и скоро? Или потому, что ученое его название не всякий и выговорит? Зато результаты — блестящие.

Торопился я медленно, как и надо в таком деликатном деле, как допрос с помощью спецпрепаратов. Незнакомец сопротивлялся, понятное дело, концентрируя волю, но при таком сочетании это ему вряд ли поможет. И все же лучше всего — искать контакт: задеть в чувственном сознании клиента что-то исключительно важное, существенное, такое, рядом с которым все остальное, будь то тайны боссов или номерные счета в инобанках, — просто шелуха.

И тут на запястье у парня увидел наколку: «Толик». И — чаечку, парящую над одинокими волнами. На блатном лексиконе это что-то означает, но у Толика на руке именно наколка, а не татуировка; когда-то такие были модны среди дворовой пацанвы, и кололи они друг другу всякие значки по подвалам... Давно, в пятидесятые, сейчас ни одному шибзику-недолетку и в ум не придет мучить себя портняжьей иглой... А эта наколка была именно такая; в зоне, даже на малолетке, сделали бы профессиональнее. А это значит...

Парень явно поплыл по волнам вынужденного кайфа; его светло-карие глаза стали похожи на закатное небо, время от времени перекрываемое тучами, когда он проваливался почти в полное забытье.

— Толик, ты детдомовский? — быстро спросил я.

Парень не успел сосредоточиться, чтобы хоть как-то проявить волю:

— Да.

— А Ильич — благодетель?

Молчание.

— Ильич вытащил из детдома?

— Да.

— Остальных ребят тоже?

— Нет.

— Ребята дерганые?

— ...

Я ругнулся про себя за неконкретно поставленный вопрос. Переспросил:

— Ребята воевали?

— ...

— Ты не знаешь?

— Нет.

— Сколько вас?

— ...

— Сколько человек прибыло в Покровск?

— Вся группа; — ушел от ответа Толик.

— Задача?

— Не знаю.

— Приказы отдает Ильич?

— Да.

— Вы выполните любой приказ?

— Да.

— Тебе приходилось убивать?

— Да.

— На войне?

— Нет.

— Сколько человек в группе?

— Двадцать... четыре...

Парень явно силился противостоять наркотику, но для этого нужны оч-ч-чень специфические навыки, у него таких не было.

— Есть еще какие-то группы в городе, подчиняющиеся Ильичу?

— Не знаю.

— Ильич самый старший?

— Нет.

— Ты прошел спецподготовку?

— Да.

— В группе есть инструкторы?

— Да.

— Ваша задача — охранять?

— Да:

— Вы взяли под охрану всю территорию завода?

— Нет.

— Вы патрулируете территорию?

— Да.

— Вы патрулируете подходы к заводу?

— Да.

— Вы взяли под плотную опеку спеццех?

— Да.

— Производственные помещения?

— Нет.

— Лабораторию?

— Да.

— Административный корпус?

— Нет.

— Средство внутренней связи рация «Эхо»?

— Да.

— Длина волны?

— М-м-м...

— Длина волны?!

— М-м-м...

— Тебя били в детдоме?

— Да.

— Ильич научил тебя быть сильным?

— Да.

— Ты убивал?

— Да.

— Твои родители погибли?

— Н-н-нет.

— Отец жив?

— Н-не знаю.

— Мать?

— Да.

— Ты нашел своих родителей?

— Нет.

— Это важно. Им нужна твоя помощь. Найди их.

Парень задергался, замотал головой, я крепко сжал его голову между ладонями и уставился в лихорадочно блестевшие зрачки:

— У тебя есть братья или сестры?

— Н-не знаю.

— Это важно. Найди их. Сколько тебе лет?

— Двадцать два.

— Ильич научил тебя убивать?

— Да.

— Он приказывал тебе убивать?

— Да.

— Ты готов убивать?

— Да.

— У тебя есть родители?

— Да.

— Найди их. Все остальное не важно. Длина волны?

— М-м-м...

— Длина волны для переговоров?!

— Восемнадцать и три.

— Твой позывной?

— Голик.

— Позывной номера первого?

— Первый.

— Ключевое слово?

— М-м-м...

— Ключевое слово?!

— «Анри».

Я узнал все, что хотел. Хотя и был жесток. Ну а сейчас... Пацана нужно снимать с «иглы» насилия. На языке профессионалов это называется нейролингвистическое программирование.

— Слушай внимательно, Толя... — Я крепко сжал голову пленника, чтобы он не смог отвести взгляда. — Ильич тебе враг. Твои родители — это важно. Найди их. Защити. Защищать — важнее, чем убивать. Если ты стал сильным — защищай.

Парень, казалось, совсем обмяк... И вдруг неожиданно резким и быстрым движением выбросил руку вперед, целя мне в переносицу... Я ушел в сторону, навалился, сцепил руки замком, и все равно мне было очень непросто удерживать его. Нешуточный стресс сделал его втрое сильнее; он метался, словно душевнобольной в горячечном бреду... Пусть. Пусть лучше в этой жизни его удерживает желание защищать, а не жажда мстить и убивать.

Парень обмяк, дыхание стало едва слышным. Я уколол его в мышцу предплечья, и через минуту он уже спал глубоким, отрешенным сном. А когда проснется...

Создал себе проблему! Ладненько. В бардачке машины нашлась и карта; я изучил ее внимательно. Повернул ключ зажигания, выжал сцепление. Через полчаса я уже был на дорожке, ведущей к летним дачным домикам горожан. Нашел тот, что попроще, взломал хлипкий замочек. Внутри то, что украсть нельзя: старенький топчан, стол, пара табуреток. Дачка времен самого развитого из социализмов для самого скромного из инженеров. Ага, еще и ТЭН, по-пиратски подключенный к линии передач. А это значит, что пленник не замерзнет. По правде, я и сам отсиделся бы здесь недельку-другую, жирок нагулял...

Врубил обогреватель, стянул с парня свитер-гольф и следом — кевларовый броник, усиленный титановыми пластинками. Ему не пригодится, а мне — в самый раз. Уложил парня на топчан, крепенько связав за спиной руки и спеленав ноги. Ибо полного счастья нет нигде, даже в Крыму: ничего, что связанный, зато живой. Часов десять он проспит, а там — будет ему проблема развязаться. Узлы я навертел хитрые, морские, при известной сноровке часов за шестнадцать справится. Главное — не замерзнет. Так что в запасе у него — сутки. У меня вряд ли больше. Ну а за сутки, как гласит народная мудрость, или овес сгорит, или осел сдохнет.

С этой оптимистичной мыслью сел в машину и погнал в сторону города. Вставил в магнитолу кассету, и салон наполнила мелодия незабвенного шлягера: «Вези меня, извозчик, по гулкой мостовой, и если я усну — шмонать меня не надо...» Вот эти бы слова, да возможному патрулю в уши! Ибо доказать, что весь размещенный в машине арсенал я буквально пять минут назад

нашел на дороге и на заемном авто везу законопослушно сдавать в руки правоохранителям, будет сложно.

Итак, что имеем? Сумку. В ней — мобильный телефон,
рация «Эхо» и малыш «узи» с глушителем и двумя бое-
комплектами. Кроме того, несколько пистолетов, из них
«глок» — тоже с глушителем. Плюс снайперская бесшум-
ка «ВСС» в киллерском чемоданчике. Боезапас — девят-
надцать патронов. Ночной и оптический прицелы. Лазер-
ный целеуказатель. Полный джентльменский набор.
Остается задать риторический вопрос самому себе: что
делать? То, что не успел сделать Дима Круз: помешать
сделке. Иначе многомиллиардное изобретение будет ук-
радено, и какими бедами это обернется для моих сооте-
чественников, можно предугадать.

Две дюжины профессионально подготовленных охранников вполне могут при наличии соответствующей
аппаратуры перекрыть все возможные лазейки, но не завод: чтобы закрыть плотно такую территорию, нужна
дивизия. Но и у меня возможности невелики. Сорвать
сделку, перестреляв всю группу, заодно с приехавшими
подписантами, — это из кино и ничего с реальной жизнью не имеет. Шансы мои здесь даже не двадцать против одного, а много меньше. Меня застрелят легко и без
угрызений совести; а посмертно на человека можно на-
вешать такую свору полудохлых собак, что мало не покажется. Все как обычно: выжившему в схватке предостав-
лена возможность доказать правомерность совершенных
деяний; покойник всегда не прав. Такова жизнь.

Остается одно: привлечь внимание общественности.
При наличии мобильного телефона это сделать вроде бы
просто, но... Раз уж местные власти, включая УФСБ и
другие силовые ведомства, взирают с тупым почтительным равнодушием на прибытие в их город команды боевиков, значит, последние действительно прикрыты бро-
нированной бумагой. Подумаешь... А кто сказал, что власти — это и есть общественность? Общественность — это
полушизоидные индивидумы из всяких обществ зеленых, голубых и светло-коричневых, готовые по первому зову выйти и оглашенно орать и митинговать. Нужно только подыскать им повод. Хм... Подыщем.

В город мне удалось въехать неприметно и законопослушно: ни «Невода», ни какого другого жуткого усиления на губцентр не опустили. У первого же газетного киоска тормознул, скупил всю имеющуюся макулатуру, не забыв и толстенный справочник с перечнем всех и всяких здешних организаций и сообществ. Естественно, с номерами телефонов последних. Затем оседлал россинанта, заехал в тишайший проходной дворик и взялся за изучение прессы.

Прав был Нансен: «Кто ищет, тот всегда найдет!» сказал Амундсен? Важно другое: в местной газетке «Знамя труда» вещалось о том, что в славный Покровск прибывает делегация трудящихся из дружественной нам Канады, с целью изучить вопрос о совместном выпуске чего-то там этакого. А взамен наши работяги получат заказы, работу и много-много денег. Ура. Хай. Банзай.

Итак, делегация «трудящихся» прибудет завтра. Чартерным летаком из Торонто. Сбить бы этот самолет-агрессор к едрене фене, и вся недолга! Жаль, сие не в моей компетенции. Нет, раньше такое не представить и в дурном сне! Скажем, приедут шпиёны, и пока чины будут подмахивать бумаги и выжирать шампусик в узком кругу ограниченных лиц, преспокойненько загрузят аэроплан документацией и — отбудут восвояси.

Стоп! Вот тут в моих рассуждениях пробел. Да что пробел — прострел просто, как у ветерана штанги — в поясницу! Если этот сверхсекретный цех является заводом-лабораторией внутри «Точприбора», то никаким янкесам с насквозь канадскими паспортами и расейскими физиономиями в конопушках не позволят вытащить оттуда и винтик! Даже если и есть папирус или пергамент с завитушкой Самого: система охраны подобных объектов устроена еще Лаврентием так, что слишком много инстанций нужно пройти ходокам, чтобы получить право на вынос: в какой-то из них злоумышленник-супостат и сложит буйну головушку. Тогда к чему весь сыр-бор со строгими мальчиками-боевиками, с тремя рефрижераторами оружия и спецсредств, с трупом Смотрящего по Покровску, который всего-навсего дал шестеркам задание поинтересоваться, а что, собственно, происходит на вверенной ему территории?

Непонятка получается. Уж не собираются же они брать цех-завод штурмом? Вот тогда их жалкий «боинг» точно собьют, даже при успешном завершении здешней авантюры. Хотя... И транспортный «Руслан» с секретным ракетным комплексом благополучно перелетел в Штаты, и немереное количество обогащенного урана, если верить передаче «Человек и закон», упорхнуло за родимые рубежи за восемнадцать миллиардов долларов при стоимости в два триллиона их же, зелененьких! А триллион — это *тысяча* миллиардов долларов! Что и говорить, странные дела творятся в Отечестве, ходить нам конем!

Начнем сначала. На любой секретный объект проще пройти по совершенно легальным бумагам, и такие бумаги у заинтересованных лиц есть. А это значит, что прибывшая охрана призвана оградить сделку от непредвиденных, случайных неприятностей. Вроде меня. А охрана внутренняя вынуждена будет ознакомить новых хозяев с купленным добром: нужно же им знать, в какое гэ они зарывают свои денюжки на этом «поле чудес»!

Стоп! Как там у классика? «Там поле чудес в Стране Дураков!» Ну да! А ведь покупатель — из умников будет! Из породы отличников! А потому не нужно ему будет вывозить из цеха-лаборатории ни секретных документов, ни дискет, ни сейфов, ни-че-го! Он привезет сюда *мозги!* Ученых умников с близорукими взглядами и повадками придурков, ориентирующихся в реальной жизни хуже зачуханных параноиков! Зато всякие научные формулы, постулаты и прочие ноу-хау запоминающих мгновенно, быстрее и надежнее лазерных дисков и навороченных процессоров. Остановить их и заставить забыть все после такого «ознакомления» можно только пулей. Но на то и миллиарды, сотни миллиардов долларов в игре, чтобы головы их поберегли. Особенно на обратном пути, напичканные бесценной информацией. Да, как выражался Сиплый из «Джентльменов удачи», это вам не мелочь по карманам тырить! «Шизофреники вяжут веники, параноики рисуют нолики...»

Вывод: необходимо сделать все, чтобы ознакомление «трудящихся» из дальнего зарубежья с цехом-лабораторией не состоялось. Совсем. А это значит, что пора готовить комитет по торжественной встрече. Ну и парад физкультурников, конечно. Причем командовать парадом буду я.

Глава 63

Как известно, любое торжественное мероприятие начинается с аккредитации. В тишайшем Покровске скандальных газет нетути, все тихо сопят в две дырочки, оживляясь исключительно на местечковых выборах согласно прейскуранту. Но никаких здешних фотокоров и борзописцев я созывать и не собираюсь. Просто нужно сделать так, чтобы столичные — сами наехали. Так сказать, экспромтом. А всякий экспромт хорош тогда, когда хорошо подготовлен. Просматриваю справочник, выискивая телефоны местных партайгеноссе. Потом раздумчиво гляжу сквозь ветровое стекло вдаль, настраивая свой бестолковый менталитет на соответствующую волну. И только потом тискаю кнопочки захваченного с боем мобильника.

— Здравствуйте. Покровское отделение «Демократического альянса», — поприветствовал меня мелодичный голос секретарши. Я сразу представил себе вполне юное создание модельного типа, тихо скучающее за включенным компьютером с надоевшими видеоиграми.

— Здравствуйте, — доверительно-срывающимся на шепот голосом произнес я. — Прошу соединить меня с главным.

— Вы имеете в виду Игнатия Валериановича?

— Можно его, только побыстрее. Дело конфиденциальное и весьма срочное.

— Как о вас доложить?

— Как о защитнике свободной России, — дрожащим от собственной значимости голосом произнес я. Не без пафоса и со вкусом.

— Минуточку, — с плохо скрываемой иронией ответила барышня и оставила меня слушать бессмертный шлягер негритянского фольклора: «Когда святые маршируют».

Полагаю, от чистых шизофреников здесь уже основательно отвыкли; новая волна «демократов» весьма отличается от истеричных хапуг первого поколения предприимчивостью и сообразительностью и мелочь по карманам и сусекам бывших первых секретарей не тырит; но по губернским партячейкам по сию пору зависли не самые удачливые из гайдаровских прорабов; надеюсь, хоть один искренний столпец демократии в организации остался. Ну а, судя по легкой иронии в голосе, барышня-секретарь достаточно умна, чтобы соединить меня именно с таким и не отвлекать босса Игнатия Валериановича от дел значимых и денежных.

— Вас слушают! — услышал я в трубке.

— Игнатий Валерианович?

— Нет. Это — Константин Климов!

Произнесена имя-фамилия была с таким подъемом, словно обладатель его был здешним Доренко, никак не меньше.

— Так вы тот самый Климов? — с не меньшим энтузиазмом переспросил я.

— Да, это я, — со скромной ленинской простотой подтвердил собеседник.

Ну что ж, с честолюбцами всегда приятно иметь дело: «ему немного подпоешь, и делай с ним — что хошь!»

— Я рад, что трубку взяли именно вы... — произнес я на иссякающем подъеме и добавил на полтона ниже: — Себя я по понятным причинам назвать не могу... Но я надеюсь, вы известите общественность...

— О чем именно? — отозвался Климов.

— Оголтелая военщина готовит чудовищную провокацию. Она гонит наших детей на убой, а теперь...

— Не могли бы вы выразиться поконкретнее?

Похоже, я пережал. Собеседник заподозрил во мне чистого шизоида. Этого мне не нужно.

— Я о заводе «Точприбор». Вы же знаете, что это за люди...

— Да-да, я вас внимательно слушаю...

— Так вот: завтра будет реализовано соглашение между Министерством обороны и красными директорами, входящими в известное вам объединение... — Ну должно же быть в славном Покровске хоть какое-то объединение директоров-производственников! — Вы понимаете, чем это грозит городу? Вы понимаете, чем это грозит демократии?

Ну а дальше я плел вообще не пойми чего, зато — вдохновенно: уж таковы люди, им чаще не важен смысл, им важнее тон, эмоциональный настрой собеседника. Ну а если в речи встречаются знакомые, пусть ничего и не значащие словеса, типа «военщина», «демократия» и «угроза»...

— Да-да-да...

— Пользуясь бомбардировкой Ирака, наши ястребы активизировались. Большего я сказать не могу. Как и назвать своего имени. Но это в наших силах: уберечь город и страну от милитаристской красно-коричневой заразы! — Вот эти слова я произнес почти визгливо, задышал часто, словно переводя дух, закончил: — Вы должны приехать и убедиться сами. Это все весьма серьезно. Весьма.

На этой оптимистической ноте я оборвал разговор. В башке навязчиво крутилась строчка из шлягера шестидесятых: «Парни, парни, это в наших силах — землю от пожара уберечь...» Ну а неведомый мне господин Климов должен сейчас чувствовать обеспокоенность. Чего я и добивался. В городе должно произойти нечто, а он этого не знает! Значит, начнет звонить. Ну что ж, сделаем так, чтобы муть была гуще. Что-что, а слухи живут и достигают чудовищных размеров только потому, что множеству людей хочется показать свою исключительную осведомленность и тем подчеркнуть свою личную значимость.

Следующий звонок был к «зеленым». Этим было сообщено, что завтра на территорию «Точприбора» будет завезен жуткий газ «FQ», который и захоронят на заводской свалке в опасной близости от жилья мирных горожан. Кто говорит? Говорит Москва!

Светло-коричневые узнали от незнакомца — обладателя сдержанного служилого баритона, патриота и офицера, пожелавшего остаться неизвестным, — что клятые сионисты и масоны Лившиц, Дымшиц и примкнувший к ним Кашперович готовятся запродать гордость Отечества — завод «Точприбор» в волосатые руки ожидовленных янкесов. А для этого готовят провокацию. С дымом и копотью. При поддержке местных демократов, особенно этого Климова. Приходите, поглядите, остановите.

Всего я сделал шестнадцать звонков. Подумал-подумал, да и потревожил-таки редакции газет, обе местные телекомпании и радиостанцию, причем звонить старался в непрофильные отделы: спорта, юмора, рекламы и прочие. Кукующие там индивиды не упустят случая поддеть своих более удачливых по журналистским делам коллег: дескать, как, вы разве не слышали?!

Все, что я наплел, мне трудно было бы вспомнить даже стрезву, но во всех небылицах была общая составляющая, ненавязчивая, но неотвязная, как реклама исключающих протекание прокладок: завод «Точприбор». Ну а дальше... «Словно мухи тут и там ходят слухи по домам...» Звонки-звоночки-звоники... Дыма без огня не бывает. Дело за малым: обеспечить этот самый огонь. В самом пожарном варианте.

Не торопясь выкурил сигарету. Вечереет. Ну да ночью — огонь ярче. Вот только россинанта пора менять: машинка уже объявлена в розыск, и не то чтобы она сильно приметная по нынешним временам, а береженого Бог бережет. С сожалением попрощавшись с теплым салоном, засунул «дипломат» с винтовочкой в объемную сумку с амуницией, забросил ее на плечо и пошел. Не то чтобы солнцем палимый... Грусть настигла меня внезапно, разом. Что я делаю, етитский папуас?! Собираюсь сунуть голову в яму с бензином и спичку поднести! А как иначе осветить происходящее для средств массовой информации? Привлечь внимание общественности? То-то, что никак.

Я прошел три двора, пока не увидел подходящие колеса. «Жигуленок» еще не остыл и был что надо: в меру замызган. Без лишних заморочек выкидным трофейным ножиком вскрыл дверцу, плюхнулся на сиденье, поколдовал с зажиганием. Бензина — полный бак; судя по всему, хозяин собрался пограчевать ночку. Пусть отдохнет.

Стемнело быстро и насовсем. Если в центре города еще горели редкие фонари, то ближе к окраине дворы и улицы освещались лишь окнами-сотами домов да фарами редких автомобилей. Мимо прокатила патрулька, но никакого душевного трепета у меня не вызвала: очерствел, что ли? Или предстоящая опасность насквозь заблокировала нервную реакцию на мелкие и пакостные неожиданности? Да нет, я никогда и не забывал, что любой супер чаще всего сыплется на мелочах. И хотя я никакой и не супер, боевая ситуация при поставленной четкой и ясной задаче диктует иной стереотип поведения, и подсознание стало походить на сканер; в таком состоянии мозг способен не просто реагировать на плачевную ситуацию, но улавливать волны опасности и агрессии, исходящие ото всего, что может опасность представлять.

Рассеянным светом мерцали только круглосуточные ларьки. В одном, обаяв продавщицу крупной купюрой и обворожительной улыбкой, я даже посидел за чайком и малость поклевал заморской снеди. Затарился водкой, шоколадом и сигаретами. Вроде все. Пора ехать. Нарываться на неприятности. И по-крупному.

Часть седьмая

ТАНГО С ОГНЕМ

Глава 64

...Я катил вдоль заводского периметра уже минут десять. С самой благонамеренной скоростью пенсионера-бухгалтера: сорок, не больше. И внимательно смотрел на снег. Ибо, как везде, заводчане не шибко жалуют пропускные пункты, и если раньше с «череззаборщиками» боролись под благородной фуражкой строгой секретности оборонного предприятия, то теперь смысл этого был потерян навовсе. Работяги при такой зарплате не разбежались из цехов по одной простой причине: у них, как у пролетариев, были умелые рабочие руки, а за этим забором, в цехах, станки и механизмы. И — горы ничейного железного листа, дюраля, алюминия, проволоки... Все это, во-первых, можно было завсегда свистнуть и продать в цветмет, ну а во-вторых, изготовить при помощи умений с навыками осла, козла и косолапого мишку. Работяги варили гаражи, печки-буржуйки для дачников, двери для гаражей и жилищ мирных обывателей, мастерили плуги, бороны, мини-трактора и макси-соковыжималки и спиртзаводы по совместительству: платили бы деньги.

А потому я искал не просто тропку, я искал прямоезжую дорогу. Вряд ли заводские умельцы прекратят свою внеаудиторскую активность с появлением черных мальчиков с тупо-безразличными глазами убивцев: «киллеры, они не про нашу честь, они по начальству ходят, а нам бы детишкам на молочишко да бабцам на

492

колготки... Те, что от Парижа тянутся через всю страну бывших Советов, делая ее похожей на... На черную дыру, скажем. Планетарных таких масштабов».

Как гласит нанайская народная мудрость, совершенно незамеченным можно пройти только в широкие врата. Вместе с толпой. И я такие врата отыскал. Выходящие на железнодорожные пакгаузы. Тихая работа здесь продолжала бурлить никлым таким гейзером. Кипеть, как «мулинекс»: немного играючи. Створки металлических ворот то и дело открывались, пропуская то затаренный по самую крышу «КамАЗ», то хлипкую, живую только под честное слово хозяина, полуторку, то тупорылую «Газель», из отверстой задницы коей игриво торчали уворованные доски. Вопрос вопросов, куда покруче основного философского: что еще можно упереть с завода после шести лет перестройки и семи — демократизации?! Но народ наш башковит и хозяйствен! Со стройотрядовских времен остался у меня в памяти случай: по весне прикрыло начальство дойную ферму, по нерентабельности, да как-то за громадьем планов о здании и забыло; в мае еще зияло покинутое скотское помещение сиротскими провалами окон... А к осени — как корова языком слизала! Даже фундамент разобрали по кирпичику, ибо в своем хозяйстве и гвоздь — ломом станет!

Въезд на территорию сторожит, слава Аллаху, не цербер, а дисциплинированный вохровец. Даже два. Впрочем, понятие «сторожит» тут не вполне уместно: скорее, он пребывает при воротах. Ибо завод «Точприбор» сделался понятием ирреальным, как мираж замка в зимних сумерках где-нибудь над озером Рица. Но... Организационное мероприятие по приему гостей уже началось; а это значит, что где-то в кирпичном домишке для охраны сидят вполне серьезные люди.

Двое из их команды пропали. Вполне возможно, одного уже отыскали в кювете в виде трупа. Второй — исчез. Вполне значимый повод, чтобы Ильич подсуетился и начал накачивать репы всем вновь прибывшим: по местам стоять, жалами не щелкать! Но на свой счет я пока не беспокоюсь: спишут на братву. А что братва? Братва — затаилась. Деловые непременно узнают о готовящемся мероприятии на «Точприборе», не зря же я трепался по телефону, как пропеллер перед взлетом! Сложат два плюс два, получат полный абзац и завтра будут представлены в блеске и красе. Ну а сейчас...

Задачу себе я поставил простую, как яйцо, и диковатую, как тропический лес во время ливня, вот мозг и салютует время от времени волнами панического нервного возбуждения: что ты делаешь?! Все просто: жизнь научила меня тому, что действие, которое характеризуется статьей УК как преступление, скажем угон транспортного средства, таковым не считается, если предотвращает куда более опасное преступление. Но вот к тому, что я собираюсь совершить, подкорка умного мозга относится с воспитанным годами беспорочной службы трепетом: низ-з-зя! Ибо деяние это по своим внешним признакам подпадает под оч-ч-чень нехорошую статью, именуемую «диверсия». «Совершение взрыва, поджога или иных действий, направленных на разрушение или повреждение предприятий...» И хотя целью моей является вовсе не «подрыв экономической безопасности и обороноспособности Российской Федерации», а как раз наоборот — предупреждение этого, на душе неспокойно до тоски.

Мысли мыслями, чувства чувствами, а идея скрытного проникновения на объект приходит сама собой. Если из ворот машины выезжают, то должны и въезжать! Ибо только встречное движение обеспечивает круговорот денежных знаков в природе. Хм... И чего я не министр финансов?

Я проехал назад, развернулся и стал ждать. Прошло пять минут. Семь. Десять. Ожидание — муторная до тошноты штука, когда решение уже принято и только обстоятельства откладывают его исполнение. Но вот показался «зилок» с плотно занавешенным тентом кузовом. Пора. Выжимаю газ, и «жигуленок» перегораживает дорогу грузовику качественно, но для привратников незаметно: здесь как раз поворот.

— Ты чё, мужик, нюх потерял или глаза залил политурой? — резво выдернулся из кабины водитель, но разом сник, смущенный полным несоответствием непрезентабельного авто и вполне братанского прикида. Ну и, конечно, пистолетным стволом, направленным ему в переносицу.

— Освободи баранку, а?

— Да я чего? Я ничего...

— И ключ в замке зажигания оставь.

— Ага. Ты только не нервничай, брат. — Водила аккуратно соскочил на землю: — Ты это... Мы под Демичем катаемся... С ним и разбирайся... А наше дело шоферское.

— Помолчи, а?

— Да я и не возникаю. Просто говорю.

Шофер действительно был спокоен и для меня не опасен. Но оставлять его на дороге, в двадцати метрах от проходной...

— Чего везешь?

— Да ничего покуда. Пустой. Там загрузят.

— Чем?

— Да какая мне-то разница? Хоть танками, бляхамуха! У меня в накладной будет стоять «черный металл», я и повезу черный металл! Или ты думаешь, тут золотые болванки льют?

Я вдохнул характерный запах, исходящий от затентованной фуры.

— Мне по хрену, что в накладной. Я тебя еще раз спрашиваю, пока по-хорошему, чем загружаться будешь?

Водила только вздохнул:

— Ну, бензином. В бочках.

— Левак?

— Да чего ты меня пытаешь? Говорю же, под Демичем мы! Хочешь, с ним разбирайся! А я хоть щас, ноги в руки собрал, и до свиданья.

— И много там бочек?

— А я считал?

— Значит, много?

— Да немерено, — вздохнул водила. — Пятый день возим.

— Где стоят?

— В седьмом цехе. Слушай, если ты от Козыря, так у Демича с Козырем все чисто было, договоренка, а если от «Ренессанса»...

— Не умничай. Чей бензин?

— Да по фигу мне! Кто там свои тихие гешефты крутит, Красильников, Мамай или сам Демич! Водила я, понял?! На хрен мне этот компостер на мозги? Скажешь не ездить, я и не поеду! А вы там разбирайтесь!

— А в тот цех, специальный, ничего не возишь?

— В «Цех-К»?

— Ну. — Вот, значит, как он зовется!

— А чего мне там делать? Стоит как замок посреди разоренной деревни.

— И чего там производят?

— Я что, начальство? Шоферюги туда свои, постоянные ездят, по спецпропускам.

— И охрана?

— Вы чё, ребята, решили «Цех-К» на бакшиш потрясти? Ну умора! Да если бы там чего стоящее было, еще бы Шарик покойный приспособился, да угомонили его...

— Может, потому и угомонили?

— Знаешь, уважаемый, мне до этих всех дел, как до солнца! Чего ты меня на вшивость выверяешь?

Ага. Водила мало-помалу осмелел и раздухарился. Видно, мало во мне братанского. Да и базаром не владею. Чтобы больше не рассусоливать, я округлил вдруг глаза, уставившись за спину парня, словно увидел там мертвяка Дракулу или, на худой конец, зелененького гуманоида. Прием детский, и действенность его зависит от мастерства исполнителя. У меня получилось: водила крутнул головой и — разом получил ребром ладони по шее. Я подхватил не успевшее упасть тело, затащил в «жигуль», быстро обмотал запястья и лодыжки клейкой лентой, залепил рот, отогнал машину метров на пятьдесят: пусть отдыхает.

Вернулся к «зилку», залез в кабину, хлопнул дверцей, сбросил стильное пальтецо, накинул шоферскую куртку, запахнул. Сумчару с оружием и амуницией положил на сиденье рядом, перезарядил «узи» и устроил автоматик так, чтобы немедленно выхватить в случае опасности и открыть огонь. И только потом порулил к воротам.

Охранник вышел неторопливо, скосил глаз на номера, потом глянул на меня:

— Что-то припозднился сегодня. А Серега чего, не поехал?

— Горло у него прихватило. Тонзиллит.

— А-а-а... — протянул охранник, пытаясь сообразить, что такое «тонзиллит». Добавил авторитетно: — Это да.

Заурчал электромотор, приводящий в движение створы ворот. И тут — взвизгнули тормоза, а в зеркальце заднего вида я углядел вереницу машин. Дверца переднего джипа распахнулась, из нее выскочил молодой мужчина. Боковым зрением я уловил движение в каптерке: двое несуетливых парнишек мелькнули за оконцем, в руках их матово отливали скорострельные «скорпионы» с интегрированными глушителями на стволах. Сказать, что я был спокоен, — ложь. Рука сама собой нащупала рукоятку «узи», а грудь затопила смутная, щемящая тоска: погибнуть в двух шагах от цели под перекрестным огнем чужой разборки — жалко и бездарно.

Испуганный охранник столбом стоял на крыльце, не зная, что предпринять. Тем временем вышедший из джипа парень птицей взлетел на крыльцо, вошел в каптерку и, проигнорировав приставленный к затылку ствол, спокойно, с ленцой произнес несколько слов. Охранника окликнули, он тоже скрылся в каптерке, вылетел оттуда пулей, заорал на меня:

— Ну что стал, козел драный! Отваливай!

Створы ворот были открыты, я аккуратно тронул «зилок» и покатил по едва освещенной дорожке. Во тьму.

Глава 65

Территория завода была пустынна и темна, словно обратная сторона Луны. Вот только Луна, если верить ученым, холодна и безжизненна, а здесь существует множество «лунатиков» в черном, которые меня продырявят из бесшумок, как только оценят степень моей опасности.

Машину пропустили на «левак». Что из этого следует? То, что люди, готовящие соглашение о продаже пакета акций завода и похищение крайне важного изобретения, стараются сделать это как можно тише, не нарушая обычный ритм трудовой и теневой жизни. Козыря ликвидировали, потому что он обладал реальной властью в этой тени и мог существенно помешать. Это первое.

Второе. Потерю двух бойцов Ильич заметил и отреагировал немедленно: парни в четырех автомобилях — его люди, хранимые до поры. Но не крутые профи: так, мясо. Впрочем, и недооценивать их не следует: чтобы превратить человека в кусок неодушевленной материи, достаточно маленькой пули, и совсем не важно, из какого оружия и чьей рукой послана эта пуля: зверем-волкодавом или истеричным наркошей. Ну а для моих игр сразу два минуса: число противников увеличилось и я не смогу воспользоваться ни переговорным устройством «Эхо», ни мобильником: командарм группы, если не дурак, а в глупости его заподозрить сложно, поменял и волну, и позывные. К тому же у них рефрижератор аппаратуры: стоит мне только включить любой из умных приборов, созданных для делового общения и боевого взаимодействия (что в нашей шебутной жизни стало почти одним и тем же), как меня запеленгуют и псы цепные бросятся гасить источник активности. Меня, значит. Так что хитрые игрушки придется сбросить: хотя и вреда покамест от них никакого, но и пользы нету.

Из потемок в неровном свете фар выскользнула тень, уверенно и спокойно застыла на обочине. Ватник, валенки с калошами, лицо выпивохи-доходяги. Я притормозил:

— Здорово. Слушай, я сегодня за напарника, заболел он, пришлось как дураку уже после смены вот пилить... — начал я наворачивать слова, внимательно рассматривая мужичка. Глаза слезятся, в углу рта — окурок «Беломора»... Все это может быть и гениальной маскировкой, вот только не лицо и не руки: чтобы в них так въелась угольная пыль, нужно провести в котельной не один год. Потому я закончил уже вполне уверенно: — Где седьмой цех, не подскажешь? А то блужу по территории, как макака по тундре!

— Да заедешь за кислородно-конверторный, линию переедешь и — сразу за ним.

— Вон по той дороге?

— Не, по той не проедешь, свалка там. Прямо поезжай, а заворачивай метров через сто. Там съезд будет.

Я собрал лоб морщинками:

— Тебя зовут-то как?

— Иваном.

— Меня — Олег. Слушай, Вань, что-то мозги не работают совсем, я же сегодня весь день на трассе отпахал, да со вчерашней похмелюги. Может, подсядешь ко мне, проводишь, а?

— Не, не могу. И не проси.

— Чего?

— Да... — Иван помялся. — Я ж не один в котельной, с напарниками. Вот и сообразили на троих, ночь перекоротать. Меня послали за таракановкой в ларек смотаться, я на ногу скорый, а люди ждут. Пока я с тобой кататься буду...

Я снова поиграл морщинами лба, изображая внутреннюю борьбу, решился:

— А, садись! А то мне до утра тут ездить. Водки выпьешь?

— Водки?

— Ну.

— Прямо щас?

— А когда? Я две бутылки затарил, как смену закончил, а начальник, сука, меня вместо Сереги сюда отправил. Серега, вишь ли, заболел, а я чего, здоровый? А ехать пришлось: с начальством поспорь, выгонят к едрене маме, шоферов щас безработных как грязи, вот и пришлось. Залезай.

Одним движением я задвинул сумку с амуницией под сиденье, выудив оттуда купленный в ларьке пакет со снедью.

— Ну, раз помочь... — Иван забрался в кабину, хлопнул дверцей. — Начальники, они, известное дело, пануют как хочут. А работяга — торчи плесенью и возникать не моги, не старое время. — Сглотнул, дернув кадыком: — Командир, а может, сто грамм прямо щас нальешь, а то — тока проспался я, колотит всего.

— Да с нашим удовольствием!

Я вытащил бутылку, свинтил пробку.

— Аршин есть? — разом севшим голосом проговорил Иван.

— Пошарь в бардачке — должен быть.

Иван выудил заляпанный хрущевский, зажал в руке. Рука дрожала часто-часто.

— А ты, брат, точно с горчилова! — констатировал я. Забрал стакан: — Дай-ка отмерю.

Щедрой рукой наплескал ему сто пятьдесят. Иван принял стакан двумя руками, под донышко, решился, поднес ко рту и — махнул четырьмя глотками. Выудил откуда-то из кармана рыбий хвост, долго и вдумчиво нюхал, чуть-чуть ободрал чешуйки, отщипнул, заел перышком, перевел дух:

— Прижился. Славная водчонка, не палево. — Передохнул: — Мокрый весь стал, как мышь. Достало. Может, и сигареткой угостишь?

Я протянул ему пачку.

— Хороший ты человек. А дорогие куришь.

— Других в ларьке не было.

— По ночам так, лишь бы содрать. Ну чего, трогай.

— Налево?

— Да не, говорю же тебе, налево ходу нет. Там «Кашка».

— Чего?

— Ну «Цех-К». Там не проехать: особый режим. Охраннички. Там оно и всегда было наворочено — не подступись, а со вчера — особливо. Видать, марафет наводят: завтра какие-то то ли немцы, то ли французы прилетают договорешник подмахивать. Вот начальство и старается щеки раздувать: прожектора, то, се, дескать, порядок у нас и полная эта... гармония. Чтобы, значит, долларов тех отвалили поболее... А кому пойдут мильоны? Известно, начальству, работягам — шиш с маслом нарисуют, да и масло то — машинное. Во, видишь съезд?

— Ну.

— На него. Да шибко не газуй, тут дорожка петлявая.

И тут я заметил в зеркальце заднего вида нарастающий свет фар. Нас явно нагонял один из тех джипов, что нарисовались на грузовой проходной. Уходить? Лошадки у меня под капотом не те, да и погони хороши в кино, на автобанах, а в здешних потемках... Плетусь едва-едва: нагонит — тогда и решим.

Джип был уже метрах в семидесяти сзади, когда длинно и музыкально пропел сигналом: «Пушки с пристани палят, кораблю пристать велят».

— О, едут! — заметил джип Ваня. — И противотуманные врубили, и простые — на дальний свет! Ишь ты, баре-опричники!

Я удивленно вскинул было брови — откуда котельщику вообще знать слово «опричник», но потом укорил себя за самомнение: совсем в недавние времена котельные были пристанищем людей образованных и творческих, мой же попутчик производит впечатление истопника с больши-и-им стажем.

Джип нагонял, мигая фарами. Я прижал «зилок» к хлипкой обочине.

— А вообще, — Иван с душой выругался, — не завод стал — кубло змеиное! — Вздохнул: — Я еще водочки выпью? Сто граммчиков? Да и пойду... Вон он, седьмой-то, — махнул он рукой во тьму.

Джип остановился с шиком, скрипнув колодками тормозов. Из двери вывалился детина.

— Эй, водила, разворачивай свою колымагу! — скомандовал он.

— Чего?

— Папу твого! Ты что, сырой, окосеть хочешь на оба глаза, как китаез? Уши ватой забил? Разворачивайся и дуй отсюда!

— Да наряд у меня...

— Наряд — это когда яйца в ряд! А если я тебе их щас вырву, что это будет?

Иван дернул меня за рукав:

— Ну я это... Пойду, пожалуй...

— Давай.

Я глянул на пацанчика у джипа... А что? Пожалуй, джип — машинка помощнее «зилка» будет... В свете предстоящих свершений.

Тут у него запиликал переговорник. Парень гордо поднес аппаратик к уху. Лицо его сохраняло невозмутимость, вот только... Скорый, как блиц, взгляд, брошенный на мою кабину... Что он успел отметить? Только то, что обе мои руки — на руле... Он продолжает что-то бурчать в трубку, переложив мини-рацию в левую руку, а правой неприметно теребит «молнию» куртки и осторожно, словно боясь нащупать гремучую змею, просовывает ладошку под полу... И еще один взгляд на меня, мельком...

Движения наши совпали: он выхватил руку с пистолетом, я — нырнул под рулевое колесо, выхватывая «узи» из сумки. Хлопок выстрела был едва слышен, пуля угодила в крышу кабины. Не раскрывая дверцу, я нажал на спуск; автомат задергался в руках, выплевывая веером крохотные гильзы... Пули густо прошивали металл дверцы. Расслышав то ли вздох, то ли хрип, распахнул дверцу, держа оружие наготове; мой противник лежал на животе ничком, выронив пистолет с глушителем; обеими руками он пытался отжаться от дороги, но руки только крупно дрожали; кровь рывками выплескивалась из перебитой артерии, пузырилась, попадая в рану на горле... Водитель выпрыгнул из кабины и, вместо того чтобы открыть огонь, побежал вдаль, в темноту, петляя, как заяц... Я выпустил «узи», выхватил из кобуры «глок», присел на одно колено, прицелился... Выстрел хлопнул едва слышно, пуля попала бегущему в затылок, он ткнулся головой в снег, словно перекинутый через обод крючок.

Раненый бился в конвульсиях: захлебываться собственной кровью — не самая легкая смерть. Я опустил ствол, выстрелил ему в висок; парень замер на грязном снегу. Навсегда. Тишина сначала показалась мне полной. Вот только магнитола в джипе вибрировала вполголоса: «Забирай свое и беги-беги-беги, уноси свои ноги-ноги-ноги...» Эти двое уже наслушались. И — отбегались.

Я оглянулся, почувствовав на себе взгляд. Котельщик Ваня стал абсолютно серого цвета; он сидел, вжавшись в сиденье, обеими руками прижимая к груди бутылку с водкой. Глаза его словно говорили: «Вот и попил водочки...»

— Чего застыл? — оскалился я, изображая улыбку. — Наливай да пей. Только мне оставь.

— Ты ж... Ты ж...

— Ну?!

— Ты ж за рулем!..

— Ну ты сказал! ГАИ тут вроде нету, а? Обнюхивать некому!

— Эт точно, — с готовностью кивнул Иван, хихикнул нервно, наплескал себе в стакан.

Я поднялся на подножку, перехватил бутылку, звонко стукнулся о хрущевский:

— С тренером! Ну? Махнули?

В этот раз истопник влил стакан летом, даже не глотая. Я выпил остаток водки из горлышка. Выдохнул:

— Ну и ладушки. По коням! Или ты останешься?

— Да чё я, совсем дурной? — Лицо его нежданно озарилось полным умиротворением: опохмелка прошла целиком и полностью, а все остальное... Остальное было несущественно. Глаза его прояснились совершенно, Иван глянул на меня лукаво, изрек: — А ты не шофер.

— Ну? Сам догадался?

— За что этих-то застрелил?

— Было бы за что, головы бы поотрывал! Держи. — Я протянул ему пакет со второй бутылкой и нехитрой снедью. — Чувствую, мне сегодня не до выпивки будет.

— Ну, тогда я пошел?

— Валяй. А ты не из пугливых, а, Иван?

— А чего в этой жизни бояться, окромя «белочки»? А от нее я сегодня точно утек. Но и спросить дозволь...

— Ну?

— За кого воюешь-то?

— За тебя.

— Как это?

— Пока ты водочку пьешь, воевать кто-то должен?

— Попрекаешь?

— Не-а. Каждому свое. Топи, а то начальство вымерзнет.

— Я не начальство топлю. Пять домов заводских.

— Тогда тем более.

— А ты это... Ты мне маслину в затылок не наладишь? Как тому?

— Была бы охота, я б тебя прямо в машине расписал.

— И то верно. Вот ведь, цветочки-лютики. — Иван разразился длинной и витиеватой матерной тирадой, приободряя себя, соскочил с подножки, ступил с дороги в снег и через мгновение исчез во тьме. Как растворился.

Рация, тихо лежащая рядом с убитым на дороге, запиликала едва слышным зуммером вызова. Я поднял прибор. Попроще, чем «Эхо», но тоже ничего. Почему парень дернулся за стволом, если до этого базарил вполне по-свойски, как бригадир с мужиком? Видно, нашли повязанного водилу «зилка». Жаль, отогнать «жигуленок» подальше терпения не хватило. Что теперь?

Я щелкнул тумблером, услышал:

— Я — Кадет. Бутик, что там у вас?

— «Анри», — назвал я ключевое слово, услышанное от пленного. — Я — Голик. Доложи Первому, что Козырь жив.

— Что?

— Что слышал! Подтверждение его смерти было?

— Да я...

— Головка от ружья! Слушай, Кадет, ты бы не умничал и передал Ильичу, что просят, а? У меня рация полетела, а то я бы сам доложился...

— Ты кто вообще такой, Голик?

— Из приезжей Команды.

— А как ты оказался...

— Не твое дело.

— Где Бутик?

— На том свете. Вместе с напарником.

— А в грузовичке?

— Шпана. Но ловкий — стрелял быстро. Из Козыревых парней. Я его завалил.

— А ты каким боком во все это?..

— Правым! Короче: доложи Ильичу, тьфу, Первому, что Козырь жив, акция провалилась, завод обставлен братвой. Работаю запасной вариант.

— Что?

— Запасной вариант. Так Первому и передай. Дословно. Он поймет. Конец связи.

Уф! Если бы я сам мог понять, что намутил! Видно, такая уж доля у проводника Сусанина: чем дальше в лес, тем гуще елки, чем больше дров, тем злее волки! Операцией руководят люди умные, пусть они ребусы и гадают! И главный ребус для них в том, чтобы и акт провести, и девственность сохранить! Шуметь им нельзя, а мне — обязательно. Естественно, расшифровать мою «дурочку» легче легкого, но на все нужно время. Для них время — золото, для меня — жизнь.

Глава 66

Филин сидел за столом, щуря красные от недосыпа и табачного дыма глаза. Перед ним стоял включенный компьютер и аппарат спецсвязи. Чуть в стороне — импортная кофеварка. В воздухе плавали клубы табачного дыма и аромат кофе.

Степан Ильич Панкратов расположился напротив. На голове надеты наушники с микрофоном.

Филин встал, подошел к окну, приоткрыл жалюзи. Территория завода тонула во тьме; только в километре от административного корпуса стояли за отдельным высоким бетонным забором корпуса «Цеха-К». Та территория была залита светом. Но свет был белый, мертвенный, неживой.

— Ильич, а ты не задумывался, почему священники и убийцы всегда одеты в черное?

— Что? — поднял голову Панкратов.

— «Мне день и ночь покоя не дает мой черный человек... За мною всюду как тень он гонится»[1], — тихо прошептал Филин.

Неслышно подошел к столу, опустился в кресло, вставил в рот-щель очередную сигарету, щелкнул зажигалкой. Кофеварка пропищала и нацедила в подставленную чашку крепчайшего кофе. Геннадий Валентинович взял с приставного столика бутылку коньяку, плеснул в стакан, на донышко, выпил, поморщившись, как лекарство, запил горьким кофе. Посмотрел на экран компьютера:

— Наши друзья в полете уже двенадцать минут.

Панкратов только пожал плечами:

— Пока все штатно.

— Кроме того, что мы сильно припозднились.

Панкратов промолчал. Любые разговоры его тяготили. Филин просто дошел до той крайней степени нервного напряжения, когда хочется говорить любые пустопорожние фразы, задирать окружающих, в данном случае его, Панкратова, но не молчать.

— По-моему, все складывается нормально.

— Свое «по-моему» выброси на помойку! — скаламбурил Филин и оскалил желтые от сигарет и кофе зубы. — Ох, какие кошки скребут у меня на душе! Не кошки — тигры!

— За такой бумагой мы — как в крепости!

— На всякую крепость бывает свой подкоп! Дедушка проснулся и уволил всю свору: Югашева, Самостьянова... А этот новый генерал-полковник...

— Дюжев?

— Да. Он не просто темная лошадь, он черная собака! Ты посмотри его послужной! Училище ракетных войск стратегического назначения, где он вполне мог стакнуться с ГРУ, потом — военная контрразведка ГБ, затем — кадровик ФАПСИ, погранслужба, Совет безопасности... — Филин вздохнул. — Это только в писульках Суворова-Резуна ГРУ воюет с КГБ, как Ленин с буржуазией, на самом деле творческое сотрудничество присутствует! Боюсь, что это как раз тот случай!

_____
[1] П у ш к и н А. С. Моцарт и Сальери.

— Геннадий Валентинович... На нашей бумаге подпись не Югашева, а Самого. — Панкратову было немного не по себе оттого, что в решающий момент ему приходилось успокаивать босса. Или — Филин играл? Впрочем, все люди порой бывают похожи на детей: хотят слышать успокаивающие слова, хотя и сами их прекрасно помнят. Кажется, психологи называют это «сторонняя стимуляция». Когда твои собственные мысли высказывает кто-то еще, это кажется дополнительным доказательством твоей правоты. У всех бывают минуты слабости, особенно когда на кону такие деньги. Впрочем, жизни тоже. Их жизни. — Вам ли не знать Систему? — спокойно произнес Панкратов. — Пока войдут в дела, пока инвентаризируют хозяйство...

— Ты прав, Ильич. Хотя Сам ни о нас, ни об этом сраном «Точприборе» слыхом не слыхивал! Но если какая накладка... А тут еще гребаный Билл со своими бомбежками! «Лиса в законе»! Как подумаю, что такую ювелирную разработку похоронят неуемная активность не ко времени воскресшего Самого и предрождественские игры американского сексофониста-переростка!

Заработал аппарат спецсвязи, подключенный к динамику:

— Кадет вызывает Первого!

— Первый на связи, — отозвался Панкратов. — Слушаю.

— Мы подтянулись. Но тут непонятка какая-то!

— Докладывай.

— Убиты два моих человека.

— Кем?

— Неизвестно. На связь вышел некто Голик.

— Голик?

— Он так представился. Из Команды.

— Дальше.

— Когда мы подъехали, то обнаружили в «жигуленке», метрах в пятидесяти от проходной, связанного человека. Он назвался шофером Тимофеевым Сергеем Павловичем, посланным для загрузки бензина.

— Ты можешь короче, Кадет? Какой бензин, какие бочки?

— Здешний авторитет Демич крутит свой левый бизнес с кем-то из заводского начальства. Бензин продают втихую, минуя «Ренессанс» и, возможно, Козыря.

— Кадет, мне нужна суть!

— По словам Тимофеева, некто, братанского вида, остановил «зилок», вырубил его, шофера, в смысле, спеленал, оставил в «жигуленке», сам сел за руль и поехал через проходную. Прямо перед нами проехал, мы видели. Как только мне доложили об этом шофере в «Жигулях», я связался с Бутиком и Сеней, они были посланы патрулировать территорию завода, сообщил о непонятке и приказал разобраться. Связь неожиданно прервалась. Когда я повторил вызов, человек представился Голиком и назвал ключевое слово, действовавшее до семнадцати ноль-ноль: «Анри». Он сообщил, что мои люди, Бутик и Сеня, убиты тем самым братком, человеком Козыря, а он завалил уже этого братка.

— Как Голик там оказался?

— Он не пояснил. Связаться с вами не мог из-за повреждения его рации. Просил передать, что акция провалилась, Козырь жив, братва подтягивается по периметру к заводу... Сам он приступил к проведению запасного варианта.

— Какого запасного варианта?

— Он не пояснил. Сказал, вы поймете.

— Или, наоборот, не пойму... — пробормотал Панкратов.

— Повторите, я не понял?

— Это так. Думаю вслух. Вот что, Кадет. Пошли две машины за этим Голиком. Пусть доставят его ко мне. Задание понятно?

— Так точно.

— Вот и действуй.

— Только...

— Да?

— Если этот человек не тот, за кого себя выдает?

— Захвати его. Если начнет шуметь — убей. И привези мне труп. Командуй сам.

— Есть.

— Конец связи.

— Конец связи.

Панкратов вздохнул:

— Час от часу...

— В чем проблема? — быстро спросил Филин.

— Голик и Сафронов находились в группе наблюдения. Несколько часов назад доложили, что начали преследование подозрительной машины: она маячила у центральной проходной. Вышли на городскую окружную, затем связь с ними прервалась. Через полтора часа мои люди из милиции сообщили: авто, на котором они ехали, под откосом, Сафронов мертв, Голик исчез. Исчезла сумка с оружием и препаратами для активного допроса.

— Голика нашли?

— Нет. Нашли автомобиль, который они преследовали. Без толку: он третий час числится в угоне.

— Дела... Козырь действительно жив? — Филин, прищурившись, смотрел на Панкратова.

— Проверить это невозможно. Хотя...

Панкратов быстро вывел на экран своего компьютера схему завода и города; внизу, отдельными строками, высветились сообщения подвижных патрулей.

— Ничего экстраординарного, — констатировал он.

В это время зазвонил городской телефон, подключенный к шифровальному аппарату спецсвязи. Филин сдернул трубку:

— Филин у телефона.

— Это Демин, помощник губернатора.

— Слушаю вас, Константин Лукич.

— У нас тут нехорошие сигналы.

— Поясните.

— Звонили и из «Демократического альянса», и из «Яблока».

— Лидеры демократов обеспокоены предстоящей сделкой?

— Не совсем так. О сделке они ничего не знают. По информации для них на завод вылетела экспертная группа из Канады для зондирования возможностей сотрудничества.

— Тогда в чем дело?

— Кто-то сообщил им, что красно-коричневые готовят на «Точприборе» масштабную провокацию. По договоренности с военными.

— Дичь!

— Не совсем. Мой источник в штабе Национального движения сообщил, что они также обеспокоены.

— А эти — чем?

— Продажей национального достояния жидомасонам.

— Идиоты!

— Полностью с вами согласен.

— Откуда у них эта информация?

— Не могу знать. Вот только они, полагаю, уже обзванивают своих отставников, а отставники будут сигнализировать действующим офицерам УФСБ. Да и вообще... Перефразируя классика... Слухи — упрямая вещь. И в Службе безопасности начнут папочку шить.

— Пусть шьют хоть две! Не успеют!

— Хорошо, что на приеме информации сижу я. Губернатор сейчас в Совете Федерации, но кто-то из ретивцев может стукнуть...

Филин слушал вполуха. Он думал, скоро и напряженно.

— Вот что, Константин Лукич. На завтра нам не нужно никаких манифестаций и уличных шествий. Позвони Серебрякову в УВД, пусть опускает на город «Невод», «Капкан», «Полкан» — все, что захочет, но чтобы назавтра утром в Покровске все было чинно и благолепно.

— Видите ли, уважаемый Геннадий Валентинович...

— Демин, ты арифметику помнишь?

— Хм...

— Так вот. Складывать не нужно. Умножай. На три.

— Если я вас правильно понял...

— Ты меня правильно понял, Константин Лукич. В три раза. Или ты считаешь, что сумма...

— Геннадий Валентинович, по телефону...

— Это спецсвязь. Во-первых. А во-вторых, никому не возбраняется развлекаться математическими ребусами в свободное время. Ты меня хорошо понял?

— Да.

— Отлично. Вот завтра, после ознакомления экспертов с материалами, можно будет уже не беспокоиться ни о чем. И вам, и мне. До конца дней.

— Я понял, Геннадий Валентинович.

— А если понял, так расстарайся! Пусть Серебряков оставит во имя, так сказать, закона и порядка в городе свое независимое мышление! На сутки!

— Если доложить губернатору...

— Вот и докладывай! Бумагу с завитком Номера Первого он видел! Упорствовать, я думаю, не станет! Засиделся он в Покровске, хочет повыше взлететь, а когда в Москве гостишь, повыше ох как хочется! Упирай на сокрытые, но государственные интересы! Пусть строит Серебрякова, как Швейка! Ты все уразумел, Демин?

— Так точно.

— Ну что ты, Константин Лукич, по-военному? Ты давай изъясняйся казенно-суконным, и губернатор, и генерал твой милицейский этот язык лучше поймут. Но чтобы был результат. Лады?

— Сделаем, Геннадий Валентинович.

— Ну вот и хорошо. Отбой.

Глава 67

Филин откинулся в кресле, забросил в рот-щель сигарету, с удовольствием затянулся:

— Вот такие дела, Ильич.

— Может быть, не стоит беспокоить губернатора?

— По-твоему, он что-то заподозрит?

— Купчеев — очень неглупый человек.

— Но ведь не Ленин, а? — оскалился в улыбке Филин. — Великий Вовик тем и хорош был, что пер как танк времен Первой мировой, поливая все окружающее пространство беглым пушечно-пулеметным огнем! На всякий случай. А уж соратники добивали уцелевших. И друг друга. — Филин наплескал себе очередную чашку крепчайшего кофе, пригубил. — Ты что, Ильич, серьезно полагаешь, что у Купчеева хватит наглости позвонить Самому или хотя бы Премьеру и — э-э-э... проконсультироваться?

— Всяко может статься. Самому — нет, а вот Дюже́ву вполне.

— Зачем? Рвение проявить? Искать приключения на собственный ливер? Он хорошо сидит, здешний губернатор, и хочет сидеть еще лучше. Любой аппаратчик даже при самой большой спешке торопится очень не спеша. Потому как и овес может сгореть, и осел сдохнуть. — Филин посмотрел на свой компьютер: — Второй час полета.

— Вы опасаетесь...

— Да! Опасаюсь! Всего, чего угодно! В том числе и того, что какая-нибудь бесхозная ракета «земля—воздух» шарахнет откуда-нибудь со дна студеного окияна и разнесет эту таратайку впополам!

— Вам не стоит пить столько кофе.

— Не боись, Ильич, тот, кого ищет пуля, от инфаркта не помрет.

Филин помрачнел вдруг, встал, подошел к окну, чуть отодвинул жалюзи, долго смотрел на ночной город. Перешел на другую сторону и застыл, еще более сумрачно глядя на пустую и темную территорию завода. Черноту ночи прорезывали лишь длинные лучи фар джипов.

— Твои развлекаются, — кивнул он Панкратову.

Тишину кабинета, нарушаемую лишь мерным гудением компьютеров, снова нарушил телефонный звонок.

— Внутренний? — спросил Филин.

— Да. Полковник Васильев.

Васильев командовал отдельной службой безопасности «Цеха-К». Филин взял трубку:

— Слушаю, Евгений Петрович.

— Что там у вас происходит? Наша система зафиксировала вспышки выстрелов. Джипы по территории завода мечутся непонятные.

— Бардак, как везде, — миролюбиво сказал Филин.

— У нас бардака нет, — сухо поправил Васильев. — Вы контролируете ситуацию?

— Да. Бандиты разбираются. Вы ведь в курсе, что в седьмом цехе склад левого бензина. И две канистры.

— Это не моя епархия.

— Удобная позиция.

— Извините, Геннадий Валентинович...

— Бога ради, полковник, я не желал вас задеть. У каждого своя служба.

— Вы справитесь с ситуацией? Я могу выслать группу *нашего* спецназа.

— Благодарю. Все под контролем. А у вас отличные системы обнаружения.

— Такие вам и не снились, — произнес Васильев с легким оттенком самодовольства.

— Жизнь не сон! — оскалился в улыбке Филин.

— По-моему, вы там выпиваете, ребята...

— Завтра, полковник. Все завтра. И выпивка тоже. Сегодня — только работа.

— Это так. Разгоните эту шантрапу, полковник Филин. Если бы вы знали, как мне надоел бардак за стенами объекта!

— Бардак за стенами объекта мы ликвидируем. Вместе с окружающими. — Филин снова обнажил зубы в оскале. — Конец связи.

— Конец связи.

Филин снова встал из-за стола, приоткрыл жалюзи, глянул на окутанную тьмой территорию завода. Где-то вдалеке все так же, люминесцентно-белым, светился объект полковника Васильева. Филин скривил гримаску, означавшую улыбку:

— И эту мертвечину он называет порядком! Нет, Ильич! Нас ждут банановые острова и абрикосовые красотки! Много солнца, моря, нагих гибких тел, пальмы... Ты понял, Ильич? И всего-то нужно — пережить эту ночь. И только.

Зуммер компьютера пискнул призывно.

— Что там еще?

— Мой человек в УВД. Они составили словесный портрет угонщика «фольксвагена».

— Какого «фольксвагена», Панкратов?

— Та самая машина, что была угнана из центра города после акции с Козырем. При этом был убит наш ликвидатор. Потом ее преследовали мои Голик и

Сафронов. — Панкратов усмехнулся невесело: — Те, что пропали. Словесный портрет составлен по показаниям владельца машины и еще нескольких человек.

— Меньше слов, Ильич! Где картинка?

— Вы же знаете, Геннадий Валентинович, нашу систему защиты. Любая привходящая информация проходит многократную проверку и дешифровку.

— Да знаю я, АНБ нам не грозит, — хихикнул Филин.

Панкратов покосился на босса, но тут же притушил нескромный взгляд. Вообще-то он впервые видел Филина таким, дурашливым и сверхсобранным одновременно. Наверное, это кампари: смесь крепчайшего кофе и коньяка, которую Филин пьет литрами уже третьи сутки. Или он просто боится уснуть?

Разумная машина снова пискнула, на экране, как сквозь матовое стекло, стало проступать изображение...

Панкратов почувствовал, как лоб обильно оросила холодная испарина. «Дронов», — одними губами прошептал он. Он только хотел произнести фамилию вслух, но услышал, как Филин выдохнул хрипло:

— Человек Дождя. Играющий Джокер.

— Что? — переспросил Панкратов, поворачивая голову к Филину. Глаза у того, казалось, запали так глубоко, словно их не стало вовсе. Втянувшиеся щеки, заострившийся нос — все это сделало Филина похожим на... — Вам плохо?

— «Черный человек на кровать мне садится, черный человек спать не дает мне всю ночь»[1], — тихо, будто в бреду, прошептал Филин. — Стоит мне только закрыть глаза, как перед взором — пламя... Но огонь не согревающий, нет... Такое пламя готово сожрать.

Панкратов вынул из бара-холодильника бутылку ледяной минералки, плеснул в хрустальный стакан, подал Филину:

— Выпейте.

Тот отхлебнул глоток, произнес:

— Он должен быть убит.

---

[1] Сергей Есенин.

— Да, босс.

— Сколько у тебя людей?

— На заводе — тридцать четыре. Еще двадцать — в аэропорту и по дороге.

— Всех сюда. Всех!

— Есть.

— Ты расставил «сеточку»? Мы можем его обнаружить немедленно?

— Расставил. Только без пользы: господин Васильев предпринял усиление мер безопасности объекта. У него базовый генератор новейшей модификации, наши погремушки против его — пустышки.

— Почему ты не сказал этого раньше? В таком случае он может контролировать нашу связь. Переговоры, компьютер.

— Нет. Система просигнализировала бы о контроле. Да и побоится: в ФАПСИ сменилось начальство, а свои погоны на плечах дороже чужого кресла. Против нашего папируса он попер бы только по письменному приказу. А отдать такой приказ, не рискуя потерять погоны, папаху и кресло, никто не решится.

— Складно излагаешь. Почему Васильев опустил «завесу»?

— Не в связи с нашими играми: бомбардировка Ирака. Предписание. А предписание Васильев не нарушит.

— Школа Лаврентия.

— Она самая. Васильев начинал в Ленинградском училище МГБ. В пятидесятом году.

— Значит, только визуальный контроль.

— Да.

— Мы можем осветить территорию?

— Нет необходимости. Проще заблокировать ее с помощью снайперов.

— Делай.

— Есть. Вот только одно... — Панкратов замялся. — Если Дронов забьется в какую-нибудь дыру, в щель, никаких гарантий, что мы разыщем его до прилета гостей. Территория велика.

— Собаки. Пусти собак.

Панкратов пожал плечами:

— Он опытный человек.

— Кого он, по-твоему, представляет?

— Конкурентов. Или — они продолжают играть его втемную.

— Цель? Сорвать сделку?

— Да.

— Значит, это он запустил «дурочку» среди журналистов и политфункционеров. Умно.

— Привлечь внимание к заводу... — Лоб Панкратова усыпали бисеринки пота. — Он готовит акцию!

— Какую?

— Любую громкую!

— Сам? Один?

— Если бы он работал от любой из контор, все не было бы так топорно. И у ФСБ, и у ФАПСИ, и у ГРУ — масса возможностей напакостить нам массированно и заранее. Всем, включая нашего олигарха.

— Согласен. Значит, дурак-одиночка. Джокер. Человек Дождя. — Филин застыл, размышляя. — Акцию, говоришь? Взрыв? Поджог?

— Скорее всего.

— У него могут быть плаксид, тетрил, что-то в этом роде?

— Если бегает один — вряд ли.

— А если не один?..

Панкратов молчал, напряженно глядя в ведомую ему точку на столе.

— Зачем ему это надо? — медленно выговорил Филин.

Панкратов пожал плечами:

— Неизвестно. Хотя... Возможно... Возможно, он решил, что решение о ликвидации Крузенштерна принимали мы. Вы и я.

— Дронов нас знать не может!

— Ему могли помочь «информацией».

— Та-а-ак.

— В таком случае его цель — срыв сделки. Скорее всего Крузенштерна убрали именно потому, что он хотел ей помешать. Кто-то готовил ее не менее тщательно, чем вы.

— Кто? СИНТА-банк? Сам «Континенталь»? Шекало?

— Выяснить это достоверно не удалось.

— Хм... Билли Кейтс вполне разумный человек, чтобы не складывать все яйца в одну корзину. Но в данном случае — яичко одно. И не простое, а золотое! Разобьешь, другого не будет! Ряба — не птицефабрика, производит исключительно штучный товар! Даже если это действительно конкуренты, они не могут не понимать: любая громкая акция похоронит саму возможность сделки! Или — не похоронит? Отложит во времени? Ладно, Ильич, к дьяволу рассуждения, напряги чутье! Что выходит?

— Одиночка.

— Да. Служебный пес империи. — Филин оскалился. — Он продолжает функционировать один в заданном режиме, даже когда империя исчезла!

— «Исчезла»?

— Не играйся словами! Мы же не можем поменяться с ним местами! Для нас — и для тебя, и для меня — есть теперь только один способ выжить! Ты понимаешь это?

— Однозначно.

— Вот и славно. Было бы скверно, если бы ты страдал скрытым комплексом самоубийцы.

— У Дронова его тоже нет. Он пришел убить нас.

Филин сцепил зубы. Произнес:

— Снайперов. Автоматчиков. Всех. Убей его!

— Есть.

— Сделать это нужно быстро и тихо. Пусть валят любых подозрительных. От орлов Серебрякова как-нибудь отбояримся.

— Я понял.

Панкратов опустился в кресло, надел наушники, настроил аппаратуру, приготовившись отдавать команды.

— Такие дела, Ильич, — продолжил Филин, подавив тяжелый вздох. — Предчувствия меня редко подводили. Вернее, не подводили никогда. — Он помолчал, снова разлепил губы, произнес: — В этой ночи останется кто-то один... Навсегда. Или — Человек Дождя, или я. Третьего не дано.

Глава 68

«Забирай свое и беги-беги-беги, уноси свои ноги-ноги-ноги...» Бодрая песенка. Так сказать, в духе времени и момента. Я запрыгнул в джип, рывком захлопнул дверцу и рванул вперед, к темнеющей впереди громаде корпуса цеха номер семь, больше похожего на ангар. Сзади, почти вплотную к нему, примыкает внутренняя железнодорожная ветка; ага, очень удобно и бензина несколько цистерн пригнать, и расфасовать по бочкам, и толкануть втихарика, минуя всех городских «пап», «мам» и прочих отцов-основателей, да и спиртягу перекачать в те же бочки и отправить по местам розлива, невзирая на борьбу с позорным явлением полуподпольного производства ханки и потребления ее же. Не-е-ет, население у нас предприимчивое и кормится само, как олени в чукотской тундре. Но не все.

Вот этих «не всех» я и хочу сильно огорчить. Сдается мне, гореть этому цеху-ангару синим пламенем. Или — алым. Это — как повезет. Тем более нужно потарапливаться: запущенная мною «дурочка» ослиными ушами прохлопает недолго, и вся вымуштрованная Ильичом братва ринется испить моей крови.

Мое явление на джипе модного темно-синего колера произвело на работников цеха-ангара приятное впечатление. Тормознул у дверей с шиком и визгом, вывалился как черт из табакерки, гаркнул двум находящимся при перекуре парням:

— Сворачивай лавочку! Живо!

— А ты чё тут командуешь? — нарисовался в проеме мордатый бригадир.

— Мандат имею! — Одним движением я выхватил из-за пояса «беретту», столь же страшную, сколь и авторитетную. И громыхнул в воздух. Навел ствол на мордатого: — Первый, как водится, предупредительный. Вторым — урою, урод!

— Ты чё, отмороженный? Бензин тут!

— А я про что? Уводи бригаду к едрене фене! Аллюром!

Демонстрируя полное отсутствие своей дружбы с головой, я обернулся к джипу, схватил с сиденья «узи» и надавил на спусковой крючок, веером взметнув рыхловатый снег перед безопасным местом для курения. Дошло. Мужики ломанулись прочь, как кони из вспыхнувшего сарая. Восемь человек. Покинутый цех сиротливо таращился на меня створами приотворенных дверей.

Ага. Две пары фар, прорезая лучами небо, двигались от проходной в сторону брошенного «зилка». А это значит, Кадет доложился и поимел «вказивку». Я даже догадываюсь какую. А потому поднимаю пистолет и одним выстрелом гашу фонарь в колпаке перед входом: быть мишенью на полигоне никому не хочется. Тем более темнота — друг молодежи.

Сунул нос в цех-ангар: мама дорогая! Мечта террориста! Бочки заполняют почти половину помещения; полные угадываются сразу. Из цистерны бензин подается по гибкому шлангу, уложенному на штангу. Если этот крантик открыть да шарахнуть из автомата... Что будет? Правильно. Я окажусь первой безвременной жертвой безымянного террора. Возможно, что и единственной. Я хочу победить. Но увидеть победу можно только живым.

Что еще? Близость кислородно-конверторного? Цех неживой, закупорен наглухо; даже если какие-то запасы кислорода и остались, то не сдетонируют. Эх, сейчас бы шматочек пластика размером с промокашку, и был бы я — кум королю, а так... Самодеятельность, она и в Африке любительщина!

Пока голова паникует, руки делают. Споро раскрываю киллерский чемоданчик, собираю ВСС; части оружия соединяются с легким характерным звуком, который приводит мою мятущуюся душу в состояние полного спокойствия. Забайкальский военный округ к войне готов. Ночной прицел с блоком питания не без труда пристраиваю в карман, устанавливаю оптику, присоединяю магазин.

Джипы приближаются. До них метров четыреста. Далековато. Ну что ж, подождем минут пять, и начнем учить парней жизни. Как говаривал великий Салтыков-Щедрин, когда толпа коснеет в ожесточении, тогда надлежит палить! Беглым огнем. Хотя эта наука впрок парням уже не пойдет. Война — хорошая школа, но для многих бесполезная: покойникам приобретенные при жизни навыки ни к чему. Я уже вскинул винтовку к плечу, как... Дальнейшее движение тело произвело словно без моего участия: я крутнулся на месте, в падении навел ствол на бесформенное пятно на крыше кислородно-конверторного и нажал на спуск. Лучик лазерного целеуказателя описал сложный эллипс в черном небе и погас; винтовка вывалилась из рук затаившегося снайпера, ударилась о землю; сам он лежал комом, не подавая признаков жизни, но с перепугу я вогнал в него еще пулю.

Именно малиновый луч целеуказателя, приближающийся к голове, отметило боковое зрение, а дальше тело среагировало «на автомате», безо всякой команды мозга. И тем спасло его. Ибо девятимиллиметровая усиленная пуля ВСС превращает сей высокоразумный орган в жидко-жирное месиво без проблесков мысли.

Я покатился, обняв винтовку, под горку; пуля еще одного снайпера противно чавкнула в то место, где я был только что. Я замер, рывком вскочил на ноги и метнулся, как заяц по бездорожью, хребтом ощущая, как новый горячий кусок металла взрыхлил снег в том месте, куда я должен был перекатиться, если бы действовал со свойственной умным логикой. Но я несся, гонимый диким животным страхом, чувствуя себя загнанным, запертым зверем. Самое противное было в том, что в мозгу до ясной отчетливости, как табло в самолете, вспыхнуло понимание: меня не оттесняют от места возможной диверсии — бьют на поражение и уничтожение. Мертвый запаникует.

Под ноги попался какой-то кусок металла, вроде бруска или шпалы, я с маху налетел на него и кулем нырнул под невидимый откос, пребольно ударив ногу... Падение меня спасло: еще несколько пуль с протяжным заунывным звоном хлобыстнули по металлу... А я скользил вниз с неведомого наста по наезженной скользанке: школьники тут, что ли, резвились? И с замиранием сердца ждал, когда очередная пуля-пчела ужалит наконец точно и душа из пяток устремится туда, где ее и не ждали! В Эдем!

Я замер, чувствуя под щекой какой-то шершавый комок; приподнял голову, посмотрел наверх: ну да, около шести лазерных лучиков скользили метрах в трех над головой, пытаясь нащупать цель, а я, по прихоти фортуны, оказался вдруг не только вне сектора обстрела, но и вне зоны видимости скрытых снайперов. Испарина покрыла все тело, словно липкая теплая простыня; я ошалело оглядывался вокруг... Попытался отдышаться... Какого бы труса я ни спразновал, а все же паническое бегство куда лучше героической смерти! Паутина над головой стала гуще: загнали, как муху, а сидеть тут до второго пришествия и морковкина заговенья никак нельзя! Только полная тьма да моя удача помешали кому-то из снайперов попасть. Удача — качество ценное, но не длится вечно, особенно если идет хорошая такая обложная охота. Ну да, джипы: уже слышно близкое урчание моторов; сейчас братишки спешатся и уделают меня из автоматов, как Рембо — ленивую ящерицу! Жрать, правда, не станут, но все равно погано!

Надо рвать. Я сделал несколько вдохов, пытаясь набраться храбрости, но храбрость не приходила. Одно дело драться, воевать, участвовать в разборке, совсем другое — стать загнанной дичью. Стоп! А почему ребята включили целеуказатели? Они же меня не видят и не могут видеть! Умницы. Профессионалы, приученные играть в команде, ходить им конем. Эта «лазерная вилка» есть не что иное, как психическая атака! Ребята так меня выкуривают. Они отметили, как я безумно несся через поле; теперь, видя приближающийся свет фар, я, по всем прикидкам, должен рвануть прочь, в спасительную тьму! И — попасть на мушку к автоматчикам из джипов. Не до-жде-тесь!

Я пополз ужом, но не вперед, а назад, вверх. Уже слышалось хлопанье дверец, выкрики загонщиков. Лазерные лучики ушли вверх: снайперы боялись перестрелять своих. Я затаился за ближней кромкой. Эх, сейчас бы полновесный родной «калашников», лучше — пулемет, и я устроил бы вновь прибывшим маленькую трагедию, без оркестра, но с предсмертным восторгом! Израильская машинка на открытых расейских просторах — не боец! Хотя... За неимением гербовой! Стреляет часто, дырки делает... Привередничать, когда уже слышно, как рифленые подошвы преследователей с хрустом подминают ледяное крошево?.. Вот только глушак следует отвернуть: гробовая тишина мне ни к чему, а пуля, выпущенная из коротенького ствола да еще и «придержанная» трубой глушителя, завязнет в кевларе бронежилета, как в меду. И убить не убьет, и напугает не шибко. Лихорадочно перебирая руками, я освободил ствол, воткнул новый магазин, замер. В левой — «узи», в правой — «беретта». Пижонство, конечно, но я даже подержал оружие на вытянутых руках, выверяя балансировку.

Охотнички шагали бодро, как на полигоне. Или — в заповеднике. А чего им? Завалил я их двоих? Так сами, лохи, подставились. Чего ждать от деморализованного противника? Забился в какую-нибудь щель и торчит там ветошью, стараясь не отсвечивать и вообще исчезнуть... Впрочем, парни не в кегли играют, и свой живот завсегда дороже чужой головы. А потому стволы их — прицельно ли рыская, но смотрят, поди, на край широкой ямы, съезда, за которым я и затаился. Ха! Вот ведь интересно, почему партийцы свои сборы в те времена съездами прозвали? Ведь съезд — это не вверх, а вниз и до упора!

Не успев выругать себя за полное идиотство мыслей в голове, из которой вполне свободно через секунду-другую могут вылететь мозги, собрался, замер... Огонь из «узи» на открытом воздухе эффективен только в одном случае: если стрелять в упор. Шаги — хрусть, хрусть... Рядом. Молча идут, волчары. Пора. Только вот еще что... Резко двинув рукой, швырнул пустой магазин вверх и в сторону. Как только он с лязгом треснулся о ледяной наст, вскочил разом на обе ноги, появившись из-за кромки как черт из табакерки!

Людей я не видел. Только силуэты. Автомат бешено колотился в правой, я водил струей свинца по этим силуэтам, а левая тем временем направляла ствол «беретты», тявкающей часто, гулко и грозно. А время вдруг потянулось мучительно-медленно; я видел, как пули крушили кости черепов, разрывали незащищенную плоть на шее, дробили колени... Фигуры, похожие на людей, нелепо взмахивали руками, медленно заваливались, кто вперед, кто — набок; тяжелый свинец сметал противников, а я был словно безучастным наблюдателем... И лишь внимательно следил, как медленно приближаются к голове лучи лазерных прицелов... Я успевал увидеть в свете коротких белых вспышек, как автоматы в руках у людей-теней опасно направлялись в мою сторону, но успевал предугадать движение, и мои пули в месиво рвали кисти рук и коверкали металл оружия... Серьезно меня беспокоили лишь те самые малиновые лучи, неумолимо приближающиеся... Пора... И — я стал заваливаться назад, навзничь, уходя с линии близкого огня, а автомат в моей руке продолжал изрыгать белые вспышки, а выпущенный пустой пистолет медленно падал на снег... Мне казалось, что я заваливаюсь до судорог медленно, а пуля снайпера уже разрезала воздух...

Она свистнула в микроне от лица и унеслась в ночь, а я сверзся вниз, полетел с того же откоса, с той же горки, и слышал, как пули противников бессильно буравят кромку, ту самую, на которой я стоял секунду назад...

Вот теперь я медлить не стал. Сбросил всю верхнюю одежду, оказавшись в легоньком черном джемпере, перепоясанном сбруями, я побежал со всех ног, сжимая обеими руками снайперскую винтовку... А слева уже маячили фары пятнистого полувоенного автомобиля, и одна из них, поисковая, рыскала сквозь ночное пространство, будто искала зверя... Меня. Я добежал до затворенных на цепь дверей какого-то цеха, скользнул внутрь, замер, слушая лишь стук собственного сердца.

Никаких криков загонщиков я не слышал: парни переговаривались по рациям. Я не знал, сколько их, замер, надеясь, что обнаружат меня не сразу и я сумею сориентироваться, уйти, скрыться от близкой погони... И тут услышал звуки, от которых мне стало тошно. Это был песий лай.

Глава 69

Отец — буржуй, дите — невинно. Именно этому принципу я всегда следовал, когда встречал собак скверных и невоспитанных. Только человек способен превратить собак, этих самых преданных и беззаветно добрых друзей, в сильных, безжалостных врагов; именно тогда они становятся оружием, носителями чужой воли, воли злой и беспощадной. Я вслушивался в лай и понимал, что мои игривые хлопушки, еще как-то опасные для людей, собак не остановят: вымуштрованные опытными дрессировщиками, они не ведали страха. Я не знал, что за псы несутся за мной: упорные, как управляемые снаряды, бультерьеры, могучие ротвейлеры или гибкие и беспощадные доберманы. Мне стало по-настоящему страшно; это не значит, что раньше я испытывал только подобие страха, нет; просто теперь страх мой стал первобытно-звериным, от него хотелось оскалиться и выть! Мне вдруг показалось, что еще мгновение, и я брошусь на четвереньки и ринусь навстречу новым, четвероногим врагам, и если суждено погибнуть, я умру, но с вражьей кровью на клыках!

Отрезвление пришло только тогда, когда я понял, что действительно оскалился зверем, приподняв верхнюю губу, и рычу тихо, утробно... Усилием воли приказал себе расслабиться. И — думать. Время снова словно замедлилось... И глаза по-кошачьи различали почти в полной тьме силуэты предметов... Вот эти два... Да!

Это были баллоны с газом. Я чиркнул кремнем зажигалки: красные, с безликой надписью: пропан. Ну да, пропан, парень, совсем пропан! Кантонул я их разом, накатил к дверям цеха. Лай затих: собаки почуяли след и неслись теперь молча, черными тенями — вестниками смерти.

Откручивать вентиль было некогда. Я побежал что есть духу в глубь цеха, по наитию чуя препятствия, перепрыгивая их, наткнулся на какую-то лесенку... И — замер. Я почуял зверя, обернулся: песьи глаза блеснули во тьме. Это был первый. Опередив собратьев, оказавшись сразу, вдруг, в незнакомом и опасном мире новых запахов, пес сник. Ну да, собаки по природе — стайные животные: он ждал свору! Я унял дрожь, судорогой, волной пробежавшую от хребта к рукам, бросил приклад винтовки к плечу... И в это время влетела свора.

Я нажал на спуск. Раз, другой... Сначала металлический звон, визг собаки, раненной рикошетной пулей, снова визг — на этот раз животное налетело на пулю грудью, покатилось по цементному полу... Третий... Пуля глухо чавкнула в металл. Ну а теперь бы рикошетный, с искрой... Хоп!

Взрыв был странный, с длинным, визгливым воем. Пламя словно взбесилось, выплеснулось в одну сторону, катая баллон, в другую... И — разметало все: рваные клочья металла, успевших вбежать в цех псов, синежелтые лохмотья огня... Я упал ничком, сжавшись, прильнул к шершавому полу, чувствуя, как могучая раскаленная волна накрывает и меня, и все вокруг... Ахнул второй баллон, и я утонул в вязком удушливом пламени.

Только чувство близкой опасности не позволило сознанию провалиться в беспамятство. Я зашагал дальше, в темный провал цеха, ощущая близость самых безжалостных хищников — двуногих. К их появлению я успел взобраться на какую-то шаткую лесенку и оказался на мостках, опоясывавших брошенный цех по периметру. Освещенные убывающими всполохами оранжевого пламени, в шлемах-полусферах, снабженных интегрированными приборами ночного видения, поводя хоботами глушителей на специальных автоматах, они были похожи на марсиан, невесть как занесенных в полузаброшенное цеховое здание. Я и готов бы помочь им вернуться на их красную планету, да не знаю, как это сделать. И самое противное, что это не те бесшабашные ребята, что наехали в джипах. Другая школа. Штучный товар.

Воевать с ними невозможно. Такую войну и войной-то назвать трудно: все равно что тягаться в поднятии тяжестей с башенным краном. Но выход всегда есть. Потому что... Потому что я хочу не просто выжить, но победить!

Вот он, блаженный закуток. От него вверх тянется узкий бетонный четырехугольник, похожий на лифтовую шахту. До него четыре шага. «До тебя мне дойти нелегко, а до смерти — четыре шага...» Та война была другой. И я надеюсь, что эти шаги — к жизни. Нужно только пройти их, будто проплыть по воздуху, миражом, призраком, беззвучно, бестелесно. Даже не тенью: эти ребята среагируют и на тень, изрешетят из тихих своих пушечек. И я решился. Пошел. Перемещая тело плавно, как иллюзионист, и медленно, как наглотавшаяся снотворных черепаха. Только на такое движение не реагирует другое живое существо. Ибо это движение неприметно глазу и не представляет опасности, чтобы на него отреагировала интуиция. Но... Любой подготовленный боец реагирует на живое вообще как на источник опасности. Улавливая вроде бы неуловимые, никаким прибором не фиксируемые волны, исходящие от человека. Но... Сейчас я был не человек. Я стал восковой фигурой, слившимся с серой стеной серым памятником всем серым кардиналам! Перемещающимся на миллиметры и микроны в сторону заветной цели.

Бойцы сначала передвигались сторожко, страхуя друг друга. Хе-хе, а собачек у ребяток не осталось: нет, я слышал доносящийся с улицы визг и скулеж. Но это были уже не служебные звери, а перепуганные существа с напрочь изломанной психикой. И загнать их в цех нельзя было даже палкой. Впрочем... Психику им поломал не я, а те инструкторы, что готовили из них убийц. Это я о собаках. Ибо люди выбирают свои дороги сами. И дело тут только в том, что́ внутри нас заставляет каждого выбирать дорогу.

А моя дорога теперь — наверх. Я втиснулся в проем шахточки и пополз по ней вверх, приторочив винтовку к спине ремнем. В одну из стенок были вбетонированы металлические скобы, как внутри старых заводских труб; от времени они проржавели напрочь, некоторые шатались, и моей заботой было не сорваться и не лязгнуть металлом о металл: звук в замкнутом пространстве разносится быстро, бойцам-марсианам достаточно будет двух минут, чтобы превратить меня из высокоорганизованной материи в спонтанный набор молекул.

Смылся я как раз вовремя: ребята в шлемах-сферах устали бояться, сняли «ночники» и врубили мощные фонари. Единственное, чего не приходилось опасаться, — так это того, что законсервированный цех, как в плохом американском кино, затарахтит вдруг зубьями шестеренок, завоет циркулярными пилами, замельтешит металлическими руками-захватами роботов-полуавтоматов. У нас — человеческий фактор, как любили выражаться. Или, говоря попросту, люди. Без людей и дома, и цеха, и механизмы обживаются нежитью, и нечего пугаться здесь, кроме страха. Этот цех — поломанный. Почти как весь завод. Где-то я это уже слышал? Ну да, от шестилетней девочки в электричке: поломанный город. Поломанная страна. Поломанные люди? Нет. Мы выправимся. Выживем. И — будем жить. Долго и счастливо.

Я полз в четырехугольном мешке вверх, туда, где редкими звездами мерцало небо. Крыша цеха, составленная из металлических сварных балок и когда-то застекленная, теперь зияла черными провалами; тот лаз, по которому я теперь полз, был то ли водоотводным люком, то ли — техническим сооружением, построенным специально, с какой-то неведомой мне производственной целью: даже главный секретчик некогда работающего «Точприбора», и тот вряд ли знал назначение отдельных конструкций. Потому как и среди секретчиков бывают шпионы. Редко, но бывают.

Я выбрался. Теперь подо мною было сорок метров мертвого пространства. До выщербленного бетонного пола. Я лежал на спине на широкой решетке металлического каркаса. Внизу шарили фонари, похожие на прожектора. Я замер. Ибо пространство *над* заводом контролировали мои «друзья»-снайперы. Тихонечко огляделся: пусто. На этой крыше никого, кроме меня, не было. И я понял, почему: в двухстах метрах стояла четырехметровая бетонная стена секретного объекта, «Цеха-К». А те, кто задумывал его «расчлененку», не желали до времени нервировать руководство охраны объекта, подчиняющееся Бог знает кому. Вполне возможно, и Четырнадцатому Главному управлению КГБ. Как известно, никогда не существовавшему в природе. Ну да, как говаривал знаменитый естествоиспытатель Мичурин, природа не храм, а мастерская. Почему бы и не создать Четырнадцатое Главное? Тем более, что история не терпит сослагательного наклонения.

«Вот я и достиг самого высокого положения в свете!» — сказал котенок и — кувыркнулся с телебашни. Но это еще не звиздец. Хотя... Хода вниз мне нет, летать я тоже не умею. А хваткие ребятки сейчас уже разбили цех на квадратики; обшарят вдумчиво и — найдут четырехугольную шахточку. Прости-прощай моя люби-и-имая, я вспоминаю отчий край... Вот тогда он и придет. Толстый полярный лис. В смысле — полный.

И зачем я волок за собою эту снайперскую дуру? Застрелиться я и без оптического прицела смогу. Но не стану. Не до-жде-тесь! А вообще-то... Если я полежу на хладном металле еще с полчасика под зимними звездами, то стану свежемороженым. Стоп! Не хныкать! Если такой умный, почему строем не ходишь? Солдаты не зябнут!

Почти из чистого любопытства я отсоединил от винтовки прицел, поднес его к глазу и уставился на Объект, как в бинокль. И — замер, пораженный. Изображение искрилось и переливалось, глаз моментально наполнился слезами... Не помню, как сие малоизученное явление называется в физике, дисперсия, дифракция, интерференция, или все три скопом, но что это такое — я знаю точно! Это Большая «сеточка», система особых помех от всех видов слежения, создаваемая специальным генератором... Ну, спасибо саксофонисту Биллу Блинтону, так вовремя для меня затеявшему шуточку с «Лисой в пустыне»! Уж каких выгод она наметет хвостом демократам или жадному американскому ВПК, а для меня сейчас — во спасение! Ибо Большая «сеточка» выставляется только при угрозе нанесения... Нет, никто так далеко в страну поганые крылатые «томагавки» не допустил бы, но порох сухим держать — это обязательно.

Ну что ж... Пусть шанс и шаток, как дощечка над пропастью, но это шанс. Другого у меня нет. Теперь я был похож на Зоркого Сокола, высматривающего добычу. Большой генератор «сеточки» замыкается на несколько малых, те, в свою очередь, торчат малоприметными антенками, осуществляя связь со спутником. И даже не с одним. Вот такую антенку я и желал высмотреть. А она может по летнему времени представлять из себя даже буйноцветущее дерево. Не до такой, конечно, степени, но... А по зимнему?..

А вот этот кусок «колючки»? Зачем там вообще колючая проволока? И махонькая такая пимпочка, размером с теннисный мячик, закамуфлированная под керамический изолятор. Опаньки! Оно! Про суетящихся внизу мавров я забыл напрочь. Упер приклад в плечо. Самым противным результатом выстрела будет, если вместо братского привета с Объекта мне прилетит ответная пуля. Ну да кто не рискует, тот... Тем более пуля — не доберман с крыльями! Ма-а-ахонькая такая пчелка, теплая. Только что не пушистая. Огонь!

Я плавно спустил курок. Винтовка дернулась в руке, хлопок прозвучал отчетливо... Смазал. Вдохнуть. Выдохнуть. Хлопки затрещали подо мной, как лопающиеся воздушные шарики. Меня обнаружили. Пули, искря и рикошетя, завизжали о металл, но я остался невредим. Терять мне уже нечего. Совсем. Прицелился... Спуск. Проволочка-антенна чуть дернулась, но осталась цела. А какой-нибудь ретивец «марсианин» уже залез в створ четырехугольной бетонной коробки и прытко перебирает четырьмя конечностями... А кто-то орет в рацию, ориентируя снайперов: вот он-де, вахлак, притаился! Вдох. Выдох. Прицел. Я вдруг успокоился. Совершенно. Эта пуля была последней. Крайней фалангой указательного пальца потянул спуск так нежно, словно это был невесомый шелк на груди девственницы!

Выстрел. Керамический изолятор разлетелся в куски, обнажив металлическую полусферу. И — началось!

Территория «Цеха-К», Объекта, осветилась так, словно разом включили люстру Мариинского театра, только невиданных, исполинских размеров! Заунывно, пронзительно завыли сирены. Сейчас из потаенных бункеров Объекта сломя голову бежит полностью экипированный взвод элитного спецназа: усиление, время-то почти военное! И замолотят они в первую голову не кого-нибудь, а моих незадачливых круглоголовых «марсиан»! По-серьезному замолотят, без дураков!

Легкой, бестрепетной рукой выхватываю из кобуры родного «макарушку» и четырежды стреляю в шахту. Шорох, вскрик, звук падения. Повторяю прием: еще две пули вдогон. Тишина. А внизу уже затопали ботинки, завелись камуфлированные машины у дверей цеха, на крышу которого меня загнали с собаками, как белку-летягу! Бегите, ребята, уносите ноги, скоро будет не просто поздно, а очень поздно!

Я лежу на крыше и хохочу! Весело и от души! Ибо взорви я два десятка бензиновых цистерн с кислородно-конверторным цехом в придачу, я бы не добился и десятой доли того шухера, какой вызвал одним выстрелом! Вот что значит вовремя посмотреть в оптику и заметить дифракцию с интерференцией! Или дисперсию с квазиэмульсией! Да гори оно все огнем! Сейчас через военные спутники информация о нападении на объект уровня «А» летит в Генеральный штаб; сотни офицеров штаба округа выпрыгивают из теплых постелей и спешат к местам боевого расчета! Особые группы спецназа четырех армий округа мчат сюда на машинах со свистом и ревом, но скрытно! Военные контрразведчики УФСБ, служба охраны, особисты — все встают на уши, выполняя ее величество Инструкцию! Истребители-перехватчики взмывают в воздух, системы ПВО щетинятся в небо готовыми к пуску ракетами! Ибо произошло нарушение Большой «сеточки», кратко — Системы, полно — Большого оборонительного противоракетного кольца! И пусть «Цех-К» — маленькое звено, но береженого Бог бережет, и остановить развертывание не может ни премьер, ни президент, ибо ситуация предусмотрена и должна быть отработана полностью и штатно.

Но и мне задерживаться на литом цельнометаллическом карнизе больше нельзя. Насчет ближайшего будущего — никаких иллюзий! В плохом случае — теперь уже свои закатают «маслину» по движущемуся предмету... В хорошем — тоже не сладкий сахар, но о хорошем лучше не загадывать. Чтобы не превратить в плохое.

Я заглядываю в четырехугольную шахту. Темно, как у негра... в Африке! Эх, все-то вы, товарищ генерал, знаете, везде-то вы побывали! Обдирая ладони, спускаюсь вниз. Ступаю на мостки, выглядываю из створа. Темнота, покой и благолепие! Как шутковали бы на Львовщине: «Тату, москали до Луны полетели». — «Все?» Выхватываю оба оставшихся у меня «макара» и бегу по мосткам, отчаянно грохоча по доскам, готовый отреагировать на любое движение.

Итак, акцию по продаже неведомого кибернетического дива я сорвал начисто: теперь «партнеров во имя мира», боюсь, и встретить будет некому. А мне нужно спешить: где-то здесь, скорее всего в административной восемнадцатиэтажке — не из любви к чиновным зданиям, а исключительно из-за того, что административный корпус господствует над заводом по высоте, оттуда связь надежнее, — затаился командарм этой акции. Тот, что приказал ликвидировать Диму Крузенштерна, тот, по чьему решению была задушена девчонка у меня в квартире, тот, что организовал на меня эту облавную охоту! Вот с ним мне нужно успеть потолковать. И очень обстоятельно.

Глава 70

Всю операцию затеяли люди серьезные и опытные. Вгорячах от спецназа не побегут: единственное, что достается панически улепетывающему простаку в такой ситуации, — это пуля. Понятно, отбояриться от имевшей место быть стрельбы на первых порах можно достаточно мотивированно: дескать, здешние бандюки чего-то тут делить стали, вот и вмешались, по обстоятельствам. К тому же у ребят имеется фараонов папирус. Вот только... Сам Борис уже и воду в аквариуме поменял, и рыбок. Это не значит, что прежних вуалехвостов сожрали кошки, но одно дело — жить под царским оком в ограниченном стеклом водоеме и кормиться с руки, и совсем другое — в илистом пруду карасем.

К тому же произошла попытка нарушения Системы Большого кольца противоракетной обороны. Притом, что за два дня до этого была объявлена в связи с иракским кризисом повышенная боеготовность. А это значит, что после первого наезда всех пришлых, причастных и случайно оказавшихся, начнут просеивать через три меленьких ситечка, предварительно прокрутив в мясорубке и измельчив в кофемолке! А при такой проверке все сомнения — не в пользу потерпевшего! Что из этого следует? Непосредственный командир, Ильич, и тот, кто стоит над ним, постараются уйти с достоинством и несуетливо в краткий промежуток между первым горячечным накатом спецназа (от которого их защитит казенная бумага) и приездом серьезных и неспешных дознавателей, отличающихся хваткой бультерьера и дотошностью бухгалтеров-аудиторов тех еще времен. В том, что пути отхода они продумали, я не сомневаюсь. Это только редкие птицы стремятся в полет по наитию, потому и не долетают до середины Днепра. Люди серьезные продумывают варианты загодя.

Хм, вот потому жизнь и крутит меня постоянно, как челнок в океанском водовороте: если я что и продумываю, так исключительно стратегические варианты развития событий в стране и в мире. Где я и где — мир? Нестыковочка получается! Да и на самом деле я белый и пушистый, как тиранозавр в мехах! Эх, расплююсь с этой бодягой и начну новую жизнь. Ближе к красоте и большому искусству. Например, устроюсь гримером. На киностудию «Союзмультфильм». Чего? Те же куклы, что и везде.

Мысли эти пронеслись мельком, пока я бежал к седьмому цеху. Бойцы-«марсиане» пренебрегли джипом, оставив иноземца мерзнуть с распахнутыми дверцами, ну а те, что прикатили на нем намедни по мою душу, сами уже успели остыть. Не мудрено, на холоде-то. Я надел сдернутую с кого-то камуфляжную куртку; под ней — сбруя с двумя «макарами» и легкий бронежилет под джемпером. Я спешил. Ибо отчетливо слышал нарастающий гул вертолетов. Джип, даром что японец, не застыл: движок завелся сразу, я хлопнул дверцей и рванул к административному корпусу, грея ладонью ребристую рукоять «глока» с трубой глушителя на морде. Подкатил с торца, к маленькой дверце столовой, двумя выстрелами из тишака раскурочил замок и проскочил внутрь. Вовремя: два вертолета сразу зависли сверху, включили систему освещения, и темная и мрачная допрежь территория стала похожа на лунную поверхность; свет был нестерпимо яркий, контрастный — тут не то что иголки подбирать, тут снежинки можно увидеть все наперечет и каждую в отдельности! Из вертолетных динамиков разнеслось гулко и раскатисто: «Приказываю всем оставаться на местах, прекратить движение, бросить оружие! Приказываю всем...» Послышалось несколько хлопков, вспышки были вообще едва заметны, и в холодном воздухе ясно почудился едва ощутимый привкус горького миндаля. Кто не успел, тот опоздал.

Я проскочил по темному коридору, миновал кухню, смахнув на ходу поднос с какими-то мисками-склянками, и под аккомпанемент вселенского грохота приблизился к двери, ведущей, надо полагать, в холл, а оттуда — к лифтам и на лестницу. Поскользнулся на чем-то липком и сладком и с маху въехал в стену, не добежав едва-едва. Хотел вскочить, и тут дверь задергалась, разлетаясь в щепу под плотным автоматным огнем. Пули в темноте с визгом и воем рикошетили от металлических прилавков, звонко цокали в трубы, разметали в осколки стоявшие рядком стаканы и тарелки. На секунду стрельба стихла, я приподнял было голову и — прижался к стене вновь: ребята просто меняли рожки, и пальба возобновилась с каким-то оголтелым остервенением. Когда от филенчатой двери остались, кроме щепленых лохмотьев фанеры, лишь петли да замок, автоматы заткнулись, а через десять секунд тишины на пол в метре от меня гулко упала круглая лимонка и с противным позвякиваньем покатилась за батарею...

Я метнулся рыбкой, схватил смертельный снаряд и коротко, без замаха, кинул его обратно. Рывком бросил тело к стене, замер. Взрыв вышиб остатки фанеры, осколки лимонки с визгом влетали в стены... Я попробовал пошевелиться: ё-мое, цел! И похоже, невредим! Ну, екэлэмэнэ! Знать бы, кто была та Аннушка, что вместо масла пролила вчера жирный сироп, расцеловал бы в обе щеки и троекратно! Больше, увы, нельзя: как честный человек, обязан буду жениться.

Тридцать секунд. Сорок. Тишина даже не мертвая — глухая. Только кислый запах отработанной взрывчатки и удушливый — пороховой гари. Похоже, ребятки за дверью отстрелялись. И все же выскакивать по-киношному с пистолетом наперевес я не стал: труслив, да и сложением не дядько Шварц. Тишком да бочком подполз к двери, огляделся: чистый абзац! В смысле — два трупа, но в таком состоянии, что людям со слабыми нервами лучше не видеть никогда. А я как раз с такими. И если бы не многолетний привычный стресс, застрадал бы бессонницей на всю оставшуюся жизнь.

По холлу я пробежал тенью, контролируя стволом подобранного автомата длинный, пустой и темный коридор и блуждая взглядом по оформленным декоративной плиткой стенам. Угу, уже не контора, но еще не офис. Я знаю, что я ищу. Вот он, как и положено, в рамочке и под стеклом: план эвакуации при пожаре. Никакого пожара я устраивать не собираюсь, но знать расположение помещений мне просто необходимо. Хорошо хоть, что корпус не Растрелли проектировал и не доморощенный покровский конструктивист-авангардист; каждый последующий этаж — близнец предыдущего. Вот только кабинет начальника будет расположен в такой же по величине комнатухе, что и для тридцати дуркующих инженеров. Фотографической памятью я не отличаюсь, но домик уж очень типовой. Запомним.

Темный проем лестницы. Смотрю на него не то чтобы с опаской, а как-то нехорошо: бежать восемнадцать этажей, да еще каждый — в два пролета... А старость — не радость? А одышка? А творческая усталость, наконец? Да и на любом из этажей могут ожидать такие вот архаровцы: ничего святого, ерш их впополам! К тому же, как мудро замечал писатель Иван Сергеевич Тургенев, прошедший к тому же славный боевой путь в резидентуре русской разведки во Франции, если бросать камни в каждую лающую на тебя собаку, никогда не дойдешь до цели. А дойти и так-то сложно, а когда если тебя и ждут, то трупом — в особенности. Не дождетесь! Ибо — как нельзя объять необъятное, убить ветер и понять женщину, так и... Все, запутался.

Для передвижения снизу вверх я выбрал лифт. Их два, оба — большие, один — грузовой, другой — для пассажиров. Начальственные четыре, верно, с другой стороны. Но и лифтом нужно уметь пользоваться в таком неспокойном месте, каким стал завод «Точприбор» моими стараниями. Я зашел в грузовой, выломал затыльником подобранного «бизона» квадрат пластиковой крыши, подтянулся и забрался на нее. Извратившись и изогнувшись в четыре погибели, дотянулся навороченным на ствол фабричным глушителем до пимпочки, лифт дрогнул, задвинул автоматические двери и с противным скрежетом пополз на крайний этаж. Ага, народная примета: на восемнадцатые этажи лучше плохо ехать, чем хорошо шагать пешкодралом, оставляя после себя трупы и ежесекундно рискуя превратиться в такой же.

«Глок» я бросил, так сказать, махнул не глядя на оставшийся целым «бизон» (второй автомат после взрыва превратился в натуральный металлолом) и на гранату-лимонку: при кинжальном огне малютка «глок» — как рогатка против птицы-дельтоплана. Хотя, как говаривал покойный авторитет, в таких делах «наши не пляшут» да «крести-козыри». Но огневая мощь, она и в Африке мощь, не говоря уже о Латинской Америке! Карты на стол, господа! Даже если вы — товарищи!

А все же обидно: и почему я все время вверх и вверх, а и до царя далеко, и до солнца неблизко? Потому что не Икар. Стоп! Дурацкие мысли, каковые у каждого рождаются при малейшей передышке в бою, чтобы мозг окончательно не сбрендил от страха и перенапряжения, все же имеют смысл! Ну да, а как планировал выбираться командарм с замполитом из этой заварухи в случае непредвиденных обстоятельств? Ответ «никак» не подходит. Комиссары героически гибнут только в кино, да и то не все, не всегда и у скверных режиссеров. Для того чтобы спастись, у них есть хороший выход: наворотить заградительные штабеля. Из трупов верных гвардейцев и прочих солдат. Люда служилого, а потому безответного, особенно в неживом состоянии. Мораль: выбирай, кому служишь, пострел! И притом — береги честь смолоду!

Вперед и вверх! Ну да, уйти из охваченного облавой по варианту «А» заводика можно только небом. На махоньком геликоптере, который станет стелиться над крышами домов спящего города низехонько, невидимый ни одному радару! Гоняться за таким на маневренных «Ми-28» над крышами спящего Покровска и сыпать ракетами класса «воздух—воздух» никто не позволит. Уйдет, зараза! А дальше — дело техники: огородами, огородами и к Чапаеву. А пока — вперед и вверх! Туда и поднимаюсь.

Лифт застыл на крайнем этаже. Створки разошлись, а я замер напряженно с лимонкой в руке: тишина? Или?.. Ну да, у этих охранников нервы оказались покрепче: шагов их я не слышал, но приближение чувствовал. Медленное, сторожкое приближение, когда стволом ощупывается каждый дюралевый уголок лифтовой отделки, когда полновесные пули готовы с яростью вырваться из этого ствола и крошить все и вся — в месиво, в клочья, в ничто.

Стараясь производить как можно меньше шума, ползу вверх по тросу. Благо не смазывался он давнехонько. Вот она, ниша с кабелями: в нее и втискиваюсь кое-как. Ибо медлить нельзя. Сейчас бойцы замерли перед рывком, на пальцах показывая друг другу порядок и последовательность действий. Я даже знаю каких: кто-то младшенький ворвется в лифт и на всякий случай выпустит в ту самую крышу, на которой я полминуты назад обретался, автоматный рожок. При этой здравой мысли я вжался в нишу еще плотнее. Вообще-то положить их всех сейчас из «бизона» не так уж трудно. Но придут другие. И затеют «позиционную» войнушку. В такой — выигрыш за тем, у кого больше людей и техники. А у меня и автоматик один, и сам я — азм есмь. И швец, и жнец, и на дуде игрун!

Хоп! Пластиковый потолок затрещал под пулями бесшумного автоматного огня; пули с визгом зарикошетили от стен по тросу и кабелям. Какая-то излетная пребольно стукнула в бок; я вмиг покрылся вязким и липким потом: рикошетная пуля — самая коварная, вертится, как грешник на сковородке, а потому способна разворотить нутро до полного безобразия. Спас кевларовый броник. Еще одна пулька царапнула плечо, и тут я озлился: собрался плюнуть на сугубую конспирацию и шарахнуть очередью по перепуганному пацану там, в лифте. Собака, жмет и жмет на спуск как заведенный! Патроны, они денег стоят! Да и у меня нервы — не железные! Жить не только ему охота!

Одна из крыс, затаившаяся на краешке металлической балки, с визгом полетела вниз, сшибленная пулей. Очередь внезапно затихла, но послышалась отборная ругань.

— Ты чего, Сашок?

— Да крыса, бляха, прямо на голову!

Раздался нервный смех, наступила тишина, прерываемая гулом уже не таящихся шагов, наполненная удушьем отработанных пороховых газов. Еще двое бойцов со стволами наготове воткнулись в раскуроченную кабину лифта, задрав головы.

— Вроде чисто?

— Даже и не вроде. Я там все расхерачил!

— Зато зверя подстрелил.

— Ты его забери: мочалке какой на манто, а?

Снова гогот.

— Падла, прямо на рожу свалилась!

— Жрать надо было, а не цоколем щелкать! Крыс этих китайцы за милую душу хавают! Попробуй, а?

— Да пошел ты!

— Только прищурься сперва, чтобы хвост в глаза не лез!

Дружный гогот покрыл сомнительную шутку: ребята успокоились и теперь снимали напряжение.

— Слушай, Родимец, а чего все-таки этот лифтяра пустым прикандыбал?

— А ты у него спроси! Пошли! Нехрен больше! А остальные — заблокировать надо к едрене фене!

— Не, погоди, Родимец! Панкрат тебе напел, как уходить будем? Глянь вниз, что делается: через пяток минут сюда спецназ военной разведки подтянется. Команда какая будет? Лапы кверху?

— Заткнись! Что скажут, то и сделаем! Ты контракт подписывал? Условия хорошо помнишь?

— И — что? Погибать тут героически, в этой дыре? Армейцы нас замолотят и нашинкуют, бляха-муха!

Раздался хлопок. И — наступила тишина. Потом послышался голос Родимца, судя по всему, старшего группы:

— Выкиньте эту падаль в шахту. От него мертвого вони меньше, чем от живого.

Бойцы взялись выполнять приказание. Но потащили его, видимо, в другую лифтовую шахту. А я, благословясь, поплевал на руки и полез вверх по кабелю. К той самой стропиле, с которой сверглась незадачливая крыса. Ага, вот и решеточка: закрыта на металлическую задвижку с той стороны, но никакого замка нет. Даже не задвижка — «палец». Вытягиваю его, стараясь не звякнуть, тихонечко толкаю дверь и — слегка раскачавшись, цепляюсь рукой и ногой и втягиваюсь на грязный, пахнущий крысиным пометом пол лифтовой подсобки. Встаю на ноги, закрываю опять решетку, чтобы не болталась. Дверь из нее ведет на технический этаж. Напрягаю слегка извилины, представляя план пожарной эвакуации. Картина битвы мне ясна. К бою!

Глава 71

Дверь на техэтаж оказалась вообще не заперта; видно, бойцы этого самого Ильича-Панкрата проверили закуток, взломав замки, доложились: мин нет, и успокоились. Да и кто будет думать о подсобковой двери, ведущей в лифтовую шахту, если вертолеты уже посыпают территорию завода нервно-паралитическим газом кратковременного действия, а спецназ готовится «взять на штык» здание заводоуправления!

Спускаюсь по шаткой лесенке, замираю: мимо громыхают с десяток пар ботинок: они спешат к лестнице. Вдох-выдох. Ну и — с Богом! И тут — гаснет свет. Совсем. Видно, бойцы группы захвата отключили энергию по всему зданию, и теперь темные коридоры освещены только мертвенно-белым лунным светом, что льется из специальных осветительных вертолетных прожекторов. Еще две винтокрылые машины зависли с внешней стороны административного здания. Громкий механический голос отдает команды строго и однозначно: «Приказываю прекратить всякое передвижение в здании! Сложить оружие! При попытке оказать сопротивление будет открыт огонь на уничтожение! Время исполнения — четыре минуты... Приказываю прекратить всякое передвижение в здании...»

Выскакиваю из двери. Два охранника нервно курят у стеночки, рядом с массивной, обитой дерматином металлической дверью. Короткая очередь из «бизона», и они сползли на пол. Быстро подбегаю к двери, сжимая лимонку. Стационарные камеры слежения отключены вместе с энергопитанием, а поставить автономные эти самоуверенные дяди не озаботились!

Рывком подбегаю к двери. Вижу махонькую щель: дверь не заперта, ребятам не до того, готовятся к срочной эвакуации. Но как их вертолет сможет... Стоп! Уходить ведь можно не только по воздуху, но и под землей! На таком объекте система подземных коммуникаций должна быть разветвленной и обширной! Они разделены на блоки, которые перекрываются мощными, стального листа, дверьми, причем — с одной стороны. Выстроить тем самым заранее коридор для отхода легче легкого! Пока любой из спецназов будет крушить гранатометами сталь сейфовых дверей (что очень непросто в замкнутом и закрытом пространстве и опасно прежде всего для самих подрывников!), организаторы всего этого непотребства уйдут в канализационные коллекторы и — до свидания. Тем более дерьмо не тонет!

Фигушки! Выдергиваю из лимонки чеку, отпускаю запал, отсчитывая с уме секунды, рывком открываю дверь, швыряю гранату, как снежок, вверх и — захлопываю железку снова, налегая всей тяжестью тела! Взрыв ахнул, меня бросило на пол, но двери я открыться не дал. Граната, как я и рассчитывал, разорвалась в воздухе, плеснув двумя сотнями горячих смертоносных осколков! Я вскочил на ноги, ворвался в комнату и полоснул из автомата по всему, что хоть тенью или силуэтом маячило в клубах дыма и неровном люминесцентном свете за окном.

«Приказываю прекратить всякое перемещение в здании! Сложить оружие! При попытке оказать сопротивление...» — продолжал монотонно увещевать голос робота из громкоговорителя.

Я уронил пустой автомат, захлопнул металлическую дверь наглухо, дабы выручка не подоспела, выхватил из кобур оба «макара», сбросил «флажки» предохранителей и ринулся из начальственного предбанничка собственно в кабинет: благообразная псевдодубовая дверь от взрыва распахнулась настежь. И, движимый даже не восьмым — девятым чувством, рыбкой ринулся на пол, вытянув руки и паля из обоих стволов. Пули противника прошли выше едва на дюйм, и выстрелы смолкли. Поднял голову: лысый крепкий усатый мужик стоял, прислонившись к косяку, и медленно сползал на пол... Длинный пистолет неизвестной мне конструкции дрожал в перебитой руке, по губам стекала струйка крови, но глаза еще жили, воля еще пыталась удержать гаснущее сознание, заставить руку поднять пистолет и выстрелить. Мы встретились взглядами и — словно искра проскочила, а следом нечто неведомое подернуло мутный от боли взгляд тенью... Глаза потухли, и мужчина неживым комом свалился на пол. Делать контрольный я не стал — навидался убитых на веку.

Приложился я в этом полете крепко, разодрав щеку об остатки стекла. Медленно, шажками, стал передвигаться к той самой двери. И тут на пороге выросла худощавая фигура. Я направил пистолеты ему в лицо, но человек даже не испугался: тонкие губы его искривила ухмылка, он медленно поднял обе руки ко рту, вставил в рот-щель приготовленную сигарету, чиркнул кремнем зажигалки, подержал пламя чуть на отлете, рассматри-

вая меня и давая рассмотреть себя... Потом разлепил
губы, произнес тихо и хрипло:

— Мой черный человек... За мною всюду как тень он
гонится... Ну вот и встретились. Меня зовут Филин.

Я промолчал, продолжая внимательно наблюдать
за ним.

— Почему не стреляешь? Ты же пришел убить меня,
Человек Дождя?

— Ты приказал взорвать Крузенштерна?!

Мужчина вздрогнул и вдруг — захохотал! Громко,
искренне, аккомпанируя своему смеху зажженной сигаретой. Комната освещалась ленивым белым светом,
вертолет переместился во двор заводоуправления, и его
заунывная канитель слышалась теперь глухо, будто из
преисподней: «Приказываю прекратить всякое перемещение в здании... Сложить оружие... При попытке оказать сопротивление будет открыт огонь на уничтожение... Две минуты...» А снаружи тем временем завис
другой вертолет, небольшой, маневренный. Спаренный
крупнокалиберный пулемет взирал на тонированные
начальственные окна с молчаливой укоризной.

— Старые мы стали... Ста-ры-е! Завалить такого волка, каким был Ильич, за пару секунд — это даже не мастерство, это судьба. Впрочем... Воевать должны молодые: только они уверены, что никогда не умрут.

— Ты приказал убить Диму Крузенштерна? — повторил я вопрос.

— Ты дурак, Дронов, как и всякий джокер! Ах, как
красиво тебя сыграли! Не партия, загляденье! Жаль, что
эту партию сыграли не мы! Вот и проиграли!

— Ты проиграл давно. Когда решил сыграть против
своей страны.

— Оставим патетику, Дронов! Была страна, а сейчас... — Человек махнул рукой. — Ты серьезно думаешь, что остановил сделку? Которая стоит миллиарды?
Ха-ха! Ты просто расчистил путь тем, кто... Програм-
ма будет продана. Ибо на нее есть покупатель. Вот и
вся правда. И другой правды в этом мире нет. В игре,
именуемой жизнью, правит только один туз — козыр-
ной. Джокер же играет, пока его не выбросили из ко-

лоды. — Мужчина усмехнулся невесело. — Мне нужна была эта сделка. И мне нужны были деньги. Но не затем, чтобы... Для таких, как я, паршивые зеленые бумажки никогда не станут целью. Средством, всего лишь средством. Помнишь, как сказал Александр Великий? «Мне нужно лекарство не для продления жизни, а для продолжения войны!» Ибо вне войны жизни нет, есть тупое и гнусное прозябание. Не для меня. — Он замолчал, пристально глядел мне в глаза, чуть склонив голову. — Да и не для тебя. Найди мужество признаться себе в этом. Хотя... — Филин скривил губы в улыбке. — Поле битвы всегда принадлежит мародерам. — Он помолчал, глядя куда-то внутрь себя: — Ты спрашивал о Крузенштерне... Я скажу тебе правду. Сейчас, за минуту до смерти, нет смысла лгать. Да и незачем. Крузенштерна взорвали не мы.

— Но ведь погиб он из-за здешних покровских тайн?

— Возможно. Но я понятия не имел о том, что он как-то вышел на «Точприбор» и «Цех-К». Да и не был Крузенштерн для нас фигурой! Груздев — да, его валили по моему приказу. Тебе бы следовало поискать в ближнем окружении, а ты ринулся в Покровск! Мы-то думали, что тебя выводит на Покровск втемную неизвестный нам конкурент... — Филин вздохнул, только теперь уже горько. — Подумать только, все, что я наворотил за три года, накрылось из-за твоей глупости! Зорро — мститель из Техаса! — Он захохотал было нервно, но тут же оборвал смех. Облокотился спиной о косяк двери: — Опусти пистолет, Дронов. Некуда мне больше бежать. И тебе тоже. Вся трагедия в том, что с каждым «свершением» человек не только не приближается к тому, что хотел, но и теряет то, что имел. — Он снова замолчал, прикрыл глаза. — Знаешь, когда-то я писал стихи. И считал это слабостью. Может быть, не нужно было прекращать? Сейчас, стоит закрыть глаза, и я вижу огонь... Синеватый, он бежит по листкам бумаги... Словно по моей душе... «Жизнь нежна, как осень перед снегом...»

Филин закурил новую сигарету, несколько раз нервно затянулся, скосил глаза на убитого:

— А хорошо ушел Панкратов, а? Как и положено волку, с кровью на клыках! Нам с тобой такого не предложат. Замолотят через минуту-другую, как безымянную падаль. — Он оскалился в улыбке, повертел в пальцах сигарету и быстрым щелчком отправил красную тлеющую точечку в полет...

Я непроизвольно проследил за огоньком взглядом, а дальше... Рука среагировала на движение сама: кисть вскинула пистолет, палец надавил на спусковой крючок, «макаров» подпрыгнул в руке; в удушливом смоге выстрел прозвучал дробно и глухо. Мужчина дернул головой, словно получив пощечину, застыл на мгновение. Во лбу, над переносьем, зияла маленькая черная дырочка, глаза остекленело таращились в пространство... Мне показалось, прошла вечность, прежде чем его фигура отделилась от косяка и рухнула навзничь, лицом вниз.

Нет, мне не почудилось: выстрела было два. Из руки убитого выпал маленький двуствольный «дерринджер». Верхний ствол был горяч от выстрела. Его пуля ушла в пустоту.

На душе у меня не осталось ничего, даже горечи. В голове же крутилась строчка популярной некогда песни: «Ведь жизнь кончается не завтра...» Это правда. Моя закончится сегодня. Сейчас. Я подошел к столу, увидел на приставном столике бутылку с коньяком. Посмотрел на просвет один из стаканов: чистый. Налил, выпил, налил еще. Вставил в рот сигарету, сел за стол, молча смотрел на темно-янтарную жидкость в бокале. Блики заливавшего кабинет мертвенно-бледного света оживали в нем теплыми лучами последнего августовского солнца. Ну да... «Ведь жизнь кончается не завтра...» Но никто и не знает когда. И все, что не успел, уже не сделаешь. «Жизнь нежна, как осень перед снегом...» Она могла бы быть такой. Могла. У всех нас.

Я допил коньяк и остался сидеть за столом. Человек в черном появился бесшумно, как статист в немом кино. В руках у него на мгновение вспыхнуло белое пламя, очертания комнаты разом исчезли и не осталось ничего, кроме света. Слепящего, как тьма.

Глава 72

Порой все, что у нас остается, — только наши сны. И — ничего больше. Нет, мы продолжаем функционировать, вольно или невольно вовлеченные в коловращение окружающей суеты, но назвать это жизнью?.. Слишком мало и слишком скудно. Нет ни красоты, ни величия, ни огня. У меня же, кроме снов, не осталось ничего. Совсем. Даже суеты.

Сколько дней я был в беспамятстве, я вспомнить не смог. А специфически обученные люди в белых халатах снимали квалифицированный допрос. Куда более изощренный и тонкий, чем тот, что сам я учинил некоему молодому человеку. Судя по всему, эскулапы комбинировали препараты, то доводя мое сознание вместе с подсознанием до состояния настоящего горячечного бреда, то превращая меня в довольно осмысленное бревно, способное к тому же отвечать на четко поставленные вопросы только «да» или «нет».

По ряду малосущественных, порой и необъяснимых признаков я догадался, что мною занимаются не высококвалифицированные наймиты какой-нибудь частной конторы, а люди серьезные и государственные. Наркотиками меня кормили тем не менее по схеме и плану. Понятно, что в масштабах государственных интересов моя неделимая личность — полное недоразумение и не стоит и деноминированного рубля! Но кто-то высоко сидящий и весьма дотошный настоял на осторожности, и впоследствии я не обнаружил ни привыкания к психоделикам, ни комплекса измененной психики, если бы надо мной провели стрессовое нейролингвистическое программирование, — такие вещи профессионалы худо-бедно, но обучены ощущать. Да и медики-эскулапы знают: химия могущественна, но не всесильна. Она может влиять на волю, но не смеет затронуть души. Это заметили еще средневековые инквизиторы: то, что создал Бог, над тем лукавый не властен. Будь он с рожками, на копытцах и с хвостом либо, наоборот, в белом халате и со змеей в петлице.

Если что и мучило меня неотвязно в моем — многочасовом? многодневном? многомесячном? — странствии по «волнам моей памяти» и беспамятства, это дурацкая детская песенка: «Ускакали деревянные лошадки, пароходики бумажные уплыли, мы из детства убегаем без оглядки, все, что надо и не надо, позабыли...»

Но всему приходит предел. В энный день в энном месте я очнулся. И увидел белый потолок. Белый свет лился через плотно занавешенные окна. Огляделся по сторонам: обстановка спартанская, но вполне приемлемая. Дверь, понятное дело, была заперта с той стороны. Никакой обиды: служивые честно и по инструкции отрабатывают фигуранта, учинившего тревогу по схеме «А». Их можно понять. И простить.

Отдыхать мне дали неделю. Или чуть больше. Чтобы я окончательно не сбрендил, вежливый молодой человек осведомился, не нужны ли мне книги. Конечно нужны! И я заказал Шекспира, Пушкина, Бунина и Хемингуэя. Не неделя была — сказка! Я ловил форель в быстрых реках неведомого Мичигана, купался в Средиземном море, влюблялся в красавицу на пароходе, ревновал Сильвио к смерти, вдыхал запах антоновских яблок, поражался уму и безжалостности Глостера в «Генрихе» и чародейскому, сонному веселью «Двенадцатой ночи»... Что еще?.. Ну да: «Роняет лес багряный свой убор...» И — другая строка из этого стихотворения: «Я пью один, со мною друга нет...» Хотя острая горечь прошла, чувство утраты стало глубже и болезненней, как стало язвительнее чувство несправедливости: тот, кто подготовил и совершил убийство Димы Крузенштерна, остался неузнанным и безнаказанным. Безнаказанность порой не лучше самого преступления: если убийство — торжество зла, то безнаказанность — его триумф. Пытался я отвлечь себя библейским: «Мне отмщение, и Аз воздам». Но помогало плохо. Преступник или преступники ускользнули от меня, Филин не лгал перед лицом смерти!

«Ускакали деревянные лошадки...» Или — троянский конь? Этот сон продолжал меня мучить еженощно: из чрева огромного деревянного коня молча, бестелесно, как призраки, спускаются воины-тени, открывают ворота — и великая блистательная Троя ввергнута в разорение и разграбление! Неприкасаемую Кассандру насилует, скрутив удилами, хохочущий ахеец, и дева-пророчица стонет, рвется, кричит, но нельзя понять: от попранной гордости и глумливого унижения или от восторга страсти... А над городом бушует огонь! Он мечется по улицам и площадям, пожирая убранство дворцов и хижин, оставляя после себя обугленные колонны и бессильных мраморных богов, так и не сумевших уберечь город от огненного смерча...

Просыпался я в полном смятении, усталый и опустошенный, и все никак не мог понять, что же я должен увидеть в этом сне... «Только стоит, только стоит оглянуться... К нам лошадки деревянные прискачут...» Оглянуться во сне, чтобы увидеть того, кто командовал ударным отрядом ахейцев, я не успевал.

А вскоре ни анализировать сны, ни заниматься целящим душу чтением мне стало некогда. Как и думать. Начались обычные, рутинные, суховатые и изматывающие душу своей похожестью допросы. Вопросы повторялись изо дня в день, одни и те же, простые как бревно: какого числа произошло то-то? А вот это? Какого цвета была лавочка, та самая, на которой вы выпивали? Во что был одет охранник в изоляторе временного содержания? Помню ли я сокамерников? Как они выглядели? Какие характерные слова употребляли? Почему я решил, что готовится диверсия путем покупки блокирующего пакета акций «Точприбора»? Были ли у меня особые причины желать смерти авторитета Козыря? Как выглядел снайпер? Как можно завести автомобиль без ключа? Владею ли я приемами необходимой обороны? Приходилось ли мне убивать?! Какой породы собаки напали на меня? Сколько их было? Не помню ли я их клички?

Сухой, как пергамент, и безликий, как лист из гербария, следователь, представившийся товарищем Петровым, измывался так надо мною полтора месяца. А потом... Потом пришел страдающий одышкой, лысеющий и потеющий непрестанно толстячок, назвался Ивановым и все началось сызнова, и в десятый раз, и в сотый, и в тысячный!..

Если бывают допросы с пристрастием, этот многомесячный марафон был — с особой жестокостью. И из стойкого индивида подобная санобработка напрочь вышибет, вернее, вытянет по капле, по жилушке, последние остатки здравого смысла! Следующего дознавателя я ждал уже с некоторым даже любопытством и злорадством и подозревал, что это будет Сидоров. Как бы не так! Жизнерадостный чернявый весельчак, назвавшийся Гиви Александровичем, предложил выпить вина, поведал, что за окном весна, жизнь прекрасна, девушки обворожительны, и — предложил ответить: какого числа произошло вот это? А вот это? Какого цвета была лавочка, на которой... Где и как я научился стрелять навскидку? Как звали моего инструктора рукопашного боя?.. И приходилось ли мне убивать? И что я при этом чувствовал?

Единственное, что меня успокаивало, — игра такая. И если вопрос моего будущего меня волновал, то вяло. Хотя я и отчетливо понимал, что система, если человечек надоел ей своей активностью, спишет его не колеблясь. Руководствуясь безликим и оттого жутковатым понятием под названием «целесообразность». Но была и положительная сторона: система корпоративна и своих за просто так не сдает.

В таких вот трудах и борениях пролетели полгода. Причем в два последних месяца странного заточения меня порадовали значительными послаблениями в режиме: я мог выходить на лужайку позади дома, вдыхать полной грудью теплый, настоянный на сосновой хвое воздух, заниматься на тренажерах и окунаться в маленький проточный бассейн с ключевой водой.

Потом была еще одна краткая, но интенсивная прокачка: «полиграф», химия, «чертов фонарь» — мигающая яркими вспышками лампа, с помощью которой оператор погружал меня в гипнотический транс и искал несвязухи в тех десятках тысяч ответов на десятки тысяч вопросов, что мне были заданы...

«Дембель» прошел до обидного буднично, безо всякой помпы. В один прекрасный день в кабинет вместо дознавателя вошел человек лет пятидесяти пяти, жесткий, собранный.

— Ну что ж, Олег Владимирович. Ваши действия были проанализированы и признаны целесообразными. Хотя и не всегда полностью оправданными. Тем не менее решено вас более не задерживать. — Он выудил из папки бумагу, улыбнулся едва-едва, одними губами. — Полагаю, вы правила знаете, распишитесь вот здесь.

Я подмахнул краткий, но содержательный текст о неразглашении всего, чего можно и чего нельзя.

Мужчина снова улыбнулся:

— Вам удалось, несмотря на все наши усилия, по ряду пунктов — нет, не ввести в заблуждение дознавателей, а просто смолчать. Не помогли ни химия, ни спецэффекты. Какой-то кусочек вашего подсознания вы заблокировали так, что... Хорошая школа?

— Средняя. Как у всех. Вы же помните, в стране было обязательное среднее образование.

— Ну-ну. Хорошая школа и богатое прошлое.

— Был бы богат, отдыхал бы на Гавайях!

Мужчина снова улыбнулся, но совсем легонько, уголком рта.

— На этой оптимистической ноте мы и расстанемся, — произнес он, лицо его ожесточилось. — Но и не мните себя суперменом. Мы могли бы вытрясти из вас все, только после такой обработки место вам — в лечебнице для тихих идиотов. Скверная перспектива?

— Мне ее уже обрисовывал один из ваших дознавателей. Или Петров, или Сидоров, или Петров-второй. — Я растянул губы в улыбке в американском стиле: дескать, весь к вашим услугам, но руки-то коротки.

— Хм... — Мужчина усмехнулся. — Вы самоуверенны в ту самую меру, которая рождает симпатию.

— Вообще-то это жизнь такая. А на самом деле я — белый и пушистый.

— Как все мы. — Мужчина улыбнулся едва заметно и — пригасил улыбку, видимо сочтя ее неуместной. — Тем не менее... Тем не менее могу сказать, вы очень помогли. Орденов и званий не предлагаю, но Богу свечку поставить извольте: голова осталась цела, лучше этой награды нет. — Он помолчал, добавил: — Ну а все ваши мелкие прегрешения... Если коротко, дела производством закрыты.

— А вот за это спасибо.

— Не нам. Следователи провели огромную работу. И не нашли в содеянном состава преступления. Закон превыше всего.

— Кто бы спорил, — вяло улыбнулся я.

— Ваш паспорт. — Мужчина подал мне документ.

— А как с той девочкой? Убитой у меня на квартире?

— Преступник скоропостижно скончался.

— Да?

— Удивлены? Ее убил один из тех, на лестнице. И в ящик он сыграл от вашего удара — ногой в висок.

— А второй?

— К сожалению, пропал. — Мужчина был совершенно серьезен. — К большому сожалению. Мы работаем над этим. А вам... Вам, Олег Владимирович, лучше забыть и о Покровске, и обо всем остальном. Вы умеете забывать. Профессионально забывать. Сделайте это.

Мужчина встал, протянул руку, мы обменялись рукопожатиями.

— Домой вас подвезут. Всего доброго.

С таким вот бодрым напутствием я и покинул хитрый домик. Везли меня в автомобиле с наглухо тонированными изнутри стеклами; ехали часов шесть с лихвой, звукоизоляция в салоне была идеальная и понять, следовали мы из лесов Тульской или Смоленской губернии или крутились по автобазам Московской кольцевой, было невозможно.

Дом встретил пустотой. Той самой пустотой нежилого жилища, в которую возвращаться совсем не хочется. Наступил вечер, я сидел в кресле-качалке, курил, пил коньяк и кофе, слушал любимого Дассена... Происшедшее, как и вся моя жизнь, казалось чем-то дальним и нереальным... «Жизнь моя, иль ты приснилась мне...» Я оттягивал сон. Ибо знал, что снова увижу проклятого троянского коня и снова не успею разглядеть очертаний лица вожака... Уснул я прямо в кресле.

Ну да... Очертания Трои, напоминающие почему-то готический замок, громадный конь с мордой грифона

549

химерически скалился и хохотал, снова воины тенями
скользили по улицам спящего города, чтобы наполнить
его огнем и смертью... Пространство словно раздвину-
лось, оказалось почему-то укрытым снегом и залитым
белым пронзительным светом, а я стоял посреди этого
нескончаемого снега и понял сразу, вдруг: так это же
Покровск! Воины-тени замерли, их вожак обернулся
и крикнул испуганно, визгливо: «При чем здесь Покровск!»

И я проснулся. Лицо было мокрым от пота; глянул
на фосфоресцирующий циферблат часов: четверть пя-
того. Встал, прошел на кухню, поставил на огонь кофеварку... Визгливый испуганный голос! Где же я его
слышал?! Я пытался удержать ускользающее воспоми-
нание, но мелодия зазвучала гнусно, как компьютер-
ная пародия на песню: «Ускакали деревянные лошадки... Ускакали деревянные лошадки... Ускакали...»

Я заметался по комнате загнанным зверем: нужно кому-то позвонить, уточнить... Стоп! Я *уже* звонил и уточ-
нял! Тогда, из кабинета Крутова! Обессиленно опустился на стул, закрыв лицо обеими руками. «При чем здесь
Покровск!» Я вспомнил, кто испуганно прокричал это
мне в трубку. Я принял это тогда за бытовую трусость...

Я встал, подошел к дивану, завалился ничком и мгновенно заснул. Без сновидений.

Глава 73

Неделю я посвятил подготовке. Звонил по разным те-
лефонам. Купил дорогой деловой костюм. Встретился с
оч-ч-чень серьезными людьми и договорился еще об одной покупке, насквозь незаконной. Приобрел красивую
кожаную папку и обратился к сугубому специалисту, чтобы он украсил ее моей личной монограммой и кое-чем
еще. В назначенный день был готов, как Забайкальский
военный округ к войне с империалистическими хищни-
ками.

Из дому вышел в одиннадцать ноль-ноль бодрый,
веселый и респектабельный, словно собрался заключать

контракт о закупке всех нефтяных скважин Аравийского полуострова. Преуспеяние было написано и на лице, и на затылке. Из оружия, как и положено бизнесмену, — представительский «паркер». Полный блеск и красота.

Крутова в мои планы я посвящать не стал: генерал все-таки, а генеральская доля нелегка. Хотя все предыдущие грехи с меня были сняты волей Божьей и проведенным очень заинтересованными людьми расследованием, я собирался совершить новый. Ибо предательству нет оправданий. Когда-то орды тех, кого европейцы называют варварами, вбивали эту простую истину в головы цивилизованных народов. Копытами коней.

Навороченный «крайслер» я занял на время у одного авторитетного. Ну не в троллейбусе же ехать на деловую встречу в костюме за полторы тысячи долларов? Кстати, тоже заемных!

Без четверти двенадцать остановил автомобиль у небольшого особняка в центре столицы. Огороженного решеткой. На фронтоне красовалось значимо, но неброско, черным на золоте: «Контекст».

Охранник, оценив респектабельность автомобиля и сидящего в нем индивида, вышел навстречу.

— Здравствуйте, — с вежливой улыбкой приветствовал меня уже в холле вышколенный распорядитель, которого можно было бы назвать и дворецким, если бы не бугры тренированных мускулов, умело скрытые под пиджаком, не холодные глаза убийцы и не профессионально-обшаривающий взгляд. — Слушаю вас внимательно.

— Мне нужно поговорить с Николаем Николаевичем.

— С Кулдаковым?

— Да. А есть другой?

— Другого нет. Вы договаривались о встрече?

— Нет. Это сюрприз. Скажите, друг детства. Некий Дронов Олег Владимирович, сэр, пэр, эсквайр и протчая, протчая, протчая... Ручаюсь, он обрадуется.

Охранник скорчил было гримаску, показывающую его отношение ко всяким друзьям, но престижная иномарка и почти генеральский наряд не позволили ему проявить свои чувства в полной мере. Если его что и смутило, так это мой вовсе не барственный тон. Ну, что-что, а тон легко исправить!

— И поторопитесь, друг мой... — добавил я со льдом в голосе, как бы намекая, что все панибратские мои реплики — просто шалость, прихоть скучающего миллионера. — Я хочу предложить Николке оч-ч-чень серьезное дело. И это — весьма срочно.

— Соблаговолите подождать. — Широким жестом охранник показал мне на тихий уголок: столик, кресла. Добавил, как бы извиняясь: — Порядок такой.

Порядок есть порядок. Но я затем здесь и объявился, чтобы превратить его в полный бардак.

Думаю, мое появление для господина директора Кулдакова явилось полной неожиданностью. И сейчас он решал важную для себя дилемму: мочить меня сразу или предварительно выслушать «покойного»? Ну да, трусость и любопытство победили. В руках охранника пискнула рация, он подошел ко мне и вежливо доложил:

— Вас ждут.

Но притом в регистрационный журнал мои координаты не занес: видно, Николай Николаевич именно так распорядился. Действительно, зачем записывать визит с того света? Мгновенно появился и мальчик сопровождения шкафных габаритов, чтобы проводить меня к патрону; он шел за мной по холлу вразвалку, дышал в затылок в лифте, застыл за спиной у начальственного предбанничка. Компьютер был включен, но секретарша отсутствовала. Ее заменяли два крепких, совсем не богатырского сложения мужичка годов под сорок. Они глянули на меня прицельно-равнодушно, словно примериваясь. «Шкаф» откланялся по схеме «сдал-принял».

Один из охранников бегло-профессионально оглядел меня. Ну, чего-чего, а пушки у меня нет. А у этих — аж по две на лицо. В смысле — на рыло.

Внимательный раскрыл дверь, получил, видимо, кивок от шефа, пропустил меня, процедил сквозь подобие улыбки:

— Пройдите.

Кабинет поражал размерами и роскошью. Как и сам Николя Кулдаков: его матушка, говоря, что ее сын пополнел, сильно приуменьшила: он и в детстве не отличался астеническим сложением, теперь же стал монумент монументом — круглое некогда лицо оплыло вниз, нижняя челюсть обрюзгла, придав ему сходство с бульдогом, рыжие волосья поредели, и остатки их были аккуратно зачесаны назад. Очки в тонкой золотой оправе сидели справно, как у генсека.

А в моей бестолковой голове зудливой мухой, заунывно, словно на испорченной пластинке, вертелась та самая мелодия: «Ускакали деревянные лошадки...»

— Ну вот! — обвел я кабинет руками. — Это похоже на логово хищника. А то прикидывался куцей овечкой!

Николай Николаевич даже не привстал из-за стола:

— Проходи, садись.

— А где же милейшая Натали? Твоя маменька так ее расписала, что оч-ч-чень хотелось бы взглянуть...

— Давай без этих твоих штучек. С Натали я расстался. А мама — скончалась. Три месяца назад.

— Я знаю. Ее счастье. Хуже всего для матери — пережить любимое чадо.

Лицо Ники Кулдакова покрылось бурыми пятнами.

— Ты зачем пришел? Балансы на счета наводить? Кто ты вообще такой? Птица феникс? Тебе не кажется, что ты просто зарвался?

— Ну уж и зарвался?! Все просто: или мы договоримся, и тогда можешь богатеть и процветать дальше, или — прости-прощай, как пишут в романах. Независимо от моей участи, которой ты уже, надо полагать, самоуверенно распорядился!

Бурые пятна исчезли, лицо Кулдакова стало ровного цвета — цвета вареной свеклы. Он приподнялся было в кресле, я остановил его жестом:

— Не дергайся! Стыдно, батенька! И вынь правую руку со шпалером: из-под стола ты все одно стрелять не умеешь, так пусть уж лежит на столе. И ствол можешь на меня направить: вид оружия меня давно не смущает... Что еще? Из мер безопасности? Эти двое крутых в предбанничке? Которые слышат нашу дружескую беседу? Ника, знаешь, в чем твоя ошибка?

— Ну и?..

— Ты решил, что я — грохнутый отморозок, каким был, таким и остался. Так? Э-э-э, брат! Пятнадцать лет войны многое меняют. Ведь и ты уже не сопливый пацанчик, пугающийся дворовой шпаны, — обставился. Кстати, эти ребятки занимались играми со взрывчаткой?

— Ты о чем?

— Ника, только не лепи мне арапа! Я спрашиваю: эти двое минировали автомобиль Димы Крузенштерна? Который был взорван по твоему приказу? Только не говори — «нет»! Как мудро заметил Майкл Корлеоне в известном фильме, это оскорбляет мой интеллект! У тебя сигареты есть? Я свои в машине забыл.

— В коробке...

— Вот и отлично. — Я быстро подошел к столу.

Кулдаков перепуганно тиснул пимпочку на столе, и два убийцы выросли у меня за спиной: казалось, я даже физически ощутил тепло лазерных целеуказателей на затылке!

Поднял взгляд на Нику:

— И прекрати дергаться! Отзови своих холопов! — вынул сигарету из коробки, чиркнул зажигалкой, затянулся. — Или потеряешь так много денег, сколько тебе не заработать за жизнь! Волшебная разработка «Цеха-К» старину Билли Кейтса по-прежнему интересует?

— Ты имеешь в виду...

— Да! Тот золотой миллиард в нескольких листках документации! Ты же знаешь, что я был в Покровске, но больше не знаешь ни-че-го. И я пришел не мстить за Круза: ушедшего не вернешь. Тем более, что и его, и твоими стараниями я увяз по самые ноздри в вязком дерьме, а люди копают и будут продолжать копать, пока не спишут меня к едрене фене. Да и тебя тоже.

— Что ты имеешь?

— Я же сказал! Товар! То-вар! Волшебную разработку «Цеха-К» покровского «Точприбора».

Николенька Кулдаков облизал разом ссохшиеся губы, вперил в меня помутневший взгляд, произнес севшим голосом:

— Ты блефуешь!

Глава 74

— Ты блефуешь... — повторил он. — На Покровск сейчас опущена завеса, такая, что и мышь не проскочит...

— Моими стараниями, милый, моими стараниями... Да, опущена, но *после* изъятия всей документации. Красиво? Так уж сложилось, my darling, что у меня — товар, у тебя — купец. Будем сотрудничать или будем губки бантиком делать и из шпалеров палить почем зря? И не лупай на меня глазенками! Мочить тебе меня нельзя ни под каким видом! Что ты получишь? Просто труп? Фигушки! Ты получишь покойного легионера империи, честно выполнившего свой долг перед родиной. Некие компетентные люди тут же обретут документацию по чудо-кибернетическому открытию плюс всю раскладку на тебя и твои попытки прибрать к рукам это стратегически важное изобретение! А потом придут дяди, и совсем не злые, как эти вот оба-двое, но оч-ч-чень добросовестные, которые и отправят к праотцам и тебя, болезного, и твоих сервов-сателлитов, и всю твою говенную контору. Чтобы инструкцию соблюсти. Убедил?

Кулдаков возвышался за столом мраморным исполином. Вот ведь никогда бы не подумал, что в человеке может быть такое сочетание трусости и монументальности одновременно! Природа прихотлива и порой глумится над своими созданиями таким вот образом...

— Сядь, Дронов. Во-о-он на тот стул. И прекрати дергаться. То, что ты сказал, нужно доказать. Не забывай, я компьютерщик, и оч-ч-чень талантливый. Зерна от плевел отличать умею. И если ты действительно вышел на *товар,* предъяви хоть что-то. В противном случае... — Кулдаков перевел тяжкий взгляд на прирученных бультерьеров: — А вы встаньте по бокам и не спускайте с него глаз. Уж очень он господинчик прыткий.

— Будь спок, Николаич, у нас не дернешься, — ответил телохранитель постарше, глядя на меня с явной укоризной. Взгляд его был не из легких, и бодаться с ним я бы рискнул только при прямой угрозе жизни. Сейчас моей жизни не было даже и прямой угрозы — она просто висела на волоске. Тонком, как луч лазерного прицела.

Игра моя пока шла как по маслу, и все же, все же... Я был ошарашен. Где-то в глубине сознания теплилась надежда: это не Ника, не может этого быть, это... это... Нет, все так. И Диму Крузенштерна завалили по его приказу. «Ускакали деревянные лошадки...» Совсем.

— Я слушаю тебя, Дронов.

— Тебе самую суть или по порядку?

— У тебя, Дронов, разум, далекий от логики...

— Хорошо хоть — не его отсутствие!

— Поэтому — лучше по порядку.

— Хозяин барин. Тебе интересно, как я на тебя вышел? Во-первых, спешу высказать свое восхищение: свою партию ты сыграл блестяще! СИНТА-банк хотел купить «Точприбор» для себя, некий Филин играл под прикрытием крутого олигарха, нацелившегося на скупку покровской оборонки, но — на Билли Кейтса или даже на другого Билли, который президент. Использовал своего непосредственного патрона втемную, провел на его денюжки масштабную операцию прикрытия, замутив так, что любо-дорого! Да сам не уберегся!

Тебе влезать в эту битву гигантов не было никакого шанса или один из ста, и ты его — использовал. Съездил в Штаты, грубо выражаясь, при трусах, но в шляпе, а вернулся — оч-чень лощеным господином! Тебя проинструктировал и направил или сам Кейтс, или кто-то из его ближних. И твоя «могучая» фирмочка принадлежит на самом деле калифорнийскому миллиардеру! Хотя и сам этот миллиардер изрядно дутый! А вот люди, что стоят за ним... Доказательства? Доказательств не будет, одни догадки! Кейтс мужчина неглупый, он не стал складывать яйца в одну корзину; к тому же там, где бодаются два быка, всегда может проскочить мышка! И этой мышкой должен был стать ты. — Я выдержал эффектную паузу, закончил: — А стал — я!

Взял очередную сигарету, прикурил. Ну да, охраннички малость расслабились: театр есть театр, и всем интересно следить за ходом увлекательной пьесы. Дальше будет еще интереснее! Они даже не подозревают, насколько!

— Как влез во все это Дима Крузенштерн? Случайно. Он же не только банкир, но и компьютерщик. Заметил мельтешню вокруг «Точприбора», стал наводить справки... И — совершил ошибку. Роковую. Он пошел к тебе консультироваться. Как к умнику и гению компьютерных технологий. Как к другу детства. Ты правильно просчитал действия Круза: не стал бы он торговать страной и вполне мог проинформировать нужных людей в заинтересованных учреждениях и опустить на завод «занавес». И ты Крузенштерна убрал. — Я замолчал, прикрыв глаза рукой, пережидая ярость, собрался, продолжил вполне спокойно: — Все, все, даже Шекало, связали эту акцию с проблемами самого «Континенталя», которые у него начались незадолго до общего кризиса. М-да... Доверчивость и откровенность Димы с другом детства стоили ему жизни.

— Послушай, Дронов...

— Я не закончил. Ты успел узнать у Крузенштерна о его встрече со мной. И — вульгарно струсил. Ты же знаешь, насколько я несбалансированная личность! Устроил у меня дома показательный капкан и умыл руки. Девчонку придушил, гнида! Нет, не сам, зачем пачкать холеные руки? Двух братанов беспамятных велел забить, чтобы на меня калединскую разборку навести... Кстати, этих кто? Глава привратников и невозмутимый «шкаф», что сопроводил меня сюда? — Я уставился в мутные, окаймленные белесыми ресницами глазки Кулдакова, скривился в невеселой ухмылке: — Да у тебя тут не фирма — кубло змеиное! Видишь, какой я догадливый, когда в ударе!

— Говори, говори, я слушаю. — Кулдаков брюзгливо выпятил нижнюю губу.

— Ты еще добавь: напоследок. Что говорить, лихие ребята, вдвоем семерых сонных победят и не почешутся! Так о чем я? Ну да: ты расставил на меня капканы и стал выжидать, чем кончится. А я добрался-таки до Покровска — любопытство разобрало.

— Любопытство губит кота.

— А я не кот. Я — лев! Особенно когда в гневе! — Я снова закрыл глаза, переводя дыхание, сдерживая ярость. — Ладно, проехали. Как только я объявился в Покровске, меня стали показательно долбать люди Филина. После кризиса он остался единственным претендентом на «клад». И твоя задача была проста как яйцо: выхватить пойманную рыбку из рук добытчика! И у тебя даже человек продвинутый нашелся — тот самый новый начальник Покровского УФСБ! И — повод для вмешательства силовых структур УФСБ в разгром неизвестных пришлых: это их снайпер завалил Смотрящего по Покровску, Козыря! Главное, что действия Филина и твои были санкционированы высокими, но разными чинами! Но Филин был слишком близок к успеху, его операция вышла на завершенку, и калифорнийский патрон дал тебе указание замереть и не отсвечивать. А тут еще и Дедушка проснулся не ко времени и поменял «рыбок» в аквариуме! Всех. Поле битвы, как о том мечталось, досталось бы мародерам, если бы не иракский конфликт, не «сеточка» Системы над Объектом... Но я, я перехватил «рыбку» у Филина, я спровоцировал нарушение Системы и — ушел под лед чуть раньше, чем опустилась «завеса»! Кто не рискует, тот не пьет шампанского.

Я перевел дух. Продолжил насмешливо:

— И что ты имеешь теперь вместо вожделенных миллионов? Невыполненные обязательства перед калифорнийским боссом и липкий страх перед здешними силовиками, которые копают, уж будь уверен. И какая разница, кто тебя замолотит вскорости, твои американские друзья или российские недруги?.. Разумеется, вместе с бультерьерами. — Я кивнул на стоящих по бокам убивцев. — Так надежнее.

Кулдаков сидел замершим сфинксом. Разлепил толстые губы:

— Складно сочиняешь. Доказательства?

— Существования товара?

— Да.

— А ты стал деловым.

— Я всегда им был.

— Жаль. — Я вздохнул искренне. — Итак, доказательства... Как же без них? Сейчас нарисуем. Или ты считаешь меня самоубийцей? Как справедливо говаривал дедушка Энгельс, террор — это не господство людей, способных внушать страх, это, наоборот, господство насмерть запуганных людей! И ты сидишь сейчас в своем особняке как сдрейфивший барсук в норе; по правде сказать, я к тебе и не сунулся бы, но что делать с таким товаром, который может купить только один человек в мире? Или два? И по улицам эти двое запросто не ходят даже в Америке! Нет, пора покидать съехавшую с резьбы родину и линять на гостеприимную чужбину. Сумма сделки стоит того.

— Ты не можешь знать...

— Прекрати, Ника! Здесь не обязательно быть компьютерным гигантом, здесь важно иметь представление о принципе! Я, может, думаю плохо, а соображаю хорошо! Для патрона в Штатах товар стоит миллиарды, для нас с тобой — ничего, пшик! Но патрон легко выплатит несколько десятков, а то и сотен миллионов зелененькими, чтобы получить товар, чтобы сэкономить свои миллиарды, чтобы превратить миллиарды в десятки миллиардов! Простой арифметический расчет!

Ну наконец-то! Заплывшие жиром глазки Ники Кулдакова подернулись поволокой алчбы и азарта.

— Доказательства! — почти выкрикнул он.

— Бумагу! Я не мастак в ваших компьютерных игрушках, но эту штучку я запомнил намертво, сейчас я тебе ее нарисую! Элементик, фрагмент, но умному достаточно! А тебе, компьютерному чудиле, и подавно. Как говорят в Одессе, разуйте глаза: мы имеем тот товар, который вы хочете! Бумагу, я сказал!

Ника послушно двинул мне листок, я вынул «паркер», сдернул колпачок, произнес победно и не менее азартно:

— Смотри!

Это последнее восклицание относилось не только к завороженному мельканием мнимой изумрудно-долларовой зелени Кулдакову, но и к двум обалдуям, послушно торчавшим у меня по бокам; эти могли иметь не столь радужное воображение, но на неожиданно-победное «Смотри!» все люди реагируют одинаково: таращатся во все глаза! Я зажмурился что было сил и надавил пером на бумагу. Вспышка была ослепительно белой, как плазменный вихрь! Каждый, кто видит такую, не только слепнет на последующие пять минут, но и получает нешуточный шок!

Почувствовал сквозь сомкнутые веки угасание белого пламени, вскочил и — одним движением, с хрустом, загнал ручку, зажатую между пальцами наподобие стилета, в глаз телохранителю слева! Ручка вошла полностью, мужичок дернулся в смертной конвульсии, а я уже запустил ему руку под пиджак, выдернул из кобуры пистолет и рукояткой приложил в переносицу второго; тот упал на четвереньки, я повторил удар сверху вниз, раздробив затылочные кости. Мертвое тело тяжело осело набок.

Ника Кулдаков сидел в стопоре, моргая невидящими глазами, шарил-сучил ручонками по столу. Я подошел к нему тихонечко, упер ствол пистолета в висок, прошептал нежно:

— Ну что, сучий потрох, доигрался в денюжки? Ты, кусок дерьма, подумал хоть на миг о Диминых дочках? О Тамаре?

Ника беззвучно открывал и закрывал рот, но я знал: он меня слышит.

— Ты решил правильно: я пришел тебя убить.

Слова эти я цедил сквозь зубы, сдерживаясь из последних сил; перед глазами стояли лица Тамары, Диминых дочурок, девчонки, задушенной по приказанию этого куска падали... Жирный загривок Кулдакова затрясся, и тут накат ярости ослепил меня хлеще плазменного блица!

— Получи!

Я наносил удар за ударом, дробя затылочные кости, и не мог остановиться, пока не превратил все в вязкое месиво...

...Очнулся я сидящим на полу. Губы плясали в нервной лихорадке, по рукам волнами омерзения проходили судороги... А очертания комнаты расплылись, сделались зыбкими и нереальными, и я понял вдруг, что плачу... И словно где-то далеко выводил мелодию чистый мальчишеский голос: «Ускакали деревянные лошадки, пароходики бумажные уплыли...»

Я кое-как встал, взял из коробки сигарету, закурил, пытаясь удержать ее прыгающими губами, снова бессильно опустился на пол. Из меня словно вынули стержень, который держал меня столько времени. И еще — жутко хотелось помыть руки. Я оглянулся, нашел бар, открыл бутылку, вылил на ладони добрую порцию «Смирновской», долго и с остервенением тер их. И только потом основательно приложился к горлышку. Кончено.

Нужно уходить, и уходить чисто.

Подошел к приставному столику, разобрался с кнопками и тумблерами внутренней связи, приложил носовой платок к встроенному микрофону и произнес, стараясь сымитировать чуть сипловатый голос покойного Кулдакова, к тому же изрядно выпившего:

— Мы хорошо посидели... Дронова пропустить... — И нажал отбой.

Спустился в лифте в холл. Благоухая водочным перегаром и что-то мурлыкая под нос, благодушно взглянул на начальника охраны:

— Я же говорил, что Николаша будет счастлив меня видеть, а? Говорил?

Подмигнул ему заговорщически, прошел слегка развинченной походкой к двери. Но бдительный страж нагнал меня:

— Мне кажется, вы забыли свою папку.

— Там бумаги. Твой босс будет их и-зу-чать. Долго и тщательно. Потому что это — целая куча денег. Огромная груда настоящих зеленых денег. Монблан! Эверест! Тропики!

Охранник приоткрыл дверь, посмотрел, как я сяду в автомобиль и отчалю. Вряд ли пьяный новый русский за рулем для него в диковинку; если что и заботило сейчас стража, так это чтобы я не вписался в решетчатый забор.

От здания я отъехал недалеко. Заглушил двигатель и стал ждать. Ведь должен же начальник охраны обеспокоиться длительным и упорным молчанием шефа? Настроил приемное устройство: в оставленной на столе папке был микрофон. И не только. Услышал разговор: ага, главный привратник в сопровождении неулыбчивого «шкафа» вошел в кабинет. Вот тогда я и нажал кнопочку передатчика.

Взрыв был слышен даже отсюда. Триста граммов пластиковой взрывчатки, запрятанной между стенками деловой папки, разметали по кабинету бешеный всполох огня, способный превратить все живое и неживое в единый прах.

Глава 75

Море, казалось, замерло. Волны, играя зеленоватым отливом, плескали тихо, едва-едва. Огоньки, вспыхивая на мгновение, обтекали тело звездным дождем, и я плыл сквозь эту мерцающую влагу, словно летел, и она касалась меня легко и ласково.

Пробуждение было серым. За окном в мутном мареве — огромный город, по которому я бродил вчера без цели и смысла, тихо набираясь в каждом подходящем и неподходящем питейном заведении. Вчера мне было тошно до тоски; в душе не осталось ничего: ни радости, ни грусти. Только пустота. Словно это она, моя душа, выгорела в жарком и жадном огне, преследующем меня все эти годы, старающемся превратить меня в свое подобие... И не осталось в ней ни света, ни целебного огня, ни раскаяния. Словно она, моя душа, уже покинула тело и осталась только пустая мерная оболочка.

Как я добрался домой, я не вспомнил. Скорее всего на попутном моторе. И теперь снова утро. Ну что ж... Привычки привязывают к жизни надежней предрассудков. Пора вставать и варить кофе. Усаживаюсь в кухне с толстостенной чашкой крепчайшего густого напитка, бросаю кусочек сахара, размешиваю. Пусть в этой мерной бездушной оболочке заплещется хоть что-то горячее.

Вообще-то это совсем дурной тон: сначала пить кофе и только потом забираться под душ. Ну да дворянского воспитания я не получил и веду себя соответственно. И даже курю всегда натощак. Как Черчилль. Что еще меня роднит с этим политиком? Ну да, глупость. Когда-то сэра Уинстона чуть не пустили в распыл южноафриканские буры, как шпиона, когда он, будучи военным корреспондентом, выбрался из попавшего в засаду бронепоезда и стал командовать группой солдат, под огнем пытавшихся наладить пути. Впоследствии, впрочем, сэр и премьер былые юношеские страсти не усугублял, под пули не бросался, но им и не кланялся. И — возглавил Великобританию, бывшую в ту пору мировой империей. Стоит последовать его примеру: не кидаться под каждый паровоз и не лезть под гусеницы мирно пашущего расейского трактора, особенно если колхозом руководит генерал Петров, навроде того, что напутствовал меня при выходе из узилища. И тогда меня, верю, ждет блестящее будущее. Парохода, крейсера и броненосца. Ну и человека, разумеется. Пока же от величия у меня только считающаяся у обывателей скверной привычка курить натощак. Лучше, чем ничего.

Кофе выпит. Сигарета выкурена. Пора в душ. Но... Все как в хорошей сказке и плохом детективе: у меня зазвонил телефон. Подошел, трубку поднял с изрядной оскоминой, будто лимон разжевал: каких вестей мне ждать в такие поры, кроме скверных?..

Буркнул на всякий случай неразборчиво:

— У аппарата.

В ответ услышал длинную нецензурную тираду в свой персональный адрес. С поминанием почивших родственников. Возможно, и столбовых аристократов.

— Ты чего такой заведенный, Игорек? — миролюбиво вопросил я Крутова, когда тирада отгремела.

— Сиди дома, я подъеду. И выскажу тебе лично, «чего»!

— Надеюсь, обойдется без рукоприкладства? — елейно пролепетал я.

— Бить тебя поздно, — выдохнул Игорь и дал отбой.

Возвращаюсь на кухню, размельчаю зерна до полной пыли и ставлю джезве на медленный огонь. Аромат по квартире разносится райский. Сейчас придет Крутов и превратит этот рай... Ну, назовем это — «в праздник». С шутками, прибаутками и живым великорусским языком.

Звонок пропел бодрящую мелодию. Крутов вошел в прихожую, сбросил куртку, глянул на меня исподлобья. Так же молча прошел на кухню, закурил, глянул на джезве. Я подсуетился: плеснул генералу кофе.

— А покрепче есть? — наконец разлепил губы Игорь.

— Крепче не бывает.

— Бывает. Водка.

— Что-то стряслось?

— Если бы стряслось, приехал бы я к тебе чаевничать, жди.

Игорь молча взял протянутую бутылку, налил себе полстакана, выпил залпом, занюхал корочкой хлеба, крякнул:

— Вот теперь и кофейку.

— Тяжелая у тебя работа... Так и спиться недолго.

— Да?! — вскинулся Крутов. — Так это, Дрон, твоими заботами! Ты, понимаешь, взрывы в особняках химичишь, а мне достается жмуриков со стен соскребать!

— «Жмуриков»? Каких жмуриков?

— Дохлых! У Кулдакова в конторе ты навалял?

— Игорь, да я в те поры...

— Знаешь, что самое противное, Дронов? Это когда тебя начальство поутру вызывает и начинает трахать. Делая вид, что любит. Но это не самое скверное; самое скверное, это когда оно же тебя вызывает через четыре-пять часов и, глядя в стол, забирает дело. Потому что дело сие не только не моего, но и не начальственного ума! Потому что есть, видите ли, соображения! Высшие и государственные! И я, Дронов, вынужден все это дерьмо жрать, как младенчик — манную кашку, да еще и похваливать! Но самое гнусное в том, что у начальника две руки и только одна задница, сидящая в министерском кресле! — Тут Крутов выругался длинно и витиевато. — И задницу эту ему нужно удержать в упомянутом кресле! Так вот: правая рука закрывает дело, левая — показывает правой фигу и роет ямку всем ближним и дальним!

— Не, Крутов, а я об чем? Тяжела генеральская доля, кто бы спорил?

Игорь отхлебнул кофе, взглянул на меня тяжело:

— Потерпи, сейчас подытожу. Тебя где болтало больше полугода?

— Да в разных местах. А потом — отдыхал на даче. У одного приятеля. Могу даже фамилию назвать: Петров. А вот расположение дачи не могу: был пьян, упал, потерял сознание, очнулся — гипс. В смысле — полное и глубокое удовлетворение. — Я вздохнул. — Выпью-ка я с тобой тоже водки, пожалуй.

Крутов усмехнулся:

— Дошло, птенчик? Тебя с этого курорта выпустили только затем, что просчитали, что ты, как, чего, кому и сколько. И ты не подвел! «Контекст» рвал «пластиком»?

— Ты о чем?

— Я о том, Олег, что тебя тоже, как бы это сказать помягче, используют! А если проще — имеют! Как ты сам выразился, до полного и глубокого!.. Этого... у-до-вле-тво-рения! — Тут Игорь даже хохотнул баском, но скорее принужденно, чем искренне... — Олег, наверное, мы все, ты, я, Димка Крузенштерн, выросли неисправимыми дебилами... Вот только Дима не успел понять, во что влез. И пропал. Но мы ведь с тобой понимаем?

— Абсолютно.

— Во-о-от.

— Это наша страна, Игорь. Наша.

— Я что, спорю?

— Диме просто не повезло. На войне так бывает.

— Ага.

— Ладно, чего... По второй?

— Если только на донышко.

— Будем.

Игорь посидел молча, потягивая сигарету... Произнес:

— Слушай, может, споем?

— Да выпили всего ничего.

— Нет, я не о том... Как там крайний куплет в той песне... Ну, вы с Димкой ее любили напевать...

> Сожжен в песках Ерусалима,
> В водах Евфрата закален —
> В честь императора и Рима,
> В честь императора и Рима
> Шестой шагает легион! —

напел я вполголоса.

— Орел шестого легиона... Тоже — птица редкая, — тихо произнес Крутов.

Я пожал плечами:

— Еще выпьешь?

— Не, мне работать.

— А у меня отгул.

— Как-то ты это невесело. Может, ко мне пойдешь?

— В смысле?

— В смысле — работать.

— Подумаю.

— Порадовать тебя, что ли? А то сильно смурной.

— Есть чем?

— Во-первых, хата у тебя чистая. Кристально. У меня приборчик в кармашке: молчит, как рыба об лед, хотя денег за него плачено, как за «мерседес».

— Верю.

— Что, дорогой?

— Что хата чистая. Слушать — себе дороже. Легче было не выпускать. Совсем.

— Эт точно. Ладно, отдыхай, раз отгул.

— А вообще-то я, наверное, в художники подамся.

— Зачем?

— Буду рисовать море.

— Айвазовский уже рисовал.

— Море большое. Его хватит на всех.

Крутов ушел. А я сижу в кресле-качалке и размышляю. А в душе по-прежнему пусто. Ну да... Как у Николаса Гильена? «Когда я пришел на эту землю, никто меня не ожидал...» И вот я болтаюсь по ней уже четвертый десяток лет и не встречаю ничего, кроме огня. И никакие мои знания не могут остановить пламени жестокосердия, бушующего страстями и делающего людей игрушками, манекенами, куклами... Или Крутов прав, и я такая же кукла, как и все остальные?.. И нелепо размахиваю конечностями на длинных нитях, в то время как невидимый кукловод давно прописал финал пьесы в этом дешевейшем из балаганов, да и в постановке роль моя вовсе не главная, так — «кушать подано»...

Или, наоборот, прав был и Филин, и только война есть способ существования индивидов, вроде меня? Но как же тогда стихи? «Жизнь нежна, как осень перед снегом...» Что мне еще следует знать, чтобы не выживать, а жить? И — рисовать море?..

Как заснул, я не заметил. Вокруг бушевал шквал огня, выжигая всё и вся... Я бежал по раскаленной земле, стараясь спастись, а земля плавилась под ногами, и ветер раскаленно мчал обломки строений, домов, какие-то полуоплавленные металлические балки... А мои ноги вязли в раскаленной лаве, я хватал ртом воздух, и он обжигал легкие и гортань...

Я вскинулся в кресле, оглядывая все вокруг: комната, книги, ковер... Все нормально. Все хорошо. Просто организм перебаливает, запоздало проигрывает все страхи, которым я не посмел подчиниться в бою. И все же... Подхожу к стеллажу с книгами, выбираю толстую, в красном переплете. Открываю:

«Порядок ведения огня определяется в зависимости от огневых задач. Огонь может вестись на уничтожение, разрушение, подавление и изнурение. Уничтожение — нанесение такого повреждения противнику, при котором он полностью теряет боеспособность. Разрушение — приведение противника в непригодное для дальнейшего боевого использования состояние. Подавление — нанесение такого урона, при котором противник временно теряет боеспособность, маневренность, управление. Огонь на изнурение ставит задачей морально-психологическое воздействие на живую силу противника, это беспокоящий огонь, могущий нанести тем не менее значительный урон, приводящий живую силу противника в состояние тревоги, беспокойства, неуверенности, подавленности. При ведении огня на изнурение хорошо сочетание снайперского огня, беглого огня и огня редкими залпами.

Для поражения применяют различные виды огня: целевой огонь, сосредоточенный огонь, неподвижный заградительный огонь, подвижный заградительный огонь, последовательное сосредоточение огня, массированный огонь, огневой вал. Наибольшая эффективность огня достигается его массированностью и внезапностью. Большое значение имеют маневр огнем, гибкость и устойчивость управления им».

М-да... Это не энциклопедические пояснения, это ода, кантата, оратория! Поэма огню! Как принято в энциклопедиях, слово «огонь» обозначается по ходу статьи с заглавной буквы, но при моих расстроенных нервах я начинаю искать в этом другой смысл. Огневое сопровождение, массированный огонь, огневой вал... И слово «люди» заменено словосочетанием «живая сила противника». Разумно. Так разумно, что хочется выть. Если пустоту в душе заполнять массированным огнем, сгоришь. Скоро и люто. Но есть же другой огонь, согревающий...

Ну да, вчера я заходил в какую-то маленькую замоскворецкую церквушку. Окна храма сияли тихим уютом. В поставцах струились тихим пламенем свечи, и я как-то сразу, вдруг, понял: это другой огонь, согревающий, целебный. Вошел и тихо, словно ребенок, стал повторять слова немудреной молитвы: «Господи Иисусе Христе, помилуй мя, грешного...»

Рядом вполголоса читали Евангелие: «Если я говорю языками человеческими и ангельскими, а любви не имею, то я — медь звенящая, кимвал звучащий. Если имею дар пророчества, и знаю все тайны, и имею всякое познание и всю веру, так что могу и горы переставлять, а не имею любви, то я — ничто».

Я снова откидываюсь в кресле и засыпаю.

...По песку идет девушка. Она босиком, и я слышу шуршание песчинок, когда она касается дорожки ступнями... Ее фигурка кажется почти невесомой, ветер играет волосами, а волны добегают к ее ногам и ласкаются мокрыми курчавыми щенками...

...Открываю глаза, смотрю, как апрельский ветер перебирает шторы... Я же хотел вспомнить что-то очень важное... То, что важнее всего в этом мире... То, что дальше от одиночества.

«...Если знаю все тайны, и имею всякое познание и всю веру, так что могу и горы переставлять, а не имею любви, то я — ничто. Любовь долго терпит, милосердствует, любовь не завидует, любовь не превозносится, не гордится, не бесчинствует, не ищет своего, не раздражается, не мыслит зла, не радуется неправде, а сорадуется истине; все покрывает, всему верит, всегда надеется, все переносит. Любовь никогда не перестает, хотя и пророчества прекратятся, и языки умолкнут, и знание упразднится».

Да.

ЛЮБОВЬ НИКОГДА НЕ ПЕРЕСТАЕТ.

Литературно-художественное издание

Петр Владимирович
КАТЕРИНИЧЕВ

БЕГЛЫЙ ОГОНЬ

Роман

Ответственный редактор *Д.О. Хвостова*
Художественный редактор *И.А. Озеров*
Технический редактор *Л.И. Витушкина*
Корректор *Т.В. Вышегородцева*

Изд. лиц. ЛР № 065372 от 22.08.97 г.
Подписано в печать с готовых диапозитивов 16.03.99.
Формат 84×108^1/$_{32}$. Бумага газетная. Гарнитура «Таймс».
Печать офсетная. Усл. печ. л. 30,24. Уч.-изд. л. 29,63.
Тираж 50 000 экз. Заказ № 4068

ЗАО «Издательство «Центрполиграф»
111024, Москва, 1-я ул. Энтузиастов, 15
E-MAIL: CNPOL@DOL.RU

ГИПП «Нижполиграф»
603006, Нижний Новгород, Варварская ул., 32

ИЗДАТЕЛЬСТВО
ЦЕНТРПОЛИГРАФ

**«Черная метка» —
это знак качества
вашего любимого
жанра!**

Уличные перестрелки криминальных группировок стали повседневной реальностью. Разборки бандитских главарей уже никого не удивляют. А какие тайны скрывают тонированные фасады банков и пуленепробиваемые стекла роскошных особняков? Бизнесмены, политики и криминальные авторитеты ведут войну — беспощадную и бесконечную. Войну денег.

Петр Катериничев в своих романах соединяет все события в одну цепь. Мастерство автора позволит читателю поучаствовать в игре, ставка в которой — будущее России. Но точку ставить еще рано...

И один в поле воин, если это бывший разведчик-аналитик Олег Дронов. И если на одной чаше весов — будущее России, а на другой — собственная жизнь и счастье близких. Все удастся герою романов Петра Катериничева. Ему досконально известны лицо и изнанка сегодняшнего мира, он не питает никаких иллюзий, но именно трезвость и холодный расчет, ясное понимание того, что человеческие отношения не сводятся к деньгам и силовому господству, позволяют ему выстоять.

*Твердый целлофанированный переплет,
формат 130×206 мм,
объем — 496—560 с.*

Книга-почтой

КРИМИНАЛЬНЫЙ ТАЛАНТ

АННА
МАЛЫШЕВА

ЗВЕЗДА РОССИЙСКОГО ЖЕНСКОГО ДЕТЕКТИВА

Среди женских имен в потоке детективной литературы особо выделяется имя молодой писательницы Анны Малышевой.

Романы **Анны Малышевой** — это сплав женской мягкости, тонкости и мрачноватой эротики с житейским сюжетом и крутой детективной интригой.

Главные героини — молодые обаятельные женщины, склонные к рискованным авантюрам, способные поставить на карту жизни близких им людей, без оглядки переступающие закон. Их путь проходит через опасные падения и головокружительные взлеты, нищету и роскошь, любовь и кровавые слезы.

«Зачем тебе алиби...»
«Мой муж — маньяк?..»
«Имя — Смерть»
«Кто придет меня убить?»
«Любовники по наследству»
«Стриптиз перед смертью»
«Нежное дыхание смерти»
«Смерть по завещанию»
«Преступная натура»
«Требуются жертвы»
«Вкус убийства»

Интригующие сюжеты, яркие сцены, запоминающиеся герои, непредсказуемые развязки в суперроманах неподражаемой Анны Малышевой.

Твердый целлофанированный переплет, формат 126 х 206 мм. Объем 465—500 с.

Книга-почтой

КРИМИНАЛЬНЫЙ ТАЛАНТ
ДЕТЕКТИВНЫЕ РОМАНЫ

Блестящие авторские имена

НАТАЛИЯ ЛЕВИТИНА
ИРИНА ЛЬВОВА

НАДЕЖДА ПЕТРУНИНА
ВЕРА РУСАНОВА

и другие

**Изящное перо!
Тонкая стилистика!
Сумасшедшая интрига!
Виртуозное построение острого сюжета!**

Героини криминальных романов — красивые, умные, решительные женщины, вовлеченные в смертельно опасные планы мафии, рискованные интриги, едва не стоящие им жизни, бросают вызов жестокому миру насилия, предательства и лжи. И логика злодея проигрывает в соревновании с непредсказуемой логикой изощренного женского ума. Героини криминальных драм выходят победительницами в потрясающих интригах житейского детектива.

Твердый целлофанированный переплет, объем 465–500 с., формат 126 x 206 мм.

ИЗДАТЕЛЬСТВО ЦЕНТРПОЛИГРАФ

Лучшие произведения ведущих отечественных мастеров криминального романа

Открывая романы этой великолепной серии, читатель будет посвящен в секреты спецслужб и зловещее мастерство киллеров, в головокружительные махинации наших мафиози, которые давно уже затмили пресловутую «Коза ностра». Читателю приоткроются бездны прямоты и лицедейства, чести и предательства.

ВЫШЛИ В СВЕТ

К. Воробьев	«Пономарь»
К. Воробьев	«Пономарь-2»
А. Давыдов	«Миллионер»
А. Давыдов	«Ограбить ГУМ»
Н. Казаков	«Двойное расследование»
Н. Казаков	«Смерть приходит на рассвете»
Н. Казаков	«Мотив для убийства»
В. Константинов	«Заложник»
В. Константинов	«Капкан на дурака»
В. Константинов	«Плата за риск»
В. Константинов	«Выстрел из прошлого»
В. Константинов	«Стая»
В. Константинов	«Удар в спину»
В. Марфин	«Убийцы на шоссе»
В. Марфин	«Время бешеных псов»
Г. Орлова	«Я люблю неприятности»
М. Петров	«Стервятники»
М. Петров	«Смерть догоняет смерть»
М. Петров	«Возраст зверя»
Л. Седов	«Смерть — хороший товар»
Л. Седов	«Версия выживания»
Л. Седов	«Убийство при свидетелях»
Л. Седов	«Я привык к смерти»
А. Ушаков	«Никто не хотел умирать»
К. Шарапов	«Кровавый Крым»
К. Шарапов	«Абсолютный убийца»
О. Шевцов	«Время "ноль"»
З. Шохин	«Плутоний для мафии»
А. Щупов	«Охота на волков»
Т. Эльдарова	«Свобода — не убивать!»
Е. Юрская	«Охота на мужа»

Мягкая обложка, формат 105 х 160 мм.

ЦЕНТРПОЛИГРАФ

Книга-почтой

Если Вы желаете приобрести книги издательства «Центрполиграф» без торговой наценки, то можете воспользоваться услугами отдела «Книга-почтой»

Все книги будут рассылаться наложенным платежом без предварительной оплаты. Заказы принимаются на отдельные книги, а также на целые серии, выпускаемые нашим издательством. В последнем случае Вы будете регулярно получать 2—3 новые книги в месяц выбранной серии.

Для этого Вам нужно только заполнить почтовую карточку по образцу и отправить по адресу:

111116, Москва, а/я 30, «Центрполиграф»

ПОЧТОВАЯ КАРТОЧКА

А
РОССИЯ

г. Москва, а/я 30

Куда

«ЦЕНТРПОЛИГРАФ»

Кому

Индекс предприятия связи и адрес отправитель

680011
г.Хабаровск, ул. Мира, д. 10, кв. 5.
Ивановой Г.П.

=111116

Пишите индекс предприятия связи места назначения

Мин. связи России. Издательство «Марка». 1992
з. 10/5870. ППФ Гознака. Ц 55 к.

На обратной стороне открытки необходимо указать, какую книгу Вы хотели бы получить или на какую из серий хотели бы подписаться. Укажите также требуемое количество экземпляров каждого названия.

МЫ РАДЫ ВАШИМ ЗАКАЗАМ!

Указанные цены включают все почтовые расходы по пересылке книг наземным транспортом, за исключением 10% от суммы наложенного платежа, которые взимаются на почте при получении заказа.

Авиатарифы в цену не включены, но они увеличивают стоимость каждой книги на сумму от 5 до 20 рублей (5000 — 20000 руб.).

Для Вас, поклонники издательства «Центрполиграф»!

РАБОТАЕТ
ФИРМЕННЫЙ МАГАЗИН ИЗДАТЕЛЬСТВА

К Вашим услугам более **700** наименований книг. Широко представлены: классика зарубежного и российского детектива, исторические и современные любовные романы, научная фантастика, фантастические боевики, фэнтези, приключения, вестерны, книги по кинологии, филателистические каталоги, детская и юношеская литература, книги по кулинарии, любовная астрология, документально-криминальная хроника, книги о мастерах театра, кино и эстрады.

ТОЛЬКО В МАГАЗИНЕ

Действительно низкие цены.
Регулярно проводятся распродажи и розыгрыши призов, встречи с известными авторами.
Оформление предварительных заказов и оповещение по телефону о поступлении новинок.

Звоните и приезжайте!
Магазин работает 7 дней в неделю
с понедельника по пятницу с 10^{00} до 19^{00}
в субботу с 10^{00} до 17^{00}
в воскресенье с 10^{00} до 15^{00}
без перерывов на обед

Вас ждут по адресу:

Москва, ул. Октябрьская, дом 18;
телефон для справок: 284-49-89, 284-49-68

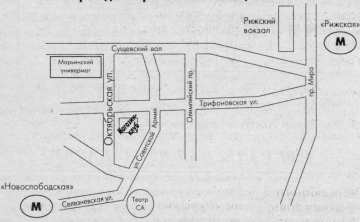

Проезд: м. «Рижская», трол. 18, 42, авт. 84 до ост. «Марьинский универмаг» м. «Новослободская», далее 15 мин. пешком